D1390482

LE SOUFFLE DES DIEUX

BERNARD WERBER

Le Souffle des dieux

* *

ROMAN

ALBIN MICHEL

ISBN : 978-2-253-12119-0 – 1re publication LGF

À Muriel.

Avant-propos

« Et vous, si vous étiez dieu, vous feriez quoi ? »

L'idée du « cycle des Dieux » est née de cette interrogation.

Depuis l'apparition des religions, l'homme associe la notion divine à deux options : « J'y crois » ou « Je n'y crois pas ».

Il me semblait intéressant de poser la question autrement pour trouver d'autres réponses. Prenons l'hypothèse qu'Il ou Ils existent et tentons de comprendre quelle est leur vision de nous, simples mortels. Quelle est leur marge de manœuvre ? Est-ce qu'ils nous jugent ? Est-ce qu'ils nous aident ? Est-ce qu'ils nous aiment ? Quelles sont leurs intentions à notre égard ?

Pour étudier ces hypothèses, j'ai imaginé une école des dieux où l'on apprend à devenir un dieu responsable et efficace.

En présentant le point de vue des dieux sur les hommes, et non plus celui des hommes sur les dieux, est apparue une nouvelle perception de notre histoire passée, de nos futurs possibles, de nos enjeux d'espèce, de leurs enjeux.

Dans *Nous, les dieux*, on suivait le parcours d'une promotion divine. Ils étaient 144 élèves et chacun avait en charge un peuple à faire évoluer sur une planète exercice assez similaire à la nôtre. À chaque tour de jeu, les meilleurs étaient récompensés et les plus mauvais éliminés.

Dans *Le Souffle des dieux*, près de la moitié des élèves-dieux maladroits ont déjà été évincés. Les survivants commencent à comprendre comment se perfectionner dans leur art.

J'aimerais que ce lieu original d'observation de nos destins vous permette de vous projeter là-bas, en Aeden, et de tenter de trouver vos propres réponses.

Si vous pouviez gérer les membres d'une humanité semblable à la nôtre, dans un monde semblable au nôtre, quels seraient vos choix, quel serait votre style de divinité ? Feriez-vous des miracles ? Utiliseriez-vous des prophètes ? Encourageriez-vous la guerre ? Laisseriez-vous le libre arbitre à vos populations ? Comment souhaiteriez-vous être prié par vos mortels ?

Bernard WERBER.

« Mais alors, dit Alice, si le monde n'a absolument aucun sens, qui nous empêche d'en inventer un ? »

Lewis Carroll

« ... Ainsi l'univers serait bercé par la danse des trois grandes forces qui le transcendent :
A, la force d'Association, d'Addition, d'Amour.
D, la force de Domination, de Division, de Destruction.
N, la force Neutre, Nulle, Non intentionnée.
A, D, N.
C'est un jeu à trois qui a commencé au big bang dans les trois particules originelles : Proton, positif, Électron, négatif, Neutron, neutre.
Un jeu qui s'est poursuivi dans les molécules.
Un jeu qui se poursuit dans les sociétés humaines.
Un jeu qui se poursuivra bien au-delà... »

Edmond Wells

« Quelle différence entre Dieu et un chirurgien ?
Réponse : Dieu, lui, au moins, ne se prend pas pour un chirurgien. »

Freddy Meyer

1. L'ŒIL DANS LE CIEL

IL nous regarde.

Nous sommes tous hagards, hébétés, haletants.

C'est un Œil géant, tellement immense qu'il repousse les nuages et masque le soleil.

À mes côtés mes compagnons se sont figés.

Mon cœur bat fort.

Serait-il possible que ce soit...

L'œil géant flotte quelques instants dans le ciel comme s'il nous observait, puis il disparaît d'un coup. Autour de nous le vaste plateau tendu de coquelicots rouges paraît soudain orphelin de l'écrasante présence.

Nous n'osons échanger un mot ou un regard.

Et si c'était LUI ?

Depuis des siècles et des siècles, des milliards d'humains ont espéré ne serait-ce que distinguer SON ombre, l'ombre de SON ombre, le reflet de l'ombre de SON ombre. Et il nous aurait été donné, à nous, d'apercevoir SON Œil ?

À bien m'en souvenir, il me semble que la pupille, insondable tunnel noir, s'était même légèrement rétractée, comme pour faire le point sur nos minuscules personnes.

Pareil à un œil humain scrutant des fourmis.

Marilyn Monroe s'agenouille. Mata Hari est saisie d'une quinte de toux. Freddy Meyer se laisse glisser dans l'herbe, comme si ses jambes ne le portaient plus. Raoul se mord les lèvres jusqu'au sang. Gustave Eiffel reste immobile, le regard perdu au loin. Georges Méliès bat nerveusement des paupières. Certains d'entre nous ont une larme qui coule. En silence.

– Cet iris... Il devait bien avoir un kilomètre de diamètre, murmure Gustave Eiffel.

– Et rien que la pupille faisait au moins cent mètres, complète Marilyn Monroe, impressionnée.

– Cet œil devait appartenir à un être gigantissime, reprend Mata Hari.

– Zeus ?..., suggère Gustave Eiffel.

– Zeus ou le Grand Architecte, ou le Dieu des Dieux, dit Freddy Meyer.

– Le Créateur..., lâche Georges Méliès.

Je me pince très fort. Les autres font de même.

– Nous avons tous rêvé. À force d'imaginer le Grand Dieu là-haut sur la montagne, nous avons été en proie à une hallucination collective, tranche mon ami Raoul Razorback.

– Il a raison. Il ne s'est rien passé, poursuit Gustave Eiffel en se massant les tempes.

Je ferme les yeux pour que le spectacle s'arrête quelques secondes. Entracte.

Il faut dire que depuis mon arrivée sur Aeden[1], planète aux confins de l'univers, je vais de surprise en surprise. Cela a commencé aussitôt touché le sol.

---

1. *Nous, les dieux*, Le Livre de Poche n° 30582.

J'ai d'entrée de jeu rencontré un homme agonisant en qui j'ai reconnu l'écrivain Jules Verne. Il m'a lancé d'une voix terrifiée cet avertissement : « Quoi qu'il arrive, surtout n'allez pas là-haut. » Et il a désigné d'un doigt fébrile la grande montagne au centre de l'île dont le sommet était caché par des brumes opaques. Puis, épouvanté, il s'est jeté du haut de la falaise.

Après, tout s'est passé très vite. J'ai été kidnappé par un centaure, conduit jusqu'à une ville rappelant la Grèce antique : Olympie. Là, j'ai appris que j'étais désormais passé du stade d'Ange – symbolisé par le chiffre 6 – au stade suivant d'élévation de conscience, à savoir élève dieu – symbolisé par le chiffre 7. Et que j'allais suivre un enseignement spécial dans une école des dieux.

Les cours sont donnés par les douze dieux du panthéon grec, chacun nous permettant de nous perfectionner dans sa spécialité.

Comme lieu d'exercices, on nous a confié une planète en tous points similaire à notre Terre d'origine. Celle-ci a été baptisée « Terre 18 ».

Héphaïstos nous a appris à y fabriquer de la matière minérale, Poséidon de la vie végétale, Arès de la vie animale. Jusqu'à ce que, enfin, Hermès nous confie à chacun un peuple d'humains avec pour mission de le faire évoluer et proliférer sur Terre 18. « Vous êtes comme les bergers guidant leur troupeau », nous a-t-il lancé. « Comme des bergers »... à cette différence près que si le troupeau meurt, le berger est éliminé.

Car telle est la loi d'Aeden : nous les dieux sommes irrémédiablement liés au destin des peuples dont nous avons la charge. Athéna, déesse de la Justice, a été claire : « Au départ vous êtes 144 élèves dieux. Au final il n'en restera qu'un. »

Pour identifier nos peuples, chacun d'entre nous y a associé un animal-totem. Mon ami Edmond Wells a choisi le peuple fourmi, Marilyn Monroe le peuple des guêpes, Raoul le peuple des aigles et moi le peuple des dauphins.

Au stress de ces étranges études et de cette drôle de compétition viennent s'ajouter deux autres « soucis ». Un des élèves, probablement impatient de gagner, a entrepris d'assassiner un par un ses concurrents. On l'appelle le déicide et pour l'instant, personne n'est arrivé à l'identifier.

Et puis Raoul a eu la plus stupide des initiatives : faire ce qui est strictement interdit, sortir d'Olympie après 22 heures et gravir la montagne pour voir quelle est cette lueur qui brille parfois à son sommet. C'est ainsi que nous nous sommes transformés en alpinistes. Jusqu'à ce que cet œil géant surgisse du ciel...

– Nous sommes fichus, marmonné-je.

– Non, il ne s'est rien produit. Il n'y a pas eu d'œil géant dans le ciel. Nous avons tous rêvé, répète Marilyn Monroe.

C'est alors qu'un bruit de sabots nous rappelle à la réalité et à ses dangers. Pas de temps à perdre. Nous nous accroupissons sous les hauts coquelicots rouges.

2. ENCYCLOPÉDIE : RECEVOIR

Pour le philosophe Emmanuel Levinas : le travail de tout artiste créateur consiste en trois étapes :

Recevoir.
Célébrer.
Transmettre.

Edmond Wells,
Encyclopédie du Savoir Relatif et Absolu, Tome V.

ŒUVRE AU ROUGE

3. LES NEUF TEMPLES

Les centaures. Voilà le service d'ordre. Un troupeau d'une vingtaine de ces chimères au corps de cheval et au torse d'homme vient de surgir sur la droite. Probablement une patrouille de reconnaissance. Ils descendent les rochers au trot, les sabots fébriles, les bras croisés sur leur poitrail ou brandissant de longues branches pour fouetter les plantes à la recherche des élèves dieux.

Ils s'enfoncent dans le champ de fleurs, dont les pétales pourpres leur arrivent jusqu'en haut des jambes. Nous les guettons de loin, tête au ras des coquelicots. Vus sous cet angle, les centaures ressemblent à des canards nageant sur un lac rouge sang.

Ils accélèrent leur trot et s'avancent dans notre direction comme s'ils avaient pu humer notre présence. Nous n'avons que le temps de nous aplatir au sol. Heureusement les coquelicots sont plantés dru et leurs corolles rouges forment un rideau-écran.

Les sabots des centaures nous frôlent, mais soudain le ciel semble se déchirer et une pluie dense s'abat. Sous l'averse, les centaures deviennent nerveux. Certains se cabrent, comme si leur partie cheval ne supportait plus l'électricité de l'air. Ils se concertent, alors que l'eau ruisselle dans leurs barbes, puis décident soudain d'abandonner les recherches.

Nous restons immobiles, longtemps. Les nuages noirs se dissolvent peu à peu, laissant place à un soleil qui fait briller les gouttes d'eau comme autant de petites étoiles sur les feuilles. Nous nous redressons, les centaures ont disparu.

– Il s'en est fallu de peu, souffle Mata Hari.

Marilyn Monroe murmure notre cri de ralliement comme pour se redonner du courage.

– « L'amour pour épée, l'humour pour bouclier. »

Freddy Meyer la prend dans ses bras.

C'est alors qu'au milieu du champ de coquelicots flamboyants apparaît une jeune fille blonde, svelte et rieuse. Huit gamines semblables viennent la rejoindre. Elles nous font face, nous fixent, nous narguent, éclatent de rire, puis courent et disparaissent au loin, furtives.

Nous nous regardons, et d'un seul mouvement, comme si nous avions tous envie d'oublier ce qui vient de se passer, nous décidons de courir à leur poursuite.

Nous galopons parmi les coquelicots, si hauts et résistants qu'ils nous cinglent les hanches. L'image de l'œil géant s'estompe dans nos mémoires, comme si ce genre d'information ne pouvait être digéré et encore moins retenu. Il n'y a jamais eu d'œil dans le ciel. Juste une hallucination collective.

Loin devant, les têtes blondes des filles dépassent à peine des fleurs et leurs cheveux semblent glisser sur la mer de coquelicots.

Nous débouchons dans une vaste clairière. Devant nous, neuf petits temples rouge vif. Les jeunes filles ont disparu.

– Aeden nous dévoile un autre de ses sortilèges, s'inquiète Freddy Meyer.

Les temples rouges se révèlent des palais miniatures aux toits en forme de dômes. Les façades ornées de sculptures et de fresques ont été ciselées dans un marbre rouge. Les portes sont grandes ouvertes.

Nous hésitons, puis, à la suite de Mata Hari, je pénètre dans le palais le plus proche. La salle est déserte, envahie d'un invraisemblable désordre d'objets, tous liés à l'art de la peinture. S'enchevêtrent pêle-mêle des chevalets, des toiles inachevées, des tableaux éclatants qui tous reproduisent un champ de coquelicots dominé par deux soleils, une montagne dressée en arrière-plan.

Nous nous interrogeons sur l'intérêt de la visite quand, d'un autre palais, nous parvient une musique douce, ensorcelante. Nous nous dirigeons vers la source des harmonies, entrons ensemble dans ce second palais, et découvrons une multitude d'instruments de toutes époques et de tous pays : cithare, tam-tam, orgue, violon. Plus quelques partitions de solfège.

– Lors des voyages thanatonautiques, remarque Freddy Meyer, après la zone noire de la peur, venait la zone rouge du plaisir...

Nous décidons de visiter un autre de ces petits temples de marbre rouge. Passé l'entrée, nous découvrons là un télescope, des compas, des cartes, des objets servant à des mesures du ciel ou de la Terre. Du dehors nous parviennent de nouveaux rires de jeunes filles.

– Je crois savoir chez qui nous sommes..., signale alors Georges Méliès.

4. ENCYCLOPÉDIE : LES MUSES

Muse signifie en grec : « tourbillon ». Filles de Zeus et de la nymphe Mnémosyne (déesse de la Mémoire), les neuf jeunes filles étaient destinées à l'origine à devenir nymphes des sources, des rivières et des ruisseaux. Boire leurs eaux, disait-on, incitait les poètes à chanter. Leur fonction évolua, cependant. Après avoir consolé ceux qui souffrent, elles entreprirent d'inspirer les créateurs, quel que soit leur domaine artistique. Elles demeuraient dans les montagnes d'Hélicon en Béotie. Musiciens et écrivains prirent ainsi l'habitude de venir se rafraîchir aux fontaines proches de leur sanctuaire. Elles se répartirent alors les rôles, chacune se consacrant à un seul art.

Calliope : la poésie épique.
Clio : l'Histoire.
Érato : la poésie.
Euterpe : la musique.
Melpomène : le théâtre tragique.
Polymnie : le chant religieux.
Terpsichore : la danse.
Thalie : le théâtre comique.
Uranie : l'astronomie et la géométrie.

Lorsque les neuf filles de Pieros, les Piérides, les défièrent dans un concours d'art, les muses gagnèrent, et pour punir leurs concurrentes de leur audace les transformèrent en neuf corbeaux.

Edmond Wells,
Encyclopédie du Savoir Relatif et Absolu, Tome V.

5. LES NEUF PALAIS

Le vent souffle en rafales sur l'écume rouge formée par les corolles des coquelicots.

La plus petite des jeunes filles s'approche de moi. Elle doit avoir à peine 18 ans. Elle arbore une couronne de lierre sur ses longs cheveux et tient dans sa main droite un masque représentant un visage interrogateur. Elle l'enlève lentement et dévoile ses traits. Un minois espiègle, et deux grands yeux bleus. Elle me fixe avec défi puis sourit.

Je n'ai pas le temps de réagir que déjà, elle s'approche, m'embrasse sur le front. Un flash me projette aussitôt dans un théâtre. Assis au premier rang, je vois la scène. L'histoire de la pièce qui m'est « inspirée » est la suivante : dans une cage, un homme et une femme sont prisonniers d'extraterrestres. Peu à peu, ils découvrent où ils sont et pourquoi ils y sont. Ils apprendront que leur Terre natale a disparu et que s'ils ne s'accouplent pas, c'en sera fini de l'humanité tout entière. Dès lors, ils entreprendront de dresser le procès de l'humanité afin de déterminer si l'expérience mérite ou non d'être poursuivie. Mais l'homme et la femme, cobayes malgré eux, comprennent aussi que les extraterrestres les ont enlevés pour qu'ils soient à l'origine d'un petit élevage d'humains qui distrairont leurs enfants. Donc s'ajoute une question : pourquoi perpétuer l'humanité ?

J'ouvre les yeux. Ce n'était qu'un rêve. La jeune fille me sourit, satisfaite. C'est probablement une muse du théâtre, mais est-ce Melpomène, la muse de la tragédie, ou Thalie, celle de la comédie ? Son masque interrogateur ne m'apporte guère d'indication. À bien y réfléchir, je pense qu'il doit s'agir de Thalie, car la pièce-procès de l'humanité me paraît plus drôle que triste. Et puis elle finit bien.

Je sors de ma besace mon *Encyclopédie du Savoir Relatif et Absolu*, le legs de mon regretté maître Edmond Wells, et note mon idée de spectacle sur les pages blanches. La muse m'embrasse à nouveau le front.

Trois phrases résonnent alors dans ma tête comme des conseils d'écriture :

> « Parle de ce que tu connais.
> Montre plutôt qu'explique.
> Suggère plutôt que montre. »

J'intègre ce conseil.

Mes compagnons ne sont pas en reste. Georges Méliès a été pris en main par Calliope, la muse de la poésie. Polymnie, la muse du chant religieux, captive Freddy Meyer. Terpsichore, la muse de la danse, enlace Marilyn Monroe. Érato, la muse de la poésie, communique tendrement avec Mata Hari. Quant à Raoul, sa muse, justement, c'est Melpomène, celle du théâtre tragique.

Thalie m'entraîne dans sa demeure de marbre rouge. Je la suis jusqu'à sa chambre au décor de théâtre. Au centre, l'immense lit à baldaquin à colonnes dorées coiffées de masques italiens semble tout droit sorti de la commedia dell'arte.

Sur une estrade encadrée de rideaux en velours pourpre, elle improvise pour moi seul un spectacle de mime. Elle suggère le bonheur, le malheur, puis le drame virant à la liesse. Ses yeux s'embuent, se plissent et finalement brillent de joie. J'applaudis.

Elle se plie en deux pour saluer, quitte l'estrade, va fermer sa porte à clef, range la clef sous le lit et revient se presser contre moi.

Dans ma dernière vie de mortel, je ne m'étais jamais vraiment intéressé au théâtre. Rebuté par la nécessité de réserver et la cherté des places, je fréquentais plutôt les cinémas.

À nouveau, Thalie m'embrasse sur le front, et en moi la pièce se construit plus nettement. Je m'assois à une table et prends des notes avec ardeur.

J'écris. Quel plaisir d'écrire des dialogues. L'intrigue se crée. La mayonnaise commence à prendre.

Thalie me caresse la main, et une vague de fraîcheur m'apaise. Tout est si naturel. Mes personnages me donnent l'impression de vivre tout seuls, de dire leurs mots et non les miens. Je n'invente pas, je décris ce que je vois. Jamais je n'ai connu ce sentiment de créer avec autant de facilité. Je suis enfin un petit dieu qui maîtrise un monde dont il contrôle d'autant mieux les règles que c'est lui qui les crée. Une autre idée me traverse l'esprit. On pourrait donner ce conseil : « Si vous ne voulez pas subir le futur, créez-le vous-même. » Je prends même conscience qu'avant d'écrire cette pièce jamais je n'ai maîtrisé de situation entre des êtres humains.

J'embrasse ma muse sur les joues pour la remercier de sa contribution... Thalie lit par-dessus mon épaule, elle approuve et m'invite à regarder en direction du théâtre miniature posé sur la commode. Elle déplace certaines statuettes de la maquette pour me suggérer quelques mouvements d'acteurs. Elle me fait ainsi comprendre que je dois aussi penser à la mise en scène. Là ils se battront, là ils s'embrasseront, là ils se poursuivront et ici ils tourneront dans une roue à leur taille comme des hamsters.

Thalie secoue ses boucles blondes, son odeur m'entoure puis, pour me soutenir dans mon effort, elle me sert un verre d'hydromel, rouge parce que aromatisé au coquelicot.

Je ne ressens plus qu'une unique et surprenante envie : m'installer à demeure dans ce palais rouge et consacrer mon existence à la création théâtrale en compagnie de ma muse. Frôler Thalie, entendre ses rires, ceux d'une salle pleine, sont mes motivations ici et maintenant. Suis-je passé sans sevrage d'une drogue à une autre ? De la gestion des mondes à celle des acteurs ? D'Aphrodite à Thalie ? La muse du théâtre possède un avantage sur la déesse de l'Amour : de notre union naît une œuvre qui nous dépasse. Le fameux $1 + 1 = 3$, cher à mon maître Edmond Wells. J'écris, et il me semble entendre les rires de centaines de spectateurs. Thalie m'embrasse.

Mais ce n'est pas une ovation qui interrompt notre étreinte, c'est le fracas de la porte s'abattant sous les coups d'épaule de Freddy. Il m'attrape, me bouscule et m'emporte finalement de toute sa force décuplée hors du palais.

– Hé ! laisse-moi ! Qu'est-ce qui te prend ?

L'ancien rabbin me secoue à nouveau :

– Tu n'as donc pas compris ? C'est un piège !

Je le fixe, incrédule.

– Rappelle-toi, quand nous traversions le territoire rouge du continent des morts. L'épreuve était déjà la séduction. Si tu t'attardes ici, c'en est fini de ton peuple des dauphins, c'en est fini de l'ascension de l'Olympe. Tu deviendras une chimère, comme tous les perdants. Réveille-toi, Michael !

– Quel est le danger ?

– Celui du papier tue-mouches pour un papillon : rester englué.

Je perçois la phrase de très loin, tandis que Thalie réapparaît à la porte de son palais, tendre et attirante.

– Pense à Aphrodite, ajoute Raoul.

Comme si un poison guérissait d'un autre poison.

Thalie sans insister m'adresse un geste d'adieu. Je lui dis simplement :

– Merci. Un jour, j'écrirai la pièce que tu m'as inspirée. Et d'autres encore.

Les théonautes se rassemblent devant les palais alors que nos muses ont renoncé à nous séduire.

Nous nous regardons. Quelle drôle d'équipe nous formons. Mata Hari, l'ancienne espionne qui m'a sauvé, Marilyn Monroe la star du cinéma américain, Freddy Meyer, le rabbin aveugle qui ici a recouvré la vue, Georges Méliès, le magicien avant-gardiste, inventeur des effets spéciaux au cinéma, Gustave Eiffel, l'architecte qui a maîtrisé le fer, et Raoul Razorback, le fougueux explorateur du continent des morts.

– Bon, ça, c'est fait, dit Mata Hari, comme pour conclure notre aventure chez les muses.

Nous nous éloignons des bâtisses sculptées dans le marbre rouge, mettant un terme à nos aspirations artistiques.

Je n'avais encore jamais réfléchi au pouvoir de l'art. D'avoir entrevu mon potentiel de création théâtrale m'ouvre des horizons nouveaux.

Je suis donc capable de faire vivre un petit monde artificiel que j'ai créé de toutes pièces.

6. ENCYCLOPÉDIE : SAMADHI

Le bouddhisme évoque le concept de Samadhi. Ordinairement, nos pensées vagabondent en tous sens. Nous oublions ce que nous sommes en train de faire pour songer aux événements de la veille ou prévoir des projets pour le lendemain. En état de

Samadhi, complètement concentré sur l'action présente, on devient maître de son âme. Le mot sanskrit Samadhi peut se traduire par : « état d'être fermement fixé ».

En état de Samadhi les expériences des sens ne signifient rien. On est déconnecté du monde matériel et de tous les conditionnements, il n'y a qu'une motivation : l'Éveil (Nirvana).

On peut y parvenir en trois étapes.

La première est le « Samadhi sans Image ». Il faut visualiser son esprit comme un ciel sans nuages. Les nuages, qu'ils soient noirs, gris ou or, sont nos pensées qui troublent le ciel. On les chasse une par une au fur et à mesure qu'elles apparaissent, jusqu'à avoir un ciel clair.

La deuxième étape est le « Samadhi sans Direction ». C'est un état dans lequel il n'y a pas de chemin particulier vers lequel on souhaite aller, on n'a aucune préférence dans aucun domaine. On se visualise comme une sphère posée sur un sol plat qui malgré sa forme et sa fonction ne roule vers nulle part.

Enfin la troisième étape est le « Samadhi de la Vacuité ». C'est une expérience dans laquelle on perçoit tout pareil. Il n'y a ni bien ni mal, pas de choses agréables ou déplaisantes, ni passé, ni futur, pas de choses proches ou lointaines. Tout est égal. Et comme tout est similaire, il n'y a aucune raison d'adopter une attitude différente envers quoi que ce soit.

Edmond Wells,
Encyclopédie du Savoir Relatif et Absolu, Tome V.

7. MORTELS. 14 ANS

La cité d'Olympie, capitale de l'île d'Aeden, resplendit dans la nuit fraîche. Quelques grillons font résonner leurs chants dans l'été sans fin. Des lucioles dansent autour de l'orbe des trois lunes. Une odeur de mousse signale que les végétaux appellent la rosée du matin.

De retour dans ma villa, je suis encore sous le charme de la muse Thalie. Créer, avec à mes côtés une femme qui m'inspire, est une expérience nouvelle et passionnante.

Je me ressource dans mon bain, lavant mon corps et mon esprit de toutes les souillures extérieures. Tant d'événements me bouleversent sur cette île qu'il importe de les effacer régulièrement pour réussir à leur échapper. Je craignais les centaures, les sirènes, le Léviathan, les griffons, l'œil géant sorti du néant, et voilà que le charme d'une jeune artiste se révèle plus redoutable encore.

Je m'essuie, enfile une toge propre et, étendu sur mon canapé, je renoue avec l'une de mes occupations favorites : observer mes anciens clients à la télévision.

Sur la première chaîne, la petite Coréenne qui vit au Japon, Eun Bi, a 14 ans. Elle suit des cours dans une école qui enseigne l'art des mangas, ces bandes dessinées japonaises codifiées. Pour les visages, les mouvements, l'action, les standards sont précis. Il faut de grands yeux ronds, des monstres hideux, de l'érotisme soft (mais pas de vision de poils). Eun Bi est appréciée des professeurs pour ses talents en matière de couleurs et de décors sophistiqués. Elle est toujours en proie à la tristesse, certes, mais quand elle dessine, elle se sent libre et connaît même des instants de pure décontraction.

Sur la deuxième chaîne, l'Ivoirien Kouassi Kouassi apprend à jouer du tam-tam. Son père lui enseigne à faire coïncider les battements avec le rythme de son cœur pour tenir plus longtemps. Lors d'une de ces leçons, il constate qu'il peut dialoguer avec son père à l'aide de son tam-tam. Du coup, il découvre que son instrument n'est pas seulement un tambour mais un véritable moyen de communication par-delà les mots. Il frappe, il frappe de ses paumes et se sent en phase avec son père. Mais aussi avec sa tribu et ses ancêtres.

Sur la troisième chaîne, le Crétois Théotime s'est mis au sport. Il impressionne les gamines des touristes de passage en exhibant ses pectoraux. Il est doué pour la voile, le volley-ball, et depuis peu s'entraîne à la boxe.

Bref, rien que de très banal du côté de mes humains. Je m'étais tellement habitué à être le témoin de drames sur ce téléviseur que j'avais oublié à quel point, la plupart du temps, il ne se passe rien de très particulier dans une existence. On ne peut pas vivre sans cesse en crise. Pour l'heure, mes jeunes clients laissent tranquillement le temps passer et leur destin se dérouler.

On frappe à ma porte. Je noue une serviette autour de mes reins et vais ouvrir. Une haute silhouette aux longs cheveux se tient devant moi. C'est son parfum que je reconnais en premier. Aurait-elle pressenti qu'elle commençait à occuper moins de place dans mon esprit ? Elle est revenue. Une lune est posée sur son épaule.

– Est-ce que je te dérange ? demande-t-elle.

A-phro-dite. Déesse de l'Amour. La splendeur et la séduction absolues incarnées en un seul être. À nouveau je me sens redevenir un enfant. Je baisse les yeux, car l'intensité de sa beauté crée en moi comme un choc. J'avais oublié qu'elle était à ce point extraordinaire.

J'enfile une tunique et l'invite à entrer. Elle s'assoit sur le divan. Progressivement mon regard revient vers elle et apprivoise son rayonnement un peu comme si je m'habituais à fixer le soleil sans lunettes noires. Mes sens se gorgent de sa présence. Des hormones fusent dans ma tuyauterie interne. Je vois ses sandales dont les rubans d'or enlacent ses mollets jusqu'aux genoux. Ses orteils peints de larmes de rose. Ses cuisses, alors qu'elle décroise ses jambes pour soulever sa toge rouge. Je vois sa peau ambrée, sa chevelure dorée qui coule en cascade sur l'étoffe rouge. Elle bat des paupières, comme amusée par mon émotion.

– Ça va, Michael ?

Mes yeux s'imprègnent de cette vision de pure esthétique. Botticelli avait tenté de la représenter, s'il savait comment est la vraie...

– J'ai un cadeau pour toi.

Elle sort de sa toge une boîte en carton avec des trous. Quelque chose respire à l'intérieur. Je m'attends à ce qu'elle sorte un chaton ou un hamster. Mais ce qu'elle me présente est beaucoup plus étonnant.

Un cœur palpitant de 20 cm de haut avec des petits pieds, des pieds humains. Je pense qu'il s'agit d'une sculpture, mais en la touchant, elle frémit. C'est tiède.

– Un automate animé ? questionné-je.

Elle caresse le cœur sur pieds.

– Je ne les offre qu'à ceux que j'aime vraiment.

J'ai un mouvement de recul.

– Un cœur vivant ! Mais c'est... affreux !

– C'est de l'amour personnifié... Cela ne te plaît pas, Michael ? s'étonne-t-elle.

Il me semble que le cœur vivant a dû percevoir que

quelque chose n'allait pas pour lui car il s'est comme crispé.

– C'est-à-dire...

Elle le reprend et le caresse comme s'il s'agissait d'un chaton à rassurer.

– Les cœurs, ça aime bien être offerts. Même s'il n'y a pas d'yeux, d'oreilles, ou de cervelle dans cette chimère, elle possède une petite conscience à elle. Une conscience de... cœur. Ça veut être adopté.

En parlant, elle s'est approchée lentement de moi. Je ne bouge pas.

– Tous les êtres ont besoin d'être aimés. Le reste n'a aucune importance.

La déesse de l'Amour s'approche et se serre fort contre mon torse. Je sens la douceur de sa peau. J'ai tellement envie de l'embrasser. Mais elle glisse son index entre nos lèvres.

– Tu sais, tu es l'homme le plus important pour moi, profère-t-elle.

Elle me caresse le front d'un geste très maternel.

– Je t'aime... mais je ne suis pas amoureuse. Pas encore du moins. Pour cela il faudrait déjà que tu résolves l'énigme.

Elle prend mes mains qu'elle commence à masser.

– Avant d'être déesse j'ai été humaine. J'avais une maman et un père extraordinaires. Ce sont eux qui m'ont appris à aimer aussi fort. Entre nous je veux quelque chose de vrai, de grandiose, pas n'importe quoi. L'amour, le vrai, cela se mérite. Si tu veux que je devienne amoureuse de toi il va te falloir accomplir des merveilles. Trouve l'énigme. Je te la rappelle : « C'est mieux que Dieu, c'est pire que le diable. Les pauvres en ont, les riches en manquent. Et si on en mange on meurt. »

Elle m'embrasse les doigts, les pose sur sa poitrine.

Puis elle prend le cœur qui paraît attendre qu'on s'occupe de lui.

– Désolée, petit cœur, il semble que tu ne plaises pas à mon ami.

Elle m'adresse un clin d'œil.

– ... Ou en tout cas ce n'est pas toi qui l'intéresses.

Le cœur tremble d'émotion.

J'essaie à nouveau de la saisir mais elle se dégage.

– Si tu le veux vraiment, nous pourrions faire l'amour, c'est vrai, mais tu n'aurais que mon corps, pas mon âme. Et je crois que tu serais plus déçu qu'heureux...

– Je suis prêt à tout, dis-je.

– Vraiment tout ?

– Je sais que vous pouvez me détruire, mais même cela je suis prêt à l'accepter.

Elle me regarde, mi-amusée mi-étonnée.

– Beaucoup d'hommes sont déjà morts de chagrin, ou se sont suicidés par amour pour moi, mais toi, je n'ai pas envie de te faire du mal. Bien au contraire.

Elle respire amplement.

– Maintenant nous sommes liés à jamais. Au final, si tu te comportes bien, il y aura peut-être un grand moment d'extase entre nous.

Là-dessus elle se lève, revient, me serre contre elle, reprend son cœur vivant puis s'en va.

Je reste hébété. Puis, une idée étrange me traverse l'esprit : et si ce cœur était celui de l'un de ses amants éconduits ?

De l'un de ces êtres qu'elle « aime mais dont elle n'est pas amoureuse » ? La peau de mes joues s'empourpre. Une vraie brûlure. Jamais je n'ai ressenti une telle confusion. C'est elle évidemment qui est pire que le diable, plus forte que Dieu... et si j'en mange, je meurs.

Des coups redoublés contre la porte me font sursauter. Freddy est là, le cheveu hirsute, le visage défait. Péniblement, il articule :

— Vite. Marilyn a disparu...

Je bondis. Nous ameutons voisins et amis pour la retrouver. Nous parcourons toutes les rues, toutes les ruelles d'Olympie, des quartiers que je ne connaissais pas. Parmi les monuments et les statues, des satyres, des chérubins, des centaures fouillent avec nous les buissons.

— Marilyn, Marilyn !

J'éprouve ce même pressentiment qui m'assaillait, lorsque j'étais mortel, devant ces affiches représentant des enfants disparus, petites filles ou petits garçons artificiellement vieillis à l'ordinateur, avec dessous un numéro de téléphone pour prévenir les parents. Sur les ondes, les écrans de télévision, ceux-ci suppliaient les ravisseurs de donner des nouvelles. Et puis, on n'entendait plus parler de ces enfants, sur les murs les affichettes s'effritaient peu à peu, le temps passait, et on les oubliait.

— Marilyn, Marilyn !

Nous ratissons la ville. Alors que je suis face au grand pommier de la place centrale, un être discret se manifeste. C'est la petite chérubine que j'appelle « moucheronne ». La fille-papillon d'à peine vingt centimètres de haut agite nerveusement ses longues ailes bleues. Une fois de plus elle tente par gestes de m'expliquer quelque chose. Elle veut que je la suive. Elle m'entraîne vers les jardins du nord. Les grandes fontaines sculptées déversent leurs eaux cuivrées dans un ronronnement liquide.

— Tu sais où est Marilyn ?

La moucheronne volette par saccades. Je la suis. Étrange petit être, l'un des premiers que j'ai rencontrés en Aeden. Il faudra un jour que j'essaie de comprendre le lien qui m'unit à cette princesse-papillon.

Nous traversons plusieurs jardins. Et puis je finis par discerner une sandale qui dépasse d'un massif de glaïeuls. Dans la prolongation de la sandale, un pied féminin. Au bout du pied, une jambe, un corps et une main crispée, tendue vers le ciel. Le râle qu'émet Marilyn Monroe est plus animal qu'humain.

Je m'agenouille, la dégage, et recule devant le trou béant, encore fumant, qui déchire son ventre. Combien de fois cette âme sera-t-elle assassinée ?

L'endroit est désert. Sur les lieux, il n'y a que la chérubine et moi. Je ramasse une branche d'arbre sec et je l'allume avec mon ankh pour m'en faire une torche. Sous la lueur, le visage de celle qui fut probablement la plus célèbre actrice de tous les temps me bouleverse. Pourvu qu'il ne soit pas trop tard. J'appelle à l'aide.

— Elle est ici, venez ! ici !

J'agite haut ma branche enflammée. L'actrice ouvre les yeux, elle n'est pas morte. Elle me voit, sourit et balbutie :

— Michael...

— On va te sauver. Ne t'inquiète pas, dis-je.

Je n'ose examiner son énorme blessure. Elle marmonne quelque chose en souriant difficilement.

— L'amour pour... épée, l'humour pour bouclier.

— Qui t'a fait ça ?

Sa main saisit mon bras et s'y agrippe.

— Le... Le déicide...

— Le déicide, oui. C'est qui ?

— C'est... c'est...

Elle s'arrête et me fixe de ses grands yeux. Enfin, dans un dernier soupir, elle balbutie :

— L...

Puis son regard s'éteint, sa main lâche la mienne et retombe, sa bouche se clôt définitivement.

Déjà des gens s'attroupent autour de nous et Freddy est là, étreignant la dépouille de sa compagne.

– NOOOONN ! ! !

Entre ses bras, elle n'est plus qu'une poupée de chiffon.

– Elle a eu le temps de te donner le nom de son assassin ? me demande Raoul.

– Elle n'a prononcé qu'une lettre, « L », et encore, je ne sais pas si elle a dit « el » ou « le ».

– Comme Bernard Palissy... il avait dit lui aussi « L »..., remarque Mata Hari.

Raoul soupire :

– « Le », ça peut être n'importe quoi. « Le » diable, « le » dieu de la Guerre. Et si c'est « elle », c'est peut-être une femme.

– « El », c'est aussi le nom de Dieu en hébreu, remarque Georges Méliès.

– Et si c'était « aile » ? propose Sarah Bernhardt.

Il est étrange que la disparition de Marilyn ne me touche pas davantage. Peut-être que depuis la perte de mon mentor, Edmond Wells, j'ai admis l'idée que, les uns après les autres, nous finirions tous tués. « Ici-bas rien ne dure »...

– Décompte : 84 – 1 = 83. Nous ne sommes plus que 83 élèves en lice. À qui le tour, maintenant ?

C'est Joseph Proudhon qui a parlé. Nous ne lui prêtons même pas attention.

– Cherchons un dénominateur commun à toutes les victimes, suggère Mata Hari.

– Facile, déclare Raoul. Ce sont régulièrement les meilleurs élèves qui se font assassiner. Béatrice, Marilyn... Elles étaient dans le trio de tête quand elles ont été frappées.

– Qui aurait intérêt à tuer les bons élèves ?

– Les mauvais, répond aussitôt Sarah Bernhardt en désignant l'anarchiste français qui s'éloigne sans marquer la moindre affliction.

Alors que j'étais encore mortel, dans ma dernière chair sur Terre 1, je me souviens d'une classe, au lycée, où un groupe des plus mauvais élèves prenait plaisir à s'acharner sur les premiers de la classe. Ils les isolaient pour les frapper. Par peur d'avoir les pneus de leur voiture crevés par cette bande ou même d'être carrément agressés en plein cours, les professeurs n'osaient intervenir. Ils préféraient même donner de bonnes notes à ces trublions. C'était « le pouvoir de nuisance ». On cède pour être tranquille.

– Ou alors un bon élève qui veut à tout prix finir premier et remporter le jeu, déclare Mata Hari. Il tue tous ceux qui le séparent de la victoire finale.

– Quels sont les mieux notés actuellement ?

Mata Hari se souvient du dernier podium.

– Clément Ader est en tête, suivi par moi ex-aequo avec...

– Proudhon, dit Raoul.

Le nom de l'anarchiste résonne dans nos esprits. Il avait l'air peu touché lorsqu'il a lâché : « Décomptc... ».

– Non, ce serait trop facile de l'accuser, rétorque Georges Méliès. Il élimine les autres joueurs dans la partic, pourquoi prendrait-il le risque de les tuer en dehors ?

Un brassement d'ailes, au loin, nous fait lever la tête. Athéna chevauchant son cheval ailé atterrit, saute de son destrier, et déjà son hibou s'envole au-dessus de notre groupe. Nous nous taisons. La déesse de la Justice parle haut et fort.

– Une fois de plus le déicide nous nargue, et une

fois de plus, le courroux des dieux est grand, clame-t-elle.

Elle s'approche du cadavre, alors que déjà les centaures surgissent, repoussent Freddy qui s'accroche au corps de son aimée, et se saisissent de Marilyn Monroe. Ils la déposent sur une civière et la recouvrent rapidement d'une couverture.

– Porter le monde à la place d'Atlas serait, somme toute, une punition trop douce pour l'assassin parmi vous. Atlas, finalement, s'y est habitué. Il y a pire châtiment que le sien. J'ai cherché et j'ai trouvé : le coupable aura droit au supplice de Sisyphe. Comme lui, il poussera éternellement son rocher d'un versant à l'autre de la montagne.

Une rumeur parcourt la petite assistance.

Je me souviens que jadis les nazis avaient repris cette idée de la torture par le travail inutile. Dans les camps de concentration, ils contraignaient les hommes à pousser de lourds rouleaux de béton en cercle ou à déplacer des amas de rochers pour les ramener ensuite au point de départ. Une activité, même pénible, est supportable dès lors qu'elle a un sens. Mais si on en supprime le sens...

– Vous allez avoir l'occasion d'apprécier ce châtiment de près. Vos cours magistraux sont maintenant terminés. Des professeurs auxiliaires s'adresseront désormais à vous. Sisyphe sera justement le premier d'entre eux.

Là-dessus, la déesse enfourche son cheval Pégase et repart vers le sommet de l'Olympe. Près de moi, Freddy est sous le choc de la perte de sa fiancée des étoiles. Il ne tient pratiquement plus sur ses jambes. Nous le soutenons.

– Ne t'inquiète pas, murmure Raoul, nous la retrouverons.

Le rabbin ne réagissant pas, mon ami explique qu'à l'heure qu'il est, l'actrice est probablement déjà chimère. Oiseau-lyre, licorne ou sirène, elle n'a pas quitté l'île. Ici, selon le principe cher au chimiste Antoine Lavoisier, « rien ne se perd, rien ne se crée, tout se transforme ».

8. ENCYCLOPÉDIE. VISION

Si toute l'histoire de l'humanité était ramenée au laps de temps d'une semaine, une journée équivaudrait à 660 millions d'années.

Imaginons que notre histoire débute un lundi à 0 heure, avec l'émergence de la Terre en tant que sphère solide. Lundi, mardi et mercredi matin, il ne se passe rien, mais mercredi à midi, la vie commence à apparaître sous forme de bactérie.

Jeudi, vendredi et samedi matin : les bactéries pullulent et lentement se développent.

Samedi après-midi, aux alentours de 16 heures, surgissent les premiers dinosaures, lesquels disparaîtront cinq heures plus tard. Quant aux formes de vie animale plus petites et plus fragiles, elles se répandent de manière anarchique, naissent et disparaissent, ne laissant subsister que quelques espèces rescapées par hasard des catastrophes naturelles.

Ce même samedi, l'homme apparaît à minuit moins trois minutes. Un quart de seconde avant minuit, les premières villes sont là. À un quarantième de seconde avant minuit, l'homme lance sa première bombe atomique et s'éloigne de la Terre pour poser le pied sur la Lune.

Nous imaginons posséder une longue histoire, mais en fait nous n'existons en tant qu'« animaux modernes conscients » que depuis un quarantième de seconde avant la fin de la semaine de notre planète.

Edmond Wells,
Encyclopédie du Savoir Relatif et Absolu, Tome V.

9. LE RÊVE DE L'ARBRE

Le réveil est difficile. J'ai rêvé cette nuit que je me trouvais dans une rue effervescente de New York, bousculé par des gens marchant et courant en tous sens. J'interrogeais les passants : « Y a-t-il quelqu'un qui sait ? Quelqu'un qui détient des informations sur moi ? Qui sache qui je suis et pourquoi je suis là ? » Juché pour finir sur le toit d'une voiture, je lançais : « Qui sait qui je suis et pourquoi j'existe au lieu de n'être rien ? » Quelqu'un s'arrêtait pour me crier : « Pour toi, je ne sais pas, mais peut-être que pour moi, toi tu sais. » Alors, d'autres s'interrogeaient mutuelle-ment : « Toi, tu ne sais pas qui je suis, et toi non plus ? Tu ne sais pas pourquoi nous sommes là ? Et toi, tu ne sais pas pourquoi j'existe ? Qui détient les informa-tions ? » Alors Edmond Wells surgissait et disait : « La solution est dans l'arbre. » Il me désignait le grand pommier d'Olympie. Je m'approchais, touchais l'écorce, et étais comme aspiré à l'intérieur de l'arbre. Je me transformais alors en... sève blanche. Je coulais vers ses racines et là, me régalais d'oligo-éléments, puis je remontais l'arbre à travers son tronc, et par son écorce, je montais dans les branches, parvenais jusqu'aux feuilles, me répandais dans les nervures vertes et prenais la lumière, puis je redescendais pour me propager partout dans l'arbre, toujours sous forme liquide. Je m'étirais alors des racines vers les branches les plus hautes et les plus fines.

Association d'images. La sève se transformait en grumeaux, puis en cellules, puis en humanité. Je visualisais que les racines de l'arbre étaient son passé et ses branches fines son futur. Je circulais dans les branches comme dans autant de futurs possibles pour l'humanité. J'accomplissais des allers-retours du tronc aux branches, changeant les possibilités de futurs rien qu'en changeant d'embranchement. Et je voyais les conséquences de chaque choix. Les fruits se transformaient en sphères de mondes possibles, un peu comme tous les mondes miniatures que j'avais vus chez Atlas.

Je me réveille et me frotte les yeux. Drôle de rêve. Je suis épuisé. Je n'ai pas envie d'aller à l'école ce matin. Les cours, ce n'est plus de mon âge. La scène d'hier soir avec Aphrodite me revient en tête. Je comprends qu'autant d'hommes aient été envoûtés, réduits à l'état d'esclaves par un être aussi complexe. Il faut penser à autre chose. Je décide de rester au lit et de me remettre à rêver.

À peine ai-je fermé les yeux que je me retrouve dans l'arbre, transformé en sève pour de nouvelles aventures arboricoles. Mais je suis arraché de l'écorce par un bruit strident. Les cloches sonnent les matines. Quel jour sommes-nous ? Samedi. Demain dimanche, la grasse matinée sera au programme.

Je me résous à me lever et me traîne jusqu'au miroir. C'est moi, ce type à la mine de papier mâché, aux joues rongées de barbe. Je baigne mon visage d'eau froide pour me réveiller et j'accomplis tous les gestes du quotidien : la douche, le rasoir, la toge... Je vais ensuite prendre le petit-déjeuner au Mégaron. Café, thé, lait, confitures, croissants, brioches, toasts... Freddy, silencieux, semble attendre quelque chose.

– Que va-t-il arriver au peuple des femmes-guêpes sans Marilyn Monroe ? demande Mata Hari.

– Que va-t-il nous arriver à tous ? ajoute Sarah Bernhardt. Sans Marilyn, il n'y a plus de garde-fou pour arrêter Proudhon. Son armée est nombreuse et efficace. Il peut tous nous envahir les uns après les autres.

Gustave Eiffel et Sarah Bernhardt reprennent une nouvelle fois l'idée d'une alliance pour nous délivrer des troupes de l'anarchiste. Raoul paraît préoccupé.

– Si les hommes-aigles s'aventurent dans mes montagnes, je devrais pouvoir résister. En jetant des pierres ou en coupant les cols. En revanche, je ne descendrai pas dans les plaines me confronter à ses hordes, surtout depuis qu'il a adopté cette stratégie de faire avancer ses esclaves en première ligne pour épuiser les flèches adverses.

– Où Proudhon a-t-il déniché cette tactique ?

– Il me semble que des chefs de guerre chinois du Moyen Âge utilisaient déjà ce genre de bétail humain, dis-je, ayant lu dans l'*Encyclopédie* des détails là-dessus. Ils les nourrissaient chichement, juste assez pour qu'ils survivent jusqu'aux prochaines batailles. Puis ils les poussaient aux premières lignes en guise de boucliers.

– Fallait-il qu'ils méprisent leurs congénères, soupire Sarah Bernhardt.

Nous discutons stratégie. Les hommes-chevaux de Sarah Bernhardt et les hommes-tigres de Georges Méliès sont encore très à l'écart géographiquement de la zone où sévissent les hommes-rats de Proudhon, inutile de les contraindre à des marches forcées pour former une seule et grande armée.

– Les femmes-guêpes sont d'ailleurs la principale

42

préoccupation de Proudhon. Le temps qu'il en vienne à bout, nous trouverons bien une solution.

– Et s'il envahit toute la planète ? interroge Gustave Eiffel.

Sarah Bernhardt répond aussi sec :

– L'humanité ne sera plus qu'esclavage pour les femmes. Vous avez vu comment les hommes-rats traitent leurs compagnes, leurs sœurs, leurs filles ?

– Et comment ils traitent les étrangers..., renchérit Georges Méliès.

– Quel homme contradictoire, remarque Mata Hari. Proudhon prône depuis le début un monde « sans dieu ni maître » et il s'apprête à imposer une tyrannie planétaire basée sur la violence et les castes.

– C'est le principe de guérir le mal par le mal, rappelle Georges Méliès.

– Il lutte contre le fascisme avec les méthodes du fascisme : violence, mensonge, propagande, ajoute Sarah Bernhardt.

– Le jeu politique n'oppose pas l'extrême droite à l'extrême gauche, comme on veut souvent nous le faire croire, mais les extrêmes unis contre le centre, dit Georges Méliès. D'ailleurs, les « extrémistes » partagent bien souvent la même clientèle : les jaloux, les aigris, les nationalistes, les réactionnaires, et, sous couvert « d'idéal supérieur », utilisent les mêmes techniques de bandes armées, de violence gratuite, de démagogie et de propagande mensongère.

Personne n'ose le contredire, mais je sens que tout le monde n'est pas d'accord. Notamment Raoul, qui, je le sais, a toujours trouvé que le centre était mou et devait être réveillé par ses flancs durs.

– Même les valeurs des partis extrémistes sont similaires, approuve Sarah Bernhardt, en général ça commence par l'éviction des femmes de la vie politique. C'est le premier signe. Ensuite ce sont les intellectuels et tous ceux qui pourraient remettre en question le pouvoir.

Nous observons Proudhon, assis seul à une table. Il semble se concentrer sur la prochaine partie.

10. MYTHOLOGIE. SISYPHE

Son nom signifie « Homme très sage ». Il est le fils d'Éole, l'époux de la pléiade Méropé (elle-même fille d'Atlas). Il est aussi le fondateur de la ville de Corinthe.

Depuis Corinthe, ses hommes contrôlaient l'isthme. Ils attaquaient et rançonnaient les voyageurs. Ainsi se constituèrent un trésor de guerre et le début de la prospérité de Corinthe. Après la flibuste, Sisyphe passa progressivement à la navigation et au commerce.

Un jour, Zeus voulut retrouver à Corinthe Égine, la fille du dieu du Fleuve Asopos, qu'il avait fait enlever. Sisyphe dénonça le ravisseur au père inquiet. Ce dernier en récompense lui offrit une fontaine perpétuelle. Cependant Zeus ne lui pardonna pas cette trahison et ordonna à Thanatos, dieu de la Mort, de punir Sisyphe par un châtiment éternel.

Quand Thanatos se présenta avec des entraves, Sisyphe, rusé, le convainquit de tester sur lui-même les menottes dont il voulait l'emprisonner. Résultat : le dieu de la Mort se retrouva détenu et séquestré à Corinthe. Et le royaume des morts en l'absence de son dieu se dépeupla.

Zeus, de plus en plus en colère, dépêcha Arès dieu de la Guerre pour délivrer le dieu des Morts et capturer le trop rusé souverain de Corinthe.

Sisyphe ne s'avoua pas aussi facilement vaincu. Il

fit semblant de se soumettre mais avant de descendre au royaume des morts, il pria sa femme de ne pas inhumer son corps. Descendu dans le territoire de l'Hadès, il obtint l'autorisation de revenir trois jours parmi les vivants, le temps de punir sa veuve de ne pas l'avoir enterré.

À Corinthe, il refusa de retourner chez les défunts. Cette fois, Zeus eut recours à Hermès pour l'y ramener de force.

Là, les juges de l'Enfer estimèrent que tant d'insubordination méritait un châtiment exemplaire. Ils condamnèrent Sisyphe à un supplice créé à son intention : rouler pour l'éternité un énorme rocher en haut d'une montagne, rocher qui retombait aussitôt sur l'autre versant et qu'il devait alors ramener à nouveau au sommet. Chaque fois qu'il tentait de prendre un peu de repos, une Érinnye, fille de Nyx, la nuit, et de Chronos, se chargeait de le rappeler à l'ordre d'un coup de fouet.

Edmond Wells,
Encyclopédie, Tome V.
D'après Francis Razorback,
et la *Théogonie* d'Hésiode, 700 avant J.-C.

11. L'IMPORTANCE DES VILLES

Les ruelles d'Olympie commencent à s'animer, alors que dans le ciel planent quelques griffons, tels de gros pigeons citadins. À la différence près que ces pigeons-là ne roucoulent pas.

Les 83 élèves survivants en toge blanche se saluent, se retrouvent, se rassurent.

Nous avançons en longue file vers les Champs-Élysées pour recevoir notre prochain cours de divinité, mais la porte reste close. Une Heure arrive. Elle nous guide vers le quartier des dieux auxiliaires, au sud d'Olympie.

C'est un quartier de la ville que je connais mal. Les maisons sont construites de manière plus personnalisée. Avec moins de caractère que les palais des dieux mais plus d'originalité que les maisons des élèves. Il y a là des bâtisses aux formes classiques qui à première vue semblent des immeubles de bureaux. Après tout, gérer une aussi grande cité exige forcément du personnel.

L'Heure du moment nous entraîne vers une demeure de style corinthien qui ressemble à une villa antique en plus imposant. Des colonnades de marbre et des sculptures dorées en décorent les flancs. Sur les murs sont représentées en bas-reliefs des grandes villes modernes ou anciennes.

Nous franchissons le seuil et découvrons une salle de classe de couleur brique. Sur des étagères, des petites maquettes de cités s'alignent, de différentes époques et de différents lieux.

À droite une grande maquette semblable à celle d'un train électrique pour enfant reconstitue une plate-forme, des collines et des rivières en miniature. À gauche, des colonnes surmontées de villes sous dôme de verre. Sur les murs, des plans de cités de toutes tailles, affichés en posters.

Nous entendons un raclement de pierre. Nous sortons pour voir un homme derrière un gros rocher rond qu'il pousse avec difficulté pour venir dans notre direction. Une petite femme ailée aux cheveux noirs et au visage osseux volette au-dessus de lui et le fouette.

À l'entrée de la salle, l'ancien roi de Corinthe déchu dépose son fardeau. L'Érinnye consent à le voir s'éloigner de son supplice momentanément. Il la remercie puis entre en traînant les pieds et monte sur l'estrade. Il s'assied, fourbu, essuie de sa toge en lambeaux la sueur qui coule de son front. Tout son corps est marbré de coups.

– Excusez-moi, lance-t-il dans notre direction, en reprenant son souffle.

Il y a un instant de flottement, durant lequel il nous observe tout en grimaçant. Puis son visage tourmenté parvient à sourire.

– Content de vous voir, grâce à vous, je vais me reposer un peu.

Une élève veut lui apporter un verre d'eau pris à un distributeur mais l'Érinnye la repousse. Notre nouveau professeur nous conseille de ne pas prendre ce genre d'initiative.

– Bien, je m'appelle Sisyphe et je suis votre nouvel instructeur en Aeden.

Selon le rituel il note son nom au tableau.

– Je ne suis pas un Maître dieu, mais un dieu auxiliaire, et avec moi vous travaillerez autour d'une notion essentielle au métier divin : la notion de cité.

Il siffle entre ses doigts. À nouveau nous entendons un bruit à l'extérieur. Atlas entre poussivement, portant sur ses épaules l'immense sphère de trois mètres de diamètre qui est notre monde de travail. Terre 18.

C'est dans cette boule de verre que se trouve la planète où vivent nos peuples. Terre 18. Même si elle n'est que le reflet en trois dimensions de la vraie planète flottant quelque part dans le cosmos, nous sommes tous émus de revoir « notre Terre » recouverte de ses océans, ses continents, ses forêts, ses montagnes, ses lacs, ses villes, ses petits humains grouillants qu'il nous tarde d'observer à la loupe de nos ankhs.

Le géant, ayant déposé son fardeau sur son support,

se passe une main fraîche sur le front. Sisyphe le rejoint. Les héros s'étreignent, avec quelque chose de triste dans le regard. Tous deux ont probablement le sentiment d'être victimes d'une injustice, mais ils ont accepté leur rôle.

— Sois fort, mon garçon, profère le géant.

Un murmure parcourt la classe. Nous sommes heureux de retrouver la planète où s'entassent nos petits troupeaux de mortels. Et curieux de savoir ce qui leur est arrivé cette nuit alors qu'ils étaient livrés à eux-mêmes.

Sisyphe observe le géant qui repart en se tenant les reins, puis le dieu auxiliaire ouvre un tiroir de son bureau et sort un ankh. Il allume le projecteur au-dessus de notre planète et examine attentivement notre « œuvre ». Il monte sur un escabeau pour se placer à hauteur de l'équateur.

— La mayonnaise commence à prendre, déclare-t-il enfin. Cependant cela sent la divinité improvisée, les guerres à la va-vite, les religions à la va-comme-je-te-pousse.

Nous espérions plus d'enthousiasme.

— Très peu d'entre vous ont pris le temps d'élaborer une stratégie globale à long terme. Je ne distingue que des cultures issues de réactions de peur...

Un murmure parcourt l'assistance.

— Comment sortir de la peur ?

Il attend une réponse, puis se résout à la fournir lui-même.

— En se regroupant, en se protégeant, en concentrant vos forces. Certains parmi vous l'ont déjà fait, mais ces collectivités n'en sont qu'à leur début. Je vous parlerai donc en premier lieu d'un concept essentiel à la suite du jeu.

Il note au tableau entre guillemets : « La Cité. »

– Résumé des épisodes précédents. Vous avez d'abord connu des hordes nomades, puis des hordes calfeutrées dans des cavernes, puis des hordes installées dans des regroupements de huttes, puis successivement des villages, des bourgades fortifiées de palissades, des hameaux entourés de murs d'enceinte. Maintenant, nous pouvons penser à construire de belles et grandes villes.

Un mot s'ajoute sur le tableau : « Civilisation ».

– « Civilisation » vient du latin *Civis*, la cité. On a considéré que l'homme était civilisé dès qu'il s'est mis à construire des cités. Par exemple, les Mongols n'en ayant pas construit, il n'existe pas de civilisation mongole à proprement parler. Nous en reparlerons tout à l'heure.

Sisyphe se rassied à son bureau et plisse le front.

– Commençons par observer chez tous vos peuples les villes déjà existantes, et tentons de distinguer lesquelles sont en plein essor, lesquelles stagnent ou déclinent.

Penchés sur Terre 18, un œil rivé à nos ankhs, nous examinons la surface de la planète à la recherche des agglomérations. La plus importante est sans conteste la capitale du royaume des hommes-scarabées de Clément Ader. Puis vient celle des hommes-baleines de Freddy Meyer. Deux magnifiques cités constellées de monuments et de jardins où les habitants sont à l'abri de la famine grâce à de grands silos de grains.

– Au début, vous l'avez sans doute remarqué, les villes qui se développaient étaient toutes situées en altitude, commente le professeur auxiliaire. Pourquoi ?

– Parce que l'air y est plus pur..., propose Simone Signoret.

– Parce que la hauteur offre une meilleure protection contre les assiégeants, dit Raoul qui a lui-même installé sa capitale haut perchée dans les montagnes.

Sisyphe hoche la tête.

– Certes, mais plus le temps passe, vous le voyez, plus ce choix de cité fortifiée haut perchée s'avère une impasse. Pourquoi ?

Henri Matisse, dieu des hommes-éléphants, lève la main.

– Il y fait froid.

– Les murailles une fois érigées, la ville ne peut plus grandir. Elle est arrêtée par les plans verticaux, comme les ravins, dit Haussmann.

Sisyphe approuve et braque son ankh sur une ville des hommes-loups de Mata Hari qui, pour faire face à un accroissement de sa population, a été contrainte de construire des habitations hors les murs, puis une seconde enceinte pour les protéger. La ville est bordée de pentes abruptes inconstructibles empêchant tout élargissement.

– Quoi d'autre ?

– En cas d'invasion, les paysans de la vallée se hâtent de se réfugier dans la cité fortifiée, abandonnant leurs champs qui, sans défense, sont aussitôt saccagés, dit Sarah Bernhardt.

– Continuez, cherchez encore..., nous encourage l'ancien roi de Corinthe.

– La nourriture et l'eau sont montées à dos d'hommes ou d'ânes jusqu'à la cité, la rendant dépendante du monde de la vallée, souligne Raoul dont la bourgade d'hommes-aigles est particulièrement inaccessible.

– Et... ?

– Intermédiaires et porteurs exigent de fortes sommes pour cet acheminement. Ce qui dans la vallée vaut 10 passe à 50 en prenant de l'altitude.

Marie Curie admet connaître ce genre de problèmes et songe à redescendre sa cité d'hommes-iguanes, cernée de précipices.

– Donc nous voyons les limites des cités élevées... Alors, quelles sont selon vous les villes promises à un bel avenir ?

– Celles qui sont situées dans les forêts, suggère Jean-Jacques Rousseau, dieu des hommes-dindons.

Sisyphe dodeline de la tête.

– Le temps de la cueillette et de la chasse est révolu, rappelle le maître auxiliaire, la forêt gênera l'acheminement des denrées et empêchera de voir venir les attaques de loin.

– Mais le bois pour les maisons n'est pas cher, se défend l'intéressé.

– Bientôt vous connaîtrez vos premiers grands incendies et vous renoncerez aux maisons en bois. Pour ce qui est des constructions, mieux vaut se situer près d'une carrière de pierre.

Nous continuons à chercher.

Celles qui sont installées au milieu des plaines, propose Voltaire pour ne pas être en reste.

– Des hordes de cavaliers n'auront aucun mal à les surprendre. Vous avez d'ailleurs vu que la plupart des villes dans les plaines ont été facilement repérées et attaquées.

– Les cités en bord de mer, propose Édith Piaf.

– Il est évident qu'il est difficile d'encercler totalement une cité côtière mais elles n'en sont pas moins susceptibles d'être attaquées par des pirates. Leurs populations sont toujours à guetter l'horizon.

Je n'interviens pas, mais je me souviens d'une invasion venue des plaines et d'une mer comme seule échappée possible.

Bruno, dieu des hommes-faucons, affirme faire confiance aux cités en plein désert.

– Dans le désert, on voit venir de loin ses adversaires. Ils ne trouveront de surcroît rien pour se ravitailler ou se désaltérer durant un siège.

– Mais les assiégés eux-mêmes seront vite affamés, rétorque Sisyphe. Alors comment avoir une cité protégée, tranquille, et non coincée par une montagne, une mer ou un désert ?

Je lève la main.

– En construisant sa ville sur une île, dis-je.

– Non, l'île est isolée de tout, cela freine le commerce et risque d'entraîner une multiplicité de mariages consanguins. L'île est un univers trop fermé. Pourtant vous êtes dans la bonne direction. Non pas une île en pleine mer mais...

– ... au milieu d'un fleuve, suggère Mata Hari.

L'ancien roi de Corinthe approuve.

– Exact. Une île sur un fleuve... En voici la preuve par Terre 1.

Il déploie une carte de la France de Terre 1, montre Paris, ville partie d'une île au milieu d'un fleuve, tout comme Lyon, Bordeaux, Toulouse...

– Ce sont des villes françaises car votre promotion est française, mais on pourrait citer aussi Londres, Amsterdam, New York, Beijing, Varsovie, Saint-Pétersbourg, Montréal... Pratiquement toutes les grandes villes modernes de Terre 1 sont apparues à l'origine sur l'île d'un fleuve. Trouvez-moi d'autres avantages aux cités construites au milieu des fleuves.

Je dessine sur la table la forme d'une île sur un fleuve. Je remarque alors une inscription qui me trouble. Ce doit être un élève d'une promotion précédente qui l'a gravée avec son ankh : « *Sauvons*

Terre 1, c'est la seule planète où l'on trouve du choco-lat. »

Je me reconcentre. Quel est l'intérêt de bâtir une cité sur l'île d'un fleuve ?

– L'eau fait fonction de protection naturelle. Les chevaux ne peuvent la franchir. Aucune charge de fantassins n'est possible, dit Raoul pragmatique.

D'autres mains se lèvent.

– Il est difficile d'assiéger une ville entourée d'eau.

– On ne peut pas assoiffer la population.

– L'eau étant vive on ne peut l'empoisonner.

– Le fleuve facilite la fuite en cas de danger, rappelle Sarah Bernhardt.

Un autre élève complète :

– Les assiégeants doivent veiller à la contrôler hermétiquement en amont et en aval sinon il y aura toujours des bateaux pour passer, amener nourriture et renforts ou au pire sauver les chefs des assiégés.

– Il n'y a pas que la guerre, remarque Sisyphe.

– On peut laver le linge, suggère Édith Piaf.

– Le fleuve favorise les transports de denrées pour le commerce, dit Rabelais. La ville sur le fleuve peut imposer des taxes aux bateaux marchands, un droit de péage.

Le professeur auxiliaire approuve.

– Elle peut envoyer des expéditions à la découverte de nouvelles zones productrices de matières premières, de régions de conquête ou d'échanges, complète Rousseau.

– Grâce au commerce fluvial et aux taxes, la ville s'enrichit et peut, en cas de besoin, enrôler des mercenaires ou acheter des alliances. C'est peut-être pour cela d'ailleurs que le symbole de Paris est le bateau du syndicat des bateliers fluviaux, rappelle Haussmann qui connaît l'histoire de la ville à la reconstruction de laquelle il a participé.

— N'étant pas limitée par des murailles, au fur et à mesure de son expansion, elle prendra possession de l'ensemble de ses rivages, souligne Eiffel qui lui aussi visualise la croissance de la capitale française dépassant progressivement ses berges pour occuper toute la cuvette du Bassin parisien.

Sisyphe réclame le silence. Il se rend dans une pièce adjacente et ramène des maquettes de villes posées sur de grands plateaux. Il les dispose sur son bureau et nous invite à observer. Chacune a son étiquette. Nous comprenons qu'il y a là en miniature les maquettes des principales métropoles de l'Antiquité de Terre 1 : Athènes, Corinthe, Sparte, Alexandrie, Persépolis, Antioche, Jérusalem, Thèbes, Babylone, Rome... Pour chacune, il nous demande de détailler les points forts et les points faibles, de vérifier si les rues sont assez larges, les places judicieusement situées.

— Le marché constitue partout le cœur de la cité, il doit donc être facilement accessible grâce à de larges avenues, nous lance-t-il comme première indication.

Il désigne ensuite une autre zone.

— Le marché est souvent relié par une large voie aux entrepôts, silos et réserves de nourriture qui eux doivent être placés à l'entrée de la ville pour que les grosses charrettes n'aient pas besoin d'entrer dans la cité et de gêner la circulation.

Sisyphe montre les centres névralgiques.

— Une ville peut être visualisée comme un grand organisme vivant qui prend la nourriture, la traite, l'absorbe, et... rejette ses excréments.

L'image fait sens. Il poursuit :

— La porte d'entrée de la cité est sa bouche, la place du marché son estomac, la décharge municipale son anus. L'évacuation ou le recyclage des ordures est un souci constant car si l'on ne s'en préoccupe pas, non seulement les rues dégagent vite des odeurs pestilentielles, mais elles deviennent des foyers de maladies propagées par les rats, les cafards et les mouches.

Sisyphe pointe ensuite une maquette de camp temporaire mongol.

— Quand vos peuples étaient encore des hordes, ils vivaient au grand air et les déchets de la veille étaient oubliés en chemin. Mais lorsqu'on vit dans un milieu confiné, les ordures sont omniprésentes et la pourriture vous rappelle à l'ordre sitôt qu'on l'oublie.

Nous prenons des notes.

— Il vous faudra aussi penser à des citernes à pluie qui seront le système d'hydratation, et à des rigoles ou des tout-à-l'égout qui seront les reins filtreurs.

Cet avertissement donné, notre professeur se penche sur les maquettes des cités antiques.

— Une ville est un système digestif mais c'est aussi un système nerveux. Le palais royal ou la mairie en sont le cerveau.

Il nous présente plusieurs modèles de palais ou de châteaux destinés aux chefs d'État.

— Alimenté par l'argent des impôts, c'est le poumon qui amène l'oxygène au cerveau, et c'est là que se décide ensuite sa redistribution.

Le roi de Corinthe nous présente plusieurs centres d'impôts de plusieurs styles et de plusieurs époques.

— L'oxygène-argent est amené aux muscles : les maçons, bâtisseurs de la cité, qui la font grandir ; les explorateurs, qui sont ses yeux sur les territoires alentour ; ses artisans, ses ouvriers qui font tourner les usines comme autant d'organes ; ses agriculteurs qui récoltent dans les champs.

Sisyphe déplace douloureusement son grand corps meurtri entre les travées :

– Il y a aussi la défense, sorte de système immunitaire qui protège la cité des agressions extérieures ou intérieures. C'est la police qui arrête les éléments malades ou dangereux pour le reste de l'organisme. Ils doivent être désactivés pour ne pas contaminer les autres. On les isole dans les prisons. Il vous faudra penser à en construire.

Il déambule et poursuit ses explications.

– Autre système de sécurité : les pompiers qui éteignent les incendies. Enfin les militaires qui protègent des invasions étrangères comme un organisme se prémunit contre les microbes extérieurs.

Sisyphe se dirige vers une étagère sur le côté et saisit des monuments miniatures.

– Le temple peut devenir le cœur. Il assure la cohésion du système émotionnel collectif.

Il nous montre des temples de toutes les époques et de toutes les nations, du tipi navajo aux cathédrales gothiques.

– L'école puis l'université correspondent à un système génital créant de nouveaux citoyens. Elles transmettent la mémoire, les valeurs, la culture.

Le roi de Corinthe place les petites maisons sur la maquette.

– Dans les villes, les humains communiquent davantage mais leur espace vital se rétrécit. Auparavant, il suffisait de camper à l'écart lorsque des voisins vous indisposaient. Ici, il faut se supporter les uns les autres... Voilà qu'apparaît un concept délicat : le voisin.

Des souvenirs de « voisins » de Terre 1 nous reviennent. Pour ma part j'ai en souvenir un conseil de copropriété de mon immeuble où j'avais découvert un condensé d'humanité particulièrement effrayant.

– Le voisin est comme vous, presque comme vous, si ce n'est qu'il fait du bruit après 23 heures, qu'il laisse des mégots dans les parties communes, qu'il tire la chasse d'eau en pleine nuit, et qu'il prend par mégarde votre courrier. Le voisin fait des barbecues qui fument, le voisin fait l'amour d'une manière ridicule et bruyante, il sonne pour réclamer des tire-bouchons alors que vous êtes en train de travailler, il vous transmet sa grippe, vous parle de ses problèmes avec ses enfants, quand ce ne sont pas ces mêmes enfants qui viennent dessiner au feutre sur votre porte. En fait il vaut mieux ne pas côtoyer de trop près les autres êtres humains, sinon ils deviennent insupportables.

L'ancien roi de Corinthe se tait un instant et masse son flanc :

– Certains personnages ont détesté les villes. Gengis Khan était convaincu qu'elles étaient autant de prisons où l'enfermement était la cause de tous les problèmes : maladies, corruption, mesquinerie, jalousie, hypocrisie... Il n'avait pas complètement tort. Avec l'expérience des rats en cage, vous avez constaté que la férocité s'accroît en même temps que l'espace se rétrécit. Je ne veux pas dire pour autant que la vie au grand air est synonyme de bonté et de gentillesse...

Il contemple sa petite ville en maquette.

– ... et Gengis Khan est loin d'avoir été un homme de paix, mais au moins, son peuple ignorait la pollution et voyageait.

– Vous voulez nous écœurer des villes ? interroge Sarah Bernhardt.

– Je veux vous inciter à concevoir des villes harmonieuses et efficaces. C'est là le thème de mon cours. Comme toute forme de progrès, une ville porte en soi autant de menaces que d'améliorations. Examinons ces maquettes de plus près. La plupart des villes anciennes ont été conçues en carré traversé par deux artères principales qui se croisent à angle droit en leur milieu, comme ici à Olympie. Sur les côtés quatre portes correspondent aux quatre points cardinaux. Sur Terre 1, Jérusalem, Héliopolis, Rome, Beijing et Angkor ont été pensées ainsi. La structure est simple mais elle fonctionne, vous pouvez donc vous en inspirer.

Il exhibe de nouveaux plans de cités. Puis il s'arrête et note au tableau « Guerres de masse ».

— Vos cités entraîneront de nouvelles formes de guerre. Des guerres de siège longues et techniques. Jadis, l'enjeu était de contrôler des territoires, aujourd'hui, il est de contrôler des villes fortifiées. Un siège exige du monde. Au stade du jeu où vous en êtes, on considère que chaque génération double le nombre de ses soldats pour s'assurer la victoire. Souvent, pour s'impressionner l'une l'autre, les armées s'étiraient sur une longue ligne horizontale.

Il s'assoit.

— Vous savez, dans les manuels d'histoire, on parle abondamment des grandes batailles, mais on omet de mentionner toutes celles qui n'ont jamais eu lieu parce qu'une des deux armées était parvenue à intimider l'autre par la seule exhibition du nombre de ses soldats, et qu'elle avait provoqué ainsi la reddition de son adversaire. N'oubliez jamais que l'intimidation permet d'économiser bien des vies.

Je regarde les autres élèves, tous notent les informations de Sisyphe. Les « guerres de masse »... Si je m'attendais un jour à apprendre une telle matière à l'école ! Ces gens réunis pour s'entretuer, cela m'a toujours paru si « dérisoire ». Une triste tradition humaine. Presque festive. On se tue au son des tambours et des trompettes. Parfois en chantant. Le plus souvent avec les beaux jours, au printemps. Et voilà que je me retrouve doté du pouvoir de générer mes propres guerres en entraînant mon peuple dans des mêlées meurtrières. Je crois que, même si je suis un bon joueur d'échecs, je ne prends aucun plaisir à la guerre.

Le roi de Corinthe poursuit :

– Les guerres ont un rôle social. Elles permettent d'évacuer les « surplus » de population. Tout comme les épidémies et les famines, les guerres civiles font office de nettoyage dans les populations pléthoriques... car c'est quand même cela le problème : les humains ne maîtrisent pas leur expansion démographique. Du coup se créent des bandes de jeunes voyous incontrôlées qui sèment l'insécurité. L'autorégulation des populations est donc nécessaire pour compenser les « excédents d'enfants ».

Il a dit cela avec tellement de détachement. « Compenser les excédents d'enfants ». Comme une usine qui doit détruire une partie de sa production pour ne pas surproduire.

– Ainsi, si l'on regarde l'histoire de Terre 1, poursuit-il, on voit qu'après des phases de grande natalité, la guerre arrive. Comme une cocotte-minute qui a besoin de relâcher la pression pour ne pas exploser.

– Mais alors, sera-t-on toujours obligés de faire la guerre pour « réguler » nos excédents de population ? demande Simone Signoret.

– La seule autre solution pourrait être l'autorégulation. Mais les quelques tentatives effectuées en ce sens ont abouti à des échecs. Comme si l'homme était tellement content de voir sa population grandir qu'il était incapable de se retenir. Même les dictatures les plus coercitives n'ont pu imposer un contrôle efficace des naissances.

Il lâche un soupir désabusé.

— Il y a aussi des pays qui souhaitent accroître leur population pour disposer de soldats en vue de leur prochaine guerre, signale Bruno. On sait que si on maîtrise sa population et que le voisin ne le fait pas, il risque de nous submerger par le nombre de ses enfants.

— Vous voyez. Encore les problèmes de voisinage...

Sisyphe se lève, trie des papiers, montre des plans de ruches, de termitières, de fourmilières.

— Pourtant, si l'on observe les animaux, notamment les animaux sociaux évolués comme les termites, les abeilles ou les fourmis, ils savent parfaitement s'autoréguler. Ils réduisent leur ponte en fonction des besoins et des réserves alimentaires... Mais le contrôle des naissances réclame un niveau de conscience que vos peuples de Terre 18 sont actuellement loin de posséder. Alors ils préféreront toujours la solution de la guerre.

Je lève la main.

— Et si tous les dieux, ensemble, nous nous asseyions autour d'une table et convenions d'arrêter les guerres ? Si nous nous définissions un territoire plus ou moins égal pour chacun et que nous maîtrisions nos naissances pour parvenir à un niveau de stabilité et d'harmonie dans ce territoire ? Dès lors notre énergie ne serait plus consacrée à nous agrandir ou à nous défendre des invasions, mais à gérer au mieux la vie quotidienne de nos populations.

Un silence suit ma proposition. Sisyphe m'encourage :

— Non, ce n'est pas stupide, continuez. Donc, si tout le monde se mettait autour d'une table et...

– ... que nous convenions qu'à partir de maintenant il n'y aurait plus de rivalités, que nous ne gagnerions pas les uns contre les autres mais tous ensemble ?

– Et pour la croissance démographique ? demande Sisyphe.

– Eh bien nous établirions un système de contrôle des naissances, je l'ai déjà fait sur l'île de la Tranquillité. Nous avancions en fonction des besoins, en fonction de l'équilibre interne et externe.

L'ancien roi de Corinthe se gratte le menton.

– Ce que vous oubliez c'est que l'homme est « naturellement » un animal en croissance démographique. Lui demander de se retenir d'engendrer des enfants c'est lui demander de renoncer à son besoin permanent d'expansion.

– Vous nous avez dit tout à l'heure que les insectes sociaux y avaient réussi.

Sisyphe hoche la tête.

– Mais au bout de combien de temps ? Des centaines de millions d'années. L'homme est un animal jeune. Quant à vos humains, ils sont carrément une espèce nouveau-née... Les humains vivent encore dans la peur et ils éprouvent encore du plaisir dans le meurtre. Ils sont incapables de comprendre que leur bonheur personnel dépend d'un équilibre avec la nature. Ils veulent toujours montrer qu'ils sont les plus forts. Ils ont donc besoin de compétition. Et dans la compétition il y a des gagnants et des perdants.

– Je ne crois pas au darwinisme, à la sélection des plus forts, dis-je avec conviction. Je crois que nous pourrions nous arrêter de nous entre-déchirer et rechercher ensemble un moyen de gagner à niveau égal.

– Encore faudrait-il que l'humain soit un animal homogène. Or les humains sont tous différents, physiquement et mentalement, ils ne partagent pas les mêmes valeurs, n'ont pas les mêmes talents. La nature n'est pas égalitaire. Les animaux sont différents et c'est de leur diversité que naît la richesse du monde. Les hommes eux aussi sont riches de leurs différences... Rappelez-vous le communisme qui a voulu instaurer une totale égalité de tous les citoyens. Résultat, une dictature encore plus féroce que le tsarisme... Quant à s'asseoir autour d'une table, cela a été tenté dans le passé. La SDN, Société des Nations, a été créée après la grande boucherie que fut la guerre de 14-18. Tous les gouvernements du monde disaient « plus jamais ça ». Ils ont même parlé d'un concept de « désarmement mondial ». Ils pensaient vraiment que l'on pourrait mettre en tas toutes les armes du monde et les brûler ou les enterrer. Vingt ans plus tard, on a eu la Seconde Guerre mondiale, avec encore plus d'armes destructrices et encore plus d'atrocités et de morts.

Une rumeur parcourt la salle.

– Ils ont échoué sur Terre 1 mais nous pouvons réussir sur Terre 18. N'est-ce pas pour cette raison que nous sommes là ? Pour faire mieux que nos prédécesseurs ?

Sisyphe s'approche de moi.

– Certes, mais encore faut-il être réaliste. Vous avez déjà vu des jeux Olympiques où tous les participants montent sur la première marche du podium ? Quel intérêt de participer à une compétition dans ce cas ? Quel plaisir y a-t-il à gagner... s'il n'y a pas de perdant ?

Je ne veux pas renoncer.

– Vous utilisez l'image des jeux Olympiques, alors je me servirai d'une autre image, celle des gladiateurs. Imaginons que lors d'un spectacle dans une arène romaine, les gladiateurs décident de ne pas se combattre.

Sisyphe ne se laisse pas désarçonner.

– ... alors ils feront quoi vos gladiateurs ?

– Union et entraide.

– Et ils attaqueront les gardes romains... ?

– Parfaitement.

– Et ils se feront abattre tous autant qu'ils sont par l'armée de l'empereur. Vous savez, là aussi il existe un exemple fameux... Spartacus. Il est parvenu à instaurer une solidarité entre les gladiateurs. Je ne vous cache pas qu'ils ont très mal fini.

Je fixe le Maître auxiliaire.

– Bien, alors je m'adresserai à l'ensemble de la classe.

Je me tourne vers les élèves.

– Écoutez tous, le jeu divin d'Y a à peine démarré, nos peuples vont entrer dans la phase correspondant sur Terre 1 à l'Antiquité... mais je vous propose qu'ensemble... nous décidions de ne plus nous quereller. Je vous propose qu'on se répartisse les territoires en fonction des frontières actuelles. Ensuite, pour éviter les problèmes de surpopulation évoqués tout à l'heure, nous nous engagerons à maîtriser le nombre de nos enfants en fonction du nombre de morts. Que ceux qui sont d'accord avec moi lèvent la main.

Le rabbin Freddy Meyer lève la main, suivi par Sarah Bernhardt, Jean de La Fontaine, Simone Signoret, puis Rabelais. Je fixe Raoul qui détourne le regard. Il veut assurément l'emporter. D'autres mains se lèvent encore : Édith Piaf, Georges Méliès, Gustave Eiffel. Certains hésitent, lèvent la main ou la gardent baissée. Il doit bien y avoir un tiers des élèves prêts à me suivre. Puis le mouvement s'arrête.

– Réfléchissez ! Au final il n'en restera qu'un. Vous croyez donc chacun que ce sera vous ?

Sisyphe dodeline de la tête.

– C'est comme le loto. Les gens préfèrent jouer à un jeu où ils ont une chance sur cinq millions de gagner énormément que jouer à un jeu comme le black jack où ils ont plus de chances de gagner mais une somme réduite. Il n'y a rien de logique là-dedans. On est dans l'émotionnel. C'est leur espoir qui les empêche de réfléchir.

Comme pour le contredire, de nouvelles mains se dressent notamment celles de Marie Curie, Jean-Jacques Rousseau, Haussmann, Victor Hugo, Camille Claudel, Erik Satie.

Je monte sur la table et fais face à mes 83 compagnons de classe.

– Nous pouvons tout arrêter maintenant.

– Il a raison, dit Sisyphe, je pense que si vous êtes d'accord pour vous partager équitablement le monde, tous les dieux d'Olympie seront contraints de tenir compte de votre proposition. Je ne vous cache pas qu'il s'agirait d'une première. (Et il ajoute plus bas :) Je ne vous cache pas non plus que d'autres promotions avant vous y ont pensé... et ne sont pas parvenues à faire l'unanimité.

– Nous pouvons réussir, dis-je. Nous y sommes presque.

D'autres mains se lèvent encore.

– Là où tous ont échoué nous réussirons !

Mais la salle ne bouge plus. J'ai l'impression d'avoir pris le relais de Lucien, cet élève utopiste qui dès le premier cours voulait épargner Terre 17 et qui avait préféré renoncer qu'être complice d'un jeu où des civilisations allaient mourir.

– Allez, tous ensemble !

Ceux qui n'ont pas levé la main me regardent, hésitants.

– Il faut l'unanimité..., rappelle le roi de Corinthe. Si un seul élève dieu refuse d'abandonner le jeu, cela ne pourra pas être accepté.

Encore quelques mains, mais je n'ai même pas la moitié de la classe avec moi. Une autre main se lève, Mata Hari.

Raoul garde ses doigts sur ses genoux.

– Vous vous rendez compte de l'enjeu de ce vote ? dis-je.

Plus personne ne frémit. Je me sens las.

– Bien tenté, reconnaît Sisyphe, au moins vous aurez essayé, c'est méritoire.

Mes supporters baissent les bras. Je crois qu'aucun ne se faisait d'illusions.

– Ne prenez pas ça trop à cœur, conseille le Maître auxiliaire. Vous ne tenez pas compte que certains jouent pour le plaisir de jouer.

Il doit avoir raison.

– Pour reprendre une métaphore : imaginez une partie de poker où tout le monde se mettrait d'accord pour regrouper les mises et les redistribuer en parts égales... Quel serait l'intérêt de jouer ?

Sisyphe se tourne vers la classe.

– Après tout, appréciez de participer au jeu le plus passionnant de l'univers. Mieux que les trains électriques, mieux que les cartes, mieux que le Monopoly et tous les jeux de virtualités informatiques, vous jouez à être des dieux avec des vrais mondes. Profitez-en.

Là-dessus il lance dans ma direction :

– Joue le jeu, Michael. Tu n'as de toute façon pas le choix et tu peux gagner. Vous m'entendez, vous pouvez tous gagner.

La cloche du beffroi de Chronos se met à sonner. Sisyphe suggère :

– Bien, le cours est terminé.

Il relit ses notes puis ajoute :

– Ah ! j'ai oublié quelque chose. L'écriture. À votre stade apparaîtront un peu partout des textes, des scribes, des histoires. Cela change beaucoup de choses...

12. ENCYCLOPÉDIE : ÉCRITURE

Dès 3000 av. J.-C., toutes les grandes civilisations proche-orientales disposent d'un système d'écriture. Les Sumériens développent un système cunéiforme – littéralement : « en forme de coins ». Leur grande innovation aura été de passer de dessins représentant exactement les êtres et les objets, les idéogrammes, à des tracés beaucoup plus symboliques représentant une idée, puis un son. Le dessin signifiant la flèche donne ainsi par exemple le son « ti » et est bientôt associé à la notion abstraite de vie. Ce système sera repris par les Cananéens, les Babyloniens, les Hourrites.

Vers 2600 av. J.-C., les Sumériens utilisent six cents signes dont cent cinquante dotés d'une valeur abstraite non descriptive. Leurs scribes notent ces signes sur des tablettes d'argile humide qu'ils font ensuite sécher au soleil ou dans des fours pour les durcir. Ce langage servira aux échanges commerciaux et diplomatiques puis, bientôt, pour des textes religieux et enfin poétiques. L'épopée du roi Gilgamesh est ainsi considérée comme le premier roman de l'humanité.

C'est à Byblos qu'ont été retrouvés les plus anciens caractères alphabétiques modernes, lesquels sont assez proches des caractères hébreux actuels. Sur le sarcophage du roi Ahiram de Byblos, sont ainsi représentés les signes de vingt-deux consonnes. Grâce au commerce et à l'exploration, cet alphabet se répandra dans toute la Méditerranée. Notons que la première lettre hébraïque, « Aleph », était à l'origine représentée par une tête de vache. Progressivement, la lettre a tourné pour se renverser et donner notre « A », aux cornes dirigées vers le bas.

Pourquoi une tête de vache ? Sans doute parce que, à l'époque, la vache constituait la principale source d'énergie. Elle fournissait la viande, le lait, tirait la charrette permettant de voyager et la charrue permettant de labourer.

Edmond Wells,
Encyclopédie du Savoir Relatif et Absolu, Tome V.

13. LE TEMPS DES CITÉS

LES RATS

L'armée des hommes-rats avançait dans la campagne. En tête, des jeunes gens brandissaient des étendards noirs, frappés de têtes de rats rouges. Les cavaliers montaient désormais des chevaux spécialement dressés pour la guerre, prompts à réagir à la moindre sollicitation. Les fantassins étaient équipés d'arcs, de lances, de frondes.

Cette expédition punitive avait été préparée depuis longtemps. Les hommes-rats professaient le culte des martyrs et, par-dessus tout, la haine de ces femmes-guêpes qui les défiaient depuis si longtemps.

Le nouveau chef des hommes-rats s'était débarrassé de tous ses rivaux en les traitant d'espions infiltrés par les femmes-guêpes avant de les mettre à mort. Car peu à peu s'était répandue dans la tribu l'idée que si les amazones avaient remporté la bataille, c'était parce qu'elles comptaient secrètement des alliés parmi les hommes-rats. La cohésion du groupe rat s'était ainsi forgée dans la haine des femmes-guêpes et la suspicion mutuelle permanente.

En face, la cité des femmes-guêpes s'était elle aussi agrandie et consolidée depuis la dernière bataille. Les murs de trois mètres qui l'entouraient auparavant s'élevaient aujourd'hui à cinq. Les portes avaient été renforcées de plusieurs couches de bois. Les amazones s'étaient dotées d'épées plus légères qu'elles maniaient avec dextérité. Quand des sentinelles annoncèrent l'apparition d'hommes-rats à l'horizon, aussitôt résonnèrent des olifants ameutant les guerrières pour la défense de leur cité.

Les deux armées se firent face. Instant de flottement. De part et d'autre, dans les langues respectives, fusèrent menaces et injures.

Les amazones se préparaient à recevoir l'assaut frontal. Mais à leur grande surprise, sur un signe de leur roi, les soldats-rats s'écartèrent pour laisser passer une foule d'individus entièrement nus. Ces hommes et ces femmes n'étaient pas armés. Pas d'épée, pas de bouclier, ils avançaient les mains vides, le visage inexpressif, les côtes saillantes, hâves et titubant de faim. Ils étaient des milliers à marcher ainsi, résignés. Une armée de fantômes.

Les femmes-guêpes n'avaient pas le choix. Leurs flèches fauchèrent le triste troupeau humain. Quand elles eurent tué tous ces malheureux, elles ressentirent les premières fatigues du combat et leur réserve de flèches était déjà bien entamée. En même temps, elles étaient effrayées par le peu de considération des hommes-rats envers la vie humaine. Pareille attitude laissait présager du destin qui serait le leur en cas de défaite.

Soudain, des rangs des hommes-rats jaillit un groupe d'individus protégés d'épais boucliers. Ils portaient à bout de bras un madrier terminé par une tête de rat sculptée qu'ils projetèrent contre la porte principale de la cité.

Leurs flèches étant devenues impuissantes, les amazones lancèrent des rochers qui eux aussi ricochèrent sur les boucliers des assaillants.

Une femme eut soudain l'idée de quérir l'immense chaudron d'eau bouillante destinée à la soupe du soir. Cette fois, l'escouade d'hommes-rats déguerpit sous les brûlures, hurlant de douleur et abandonnant leur bélier. Mais déjà arrivait un nouveau groupe d'hommes protégés de boucliers. Le temps de remettre à chauffer un autre chaudron, ils avaient déjà défoncé la grande porte d'enceinte.

Les amazones s'attendaient à une charge de cavalerie, mais les hommes-rats leur réservaient une autre surprise. Après le troupeau d'esclaves destiné à épuiser leurs flèches, les rats dépêchèrent des enfants, une véritable armée de soldats miniatures âgés de six à douze ans, braillant, lançant des pierres et brandissant des torches.

C'était là une idée du roi des rats. Il avait remarqué que les femmes s'attendrissaient devant les petits et il en avait déduit que même ces amazones n'oseraient pas les tuer. Quant aux enfants-rats, élevés dans le culte du martyre et l'exécration de l'ennemi, ils tenaient à prouver à leurs parents qu'ils pouvaient se sacrifier pour la cause nationaliste. Emportés par leurs aînés, les gamins chargèrent.

Le calcul du roi des rats s'avéra efficace. Face aux

enfants, les amazones, hésitantes, rataient leur cible, si bien que l'armée enfantine s'engouffra presque sans résistance dans la cité, déclenchant ici et là des foyers d'incendies. Les femmes-guêpes avaient sous-estimé la force de la propagande et du lavage de cerveau sur les plus jeunes.

La confusion était à son comble. Une fumée âcre se dégageait des maisons en flammes quand, enfin, une cohorte de cavalerie d'hommes-rats chargea et s'enfonça dans la cité. Les femmes-guêpes lancèrent leurs dards mais elles étaient désormais à court de flèches. Corps-à-corps. Les hommes-rats maniaient des épées de fer – un nouveau métal dont ils avaient extorqué le secret de fabrication à un peuple vaincu –, les femmes-guêpes des épées de bronze, plus lourdes et plus fragiles. Même si elles étaient souvent plus adroites au combat, elles étaient fréquemment emportées par l'élan de leur arme.

Une seconde cohorte à cheval se précipita alors en renfort tandis que les enfants du peuple-rat s'acharnaient sur les femmes blessées à terre.

On sonna la contre-attaque. La reine surgit à la tête d'une escouade de cavalières qui à leur tour surprirent les lanciers. À présent, elles n'hésitaient plus à tuer ces gamins enragés qui leur avaient causé tant de pertes.

La bataille durait depuis deux heures déjà et son issue restait encore incertaine. Là où il y avait distance entre les antagonistes, les amazones prenaient l'avantage, leurs flèches étant plus précises que les lances, mais partout où les hommes-rats réussissaient à provoquer le corps-à-corps, ils avaient le dessus.

Une intuition se précisa dans l'esprit du roi des rats : « Comme pour les abeilles, il suffit de capturer la reine. » Il rassembla ses plus valeureux barons et leur en donna l'ordre.

La reine haranguait ses troupes et ne fut pas difficile à repérer. Ils se précipitèrent dans sa direction. Ils tuèrent sans coup férir ses gardes du corps et elle se retrouva seule, isolée et encerclée d'ennemis. Une haie de lances empêcha quiconque de lui venir en aide.

« Je la veux vivante ! » hurla le roi des rats.

La reine maintenait ses assaillants à distance, aidée par son cheval cabré et faisant tournoyer son épée pour repousser les pointes des lances. Ses longs cheveux cinglant l'air, elle semait la mort parmi les hommes-rats qui osaient s'approcher. Voyant cela, le roi des hommes-rats usa de sa propre lance comme d'une perche pour s'élever à sa hauteur et la désarçonner. Roi des rats et reine des guêpes roulèrent à terre.

L'amazone enfonça ses ongles dans les joues de son adversaire et lui laboura le visage de stries profondes. D'un mouvement brusque, il la retourna, bras tordus, et à l'aide d'un tendon de buffle pendu à son vêtement parvint à lui lier les mains dans le dos. Puis il la plaqua au sol et lui écrasa le torse avec ses genoux. De toutes ses forces, elle le mordit à la jambe. Il saignait mais n'y prêta aucune attention. Il remit debout la femme-guêpe, un baron lui passa un coutelas et il posa la pointe de l'arme contre le cou de la souveraine.

– Rendez-vous ou je la tue !

Les amazones hésitèrent mais elles aimaient leur reine et la plupart préférèrent s'arrêter de combattre. Peu à peu toutes se résignèrent. Un cri de victoire surgit des rangs des hommes-rats.

On décida de calmer les enfants-rats qui voulaient profiter de l'avantage pour tuer encore. Les amazones prisonnières furent enchaînées et ramenées en longue procession vers la cité des hommes-rats. Là, les femmes de la tribu acclamèrent leurs guerriers vainqueurs. Sur le chemin, elles s'alignèrent en une haie d'honneur. Elles pleuraient les nombreux morts et crachèrent sur les prisonnières, étonnamment belles dans leurs vêtements de toile fine, avec leurs longues chevelures propres. Certaines femmes-rats s'avancèrent jusqu'à toucher leurs cheveux pour tenter de comprendre pourquoi ils étaient si longs et si brillants alors que leurs propres tignasses étaient collantes de crasse. Elles reniflèrent les peaux ennemies, surprises qu'elles sentent les fleurs, ce qui ne les empêcha pas de prendre une mine dégoûtée et de cracher à nouveau sur les captives.

Mais de toutes ces prisonnières, la plus magnifique était sans conteste celle qui marchait poings liés derrière le cheval du chef. Sa chevelure noir d'ébène souillée de poussière, la femme n'en demeurait pas moins tête haute, épaules droites, arborant une attitude altière, phénomène inconcevable pour ces femmes-rats soumises à leurs hommes.

Sur le côté, des soldats rassemblaient les chevaux capturés et le butin razzié dans la cité des amazones. Des vociférations retentirent. Des femmes du peuple-rat exigeaient bruyamment la mise à mort de la reine des amazones.

Le roi s'avança vers sa prisonnière, un coutelas à la main. Une immense acclamation retentit. Mais au lieu de la poignarder, il entreprit de la lécher comme une pièce de viande qu'il se serait apprêté à dévorer. Ses guerriers éclatèrent de rire, la victime, elle, parut en proie à la nausée. Chacun attendait le dénouement.

C'est alors que le roi, tranquillement, détacha la souveraine ennemie.

L'assistance se tut.

La reine chercha aussitôt à le frapper mais il la maîtrisa facilement. Puis, tandis qu'elle tentait vainement de lui dérober son visage, il l'embrassa de force.

Les femmes huèrent de plus belle la captive.

Le roi brandit son épée dans leur direction pour leur signifier que c'était lui et lui seul qui faisait la loi et que ce ne seraient pas des femelles qui lui indiqueraient comment se comporter envers des prisonnières. Reines ou pas. Il invita ensuite les meilleurs guerriers à choisir eux aussi une amazone à leur convenance. Les femmes-rats n'osèrent cette fois exprimer leur colère devant cette concurrence déloyale.

Prenant alors la parole, le roi des rats annonça qu'il y avait désormais à leur disposition une grande cité, ceinte d'une épaisse muraille, et il invita tout son monde à s'y installer. Jusqu'alors, les hommes-rats avaient été un peuple plutôt nomade, se déplaçant au gré des invasions et se contentant de bivouacs pour se reposer. Le roi dit qu'il avait vu en rêve que ce serait leur capitale.

Le chef des rats épousa, selon le rite des hommes-rats, la reine des Amazones. Après quoi, il veilla à faire ériger une statue le montrant à cheval avec une amazone à terre le suppliant. C'était le premier monument rat. Quant aux femmes-guêpes, de guerre lasse, elles finirent par s'intégrer à la société des rats. Elles enseignèrent le tissage et un début d'hygiène à leurs nouveaux compagnons.

Sur des feuilles de carton de leur fabrication, elles entreprirent de conserver la mémoire de leur peuple vaincu.

Un jour, cependant, le roi découvrit leurs écrits, et, dans le doute, les détruisit. Il valait mieux effacer la mémoire d'un peuple jadis hostile et prétendre que toutes les avancées avaient les hommes-rats pour origine.

Il demanda en revanche aux scribes-guêpes d'écrire l'histoire que lui, le roi des rats, leur dicterait. Il avait envie que soient marquées à jamais dans les mémoires toutes les grandes batailles victorieuses du peuple des rats.

Seule ironie de la vie : de son union avec la reine des Amazones, le roi des rats ne conçut à son grand désespoir... que des filles. Ce qui entraîna son assassinat par l'un de ses généraux.

Ce dernier monta ensuite sur le trône et fit modifier la tête de la statue à son image.

On pouvait tout pardonner à un roi des rats, sauf d'engendrer des filles.

14. ENCYCLOPÉDIE : REINE SÉMIRAMIS

À partir de l'an 3500 av. J.-C., les Indo-Européens envahissent le royaume sumérien. Les Hittites, les Louvites, les Scythes, les Cimmériens, les Mèdes, les Phrygiens, les Lydiens s'y déchirèrent, créant des royaumes éphémères à leur tour submergés.

Aux alentours de l'an 700 av. J.-C., un de ces groupes d'Indo-Européens, les Assyriens, parviendra à créer par la terreur un royaume stable. Une jeune fille y connaîtra un destin extraordinaire. Née sur les bords de la Méditerranée, près de l'actuelle Ashkelon, en Israël, elle se retrouva abandonnée dans le désert, nourrie par des colombes (selon la légende qu'elle écrira elle-même plus tard), puis recueillie par des bergers. Elle séduisit et épousa Pannès, le gouverneur de la Syrie, qu'elle accompagna jusqu'à son souverain. Là elle charma le roi Ninus, devint reine d'Assyrie sous le nom de Sémiramis, fit empoisonner son mari et lui dédia un immense mausolée.

Dès lors, la reine Sémiramis régna en paix à la tête d'un des plus grands empires de son temps. Elle étendit Babylone sur l'Euphrate puis entreprit la construction de monuments fastueux dont les célèbres « jardins suspendus » considérés comme l'une des sept merveilles du monde antique. Mais, son appétit de gloire n'étant pas rassasié, la reine Sémiramis se lança dans des conquêtes militaires qui la conduiront à s'emparer de l'Égypte, la Médie, la Libye, la Perse, l'Arabie et l'Arménie. Parvenues au bord de l'Indus, ses armées seront finalement vaincues par les Indiens.

Après avoir régné quarante-deux ans sans partage, et bâti l'un des premiers grands empires militaires, culturels et artistiques, la reine Sémiramis s'effaça au profit de son fils Ninias.

Les rois qui lui succéderont, n'ayant que mépris pour les femmes, effaceront progressivement les traces de son règne pour faire oublier qu'une reine avait mieux réussi qu'eux.

Edmond Wells,
Encyclopédie du Savoir Relatif et Absolu, Tome V.

15. LES DAUPHINS

Le peuple des hommes-dauphins s'assimilait progressivement au peuple scarabée. Cependant son intégration ne s'effectuait pas sans à-coups. On chuchotait qu'ils détenaient des connaissances cachées qu'ils ne voulaient pas révéler aux autres. Ou bien qu'ils possédaient des trésors qu'ils ne voulaient pas partager. Pour tous ils représentaient un mystère qui inspirait la méfiance.

Les hommes-dauphins respectaient pourtant scrupuleusement toutes les coutumes de leurs hôtes et s'échinaient à perfectionner les sciences dans l'intérêt général.

Ils popularisèrent l'écriture et aussi ses outils, la plume et l'écritoire, en se servant de fleurs séchées puis de fibres de papyrus entrelacées. Après les écoles, ils fondèrent des universités spécialisées qui formèrent une classe d'intellectuels : scientifiques, ingénieurs, médecins.

La religion issue de l'influence dauphin et offerte aux scarabées s'était affinée avec un séminaire de prêtres qui vénéraient le dieu unique, le Soleil, tout en s'initiant à la connaissance ésotérique du savoir ancien du peuple dauphin.

Cependant, pour contrebalancer leur influence, il se créa un autre collège de prêtres qui, eux, au nom de la « tradition d'avant la contamination de la sorcellerie étrangère », s'adonnaient au culte du Grand Scarabée et de son panthéon de divinités à têtes d'animaux. Si bien qu'au nord, le monothéisme du Soleil se répandait alors qu'au sud, le panthéisme s'érigeait en loi.

Alors que le Nord était en plein essor économique et scientifique avec la création de nouvelles cités et de ports de pêche de plus en plus modernisés, le Sud s'enfonçait dans un mode de vie plus fruste, essentiellement rural. Au nord, des mœurs raffinées apparaissaient au fur et à mesure qu'augmentaient le niveau et la qualité de vie. Au sud, les populations s'épuisaient aux durs travaux des champs. Pour compenser la forte mortalité infantile et disposer de bras pour les semailles et les récoltes, les sudistes engendraient une abondante progéniture.

Grâce à une médecine plus évoluée, les nordistes, eux, ne déploraient que peu de décès d'enfants en bas âge. Selon la coutume dauphin « On ne fait que les enfants qu'on peut aimer », ils limitaient leurs naissances plutôt que de laisser proliférer des bandes de gamins à l'abandon.

Le temps jouait pourtant en faveur du Sud car, à chaque génération, la population, sous l'influence des prêtres panthéistes, s'accroissait en même temps que son clergé devenait de plus en plus vindicatif. Ils stigmatisaient les rois du Nord prétendument sous la coupe des étrangers parasites. Ils prêchaient contre les progrès dauphins, considérant qu'il ne s'agissait que de cadeaux empoisonnés. Ils exigèrent du roi qu'il revienne aux sources et se reconvertisse à la religion panthéiste, la seule vraie.

Les prêtres finirent par fomenter un complot qui aboutit à l'assassinat du fils aîné du roi. Puis ils intriguèrent auprès des généraux en leur promettant de leur livrer les richesses des hommes-dauphins. Les militaires se firent un peu prier, mais finirent par céder à l'attrait du gain.

Un putsch militaire éclair aboutit à l'arrestation du roi et à son « suicide » dans sa geôle. Son épouse eut beau le renier pour tenter de sauver sa vie et celle de leur second enfant, elle fut à son tour exécutée.

Les prêtres scarabées placèrent sur le trône un jeune prince sudiste issu d'une branche royale lointaine, qui décida de fermer les universités et les écoles pour les transformer en séminaires religieux du culte scarabée. Les étudiants manifestèrent dans les rues, mais leur rébellion fut aussitôt matée dans le sang.

Le jeune roi profita de ces échauffourées pour arrêter élèves dauphins et professeurs, ces derniers étant accusés de les avoir incités à l'émeute. Tous furent jetés dans les premières prisons politiques. Puis il prononça un discours officiel qui rejetait la responsabilité de ces massacres sur la mauvaise influence des dauphins. « Tout est leur faute », disait-il en substance, mais cela ne suffit guère à convaincre la population qui avait encore en souvenir certains apports dauphins.

Toujours sous l'impulsion des prêtres, le roi réunit alors un petit collège de lettrés acquis à sa cause pour leur demander de trouver une manière de légitimer l'éviction des dauphins. Après longue réflexion, ceux-ci rédigèrent un texte, qu'ils attribuèrent aux hommes-dauphins, et qui préconisait la destruction de la société scarabée.

L'ouvrage connut un énorme succès qui se répercuta bien au-delà de ce qu'avaient prévu ses instigateurs. C'était comme si la population tout entière n'avait attendu que ce prétexte pour lever ses ultimes scrupules ou gommer ses derniers bons souvenirs de la culture dauphin. Pour tous, les intentions hostiles, le complot du peuple dauphin devinrent évidents. Les actes racistes se multiplièrent, bénéficiant souvent du laxisme, voire du soutien direct de la police.

En même temps que reculait l'influence des dauphins et des universités laïques, la liberté de pensée et le droit à l'instruction furent rognés, au nom de l'assainissement des esprits. La religion panthéiste fut érigée en science et en tint lieu. Les livres dauphins des bibliothèques furent brûlés en place publique. Après quoi le roi décida que la présence trop voyante des hommes-dauphins générait des troubles. Pour y remédier il fit boucler leur quartier et y instaura un couvre-feu. Ce qui permit aux fanatiques scarabées d'agir encore plus facilement.

Les conditions de vie des dauphins ne cessèrent de se dégrader, on leur interdisait tous les métiers puis, comme ils mouraient de faim, on finit par organiser « pour leur bien » des camps de travail où ils étaient à peine payés. D'abord, on les cantonna dans les travaux les plus pénibles mais, bien vite, le nouveau roi eut l'idée d'utiliser cette main-d'œuvre quasi gratuite pour édifier à sa gloire un monument colossal. Tous les intellectuels, contestataires ou politiciens soupçonnés d'opposition furent du nombre. Les gardes des camps de travail étaient choisis parmi les éléments les plus brutaux de la population scarabée, souvent d'anciens criminels.

Sur les chantiers, les conditions étaient effroyables, les travailleurs peu nourris, totalement privés de soins.

Le peuple des hommes-dauphins dépérissait à vue d'œil, lorsqu'un jour, la foudre s'abattit sur un mur du camp de travail et le creva. Pétrifiés, ils n'osèrent s'enfuir, comme s'ils redoutaient de transgresser l'ordre. Un prêtre du culte du Soleil, un homme qui n'était pas d'origine dauphin mais qui avait été éduqué dans ces valeurs, décida alors d'agir. Profitant de la confusion due à l'orage, il convainquit quelques courageux de s'échapper.

« De toute façon, au point où nous en sommes, nous n'avons plus rien à perdre », rappela-t-il.

Tapis dans les recoins abandonnés de leur ancien quartier dont ils connaissaient les moindres ruelles, les évadés, sous l'égide du prêtre du culte du Soleil, commencèrent à œuvrer à un plan d'évasion pour tous les prisonniers politiques. Le soir tombé, ils entreprirent de creuser des tunnels sous le mur d'enceinte des camps et des chantiers. Ainsi purent-ils agir de l'intérieur et de l'extérieur des camps. Et au jour dit, dans la tiédeur d'une nuit d'été, les hommes-dauphins s'enfuirent par les souterrains. Suivant les indications du prêtre rebelle, ils s'éparpillèrent en petits groupes pour se rejoindre au seuil du grand désert, considéré jusqu'alors comme infranchissable à pied d'homme.

Le prêtre du Soleil les rassembla pour une harangue. De l'autre côté de ce désert, affirma-t-il, ils retrouveraient le pays d'où tous les hommes-dauphins de par la Terre étaient originaires, et là, ils reconstruiraient leur État indépendant sans avoir besoin d'être acceptés par d'autres peuples.

La foule n'était pas convaincue, mais tous le savaient : ils n'avaient plus le choix. Les hommes-dauphins se mirent en marche. Ils crurent d'abord n'être que des centaines, puis des milliers, mais au fur et à mesure que d'autres évadés affluaient, ils constatèrent qu'ils étaient en fait des dizaines, puis des centaines de milliers, à avancer dans le sable et la pierraille chauds. Des hommes-dauphins, mais aussi des prisonniers politiques, des anciens universitaires, et même des intellectuels de l'ancien régime qui n'avaient pas été arrêtés mais ne supportaient plus le nouveau gouvernement.

Comme le prêtre du culte solaire guidait désormais un véritable troupeau humain, ils le baptisèrent « le Berger ».

Les hommes-scarabées voulurent tout d'abord leur donner la chasse et les massacrer, mais la peur de se perdre dans une immensité inconnue et aride les fit reculer.

Le roi ordonna d'abandonner la poursuite. Il pensait que la faim, la soif et les chacals extermineraient aussi sûrement les fugitifs que des lances et des flèches. De l'idée de tous, c'était un pur suicide collectif.

Ainsi les hommes-dauphins, guidés par leur Berger, s'enfoncèrent-ils dans le désert. Le jour, le soleil les brûlait, la nuit ils grelottaient de froid. Ne disposant d'aucun point de repère, ils ne comprenaient pas pourquoi leur guide choisissait une direction plutôt qu'une autre. Certains avaient même l'impression de tourner en rond tant le paysage était monotone. Grâce à sa connaissance parfaite de la cartographie céleste, le

Berger savait, lui, qu'il les menait toujours sans dévier vers le nord. La nuit, disait-il, des rêves lui venaient qui lui indiquaient le chemin à suivre.

Cependant, les dauphins étaient épuisés, affamés. En chemin, des chamailleries naissaient au moindre prétexte. Les marcheurs faillirent à plusieurs reprises périr de soif ou de leurs querelles intempestives. Pourtant, chaque fois que la situation devenait critique, l'orage grondait et une pluie bienfaisante les sauvait de la déshydratation et de leur colère.

Mais certains hommes-dauphins, éreintés, se mirent à maudire ce grand prêtre, qui les avait entraînés dans un périple pire selon eux que les supplices du camp de travail.

« Si certains souhaitent faire demi-tour pour se prosterner devant le roi scarabée et implorer son pardon, libre à eux », déclara le Berger.

Un beau parleur le prit au mot et ils furent un bon millier à le suivre. La moitié d'entre eux s'égarèrent dans une zone de sables mouvants. Les autres parvinrent exténués en pays scarabée où ils furent aussitôt exécutés en place publique.

Pendant ce temps, la grande masse des hommes-dauphins et de leurs alliés avançait toujours plus loin dans le désert.

Dans la longue procession, le calme n'était toujours pas revenu et l'on dut déjouer plusieurs fois des tentatives d'assassinat visant le Berger en personne. Cependant ils poursuivaient leur chemin, troupeau têtu, pareils à ces saumons qui remontent péniblement le fleuve pour retrouver le lieu d'où ils étaient jadis partis. Et sans cesse, alors qu'ils étaient sur le point de mourir de soif, ils trouvaient une oasis. Ou bien il se mettait à pleuvoir. Tous s'étaient habitués à ces miracles devenus routine.

Comme anesthésiés par les douleurs quotidiennes, ils ne survivaient qu'en s'accrochant aux paroles du Berger et aux rêves qu'il prétendait recevoir. Ils s'étaient adaptés aux conditions du désert. Pour économiser l'humidité de leur corps, ils parlaient peu, ne pleuraient jamais. Le désert leur apprit la concision et l'efficacité. Ils mirent au point un système de bivouac en creusant en quelques heures des abris dans le sable. Leur religion, issue de la mer, s'adapta au désert. Le Berger prônait le jeûne, la méditation, le détachement par rapport à l'agitation du monde. Et certains prirent goût à cet ascétisme nouveau.

Le Berger disait : « C'est quand on ne désire plus quelque chose que cette chose peut vous être offerte. » C'est la règle de Renoncement.

Le Berger disait : « Pour comprendre l'autre il faut se mettre à sa place. » C'est la règle d'Empathie. Et il étendait cette règle aux animaux et aux végétaux, affirmant que lorsqu'un animal se laissait chasser c'est qu'il avait été compris et, se sentant compris, acceptait d'être tué pour nourrir le chasseur.

Le Berger disait : « Quand vous faites quelque chose, pensez à la répercussion dans le temps et dans l'espace. Aucun acte n'est sans effet. Quand vous dites du mal de quelqu'un vous transformez ce quelqu'un. Quand vous répandez une peur ou un mensonge vous créez cette peur et vous transformez ce mensonge en réalité. » C'est la règle de Causalité.

Le Berger disait : « Vous avez tous une mission à accomplir dans le monde, et vous avez tous un talent pour accomplir au mieux cette mission. Trouvez-les et votre vie se mettra à prendre un sens. Une vie sans talent n'existe pas. Une vie sans utiliser son talent est une vie gaspillée. »

Le Berger disait : « Nul n'est obligé de réussir mais

tout le monde doit essayer. Il ne faut pas en vouloir à soi-même d'échouer, il faut s'en vouloir seulement de ne pas avoir essayé. »

Le Berger disait : « Il faut célébrer la prise de risque et non pas la victoire. Car la prise de risque dépend de nous, et la victoire dépend d'une multitude de facteurs difficiles à contrôler. »

Le Berger disait : « Il y a un monde invisible au-delà du monde visible, où l'on a accès à toutes les connaissances et à toutes les illuminations. On peut le visiter juste en faisant taire le vacarme des petites pensées dérisoires qui assourdissent en permanence notre cerveau. »

Un matin, alors qu'ils s'étaient tous résignés à errer indéfiniment dans le désert, un éclaireur rapporta qu'il y avait de l'autre côté d'une colline une plaine fertile et giboyeuse cernée par des rivières. L'information était si incongrue que nul ne réagit.

Pourtant, la ligne de crête franchie, ils durent se rendre à l'évidence : le spectacle ressemblait à un mirage : une vallée verte partagée par des cours d'eau. La terre natale des hommes-dauphins était à nouveau face à eux, et tous le ressentirent dans leur chair, comme si leurs cellules reconnaissaient cet air, ce pollen, cette herbe... qui jadis avaient été en contact avec leurs lointains ancêtres. Ils avaient réussi.

Des hommes-dauphins « archaïques » qui s'étaient maintenus vaille que vaille sur leur territoire vinrent à leur rencontre.

— Jamais les hommes-dauphins n'ont abandonné tout à fait cette terre et jamais ils ne l'abandonneront, s'écria l'un d'eux en les menant vers un pauvre village à moitié en ruine.

Ils racontèrent alors qu'ils étaient issus de la première génération d'hommes-dauphins, descendants des rescapés de la grande invasion des hommes-rats. Cachés durant l'attaque, oubliés par les navires dans le désordre de l'embarquement sur la mer salvatrice, ils s'étaient terrés, ils étaient restés. Ensuite ils avaient survécu tant bien que mal. Puis les hommes-rats s'en étaient allés à la conquête d'autres territoires, et ils avaient intégré les ruines et s'étaient efforcés de continuer à vivre dans le souvenir de leurs anciennes traditions.

Une grande fête fut organisée pour célébrer les retrouvailles. Ils décidèrent qu'ensemble, hommes-dauphins de toujours et hommes-dauphins de retour d'exil, ils rebâtiraient une nation. Ils entreprirent de construire une grande capitale cernée de hautes murailles et, à l'intérieur, ils vénérèrent non pas le soleil mais la Lumière.

Le Berger fut le premier chef de cette nouvelle nation, mais il dit qu'il en avait assez des rois et du pouvoir centralisé et il proposa de créer un gouvernement composé d'une assemblée de douze sages correspondant aux douze grandes familles des hommes-dauphins.

Le Berger dit avoir vu en rêve qu'il fallait établir des lois afin que leur peuple ne retourne plus jamais à ses pulsions primaires.

Il établit quatorze lois.

Les trois premières avaient un rapport avec la nourriture :

• Pas de cannibalisme.

• Ne pas manger d'animal qui souffre. Et notamment de la nourriture vivante sur pied.

« Manger un animal qui a souffert, c'est récupérer sa souffrance », disait le Berger.

• Pas de contact entre aliments et excréments. Ce fut l'une des premières lois d'hygiène alimentaire. Parfois les paysans, utilisant excessivement les excréments d'animaux ou d'humains comme engrais, causaient des épidémies.

Ensuite venaient les cinq lois sur la sexualité :
- Pas d'inceste.
- Pas de viol.
- Pas de pédophilie.
- Pas de zoophilie.
- Pas de nécrophilie.

Cela semblait à tous évident mais le Berger estima que ce qui allait de soi valait d'être rappelé.

Ensuite venaient les quatre lois sur la violence :
- Pas de meurtre.
- Pas d'agression entraînant des blessures.
- Pas de vol.
- Pas de destruction d'objets appartenant à autrui.

Puis venaient les lois sur les rapports sociaux. Ayant été eux-mêmes esclaves, les hommes-dauphins établirent comme premières lois :
- Pas d'obligation de travailler sans rémunération.
- Pas de travail sans temps de repos.

Ayant achevé de rédiger ces lois, le Berger mourut inopinément en avalant de travers une arête de poisson. Son agonie dura deux heures, deux heures à se racler la gorge, à s'enfoncer les doigts au fond de la bouche, à se rouler par terre. On essaya de le faire boire, de lui faire avaler des morceaux de mie de pain, rien n'y fit. Comme il s'asphyxiait, certains proposèrent d'inciser la pomme d'Adam mais, après un vote rapide de trois voix contre deux et une abstention, personne n'osa intervenir et il décéda.

L'étouffement par ingestion d'arête de poisson ayant quelque chose de trivial par rapport à l'ampleur de la tâche accomplie par le Berger, les biographes décidèrent rapidement d'officialiser une version plus

« historique » : le Berger serait mort en extase et l'on aurait vu une colombe venir chercher son âme pour la conduire vers le Soleil.

On enterra sa dépouille comme il l'avait demandé, sous une fourmilière. Sans cercueil, afin que, selon sa demande, « sa chair issue de la terre puisse à nouveau fertiliser cette terre qui l'avait nourri ».

L'application des lois fut délicate à mettre en pratique. Pour réduire la souffrance des animaux servant d'aliments, les prêtres de la religion dauphin demandèrent aux médecins d'étudier un moyen de tuer sans douleur, et ceux-ci leur indiquèrent une zone précise dans la carotide qui, une fois tranchée, entraînait un assoupissement progressif et mortel.

L'assemblée des douze sages hommes-dauphins qui établit les règles du nouvel État dauphin obéissant à la loi de repos décréta qu'un quart des champs resteraient chaque année en jachère afin que ces terrains récupèrent leurs oligo-éléments, tandis que les trois autres quarts apporteraient leurs récoltes. Quant aux femmes et aux hommes, ils œuvreraient six jours par semaine et se reposeraient le septième.

Ils érigèrent un temple cubique, car ils avaient décidé d'abandonner la forme pyramidale à leurs persécuteurs scarabées. Et en souvenir de leur séjour en esclavage et de leur rédemption dans le désert, ils rédigèrent un grand livre d'histoire et décidèrent, au cas où à nouveau les livres seraient brûlés, d'instaurer une fête au cours de laquelle les parents raconteraient à leurs enfants ce qui s'était passé. La tradition orale s'enracinerait ainsi parallèlement à la transmission écrite.

Il y eut de nouveau des bibliothèques où classer les livres et les cartes qu'ils considéraient comme leur plus précieux trésor.

Leur capitale implantée, ils construisirent des routes, et transformèrent des villages en villes, des hameaux en villages.

Le temps passant, les anciens esclaves du pays des scarabées vieillissaient et leurs enfants avaient bâti un royaume solide. Revenant aux sources de la culture des hommes-dauphins, ils renouèrent avec le commerce en construisant des ports d'où partirent des bateaux qui, longeant la côte, échangeaient des objets artisanaux contre des matières premières ou des technologies nouvelles. Ce cabotage avait pour objectif d'instaurer des relations pacifiques avec les voisins autochtones, de créer des comptoirs commerciaux, de compléter les cartes.

Les hommes-dauphins ne tenaient nullement à convertir les étrangers à leur culte. Ils considéraient que chaque peuple possédait son propre dieu. Aussi, s'ils répandaient les rudiments de leur langue et de leur culture, évoquaient-ils rarement leur religion.

Étonnamment, ce refus de prosélytisme, après un premier impact positif, suscita la défiance des voisins. Surtout ceux du nord et de l'est. Loin de penser que les hommes-dauphins respectaient leur culture d'origine, ils les soupçonnaient de vouloir garder pour eux seuls des secrets. Le scénario du pays des scarabées se reproduisait dans une version à peine différente.

Des comptoirs et des bateaux de commerce dauphins furent attaqués par des bandes de voyous. Au début, personne n'y accorda d'importance. Mais bientôt de véritables armées attaquèrent par surprise les villages frontaliers.

À nouveau revint l'obligation de lever une armée. Comme l'avait préconisé le Berger, l'assemblée des douze opta pour une armée de citoyens-soldats, chacun exerçant son métier en temps de paix et reprenant les armes en cas de menace. Toute la population participerait ainsi à la défense des cités dauphins. Paysans, pêcheurs, artisans et scribes s'avérèrent plutôt des soldats maladroits mais, à force d'exercice, leur efficacité fut bientôt renommée à la ronde. Les armées des pays voisins ne comptaient en effet dans leurs troupes que des brutes aux tactiques prévisibles. Les hommes-dauphins se spécialisèrent notamment dans l'art d'attaquer de nuit les troupes adverses dans leur campement pour incendier les tentes et faire fuir les chevaux. Ce qui suffisait en général à calmer les ardeurs des envahisseurs. Cependant les attaques frontalières ne cessaient pas pour autant.

Et même s'ils avaient souvent l'avantage, les hommes-dauphins comptaient de plus en plus de pertes. Comme si les étrangers s'adaptaient à leur tactique et trouvaient des parades. Plusieurs commandos de nuit furent ainsi interceptés et massacrés.

Cette insécurité nuisait à la prospérité du pays, toutes les activités cessant à la moindre attaque pour réunir au plus vite une armée. Le système d'assemblée se révéla lourd, pesant en période de crise. Les votes pour ou contre les actions militaires ne pouvaient souffrir de ballottage entre les douze sages de l'assemblée. Ces derniers décidèrent donc de renoncer à leurs prérogatives. Ils se prononcèrent pour la désignation d'un roi unique qui, à l'instar de celui des hommes-scarabées, centraliserait tous les pouvoirs exécutifs tandis qu'eux poseraient le cadre législatif. Les douze choisirent le général qui avait montré la plus grande habileté à combattre. Celui-ci leva aussitôt des impôts qui permirent de mettre sur pied une armée de métier. Le système de conscription fut abandonné.

Avec cette nouvelle armée, le peuple des hommes-dauphins connut une période de relative tranquillité.

Nombre de citoyens refusant cependant le pouvoir centralisé, des révoltes éclatèrent contre des taxes jugées iniques. On vit des hommes-dauphins combattre d'autres hommes-dauphins. Ce fut la première guerre civile en territoire dauphin.

L'insoumission à la base même de leur force était à présent cause de leur fragilité. Le roi prononça en place publique un discours où il déplora : « Lorsque nous n'avons plus d'ennemi face à nous, nous devenons nos propres ennemis. Quand aurons-nous la sagesse d'accepter de vivre entre nous sans dissension ? »

Ce fut alors que, en provenance du nord, surgit une immense armée d'hommes-rats détruisant tout sur son passage. Dans les ports voisins, on parlait beaucoup de ces soldats, de ces enfants qui avançaient en poussant devant eux un peuple de fantômes. Et dans leurs bibliothèques, les livres des hommes-dauphins rappelaient la grande invasion d'antan.

Les hommes-dauphins résistèrent de leur mieux aux hommes-rats mais leur armée était trop pauvre en effectifs, leur monarchie trop jeune pour contrer de vastes troupes expérimentées et d'une violence inhabituelle. Après avoir résisté à deux assauts, ils furent laminés au troisième. Les hommes-rats déferlèrent à nouveau sur le royaume des hommes-dauphins. Le temple fut détruit, les bibliothèques incendiées.

Mais les hommes-rats savaient désormais qu'il n'y avait rien à gagner à massacrer tout le monde, le plus efficace était encore de contraindre les peuples vaincus à travailler pour eux. En conséquence, ils nommèrent roi un homme-dauphin entièrement dévoué à leur cause et infligèrent un impôt exorbitant à l'ensemble de la population. Pour avoir le droit de vivre, les vaincus les fourniraient en métaux, en nourriture et en technologie de pointe. Les plus belles femmes et les plus grands savants dauphins furent emmenés en captivité dans la capitale des hommes-rats. Un petit groupe d'hommes-dauphins avec les douze sages de l'assemblée sans le roi mort au combat parvint pourtant à s'enfuir par la mer.

Ils cabotèrent vers le sud et revinrent au pays des hommes-scarabées.

Là, discrètement, ils rejoignirent le palais du roi. Ils lui rappelèrent comment jadis ils avaient favorisé le développement de sa société. Ils étaient conscients de ne pouvoir agir au grand jour mais se proposèrent de l'aider dans l'ombre. Pour preuve de leur bonne volonté, ils lui révélèrent une sagesse au-delà de l'enseignement du culte dauphin, le culte originel des fourmis. Ils lui expliquèrent comment les pyramides étaient des copies de fourmilières dont le premier tiers faisait office de loge réceptrice d'ondes cosmiques.

Le roi scarabée connaissait la rancune séculaire de son peuple envers les hommes-dauphins, cependant il fut touché par leur discours et décida de les héberger en toute discrétion.

16. ENCYCLOPÉDIE. AKHENATON

Il se nommait Aménophis IV mais se fit appeler Akhenaton, ce qui signifie « celui qui plaît à Aton », le dieu du Soleil. Premier pharaon monothéiste, il régna de 1372 à 1354 av. J.-C.
Les rares statues préservées qui le représentent montrent un homme de haute taille, le visage oblong, les yeux en amande, le regard serein, les lèvres charnues, le menton prolongé par une barbe tubulaire.

Son épouse, Néfertiti, est souvent représentée à ses côtés avec une coiffe pharaonique, prouvant que le roi lui avait octroyé un statut égal au sien. Il semblerait qu'elle ait été à l'origine de sa volonté de réforme.

Akhenaton se lança dans une politique de modernisation de la société égyptienne, créant un nouvel empire. Il détrôna la principale divinité égyptienne, Amon-Rê, dieu à tête de bélier, pour le remplacer par Aton, dieu du Soleil, dont il fit un dieu unique. Ce fut une révolution religieuse doublée d'une révolution politique.

Le pharaon enleva à la ville d'Ouaset (plus tard appelée Thèbes par les Grecs), vouée au dieu Amon, son statut de capitale pour en doter Akhetaton, dédiée au dieu Aton (aujourd'hui Tell Al Armana).

Le mot « aton » signifiait lumière et chaleur mais aussi la justice et l'énergie de vie qui parcourt l'univers. Akhenaton fit participer à son gouvernement des Nubiens et des Hébreux. « Aton » est sans doute issu de l'hébreu « adon », Adonaï étant l'appellation de Dieu en cette langue. Côté artistique, l'heure était au réalisme avec, pour la première fois, des représentations de la vie quotidienne et de scènes familiales, très éloignées des batailles et des scènes religieuses qui avaient jusqu'alors inspiré les peintres.

L'élite adhéra rapidement à cette notion d'« un seul et grand dieu » remplaçant un panthéon de dieux spécialisés.

Sous Akhenaton, l'influence de l'empire égyptien s'étendit de l'actuelle Éthiopie au sud de la Turquie. Le pharaon se fit construire un tombeau dont l'axe permettait aux rayons du soleil d'illuminer l'ensemble du monument.

Cependant, la guerre était à ses portes. De Byblos

(actuellement au Liban), le prince Rib Addi envoya des appels de détresse, son royaume étant attaqué par les nomades du désert. Trop occupé à édifier sa capitale et gérer son royaume, Akhenaton ne répondit pas. Il ne réagit pas non plus lorsque après les Khabiris, des Indo-Européens, les Hittites, s'en prirent à ses villes septentrionales. Lorsque Damas, Qadnesh et Qatna tombèrent aux mains des envahisseurs, il se décida enfin à dépêcher son armée mais il était déjà trop tard.

Profitant de ces échecs militaires, les prêtres d'Amon osèrent alors accuser le pharaon monothéiste d'hérésie. En 1340 av. J.-C. le général Ahoreb lança un coup d'État militaire. Akhenaton fut assassiné et Néfertiti contrainte de se convertir au culte du dieu à tête de bélier. La nouvelle capitale fut rasée et les représentations du « pharaon hérétique » détruites, à de rares exceptions près. Toutes les références au nom d'Akhenaton furent effacées des hiéroglyphes.

Edmond Wells,
Encyclopédie du Savoir Relatif et Absolu, Tome V.

17. LES LIONS

Les hommes-lions avaient fini par se sédentariser au centre d'une région de plateaux. Ils avaient édifié plusieurs villes prospères, dotées chacune d'une armée soigneusement organisée. Leur civilisation ne brillait pas par son originalité mais par son efficacité. Ils avaient en effet repris certaines caractéristiques des hommes-rats, avec des troupes offensives très efficaces, modernisées avec l'utilisation de lances longues de trois mètres, permettant d'arrêter une charge de cavalerie. Comme les rats, ils vouaient un culte aux guerriers. Mais aux héros brutaux, ils préféraient les héros rusés.

Les hommes-lions avaient soif de conquêtes. Leurs forces navales attaquaient les bateaux de commerce, ceux des hommes-dauphins et des hommes-baleines, mais aussi ceux des hommes-taureaux. Ils s'emparaient des denrées et des richesses du bord et exigeaient des prisonniers qu'ils leur enseignent leur technologie. Du coup, la plupart des navires marchands avaient été contraints de s'armer.

À terre, grâce à une bonne gestion des ressources agricoles, la démographie était en pleine expansion, et même si aucune des cités des hommes-lions n'était aussi développée que la florissante capitale des hommes-baleines, ensemble, elles formaient un royaume puissant.

Le roi des hommes-lions commença par attaquer l'île des hommes-taureaux. Leur civilisation était festive et joyeuse. Les femmes-taureaux arboraient des boléros découpés au niveau des seins afin de mieux mettre leurs avantages en valeur. Les hommes-taureaux s'adonnaient à la culture de la vigne dont ils tiraient un nectar réputé. En outre, grâce à quelques hommes-dauphins qui s'étaient établis parmi eux, ils avaient appris à nager et à communiquer avec les dauphins. Leur flotte de commerce n'avait cependant pas fait le poids face aux puissantes embarcations militaires des hommes-lions. Un commando débarqua de nuit dans la ville. Après s'être égarés dans les ruelles, les hommes-lions tombèrent sur une jeune femme qu'ils menacèrent de mort si elle ne leur montrait pas le chemin. Elle obtempéra. Parvenus avec elle au palais, ils incendièrent les écuries et, profitant de l'effet de diversion, se glissèrent à l'intérieur.

Ils trouvèrent le roi des hommes-taureaux encore ensommeillé. Il les supplia de l'épargner, mais ils l'égorgèrent ; c'était l'une des faiblesses du système monarchique, que de concentrer tout le pouvoir en un seul homme. Sa perte faisait s'effondrer tout le système. Impressionnés par tant de violence, les quelques généraux survivants, après une courte hésitation, se rallièrent aux envahisseurs.

Dès lors l'île devint partie intégrante du royaume des lions et toutes ses richesses furent annexées sans autre forme de procès.

Après quoi, les scribes des hommes-lions inventèrent une légende selon laquelle un héros valeureux avait parcouru un labyrinthe géant puis, aidé par l'amour d'une femme, avait pu rejoindre le palais d'un tyran. Là, il avait rencontré un roi monstrueux à corps d'homme et à tête de taureau qui se nourrissait de jeunes vierges que son peuple lui amenait en sacrifice. Après avoir combattu le monstre, le héros homme-lion avait conçu une ruse pour le faire trébucher et le mettre à mort. Puis il avait épousé celle qui l'avait aidé à sortir du labyrinthe. L'histoire était suffisamment belle pour que personne ne pense à la mettre en doute.

Forts de ce premier succès, les hommes-lions s'en prirent aux hommes-harengs, peuple de marins qui avait établi une cité bien protégée sur un chenal et en profitait pour exiger un droit de passage à tous les navires qui se présentaient.

Eux aussi avaient recueilli quelques hommes-dauphins qui leur avaient enseigné l'écriture et le goût des bibliothèques. La citadelle des hommes-harengs était mieux fortifiée que celle des hommes-taureaux et leurs soldats plus aguerris. Entre hommes-harengs et hommes-lions, la guerre dura longtemps. Les deux camps déléguaient des champions pour des duels au pied des murailles de la ville des hommes-harengs.

Et puis, une fois encore grâce à une trahison, des hommes-lions parvinrent à s'introduire une nuit au cœur de la citadelle et en exterminèrent tous les habitants dans leur sommeil. La durée du siège ayant porté sur les nerfs des hommes-lions, ils ne laissèrent aucun survivant. En une nuit un peuple entier fut passé au fil de l'épée.

La fin atroce des hommes-harengs, contée et racontée par les voyageurs, dota les hommes-lions d'une telle aura de puissance qu'elle entraîna la soumission spontanée des peuples préférant devenir esclaves que de connaître l'horrible fin des hommes-harengs.

Dès lors, les hommes-lions ne se sentirent plus de limites. Ils décidèrent de conquérir le monde. Leur légende les précédait.

Ils ne connurent que des victoires faciles, jusqu'au jour où ils atteignirent le territoire des hommes-rats.

À cette époque, le royaume des lions était dirigé par un jeune homme fougueux qui avait promis de répandre la gloire des lions sur la planète entière. À peine âgé de 25 ans, ce roi avait étudié la stratégie avec les meilleurs généraux lions et, passionné de batailles, avait mis au point de nouvelles manières d'utiliser la cavalerie sur les flancs. Les hommes-rats avaient une réputation de guerriers courageux mais, pour le jeune roi des lions, ils ne représentaient qu'un premier défi à relever.

La confrontation des deux armées les plus puissantes de la contrée eut lieu dans une plaine. Ce jour-là, 45 000 guerriers hommes-lions affrontèrent 153 000 guerriers hommes-rats. Jamais on n'avait vu autant de soldats sur un même champ de bataille. La foudre grondait au-dessus des deux armées.

Les hommes-rats s'étaient déployés sur une seule ligne pour couvrir tout l'horizon et montrer leur supériorité numérique. Ils exhibaient leur infanterie lourde, leur cavalerie, leurs lanciers, leurs frondeurs, leurs archers.

Les hommes-rats étaient habitués à ce que le simple déploiement de leurs troupes incite leurs adversaires à se rendre. Cette fois, les hommes-lions ne bronchèrent pas.

Sur les ordres de leur jeune roi, ils s'étaient déployés en un long rectangle étroit afin que les adversaires ne puissent connaître précisément leur nombre.

Les hommes-rats sonnèrent la charge.

Aussitôt la cavalerie des hommes-lions placée à l'arrière partit sur les flancs au grand galop. À la surprise des archers rats qui tentaient de les frapper, ils ne s'arrêtèrent pas sur les côtés mais poursuivirent jusqu'à les dépasser et se placer à l'arrière de l'armée ennemie.

Alors que la cavalerie des rats chargeait, une chorégraphie étrange se mit en place. Le grand rectangle des soldats lions éclata en petits carrés formant des phalanges hérissées de lances et protégées par des murs de boucliers. Si bien que les cavaliers adverses ne pouvaient s'en approcher. Ils poursuivaient leur charge entre les phalanges jusqu'au moment où, emportés par leur élan, ils se retrouvaient face à une ligne d'archers qui les fauchaient. L'infanterie dispersée des rats suivait en courant et se heurtait aux carrés des phalanges lions toujours bien compactes.

Comme mues par un signal, celles-ci se serraient deux par deux pour former des étaux qui écrasaient l'adversaire.

L'infanterie rat ressemblait maintenant à un long

pain mou écorché sur ses flancs par des paires de hérissons.

C'est alors que les soldats rats s'aperçurent que la cavalerie lion qui les avait dépassés les attaquait par l'arrière. Après les hérissons c'était un tranchoir qui venait découper le pain mou.

Les rats combattaient avec bravoure. Mais ils étaient dans l'incapacité de causer de réels dommages à leurs adversaires. Les hommes-lions, bien protégés dans leurs phalanges carrées, cernées de hauts boucliers, n'étaient même pas inquiétés par les épées et les lances adverses.

Dans le camp des rats, vint cet instant de flottement où l'on sait que la victoire n'est plus certaine, puis cet autre où l'on sait qu'on a perdu. Mais comme les cavaliers lions occupaient l'arrière et fermaient les flancs, il n'y avait même plus de possibilité de fuite. La boucherie dura encore plusieurs heures.

Enfin résonnèrent des trompettes ordonnant la retraite. Puis, alors que le ciel commençait à s'éclaircir, on entendit comme au sortir de l'enfer des cohortes de mouches et de corbeaux qui venaient participer à la curée.

C'en était fini de la superbe des rats. Sur les 153 000 guerriers, 400 survécurent qui parvinrent à s'échapper en profitant de l'épuisement de l'ennemi.

Ensuite, tout se passa très vite. L'armée des lions, auréolée de sa victoire et désormais de la légendaire bataille, fut accueillie en libératrice par les peuples soumis aux hommes-rats. Partout dans le royaume rat les villages se révoltaient, anticipant la venue des hommes-lions.

Bientôt ne demeura plus des hommes-rats qu'une longue file fuyant vers les hauteurs.

Ils parvinrent pourtant à construire une cité fortifiée

haut perchée en montagne. Là, ils se réunirent pour tenter de comprendre comment ils avaient pu tout perdre et si vite. Cette fois ils ne pensèrent ni à faire des exemples ni à se décimer. Survivre était leur priorité. Et éviter tout contact avec leurs envahisseurs.

Dans la foulée, et portés par l'enthousiasme, les hommes-lions, dirigés par leur jeune roi fougueux – désormais surnommé « l'Audacieux » –, partirent à l'assaut des hommes-crocodiles qu'ils repoussèrent dans les marécages. Les hommes-crapauds se rendirent sous leurs coups mais, plus loin, le peuple des hommes-termites opposa une si vive résistance que les hommes-lions stoppèrent leur avancée vers l'est pour retourner au sud. Une seconde fois, ils traversèrent l'ancien territoire des hommes-dauphins et poursuivirent leur route jusqu'au pays des hommes-scarabées.

Mais là où l'Audacieux innova le plus brillamment, après la mobilité de ses phalanges et de sa cavalerie, ce fut dans sa diplomatie. Il eut l'idée de vaincre les rois mais de les laisser en place en tant que vassaux. Cette mansuétude s'avéra d'autant plus profitable que les rois connaissaient parfaitement leur pays, possédaient une parfaite maîtrise de leur administration. Les peuples étaient ainsi moins tentés de se rebeller. En outre elle donnait à l'Audacieux une image d'« envahisseur non traumatisant », donc « acceptable ».

Les hommes-lions profitèrent de leur équipée pour s'approprier les trouvailles et les découvertes des peuples vaincus. À force de retrouver des quartiers dauphins dans diverses cités, ils comprirent l'intérêt de les utiliser comme une sorte de réserve de savoir et d'invention.

Sous l'impulsion de l'Audacieux, savants et artistes hommes-dauphins furent installés dans des quartiers particuliers. Le jeune roi leur fit même construire une ville protégée afin que, dans le confort et la paix, ils puissent œuvrer au mieux. Ils lui rendirent au centuple ses largesses.

Depuis cette cité, le langage des hommes-dauphins devint la langue particulière de la science pour tout le royaume des hommes-lions.

Un savant dauphin observa le reflet du soleil dans un puits, au solstice d'été, et en déduisit un système d'angulation qui lui permit de mesurer la taille de la planète. Un autre, doutant de la véracité de ses sens, rédigea un traité de philosophie. Des règles régissant au théâtre l'unité du temps, du lieu et de l'action furent élaborées par un troisième. Le théâtre perdit ainsi son caractère religieux pour devenir un spectacle de détente.

Sous la protection des forces lions, dans cette ville peuplée d'hommes-dauphins, les arts et les sciences se nourrirent mutuellement.

18. ENCYCLOPÉDIE : MILET

De Milet, cité ionienne d'Asie mineure, partit le premier mouvement scientifique avec dans ses rangs Thalès, Anaximandre et Anaximène. Ils avaient en commun de s'opposer à l'ancienne cosmogonie d'Hésiode qui prônait un monde créé par des dieux à figure humaine. Leur sens du sacré les incita à rejeter cet anthropomorphisme pour aller chercher plutôt le principe divin dans la nature. Pour Thalès, Dieu est eau, pour Anaximène, il est air, et pour Anaximandre, il est l'indéfini. Pour un quatrième, Démocrite, né au milieu du ve siècle av. J.-C., l'univers est rempli d'atomes, et les chocs fortuits entre ces atomes au hasard de leurs courses auraient créé les mondes et l'homme.

Plus tard, plus à l'ouest, à Athènes, Socrate et son disciple Platon, formés par les scientifiques de Milet, ont été à l'origine de la philosophie grecque. Pour mieux faire prendre conscience du monde dans lequel évoluait l'homme, Socrate utilisa l'allégorie de la caverne. Selon lui, l'homme commun est semblable au prisonnier d'une grotte, enchaîné à sa condition misérable et au visage perpétuellement tourné vers le fond. Il voit défiler sur la paroi les ombres d'objets promenés dans son dos à la lueur d'un feu et s'imagine que c'est là le réel. Pourtant, il ne s'agit que d'illusions. Si on libère ce prisonnier et le contraint à se retourner, à voir les objets qui dessinent ces silhouettes et le feu qui les anime d'un semblant de mouvement, il sera effrayé. Si ensuite on l'entraîne jusqu'à l'entrée de la caverne pour qu'il voie la vraie lumière, il souffrira et en sera ébloui. Et pourtant, s'il poursuit son chemin, il parviendra à regarder en face ce soleil, source bien réelle de toutes les lumières.

Pour Socrate, ce prisonnier, c'est le philosophe. Et lorsqu'il retournera dans la caverne, aucun de ceux qui s'y trouvent ne voudra le croire, et le pire des sorts l'attendra de la part de ceux qu'il souhaitait délivrer du mensonge et des illusions.

Accusé d'impiété et de corrompre la jeunesse, Socrate, en 399 av. J.-C., fut condamné à ingurgiter la ciguë, un poison violent.

Edmond Wells,
Encyclopédie du Savoir Relatif et Absolu, Tome V.

19. BILAN DE SISYPHE

La salle se rallume, l'histoire des mortels de Terre 18 continue sans nous. Les élèves dieux clignent les yeux à force d'avoir fixé leur peuple dans l'optique de leurs croix ansées.

Je m'aperçois que je suis en sueur et que je tremble. C'est comme si j'étais monté dans un grand huit, assailli par des millions d'émotions fortes. Je comprends maintenant pourquoi nous, les dieux, possédons un corps. Cette enveloppe permet de ressentir des sensations intenses.

L'observation des humains est une drogue. Lorsqu'on s'y consacre, plus rien n'a d'importance.

Je redescends de l'escabeau. J'ai la bouche sèche et l'impression d'avoir assisté à un film à grand spectacle qui finit mal.

Le peuple le plus puissant, la civilisation gagnante, celle des hommes-rats de Proudhon, s'est effondrée en une seule bataille... face aux hommes-lions d'Étienne de Montgolfier. De tout ce qu'ont construit les hommes-rats il ne reste qu'une ville fortifiée en haute montagne où ils se terrent, apeurés comme leur animal totem.

Tout cela nous donne à réfléchir. Non seulement les civilisations sont mortelles, mais en plus elles ne peuvent jamais être sûres qu'un simple individu un peu déterminé ne viendra pas les anéantir en une journée. Comme disait Edmond Wells : une goutte d'eau peut faire déborder l'océan.

Quand on pense que les hommes-rats étaient donnés pratiquement gagnants et que les hommes-lions de Montgolfier n'étaient qu'une tribu à la traîne au jeu précédent. Désormais ils ont récupéré une centaine de grandes villes, des milliers d'hectares de territoire, mais aussi toutes les technologies qui leur manquaient, sans parler des trésors et des réserves de nourriture et de minerais. Leur victoire redonne espoir aux élèves perdus en queue de peloton. Un jeune roi déterminé avec quelques idées, même pas bouleversantes, juste des petites ruses : les phalanges, les lances plus longues, une bonne mobilité de cavalerie, et c'est le jackpot.

Je me souviens d'un ami cycliste engagé dans le Tour de France et qui m'avait confié : « En fait c'est le peloton qui détient le pouvoir. Ceux qui sont devant prennent tous les risques, ils ne sont pas protégés, ils s'épuisent. Ceux qui sont derrière sont largués, ils ne peuvent remonter, ils s'épuisent aussi. Par contre, dans le milieu du peloton, tout le monde se soutient. Le groupe crée même un effet dynamique qui fait qu'on s'y fatigue moins. C'est là que tout se passe. Au milieu du peloton les cyclistes parlent entre eux, négocient, échangent des places. Ils se laissent gagner des étapes pour que chacun ait son heure de gloire. » Et ce sportif ajoutait : « Dès le début on sait tous qui va gagner et il suffirait d'une étape de montagne pour que l'on voie qui c'est... Pourtant le spectacle doit se prolonger pour que tout le monde y trouve son compte, surtout les sponsors. Alors on fait le show. »

Cette vision du Tour de France m'avait surpris. Mais à voir comment se déroule notre course à nous, je m'aperçois que nous n'en sommes pas loin. Il ne faut pas se faire remarquer en tête, il ne faut pas traîner derrière, il faut se laisser porter par le peloton, il faut profiter des fins de partie pour organiser des arrangements entre nous.

Sarah Bernhardt exprime tout haut ce que beaucoup d'entre nous pensent tout bas.

– Je crois que nous pouvons tous féliciter Étienne pour sa jolie remontée.

Les regards se tournent vers le challenger.

Sarah Bernhardt applaudit, les autres aussi. Nous nous levons tous. Étienne de Montgolfier salue sous l'ovation.

Savoir que les miens sont entre ses mains me rassure un peu. J'ai un puissant protecteur. Quelque part mes savants peuvent enfin créer leurs laboratoires et mes artistes leurs ateliers sans craindre persécutions ou racisme. Mon peuple, grâce à Montgolfier, profite d'un répit.

Proudhon, l'élève dieu des hommes-rats, reste assis, silencieux. Son attitude ajoute à l'enthousiasme général : rien de plus satisfaisant pour l'esprit que de voir les éléments nocifs mis hors d'état de nuire.

Certains ont cependant l'applaudissement plus réservé. Ils gardent en mémoire le sort des hommes-taureaux et des hommes-harengs. « Peut-être que nous n'avons fait que changer de prédateur », se disent-ils.

Le Maître auxiliaire Sisyphe rallume le projecteur au-dessus de la planète et invite chacun de nous à observer et à dresser le bilan de son propre travail.

Nous nous avançons, certains déploient des petits marchepieds, escabeaux ou échelles pour se retrouver à bonne hauteur par rapport à l'équateur de Terre 18.

Je cherche mes communautés dispersées. En dehors de mes villes sous protection des lions, j'ai des hommes-dauphins qui vivotent un peu partout.

Je colle mon œil contre l'optique de mon ankh pour bien les voir. Mes hommes-dauphins voyagent, ils pactisent, ils commercent, ils offrent des gages de savoir pour être acceptés au sein des autres sociétés, mais ils survivent. À leur place je serais affolé. Eux ont l'air, à force d'épreuves, de prendre leur sort avec fatalisme.

J'ai l'impression d'avoir calqué le sort de mes hommes-dauphins sur l'histoire de Terre 1... Mais d'un autre côté, comment trouver des scénarios cohérents ailleurs que dans l'histoire première ? Nous, élèves dieux, agissons comme ces enfants qui, adultes, reproduisent le couple de leurs parents parce qu'ils constituent pour eux la référence unique. Si Terre 18 ressemble souvent à Terre 1, c'est sans doute par simple manque d'imagination de la part de dieux débutants qui n'osent pas vraiment innover. Et puis, à part la guerre, la construction de villes, l'agriculture, les routes, l'irrigation, un peu de sciences, un peu d'art, on leur inspire quoi à nos mortels ?

Il faut que j'essaie de créer mon style d'art divin particulier, démarqué des autres. Je crois que je manque d'originalité. Je dois oublier tout ce qu'il me reste de souvenirs de mes manuels d'histoire de Terre 1, afin d'imaginer pour mon peuple une épopée inédite, unique et extraordinaire. Après tout, mes hommes-dauphins ont jadis démontré leur potentiel sur l'île de la Tranquillité.

S'ils n'ont plus de territoire, ils possèdent leurs livres. Ce sont leurs ouvrages de science leurs nouveaux territoires immatériels.

Il faudrait que je m'investisse à fond dans les sciences. Ce serait bien s'ils parvenaient rapidement à construire des voitures et des avions.

La chimie à proprement parler n'existe pas encore. Alors, marier la chimie et la mystique, passer par le biais d'une forme d'alchimie ou de kabbale ? Après tout, on l'oublie souvent, mais Newton était un alchimiste passionné par le mystère de la pierre philosophale.

Sisyphe vient examiner nos créations. Lui ne prend pas de notes, il mémorise les éléments qui l'intéressent. Son regard est vif. Arrivé devant moi, il interroge :

— Vous avez utilisé un prophète ?

— Juste un médium qui traînait par là. Je me suis dit qu'il pouvait cristalliser les élans. De toute façon ils s'en seraient sortis avec ou sans lui, tenté-je de minimiser.

Bon sang, il ne va pas me faire le coup d'Aphrodite avec les miracles. Elle m'avait sanctionné en « tsunamisant » mon île.

— Je sais qu'il vaut mieux éviter les miracles et les prophètes mais...

— Je n'aime pas les prophètes, dit Sisyphe. Ça m'a toujours semblé de la triche. On doit pouvoir y arriver plus finement.

— Mes hommes étaient en esclavage. Il fallait un petit coup de pouce.

Sisyphe se gratte la barbe.

— En êtes-vous sûr ?

— Ils étaient comme des lapins aveuglés par les phares d'une voiture. La dureté des prêtres scarabées les impressionnait tellement qu'ils n'osaient même pas les combattre.

— En êtes-vous sûr ? répète-t-il.

— Ensuite... ils devaient quand même franchir le désert... en ne sachant pas ce qu'il y avait en face. Sans un guide charismatique ils n'auraient jamais eu ce courage. Sans compter qu'ils risquaient de s'égarer, ils seraient tous morts de soif.

Sisyphe sort un petit carnet et le feuillette.

— Il me semble que vos « hommes-dauphins » accompagnés d'« hommes-fourmis » ont déjà foncé dans l'inconnu au péril de leur vie... et leur fuite les a amenés sains et saufs sur une île. Et il n'y avait pas de prophète cette fois-là.

Ils savent tout.

— Certes. Il n'y avait pas de prophète à proprement parler mais une femme médium était quand même à leurs côtés.

Il hoche la tête, compréhensif.

— En dehors de ce petit détail... Dites-moi, vous avez l'art de fourrer vos humains dans les ennuis.

— Si je puis me permettre, je ne fais pas grand-chose, les ennuis arrivent tout seuls.

— Et comment vous expliquez cela, monsieur Michael Pinson ? La malchance ?

— Je n'aurais pas été élève dieu, j'aurais pu le croire, mais sachant ce que je sais, je dirais que nous avons, nous les hommes-dauphins, une tradition de liberté et de lutte contre les tyrans. Du coup nous irritons tous les ennemis des libertés.

— Alors vos collègues n'entretiennent pas cette tradition, eux ?

Je flaire le piège.

— Si, évidemment, ils ont les mêmes aspirations, mais ils savent qu'il faut d'abord bien tenir leur peuple et l'éduquer avant de lui accorder la liberté. Sinon les mortels ne l'apprécieraient même pas. Peut-être leur ai-je inculqué ce goût trop tôt.

Sisyphe approuve du regard. Je poursuis donc.

— C'est pour cela que j'ai autant de problèmes. Y compris des problèmes internes... car j'ai bien vu qu'à force d'être libres, mes dauphins abusent de leur libre-pensée au point de n'être jamais d'accord entre eux. C'est bien simple, ils possèdent un tel esprit de contra-diction que si on réunit deux hommes-dauphins on arrive à avoir... trois opinions.

Le maître dieu règle son ankh pour mieux examiner

106

mes gens sur leur planète. Puis il poursuit son inspection avec Proudhon.

– Je suis venu à bout des Amazones. Pour le reste, ce ne sont que des péripéties... Tout organisme vivant connaît des périodes d'expansion suivies de replis. Disons que j'hiberne pour retrouver mes forces, se justifie l'anarchiste.

Sisyphe observe encore Terre 18, puis regagne l'estrade pour annoncer gagnants et perdants. On s'attend évidemment à la consécration d'Étienne de Montgolfier, pourtant c'est un autre nom qui est prononcé.

– Vainqueur : le peuple des hommes-tigres de Georges Méliès.

Surprise générale. La civilisation de Georges Méliès étant un peu à l'écart de la zone principale des conflits, peu d'entre nous l'ont surveillée. Or, je m'aperçois que dans son immense territoire de l'est, isolé par des hautes montagnes, Méliès a réalisé à loisir tout ce que je comptais développer : de grandes villes dotées d'un style d'architecture original, des universités scientifiques et artistiques, un mode de vie codifié. N'ayant pas eu à subir d'invasions, il a paisiblement accompli d'énormes progrès en matière de médecine, d'hygiène, de navigation et de cartographie. Sa métallurgie est la plus avancée de toutes. Les socs de ses charrues sont particulièrement efficaces et ses récoltes bien plus rentables que celles des territoires voisins. Méliès a suggéré à son médium d'utiliser la farine pour confectionner des « nouilles ». Ce nouvel aliment s'avère facile à conserver. Contrairement au pain qui durcit et rassit, les nouilles restent longtemps utilisables car il suffit de les plonger dans de l'eau bouillante pour leur redonner le moelleux. Les hommes-tigres se servent de brouettes à voiles dont la roue centrale permet de transporter de lourdes charges sans excès de fatigue.

Sisyphe précise que Georges Méliès a pris beaucoup d'avance sur nous car dans ses cités apparaissent d'ores et déjà des usines.

— Ce n'est plus un royaume, c'est un empire industriel moderne, constate-t-il.

Le Maître auxiliaire nous invite à admirer l'œuvre de notre collègue, et nous découvrons un territoire immense où prospèrent de grandes cités dont certaines abritent plusieurs dizaines de milliers d'habitants. Ces villes sont connectées entre elles par un réseau routier. Elles sont alimentées par des cultures irriguées au moyen d'un système de plateaux disposés en marches sur des pentes afin de laisser ruisseler l'eau de pluie.

En matière d'agriculture, ses hommes-tigres ont mis au point un recyclage des excréments humains, utilisés en guise d'engrais. Ils dosent parfaitement les fèces pour ne pas risquer l'infection. Des villes entières se sont ainsi spécialisées dans l'exportation de fertilisants d'origine humaine.

Sa capitale est florissante. Des artisans confectionnent des vêtements avec des tissus à base d'excrétions filandreuses de chenilles.

Sous l'impulsion de lettrés tout est codifié : musique, peinture, poésie, sculpture. La gastronomie est également considérée comme un art puisque, ici, on dispose d'une diversité suffisante d'aliments pour songer à inventer des mélanges complexes. Les mortels de Georges Méliès apprécient particulièrement de découper viande, légumes, fruits en petits morceaux afin de former des plats où tous les goûts se mélangent.

La réussite des hommes-tigres est incontestable. Ils ont transcendé tous les problèmes des besoins primaires, sécurité et nourriture, et peuvent s'adonner tranquillement au développement des besoins secondaires tels que la culture, le confort, la connaissance.

À la période où s'est arrêté le jeu dans tout l'empire des tigres, les arts et les sciences sont consacrés à leur lune. Il y a en effet, tout comme sur Terre 1, une lune sur Terre 18, juste un peu plus petite que celle que je voyais quand j'étais mortel terrien. Les artistes tigres l'observent, évoquent des voyages spatiaux, la peignent, la chantent, la mettent en musique.

Méliès a vraiment profité au mieux de l'enseignement de Sisyphe. Chez lui, la religion est fondée sur l'opposition et la complémentarité des principes masculin et féminin. Moi qui me figurais avoir innové avec mon dieu de lumière, quel retard j'ai pris par rapport à ce concept plus subtil ! J'aurais dû évoquer un dieu à double face, d'ombre et de lumière, ainsi j'aurais été plus complet.

Dans leurs laboratoires, les hommes-tigres ont mis au point la poudre qu'ils réservent pour l'heure à des feux d'artifice. Pour guider leurs navires dans le brouillard, ils fabriquent des boussoles car ils ont découvert le magnétisme.

Pour être raffiné, l'empire des tigres n'en est pas moins puissant. Son armée, qui a assuré la cohésion du territoire en englobant plusieurs royaumes voisins, est particulièrement efficace. Un philosophe a inventé une manière de faire la guerre comme si c'était un jeu de stratégie avec des pièces mobiles sur un plateau. La guerre est ainsi devenue elle aussi un art.

— La réussite de Georges Méliès, souligne Sisyphe, est celle de la force « N ». Jusque-là beaucoup d'entre vous ont cru à la suprématie de la force A d'association, comme Michael Pinson, ou la suprématie de la force D de domination, comme c'est le cas de Proudhon. Très peu ont pensé à trouver le juste milieu.

Pourtant la sagesse est dans le centre et la fuite des extrêmes. L'empire des tigres nous le montre, un système Neutre peut s'avérer très efficace.

Il note au tableau « Absence d'intention ».

Rumeur dans la salle de classe. Je prends conscience qu'en effet pour moi la force neutre ne signifiait qu'une force inerte. Je visualisais un gros homme mou endormi, sans conviction aucune. Un Neutron. Il voit les méchants combattre les gentils et il attend de voir qui va gagner. Voilà qui trouble toute ma vision du concept d'ADN. Les Neutres peuvent l'emporter... et même avec panache.

Sisyphe poursuit son palmarès :

– En deuxième position, Freddy Meyer et son peuple des hommes-baleines.

Tiens, lui non plus, je ne l'ai pas assez surveillé. Mes bateaux ont certes souvent croisé amicalement les siens, mais je n'ai pas prêté attention aux progrès de sa civilisation. Il a, comme beaucoup d'autres, accueilli quelques-uns de mes hommes-dauphins et profité de leurs connaissances.

Je découvre ainsi que mes hommes-dauphins ont aidé ses hommes-baleines à édifier une cité remarquable. Dans cette ville portuaire très étendue, des installations ultramodernes accueillent les navires avec des garages à bateaux hauts de plusieurs étages. Un système d'ascenseurs hydrauliques monte et descend les navires.

Sous l'influence de mes rescapés les embarcations des hommes-baleines sillonnent déjà les océans en créant des comptoirs d'échange. Elles arborent sur leur pavillon un gigantesque poisson et partout, leurs marins répandent ma langue et mon écriture.

Eux aussi évoquent une île paradisiaque, l'île de la

Tranquillité d'où ils seraient issus. Mon île... Ils ont même récupéré mes légendes !

– Il me faut remercier Michael, intervient Freddy Meyer. Son peuple a été le ferment du mien. Sans lui je n'aurais jamais pu réussir à ce point.

Cette reconnaissance officielle me touche. En même temps je ne peux m'empêcher de songer que cette splendide cité des hommes-baleines où l'on parle ma langue et raconte mon histoire, c'est moi qui aurais dû la construire.

Je me lève.

– Je dois pour ma part évoquer la mémoire d'Edmond Wells dont le peuple fourmi a été jadis l'inspirateur de mon propre peuple dauphin. Nous sommes tous là pour nous transmettre un héritage et des valeurs. Que ce soit à travers moi ou à travers toi, Freddy, peu importe, ce qui compte c'est qu'elles perdurent.

Sisyphe interrompt cet échange d'amabilités.

– Freddy Meyer, dit-il, représente la force « A », celle de l'alliance. Passons maintenant à la force « D ».

Le Maître auxiliaire nous observe tous, s'arrête un instant sur Proudhon puis poursuit :

– En troisième position : Montgolfier et son peuple des hommes-lions. Un peuple qui à partir de pas grand-chose est arrivé à faire beaucoup. Il a récupéré les territoires de ses voisins mais aussi leur science et il a su les intégrer pour en faire quelque chose de très personnel. Cette stratégie est efficace.

– Si je puis me permettre, mes hommes-lions n'ont pas fait que copier, ils ont aussi inventé. Ne serait-ce que... les feuilles de vigne farcies aux courgettes. Ça n'existe nulle part ailleurs sur Terre 18.

Quelques sarcasmes répondent à sa remarque.

Discrètement, je grave sur la table de bois :

« *Sauvez Terre 18, c'est la seule planète où il y a des feuilles de vigne farcies aux courgettes.* »

– J'ai inventé l'alphabet en dehors des idéogrammes, ajoute-t-il.

– L'idée vient de Michael et de ses hommes-dauphins, rappelle Sisyphe.

Étienne me jette un regard puis hausse les épaules.

– Et mon théâtre ? Et ma philosophie ?

– Des artistes et scientifiques dauphins que vous avez eu la sagesse d'accueillir, mais cela ne vient pas de vous.

– Alors on va faire quoi ? demande Étienne, on va déposer des copyrights sur les inventions des dieux ?

L'idée amuse Sisyphe.

– Pourquoi pas, il faudrait soumettre l'idée aux Maîtres dieux...

Étienne de Montgolfier ne sait pas si le dieu auxiliaire se moque ou non de lui. Dans le doute il se renfrogne, et murmure quelque chose où il est question d'éclairer le monde de sa civilisation.

La liste des élèves dieux gagnants continue de s'égrener.

Au classement général, j'arrive à la soixante-troisième place. Sisyphe me sanctionne pour mon prophète. Et aussi pour ma dispersion. C'est vrai que mes mortels sont tellement éparpillés que je n'arrive plus à les suivre. J'ignorais la réussite de mes dauphins hébergés chez les baleines. Et Sisyphe d'ajouter que si j'avais mieux scruté la planète j'aurais repéré une petite ville dauphin prospère installée chez les hommes-termites d'Eiffel, et même une autre sur le territoire des hommes-tigres.

– Je crois que ta principale erreur, Michael, est la natalité. C'est bien de privilégier la qualité sur la quantité, mais à ce stade du jeu pas assez d'enfants signifie pas assez de soldats pour défendre les tiens. Même avec les meilleurs stratèges on ne peut compenser le manque d'infanterie. Sans soldats tu dépends des autres. Et ils te le feront toujours payer.

Pas très loin derrière moi, Raoul et ses hommes-aigles. Il les a déplacés sur une péninsule plus à l'ouest des territoires des hommes-lions et n'a pas encore su trouver ses marques. De surcroît, il n'a lui non plus innové dans aucun domaine.

– Bah, je ne suis pas pressé, me souffle-t-il. Tant qu'on n'est pas exclus, on peut encore agir et progresser. Montgolfier l'a bien montré, il faut attendre son heure.

Sisyphe revient derrière son bureau et tout en grimaçant se redresse.

– Pour conclure ce cours, je voudrais vous rappeler la loi d'Illitch, une stratégie militaire ou économique qui fonctionne plusieurs fois finit à la longue par ne plus marcher. Et si on persiste, elle a un effet contre-productif. Remettez-vous donc sans cesse en question, sortez des schémas routiniers, soyez inventifs, ne vous laissez pas endormir par les victoires, ne soyez pas effondrés par les défaites. Amusez-vous à vous surprendre vous-mêmes. Innovez.

« Innover », souligne-t-il au tableau noir.

– Le cours de l'histoire des mortels m'apparaît parfois sous la forme d'une spirale en mouvement. Régulièrement, on revient au même endroit mais chaque fois un peu plus haut. L'échec serait de tourner en rond sans s'élever...

– Qui sont les perdants, cette fois ? interroge un élève impatient.

– Durant cette manche, nous avons perdu deux peuples, reprend le Maître auxiliaire, les hommes-

113

taureaux dans leur île, et les hommes-harengs dans leur port. À ces deux nous allons ajouter un élève en queue de peloton...

Un temps.

– ... Clément Ader. Ce qui nous fait un décompte de : 83 – 3 = 80 élèves restant dans le jeu.

Le pionnier de l'aviation marque sa surprise.

– Ai-je mal entendu ? demande-t-il.

– Vous avez édifié une superbe civilisation. Elle a été au zénith, et puis elle s'est effondrée. Voyez où vous en êtes maintenant : au sein même de votre civilisation des hommes-scarabées, les frères et les sœurs du roi complotent. Ses neveux et cousins s'empoisonnent mutuellement. Même vos prêtres s'assassinent entre eux.

– Mais nous sommes en paix.

– En pleine décadence, oui. Plus d'inventions, plus de découvertes, plus la moindre trouvaille. Même votre art est répétitif. Vous ne vivez que dans le souvenir d'une gloire passée.

Clément Ader respire bruyamment.

– C'est... c'est... C'est la faute de Michael. En acceptant de recevoir ses gens, j'ai semé les graines du déclin des miens.

– Facile d'accuser les autres, rétorque Sisyphe. Vous devriez au contraire remercier votre camarade. Sans lui, votre chute aurait été encore plus rapide. Ses « gens », comme vous dites, vous ont apporté un sacré coup de main. Ils ont joué le jeu. Pas vous. Vous avez tué la poule aux œufs d'or.

Clément Ader retient ses mots. Sisyphe poursuit :

– ... Au lieu de les estimer, vous les avez réduits en esclavage et persécutés au point qu'ils n'ont plus eu d'autre choix que de s'enfuir. Si vous constatez qu'une minorité fertilise votre champ, mieux vaut ne pas monter contre elle le reste de la population. Même si la jalousie envers les minorités qui réussissent est la voie démagogique la plus aisée.

Clément Ader me décoche un curieux regard. Un frisson glacé me parcourt l'échine.

– Si vos populations avaient coopéré à parts égales, les scientifiques et les artistes de Michael Pinson seraient encore en train de contribuer à l'amélioration de votre civilisation. Les hommes-lions l'ont bien compris, eux : on ne tue pas la poule aux œufs d'or, répète Sisyphe.

Pour ma part je préfère ne pas en rajouter.

Clément Ader lance alors dans ma direction :

– Je préfère perdre sans toi que gagner avec toi. Je n'ai qu'un seul regret : avoir reçu tes bateaux et soigné tes survivants. Ce qui me console, c'est que ta minable petite civilisation, qui n'en est déjà plus une, ne tardera pas à péricliter et rejoindra la mienne au cimetière des civilisations, lance-t-il.

Puis il s'adresse à la cantonade :

– Allez-y, achevez-le.

Je ne réponds pas.

Mais mon silence, loin de le calmer, le pousse hors de ses gonds. Il bondit vers moi et me saisit à la gorge. Raoul s'interpose, le dégageant par les poignets.

Sisyphe réagit vite. Un claquement de doigts et un centaure saisit l'élève.

– J'ai horreur des mauvais joueurs, soupire Sisyphe.

À présent, la classe m'observe comme une bête curieuse. Qu'est-ce que je leur ai fait à tous ? Je suis le seul à n'avoir jamais envahi quiconque. Je n'ai jamais converti quiconque. Je n'ai aucun massacre sur la conscience.

– Je ne sais pas en quoi je me transformerai, clame

Clément Ader que le centaure entraîne, mais crois-moi, Michael, je tiens à garder des yeux et des mains pour applaudir quand ta fin viendra.

Auguste Rodin, l'élève dieu des hommes-taureaux, et Charles, l'élève en charge des hommes-harengs, prennent d'eux-mêmes la porte sur un dernier salut navré.

Le silence revient.

– Encore un mot avant de nous séparer, dit Sisyphe, le front soucieux. Il paraît qu'il y a parmi vous un déicide qui assassine les autres élèves. Si j'ai bien compris, il est prévu pour lui le même châtiment que le mien. Alors, je ne sais pas qui il est ni quelles sont ses motivations, mais je n'ai qu'un conseil à lui adresser : « laisser tomber ».

Nous sortons en silence, respectueux de cet étrange roi déchu. Déjà l'Érinnye vient le chercher, lui remet ses chaînes. Résigné, Sisyphe repart en direction de son rocher rond.

20. ENCYCLOPÉDIE : SUMER ET LA ONZIÈME PLANÈTE

Les tablettes sumériennes font allusion à une onzième planète dans le système solaire. Selon les travaux des chercheurs Noah Kramer, George Smith (du British Museum), puis plus tard de l'archéologue russe Zecharia Sitchin, elle était baptisée par les Sumériens « *Nibiru* ». Elle décrirait une très large orbite elliptique de 3 600 ans, tournant en sens inverse et sur un plan incliné par rapport aux autres planètes. Nibiru aurait traversé tout le système solaire et se serait jadis rapprochée de la Terre. Pour les Sumériens, *Nibiru* serait habitée par une civilisation extraterrestre : les Annunaki (ce qui

signifie en sumérien : « Ceux qui sont descendus du ciel »). Ces derniers seraient, selon les tablettes, très grands, de trois à quatre mètres, et vivraient plusieurs siècles. Mais il y a 400 000 ans, les Annunaki auraient subi un dérèglement météorologique annonçant un hiver destructeur. Leurs scientifiques auraient alors imaginé de répandre de la poussière d'or dans la partie supérieure de leur atmosphère afin de créer un nuage-bouclier artificiel. Quand *Nibiru* fut suffisamment proche de notre Terre, les Annunaki montèrent dans leurs vaisseaux spatiaux, évoqués comme de longs tubes pointus dont l'arrière cracherait du feu, et sous le commandement de leur capitaine, Enki, ils auraient atterri dans la région de Sumer. Là ils auraient créé un astroport baptisé Éridou. Mais, n'y trouvant pas d'or, ils prospectèrent sur le reste de la planète, et finirent par en trouver dans une vallée située au sud-est de l'Afrique, au cœur d'une région qu'on pourrait situer maintenant face à l'île de Madagascar.

Au début, ce furent des ouvriers annunaki, dirigés par Enlil, le frère cadet d'Enki, qui creusèrent et exploitèrent les mines. Mais ceux-ci se révoltèrent et les scientifiques extraterrestres, sous la direction d'Enki, décidèrent de créer par génétique un croisement entre les Annunaki et les primates de la Terre. Ainsi naquit, il y a 300 000 ans, l'homme, dans le seul but de servir d'esclaves aux extraterrestres. Les textes sumériens décrivent les Annunaki comme arrivant facilement à se faire respecter des hommes car ils auraient « un œil placé très haut qui scrute la Terre » et un « rayon de feu qui traverse toute matière ».

Une fois l'or récupéré et le travail achevé, Enlil reçut l'ordre de détruire l'espèce humaine, pour ne pas créer de troubles sur cette planète avec des expériences génétiques. Mais Enki sauva quelques humains (l'arche de Noé ?) et dit que l'homme méritait de continuer de vivre. Enlil, en colère contre son frère (il est possible que les Égyptiens aient repris cette histoire, Enki étant Osiris opposé à son frère Enlil, Seth), convoqua le conseil des sages. Ils décidèrent de laisser les hommes proliférer sur Terre. Et, il y a 100 000 ans, les premiers Annunaki prirent pour épouses les filles des hommes. Ils se mirent alors à transmettre leur savoir au compte-gouttes. Pour faire le lien entre les deux mondes ils créèrent la royauté, le roi étant une sorte d'ambassadeur chargé de canaliser les enseignements des Annunaki. Afin de réveiller la part d'Annunaki qui était en eux, les rois devaient absorber lors d'un rituel secret un aliment magique qui semble être les menstrues des reines annunaki contenant les hormones extraterrestres.

On retrouve des symboliques de cette étrange ingurgitation dans plusieurs rituels d'autres religions.

Edmond Wells,
Encyclopédie du Savoir Relatif et Absolu, Tome V.

21. UN GRAND COUP DE BLUES

Le vin rouge sirupeux coule dans nos coupes ovales. Nos humains de Terre 18 ayant découvert la vigne et ses multiples utilisations, voilà qu'on nous en propose. Nous mangeons et buvons au Mégaron, la cantine des élèves dieux.

Au dîner, le soir, contrecoup d'un après-midi tendu, je me sens morose. Je m'assieds un peu à l'écart, je n'ai pas envie de discuter avec les autres. Je sens mon peuple dauphin condamné. Il a beau se démener, innover, nouer des alliances, il est à peine toléré dans un monde de barbarie où le plus fort impose toujours sa loi.

Mon regard se tourne naturellement vers le sommet de la montagne.

Une chanson ancienne du groupe Genesis, *Dance on a volcano*, me revient en tête. Le refrain dit à peu près ceci :

« Il faut te dépêcher d'atteindre le sommet.
Tu es à mi-chemin
Et la charge que tu portes te brise l'échine.
Jette-la, tu n'en auras plus besoin là-haut.
Mais souviens-toi,
De ne jamais regarder derrière toi. Quoi qu'il
      advienne,
Assure bien ton pas.
Dans le feu et dans le combat c'est ainsi
      qu'avancent les héros.
Avance ton pied gauche et avance dans la lumière
La fin de cette montagne est la fin de ce monde. »

À mi-chemin... suis-je seulement à mi-chemin ?

Un peu plus loin, Mata Hari, Freddy, Gustave, Georges Méliès et Raoul se sont rassemblés et boivent un alcool plus fort à base de vin cuit sucré. Je décline cet apéritif et reste rêveur, la tête posée sur mes mains comme un œuf sur un coquetier.

Après tout, je devrais me réjouir que mon peuple ait survécu à tant de périls, je devrais être heureux de m'être tiré des griffes du peuple scarabée. Mais non, j'ai l'impression que tous mes efforts sont systématiquement interrompus. Je tombe amoureux d'Aphrodite et elle me trahit. Je me raccroche à mon mentor Edmond Wells et il est éliminé par Atlas. Même Marilyn, la si jolie, la plus douce d'entre nous, est tombée sous les coups d'un assassin, et voilà, je me sens seul, perdu en Aeden.

Même le déicide m'indiffère. Qu'il me frappe et qu'on en finisse. Je ne suis pas un bon élève dieu. Je m'évertue au travers de mon peuple à bien me comporter, et au final, pour quel résultat ?

Je regarde encore la montagne. Qui est là-haut ?

Est-ce SON œil que nous avons vu surgir de l'horizon ?

Pourquoi l'intéressons-nous ?

Des hypothèses apparaissent spontanément : Et s'il nous admirait ? Et si, là-haut, un dieu cynique ou fatigué se distrayait à voir s'essouffler et dépérir ceux qui tentent de l'imiter ou de le rejoindre ? Dans ce cas son œil serait comme l'œil d'un humain qui peut sembler lui aussi énorme en s'approchant pour observer les hamsters dans leur cage...

Une autre hypothèse s'enchaîne.

Et si nous étions en enfer ? Si le but du jeu était de nous torturer à petit feu en nous faisant croire que nous pouvons influer sur le cours des choses alors que nous sommes en réalité impuissants ? Être dieu est peut-être... une punition pour les âmes arrogantes.

Dans ce cas, si c'est notre supplice d'être là, les derniers à rester dans le jeu souffriront plus que les premiers à être éliminés. Comme ces hippopotames qui en temps de sécheresse se réfugient dans les flaques de boue. Au fur et à mesure que l'eau s'évapore, les combats deviennent féroces. Et au final, le rescapé se retrouve à agoniser lentement, seul face au soleil, parmi les cadavres de ses congénères vaincus.

« Nous sommes probablement dans un roman », avait avancé Edmond Wells.

« Nous sommes dans un jeu de téléréalité », avait suggéré Raoul.

« Nous sommes dans un abattoir, disait Lucien Duprès, et vous êtes les complices des mises à mort progressives des civilisations. » Duprès... le premier éliminé volontaire. Il était parti, écœuré, dès qu'il avait entendu les règles. Et s'il avait eu raison... ?

J'aimerais posséder la bonhomie de mon ami Freddy Meyer qui, en dépit de la perte de son amour, arbore un visage digne. « C'est un péché que de ne pas cultiver sa joie intérieure », affirme l'ancien rabbin.

La Saison Hiver apporte les plats du jour. Des feuilles de vigne farcies de courgettes, des nouilles, des rouleaux de pâte de riz fourrés de légumes et de petits morceaux de viande. Ainsi, une fois de plus, on nous fait manger des plats assimilés aux nouveautés culinaires découvertes par nos peuples dans le jeu. Sans oublier la présentation : des carottes sculptées ou des feuilles de salade disposées comme des forêts. Ils ont pensé à tout, pour que même en nous restaurant, nous restions dans le jeu d'Y. Depuis les premiers repas composés uniquement d'œufs crus il y a un progrès que nous apprécions.

Une Heure nous amène de nouvelles amphores de vin. J'avale une belle rasade d'un liquide rouge et épais. Que c'est bon. Le vin réveille le palais et me réchauffe en même temps. Tous les aliments, viandes ou végétaux, sont généralement morts. Le vin, lui, me semble un liquide vivant. Je bois ce sang végétal frais. Et je bois encore. Ça commence à bouger sous mon crâne comme si mes deux hémisphères se frottaient l'un contre l'autre.

– Tu craques, Michael ?

Mes hémisphères arrêtent de danser. À l'intérieur, des idées s'alignent pour former un rail. Ma bouche pâteuse s'ouvre et se ferme presque malgré moi.

– Les hommes-scarabées, une civilisation si belle

s'effondrant comme un château de cartes... ils ne méritaient pas ça, articulé-je difficilement.

– Ils ont persécuté les tiens. Tu as le droit de te réjouir de leur chute.

– Ils méritaient de vivre. C'était une vraie civilisation originale. On ne peut pas jeter aux ordures des milliers d'années de culture. C'est... INDÉCENT.

Raoul adopte l'expression compassée que je connais si bien.

– Où est la communauté idyllique de Lucien Duprès sur Terre 17, où sont les hommes-tortues de Béatrice, où sont les femmes-amazones de Marilyn Monroe ? demandé-je.

Il éloigne l'amphore de vin. Je poursuis :

– ... et sur Terre 1, les Sumériens, les Babyloniens, les Égyptiens de l'Antiquité, et puis les Crétois, les Parthes, les Scythes, les Mèdes, les Acadiens, les Phrygiens, les Lydiens... Tous ces peuples avaient aussi le droit de vivre et ils ont pourtant disparu ! DISPARU. Pfuiit ! Plus rien.

– Moi, je crois au darwinisme en matière de civilisation. Les plus faibles et les moins adaptées disparaissent, répond-il.

– Je n'aime pas Darwin, il justifie le « cynisme historique ».

Je récupère l'amphore et me sers encore une rasade de vin. Ma bouche commence à être tiède, je sens mes dents qui me picotent, à nouveau mon cerveau entre en ébullition. Je fixe mon verre tout en le faisant tourner.

– Je me souviens des documentaires animaliers quand j'étais sur Terre 1. Il y avait toujours des grands fauves qui poursuivaient des gazelles et qui les attrapaient au ralenti.

Raoul refuse d'un geste que j'emplisse son verre.

– Quel rapport avec la chute des civilisations ?

– Je me suis toujours demandé comment ils fai-saient, sachant que pour tourner au ralenti il faut que le moteur de la caméra tourne très vite et que cela use beaucoup de pellicule. Comment assurer la bonne prise, sachant que la plupart du temps la gazelle arrive à s'en tirer ? Je te pose la question.

– Je ne sais pas.

– En fait tout est préparé. Il y a des zones dans les réserves qui sont aménagées spécialement pour filmer au ralenti ce genre de scènes. La gazelle est piquée à l'anesthésique. Le lion est capturé la veille et privé de nourriture pour être affamé donc motivé. Ensuite on les place dans une zone triangulaire fermée où la gazelle ne pourra emprunter qu'un seul chemin. Le lion est lâché de manière à l'attraper pile au bon endroit avec la bonne lumière. Les documentaristes payent pour qu'on leur organise cette mise en scène parfaite, facile à filmer même au ralenti, dans le bon axe bien éclairé par le soleil, pas à contre-jour.

– Où veux-tu en venir ?

– La question est : pourquoi filme-t-on cela ? Pour-quoi cela fascine-t-il tellement les humains de voir les lions manger des gazelles au ralenti avec tous les détails bien éclairés ?

Il prend un air intéressé.

– Parce que c'est la nature.

– Parce que ces images illustrent pour tous le concept du plus fort qui vainc le plus faible. Le lion mange la gazelle. Nous sommes tous en compétition. Le dur tue le doux. C'est le message darwinien qui nous est transmis par ces soi-disant documentaires ani-maliers.

Je fixe mon ami dans les yeux.

– Mais pourtant la compétition n'est pas la voie de l'évolution. J'en suis persuadé. Plutôt que de montrer le lion qui attrape la gazelle, on pourrait montrer d'autres choses... les fourmis qui s'associent aux pucerons pour produire du miellat. Les manchots qui se réunissent pour résister ensemble au froid en se communiquant leur chaleur corporelle.

Ma vague de lucidité repousse les molécules d'alcool dans mon cerveau, mais j'ai envie d'en reprendre.

– Encore tes utopies, Michael. Tu as une vision trop simpliste du monde. Heureusement que tu ne votes plus sur Terre, je n'ose imaginer tes choix politiques.

Il m'énerve.

– Je votais blanc. Pour montrer que j'étais pour le vote mais contre les partis présentés. Ou alors je votais pour bloquer les gens qui me semblaient les plus antipathiques.

– Ouais, c'est bien ce que je pensais, tu es politiquement « immature ». Même pas capable d'assumer d'être de droite ou de gauche.

– La politique c'est de la poudre aux yeux. Les politiciens n'ont pas de vision, pas de projets, ils sont juste bons à jouer sur des petites phrases et des effets ponctuels. Dès qu'ils sont au pouvoir ils se retrouvent à gérer le gros bateau d'une administration qui de toute façon s'en fiche qu'on soit de droite ou de gauche. Moi je te parle d'une vision en perspective de l'histoire !

Je reprends l'amphore. Et je bois.

– Je te parle de l'espoir d'un monde meilleur... En fait dans la nature la coopération est bien plus importante que la compétition. Déjà, au sein même de nos corps, il y a l'alliance de plusieurs types de cellules spécialisées en vue de créer un organisme plus performant. Les fleurs ont besoin des abeilles pour transporter leur pollen ailleurs. C'est pour cela qu'elles arborent de si jolies couleurs. Les graines de certains arbres doivent être transportées loin pour ne pas pousser dans l'ombre de l'arbre parent, donc ils se débrouillent pour attirer des écureuils.

– Qui les mangeront.

– Et les feront voyager pour les déposer ailleurs avec leurs excréments comme fertilisant. Partout il y a de la coopération... partout au final il y a de l'alliance. Il y a de l'amour. Darwin se trompe. Au bout du compte, c'est l'alliance qui gagne, pas la compétition.

Raoul me regarde bizarrement. Comme si, entre deux verres de vin, je devenais encore plus inquiétant.

– Tu peux toujours rêver ou énoncer des théories, Michael. Souviens-toi des actualités de la Terre. Les guerres n'étaient pas mises en scène, il me semble.

– Crois-tu ? dis-je en buvant d'un coup.

J'articule :

– La vision de la guerre entraîne la peur. LA PEUR. La peur rend les gens malléables. Après tu en fais ce que tu veux. C'est l'une des toutes premières motivations de nos actes.

Je profite du prétexte d'un nouveau verre de vin pour sourire, puis éclater d'un rire forcé.

– Ils nous ont par la peur ! LA PEUR ! ! ! ! !

J'ai crié très fort. Mon ami me fait signe d'être plus discret. Déjà des visages se tournent vers moi.

– Maintenant, fiche-moi la paix, Raoul.

Mon ami hésite, puis me tourne le dos et continue de manger, comme si je n'étais plus là.

Je suis à nouveau seul et je sais qu'ils m'observent. Je demande une nouvelle amphore à une Saison qui passe, et je bois. Comme il est désagréable d'avoir l'impression de comprendre alors que les autres n'ont pas compris. Comme il est désagréable d'être conscient.

J'ai envie d'oublier.

Oublier le peuple dauphin.

Oublier Aphrodite.

Oublier Marilyn et Edmond, Raoul et Freddy.

M'oublier.

Je me lève et dresse haut mon verre. Comme lorsque j'essayais de trouver l'unanimité dans l'alliance durant le cours, tous les regards sont sur moi. Je lance à la cantonade :

– JE PORTE UN TOAST. JE PORTE UN TOAST AUX TROIS... AUX TROIS LOIS DE L'OLYMPE : LE MENSONGE, LA TRAHISON ET L'HYPOCRISIE.

Je titube. Le sol se dérobe sous moi. Je suis sur le point de m'effondrer quand une main me rattrape par le coude.

– Viens, dit Georges Méliès, je te ramène chez toi.

Je donne un coup sec pour me dégager et lève de nouveau mon verre.

– On s'ennuie à mort ici. Holà, les Charites, jouez-nous un peu de rock and roll, j'ai envie de danser. Ou bien de la techno. Vous n'allez pas me dire que vous ne connaissez pas la techno ou le hip-hop en Aeden. Et vous, les Saisons, qu'est-ce que vous faites ? Mon amphore est vide. De qui se moque-t-on ! On est des dieux quand même. Allez. Amenez-en une autre.

Sous mon injonction une Heure s'active à m'apporter une grande amphore de vin rouge aux relents de bois de chêne.

– C'est ça le problème ici, le service trop lent, les vins pas assez diversifiés. Je suis désolé, mais votre Aeden je ne lui mets pas trois étoiles. Dans le style club de vacances j'ai vu mieux. Avec des buffets à volonté. Fromages et dessert. Et puis j'aimerais bien au petit déj' un peu de corn flakes et du bacon et des œufs brouillés.

Quelques approbations fusent.

— Ouais, les amis. On est tous d'accord, et puis il faudrait une piscine. Au centre d'Olympie. Il fait trop chaud. Et puis quand on dirige nos peuples ça serait pas mal qu'on nous apporte des boissons fraîches ou des glaces. Comme au cinéma. C'est vrai quoi, pour être dieu, on n'en est pas moins homme.

— Arrête, Michael. Viens, me dit Raoul en me prenant l'autre bras.

Je poursuis, imperturbable :

— Regarde. Nous portons tous le même uniforme blanc, et le blanc c'est tout de suite sale. À peine ma toge enfilée, elle est déjà souillée. En plus, ces toges et ces tuniques sont mal coupées et pendouillent de partout. S'il vous plaît, donnez-nous des jeans !

— Calme-toi, Michael.

— Me calmer ? J'en ai assez d'être calme. Nous ne sommes pas dans une maison de retraite. Il faut dire qu'il y a si peu de plaisirs ici. Pas de cigarettes, on ne fume pas. On ne fait pas l'amour... La seule animation consiste à nous massacrer les uns les autres. Ça amuse sans doute les petits garçons qui adoraient jouer aux petits soldats, seulement moi, je préfère les poupées.

J'essaie de prendre le bras d'une Saison qui se dérobe. Alentour, plus personne ne parle. Autant vider mon sac une bonne fois.

— Et puis, il n'y a rien à lire. Rien. On prend un ouvrage dans la bibliothèque : des pages blanches, que des pages blanches. Tu allumes la télévision, pas de films, pas de programmes du tout, seulement des images de nos anciens clients qui nous ont déjà tant cassé les pieds quand nous étions anges. Pour les regarder jouer du tam-tam ou sangloter tout seuls au

127

lit, quel spectacle ! Donnez-moi plutôt des séries américaines, même une émission de télé-achat ferait l'affaire...

Je bois encore. Le vin m'aide à retrouver ce courage qui me manque tant. Je me ressers. Je me ressers encore et encore. Passé un certain cap c'est écœurant, mais si on continue on trouve un autre cap, et c'est grisant.

– Mademoiselle, MON AMPHORE EST VIDE ! VITE, À BOIRE ! À BOIRE !

Une Heure empressée me sert. (Tiens, plus je suis désagréable, plus on me respecte.)

– Arrête ! m'intime Raoul en éloignant l'amphore.

– DE QUOI JE ME MÊLE ? De toute façon c'est dans nos gènes. Voilà la sélection de ton bon Darwin. Nos ancêtres sobres qui buvaient de l'eau, ils sont morts, logique, parce que l'eau était remplie de bactéries. Il n'y a que ceux qui buvaient de l'alcool, de la bière, du vin, de la gnôle, de la piquette qui s'en sont tirés. Les autres... pffuiiit !

Il attend que je me calme.

– Si tu continues, tout à l'heure, tu seras incapable de mettre un pied devant l'autre.

– Et alors ? FICHE-MOI LA PAIX et retourne dans ta montagne avec tes... VAUTOURS.

Je récupère l'amphore.

– C'est quoi ton problème ? demande doucement Raoul.

En guise de réponse, j'éclate de rire.

– Mon problème ? C'est que je suis FA-TI-GUÉ. Je ne vois plus le « GRAND AVENIR RADIEUX ». Mon problème ?

Je fixe mon ami.

– Écoute, Raoul. Tu ne comprends pas, TU NE VOIS PAS ? Tout est fichu, on va tous crever, il n'y

aura pas un seul gagnant, il n'y aura que des PER-
DANTS.

Raoul s'approche tout près de moi et me saisit le
bras.

– NE ME TOUCHE PAS !

– Ramenez-le chez lui, qu'il dessoûle !

La voix de Dionysos a tonné derrière moi. Deux
centaures m'attrapent, l'un par les pieds, l'autre par
les bras, et m'emportent rapidement. Nous galopons
dans la ville, et je sens l'air frais courir sur mon
visage.

Les deux centaures me jettent dans mon fauteuil. Je
ne bouge pas, tout mon corps est mou, ma tête
m'élance.

Je reste prostré plusieurs minutes. Comme si je dormais les yeux ouverts, mais mon sang est bouillant.
J'ai envie de rire et de pleurer en même temps.

J'essaie de me relever et m'effondre aussitôt. Le
moment agréable est remplacé par une migraine que
je ne pense pouvoir apaiser que par l'alcool. Il faut
que je boive ! Que je calme cette douleur dans ma tête.
Il n'y a que l'alcool qui peut me sauver de la douleur
de l'alcool.

– J'AI SOIF. JE VEUX DU VIN !

Mais je suis seul dans ma chambre et je n'arrive
même pas à me tenir debout. Mes jambes molles ne
peuvent soutenir le reste de ma charpente. C'est alors
que la porte s'ouvre. Les trois lunes apparaissent et
comme je lève la tête j'aperçois des pieds, des jambes
nues de femme à peine cachées par une toge. Et au-
dessus une silhouette dont le visage est masqué par un
capuchon.

– Aphrodite ?

La femme entre et ferme la porte. Elle s'agenouille

et pose sa main fraîche sur mon front. Ses doigts sont doux. Elle sent délicieusement bon.

— Je crois que tu as besoin d'aide, dit Mata Hari.

Je recule d'un coup, déçu.

— Va-t'en, je n'ai besoin de personne.

Mata Hari dégage une mèche poisseuse sur mon front et me dévisage, navrée.

— Ne gâche pas tout, Michael.

— Je démissionne. Proudhon a raison : « Ni dieu, ni maître. » En tout cas, aujourd'hui il y a un dieu qui arrête de jouer.

Je reste là à ricaner.

— Fiche le camp, Mata Hari. Je ne suis pas fréquentable. Même mon peuple n'est pas fréquentable. Je suis un dieu maudit.

Elle hésite, puis recule pour partir. Sur le seuil, elle lâche :

— Sache que je ne te laisserai jamais tomber, même si je dois t'aider malgré toi, Michael. Les enjeux nous dépassent. Tu ne peux pas baisser les bras.

Je marche à quatre pattes, et trouve la force de me redresser pour pousser le loquet derrière elle. Puis en m'accrochant aux meubles je me traîne jusqu'à la salle de bains, où je m'asperge d'eau fraîche au lavabo.

Une nausée part du tréfonds de mes entrailles et je rejette un épais liquide rose mêlé de fiel qui brûle mon œsophage et ma gorge au passage. Un nouveau spasme secoue mon estomac à présent vide et je me retiens au lavabo pour ne pas tomber.

Je me fixe dans le miroir et me demande si le Grand Dieu qui est probablement là-haut a lui aussi envie de se saouler pour oublier. L'idée me rend joyeux. Et si le Grand Dieu était un ivrogne ?

Je me traîne dans le salon. Je ressens un dégoût pour moi-même, mais aussi pour tous les humains, qu'ils soient de Terre 1, Terre 17, Terre 18, Terre 100 000. Ils sont tellement exaspérants parfois, nos humains. La victoire des hommes-rats sur les femmes-guêpes a achevé de me convaincre de leur brutalité et de leur bêtise.

Secoué encore de spasmes, je m'affale sur le divan. Là j'attends le sommeil. Mais le sommeil ne vient pas, c'est comme si mon cerveau, à force de frotter ses hémisphères, était en feu. Mes tempes pulsent de la lave bouillante.

Le sommeil ne viendra pas.

Penser à autre chose. Surtout penser à autre chose.

Fun Bi...

Mon doigt cherche l'ankh pour allumer le téléviseur.

22. ENCYCLOPÉDIE : PROPHÉTIE DE DANIEL

En 587 av. J.-C., les Hébreux furent envahis par le roi Nabuchodonosor à la tête des Babyloniens. Le Premier Temple fut détruit et le roi Joachim ainsi que dix mille notables furent emmenés captifs à Babylone.

Une nuit, Nabuchodonosor eut un étrange rêve qu'il fut incapable de préciser au réveil et qu'aucun de ses oracles ne fut capable de deviner ou de déchiffrer. Ayant entendu parler d'un jeune prince hébreu doué pour interpréter les songes, il le fit quérir.

Ce dernier se nommait Daniel et il déclara que Nabuchodonosor avait rêvé d'un géant dont la tête était en or, la poitrine et les bras en argent, le ventre et les cuisses en airain, les jambes en fer, et les pieds en argile. Or les pieds s'émiettaient et le géant était sur le point de s'effondrer.

Émerveillé, Nabuchodonosor reconnut là son rêve et réclama une explication. Daniel déclara que la tête en or représentait le règne de l'empire babylonien. La poitrine en argent annonçait l'avènement de l'empire qui lui succéderait (on peut imaginer que cela pourrait être l'évocation par avance de l'empire médo-perse de 539 à 331 av. J.-C.). Le ventre et les cuisses d'airain signalaient l'empire suivant (vraisemblablement les Grecs qui occupèrent l'ensemble du bassin méditerranéen de 331 à 168 av. J.-C.). Les jambes de fer symbolisaient un troisième nouveau règne (les Romains qui dominèrent la région de 168 av. J.-C. à 476 après J.-C.). Les pieds d'argile seraient le règne d'un empire construit par un simple homme, un messie. (Cela fut analysé plus tard par le christianisme comme représentant Jésus-Christ. Les deux jambes distinctes représentaient la séparation entre empire romain chrétien d'Orient et empire romain chrétien d'Occident. Quant aux dix orteils, ils furent assimilés bien plus tard aux dix royaumes chrétiens de l'époque médiévale).

Daniel expliqua que l'argile étant friable, elle ferait s'effondrer tous les empires de métaux.

Suite à la prophétie de Daniel qui situait l'avènement du règne de l'argile après l'invasion du pays des Hébreux par le fer (donc l'empire romain), il apparut plusieurs centaines de prétendants au rôle de messie. La grande majorité furent mis à mort par les Romains qui eux aussi connaissaient la prophétie de Daniel et ne voulaient pas voir s'effondrer leur empire de fer.

Edmond Wells,
Encyclopédie du Savoir Relatif et Absolu, Tome V.

23. MORTELS. 16 ANS

Ma tête me laisse un petit répit. Je fixe l'écran et essaie d'y apporter le maximum d'attention.

Première chaîne. À Tokyo, Eun Bi suit à la télévision un programme sur les dauphins. Une manifestation se déroule dans une île japonaise, à l'endroit précis où les dauphins se rassemblent annuellement pour se reproduire. Des pêcheurs ferment l'anse et les tuent à coups de barres de fer. Un pêcheur explique aux journalistes qu'ils ne mangent pas la chair du dauphin mais qu'ils préfèrent les tuer car ceux-ci perturbent la pêche au thon. On voit sur les images la mer qui se teinte de rouge alors que les centaines de corps inertes des cétacés flottent ventre à l'air.

Choquée, Eun Bi décide de montrer des dauphins en liberté se révoltant contre les hommes et prenant leur revanche.

Elle est en train de les dessiner dans son lycée quand une fille s'approche et lui demande pourquoi elle a choisi un thème pareil.

– Je suis incapable de me venger dans la réalité, alors je représente ma vengeance sur le papier, explique l'adolescente.

– Vous les Coréennes, vous êtes toutes cinglées, s'exclame la fille.

– Et vous les Japonaises, vous êtes toutes des imbéciles.

Toutes deux se battent jusqu'à ce qu'un professeur intervienne et punisse Eun Bi pour avoir troublé l'ordre de l'établissement. Le professeur examine les dessins incriminés et, les décrétant obscènes, les déchire.

– En tant qu'étrangère, ajoute la femme, Eun Bi devrait veiller à se montrer plus « discrète ».

– Je ne suis pas étrangère, proteste Eun Bi. Je suis née au Japon.

Dans la classe, les rires fusent. Tous savent que ce n'est pas le droit du sol mais le droit du sang qui prévaut au Japon. Même Eun Bi.

Le soir dans sa chambre, la jeune fille dessine des dauphins exterminant des écoles entières. Les feuilles volantes ne suffisent pas. Il lui faut écrire tout un livre sur les dauphins, toute une saga qui raconterait que les dauphins sont en fait des extraterrestres ayant choisi cette forme pour débarquer sur Terre et qui, depuis la nuit des temps, s'efforcent en vain de communiquer avec les hommes. Toute la nuit, l'adolescente crayonne, indifférente aux heures qui passent, sourde aux disputes de ses parents, avant de se résoudre à se coucher. L'écriture lui apporte une sensation d'isolement total, la coupant du monde qui à la fois l'effraie et l'attire. Elle écrit, et ne subit plus la vie.

Deuxième chaîne. En Crète, Théotime s'est inscrit dans un club de boxe. Les autres apprentis sportifs refusent de se livrer à des compétitions, pas lui. Il dispute un match amical avec pour adversaire un garçon plus petit et plus âgé qu'encourage une famille entière. Son coach demande à Théotime s'il désire un protège-dents, mais comme il n'en a jamais enfilé, il préfère s'abstenir.

– Tu n'en feras qu'une bouchée, il a des petits bras, il ne pourra même pas t'atteindre, dit-il.

Sur le ring, l'arbitre rappelle qu'il s'agit là d'un match amical et que les coups sous la ceinture sont interdits. En face, l'autre coach murmure des conseils à l'oreille de son adversaire. Les deux sportifs se font face. Au coup de gong, l'adversaire de Théotime fait quelque chose d'imprévu. Il fonce sur lui les deux poings en avant. Choc au menton, dans la bouche de

Théotime, des dents s'émiettent et un goût de sang se répand. Immense douleur. Il ne comprend pas. L'arbitre l'avait bien spécifié : ce combat est amical. Justement il stoppe le match et tance vertement l'adversaire. Mais le mal est fait.

À la fin du premier round, Théotime souffre des dents et son coach s'indigne :

– Il a cherché à te mettre K.-O. d'entrée. Maintenant venge-toi. Tu peux facilement l'atteindre avec ton allonge.

Coup de gong. Retour sur le ring. Durant toute la suite du combat, l'autre ne parviendra plus à toucher Théotime et finira par s'épuiser à frapper dans l'air. Quand il s'affale dans les cordes, ses bras ne protégeant même plus sa poitrine, c'est au tour de l'équipe de Théotime de hurler des « Tue-le, tue-le ! ».

La famille de son adversaire crie aussi quelque chose du genre : « Allez Papa ! allez Papa ! »

Théotime arme un coup et le retient. Dans le regard de l'autre se lisent la résignation et l'attente de la justice. Il ne monte même plus sa garde. Mais Théotime ne frappe pas. Le coup de gong met fin au combat. Les juges déclarent l'adversaire de Théotime vainqueur et celui-ci, étonné, lève les bras sous les acclamations de sa famille.

– Il était à ta portée, ce gars. Pourquoi ne t'es-tu pas vengé ? demande son coach.

Théotime ne répond pas.

Le soir, sa mère, pour le remettre de ses émotions, lui offre un couple de hamsters qu'il observe avec curiosité. Les deux, après s'être reniflés, se mettent à faire l'amour d'une manière compulsive.

Troisième chaîne. Kouassi Kouassi est initié à l'amour par une jeune femme que son père a choisie pour lui. Le rituel remonte à la nuit des temps. La jeune femme enfile une jupe large et longue. Pour que son corps s'imprègne de fumée odorante, elle reste longtemps assise au-dessus des braises de résineux mêlés à des bouquets d'herbes. Sa jupe se gonfle sous les vapeurs et sa peau s'imprègne des fragrances. Ensuite, elle exhibe à l'adolescent sa splendide nudité parfumée. L'adolescent devient grave comme s'il comprenait qu'un drame était en train de se jouer. La fin de son enfance. Elle respecte son trac et commence à l'inviter à une danse. Il reste figé, elle rit. Le jette sur le lit, puis lui montre un à un les gestes qui doivent s'enchaîner pour que monte le plaisir. Le père joue du tam-tam tandis que les corps fusionnent.

La cérémonie achevée, Kouassi Kouassi rejoint son géniteur. Il est comme étonné. Sachant qu'il ne pourra pas parler tout de suite, son père lui tend un instrument, un djembé. Et ensemble ils communiquent avec leurs tambours. Ainsi tout le village est témoin de leurs battements de cœur et donc de leur émotion.

Je songe qu'il faudrait attiser leurs penchants pour les arts. Les muses m'ont au moins enseigné cela. Eun Bi détient un talent de dessinatrice qui s'est transformé en don pour l'écriture. Après tout, n'est-elle pas la réincarnation de l'écrivain Jacques Nemrod ? Il s'était déjà illustré avec ses sagas animalières, notamment sur les rats, alors pourquoi, dans la peau d'une gamine coréenne, son âme ne se passionnerait-elle pas maintenant pour les dauphins ?

Théotime a un talent pour la boxe. Logique là aussi, puisqu'il était dans sa vie précédente un soldat russe extrêmement brutal.

Kouassi Kouassi, lui, a conservé tout le goût de Venus Sheridan pour le rythme, la musique et les caresses.

« Il vaut mieux renforcer ses points forts que

combler ses points faibles », assurait Edmond Wells. J'espère qu'ils iront dans cette direction.

Comme en écho au tam-tam de Kouassi Kouassi il me semble entendre un bruit de pas.

J'éteins la télévision. Je sors en titubant.

Je respire l'air frais pour faire cesser ce bourdonnement dans ma tête, lorsque soudain je remarque des empreintes de pas sur le sol au niveau de la fenêtre. Les marques sont encore bien nettes. J'examine les traces, ce sont des traces de sandalettes d'homme.

Aucun doute, quelqu'un m'épiait.

24. ENCYCLOPÉDIE : RÉPONSE DE GAÏA

On s'est longtemps demandé d'où provenaient les nuages constitués de millions de sauterelles. Or ce phénomène n'a rien de naturel. C'est là une conséquence de la mise en chantier par les hommes d'une activité agricole intensive. Suite à l'implantation de monocultures sur de vastes territoires, les prédateurs naturels des végétaux sélectionnés se sont retrouvés en foule sur une même zone et s'y sont donc reproduits de façon exponentielle. Avant l'intrusion des hommes, la sauterelle n'était qu'un insecte solitaire et inoffensif, mais partout où ceux-ci ont voulu modifier la nature, elle leur a répondu à sa manière.

Que l'homme fasse exploser des bombes atomiques dans la croûte terrestre et Gaïa lui répond par des séismes. Que l'homme transforme le sang noir de la terre, le pétrole, en fumées toxiques formant des nuages asphyxiants et la Terre lui répond par des températures en hausse. Par la suite, les glaciers fondent, provoquant des inondations.

L'homme n'a pas encore compris que sa planète originelle répond à chacune de ses provocations, aussi s'étonne-t-il lorsque surviennent ce qu'il qualifie de « catastrophes naturelles » mais qui ne sont que des « catastrophes artificielles » générées par son absence de dialogue avec sa planète mère.

Edmond Wells,
Encyclopédie du Savoir Relatif et Absolu, Tome V.

25. VERTIGES ET TÊTE LOURDE

Un coq chante, vrillant mes tympans. Il fait jour. J'ai donc fini par m'endormir sur le canapé. J'enfonce ma tête sous mes mains, mais déjà les cloches des matines se déchaînent. Oh, mon crâne ! Mes tempes sont douloureuses, mes paupières lourdes comme des herses de béton. Un goût de plâtre assèche ma gorge. Je ne me rappelle rien sinon que, hier soir, j'ai bu plus que de raison.

Un coup à la porte. Raoul entre en me bousculant et me presse de m'habiller. L'image de mon ami a du mal à se stabiliser, j'ai l'impression qu'il chancelle.

— Ça s'est bien passé, hier soir ? dis-je en grimaçant encore.

Je me masse vigoureusement les tempes. Il ne répond pas tout de suite. Je sens un drame.

— Nous avons perdu Freddy, annonce-t-il nerveusement.

J'accuse le coup.

— Le déicide ?

— Pire.

— Satan ?

— Pire encore.

— Je ne vois pas.

– ... l'amour.

Raoul Razorback explique qu'à la demande du rabbin, leur bande est retournée au pays rouge des muses et qu'ils y ont retrouvé Marilyn qui, comme il l'avait prévu, ne s'était pas transformée en n'importe quelle chimère mais bel et bien en muse additionnelle. La dixième, celle du cinéma.

Raoul me raconte qu'elle possède maintenant elle aussi un palais rouge, avec à l'intérieur une salle de projection, du matériel de tournage et un début de cinémathèque. Donc la théorie sur la mort des élèves dieux est bien confirmée. Au final, ils se transforment en habitants muets d'Aeden, centaures, chérubins ou muses. Voilà le cimetière ultime des âmes : devenir des êtres fantastiques qui peuvent voir, comprendre, agir, mais ne peuvent plus s'exprimer.

– Ainsi elle sera l'une des rares chimères à ne pas avoir perdu son apparence physique ancienne, remarqué-je. Et Freddy ?

Raoul avoue que c'était son idée... plutôt que de voir leur ami dépérir après la perte de son aimée, il lui a proposé de la rejoindre.

– À l'heure qu'il est, le rabbin Freddy Meyer doit déjà être transformé en chimère. Probablement, si la transformation respecte l'endroit où il se fait prendre, en muse...

– Il sera la « onzième muse », complété-je.

– Après le cinéma, je ne sais pas quel pourrait être le prochain art à ajouter, dit Raoul.

Quelle aventure incroyable que cette union entre un rabbin alsacien aveugle et la star de cinéma hollywoodienne. Ce couple a priori improbable est parvenu à transcender l'Empire des anges et le royaume des dieux sans cesser de s'aimer.

Ils sont maintenant liés pour l'éternité dans le

monde rouge du désir où, même si leurs cordes vocales sont définitivement silencieuses, leurs âmes n'en continueront pas moins à communiquer et à se nouer l'une à l'autre.

– Avant que nous ne l'abandonnions au pays rouge, Freddy m'a chargé d'un message pour toi. Il te confie son peuple des hommes-baleines, sa capitale et tous ses habitants. De toute façon, ils parlent déjà la même langue que tes hommes-dauphins et utilisent la même écriture.

Un peuple entier en héritage ? En une seconde je vois toutes les implications de ce « cadeau ».

Raoul Razorback déambule dans le salon tandis que j'enfile ma tunique et ma toge.

– J'estime un peu injuste que tu aies le bénéfice d'un peuple sans en avoir assuré la gestion. En plus, je ne suis pas sûr que ton parrainage soit un cadeau pour les hommes-baleines, étant donné que, jusqu'ici, tu t'es montré un dieu plutôt pusillanime. On a vu ce que cela a donné avec les hommes-fourmis...

– Je suis peut-être « pusillanime », comme tu dis, mais en tout cas je suis devant toi au classement.

Je prends alors mon *Encyclopédie du Savoir Relatif et Absolu* et, comme une arme, la dissimule dans un repli de ma toge. Puis j'enfile le collier de mon ankh. La batterie semble bien rechargée.

– Il n'y a pas que toi qui as reçu quelque chose de Freddy. Il m'a aussi donné une partie de son héritage.

Raoul me montre un volume similaire à celui que nous avons tous.

– Freddy a rédigé un recueil de blagues... Il m'a demandé de poursuivre son œuvre comme Edmond Wells t'a demandé de poursuivre la sienne.

Je feuillette le livre et tombe sur une histoire au hasard :

– « Comment faire rire Dieu ? En lui racontant les projets des hommes. » Pas mal. Et où vas-tu les trouver ? Freddy avait une capacité incomparable pour mémoriser les blagues.

Raoul reste évasif.

– Je ne sais pas, je crois que tout ce qui se passe ici est déjà une grande farce.

La cloche nous rappelle à l'ordre. Nous nous dirigeons vers le Mégaron où nous attend le petit-déjeuner.

Mes amis théonautes sont groupés en bout de table. Je me place à côté de Raoul. Il me sert du lait.

– J'ai été lamentable hier soir, n'est-ce pas ?

– Je t'ai trouvé plutôt « vrai ». Quand nous étions mortels, tu ne te saoulais jamais, et j'avais l'impression que tu craignais l'emprise de la boisson. Hier soir, tu as montré ton côté sombre et j'ai l'impression de mieux te connaître maintenant. Je suis ton ami de toujours, Michael, et en tant qu'ami, il y a un cadeau que je peux te faire : te promettre de ne jamais te juger, quelles que soient les circonstances.

Il me fixe de ses grands yeux noirs, et je me souviens de nous quand nous étions gamins, occupés à déambuler dans les travées du cimetière du Père-Lachaise.

– Ce qui est dommage, c'est qu'avec ta biture, tu as raté la scène des retrouvailles entre Freddy et Marilyn. C'était extraordinaire, vraiment extraordinaire.

La Saison Automne relève ses cheveux roux et nous apporte du pain aux raisins et du beurre. Pour la confiture je pense qu'il faudra attendre un peu.

– Vous êtes allés beaucoup plus loin que le pays des muses ? demandé-je.

Raoul m'explique qu'après avoir abandonné Freddy Meyer à sa muse, ils ont poursuivi leur escapade.

– Du peu qu'on en a vu, il y a, au-delà du territoire rouge, une région volcanique avec des lacs de lave.

– La zone orange...

– Le sol est trop chaud. Il faudra songer à emporter des tissus pour envelopper nos sandalettes avant de chercher à avancer.

Georges Méliès, Gustave Eiffel et Mata Hari s'installent à nos côtés.

– Décompte de ce matin : 80 – 1 = 79, récapitule Georges Méliès avec une petite pointe de tristesse dans la voix.

– Qui est notre professeur aujourd'hui ? demandé-je.

26. MYTHOLOGIE : HÉRAKLÈS

Héraklès en grec (Hercule en latin) signifie « gloire d'Héra ». Pour le concevoir, Zeus s'unit à Alcmène après avoir emprunté les traits de son époux.

Lasse des infidélités de son mari, Héra dépêcha deux serpents pour étouffer l'enfant. Mais celui-ci, à peine né, eut déjà la force de tuer les reptiles.

Une fois qu'il fut adulte, Héra, qui le détestait depuis sa naissance, le rendit fou. Dans un accès de démence, Héraklès tua huit de ses propres enfants. Revenu à la raison, il voulut se purifier et alla consulter les oracles de Delphes. La Pythie lui annonça qu'il lui faudrait se mettre à la disposition de son tyrannique cousin Eurystée pendant douze ans et accomplir tous les travaux qu'il lui réclamerait.

1. Héraklès combattit le lion de Némée à la peau dure comme une carapace. Sa massue, ses flèches et son épée n'ayant aucun effet sur la bête, il l'étrangla de ses mains nues.

2. Il tua l'hydre de Lerne, monstre au corps de chien et aux neuf têtes de serpent.

3. Il captura la biche de Cérinye. L'animal aux sabots d'airain et aux cornes d'or avait échappé à la déesse Artémis lorsqu'elle était enfant.

4. Il emprisonna le sanglier d'Érymanthe.

5. Il nettoya les écuries d'Augias.

6. Il extermina les oiseaux du Stymphale.

7. Il captura le taureau de Crète.

8. Il tua les juments de Diomède, roi de Thrace, qui nourrissait ses chevaux de la chair de ses invités.

9. Il obtint la ceinture d'Hippolyté, reine des Amazones.

10. Il vola le troupeau de Géryon, réputé homme le plus fort de la Terre.

11. Il cueillit des pommes d'or du jardin des Hespérides. Ces fruits étaient ceux du pommier offert par Gaïa à Héra à l'occasion de son mariage avec Zeus.

12. Il captura le chien monstrueux Cerbère. Cette douzième mission, la plus difficile, consista à ramener le chien Cerbère des Enfers d'Hadès. Pour y parvenir, Héraklès fut initié aux mystères d'Éleusis par Musée, fils d'Orphée, afin de pouvoir s'introduire dans les mondes souterrains des morts.

Edmond Wells,
Encyclopédie du Savoir Relatif et Absolu, Tome V.

27. HÉRAKLÈS. DIMANCHE. IMPORTANCE DES HÉROS

Dans le quartier des Maîtres auxiliaires, le palais d'Héraklès est bien plus grand et bien plus impressionnant que celui de Sisyphe. Les colonnes qui soutiennent l'entrée sont en fait des sculptures d'hommes de taille géante.

Un grand tapis rouge est tendu à l'entrée et des trophées, têtes de lions, de dragons, d'ours, de chevaux aux dents pointues ou de rapaces effrayants, sont accrochés le long du vestibule d'entrée.

Enfin notre professeur du jour arrive.

Héraklès est un homme plus large que haut. Il est vêtu d'une peau de lion de bonne coupe, qui a l'allure d'une tunique à la mode. Il est coiffé d'une mâchoire de lion en guise de casque, elle aussi gravée de motifs décoratifs. Il brandit une massue d'olivier sculpté. Il est cependant moins musclé que je ne me l'étais imaginé. Les mythologies exagèrent toujours.

Je me souviens du texte de Francis Razorback, repris par Edmond Wells dans son *Encyclopédie*, et je me dis que, somme toute, notre Maître auxiliaire du jour n'est pas aussi sympathique que l'on a coutume de le croire. Pour mener à bien ses 12 travaux, il n'a fait finalement que tuer, duper, tromper. Il a assassiné son enfant, massacré des amazones, dérobé des trésors.

Je m'assois derrière une table et remarque qu'une fois de plus un petit plaisantin a gravé quelque chose dans le bois : « Le dieu des dieux n'a pas de religion. » Probablement quelqu'un d'une promotion précédente. J'oublie toujours que notre promotion d'élèves dieux n'en est qu'une parmi d'autres, et qu'il y en aura sans doute beaucoup qui viendront ensuite user leurs toges sur mon siège.

Héraklès nous fixe comme pour évaluer sa nouvelle classe. Sans dire un mot il frappe son bureau de sa massue et Atlas entre, le visage fermé. Cette fois, lui qui nous a habitués à ses perpétuelles récriminations reste silencieux. Il dépose la sphère du monde dans son coquetier, dispose aux bons endroits les fioles du

« Paradis » et l'« Empire des anges » de Terre 18 dessous, et tourne le dos pour repartir en traînant les pieds.

Héraklès l'interpelle :

– Hé, Atlas, depuis le temps, tu pourrais oublier cette sombre histoire au jardin des Hespérides et redevenir mon ami.

Atlas s'arrête, se retourne à moitié.

– Notre accord reposait sur un échange : je t'aidais à cueillir les pommes d'or et toi, tu m'aidais à porter le monde.

– Pas définitivement.

Atlas se retourne tout à fait et, de son ton habituel :

– Si tu refuses de porter le monde à ma place, trouve au moins quelqu'un pour me remplacer, profère le géant.

– Tu sais bien que c'est impossible, Atlas. Porter les mondes, c'est ton destin. Personne d'autre ne peut le faire à ta place.

Le géant hausse les épaules, écœuré. Puis il s'arrête, se redresse un peu et, fixant la classe avant de s'en aller, lance dans notre direction :

– Quant au petit malin qui est venu chez moi cette nuit, qu'il n'en doute pas, je l'aurai. Comme j'ai eu l'autre la dernière fois.

Un autre élève aurait donc visité la cave remplie de mondes. Et il pense que c'est encore moi...

En bougonnant, le géant disparaît.

Héraklès prend son ankh, examine notre planète et se tourne vers nous :

– Bonjour, je suis Héraklès, votre nouveau Maître auxiliaire. Aujourd'hui, je vous parlerai de l'importance des « héros ». Mais d'abord, qui peut me donner la définition du mot « héros » ?

Instant de flottement dans le public.

– Un homme doté de pouvoirs extraordinaires, propose Voltaire.

Héraklès prend un air sardonique.

– Ça, c'est ce que les biographes du héros inventent par la suite. Quand il a remporté tous ses défis et réussi tous ses exploits. Ou bien... qu'il a suffisamment d'argent pour se payer des flatteurs professionnels. Mais ne confondez pas les hommes et leurs légendes. Cherchez encore...

– Un homme particulièrement intelligent ? propose Jean-Jacques Rousseau.

– Il y a des gens très intelligents qui restent chez eux dans leur fauteuil à faire des mots croisés particulièrement compliqués. Ce ne sont pas des héros.

Héraklès circule dans les travées, nous examinant les uns après les autres.

Résigné, il énonce :

– Les héros sont des gens qui...

Il laisse traîner sa phrase.

– ... se figurent être des héros.

Héraklès marque sa satisfaction.

– Je m'explique : un héros s'estime tissé d'une étoffe particulière et destiné à accomplir une mission particulière, différente de celle de tous les autres êtres humains. Bref, un héros est quelqu'un qui croit déjà, par avance, à sa propre légende.

Déambulant entre les bancs, il précise :

– Si l'on considère l'histoire de votre planète Terre 18, des héros y sont probablement déjà apparus : des chefs de guerre, des explorateurs audacieux, voire des chercheurs plus perspicaces que les autres. Leur point commun est d'avoir contribué à augmenter l'influence de leur peuple sur le monde. Le roi des rats a

146

conquis le territoire des amazones et il a ensuite épousé leur reine captive contre l'avis de son propre peuple. C'est à sa manière et pour les siens un héros. Chef militaire hardi, réformateur avisé, sa légende franchira les générations d'hommes-rats. Mais on peut faire mieux.

D'une grande boîte en chêne ornée de ferronneries, notre Maître auxiliaire tire ce qui nous semble être des soldats de plomb.

— Je vous présente quelques héros des mondes des promotions précédentes. Écoutez bien ces noms qui retentissent dans l'histoire de leurs humanités respectives : Belzec, un roi charismatique et fédérateur de Terre 7, il est mort d'amour pour une reine. Guron, un explorateur qui a remonté jusqu'aux sources du plus grand fleuve de sa planète Terre 14, la maladie a mis fin à son dernier voyage vers un archipel d'îles sauvages. Solgan, un type incroyable qui a lancé des prophéties sur l'avenir de sa planète et qui ne s'est jamais trompé. Liléïth, une astronaute qui a monté une expédition de la dernière chance pour sauver son espèce en la faisant fuir dans l'espace sur des voiliers solaires. Et probablement le plus extraordinaire de tous à mes yeux... Annimachedec, un musicien qui a établi le chant comme valeur majeure. Si bien que tout le monde chantait et se défiait au chant. Certains savaient soigner en chantant, d'autres savaient tuer. Ils faisaient la guerre en utilisant leurs cordes vocales comme arme. Ils faisaient l'amour en fusionnant leurs voix.

Emporté par le souvenir de cet étrange héros, Heraklès commence à chantonner, puis il se reprend.

— Annimachedec est mort d'une infection de la gorge. Il toussait. Le pauvre, il toussait. Ils l'ont achevé en lui faisant entendre une note grave qui a arrêté son cœur. Enfin... C'est le lot de tous les mortels, et surtout des héros : mourir.

Il rêvasse.

– C'est peut-être ce que les Maîtres dieux envient le plus aux hommes. La mort. Au moins le film a une chute, tandis que lorsqu'on est immortel, le film n'en finit pas. C'est pour cela que les dieux ne sont pas des héros. L'héroïsme se crée dans la scène finale.

Je réfléchis à cela. Le Grand Dieu s'il existe est infini et omnipotent, mais il doit admirer ce qui possède une limite et vit dans la peur d'échouer. Oui. Nous avons le mérite de réussir car nous avons la possibilité d'échouer alors que lui... étant gagnant à tous les coups, il n'a plus d'enjeu. Il n'y a pas de suspense. Héraklès a l'air tout content de manipuler ses figurines de plomb.

– Donc Annimachedec. Liléïth, Solgan... Évidemment, ces noms ne vous disent rien, mais nous autres, professeurs, nous n'avons pas oublié ces mortels d'exception, inspirés par des élèves dieux imaginatifs.

Le dieu auxiliaire ouvre un tiroir de son bureau, et dispose d'autres statuettes gravées d'un nom. Certaines manient des armes ou des outils inconnus, quelques-unes portent des uniformes.

– ... Des humains d'élite, des œuvres d'art en vérité, des trésors qui mériteraient d'être conservés dans les musées de l'univers... Pour l'heure, ils s'entassent dans ma besace, mais j'ai demandé à ce que soit créé ici, pour l'édification des promotions successives, un musée des héros humains de toutes les Terres. Le projet est en discussion.

« Comment fabriquer un héros ? » inscrit Héraklès au tableau.

– Ah, la recette du héros. Évidemment tout le monde voudrait la connaître. Il n'y a pas de formule absolue mais quelques trucs à savoir. Pour obtenir un héros de qualité, choisissez d'abord un être qui a une bonne raison de se réparer, donc une résilience.

Il note « Résilience » sur le tableau.

– Qu'est-ce qu'une résilience ? Un moins qui sera compensé par un plus.

La salle écoute avec intérêt. Beaucoup, parmi les 80 élèves présents, ont eux-mêmes réussi en compensant une blessure de jeunesse.

– « Toi, tu n'arriveras jamais à rien », il suffit de déclarer cela à un gamin pour que, par esprit de contradiction, il se donne beaucoup de mal pour montrer qu'il est le meilleur. Derrière chaque héros, il y a souvent un enfant qui a longtemps enragé ou pleuré seul dans son coin.

Héraklès exhibe un dessin qu'il me semble avoir déjà vu dans une existence antérieure. Deux poissons s'ébattent, et en légende, le petit demande : « Dis, maman, il paraît que certains d'entre nous sont sortis de l'eau pour aller marcher sur la terre, c'était qui ? – Oh, pour la plupart, des mécontents. »

Un rire parcourt l'assistance.

– L'angoisse, le mécontentement, les blessures, voilà ce qui tisse l'étoffe des héros. Pourquoi se donnerait-on la peine de chercher à changer le monde s'il nous convenait tel qu'il est ?

Héraklès prend une figurine qu'il semble tout particulièrement admirer.

– Les gens heureux n'ont rien à gagner au changement. Seul un sentiment d'injustice ou de dévalorisation incite à se dépasser pour faire changer le cours des choses. Le héros souffre donc d'une blessure. À vous de jouer avec.

Édith Piaf lève le doigt.

– Mais si la blessure tue ? demande-t-elle.

– On a vu des enfants battus devenir méchants envers leurs propres enfants, approuve Simone Signoret.

Héraklès n'est pas décontenancé par la remarque.

– C'est pourquoi il faut instiller judicieusement le poison qui fera office de vaccin. Trop de poison et on peut obtenir un effet inverse, un total abattement. Et puis il y a des héros négatifs. On leur a dit par exemple qu'ils étaient nuls et au lieu de vouloir démontrer qu'ils sont les meilleurs, ils cherchent juste à détruire ceux qui les ont insultés. Elle se joue parfois à peu de chose, la différence entre un héros et un... criminel. À vous de doser les traumatismes d'enfance tout en laissant l'espoir intact et en maintenant votre héros dans les valeurs positives.

Je me dis qu'en fait cette histoire de héros a plus de chances de fabriquer des monstres que des saints.

– Dans la pratique : utilisez vos propres blessures pour façonner des héros à votre image. Vous êtes des élèves dieux mais au fond de vous, vous n'en conservez pas moins des rancœurs, des névroses, des sentiments ambigus de votre époque de mortels sur Terre 1. Si vous êtes ici, c'est que vous, vous avez su réaliser cette résilience positive. Donc inspirez-vous de votre parcours pour dessiner celui de vos sujets. Insufflez-leur vos colères et vos ambitions, ni plus ni moins, et ils les exprimeront dans leur monde. Ainsi vous n'aurez pas de difficulté à les façonner. Qu'ils soient sur Terre 18 les représentants de vos faiblesses et de vos forces. Un mot hindou exprime la représentation d'un dieu sur terre : « avatar ». Qu'ils soient donc vos « avatars ». Un seul homme déterminé suffit à changer la face du monde. Une seule goutte d'eau peut faire déborder l'océan.

Au tableau, la craie crisse quand, de sa main puissante, le Maître auxiliaire inscrit et souligne : « Moutons de Panurge ».

– Qui connaît cette fable ?

Plusieurs mains se lèvent dont la mienne.

– Il s'agit d'une anecdote d'un livre de François Rabelais, ici présent. Elle illustre parfaitement la suite de notre leçon.

Rabelais a un petit geste pour se signaler.

– Rappelons-la pour ceux qui l'auraient oubliée. Sur un bateau, un homme désirait se venger d'un berger. Il lui acheta donc un seul de ses moutons, en choisissant soigneusement le meneur du troupeau. Son acquisition faite, il jeta la bête à l'eau et aussitôt, tous les autres moutons suivirent le meneur dans la noyade, ruinant le berger.

Après les puces, les singes et les rats : les moutons.

– Tel est le pouvoir d'un leader. Aussi, si vous le voulez bien, aujourd'hui, vous vous consacrerez à la création de héros. Soyez originaux, ne me sortez pas les poncifs communs à toutes les planètes des galaxies de tous les univers. Oubliez Zorro et Robin des Bois, embellis par leur légende, d'accord, mais en réalité des tueurs. Pensez à vous projeter dans leur monde. Allez, impressionnez-moi.

Notre professeur range ses figurines.

– Vous possédiez déjà des royaumes. Avec vos héros, vous bâtirez des légendes.

28. ENCYCLOPÉDIE : SÉLECTION

Pour sélectionner ses futurs espions, la CIA, agence de renseignements américaine, utilisait entre autres

une méthode très simple : elle passait dans les journaux une petite annonce signalant qu'elle avait besoin de personnel. Pas de concours, pas de dossiers à remplir, nul besoin de recommandations particulières, ni même d'un curriculum vitae. Toute personne intéressée était conviée à se présenter à un bureau à sept heures du matin. Les candidats se retrouvaient ainsi une centaine à patienter ensemble dans une salle d'attente. Mais au bout d'une heure personne n'était venu les quérir. Le temps passait. Encore une autre heure. Les moins opiniâtres se lassaient et, ne comprenant pas pourquoi on les avait ainsi dérangés pour rien, finissaient par s'en aller en maugréant. Vers 13 heures, une bonne moitié avaient claqué la porte. Vers 17 heures, il ne restait plus qu'un quart des postulants du matin. Vers minuit, il n'en restait plus qu'un ou deux à tenir bon. Ceux-là étaient automatiquement engagés.

Edmond Wells,
Encyclopédie du Savoir Relatif et Absolu, Tome V.

29. LES TEMPS DES EMPIRES

L'EMPIRE DES DAUPHINS

Le vent soufflait sur les dunes. Des vapeurs grises s'accumulaient, porteuses de crachins épars. Les hommes contemplaient le ciel et la plupart se posaient des questions sur ce qu'il y avait vraiment là-haut, au-dessus des nuages. Certains cependant ne s'en posaient pas, et c'étaient de loin ceux-là les moins angoissés. Pour eux demain serait un autre hier.

Les humains vieillissaient et mouraient, certains en souriant, d'autres en geignant. Quelques-uns lâchaient des phrases définitives avant de trépasser : « La mort n'est qu'un passage » ou : « Poussière, je retourne à la poussière. » On enterrait les cadavres, les vers les recyclaient pour en faire du compost. Au bout de trois générations, leurs noms étaient pour la plupart oubliés.

Les hommes-dauphins se sentaient dans l'impasse. Leurs livres d'histoire répertoriaient leurs malheurs réels et leurs espoirs. Ils ne savaient quel sens donner à leur destin collectif. Des mouvements ésotériques au sein même de leur religion cherchèrent à trouver des explications, mais si cette quête entretenait l'imaginaire des hommes-dauphins, elle ne suffisait pas à les rendre sereins.

Leur territoire ancestral était envahi par les hommes-lions. Leur population était dispersée en minorités plus ou moins bien tolérées au sein des autres nations.

Fuyant le joug des envahisseurs du nord, des hommes-dauphins décidèrent de partir caboter le long de la côte dans l'espoir d'y fonder une ville où ils seraient enfin en paix. La plupart du temps, sur les rivages, ils étaient accueillis par des flèches et des pierres et s'empressaient de reprendre la mer. Ils s'apprêtaient à regagner tête basse leur port d'origine, résignés à être partout traités en indésirables quand, à leur grande surprise, ils furent accueillis à bras ouverts dans une cité côtière du sud, un port aussi grand que spectaculaire.

Il y avait même une petite communauté d'hommes-dauphins déjà installée depuis très longtemps qui vivait dans le confort et la sécurité.

Ils cherchèrent la raison de pareil accueil. La

méfiance était de règle. À leur vive surprise, dans leur langue, un représentant de la population locale leur expliqua qu'ils étaient maintenant chez les hommes-baleines, lesquels, selon leurs prêtres, avaient récemment perdu leur dieu, mais celui-ci, avant de disparaître, leur avait annoncé l'arrivée imminente d'un groupe d'hommes-dauphins. Il leur avait enjoint de les recevoir en toute amitié car ils apporteraient les connaissances nécessaires à une nouvelle ère de prospérité pour leur peuple.

Les hommes-dauphins trouvèrent d'abord cette attitude suspecte. Ils avaient payé pour savoir qu'il n'existait plus, dans les régions environnant leur terre ancestrale, de lieu exempt de menaces pour eux. Ils s'étaient résignés à l'idée que, pour des raisons irrationnelles, le racisme antidauphin était cyclique. Même quand le phénomène s'arrêtait, il finissait par revenir. Mais ils n'avaient plus le choix. Alors ils commencèrent à se détendre. Même si certains d'entre eux murmuraient encore que tout se passait trop bien.

Les hommes-baleines se convertirent à leur religion de la lumière, du soleil, du dieu unique, de la force de vie qui transcende l'univers, renonçant au culte de leur dieu baleine. Tout comme les hommes-dauphins ils prirent l'habitude de se laver les mains avant de manger, ils respectèrent une journée de repos par semaine, renoncèrent aux sacrifices humains puis aux sacrifices d'animaux. Ils renoncèrent même à l'esclavage.

Ils avaient déjà adopté la langue et l'écriture des hommes-dauphins, ils se ralliaient maintenant à leur calendrier et à leur cartographie.

Les architectes dauphins fortifièrent les murs de la cité avec un nouveau ciment concocté par leurs chimistes. Toujours soucieux d'hygiène, ils placèrent sur les toits des habitations des citernes destinées à recueillir les pluies et à se laver plus fréquemment. Ils créèrent un système de tout-à-l'égout pour assainir les rues de la ville. Pour la promenade, la santé et l'agrément, ils plantèrent des jardins. Ils érigèrent un observatoire d'astronomie, une grande bibliothèque et un temple cubique de taille imposante. Autour de la cité, des aqueducs et un système d'irrigation approprié décuplèrent les récoltes.

Sous l'influence de ces nouveaux hommes-dauphins, les hommes-baleines créèrent un système politique avec une reine qui disposait d'un pouvoir symbolique et une assemblée de sages qui avaient un pouvoir législatif. Ces derniers nommaient un gouvernement formé de spécialistes.

La première reine fut une femme issue du peuple baleine, mais elle épousa un scientifique issu du peuple dauphin.

La ville battit monnaie. La justice était rendue par des tribunaux composés de professionnels du droit et de jurys populaires. Dans la plus pure tradition dauphin, la reine se mit à développer ses talents de médium et simultanément à grossir jusqu'à devenir obèse. Ses prêtres l'accompagnaient lorsqu'elle s'installait au centre du temple pour entrer en transe et recevoir les messages de la « dimension supérieure ».

Sous l'impulsion de leur grosse reine, hommes-baleines et hommes-dauphins se lancèrent dans la construction d'un port de taille inégalée pouvant accueillir des centaines de bateaux sur plusieurs étages, grâce à leurs rampes aquatiques. Les navires eux aussi furent améliorés avec des gouvernails qui pouvaient se contrôler de l'avant du bateau, des coques effilées et des matériaux plus légers qui permirent aux vaisseaux de gagner en rapidité et en contenance.

Bien vite les ingénieurs dauphins comprirent que la solidité d'une embarcation tenait à sa quille. Jusqu'ici, elles étaient constituées de trois éléments qui, au premier choc, se désarticulaient. Étudiant à fond les techniques de fabrication des coques marines, les ingénieurs s'intéressèrent à des arbres imposants : les cèdres. Ils les tordirent pour obtenir une forme arrondie en humidifiant les extrémités et en les chauffant d'un seul côté. Quelqu'un eut alors l'idée de ce qui allait devenir le principal secret des chantiers navals des hommes baleino-dauphins : tordre l'arbre dès l'état d'arbuste. Le tronc poussait en courbe et il était ensuite facile d'obtenir une coque arrondie avec des quilles de bois d'un seul tenant. La vision de certaines forêts aux arbres penchés amusait beaucoup les enfants et surprenait le promeneur non averti.

Rechignant toujours à faire eux-mêmes la guerre, les hommes-dauphins recrutèrent des mercenaires, soldats professionnels rémunérés pour protéger les convois maritimes et veiller sur la cité. Dès lors, avec la présence de militaires embarqués, les bateaux obtenaient le respect des autochtones. Les hommes-dauphins s'entretenaient librement avec la population locale à laquelle ils proposaient des échanges de matières premières, d'objets manufacturés ainsi que des cartes marines.

Ils commencèrent par faire du troc puis convainquirent les autres peuples d'user d'une monnaie commune.

Pour augmenter les échanges, les hommes baleino-dauphins lancèrent des expéditions dans des régions encore plus éloignées. Là ils établirent des comptoirs de commerce.

Ces expéditions eurent aussi pour effet d'encourager le brassage des peuples, malgré les réticences premières. Des royaumes voisins, prenant conscience de l'avancement des hommes baleino-dauphins, envoyèrent même leurs jeunes s'instruire dans leurs universités. Ils en revinrent avec des idées libérales qui choquèrent leurs populations d'origine. Ils étaient volontiers antiesclavagistes, ils prônaient l'interdiction des sacrifices humains et animaux, autant de comportements jugés subversifs.

La civilisation baleino-dauphin, grâce à l'ingéniosité de ses architectes navals, perfectionnait constamment ses navires avec, pour enjeu, des expéditions de plus en plus lointaines repoussant au fur et à mesure la « terra incognita ». Les cartes mises au point précisaient aussi la nature des courants marins auxquels étaient soumises les embarcations. Ainsi, ils pouvaient voyager sur de grandes distances simplement en se laissant porter par les bons courants. Des routes maritimes se créèrent, qu'ils étaient seuls à connaître.

Encouragées, la reine et l'assemblée décidèrent un jour de lancer des navires à la recherche de la grande île à l'ouest. La mythique « île de la Tranquillité » où leurs ancêtres avaient tenté de créer un État idéal. Les marins naviguèrent longtemps mais rentrèrent bredouilles. Si île il y avait eu, elle était désormais engloutie et nul séisme abyssal ne l'avait fait remonter.

Le peuple des hommes baleino-dauphins chargea une expédition d'effectuer le tour complet de leur continent. Le périple dura sept ans. À leur retour, les voyageurs ramenèrent des denrées nouvelles, des fruits et des légumes inconnus, des épices qui parfumaient les plats. Ils rapportèrent aussi des instruments de musique originaux, des plantes médicinales qui soignaient les fièvres, des pierres très dures aux reflets splendides.

Il y avait aussi parmi les marins de retour quelques porteurs de maladies encore jamais vues et qu'on ne savait pas soigner. Suite à une terrible épidémie, par souci de protéger sa population, l'assemblée opta pour la mise à l'écart temporaire de ceux qui revenaient de loin. 40 jours sans contact avec la ville étaient nécessaires pour tous les marins ayant séjourné en territoire inconnu. Dans leurs pérégrinations, il arrivait aux expéditions de commerce de rencontrer des hommes-dauphins issus de migrations antérieures. Certains avaient conservé des connaissances qu'eux avaient oubliées. D'autres avaient tout oublié et étaient en demande du rappel des rituels anciens. Après avoir cerné le continent par la mer, les hommes baleino-dauphins voulurent savoir ce qu'il y avait sur l'étendue des terres. Des caravanes partirent à la découverte des régions au-delà des montagnes de l'est. Ils rapportèrent des informations fiables sur les civilisations qui y avaient émergé.

Un jeune explorateur particulièrement intrépide organisa un raid vers le nord-est. L'escouade eut à combattre plusieurs bandes de brigands, escalada les hautes montagnes frontalières du nord, passa plusieurs corniches escarpées pour déboucher sur un désert de rocaille. Un torrent furieux franchi, des bandes de pillards les attaquèrent. Ils en vinrent à bout pour trouver devant eux de nouvelles montagnes avec au-delà une zone qu'ils considérèrent comme le bord du monde.

Sans le savoir le jeune explorateur et ses hommes venaient d'entrer en contact avec la grande civilisation des hommes-termites.

30. ENCYCLOPÉDIE : HISTOIRE DE PORCS

Soucieux d'améliorer le goût de sa viande, un conglomérat de charcutiers a demandé à un chimiste, le professeur Dantzer, à Bordeaux, de résoudre une énigme. Les charcutiers s'étaient en effet aperçus que, de plus en plus, la chair des porcs était imprégnée d'un arrière-goût d'urine qui la rendait impropre à la consommation. Le professeur Dantzer a mené son enquête dans les abattoirs et fini par comprendre. Les porcs au goût d'urine prononcé étaient ceux qui avaient le plus conscience de leur situation et qui du coup angoissaient le plus avant de mourir.

Le professeur Dantzer préconisa deux solutions pour résoudre ce problème : un calmant ou la non-séparation du porc d'avec ses proches.

Dantzer s'était en effet aperçu que, lorsqu'on laissait le porc auprès de ses petits, l'animal acceptait sa situation et ne stressait pas.

Ce fut la solution du calmant qui fut choisie. Si bien qu'en avalant du porc, les consommateurs ingurgitent en même temps le Valium qui a servi à calmer l'animal. Or le Valium a un petit inconvénient : il crée une accoutumance. Ensuite l'humain a besoin de retrouver régulièrement sa quantité de Valium pour ne pas lui-même angoisser...

Edmond Wells,
Encyclopédie du Savoir Relatif et Absolu, Tome V.

31. L'EMPIRE DES TERMITES

Lever de soleil sur une plaine abondant en plantes luxuriantes.

Des singes hurleurs réveillaient des éléphants placides. De la fumée se dégageait au loin de cités de pierre rouge. Le royaume des hommes-termites, préservé des guerres par son éloignement et les hautes montagnes qui bouchaient sa frontière nord, avait investi toute son énergie dans les arts.

Les couleurs vives jouissaient d'une place importante dans leurs peintures, leurs sculptures, leurs vêtements et même leur gastronomie. Ils vénéraient une foule de dieux bigarrés dotés d'attributs complexes.

Dans des papyrus, les hommes-termites avaient consigné l'histoire de leurs dieux, de leurs guerres et de leurs rivalités. Leur mythologie se déployait dans une vingtaine de volumes. Très peu d'hommes-termites avaient lu le texte en son entier mais tous y faisaient de fréquentes références.

Les hommes-termites s'adonnaient à une bizarre gymnastique, quasi immobile, à base de postures, que, prétendaient-ils, un poisson leur avait jadis enseignée. En réalité, il s'agissait d'un homme-dauphin qui en des temps immémoriaux s'était installé parmi eux et y était mort sans laisser de descendance. L'étranger ne leur avait pas seulement appris la gymnastique, il les avait aussi familiarisés avec l'écriture, l'astronomie et la navigation.

Le peuple des hommes-termites avait connu de grandes guerres contre des peuples issus des hommes-rats, ceux-ci se ramifiant sans cesse en tribus toujours aussi agressives. Ils franchissaient comme ils pouvaient les montagnes du nord puis déferlaient sur les plaines. Les hommes-rats avaient souvent été vainqueurs. Mais chaque fois, leurs chefs avaient été si séduits par les arts et la philosophie termites qu'ils avaient renoncé à leur passion militaire pour s'adonner aux plaisirs de cette civilisation. Ainsi les hommes-termites avaient-ils découvert une nouvelle manière de survivre : en endormant leurs adversaires par le plaisir et la nonchalance.

Les hommes-termites étaient aussi en quête de perfectionnements divers. En cuisine ils étaient devenus experts dans l'usage des épices, et tout spécialement dans la cuisson au four, où les viandes s'imprégnaient des arômes d'herbes sélectionnées.

Dans leurs universités s'enseignaient la médecine mêlée à la religion, la religion mêlée à l'astronomie, l'astronomie mêlée à une nouvelle arithmétique à base de symboles.

Très méticuleux, les hommes-termites savaient diagnostiquer des maladies, prenaient les pouls pour évaluer la fatigue des organes et se purgeaient à l'eau salée.

Ils avaient inventé les chiffres, et notamment le zéro, des instruments de musique avec des cordes qui faisaient résonner les harmoniques. Mais surtout, ils avaient eu l'idée de lier la religion et la sexualité, et celle-ci atteignit à l'art complet, avec des techniques amoureuses destinées à déclencher les paroxysmes de l'extase. Pour eux l'orgasme était la manière la plus facile d'élever l'âme jusqu'au pays des dieux et même de les entrevoir.

Afin d'augmenter encore le plaisir sexuel, des scientifiques termites étudièrent chaque parcelle du corps humain, chaque terminaison nerveuse, et ils consignèrent leurs observations dans un recueil de papyrus.

Lorsque la première caravane des hommes baleino-dauphins, venant du pays des baleines, parvint pour la première fois à leur frontière après avoir traversé des milliers de kilomètres, et franchi la grande montagne du nord, les hommes-termites la reçurent avec bienveillance. Eux aussi connaissaient une antique légende qui prétendait qu'un jour des hommes-dauphins reviendraient.

Très vite, hommes baleino-dauphins et hommes-termites échangèrent leurs savoirs. Chacun des deux peuples s'émerveilla devant l'étendue et la diversité des connaissances de l'autre. Il fut aussitôt décidé de créer un comptoir pour que ce lien se perpétue.

À la même époque, au cœur de la civilisation termite, apparut un jeune homme qui entreprit de prêcher une nouvelle philosophie, issue de la religion termite mais aussi d'un concept de non-violence. On l'appelait l'Homme Calme. Son charisme et sa décontraction étaient tellement impressionnants que les hommes baleino-dauphins demandèrent à bénéficier eux aussi de son enseignement. L'Homme Calme avait codifié et purifié le savoir ancestral des hommes-termites pour en tirer la quintessence. Il avait amélioré le concept de lâcher-prise et celui de transmigration des âmes. Il apprit donc aux hommes baleino-dauphins sa vision particulière du monde qui voulait que les êtres meurent et renaissent sans fin. Ils changeaient certes de corps mais c'était toujours la même âme qui se réincarnait. Le jeune homme leur affirma qu'il n'existait ni enfer ni paradis, mais qu'arrivait un moment où l'âme se jugeait elle-même en fonction de ses actes dans ses vies passées. Et, selon lui, notre seul ennemi était nous-mêmes, notre dureté envers nous-mêmes.

Le jeune sage demandait à chacun d'éprouver alors de la compassion et de la bonté pour ce qu'il avait été.

Ce qui séduisait dans cette philosophie – l'Homme

Calme se défendant de vouloir prôner une religion –, c'était qu'elle permettait de ne plus redouter la mort, l'existence n'étant qu'un passage d'une vie à une autre. Ce prêcheur s'exprimait avec une grande douceur et son regard était clair et droit. Quand il parlait, il souriait, retenant parfois un rire. Mais ce n'était pas un rire moqueur. C'était plutôt un rire issu de la joie de transmettre des évidences.

Captivés, des scribes transcrivirent spontanément ses paroles. Quant aux explorateurs baleino-dauphins, eux aussi les notèrent, certains que chez eux aussi, cette philosophie pourrait être profitable.

32. ENCYCLOPÉDIE : LES QUATRE ACCORDS TOLTÈQUES

Don Miguel Ruiz est né au Mexique d'une mère *curandera* (guérisseuse) et d'un grand-père *nagual* (chaman). Il suit des études de médecine, devient chirurgien, mais un accident lui fait vivre une NDE (Near Death Experience, ou en français EMI « Expérience de Mort Imminente »). Suite à cet accident, il décide de retrouver le savoir des chamans, et devient *nagual* de la lignée des Chevaliers de l'Aigle, une lignée qui s'est vouée à transmettre l'enseignement des anciens Toltèques. Dans son livre *Les Quatre Accords toltèques*, il propose un code de conduite, un résumé de son enseignement en quatre comportements qui permettent de se libérer du conditionnement collectif et de la peur du futur.

« *Premier Accord. Que votre parole soit impeccable.* Parlez avec intégrité, ne dites que ce que vous pensez vraiment. N'utilisez pas la parole contre vous-même, ni pour médire d'autrui. La parole est un

outil qui peut détruire, prenez conscience de sa puissance et maîtrisez-la. Pas de mensonge ni de calomnie.

Deuxième Accord. Ne réagissez à rien de façon personnelle.

Ce que les autres disent sur vous et font contre vous n'est qu'une projection de leur propre réalité, de leurs peurs, de leurs colères, de leurs fantasmes. Exemple : si quelqu'un vous insulte, c'est son problème, ce n'est pas le vôtre. Ne vous vexez pas, et ne vous remettez pas en question pour autant.

Troisième Accord. Ne faites aucune supposition.

Ne commencez pas à élaborer des hypothèses de probabilités négatives, pour finir par y croire comme s'il s'agissait de certitudes. Exemple : si une personne est en retard, vous pensez qu'il lui est arrivé un accident. Si vous ne savez pas, renseignez-vous. Ne vous convainquez pas vous-même de vos propres peurs et de vos propres mensonges.

Quatrième Accord. Faites de votre mieux.

Il n'y a pas d'obligation de réussir, il n'existe qu'une obligation de faire au mieux.

Si vous échouez, évitez de vous juger, de vous culpabiliser et d'éprouver des regrets. Tentez, entreprenez, essayez d'utiliser de manière optimale vos capacités personnelles. Soyez indulgent avec vous-même. Acceptez de ne pas être parfait, ni toujours victorieux. »

Edmond Wells,
Encyclopédie du Savoir Relatif et Absolu, Tome V.

33. L'EMPIRE DES AIGLES

Les hommes-aigles avaient longtemps attendu leur heure.

Du haut de leur montagne, ils avaient observé de loin l'évolution des peuples des plaines et, lorsqu'ils s'estimèrent prêts, ils décidèrent que le moment était venu d'élargir leur zone d'influence.

Ils développèrent alors une civilisation militaire proche de celle des hommes-lions, mais plus structurée.

Le régime d'assemblée des baleino-dauphins, tel qu'il leur avait été rapporté par des voyageurs, leur avait paru à la pointe de la modernité mais, chez eux, n'étaient autorisés à voter que les riches et les nobles.

Des chercheurs se consacrèrent à l'élaboration d'armes plus efficaces et plus destructrices, et ainsi mirent au point la catapulte, l'onagre et la baliste, capables d'expédier des pierres ou des lances à des portées considérables.

Ils fabriquèrent pour les fantassins des armures légères, non plus en cuir mais faites de plaques de métal articulées.

Les hommes-aigles reprirent l'alphabet des hommes-lions avec quelques légères modifications. Ils établirent des tribunaux et codifièrent très précisément les lois et les peines, avec des châtiments corporels aptes à impressionner les foules. Côté religion, ils ne se compliquèrent pas la vie et empruntèrent purement et simplement aux hommes-lions leur polythéisme, se contentant uniquement de changer les noms des dieux en conservant leurs caractères, leurs pouvoirs et leur histoire.

Et les hommes-aigles déferlèrent du haut de leur

montagne. Ils prirent sans difficulté quelques villages, puis quelques villes des plaines appartenant à des peuples sans dieux.

Ils déplacèrent ensuite leur capitale, quittant leur montagne pour s'installer dans une cuvette traversée par un grand fleuve où ils édifièrent une cité géante qu'ils fortifièrent de leur mieux.

Les hommes-lions avaient opté pour la multiplication des villes plus ou moins autonomes et rivales. Les hommes-aigles préférèrent un concept de grande capitale unique qui rayonnait. Ils voulaient un État centralisé, et non une fédération de cités.

À l'intérieur des murailles de la capitale, il y eut des écoles, des facultés de droit et de philosophie, des tribunaux pour rendre la justice conformément aux lois en vigueur. Ainsi naquit une administration très hiérarchisée, reflet de l'armée qui avait forgé l'État.

Lorsque leur capitale leur parut suffisamment protégée, les hommes-aigles rassemblèrent une armée et entreprirent d'attaquer au nord-ouest leur plus puissant voisin : les hommes-lions.

Ces derniers, après avoir connu une période d'expansion, commençaient à se laisser aller à la décadence. Leurs cités s'épuisaient en guerres intestines et leur goût pour la fête avait étouffé leur soif de conquête. Les milieux dirigeants succombaient à la corruption, uniquement soucieux d'accumuler pour leur compte les biens et les richesses.

Les unes après les autres, les villes des hommes-lions tombèrent sous les assauts des hommes-aigles. Les petites cités lions, après plusieurs tentatives de médiation, se révélèrent incapables de s'allier pour résister à l'envahisseur.

Les hommes-aigles s'avérèrent féroces dans la vic-

166

toire. Massacre et esclavage des vaincus, pillage des richesses et destruction des monuments étaient toujours au programme.

Cependant, passé la première période d'invasion, ils cessèrent d'exterminer systématiquement leurs adversaires défaits. Les rois vaincus furent laissés en place. On n'exigea plus d'eux qu'ils se convertissent à la religion des vainqueurs et, tant qu'ils payaient leurs impôts aux hommes-aigles, leur peuple ne risquait plus de représailles.

Les taxes étaient payables en devises, en matières premières, en femmes et en esclaves. Après quelques années, les étrangers pouvaient, s'ils le souhaitaient, demander à s'intégrer au royaume des hommes-aigles et ils bénéficiaient alors d'un statut de citoyens à part entière.

Ce fut alors qu'une expédition maritime baleino-dauphin aborda les côtes des hommes-aigles. Les explorateurs furent bien reçus et leur proposition de créer là un nouveau comptoir pour favoriser les échanges commerciaux entre les deux peuples volontiers agréée.

Tout alla pour le mieux jusqu'à ce qu'un commando de soldats aigles reçoive l'ordre de s'emparer de l'embarcation des baleino-dauphins pour en découvrir les secrets de fabrication. Les marins qui dormaient en toute confiance furent égorgés en plein sommeil et leur bateau démonté pièce par pièce. Il ne resta plus qu'un seul mystère : comment ces étrangers avaient-ils obtenu ces énormes poutrelles de quille en bois arrondi d'un seul tenant ?

Les hommes-aigles décidèrent alors de passer des invasions terrestres aux invasions maritimes. Ils entreprirent de se doter d'une flotte de guerre. À la différence des baleino-dauphins, dont les mercenaires tapis à bord attendaient l'abordage pour réagir en cas d'attaque, eux équipèrent la proue de leurs navires d'un éperon à l'extrémité métallique afin de perforer les coques adverses. Pour gagner en maniabilité et en vitesse, aux voiles ils ajoutèrent des rames maniées par des bancs de galériens soumis à d'impitoyables gardes-chiourme dont les fouets s'abattaient sur leurs dos nus.

Ainsi, leurs navires cessèrent de dépendre des vents et des courants marins. Ils se manœuvraient facilement, tournaient sur place le cas échéant et s'ajustaient pour mieux frapper de leur éperon.

Les bateaux militaires aigles prenaient les mêmes routes maritimes que les bateaux de commerce baleino-dauphins.

Dès lors le choc devint inéluctable entre les deux civilisations. Chacune des deux capitales avait trop réussi pour ne pas voir en l'autre une rivale.

La flotte des hommes-aigles prit l'initiative et attaqua un convoi de ravitaillement baleino-dauphin en route vers un comptoir. La surprise fut totale.

Il commençait à peine à faire nuit quand, des bateaux des hommes-aigles, jaillirent des pièces d'étoupe enflammées qui avaient été imbibées d'huile de poix. Projetées par des catapultes, elles vinrent embraser les gréements des bateaux baleino-dauphins incapables d'y répliquer. Dans la panique, des navires dauphins se percutèrent et les capitaines aigles choisirent ce moment pour les éventrer de leurs éperons. Les marins qui se jetaient à l'eau pour échapper au naufrage succombaient sous les flèches enflammées. Partout les voiles et les navires en flammes embrasaient la nuit.

Cependant, le vent se manifesta, et certains bateaux baleino-dauphins se dégagèrent et réussirent quelques abordages. Ils avaient l'expérience des combats au corps-à-corps et parvinrent même à s'emparer de catapultes qu'ils retournèrent contre les navires des hommes-aigles qui, en coulant, emportaient dans la mort des bancs entiers de galériens enchaînés. Attirés par le sang, des requins de plus en plus nombreux créaient un vaste tumulte aquatique.

La bataille dura toute la nuit. Sur leurs bateaux incendiés, d'habiles capitaines dauphins s'efforçaient de manœuvrer ce qui restait de leurs voiles carbonisées. Au matin, il ne restait plus qu'une seule embarcation baleino-dauphin en état de regagner sa base pour annoncer la catastrophe.

À l'assemblée, la majorité revint à ceux qui prônaient la négociation et allaient jusqu'à proposer des offrandes aux hommes-aigles afin de les apaiser.

Ce qui fut fait. Mais en face, ces présents furent reçus comme autant de gages de faiblesse. Du coup, loin de se réduire, la pression augmenta. De nombreux comptoirs baleino-dauphins tombèrent aux mains du peuple aigle.

C'est alors qu'un jeune général dauphin, âgé de 22 ans, fit son apparition. Son père, lui-même général, avait péri dans une embuscade des hommes-aigles.

C'était un jeune homme d'apparence anodine, plutôt petit, les épaules étroites, le nez empâté, les cheveux roux, les lèvres charnues. Il avait encore l'allure d'un adolescent mais la détermination se lisait dans son regard. Sur la place de la capitale, il haranguait les foules. Il parlait avec fougue de liberté et du droit des peuples à se gouverner eux-mêmes, il rappela que la civilisation baleino-dauphin avait toujours respecté l'autonomie, les mœurs et les lois des cités étrangères tandis que la civilisation aigle les asservissait et les mettait en coupe réglée. Ici, on avait renoncé aux sacrifices humains et animaux, ici on avait aboli l'esclavage, ici on avait institué une journée de repos pour tous, il était hors de question à présent de se soumettre à la brutalité et à la férocité des hommes-aigles. Ce qu'il fallait, selon lui, c'était renforcer l'entraide de toutes les cités menacées par les aigles, et si possible les fédérer sous une même bannière de liberté. Sa voix grave et profonde forçait au silence et à l'écoute.

Il commença ainsi à regrouper des volontaires autour de lui. Et le groupe finit par ressembler à une petite armée, réunie par son charisme et non plus par l'attrait de la solde ou la promesse de pillages.

Fin stratège et éduqué dans l'art de la guerre, le jeune général était un grand admirateur de celui des hommes-lions, l'« Audacieux », dont il s'était fait narrer par le menu les stratégies par des militaires voyageurs. Il comprit que pour mieux défendre le territoire baleino-dauphin assailli de partout, il fallait attaquer l'adversaire au cœur même de son empire. La meilleure défense c'était l'attaque. Alors que la situation militaire était désastreuse, il mit au point un plan d'offensive de la capitale des hommes-aigles.

Tout d'abord, les aigles ne prêtèrent aucune attention à la petite troupe qui avait débarqué sur la côte d'un territoire voisin, celui des hommes-chèvres. Pourtant, chaque jour, cette armée se renforçait par l'arrivée de volontaires venus de tous les peuples qui refusaient le joug des hommes-aigles. Et le général continuait ses harangues sur les places publiques et les marchés des villes et des villages.

Bientôt, ils furent trente mille fantassins, six mille

cavaliers et cent quarante éléphants à franchir la première des chaînes montagneuses, aux confins du territoire des aigles. Le général et son armée d'union pénétrèrent ainsi dans le pays des hommes-coqs. Leur troupe était suffisamment impressionnante pour que les hommes-coqs osent enfin se rebeller contre les administrateurs aigles. Et cela leur fut profitable. Les villes furent ainsi « libérées » les unes après les autres.

Dans la capitale baleino-dauphin, les sénateurs s'inquiétèrent de cette initiative personnelle hasardeuse. D'avance, ils redoutaient les représailles des hommes-aigles. Un émissaire fut dépêché auprès du jeune chef impétueux pour lui enjoindre d'en finir avec sa démonstration de force et de rentrer au plus vite au pays. Le jeune général n'en eut cure. Il prétendit avoir reçu en rêve le conseil d'avancer. Son armée poursuivit donc sa progression vers le territoire des aigles.

Si la moitié des éléphants périrent en route de froid et d'épuisement, ils furent soixante mille fantassins et douze mille cavaliers à passer la seconde chaîne montagneuse. Les hommes-aigles pensaient que leurs peuples vassaux se chargeraient d'arrêter ces envahisseurs étranges, mais au contraire, ils applaudissaient, enthousiastes, cette armée hétéroclite qui bivouaquait chez eux sans crainte. Ils écoutaient son beau général qui ne parlait que de liberté et d'émancipation des peuples. La preuve était faite : s'il était possible de soumettre des foules par la violence et la peur, on pouvait mieux encore les conquérir par la promesse de liberté.

De nouveaux contingents, et même des villages d'hommes-aigles eux aussi épris de liberté, rejoignirent le chef baleino-dauphin charismatique. On le baptisa « le Libérateur ».

La première bataille eut pour théâtre une plaine au pied d'une colline. Les troupes rassemblées sous l'étendard baleino-dauphin apparurent sur la crête et aussitôt les hommes-aigles, cavaliers et fantassins mêlés, se lancèrent à l'assaut, gravissant la pente. Ils étaient à mi-parcours, déjà essoufflés, quand les rangs baleino-dauphins s'écartèrent devant les éléphants porteurs de nacelles où s'entassaient des archers. L'apparition sidéra les troupes aigles pourtant fort aguerries. Elles ralentirent leur progression et le « Libérateur » profita de ce moment de flottement pour donner à son tour le signal de la charge.

Les éléphants s'avancèrent en une ligne puissante et majestueuse, créant la stupéfaction dans les rangs ennemis. Ces forteresses ambulantes se mirent à charger, toutes défenses en avant. Le sol tremblait sous le poids des mastodontes. Beaucoup parmi les soldats aigles s'enfuirent. Ceux qui ne réagirent pas assez vite tombèrent sous les flèches s'abattant des nacelles. Des chevaux épouvantés refusèrent d'obéir à leurs cavaliers qui se retrouvèrent à terre. Des officiers aigles hurlaient des ordres mais leurs voix étaient couvertes par les barrissements. Les défenses s'enfonçaient dans les lignes ennemies puis se relevaient en exhibant les soldats proprement embrochés.

Quand l'infanterie baleino-dauphin se mit finalement en branle, elle n'eut plus qu'à achever les dernières poches d'une résistance déjà fort éprouvée.

Le jeune général dauphin ordonna cependant de laisser déguerpir quelques rescapés, il voulait que ceux-ci puissent narrer à la population et à ses chefs la déroute de leur armée. Il avait compris le principe de la guerre psychologique.

L'effet dépassa toutes les prévisions.

Comme il ne savait plus comment remonter le moral de ses troupes, le commandant en chef des hommes-aigles décida de remettre au goût du jour une vieille coutume des hommes-rats : vaincre la terreur par une terreur encore plus forte. Un soldat sur dix fut tiré au sort parmi les rescapés qui avaient fui et donc failli à leur devoir de combattre jusqu'à la mort. Ils furent décapités devant leurs camarades rassemblés. « La victoire ou la mort », telle devait être la nouvelle devise des hommes-aigles. Et on annonça qu'à l'avenir, si des soldats se dérobaient à nouveau devant les éléphants, ils auraient affaire à des archers spécialement postés pour les abattre.

À la seconde bataille, les hommes-aigles avaient compris la leçon. Ils se dispersèrent pour laisser passer les éléphants, puis les contournèrent pour leur couper les jarrets. Folles de douleur, les bêtes tournoyèrent sur elles-mêmes et finirent par tuer les archers qui les montaient.

Le Libérateur s'adapta vite à ce retournement. Il élargit sa ligne d'attaque, lança sa cavalerie à l'appui de ses mastodontes, et remporta une nouvelle fois la victoire.

La cote du Libérateur ne faisait que grimper parmi ses troupes et son peuple. Sans se soucier des suppliques et des semonces qui se multipliaient de la part de sénateurs baleino-dauphins de plus en plus affolés par sa réussite inattendue, il poursuivit son avancée vers la capitale aigle.

Ne recevant plus d'aide des siens, il en reçut en revanche des cités aigles lassées de la tyrannie de leurs maîtres. Au-delà de la séduction de son discours sur l'émancipation des peuples et la fin de l'esclavage, sa renommée grandissait. On embellissait ses victoires, on l'affirmait invincible et soutenu par les dieux. Qui donc pouvait dès lors s'opposer au Libérateur ?

Les troupes baleino-dauphins progressaient vers la capitale des hommes-aigles sans rencontrer de résistance sérieuse. Sur leur chemin elles étaient toujours acclamées.

Les ultimes réservistes aigles se regroupèrent pour la défense de la capitale où des provisions furent stockées en prévision d'un long siège.

Lorsque l'armée alliée encercla enfin la ville, ce fut l'affolement derrière les murailles. Des rumeurs effroyables couraient, décrivant des monstres géants qui piétinaient les gens et les envoyaient valser dans les airs avec leur trompe avant de les embrocher sur des dents énormes.

Mais dans la société des aigles, les couches populaires étaient sensibles aux idées progressistes du « Libérateur ». Elles fomentèrent un coup d'État, si bien qu'éclata une guerre civile à l'intérieur même de la cité des aigles avant même qu'aucun baleino-dauphin ne l'ait attaquée.

Cette « révolte des gueux » fut matée dans le sang, pour l'exemple. Ce qui ne fit qu'ajouter au ressentiment contre le gouvernement aigle.

Le Libérateur n'osa cependant pas leur porter secours. Il établit son campement sous la ville, après en avoir coupé toutes les voies de ravitaillement. Puis il attendit.

Aux alentours, tous tablaient sur une défaite des aigles. Dans la capitale même, la population affamée s'y résignait déjà.

Cela durait depuis plusieurs semaines quand, à la surprise générale, le Libérateur décida de lever le siège. Selon lui, les hommes-aigles avaient compris la leçon. Il n'était plus besoin de les écraser, ils se tiendraient tranquilles, ils savaient désormais que si on s'en prenait aux baleino-dauphins, la riposte serait cinglante.

Le sénat des hommes-aigles s'empressa de signer un traité de paix restituant les comptoirs et les régions baleino-dauphins jadis envahis par les aigles.

À ses alliés qui auraient bien aimé mettre la ville à sac et ne comprenaient pas pourquoi les habitants avaient été épargnés, le Libérateur expliqua qu'il était temps d'en finir avec les massacres et les pillages, et qu'une nation moderne avait davantage à gagner à s'allier qu'à détruire. Et il alla jusqu'à envisager un partenariat économique entre les siens et les hommes-aigles.

À son retour chez lui, à la tête de ses troupes, un peuple fervent envahit les rues pour l'accueillir en sauveur et en héros. Jaloux de sa gloire, les sénateurs, qui redoutaient que ce Libérateur trop jeune et trop fougueux exige le trône, tentèrent de faire courir le bruit qu'il s'était montré un pleutre et un couard sur les champs de bataille. Mais nul ne prêta attention à ces rumeurs. Les sénateurs tentèrent alors une autre manœuvre : une révolte de soldats. L'armée du jeune général étant encore constituée d'un quart de mercenaires, il suffisait de ne plus payer ces derniers pour qu'ils se rebellent.

Les volontaires étrangers ralliés à la cause du chef charismatique avaient en effet regagné leurs pays. Quant aux patriotes baleino-dauphins, le danger passé, ils avaient repris leurs activités quotidiennes. En armes, aux alentours de la métropole, il ne restait plus que ces mercenaires que, prétextant des caisses vides, les sénateurs refusaient de payer. Comme prévu, ceux-ci marchèrent sur la cité et, en toute hâte, le Libérateur dut former une armée improvisée avec les citoyens de la capitale. Ils étaient évidemment moins nombreux et moins expérimentés que les mercenaires mais ils étaient motivés. La bataille fut rude entre ces anciens compagnons de combat mais, grâce à son sens inné de la stratégie improvisée, le jeune général parvint à couper l'armée mercenaire en deux. Si bien que sa petite armée affronta une moitié de l'armée mercenaire, la vainquit, puis attaqua la deuxième moitié et gagna derechef. Mais cette bataille avait affaibli nettement l'armée baleino-dauphin.

À ce moment, on apprit que sous la houlette d'un chef plus jeune encore que le Libérateur, l'armée des aigles s'était rapidement reformée avec l'apport des mercenaires qu'elle avait engagés en nombre puisque la capitale aigle n'avait pas été pillée et n'avait rien perdu de ses richesses. Cette armée venait de débarquer sur la côte. Sur son chemin, elle massacrait tous ceux qu'elle rencontrait : hommes, femmes et enfants, artisans ou paysans.

L'avancée de la nouvelle armée aigle suscitait une telle terreur que les villages se rendaient sans combattre...

Un coup de gong retentit et Héraklès ralluma la salle.

34. ENCYCLOPÉDIE. ARCHIMÈDE

Archimède, dont le père était astronome, naquit à Syracuse, en Sicile, en 287 av. J.-C. Si la culture de la ville était grecque, elle ne s'en trouvait pas moins en zone d'influence carthaginoise.

Alors qu'il prenait son bain et constatait une montée de l'eau sous lui, Archimède en déduisit sa fameuse loi : « Tout corps plongé dans un fluide subit une poussée verticale, dirigée de bas en haut, égale au poids du fluide déplacé. » Il se serait alors exclamé – son légendaire « Eurêka », en grec : « J'ai trouvé ! » (Une partie de son manuscrit expliquant son principe fut mise au jour en 1907 sur un parchemin qui avait été réutilisé pour reproduire la page d'une Bible.)

Archimède a également étudié les points d'équilibre des forces et théorisé le principe du levier. Il a établi ainsi la règle : « Deux corps s'équilibrent à des distances inversement proportionnelles à leurs poids. » On lui doit aussi la célèbre phrase : « Donnez-moi un levier et un point d'appui et je soulèverai le monde. » Archimède a ainsi défini le principe du centre de gravité.

En mécanique, il inventa la roue crantée, ancêtre de l'engrenage, et la vis d'Archimède, ancêtre du boulon et de l'écrou, qui permet de faire remonter des grains dans des silos.

Le roi de Syracuse s'étant rallié aux Carthaginois, les Romains en représailles assiégèrent la ville trois ans durant. Pendant ce laps de temps, Archimède fabriqua toutes sortes de machines de guerre extraordinaires. Il mit au point des catapultes d'une puissance dix fois supérieure à celles des Romains. Il fabriqua une grue appuyée à la face interne d'une muraille qui, lorsqu'un navire hostile parvenait au bas de la ville, lançait sur lui une pince mécanique de fer qui l'accrochait par la proue. Un contrepoids se déclenchait alors, qui soulevait le bateau et le renversait avec ses occupants comme s'il s'agissait d'un jouet. Entre autres inventions avant-gardistes, Archimède conçut une batterie de miroirs paraboliques capables de concentrer la lumière du soleil en un rayon brûlant qui incendiait les voiles des navires romains.

Plutarque conte ainsi sa mort : « Archimède était en train de résoudre un problème et, ses yeux et son esprit étant fixés sur l'objet de sa réflexion, il ne remarqua pas l'arrivée des Romains ni que la ville avait été prise. Un soldat romain survint et lui enjoignit de l'accompagner. Archimède réclama encore quelques minutes car il était sur le point de résoudre un élément-clef débouchant sur une découverte scientifique d'importance. Le soldat prit cette requête pour une marque d'irrespect et, pour le punir, lui enfonça son épée dans le ventre. »

Edmond Wells,
Encyclopédie du Savoir Relatif et Absolu, Tome V.

35. LE BILAN D'HÉRAKLÈS

Nous nous remettons lentement de l'âpreté de la dernière partie. À présent, c'est comme s'il nous fallait un sas de décompression pour sortir de Terre 18.

J'étais juché sur un tabouret afin d'être à la hauteur du territoire des hommes-baleines, je descends et recule. D'ici, Terre 18 a l'air d'un gros ballon. Terre 18, la Terre-brouillon où nous essayons de faire aussi bien que le premier dieu sur Terre 1, me semble une maîtresse ingrate.

J'essuie mon front et m'aperçois une fois de plus que je suis poisseux de sueur. Des pieds à la tête. Je dois bien perdre 1 kilo par partie de jeu d'Y. Être dieu fait maigrir.

Héraklès s'assoit à son bureau et nous laisse discuter entre nous.

Mon cœur bat très fort, je suis partagé entre l'enthousiasme de ma victoire grâce au Libérateur et mon angoisse face à la manière dont tout s'est soudain inversé. Tant de travail pour aboutir à une situation aussi inconfortable.

Je me tourne vers Raoul :

— Tu ne vas tout de même pas me faire ça.

Mon ami passe ses longues mains sur son menton, il n'a pas l'air aussi affecté que moi par les événements.

— Et que me donneras-tu en échange si je t'épargne ?

— Nous sommes amis, non ? insisté-je.

— Notre amitié, c'est dans la vie, mais dans le jeu, c'est autre chose. Quand des amis jouent au poker, ils ne s'offrent pas des cartes durant la partie, il me semble...

— Moi, dans la même situation, je t'ai sauvé. Mon « Libérateur » a assiégé ta capitale mais il a épargné ton peuple.

Il me toise.

— Et je lui en sais gré.

Il reste imperturbable.

— Mais... une victoire ne compte que si on la mène jusqu'au bout. Ton général a frimé un moment et puis il s'est couché.

— Il a épargné ton peuple !

— Pourquoi ?

Sa question me surprend.

— Parce que tu es mon ami.

— C'est tout ?...

— Parce qu'il importe le plus tôt possible d'arrêter le cycle des violences, des vengeances, et d'instaurer la diplomatie comme nouveau langage entre les peuples. Nous avons signé un traité de paix.

À son tour, Raoul se cabre.

– Tu m'as humilié en me menaçant et en ne m'achevant pas. Tu aurais dû terminer le travail.

Si je comprends bien, il me reproche de l'avoir laissé... en vie.

– Mais ce traité de paix ! répété-je en me contenant.

– Je ne le respecterai pas.

– C'est déloyal.

– Pour moi il ne s'agit que d'une ruse. Laquelle fait partie du jeu. En tant que dieu, j'ai droit à tous les stratagèmes pour sauver mon peuple en danger immédiat. Ensuite, une fois le danger passé, je réfléchis à mon intérêt à long terme.

– C'était un accord de paix. Pour que tous les deux nous sortions de ce guêpier où ton bellicisme nous avait entraînés malgré nous.

– La « paix », répète-t-il. « La paix » c'est un concept pour les mortels. C'est comme « le bonheur », ou « l'amour », des mots, rien que des mots qui font rêver. Rien de concret là-dedans. Il n'y a que des accélérations et des ralentissements dans la guerre. Disons que la paix est un entracte entre deux guerres.

– La paix est un idéal.

– Pour les mortels mais pas pour les dieux. D'ici on voit bien que la paix, c'est un truc pour les dieux faibles ou fainéants qui n'ont pas la patience d'organiser des conquêtes. À ce stade du jeu, il y a un travail militaire déterminant à accomplir. Quand ce travail sera proprement fini, que les frontières commenceront à se figer, la paix s'établira d'elle-même.

Je considère mon ami avec une distance nouvelle.

– Michael, ne sois pas naïf. L'accord de paix, je l'ai signé parce que j'étais dans une mauvaise passe et que j'avais besoin de temps pour me réarmer. C'est à

180

ça que servent les traités de paix : à gagner du temps pour ensuite revenir frapper à coup sûr. Ne sois pas dupe, là-bas sur la croûte de Terre 18, c'est encore la jungle.

– Tu triches.

– Ne pas respecter un traité de paix n'est pas une tricherie, c'est un choix stratégique. Ce n'est pas avec les bons sentiments que se bâtissent les grandes civilisations. Tu ne vas pas me dire que tu crois aux propagandes des mortels, quand même !

– Les traités de paix sont un moyen de réduire la violence.

– Mais la violence EST la loi de la nature. Les animaux se battent. Combien de fois faudra-t-il que je te le répète ? Est-ce que les lions passent un traité de paix avec les gazelles ? Même les végétaux se battent. Même dans ton corps cette loi est valide. Est-ce que tes lymphocytes passent un traité de paix avec les microbes ? Non, ils les éliminent parce que c'est la survie du système. Partout on tue pour survivre.

Raoul poursuit, en me fixant intensément :

– Si tu es incapable, comme je l'ai vu, d'assumer la victoire totale, alors tu n'es pas dans le sens de la Nature. Tu te crois plus évolué, alors que tu n'es que plus faible. Tu es un dinosaure.

Toujours son discours dur qui commence à m'énerver. Raoul a bien évolué, il a complètement intégré la force « D ». D comme Darwin.

– Moi, je crois que la gentillesse est un signe d'intelligence et d'évolution. Ceux qui gagnent au final sont ceux qui sont « gentils ».

Nous avons l'impression tous les deux de rejouer le même combat sans issue. Il ne me changera pas et je ne le changerai pas.

– Tu te souviens sur Terre 1 de ces ours qui sont devenus végétariens ? questionne-t-il.

– Les pandas ?

– Oui, rappelle-toi. Ils en avaient peut-être assez de leurs griffes, et de mordre et de tuer. Alors ils se sont mis à suçoter les bambous et... ils se sont retrouvés en voie de disparition.

– À ma place tu aurais donc...

– J'aurais pris la capitale, bien sûr. Et sans hésitation. C'est le jeu. Dès que tu as hésité, j'ai compris que tu n'étais pas capable d'assumer la force de ton général. Car j'ai bien compris que c'est toi qui en rêve l'as poussé à calmer le jeu. Les mortels ne sont pas stupides à ce point ! Il a réfléchi et il a laissé tomber. Les faibles réfléchissent et ne font rien, les forts ne se posent pas de questions et agissent. Ensuite, si ça foire, ils s'excusent et disent qu'ils ne l'ont pas fait exprès ou trouvent un officier qui sert de fusible et qui paye pour les autres.

Raoul a peut-être raison. Je ne vaux pas mieux que Théotime hésitant à se venger sur son ring de boxe. La peur de gagner, l'incapacité à mener une offensive à son terme, la peur de détruire, la crainte de s'abaisser à reproduire la sauvagerie de nos adversaires en se comportant comme eux...

Mon « Libérateur » s'est refusé à donner le coup de grâce. Je sais qu'il ne se voyait pas saccager, violer et piller la cité qui n'avait plus les moyens de se défendre. Cela lui paraissait s'avilir. Alors il a gardé la tête haute et il est rentré. Et voilà le résultat...

Raoul ne cille pas.

– *Delenda est Carthago*, dit-il sobrement.

La phrase du général romain Scipion s'apprêtant à détruire la capitale ennemie. « Carthage doit être détruite. »

Une voix résonne dans mon dos :

— Et ce n'est que justice. En copiant les Carthaginois vous revivrez leur calvaire, prononce Héraklès.

— Qu'est-ce que vous avez à me reprocher ? demandé-je.

— J'ai à vous reprocher, monsieur Pinson, que vous reproduisez exactement certains épisodes de l'histoire de Terre 1.

— C'est un crime ?

— De copier, oui. C'est la facilité. C'est mal... même si c'est répandu. Ne vous étonnez pas que les mêmes causes entraînent les mêmes effets. J'ignore comment vous vous débrouillez pour disposer d'informations aussi précises mais, sans aucun doute, vous avez copié l'histoire de Terre 1.

Notre professeur auxiliaire fronce les sourcils.

— Vous vous figurez que je n'ai pas reconnu Hannibal le Carthaginois et ses éléphants ? Votre « Libérateur » est une pâle copie du vrai. Et encore s'il n'y avait que vous, Pinson ! Eiffel avec son sage, qui ressemble à Siddhârtha. Et ce pseudo-Alexandre le Grand que j'ai entrevu tout à l'heure chez les lions... L'« Audacieux », c'est ça. Incroyable comme tous, vous êtes peu imaginatifs.

Je dissimule dans les plis de ma toge mon *Encyclopédie du Savoir Relatif et Absolu*, afin qu'il ne voie pas d'où je tire mes informations si « précises » sur les péripéties de Terre 1. C'est vrai que je connaissais la passion de mon maître Edmond Wells pour Hannibal le Carthaginois, et c'est vrai que j'avais dévoré les aventures de ce jeune général qui avait, contre l'avis de son propre gouvernement, monté une expédition armée pour mettre en déroute son envahisseur sur son propre terrain. Le fait que j'aie découvert qu'il était, en plus, antiesclavagiste et qu'il avait littéralement libéré l'Espagne et le sud de la Gaule m'avait ébloui. Au point de me dire que si je devais revenir un jour sur Terre comme mortel j'appellerais mon fils du nom de ce héros. Hannibal seul contre les Romains, Hannibal épargnant son adversaire à terre, Hannibal trahi par les siens jaloux. Un héros.

« Faire preuve d'originalité », inscrit Héraklès au tableau. Il le souligne plusieurs fois.

– C'est tout juste si je n'ai pas retrouvé dans votre fatras de héros usés une reproduction quelconque de... moi-même. Pour cette partie, je ne vais pas saluer les meilleurs, je citerai dans l'ordre les moins mauvais.

Héraklès se rassied, consulte son calepin et annonce :

– Donc, premier, malgré la banalité de son « héros »... Gustave Eiffel, avec son peuple des hommes-termites. Sa philosophie de type bouddhiste s'exporte bien. Il a élaboré une sorte de force molle dans laquelle s'engluent ses envahisseurs. C'est bizarre mais cela fonctionne. Gustave Eiffel, à mon avis, est celui qui incarne le mieux ici la force « A » d'association.

Nous n'osons applaudir un éloge aussi tiède.

– Deuxième, Georges Méliès et ses hommes-tigres en plein essor. Il a accompli sa révolution industrielle, il a établi une administration aux ordres des services secrets qui contrôlent bien le territoire de l'intérieur. Il incarne la force « N », neutre parce que sans aucune dynamique de défense ou d'attaque. Les hommes-tigres gèrent, sans ambition ni peur. Voilà une civilisation vraiment stable.

Quelques applaudissements.

– Troisième : Raoul Razorback et son peuple des

hommes-aigles parce qu'il s'est rapidement remis de sa défaite contre les baleino-dauphins pour se relancer à la conquête du monde. C'est même étonnant mais il semble plus fort après avoir surmonté cette épreuve. Comme si d'être passé si près de l'annihilation lui avait donné une énergie nouvelle. Excellente capacité de réaction offensive. Razorback incarne la force « D », force d'attaque et d'invasion, force guerrière dans toute sa splendeur.

Applaudissements à peine plus nourris auxquels je ne me joins pas.

Héraklès égrène ensuite un chapelet de noms, je ne suis pas dans les dix, ni les vingt, ni les cinquante premiers.

Je commence à m'habituer à l'idée que je finirai bon dernier. Une gentillesse de trop, et ma civilisation et moi, nous sommes condamnés.

– Soixante-dix-huitième et avant-dernier : Michael Pinson. Une armée en miettes, une capitale en ruine, un peuple dispersé. Vos hommes-dauphins sont partout minoritaires, partout éparpillés, partout persécutés... Pas très glorieux, tout ça.

Je murmure :

– Mes savants et mes artistes demeurent prolifiques.

– Ils sont au service d'autres civilisations qui les tolèrent plus ou moins. Votre capitale tombée, ils ne seront plus que les esclaves des peuples guerriers. Pour un peuple qui a toujours lutté contre la servitude et pour l'émancipation des individus, c'est quand même un vaste échec.

Je ne cille pas.

– Mes explorateurs, mes caravanes, mes navires parcourent le monde. Dans la plupart des comptoirs de commerce, on parle la langue des dauphins. C'est aussi la langue des scientifiques de beaucoup de pays.

— Mais il suffit que vos commerçants tombent sur de simples pirates pour être réduits à rien. Le moindre de vos scientifiques peut être à la merci d'un massacre. On ne remarquera même pas sa disparition.

— J'ai choisi l'intelligence, la créativité et la... paix.

Depuis la discussion avec Raoul, j'hésite maintenant à prononcer ce mot qui m'apparaît un peu galvaudé. Héraklès me fait face.

— Mauvais choix. Vous auriez dû commencer par la force. Il faut d'abord être fort, ensuite seulement on peut se permettre le luxe d'entretenir de nobles idéaux. Comme disait votre collègue Jean de La Fontaine, ici présent : « La raison du plus fort est toujours la meilleure. »

Jean de La Fontaine semble gêné d'être ainsi cité. Il fait mine d'être plongé dans des réflexions personnelles. Il faut dire que son peuple des mouettes, pour l'instant, n'a rien fait de spécial et se maintient dans un coin du continent isolé, commençant timidement à envoyer des bateaux pour faire du commerce avec ses voisins.

Je cherche du regard des soutiens mais n'en trouve pas. Tous ont perçu, en jouant au dieu avec leur peuple, que les valeurs morales que nous ont inculquées nos parents ou nos professeurs à l'école n'ont plus de sens ici. Aeden est au-delà du bien et du mal.

Je regarde Héraklès qui semble sincèrement me souhaiter de comprendre. Il arbore ce même air désabusé qu'affichait tout à l'heure Raoul.

— Si vous n'êtes pas dernier, m'explique Héraklès, c'est précisément parce que vos scientifiques, vos artistes et vos explorateurs, même s'ils vivent sous des jougs étrangers, ont conservé l'esprit de votre civilisation et continuent à leur manière de la faire survivre. Ils n'ont plus de patrie, évidemment, mais une fois de plus, ils vous sauvent la mise grâce à leur culture vivante.

Puis il ajoute, après avoir lancé un dernier regard à mon peuple avec son ankh :

– Ce sont vos livres qui sont votre seul territoire sûr, Michael. Avec vos livres, vos fêtes, vos légendes, vos mythologies, vos valeurs... vous possédez une patrie virtuelle.

– Ma culture est suffisamment puissante pour être capable de renaître n'importe où, n'importe quand, affirmé-je, presque pour m'en convaincre. Si mon jeune général, le Libérateur, a su si vite monter une armée c'est grâce à ces valeurs qui touchent toutes les personnes intelligentes.

Héraklès me jauge.

– Ce n'est pas faux. Le problème c'est que vous partez du principe qu'il existe une majorité de gens intelligents... épris de liberté.

La salle éclate de rire. Je ne réponds pas.

– Regardez le monde tel qu'il est et non plus tel que vous souhaiteriez qu'il soit.

Je n'ai rien à répondre à cela.

Est éliminé, le dernier : Étienne de Montgolfier et son peuple des hommes-lions. Ce qui nous amène au décompte de 79 – 1 = 78.

Montgolfier bondit :

– Vous avez dû vous tromper. Impossible.

– Mais si, dit le Maître auxiliaire. Vous ne pensez qu'à faire la fête et à jouir dans des orgies. Même vos poètes sont devenus décadents.

Montgolfier bafouille :

– Laissez-moi un peu de temps et je me reprendrai.

– Vos cités sont en pleine déchéance. Elles se querellent pour de sombres affaires de terrains de chasse ou de détournements de ruisseaux. Elles sont assujetties à l'impôt des hommes-aigles. Votre flotte est obsolète. Votre population pléthorique déborde hors de vos frontières mais vous n'avez pas les moyens de vous lancer dans des guerres d'invasion pour lui donner plus d'espace. Qui n'avance pas recule, monsieur de Montgolfier.

Il est tout rouge.

– Ce n'est pas ma faute, c'est la faute à... Pinson.

Pourquoi finissent-ils tous par me détester ? Probablement parce qu'ils n'ont pas à redouter mes représailles, alors que s'ils accusaient Raoul, ses hommes-aigles les attaqueraient vite fait.

– En accueillant les hommes-dauphins de Pinson, j'ai laissé entrer le ver dans le fruit.

Il a oublié mes bienfaits. Comme Clément Ader et ses hommes-scarabées. Ils finissent par s'autopersuader que ce que je leur ai donné, ils l'avaient déjà. À chaque génération ils minimisent mon apport pour ne pas avoir à me dire merci.

– En créant une classe d'intellectuels et de philosophes, Pinson a fait perdre l'énergie guerrière à ma nation.

Au moins il se rappelle que cela vient de moi.

– C'est lui qui a poussé les miens à faire la fête, à s'adonner à la danse, à la musique, au théâtre...

Il me désigne d'un doigt accusateur.

– Il a appris à mes femmes à se déhancher dans des danses lascives et à mes hommes à préférer la fête à la guerre. Quand les hommes-aigles sont arrivés, les miens étaient déjà tous transformés en mauviettes.

Montgolfier se lève et s'avance vers moi, menaçant :

– J'aurais dû anéantir ton peuple dès qu'il a posé le pied sur mes terres.

Des élèves le retiennent. Il se tourne alors vers les autres, et à la cantonade :

– Je conseille à tous les élèves de repousser les hommes-dauphins...

– Mes hommes-dauphins t'ont apporté toutes leurs connaissances, rétorqué-je.

– Je n'en avais pas besoin. Regarde où cela m'a mené. J'aurais préféré rester ignorant.

– Je t'ai donné le savoir de mon peuple parce que tu me l'as demandé.

– Eh bien c'était une erreur. Je préfère encore échouer sans toi que réussir avec toi.

Il se dégage, mais Héraklès s'interpose :

– Assez. Je n'aime pas les mauvais perdants. Et il y a certaines phrases qui ont un poids historique trop lourd pour que je les laisse en suspens. Vous avez perdu, Montgolfier. Fichez-moi le camp de l'histoire du monde 18. Comportez-vous en dieu, même dans la défaite.

Héraklès frappe dans ses mains et déjà les centaures sont là, l'attrapent sous les aisselles.

– Ne me touchez pas. Ne mettez pas vos sales pattes de chimères sur ma toge. Mon peuple était exemplaire, exemplaire, vous m'entendez ! Ce sont les hommes-lions qui ont tout inventé. Les hommes-aigles nous ont copiés. Même ton jeune général, ton Libérateur, Michael, était éduqué dans l'admiration de mon peuple. Il a copié mes stratégies de bataille. J'ai bien vu tes mouvements de cavalerie par les flancs. C'est moi qui ai inventé ça. Nous avons été un phare pour tous les autres peuples, un phare ! Sans moi cette planète ne serait pas ce qu'elle est.

Montgolfier poursuit ses imprécations, lesquelles résonnent encore au-dehors :

— Tuez les dauphins, tuez les dauphins ! Tuez Michael, s'il y a un déicide parmi vous je lui indique la prochaine victime. Tuez Michael !

La salle ne réagit pas vraiment. Je suis comme tétanisé devant autant d'hostilité de la part d'un congénère, dieu qui plus est.

Raoul s'approche de moi.

— Laisse. Tes gens peuvent venir chez moi quand ils veulent. Je suis tout à fait disposé à leur laisser construire des écoles, des laboratoires, des théâtres comme ils l'ont fait chez les hommes-lions et ailleurs.

Je reste dubitatif. Alors il ajoute :

— Les hommes-dauphins n'auront évidemment chez moi qu'un statut de « minorité tolérée ». Il sera interdit à tes gens de posséder des terres ou des armes. Pour le reste, Michael, je te protégerai contre tous...

Je ne sais comment prendre ça, de la part de celui qui s'apprête à réduire à un tas de poussière ma capitale baleino-dauphin.

— Moi, je n'ai pas d'aversion pour les intellectuels, complète-t-il, se voulant rassurant.

36. ENCYCLOPÉDIE : DAVID BOHM

Après avoir longtemps travaillé sur la physique quantique et relativiste, le physicien David Bohm s'est passionné pour les implications philosophiques de ses théories. Ce spécialiste des holo-

grammes, images en trois dimensions produites par des rayons laser, est forcé de quitter les États-Unis durant la chasse aux sorcières anticommuniste des années 1950, puis repoussé du Brésil par des sympathisants nazis. Il s'établit alors en Angleterre où il devient professeur à l'université de Londres, se passionne pour le bouddhisme tibétain et devient l'ami du Dalaï-Lama.

Il développe là-bas une théorie dans laquelle il annonce carrément que l'Univers n'est qu'une grande illusion, tout comme une image holographique donnant l'illusion du relief. Et, tout comme un hologramme, l'Univers a pour particularité de posséder dans chaque morceau de son image... les informations du tout. Il faut savoir que lorsqu'on casse une représentation holographique, on retrouve en effet l'ensemble de l'image dans chaque morceau.

Pour David Bohm, le Cosmos pourrait être considéré comme une structure infinie d'ondes où tout est lié à tout, où être et non-être, esprit et matière ne seraient que des manifestations différentes d'une même source lumineuse, qui donne à l'ensemble l'illusion du relief. Il nomme cette source lumineuse : la Vie.

Einstein, réticent au début devant la vision non conformiste de son collègue, finira par se passionner pour les découvertes de Bohm.

Pourtant, se détachant de tout le milieu scientifique qu'il trouve trop réticent à franchir les limites de ses conventions, Bohm n'hésite pas à faire référence à l'hindouisme ou au taoïsme chinois pour expliquer sa vision de la physique. Il ne fait pas de séparation entre le corps et l'esprit et considère qu'il existe une conscience globale de l'humanité. Pour la percevoir il suffit d'éclairer au bon niveau, à la bonne couche (puisque tout n'est qu'informations qui se révèlent par la lumière, tout comme l'holo-gramme ne donne l'illusion du relief que lorsqu'il reçoit un rayon laser au bon angle). Par la physique quantique et la méditation Bohm pensait qu'on pourrait découvrir des niveaux de réalité cachés.

Dans sa vision « métaphysique », la mort n'existe pas, mais est juste un changement de niveau d'éner-gie. David Bohm « changea donc de niveau d'éner-gie » en 1992 sans avoir touché au but de sa quête personnelle de compréhension de l'Univers, mais après avoir ouvert une nouvelle voie de recherche, à cheval entre la science et la philosophie.

Edmond Wells,
Encyclopédie du Savoir Relatif et Absolu, Tome V.

37. JEU DE CARTES

Les trois lunes forment un triangle isocèle parfait au-dessus de la montagne et une musique douce résonne dans la cité des dieux. Un violon et un violon-celle se répondent comme deux voix humaines. Cela change des tam-tams des premiers jours.

Ce soir, nous ne dînons pas au Mégaron mais dans l'amphithéâtre où des tables ont été aménagées sur les gradins. Au menu, il y a des lasagnes, sans doute pour nous faire prendre conscience des diverses couches d'évolution de l'histoire. Pour parfaire l'ambiance, les Saisons disposent des chandelles.

Nous testons des nouveaux vins et des épices. Nous sommes fatigués par la tension de la partie et nous n'avons plus envie d'en parler. Notre groupe de théo-nautes s'est réuni à une table. Jean de La Fontaine s'assoit à côté de nous. Nous restons longtemps à man-ger sans parler.

– Fais-nous un autre tour de magie, demande Mata Hari à Georges Méliès pour faire diversion.

– D'accord, mais il me faut des cartes.

La danseuse sait où en trouver. Elle se lève et revient avec un jeu que le cinéaste examine. Puis il place en quatre colonnes : roi, dame, valet, as de pique, à côté de roi, dame, valet, as de cœur, et ainsi de suite pour les trèfles et les carreaux.

Il explique :

– C'est un tour et c'est une histoire. C'est l'histoire de quatre royaumes, celui des piques, celui des cœurs, celui des trèfles, celui des carreaux. Ils vivent à l'écart les uns des autres.

Il montre les quatre rangées qui sont bien parallèles.

J'imagine des royaumes de jeux de cartes dirigés par des rois de cœur, des reines de pique, des valets de carreau dont le peuple serait les as.

– Mais à la longue, avec le développement des routes, des voyages, et la multiplication des mariages mixtes, les peuples se mélangent. Si bien qu'au lieu de quatre royaumes distincts on voit apparaître une fédération de royaumes qui laisse place ensuite à une seule nation formée des quatre peuples.

Georges Méliès s'empare des quatre rangées de cartes pour les réunir en un seul tas de seize, faces retournées.

– Du simple fait de cette addition, la fédération connaît une croissance exponentielle. Pourtant, la mutation est trop rapide. La nouvelle administration, coiffant l'ensemble, montre des signes de corruption. Par ses abus, la nouvelle oligarchie crée une nouvelle pauvreté. Des mal-logés s'installent dans les banlieues formant des bidonvilles, chancres aux abords des cités. La délinquance s'organise. À l'essor de l'industrie, répondent la pollution, la multiplication des embou-

teillages sur les routes, le stress généralisé. Le chô-
mage augmente, l'insécurité aussi. Les gens n'osent
plus s'aventurer hors de chez eux le soir, et les prisons
sont saturées.

– On a déjà vu ça, plaisante Gustave Eiffel.

Georges Méliès ne prend pas la peine de répondre
et poursuit, imperturbable :

– Les politiques s'avèrent impuissants à sortir le
pays du bourbier. Impossible de revenir en arrière et
comment oser aller encore de l'avant ? Les dirigeants
ont alors l'idée de faire appel à... Michael Pinson.

Le magicien se tourne vers moi et me tend les
cartes.

– Toi seul peux les sauver, Michael.

Je saisis le paquet sans trop savoir qu'en faire.

– Michael est nommé Premier ministre extraordinaire. Il décide immédiatement de prendre des mesures
draconiennes, déclame Méliès. Il ordonne des coupes
sombres. Vas-y, coupe le jeu, Michael.

– Au hasard ?

Je divise le paquet en deux, puis recouvre le tas du
haut par celui du bas.

Le magicien commente :

– Le ministre Pinson vient de prendre sa première
décision, mais comme la population se montre toujours dubitative et soupçonneuse, il opte pour une
seconde. Une autre coupe, s'il te plaît, Michael.

À nouveau, je partage en deux et pose le paquet du
bas sur celui du haut.

– D'ailleurs, le ministre Michael peut se livrer à
autant de coupes qu'il veut. C'est lui le chef du gouvernement, il sait ce qu'il a à faire.

Sept fois je répète la même opération. Méliès
reprend :

– Le peuple est méfiant, il lui faut sans cesse des

preuves. Le peuple dit : « Bon, il a fait des coupes, mais en quoi cela va-t-il changer notre vie ? »

Je marque en effet moi-même l'interrogation.

— À ce moment, Michael décide de dévoiler sa nouvelle politique. Allez, prends tout le jeu, Michael.

J'obtempère.

— Tu poses la première carte, face cachée, en haut à gauche. Puis la deuxième à sa droite, puis tu continues à les placer à droite, la troisième et la quatrième.

J'aligne les quatre premières cartes.

— Puis tu continues en dessous, en les disposant de gauche à droite. La cinquième carte sous la première, la sixième sous la deuxième et ainsi de suite jusqu'à n'avoir plus que quatre tas de cartes, faces cachées.

— Et alors ? ironise Raoul. Qu'a-t-il accompli de si miraculeux, le ministre extraordinaire Michael ?

— Il nous propose un ordre nouveau.

Calmement, Méliès invite Raoul à retourner le premier tas et dévoile : quatre rois. Le second est formé de quatre reines, le troisième de quatre valets et le quatrième de quatre as.

Alentour, on applaudit. J'essaie de comprendre le tour. C'est moi qui ai décidé du nombre et de la place de toutes les coupes. Méliès depuis le début n'a pas touché une carte, se tenant bien à distance pour montrer qu'il ne s'est livré à aucune manipulation. Comment m'y suis-je pris pour obtenir ces regroupements par valeur ?

Sarah Bernhardt vérifie les cartes à la recherche d'un éventuel trucage. Elle s'interroge également.

— C'est quand même tendancieux ton tour, dit-elle. Il sous-entend que pour régler les problèmes il faut réunir les semblables.

— Chacun peut interpréter ce tour à sa façon. Il pourrait aussi signifier qu'il importe de décentraliser.

— C'est quoi le truc ? demandé-je, impressionné.

— Un magicien ne livre jamais ses secrets, répond Méliès.

Ce tour me laisse une sensation étrange. Des événements positifs ou négatifs ont lieu sur lesquels je n'ai aucune prise. J'ai l'impression que je me fais manipuler comme dans le tour avec kiwi et Danemark. Je crois que je fais des choix et je n'en fais aucun. Je crois que je dirige originalement mon peuple des dauphins et je reproduis l'histoire de Terre 1.

Après avoir remercié l'artiste, je me lève et marche entre les bancs de l'amphithéâtre. J'observe les autres élèves qui mangent, les musiciens qui jouent, les Heures et les Saisons qui s'empressent d'apporter les plats. Partagent-ils avec moi ce sentiment d'impuissance et de manipulation ? Non, ils pensent tous que c'est leur talent qui fait avancer la partie.

Alors que je quitte l'amphithéâtre, je me sens suivi. Je me retourne et découvre... le petit cœur à pattes. Je me baisse, face à lui, et il s'immobilise, comme intimidé. Il n'y a pas d'œil, pas d'oreille dans ce cœur. Encore un sortilège d'Aeden.

— Qu'est-ce que tu me veux, toi ?

Le cœur bondit vers ma bouche et la touche comme pour me signifier qu'il veut des baisers, puis il tombe et se tortille comme un chat qui attend des caresses. J'aurai décidément tout vu ici.

Il se relève et sautille, impatient. C'est alors qu'un filet à papillons surgit derrière moi et capture la petite chimère.

La personne qui a agi est sortie de la nuit en silence.

Je distingue vaguement sa silhouette. Il ou elle a des cheveux longs et est de grande taille.

— Vous, vous êtes le genre d'homme à tomber amoureux de ma mère..., déclare une voix nasillarde.

196

Je ne vois que ses mains graciles éclairées par un rayon de lune filtrant à travers les branches. Avec des gestes précis, elles dégagent le cœur du filet, l'installent dans un bocal, le ferment. Puis elles sortent un coton qu'elles imbibent d'un liquide puis jettent dans le bocal. Le cœur marque des signes de panique, se tape contre les parois, se tord, saute, puis finalement tombe et ne bouge plus.

– Vous l'avez tué ?

– Bien sûr. Et vous devriez me dire merci. Un cœur amoureux qui vous poursuit, ça peut devenir l'enfer.

– Donc on peut tuer les chimères ?

– Il ne s'agit pas vraiment d'une chimère, dit la silhouette, c'est plutôt un gadget vivant. Ça n'a pas vraiment d'âme. C'est juste fait pour aimer très fort. En général, ça plaît beaucoup aux... enfants.

Je n'arrive pas à définir si c'est la voix d'un homme ou d'une femme. Je contemple le cœur immobile dans le bocal, les petits pieds en avant.

– Qui êtes-vous ?

La silhouette s'avance. Je distingue maintenant tous ses traits. Il, ou elle, a des seins proéminents et une moustache fournie, des cheveux longs et des bras musclés.

– Hermaphrodite. Enchanté, émet la voix nasillarde. Et vous, vous êtes Michael Pinson, dieu des hommes-dauphins, n'est-ce pas ?

Hermaphrodite. Le fils d'Aphrodite et d'Hermès.

– Je suis sûr que vous voulez vous entretenir avec moi, dit-il.

– Eh bien...

– « Ils » veulent tous parler avec moi...

Il me prend le bras et m'invite à revenir dans l'amphithéâtre et à m'asseoir à une table. Il pose le cœur mort sur le côté. Les Heures et les Saisons lui servent des plats.

— Ils ont tous la même envie pour les mêmes raisons, plaisante-t-il la bouche pleine.

Je marque la surprise.

— Tu veux savoir qui est ma mère et si elle t'aime ? Hermaphrodite mange avec appétit des lasagnes.

— Eh bien...

— Parce qu'elle t'a dit que tu étais « l'homme le plus important pour elle », n'est-ce pas ?

Son ton direct me prend de court.

— C'est-à-dire...

Il me sert un verre d'ambroisie.

— Je suis aussi Maître auxiliaire. Mon devoir est d'aider les élèves à devenir des dieux « honorables ». Alors disons que ce petit service fait partie de mes fonctions. Si tu le souhaites, je satisferai donc ta curiosité. Vas-y, pose-moi tes questions.

Aucune ne me vient.

— Alors je vais répondre à ta question sans que tu la formules. En fait, j'ai une bonne et une mauvaise nouvelle. La bonne, c'est que, étant amoureux de ma mère, tu connais l'expérience émotionnelle la plus intense que puisse connaître une âme.

— Et la mauvaise ?

— Ma mère est la reine des salopes.

Ayant énoncé ce jugement, il sourit avec une lueur dans les yeux.

— Maintenant il y a une autre bonne nouvelle. Je peux t'aider à arranger les choses. Mais à une condition.

Je regarde le jeune homme-jeune femme et me sens en mauvaise compagnie, pourtant je perçois qu'il détient des clefs qui me sont indispensables. Il se lisse la moustache et enlève un peu de nourriture accrochée

198

à ses poils. Il se penche en avant et parle plus doucement.

– Tu dois me promettre que si tu trouves la solution de l'énigme, tu ne la diras pas à ma mère.

Voilà autre chose.

– Et que me donnerez-vous en échange ?

Il secoue le cœur dans le bocal comme pour vérifier qu'il ne s'en tirera pas.

– La vérité sur ma mère. Et donc la clef pour la comprendre vraiment.

La curiosité est la plus forte. J'accepte l'offre.

Il prend un air un peu suspicieux. Puis il retient un rire et me serre la main.

– Tope là. Alors voilà. Tout ce que ma mère t'a dit est faux. Même si elle en a le titre, elle n'est pas vraiment la déesse de l'Amour. Elle est la déesse du pouvoir de séduction. Elle n'a jamais aimé personne. Elle n'aimera jamais personne.

Il observe mes réactions, je ne bronche pas.

– Elle éveille l'amour chez les autres et c'est peut-être cela sa principale qualité, mais elle est incapable de ressentir quoi que ce soit pour qui que ce soit. Ni hommes, ni femmes, ni animaux, ni dieux. Son cœur est sec. C'est pour cela qu'elle accumule les amants, les enfants, les êtres qui rampent à ses pieds et qui se battent pour l'approcher. Elle n'aime personne mais elle veut être aimée par tout le monde. C'est une allumeuse. Même si tu couches avec elle, tu n'auras pas accès à son cœur. Tu auras juste accès à son sexe, et pour elle ce n'est qu'un outil de séduction parmi d'autres, rien de plus.

Il ricane.

– Tu veux que je te dise ? Je crois qu'elle n'a jamais eu le moindre orgasme de toute sa longue vie.

199

La déesse de l'Amour n'est même pas capable de jouir !

Cette fois il éclate de rire. Je suis choqué d'entendre insulter la femme que j'aime passionnément. Par son propre fils qui plus est.

– Avec moi elle va changer, dis-je.

– Tous ont voulu la changer. C'est ainsi qu'elle les piège.

Il remue le bocal et me montre le petit cœur immobile.

– Sa substance de vie, elle la gagne en éteignant celle des autres. N'as-tu pas remarqué que depuis que tu es amoureux d'elle, les choses se compliquent pour toi, tu es moins efficace, moins heureux, plus perturbé ?

Je préfère ne pas répondre.

– C'est une drogue... Il n'y a pas une heure où tu ne penses à elle, avoue.

Il a raison.

– D'ailleurs il existe une drogue au nom révélateur. Héroïne. Elle est ton héroïne. Et comme l'héroïne elle te provoque des flashes et elle t'empoisonne mais tu ne peux pas t'en passer, et ce besoin t'obsède.

– C'est de l'amour.

– Oui, eh bien dans ce cas, l'amour peut être une drogue dure. D'ailleurs, en tant que dealeuse, elle a d'autres clients. En même temps qu'elle te manipule, tu peux être sûr qu'elle dit les mêmes phrases à d'autres hommes. Qu'elle couche avec d'autres hommes. Et qu'elle les fait souffrir comme toi. C'est une araignée qui tisse sa toile et accroche ses victimes impuissantes comme des trophées vivants, et tous hurlent « Je t'aime Aphrodite ! » Et quand je dis « impuissantes »... c'est drôle mais, après avoir connu ma mère, beaucoup d'hommes n'arrivent même plus à faire l'amour.

Il rit derechef. Puis il s'arrête et me fixe avec gravité. Il mange doucement et joue avec le bocal.

– Tu veux vraiment savoir qui est ma mère ? Ma mère n'est pas née comme le raconte la mythologie. Avant d'être ici, elle a été une mortelle. Elle avait un père, une mère, elle n'est pas issue de l'écume.

Il boit une grande rasade d'ambroisie puis repose violemment sa chope.

– Tous les dieux de l'Olympe ont été de simples mortels de Terre 1. Comme toi. Bien plus tard, d'autres humains leur ont inventé une légende pour les magnifier. Donc, la petite Aphrodite est née certes très belle, mais non pas d'une famille de dieux, plus prosaïquement dans une famille de charmants paysans grecs qui vivaient de la récolte de figues. Ils étaient tous les deux très beaux, très travailleurs et plutôt sympas d'ailleurs, mes grands-parents maternels. Le problème, c'est que son père, mon grand-père, était un coureur de jupons. Un jour il a dit à sa femme, ma grand-mère, qu'il en avait assez de vivre avec elle. Il l'a répudiée pour la remplacer par une femme plus jeune, une jolie gamine brune qui travaillait aux lavoirs. Grand-mère est partie et la petite Aphrodite est restée avec le couple de son père et de sa nouvelle compagne, plus jeune qu'elle. Sa marâtre s'est installée dans la maison et, comme cela arrive souvent, a pris ombrage de la présence de sa belle-fille. Elle a fait pression sur mon grand-père jusqu'à ce qu'il la rejette.

J'ai du mal à croire cette histoire, d'autant plus qu'Aphrodite m'a dit qu'elle adorait ses parents.

– Sa maman répudiée, son papa l'abandonnant pour

une fille jalouse et plus jeune, tu imagines la vision qu'Aphrodite a eue du couple et des hommes.

Il mastique.

– Finalement, son père lui a demandé d'aller vivre ailleurs car elle importunait sa nouvelle compagne. Maman s'est donc retrouvée seule. À partir de là, sa vengeance s'est mise en place. Ce qu'elle avait souffert avec son père, tous les hommes devaient le payer.

Hermaphrodite s'arrête et me fixe comme pour s'assurer que j'ai bien compris.

– Elle était de plus en plus ravissante. Elle a rapidement compris que ce don physique lui donnait une emprise sur la gent masculine. Ah ! le pouvoir des hormones. À mon avis, c'est le plus puissant. Combien de rois ou de présidents ont succombé aux charmes d'une simple secrétaire ou d'une banale coiffeuse ? Et combien ont sombré pour elles ?

Il secoue le bocal comme pour réveiller le petit cœur mort.

– Elle a commencé à séduire en quantité. Puis en qualité. Comme si chaque amant lui apportait un peu de son énergie vitale et augmentait d'autant sa capacité de chasse. Puis elle a carrément utilisé ses charmes pour... gagner sa vie.

Je me lève.

– Je refuse d'en entendre davantage.

Il me saisit le poignet.

– Aphrodite s'est prostituée. Ma maman était une call-girl de luxe mais une prostituée quand même. C'est ainsi d'ailleurs qu'elle a appris et amélioré toutes ses techniques amoureuses. En Chine et en Inde on appelle cela la magie rouge. La magie blanche guérit, la magie noire, ensorcelle et la magie rouge... rend amoureux. Ma mère est devenue experte en corps humain. Elle masse très bien, elle connaît tous les points qui font grimper les hommes au plafond.

Je n'en peux plus... et l'attrape par le col.

– Je vous interdis de l'insulter.

– Vous voyez, vous n'êtes pas prêt à entendre la vérité.

Je me reprends.

– Excusez-moi. Je vous écoute.

– Ma mère a une plaie béante à la place du cœur. Le sentiment d'avoir été trahie et abandonnée par ses parents. La peur d'être trahie et abandonnée par les hommes. Cette plaie est profonde. Son plaisir consiste à reproduire cette même plaie béante chez les hommes. Quand elle prétend que tu es important pour elle ou que tu es de « sa famille d'âmes », elle te signifie juste que lorsque tu souffriras comme elle, alors elle se reconnaîtra en toi. C'est sa manière d'aimer.

– C'est faux. Je n'en crois pas un mot.

– C'est la vérité. Et la vérité est souvent difficile à accepter. Mais si je dois ajouter quelque chose... ne la juge pas. Elle ne pourra jamais t'aimer. Plains-la. Elle ne pourra jamais aimer personne. Et comme ces médecins qui choisissent la spécialité dont ils souffrent eux-mêmes pour mieux se guérir, elle a choisi comme spécialité l'amour. Dérision suprême, c'est le seul sentiment qui lui sera toujours étranger.

Hermaphrodite émet à nouveau un petit rire aigre.

– C'est souvent comme ça. Ce sont les boiteux qui veulent apprendre aux autres à marcher. Et ce sont ceux qui ont échoué qui donnent des leçons aux autres pour gagner.

– IMPOSSIBLE ! C'est une déesse ! m'exclamé-je.

– Tu vois, dit-il, je t'avais dit que tu n'arriverais pas à l'entendre. Tu ne peux même pas le comprendre.

– Il doit y avoir un moyen de l'aider.

– Tu as été médecin, Michael Pinson, tu as dû apprendre un peu de psychiatrie. Son cas a un nom : « hystérie ». Aphrodite est une pure hystérique féminine.

Je ne me sens pas bien.

– Elle a été anorexique, boulimique, dépressive, suicidaire, nymphomane et maintenant... déesse de l'Amour. Un parcours logique de...

– De femme ?

– Non, d'hystérique. Toutes les femmes ne sont pas hystériques. J'en sais quelque chose... je suis moi-même un peu femme, n'est-ce pas ?

À nouveau, il a ce rire nasillard et désabusé qui me déplaît tant. Je sens une colère sourde monter en moi.

– C'est faux. Aphrodite est merveilleuse. En plus elle est...

Je cherche à définir ce qui m'a le plus séduit chez elle. Non, ce n'est pas sa beauté. C'est autre chose. Ça y est, je le dis.

– Elle est douceur, tendresse, compréhension. Pour la première fois j'ai eu la sensation fugace qu'une femme me comprenait vraiment.

– Mon pauvre Michael... Toutes les formes de folie créent des compensations. Les paranoïaques sont plus vigilants. Les schizophrènes sont plus imaginatifs. Les nymphomanes sont plus sensuelles. Les hystériques savent mieux percevoir les douleurs chez les autres. Elle a vu TES cicatrices cachées. Elle a développé un talent extraordinaire pour analyser la psychologie masculine. Elle a vu au plus profond de toi toutes tes blessures et... tu t'es senti compris. Ce n'est qu'une manipulation.

Il me regarde avec compassion.

– Et te sentant compris tu t'es senti « tomber amoureux ». Tomber... déjà ça dit bien ce que cela veut dire.

C'est une perte, pas un acquis. Mais en fait tu n'es tombé amoureux que de sa capacité à t'analyser. C'est tout. Voilà ce que la légende a appelé sa « ceinture magique » qui contraint les hommes à s'éprendre d'elle. Une simple façon de t'analyser très vite dans tes douleurs profondes, tes douleurs d'enfance. Et tu t'es cru aimé.

J'enfonce ma tête dans mes épaules. Et je me sers à nouveau de l'ambroisie.

– À chaque dieu correspond une histoire sordide dissimulée derrière l'histoire mythologique. Une maladie névrotique, une obsession, un viol, un crime, un drame d'enfance. Et une résilience qui a créé un « don ». Ensuite le temps a enjolivé l'histoire pour la transformer en légende. Nous sommes des héros. Hercule vous en a parlé, je crois. Même moi, tu crois quoi ? que je suis un être d'exception ? Ma mère m'a conçu avec Hermès. Je suis atteint d'un syndrome physiologique connu : le troisième chromosome. J'ai deux chromosomes féminins et un masculin. Ça explique mon physique peu courant. Ça se soigne, paraît-il, avec des injections d'hormones... mais je ne veux pas être soigné. J'assume cette double sexualité.

Hermaphrodite se caresse les seins d'une main et la moustache de l'autre.

– Ça devrait te rassurer ce que je dis, cela signifie aussi que tous les Maîtres dieux de l'Olympe ont été jadis des mortels. Et cela veut dire qu'un jour, toi aussi, tu pourrais être le « 13e Maître dieu de l'école ». Si tu es obnubilé par ma mère, il te faut au moins ça. Ainsi tu pourras consacrer une éternité à baver devant elle avec tous ses autres esclaves sexuels permanents.

Cette fois, il éclate d'un grand rire sonore. Je suis sonné comme mon Théotime sur le ring de boxe. Double crochet-direct au menton. Aphrodite hystérique ?

Sa magie ne tiendrait qu'à sa maladie psychiatrique. Edmond Wells disait qu'on reconnaît un bon boxeur à sa capacité à se relever après un K.-O. Il faut que je me relève. Cinq, quatre, trois, deux... Je secoue la tête pour me réveiller.

Je n'arrive pas à le croire. En même temps mon intérêt pour elle n'est pas altéré. Quelle que soit son histoire, elle en est la première victime. Ce n'est pas elle qui a choisi que son père répudie sa mère et l'abandonne. Ce n'est pas elle qui a choisi sa marâtre. Hermaphrodite m'a révélé le réel. C'est au réel que j'en veux. J'aurais tellement voulu ne pas savoir.

Hermaphrodite me serre la main, en bon joueur qui en apprécie un autre.

– L'amour est la victoire de l'imagination sur l'intelligence. Ne l'oublie jamais. Inscris-le dans ton Encyclopédie afin que cela puisse servir à d'autres. Cependant, sache que... je t'envie, Michael. Car au moins ton imagination te fait vivre un sentiment très fort. Même s'il ne s'agit que d'une illusion.

Dans ma tête, je digère. Le fils d'Hermès et d'Aphrodite s'en va, emportant le cœur mort dans son bocal.

Je me sens tellement seul. Une Heure m'apporte un dessert, des crêpes fourrées au fromage blanc et aux raisins de Corinthe. Délicieux. Manger est au moins un plaisir sans illusion. Je me délecte, presque tristement, de cette friandise.

Mon regard se tourne vers la scène où quelque chose a l'air de se préparer. L'orchestre s'étoffe, avec l'arrivée de flûtes de Pan maniées par des satyres, de centaures qui jouent sur de grandes orgues, avec des soufflets en cuir aux tuyaux de terre cuite.

Dionysos prend la parole en montant sur scène. Il annonce que si nous dînons dans l'amphithéâtre ce soir, c'est parce que l'équipe d'animation va interpré-

ter pour nous une pièce de théâtre dont le titre est :
Perséphone aux Enfers.

Aussitôt, de partout, des chimères accourent dans les gradins. Trois coups résonnent. Les chandelles s'éteignent, la scène s'illumine.

Côté cour, arborant des masques tragiques, un chœur se lamente sur le rapt de Perséphone. Différents acteurs apparaissent à tour de rôle, le visage dissimulé par des masques. Aux silhouettes on reconnaît pourtant nos maîtres. Déméter interprète Perséphone, Hermès joue Zeus, et Dionysos a rapidement enfilé un costume pour incarner Hadès.

Aphrodite n'est pas là. Son nom résonne dans ma tête chaque fois que je pense à elle. A-phro-dite. Sur scène les acteurs déclament dans leurs masques. Cela me rappelle une note d'étymologie que j'avais trouvée dans l'*Encyclopédie*. Le mot « personne » vient du masque que l'acteur antique plaçait devant son visage, « *per sonare* », c'est-à-dire « pour faire sonner » sa voix dans la cavité du masque de bois. Une personne c'est un masque.

La pièce s'accompagne de chants et de musiques.

Il faut absolument que je me détende.

Éclairé par les lunes, je feuillette l'*Encyclopédie* et découvre un passage ayant rapport au théâtre antique. Je lis qu'à cette époque les comédiens étaient des esclaves appartenant au chef de la troupe. « À l'issue de la représentation, les actrices étaient vendues aux enchères en tant que prostituées. Plus leur rôle était important, plus elles valaient cher. Dans certains spectacles, il n'était pas rare que des condamnés à mort remplacent pour de bon les comédiens censés périr. Pour le mythe de Penthée, l'actrice jouant sa mort réduisait véritablement en charpie son soi-disant fils. Au Moyen Âge les acteurs qui jouaient les méchants étaient parfois refoulés des auberges ou lynchés par des spectateurs zélés. »

Mata Hari s'assied près de moi.

– Je peux ? chuchote-t-elle.

Elle aperçoit l'*Encyclopédie*.

– C'est le livre de savoir d'Edmond Wells, n'est-ce pas ?

– Il me l'a légué, dis-je en caressant la couverture du précieux grimoire.

– Je voulais te dire, Michael... Je te regarde jouer et je trouve ton peuple des hommes-dauphins très intéressant.

– Merci. Ton peuple des hommes-loups n'est pas mal non plus.

Une idée me traverse l'esprit : le masque, la « personne » – *per sonare* – des élèves dieux, c'est leur peuple. Nous nous définissons par ces milliers de vanu-pieds qui sont censés être inspirés par nous. Nos croyants nous définissent. Mieux : ceux qui croient en nous nous inventent.

– Oh, mes hommes-loups voyagent, ils explorent, mais ils ne parviennent ni à construire une grande cité ni à se nantir de laboratoires scientifiques. Et puis, ils ne réfléchissent pas assez, ils sont purement instinctifs.

– Nous le sommes tous.

Mata Hari se détourne du spectacle de la scène pour mieux me distinguer dans la pénombre.

– Par moments, j'éprouve pour mes mortels de la compassion. Nous, nous sommes des dieux, nous disposons d'un certain recul. Eux, ils sont en plein dedans, dans le jeu, et ils ne se rendent compte de rien.

Je la regarde. Elle possède évidemment une grâce particulière mais j'ai trop en tête celle d'Aphrodite pour être réellement touché par cette fille juste « charmante ». Elle me sourit et je lis dans son sourire qu'elle perçoit ma non-attirance pour elle. Et je lis aussi qu'elle fait semblant de ne pas montrer qu'elle la sent. Je me ressers de crêpes au fromage blanc. Il y a dessus un peu de caramel et j'identifie, à bien y faire attention, le rhum qui imprègne les raisins de Corinthe.

– Tu souhaites quoi ? Une alliance entre tes loups et mes dauphins ?

– Je ne sais pas... Peut-être, dit-elle, songeuse.

Ce dialogue me rappelle un ami d'antan qui chaque soir sortait son chien dans l'espoir de rencontrer une fille se livrant à la même occupation. Si les deux animaux finissaient par copuler, il en profitait pour engager la conversation. C'est ainsi qu'il s'est marié quatre fois. Là, il ne s'agit pas d'unir nos bêtes mais nos peuples et cependant, la situation n'est pas très différente. J'élude :

– Pourquoi pas ?

J'ai envie de me promener un peu seul dans les jardins. Je me lève alors que sur la scène Dionysos déclame un texte que je n'écoute pas.

– On se retrouve tout à l'heure, après le spectacle, pour l'expédition ? lance Mata Hari.

Je déambule dans Olympie déserte. Je prends la grande avenue, puis une petite rue sur la gauche. Tout le monde est à l'amphithéâtre.

Je sens soudain que quelqu'un me suit.

Je pose ma main sur mon ankh, position « D », molette poussée au maximum, prêt à tirer. Je cache mon arme, le doigt crispé dans un repli de ma toge, et je ne bouge plus.

Cette fois, le déicide ne m'aura pas.

38. HANNIBAL BARCA

Carthage fut fondée en 814 av. J.-C. par la reine Élisha (sœur du roi Pygmalion et aussi nommée Didon par les Romains), accompagnée d'exilés phéniciens en provenance de Tyr. Carthage devint rapidement la ville la plus moderne et la plus riche de son époque. C'était aussi l'une des premières Républiques, un conseil de trois cents sénateurs élisait chaque année deux magistrats, les suffètes. Jusqu'au IIIe siècle av. J.-C., Carthage dominait toute la Méditerranée. Avec plus de deux cents navires cette ville lançait des expéditions dans le monde entier. Grâce à leur puissance maritime les Carthaginois construiront des comptoirs en Sicile, en Sardaigne, le long des côtes d'Afrique du Nord, d'Espagne (Gades qui deviendra Cadix) et remonteront même au nord jusqu'en Écosse pour le commerce de l'étain, et au sud jusque dans le golfe de Guinée pour le commerce de l'or. Cela ne pouvait qu'attirer la convoitise de la nouvelle puissance émergente de l'époque : Rome. Les Romains construiront une flotte de guerre encore plus imposante, copiant les techniques maritimes carthaginoises et ajoutant des éperons et des galériens pour gagner en vitesse. En 264 av. J.-C. la flotte militaire romaine vaincra la flotte carthaginoise dans la bataille des îles Égates. C'est le début des guerres puniques.

Le général carthaginois Hamilcar Barca négociera une paix au désavantage de son pays et devra ensuite affronter ses propres mercenaires de l'armée de Sicile en rébellion, qu'il arrivera à vaincre avec des forces inférieures. Son fils Hannibal naît en 247 av. J.-C. Il est formé par un précepteur grec dans l'admiration d'Alexandre le Grand. Il suivra son père lors de la campagne de reconquête de l'Espagne. Trahi et pris dans une embuscade, le général Hamilcar est assassiné. Son fils Hannibal prend alors la relève. À peine âgé de 26 ans, grâce à son charisme et ses talents d'organisateur, il monte une armée ibéro-carthaginoise contre l'avis des sénateurs de Carthage. Il reprend la guerre contre Rome et, accompagné de quelques dizaines de milliers d'hommes et quelques centaines d'éléphants, il franchit les Pyrénées, traverse le sud de la Gaule, puis il franchit les Alpes. En juin 218 av. J.-C., il arrive en Italie du Nord. L'armée romaine venue pour l'arrêter en Espagne découvrira avec surprise qu'il est déjà dans la plaine du Pô. Les Romains courent à sa rencontre et ce sera la bataille de Plaisance, sur les bords de la Trébie, au mois de décembre. Les Romains fuient devant la charge des éléphants africains qui ont pourtant difficilement survécu aux rigueurs des cimes enneigées. Hannibal a le génie des mouvements de troupes et il sait faire bouger très vite sa cavalerie. Non seulement Hannibal utilise des éléphants comme des chars d'assaut, mais durant la bataille il lance des actions de « commandos », menées par des troupes de choc peu nombreuses mais très rapides qui agissent sur des points névralgiques.

Lors de la deuxième bataille, en Campanie, Hannibal compense sa faiblesse en effectifs par la ruse : il lance sur l'ennemi des troupeaux de bœufs recouverts de fagots enflammés. Nouvelle victoire carthaginoise. Rome réagit en lui dépêchant toutes ses réserves. Ce sera la bataille de Cannes en Apulie où, grâce à un habile mouvement enveloppant, Hannibal une fois de plus encercle et anéantit les troupes romaines pourtant deux fois supérieures en nombre. Toute l'Italie se rallie aux Carthaginois, ainsi que la Macédoine et la Sicile.

Mais plutôt que de prendre Rome, qui s'y résignait déjà, Hannibal établit un traité de paix avec le dictateur romain rapidement désigné pour assurer la défense de la ville.

Ce dernier, le danger passé, remonte une armée et la confie à un jeune général, Scipion, plus tard nommé Scipion l'Africain.

Scipion a compris que l'armée romaine ne tenait pas le choc face à Hannibal, il décide donc de grignoter progressivement les territoires, évitant toute possibilité de grande bataille. Les forces carthaginoises sont numériquement trop réduites pour tenir sur tous les fronts. Scipion reconquiert une à une les villes et reprend ainsi l'Italie, la Gaule, l'Espagne, et débarque avec une armée reconstituée en Afrique. Hannibal tentera de négocier avec Scipion, mais ce dernier refuse tout accord de paix, et ce sera la bataille de Zama. Privé de sa cavalerie numide, rachetée au dernier moment par les Romains, Hannibal est vaincu. Les Romains imposeront dès lors un impôt exorbitant payable sur 50 ans.

Hannibal, élu suffète par les sénateurs, essaie pourtant de gérer au mieux sa cité ruinée. Il abolit les privilèges des grandes familles, et obligera les responsables des finances à rendre des comptes. Ces derniers prendront mal cet élan démocratique et feront alors appel à Rome pour les aider à destituer leur nouveau roi « trop réformateur ». Hannibal, poursuivi par les Romains, fuit Carthage et trouve refuge auprès du roi de Syrie, Antiochus, qui lui demandera de le conseiller dans sa guerre contre les Romains. Mais ce dernier n'écoute pas les conseils stratégiques de son invité et perd la bataille.

Les Romains exigeront le départ du Carthaginois lors de la signature du traité de paix. Hannibal trouvera refuge auprès du roi de Bithynie, Prusias, au service duquel il mettra ses talents d'organisateur et d'urbaniste. Les Romains exigeront que Prusias leur remette Hannibal en 183 av. J.-C. Ne pouvant s'évader, Hannibal absorbera le poison contenu dans sa bague.

Une troisième guerre éclatera en 149 av. J.-C., qui entraînera la ruine et la destruction définitives de Carthage.

L'historien romain Tite-Live l'a ainsi décrit : « Hannibal était le meilleur. Le premier il allait au combat, il se retirait le dernier. Personne n'avait plus d'audace pour affronter les dangers. Il dormait peu, mangeait peu, étudiait sans cesse. Admirateur d'Alexandre le Grand, il en avait le panache, mais son projet était plus vaste. »

Après sa mort, Hannibal restera le symbole de l'émancipation des peuples contre le joug romain et contre les oligarchies.

Edmond Wells,
Encyclopédie du Savoir Relatif et Absolu, Tome V.

39. RENCONTRE SOUS LES LUNES

Les pas se rapprochent. Ils sont légers. Puis je ne les entends plus. Au jugé, j'estime la position de mon adversaire et je me tourne dans sa direction, mon ankh dardé, le doigt sur le bouton de tir.

C'est une femme. Je reconnais son parfum et sa silhouette avant même de discerner son visage, car elle se tient à contre-jour de la lumière des lunes. Je ramasse une luciole et l'élève pour l'éclairer. Sa toge est lacérée et elle semble vouloir se dissimuler.

Je déglutis. Chaque fois sa présence produit sur moi le même effet. Une drogue. Mon héroïne.

Elle me regarde et je vois ses prunelles. Son visage brille trop. Il y a comme une petite rivière étincelante qui coule sur sa joue jusqu'au menton. Elle renifle. Je l'éclaire mieux. À en croire l'état de sa toge, elle a reçu des coups. Des coups de fouet.

Elle saisit ma main et m'oblige à lâcher la luciole pour m'empêcher de la voir. Puis elle s'enfuit. Je m'élance derrière elle.

– Aphrodite, attends !

Elle court de plus belle. Je la poursuis.

Elle trébuche, se relève et repart.

– Aphrodite, attends !

Nous traversons des jardins, des allées bordées de figuiers et d'oliviers. À bout de souffle, j'arrive dans des rues étroites et tortueuses. Je ne suis jamais venu ici. Un vrai labyrinthe. Je la perds de vue, puis l'aperçois au loin. Je me précipite.

– Attends-moi.

À nouveau elle m'entraîne dans des ruelles. Décidément Olympie est plus grande et plus complexe que je le pensais. L'endroit rappelle le centre de Venise, « des rues pour se faire égorger », avais-je pensé à l'époque.

Je débouche alors dans un lieu qui ne mène qu'à un seul passage. Son nom : rue de l'Espoir. C'est une impasse. Au fond il n'y a que de vieilles caisses de bois. Je ne vois plus la déesse de l'Amour. Soudain un bruit, je me retourne. C'est elle. Me nargue-t-elle par jeu ? Elle déguerpit aussitôt vers un porche latéral.

– Attendez-moi, répété-je...

À sa suite, je pénètre dans une galerie aux allures de Louvre. Une inscription est gravée au fronton : MUSÉE DES APOCALYPSES. La salle est dans l'obscurité mais les vitres laissent filtrer la lumière bleue des trois lunes.

À l'intérieur, des photos sont accrochées aux murs. Sous les clichés, des légendes : « Terre 17 »,

« Terre 16 », « Terre 11 », etc. À n'en pas douter, ce sont des cartes postales des jeux d'Y des promotions précédentes. Elles représentent des images de destruction. Des villes en ruine parcourues par des bandes de voyous, des milices, ou des hordes de rats. Parfois des meutes d'hyènes ou de chiens. La végétation a par endroits repris ses droits, à d'autres, c'est la neige, ou le sable chaud, ou encore la mer.

Engloutie, gelée, séchée, rendue à son état sauvage... partout l'humanité représentée sur ces images est en échec total. Et à ce que j'en déduis, tout comme pour Terre 17, cet échec n'est imputable qu'aux humains. Comme tout cela est morbide... une exposition de tous les mondes que les dieux n'ont pu sauver.

Je ne peux m'empêcher de réfléchir tout en cherchant Aphrodite des yeux dans cette vaste salle. L'humanité est elle-même sa pire ennemie, le suicide collectif est sa voie naturelle. Si la déesse de l'Amour m'a conduit ici, c'est probablement pour que je pense à cela. Le suicide collectif est sa voie naturelle. Les dieux luttent pour empêcher un rocher rond de rouler au bas de la pente, tel Sisyphe, mais la chute est inéluctable.

Aphrodite est parvenue au fond de la salle, et elle s'immobilise.

Je m'avance la main tendue comme si je voulais apprivoiser un chat qui s'est enfui. Elle ne bouge pas, je ne distingue que le scintillement de ses yeux dans les ténèbres.

Je ne suis plus qu'à quelques mètres d'elle, redoutant qu'elle détale de nouveau.

– Michael..., dit-elle.

Elle recule, se cache un peu plus dans l'obscurité.

– Non, n'avance pas.

Je m'arrête.

– As-tu résolu l'énigme ? Il faut que tu trouves la solution. C'est très important pour moi.

Sa voix est rauque. J'ai l'impression qu'elle a longtemps pleuré et qu'il reste des sanglots dans sa gorge.

Elle répète avec conviction :

– « C'est mieux que Dieu, pire que le diable, les pauvres en ont, les riches en manquent. Et si on en mange, on meurt. »

– Vous ne pouvez pas rester comme ça. Venez dans ma villa. Je soignerai vos plaies.

Elle me serre plus fort.

– J'en ai vu d'autres, et nous les dieux, nous ne risquons pas grand-chose.

– Qui a fait ça ?

– ... Parfois, il est un peu brutal.

– Votre mari ? Héphaïstos, n'est-ce pas ?

Elle secoue la tête.

– Ce n'est pas Héphaïstos, et celui qui s'est conduit ainsi avait de bonnes raisons de le faire, crois-moi. C'est ma faute. Je porte malchance aux hommes qui m'aiment.

J'essuie les larmes qui scintillent sur ses joues avec le bord de ma toge. Elle se force à sourire.

– Tu es étonnant, Michael. J'ai précipité un déluge sur ton peuple, et en retour, tu es le seul à ne pas me laisser tomber. Il faut que tu me fuies. Tu sais, je suis une mante religieuse. Je détruis ceux qui m'aiment. C'est plus fort que moi.

– Vous êtes formidable.

– Non. Ne sois pas aveugle. Je fais du mal, même sans le vouloir.

Mes yeux s'accoutumant à l'obscurité, je constate que son dos est zébré de marques rouges. Sa peau délicate est entaillée en profondeur. Celui qui l'a frappée n'y est pas allé de main morte.

– Qui vous a fait ça ? répété-je.

– Je l'ai mérité, soupire-t-elle. Je sais, tu penses que personne n'a le droit de frapper une femme, mais dans mon cas, je l'ai bien cherché.

Elle me caresse le menton.

– Tu es si naïf, Michael, que tu en deviens touchant. Tu as dû être un mari formidable, sur Terre. J'en suis sûre.

Je me souviens soudain de ma dernière compagne de mortel : Rose, celle que j'ai suivie jusqu'au continent des morts.

– Sache que je fais partie de ces femmes qu'il te faut fuir pour ton bien, car je ne suis là que pour faire souffrir les hommes. Trouve-toi une autre Rose, ici. Tu le mérites.

– Il n'y a que vous qui m'intéressiez.

Je veux la reprendre dans mes bras mais elle se dérobe.

– Si tu tiens vraiment à m'aider, résous l'énigme. Sois « celui qu'on attend », « celui que j'attends ».

Une solution jaillit dans mon esprit.

L'amour, dis-je.

– Quoi l'amour ?

– L'amour, c'est mieux que Dieu, et, à voir comment vos amants vous traitent, ça peut transformer les hommes en pire que le diable.

Elle me toise, attendrie. Elle avance dans les travées constellées de photos de mondes détruits.

– ... « Et si on en mange, on en meurt » ? Non. Il ne faut pas sous-estimer cette énigme, elle est vraiment plus subtile que ça... Tiens, je vais te donner un indice qui traîne actuellement dans la cité. Il paraît que « la solution est insignifiante ».

Paradoxalement, plus il y a d'épreuves entre nous et plus elle m'attire.

D'épreuves ? Ce sont plus que des épreuves... Cette femme ne m'a causé que des problèmes. Pourtant je n'arrive pas à lui en vouloir. Je l'aime.

Par contre, Mata Hari qui m'a sauvé la vie et qui a toujours été aux petits soins pour moi m'agace.

Mon comportement me rappelle un extrait de l'*Encyclopédie*, faisant référence à une pièce d'Eugène Labiche.

40. ENCYCLOPÉDIE :
COMPLEXE DE MONSIEUR PERRICHON

Dans sa pièce *Le Voyage de Monsieur Perrichon*, Eugène Labiche, auteur français du XIXe siècle, décrit un comportement humain a priori incompréhensible et pourtant complètement banal. L'ingratitude.

M. Perrichon s'adonne sur le Mont-Blanc aux joies de l'alpinisme en compagnie de son valet, tandis que sa fille se repose dans son chalet. À son retour, il lui présente deux jeunes gens qu'il a rencontrés dans les montagnes. Le premier, explique-t-il, est un garçon formidable auquel lui, Perrichon, a sauvé la vie alors qu'il était sur le point de périr dans un précipice. Et le jeune homme de s'empresser de confirmer qu'effectivement, sans M. Perrichon, à cette heure il serait mort.

Le valet presse alors son maître de présenter le deuxième arrivant. Celui-là, pour sa part, a secouru M. Perrichon alors que lui-même était tombé à son tour dans une crevasse. M. Perrichon hausse les épaules, déclare qu'il n'était pas en si grand danger que cela et juge son sauveur arrogant et prétentieux. Son récit minimise l'importance du deuxième jeune homme. Évidemment, le père incite sa fille à s'intéresser au premier garçon, si sympathique, plutôt qu'au second dont l'intervention lui apparaît de plus en plus inutile. Au point qu'il en vient même à s'interroger : a-t-elle réellement eu lieu ?

Dans cette pièce, Eugène Labiche illustre cet étrange comportement qui fait que l'homme est non seulement presque incapable de reconnaissance et de gratitude mais, pis encore, en arrive à détester ceux qui lui sont venus en aide. Peut-être par crainte de leur être désormais redevable... En revanche, nous aimons ceux que nous avons nous-mêmes aidés, fiers de notre bonne action et convaincus de leur gratitude éternelle.

Edmond Wells,
Encyclopédie du Savoir Relatif et Absolu, Tome V.

41. SAINT-EX

Je reste longtemps plongé dans les yeux profonds d'Aphrodite.

– Tu es en danger, Michael, profère-t-elle. Tu incarnes celui qui paye pour les autres. Ton peuple paye pour réduire le totalitarisme, toi tu payes pour défendre des valeurs de liberté. « Ils » ne te rateront pas.

– Qui ça « ils », les autres élèves ?

– Pas seulement...

Elle se retourne, regarde à gauche et à droite comme si elle craignait d'être entendue puis chuchote à mon oreille :

– Tu ne peux pas imaginer ce qu'il se passe vraiment ici. Si tu savais... Personne ne peut imaginer ce qu'est vraiment le monde des dieux. Oh ! comme je regrette parfois de ne pas être ignorante. Oh ! comme je regrette parfois de ne pas être... mortelle.

Son visage se modifie en prononçant ce mot.

Son comportement est celui d'une personne aux abois. Un peu comme Jules Verne qui le premier jour m'avait ordonné de ne pas monter sur la montagne et de ne pas essayer de savoir ce qu'il y avait là-haut.

– Personne ne peut imaginer la vérité, répète-t-elle.

– Mais les mortels sont manipulés par nous, les dieux, n'est-ce pas ?

– Les mortels n'ont pas à prendre de décisions vraiment importantes. Et... ils ne savent pas vraiment dans quel monde ils vivent. Mais nous, nous savons... nous n'avons donc aucune excuse.

– Je ne comprends pas.

Aphrodite se presse contre moi et je sens sa douce poitrine qui touche ma peau dans l'entrebâillement de ma toge. Elle prend ma main et la glisse dans l'échancrure pour que je prenne son sein dans ma paume. Une décharge électrique parcourt tout mon corps. Ma main se transforme en récepteur ultrasensible. J'ai l'impression de percevoir le moindre de ses pores, la moindre de ses veines affleurant sous la peau, son téton, large, est légèrement moite. À cette seconde j'aimerais que fusionnent ma main et son sein.

– Heureux ceux qui ne comprennent pas. Comme j'aimerais ne pas comprendre.

J'ai envie de l'embrasser à pleine bouche, mais alors que je fais mine d'approcher mes lèvres des siennes, elle me repousse faiblement, puis avec fermeté.

Son sourire semble accablé.

– Ne renonce jamais à tes rêves, Michael, ne renonce jamais et surtout trouve ce qui peut être mieux

220

que Dieu et pire que le diable. Par pitié, trouve, et tu m'auras entièrement.

Elle se presse à nouveau contre mon corps.

Je suis dans sa beauté, je suis dans sa grâce, je suis dans son aura d'amour. Les photos des mondes morts qui nous entourent ajoutent au paradoxe de l'instant. Éros et Thanatos. L'énergie de vie inséparable de l'énergie de mort.

J'aimerais que cette seconde dure une éternité. J'aimerais que nous trouvions un lit pour y habiter définitivement, nus sous les draps, sans manger ni dormir. Au début, privilège des dieux immortels, nous ne ferions que nous caresser durant les cent premières années. Pour entretenir le désir. Puis, les siècles suivants, nous essaierions ensemble de réinventer le Kama-sutra en imaginant des figures inconnues. La sensualité des dieux, la sexualité des dieux, l'apothéose des sens divins. Juste moi et Aphrodite. Moi et l'être qui m'obsède.

Déjà elle s'enfuit.

— Ne t'occupe pas de moi, sauve les tiens, sauve-toi, me lance-t-elle.

Je reste seul dans la rue d'Olympie. Songeur et souriant.

Quelle femme. Quelle femme. Quelle femme.

— Hé ! Michael !

Antoine de Saint-Exupéry me hèle de loin :

— Il faut que je te parle, c'est important.

Je ne réponds pas. Ses mots mettent du temps à parvenir à mes oreilles.

— Viens, suis-moi. J'ai quelque chose d'important à te demander mais d'abord il faut que je te montre quelque chose.

Je me laisse entraîner. En chemin il s'exprime à toute vitesse.

– Il faut que je te dise... Le Léviathan... j'ai enfin compris. Sais-tu que le Léviathan n'a jamais existé sur Terre 1 ?

Peu à peu, j'arrive à l'écouter.

– Ici « ils » font exister les fantasmes de notre imaginaire mortel. Ils cristallisent nos rêves. Nous croyons à l'Olympe : le voilà. Nous croyons à Aeden : nous y voici. Et il en va de même pour les sirènes, les griffons, les chérubins.

J'ai repris mes esprits.

– Tu veux dire qu'Aeden n'existe que dans nos esprits...

– Non. J'ai dit qu'ils le « cristallisent ». Ce qui est au fond de nos têtes, ils le transforment en réalité. Tu crois dans le Grand Dieu ? Eh bien, « ils » font exister le Grand Dieu !

« Je crois en l'amour et ils font exister Aphrodite... », pensé-je.

Saint-Exupéry montre le sommet nuageux de l'Olympe qui ne brille pas mais dont les nuages irisés reflètent les trois lunes.

– De même que toi, tu croyais en Hannibal, tu l'as fait exister. Marilyn Monroe croyait dans les Amazones. Elle les a fait exister.

– Mais Hannibal a existé ! m'offusqué-je.

– Ici, vrai ou faux, cela n'a plus d'importance. Ce qui importe c'est que la chose existe dans l'esprit d'un des habitants d'Aeden. Le Léviathan, c'était une légende inventée par les Phéniciens et les Carthaginois pour effrayer les autres peuples afin qu'il ne leur prenne pas l'envie de les suivre et de les concurrencer dans leurs voyages. C'est comme l'Atlantide...

– L'Atlantide ?

L'aviateur-romancier me prend par l'épaule.

– Mais oui, l'Atlantide. Ne nie pas l'évidence. Je

ne suis pas le seul à avoir deviné d'où t'est venue l'idée de ta grande île de la Tranquillité. C'est dans notre esprit, donc ça se met à exister.

– Pourquoi ? Je ne comprends pas.

– Parce que quelqu'un, quelque part, a décidé de nous offrir ce cadeau. Mais la question demeure : Est-ce nous qui imaginons ce monde, ou ce monde qui nous imagine ? Georges Méliès nous a montré quelque chose de déterminant avec ses tours de magie. On croit choisir mais on ne choisit pas. Nous nous conformons à un scénario déjà rédigé quelque part. Comme dit l'adage : « Tout est écrit. »

Je réfléchis, troublé.

– Ce qui nous arrive n'est pas issu de nos rêves ou de notre imagination mais de notre mémoire.

Saint-Exupéry poursuit :

– Dans ce cas, il reste à savoir pourquoi « Ils » nous mettent le nez dans notre passé.

Alors que la pièce de théâtre continue de se dérouler dans l'amphithéâtre et que nous entendons résonner le chœur des Charites, Saint-Exupéry propose de nous rendre dans l'atelier de Nadar. Nous quittons la cité par un passage secret et marchons, de plus en plus vite, vers la forêt.

– Peut-être y a-t-il un secret caché dans l'histoire de l'humanité de Terre 1. Un secret que nous n'avons pas décelé. Alors, plutôt que de nous faire relire les livres d'histoire, qui de toute façon ne sont que de la propagande en faveur des vainqueurs, ou défendent des points de vue politiques partisans, « Ils » nous font vivre le déroulement réel des événements. Et en prenant les décisions nous comprenons vraiment ce qu'il est arrivé.

J'ai l'impression qu'il touche à quelque chose d'essentiel.

– J'adore l'étymologie, dit-il en dégageant de grandes fougères, la science de l'origine des mots. On évoque souvent l'*Apocalypse*. Sais-tu ce que veut dire le mot Apocalypse ?

– La fin du monde ?

– Non, ça c'est le sens commun, pas le sens véritable. Du peu que je me souviens de mes cours de grec. Littéralement, l'Apocalypse signifie : « la levée du voile ». C'est-à-dire que le jour de l'Apocalypse sera révélé aux hommes ce qui est caché derrière le voile, la vérité derrière le tissu de mensonges.

– C'est troublant, dis-je, mais quand j'étais sur Terre 1, il y avait un grand débat pour ou contre le voile.

– C'est un signe parmi beaucoup d'autres. La levée du voile c'est la révélation ultime du réel à tous ceux qui vivaient dans l'illusion. C'est pour cela que l'Apocalypse est assimilée au Jour Dernier. On considère que voir la vérité tue.

Ses propos me rappellent une phrase de Philip K. Dick qu'avait notée Edmond Wells dans son *Encyclopédie* : « La réalité, c'est ce qui continue d'exister lorsqu'on cesse d'y croire. » Le monde objectif au-delà de toutes les croyances des hommes. De tous les voiles.

Ce que dit Saint-Exupéry me semble soudain logique. « Ils » nous mettent le nez dans nos croyances pour pouvoir nous révéler ensuite qu'il ne s'agit que de croyances. Après seulement ils peuvent nous montrer cette vérité que nous refusons d'admettre.

Reste la lueur sur la montagne.

– Mais quand nous jouons, c'est nous qui décidons de la manière dont nous jouons.

– En es-tu si sûr ? Rappelle-toi encore le tour de

224

magie de Méliès. Quelles que soient les coupes, tu obtiens un résultat déjà défini à l'avance...

De fait, ce tour était déroutant.

– Tu repars ce soir en expédition pédestre avec tes amis ? demande l'auteur du *Petit Prince*.

– Oui, peut-être, je ne sais pas encore. Il ne reste plus grand monde de notre petit groupe de Théonautes.

Méliès, Mata Hari... Raoul.

Saint-Exupéry hoche la tête, compréhensif. Je sais que le groupe des Aéronautes a perdu beaucoup de ses membres. Clément Ader, Montgolfier... Saint-Exupéry signale qu'il compte néanmoins poursuivre leur exploration. Il me propose d'accélérer le pas.

Nous voyons à bonne distance La Fayette, Surcouf et Marie Curie qui transportent des sacs à l'aspect très lourd. Les Aquanautes doivent être occupés à la construction de leur bateau. Nous nous lançons un salut complice, d'explorateurs aériens à explorateurs marins. À chacun son mode d'exploration.

Nous nous éloignons encore d'Olympie.

Saint-Exupéry me mène dans l'atelier secret où je les ai aidés jadis à coudre la toile de la montgolfière. De nouveaux outils sont visibles ainsi qu'une grande table sur laquelle une bâche recouvre un objet de taille imposante.

– Montgolfier avait fabriqué un aéronef propre à son temps, explique Saint-Exupéry. À l'époque, se soulever juste un peu au-dessus du sol suffisait à émerveiller les populations. Mais comme tu t'en es aperçu, ici, cela ne suffit pas. Et puis, on ne pouvait pas le diriger.

Nadar, qui était en train de bricoler à la lumière d'une bougie, abandonne son établi et vient me saluer. Il devait être là depuis le début de la pièce de théâtre.

– Content que tu sois à nouveau avec nous, dit l'ancien photographe autrefois ami de Jules Verne.

Nous nous donnons l'accolade.

– Tu lui as raconté ? demande-t-il à Saint-Exupéry.

– Je lui ai dit que le mot Apocalypse signifiait la levée du voile. C'est à toi que je laisse l'honneur de lui dévoiler notre nouvelle vérité.

Nadar, avec des gestes lents, ôte la grande bâche. Il révèle ainsi ce qui me semble un genre de vélo en bois nanti d'un système de courroies, lequel transmet un mouvement de pédalier à une hélice. Au-dessus, mes acolytes du moment ont placé une corbeille contenant une marmite.

– C'est quoi, tout ça ?

– Un engin de type montgolfière, mais dirigeable, celui-là, précise l'aviateur. Comme tu vois, ce vélo est doté de deux sièges, c'est un tandem. Il faut au moins être deux pour fournir l'énergie nécessaire à la propulsion de cette machine. Nous allons y travailler toute la nuit. Demain ou après-demain, mon aéronef sera prêt.

– Consentirais-tu à servir de second navigateur pour mon dirigeable-tandem à hélice ? demande Nadar.

– Pourquoi moi ?

– Il est arrivé un petit problème à mon associé, dit Saint-Exupéry.

Gustave Nadar soulève sa toge et exhibe un genou blessé.

– Le déicide ?

– Il m'a touché et je l'ai raté de peu. Cela dit, pour le dirigeable il faut des jambes en parfait état.

– Alors tu as vu le déicide ? Il est comment ?

– Il faisait sombre. Je n'ai vu que sa silhouette. Je n'ai même pas pu estimer sa taille.

Saint-Exupéry m'encourage :

– C'est important, Michael, nous avons besoin de

toi. Veux-tu te joindre à nous pour une nouvelle aventure aérienne ?

Le souvenir de notre chute dans l'océan me reste bien net en mémoire. Il comprend mon hésitation.

– ... Comme tout le monde, je suis les aventures de ton peuple dauphin, me rappelle-t-il. Je ne comprends pas toujours tes choix mais le spectacle et ses rebondissements sont prenants. Si tu n'étais pas si profondément concentré sur ton jeu, tu remarquerais vite que tous les autres élèves jettent régulièrement un coup d'œil en direction de tes dauphins. N'est-ce pas, Nadar ?

– C'est comme un feuilleton, confirme le photographe. Plus ton peuple endure d'épreuves, plus les autres s'avèrent injustes à son égard, plus c'est passionnant.

Que répondre ? J'ai créé un peuple dont les souffrances sont un « bon spectacle ». Je crois que je touche le fond.

– Et puis, malgré toutes les « difficultés » de l'histoire, tu es toujours vivant, alors que les hommes-scarabées et les hommes-lions, qui ont jadis été au faîte de leur gloire...

– ... et qui t'ont persécuté, complète Saint-Exupéry.

– ... ont finalement été éjectés du jeu. Même Proudhon, jadis en tête du triumvirat gagnant, Proudhon qui a fait trembler la planète tout entière avec ses hordes dévastatrices, est maintenant en mauvaise posture. Toi, tu es toujours là. Agaçant, affaibli, mais vivant.

– Pour combien de temps encore ? À la dernière partie, j'étais avant-dernier, rappelé-je.

Saint-Exupéry m'observe et ajoute :

– Nous, nous sommes des subversifs, ne l'oublie pas, Michael. Nous sommes hors norme. Alors ça agace tous ceux qui sont dans le système. Nous aurons toujours la majorité contre nous.

Je ne sais pas pourquoi il me parle maintenant du jeu. Il veut m'amadouer. Je m'efforce de m'intéresser au tandem.

— Vous le lancez comment, votre engin volant ?

— Il faut d'abord allumer le brasero supérieur pour gonfler la membrane à la manière d'une montgolfière, dit Nadar.

— On y grimpe alors, et, une fois dedans, on pédale pour déclencher l'hélice arrière. La manette, à l'avant sur le guidon, est reliée à une corde qui contrôle le gouvernail. Pour que tout fonctionne, il vaut mieux qu'il n'y ait pas trop de vent, sinon...

Je m'assieds à même le sol, un peu découragé.

— J'aurais vraiment besoin de vacances. L'épopée de mon Libérateur m'a complètement vidé.

— Tu retournes en expédition avec tes Théonautes, ce soir ?

Je vois leurs regards luire dans la lumière de la petite forge.

— Je ne sais pas. Je suis bien ici avec vous deux. Vous voulez partir quand ?

— Pas ce soir en tout cas. Pars avec eux. Nous, nous travaillerons à finaliser notre aéronef pour demain.

— Je peux vous aider ?

— Tu ne seras d'aucune utilité à l'atelier, alors que si tu t'avances plus haut dans la montagne, tu pourras guider le dirigeable lorsqu'il fonctionnera.

Pour achever de me réconforter, Saint-Exupéry pose sur mon épaule une main amicale.

— À cette heure, le *Perséphone aux Enfers* est sans doute sur le point de se terminer dans l'amphithéâtre. Retournes-y. Maintenant tu sais que tu as aussi une mission avec nous. Une mission pour plus tard.

Je regarde Nadar et Saint-Exupéry comme de nouveaux amis en option, au cas où les anciens me laisseraient tomber. Saint-Exupéry a le mot de la fin :

– Tout ce qui t'arrive est pour ton bien. Laisse-toi porter par les événements sans t'angoisser. Aussi surprenant que cela puisse paraître, même les épreuves les plus terribles, tout ce qui t'arrive est pour ton bien, répète-t-il. S'il y a un scénario écrit quelque part, je crois que le scénariste veut que nous réussissions.

Comme j'aimerais en être sûr. Comme j'aimerais savoir ce que le « Scénariste », comme il dit, a prévu pour mon personnage. Néanmoins la phrase s'imprime dans ma tête :

« Aussi surprenant que cela puisse paraître, même les épreuves les plus terribles, tout ce qui t'arrive est pour ton bien. »

42. ENCYCLOPÉDIE : ZODIAQUE

Objectivement, la roue du Zodiaque ne correspond à aucun phénomène astronomique scientifiquement reconnu. De surcroît, elle a été établie en un temps où la plupart des cultures considéraient la Terre comme le centre de l'univers. À l'époque, face à un point lumineux, les observateurs du ciel ne savaient pas distinguer s'il s'agissait d'une étoile, d'une planète ou d'une galaxie. Ils ne savaient pas différencier les distances entre une petite étoile proche et une grosse étoile lointaine.

Pourtant, ce principe de la roue avec ses douze symboles se retrouve en Babylonie (sous le nom de « Maison de la Lune »), en Égypte, en Israël, en Perse, chez les Grecs (« Roue de la Vie »), en Inde (« Roue du Paon »), au Tibet, en Chine (« Cercle des Animaux »), chez les Phéniciens (« Ceinture d'Ishtar »), en Amérique du Nord, en Amérique du Sud, dans les pays scandinaves, et jusque dans les prémices de la religion chrétienne (les douze signes du Zodiaque étant remplacés par les douze apôtres).

Des savants tels que Johannes Kepler, fondateur de l'astronomie moderne, mais aussi Newton y ont fait référence, n'hésitant pas à en déduire des horoscopes et des thèmes astraux. Au-delà de son aspect magique, cependant, le Zodiaque représente un cycle d'évolution symbolique, une proposition d'alchimie de l'évolution du monde.

Premier signe, le Bélier : C'est l'impulsion initiale. L'énergie du big-bang qui fonce et entraîne les autres.

Viennent ensuite :

2. Le Taureau : symbole de la puissance qui suit l'impulsion du Bélier.

3. Les Gémeaux : la séparation de cette force en deux bras et apparition d'une polarité, esprit et matière.

4. Le Cancer : l'apparition de l'élément liquide, les eaux, où la mère va déposer ses œufs.

5. Le Lion : l'éclosion de l'œuf et l'apparition de la vie, de la force, de l'énergie, du mouvement, de la chaleur.

6. La Vierge : la purification et la transformation de la matière première brute en matière subtile.

7. La Balance : l'équilibre et l'harmonisation des forces contraires.

8. Le Scorpion : la destruction par la fermentation et la désagrégation pour mieux renaître.

9. Le Sagittaire : la décantation.

10. Le Capricorne : l'élévation.

11. Le Verseau : la prise de conscience.

12. Les Poissons : le passage aux « eaux supérieu-

res » de la spiritualité, par opposition aux « eaux inférieures » précédentes du Cancer.

D'après les astrologues, l'an 2000 après J.-C. nous fait quitter l'ère des Poissons pour entrer dans celle du Verseau.

Edmond Wells,
Encyclopédie du Savoir Relatif et Absolu, Tome V.

43. NOUVELLE EXPÉDITION DU SOIR

Le spectacle théâtral se prolonge.

Le temps de ma promenade hors de la cité, un second entracte a eu lieu. Perséphone n'en finit pas d'être prisonnière des Enfers. Sa sortie vers la lumière est, une fois encore, une allégorie de la transmutation en douze phases de l'être sombre basique en l'être lumineux final. Combien de fois vont-ils symboliser notre initiation pour que nous devenions tous des « pierres philosophales » vivantes ? Combien de fois vont-ils nous suggérer la taille de notre matière première pour la transformer en or ?

Sur la scène, les chœurs de Charites entonnent enfin un air d'allégresse pour la sortie de Perséphone des Enfers et le retour des récoltes pour les hommes. Ainsi s'achève la pièce. Dans la libération et la vendange. Les artistes saluent sous les applaudissements polis. Les Saisons distribuent des fruits aux spectateurs.

Dehors, je guette la sortie de mes amis et Raoul ne tarde pas à venir vers moi. Je le regarde de biais.

— Tu ne vas pas me faire la tête toute la soirée parce que nos peuples se sont fait la guerre, quand même ?

Tu me fais penser à ces joueurs d'échecs qui souffrent quand on leur prend une pièce.

Je ne réponds pas. Il insiste :

– Je déteste que nous soyons en froid, Michael. Avec tout ce que nous avons vécu depuis... enfin tout ce que nos âmes ont vécu ensemble comme mortels, comme anges et comme dieux, nous n'allons quand même pas nous quereller pour l'histoire de quelques humains.

« C'est bien plus que "quelques humains" », pensé-je.

– Ce ne sont que les pièces d'un jeu... combien de fois devrai-je te le dire ?

Mata Hari, Gustave Eiffel et Georges Méliès nous ont rejoints.

Je toise Raoul. Juste un jeu ? Non, il se trompe. Ce n'est pas qu'un jeu. Ou alors l'univers dans son ensemble n'est qu'un jeu.

Notre petit groupe de théonautes s'achemine vers les confins d'Olympie où nous avons creusé le tunnel sous la muraille de la ville.

Pour cette nouvelle expédition nocturne, Raoul et Mata Hari marchent à l'avant, Gustave Eiffel et Georges Méliès à l'arrière. Deux nouveaux venus nous ont rejoints, et pas des moindres. Camille Claudel et Jean de La Fontaine. Personnellement j'ai toujours été un fan de ce dernier. Avec ses petites histoires d'animaux il arrivait à faire passer des idées très profondes, et ouvrait des champs de réflexion philosophique et politique immenses.

Un peu intimidé, je n'ose même pas l'approcher. De toute façon, il reste à l'avant avec Camille Claudel.

Nous marchons dans la forêt bleue en direction du fleuve. Nous avançons vite, trouvant chaque fois le chemin le plus court et le plus aisé. Nous passons le fleuve par le tunnel secret derrière le mur d'eau du torrent.

Nous apercevons de loin la Grande Chimère, toujours captivée par son propre reflet dans le miroir que Georges Méliès avait eu le génie de lui donner. Le monstre autrefois si féroce ne nous prête aucune attention et nous le dépassons le plus discrètement possible. Tel est le pouvoir des miroirs...

Cette marche qui nous avait causé tant de difficultés me paraît désormais facile. Comme si, une fois les épreuves franchies, on ne nous les reproposait plus.

Nous accédons rapidement aux champs de coquelicots.

Dans la zone rouge, au lieu de neuf, onze palais sont maintenant visibles. Se sont ajoutés ceux du cinéma et de l'humour. Nous nous réjouissons de retrouver nos deux amis, mués en chimères féminines. Marilyn est semblable à elle-même. Quant à Freddy, il est étonnant que ce rabbin alsacien à la blague facile ait pu se transformer en une gracile jeune fille, tout en conservant quelques traits de son visage ancien.

Le couple a perdu l'usage de la parole mais, par signes, tous deux tentent de nous prévenir qu'un péril nous menace dans le territoire suivant. Ils insistent pour que nous prenions des sandalettes de corde, nous affirmant par gestes qu'elles nous seront nécessaires plus tard. Nous les remercions.

La nuit tombe, et en attendant le lever du deuxième soleil nous nous disposons en cercle, éclairés par une grappe de lucioles que nous disposons au centre, comme un feu.

Mata Hari vient s'asseoir près de moi.

– Quand tu verras le Grand Dieu, là-haut, tu lui demanderas quoi ?

— Je n'y ai pas encore pensé. Laisse-moi réfléchir... Et toi ?

— Je lui demanderai pourquoi il y a des salauds. Pourquoi Hitler ? Pourquoi le terrorisme ? Pourquoi le fanatisme ? Pourquoi la cruauté gratuite ? Pourquoi la méchanceté ? À quoi cela sert « historiquement » qu'il y ait autant de souffrances...

— Je crois avoir un début de réponse, assure Jean de La Fontaine se mêlant à notre conversation, le mal sert peut-être à révéler le bien. Il n'y a que dans l'adversité qu'on découvre la vraie valeur des êtres.

Face à l'incompréhension générale, l'écrivain se propose d'inventer une fable.

— C'est une luciole qui va voir son papa luciole et qui lance : « Dis papa, est-ce que je brille ? »

Jean de La Fontaine s'empare d'une poignée de lucioles et les place dans le creux de sa main pour illustrer son propos.

— Le père répond : « Ici je ne peux pas me rendre compte, si tu veux que je voie ta lumière, il faut aller dans l'obscurité. » Alors la petite luciole gagne les ténèbres et se met à briller seule dans le noir.

D'un geste, Jean de La Fontaine retire une luciole et l'éloigne des autres. Il la pose sur l'extrémité de son index.

— Et là, en effet, tout le monde peut voir sa lumière briller.

— Elle est jolie ton histoire, dit Mata Hari, songeuse.

— Mais elle n'est pas terminée. Car la petite luciole, seule dans le noir après avoir brillé, prend conscience des ténèbres qui l'entourent. Alors elle panique. Et elle lance un appel déchirant : « Papa, papa, pourquoi m'as-tu abandonnée ? »

— C'est fini ?

– Non, car le père lui répond : « Je ne t'ai pas abandonnée, c'est toi qui as voulu me montrer comme tu savais briller. »

– Et c'est quoi la morale ?

– Ce n'est que dans le noir qu'on voit la lumière, murmure Mata Hari.

– C'est en se confrontant à l'iniquité, la lâcheté, la bêtise et la barbarie, que l'on se révèle vraiment. Qui repérerait un sage dans un monde où tout va bien ?

J'ai le souvenir d'un épisode étonnant de ma vie de mortel, alors que nous, les thanatonautes, avions rapporté le secret du jugement des âmes et de leurs réincarnations en fonction de leurs bonnes ou de leurs mauvaises actions. L'information avait créé un vent de panique mondiale, et tout le monde était devenu « gentil » par désir d'être bien réincarné. Les mendiants recevaient tellement de dons qu'ils s'étaient équipés d'un récepteur de cartes de crédit. Les gens ne savaient plus comment faire le bien, mais c'était par égoïsme, par intérêt, par peur de se réincarner en crapauds. Mon amie Steffania, devant tant de sentiments sucrés et de comportements mielleux, avait cru bon de restaurer le hard rock et le vandalisme, pour qu'à nouveau il y ait du mérite à bien se comporter[1].

Jean de La Fontaine repose la luciole parmi ses sœurs.

– Imaginez un monde parfait... Imaginez un monde stable, imaginez un monde heureux où il n'y aurait pas d'accidents, pas de massacres, pas de salauds... ce monde vous semblerait-il intéressant ?

Nous n'osons répondre. Pour ma part, ayant inventé jadis l'île de la Tranquillité, je pense qu'on peut évoluer sans stress. Il faut seulement avoir envie d'aller

---

1. Voir *Les Thanatonautes*.

plus loin, afin de trouver une motivation autre que la peur.

— Alors pour toi, Dieu, le Grand Dieu, nous envoie des épreuves pour nous révéler ? demande Camille Claudel.

Jean de La Fontaine hoche la tête.

— Même si ce n'est pas la vérité, l'idée présente l'avantage d'être un début d'explication rassurant, conclut-il.

Le vent se met à souffler un peu plus fort, et nous frissonnons.

— Moi, si je voyais Dieu, dit Camille Claudel, je lui demanderais pourquoi l'humain est doté de cette forme particulière. Pourquoi nous avons cinq doigts, par exemple. Pourquoi pas quatre, ou trois, ou six ?

Elle montre sa main musclée et actionne chaque phalange comme s'il s'agissait d'une machinerie complexe.

— Les grenouilles en ont quatre, rappelle Raoul.

— Bonne question, dit Gustave Eiffel. Il me semble qu'il faut un doigt central servant d'appui. Et deux doigts sur les côtés comme soutien. Cette architecture mécanique a dû être conçue pour notre période primate, lorsque nous utilisions nos mains pour marcher, nous nous appuyions ainsi sur l'avant.

Et Gustave Eiffel mime un gorille.

— Et si c'était le hasard ? dit Mata Hari, si nous avions cinq doigts sans raison précise ?

— Il n'y a aucun animal qui dispose de six ou sept doigts, que je sache, rappelé-je.

— La forme de la main permet de faire pince, mais aussi réceptacle. C'est pratique, avec cinq doigts on peut vraiment disposer d'un outil multi-usage, dit Georges Méliès en tirant une carte de sa manche et en la faisant apparaître et disparaître.

236

– Est-ce que notre forme physique est vraiment la plus adaptée au développement de l'intelligence ? Pourquoi la tête est-elle en haut ?

Chacun lance son idée :

– Pour prendre le soleil.

– Pour recevoir les rayons cosmiques.

– Pour voir plus loin.

– Pour que le cerveau soit loin du sol où les dangers pullulent, serpents et cailloux, par exemple.

Camille Claudel n'est pas convaincue.

– Pourquoi n'avons-nous pas le cerveau au centre pour faire rayonner le système nerveux dans tout le reste du corps ? Le fait que le cerveau soit au sommet entraîne la fabrication de nerfs très longs et donc fragiles.

– Moi, si je voyais le Grand Dieu là-haut, dit Raoul, je lui demanderais quel est le but de l'évolution de l'univers.

– La complexité, dit Mata Hari, songeuse.

– Pourquoi pas la beauté, comme l'a suggéré Van Gogh ?

– Ou la conscience.

– Ou l'amusement. Il a peut-être créé ce monde comme un tamagoshi, un spectacle vivant qui évolue sans lui et qu'il regarde de temps en temps pour se distraire.

L'idée amuse tout le monde.

– Et toi, Michael, tu as trouvé ce que tu demanderas au Grand Dieu quand tu le verras ? interroge Mata Hari.

Je réfléchis à ma réponse puis :

– Je lui demanderai : « Comment tu vas ? »

Tout le monde rit. Je poursuis :

– Après tout, nous sommes comme des enfants face à leur papa. Nous prions pour obtenir des jouets, nous redoutons qu'il nous administre des fessées, nous voulons lui plaire, suivre son exemple. Mais même à son papa, on peut demander « Et toi papa, comment ça va ? »

Ils ne rient plus.

– Si Dieu est un être vivant, il a sa vie. Donc, peut-être ses propres questions, ses propres doutes, ses propres angoisses, ses propres ambitions, ses propres déceptions. Comme nos pères jadis lorsque nous étions mortels. Nous les vénérions, nous les craignions, mais nous ne nous mettions pas à leur place. Aussi, plutôt que de demander à Dieu en quoi il peut nous aider, je lui demanderais en quoi je peux l'aider.

Raoul sourit, narquois.

– Tu serais pas un peu fayot, toi ?

Les autres me regardent, sans être vraiment convaincus. J'ajoute :

– Si j'étais Dieu, je n'aimerais pas être vénéré, admiré, ou élevé au rang d'icône, j'aimerais qu'on me trouve... sympa. Comme un papa sympa.

Cette fois tout le monde s'esclaffe.

– J'aimerais que mes sujets se demandent comment m'aider plutôt que comment m'aimer.

– Tu aimerais être « aidé » par ton peuple dauphin ? dit Jean de La Fontaine.

– Oui... Et je suis déjà agacé par l'amour inconditionnel que me portent par moments certains de mes sujets sans me connaître. Ils me vénèrent sans savoir pourquoi.

– En fait, dit Raoul, tu aimerais que lorsqu'ils te prient, ils prient Michael Pinson, et te visualisent tel que tu es réellement.

– Tout à fait. J'aimerais qu'ils s'intéressent à mon passé, à mes problèmes ici en Olympe, qu'ils souhaitent que je gagne la partie d'Y.

Georges Méliès approuve en souriant.

– Moi aussi, dit La Fontaine, quand ils dressent des idoles à mon image, et qu'ils me représentent avec une tête de mouette, j'éprouve une gêne.

Chacun de nous a en souvenir les prières ferventes, les psalmodies, les supplications, les sacrifices humains ou animaux. Nous avons en tête nos prêtres, nos prophètes péremptoires dans l'interprétation de nos pensées. Nous nous souvenons des soi-disant hérétiques tués pour nous honorer.

Mata Hari lisse ses longs cheveux soyeux.

– Les miens, vous savez ce qu'ils leur font aux hérétiques ? Ils les abandonnent en forêt pour qu'ils soient dévorés par les loups.

– Moi, ils les jettent du haut d'un rocher élevé, précise Raoul, dieu des hommes-aigles. Ils considèrent que si le dieu doit les sauver, il leur donnera des ailes avant qu'ils touchent le sol.

– Moi, dit Camille Claudel, mes hommes-oursins précipitent à l'eau avec une pierre au cou tous ceux qui doutent de mon existence. Ils considèrent que si le dieu veut les sauver il les aidera à remonter.

– Mes hommes-termites, dit Gustave Eiffel, enterrent vivants les hérétiques.

– Pour les miens un bûcher, c'est plus classique, complète Georges Méliès.

– Décapitation chez moi, annonce Jean de La Fontaine.

– Tu voudrais quoi ? qu'ils soient non plus tes adorateurs, mais tes... amis ? demande Mata Hari.

À nouveau quelques rires.

– Des amis ? Oui. C'est exactement ça. Je suis pour une « amitié » avec Dieu.

– Tu as vu le grand œil, dit Mata Hari. Peut-on être ami avec ça ?

Je pense à l'*Encyclopédie* et à Edmond Wells. Il disait si je me souviens bien : « Pour moi Dieu est la dimension au-dessus, comme la molécule est la dimension au-dessus de l'atome. » L'atome peut-il être ami avec la molécule qui l'englobe... ?

— Oui, une amitié avec Dieu, insisté-je. Comme un enfant peut être ami avec son père.

Ma suggestion paraît si saugrenue que certains haussent les épaules. « Une amitié avec Dieu ». Nous n'avons pas été conditionnés en ce sens. Il y a tant de passion autour de la religion que la notion d'amitié paraît dérisoire. Pourtant je prends soudain conscience que, pour moi, le mot « amitié » semble plus fort que le mot « amour ». Dans le mot « amitié » il n'y a pas de prise de possession de l'autre. Il y a une manière de fonctionner ensemble et de s'estimer mutuellement. Côte à côte. C'est peut-être pour cela que nous n'avons jamais associé ces deux mots : « dieu » et « amitié ». Mais pour moi un dieu idéal peut être un dieu ami. D'ailleurs je n'ai jamais perçu mes hommes-dauphins comme mes marionnettes, ou mes sujets. Au contraire, plus ils ont souffert plus je les ai trouvés proches de moi, des compagnons de destin. Mes amis les mortels.

Au loin, le soleil nouveau commence à faire son apparition, alors que 1 heure du matin résonne au beffroi de Chronos en Olympie.

Nous reprenons notre marche.

Un sentier serpente vers la montagne.

Raoul vient vers moi.

— Sacré Michael, tu me feras toujours rire. Par moments je me demande si tu n'es pas un génie... à ta manière. Tu as beaucoup changé, tu sais, depuis que je te connais.

— Tu as beaucoup changé toi aussi, Raoul.

Le sentier devient escarpé et abrupt. Nous arrivons dans une zone en pente raide où nous sommes pratiquement obligés de nous aider de nos mains pour ne pas chuter, nous grimpons en alpinistes. Nous nous taisons, de plus en plus essoufflés.

Notre ascension nous mène vers un plateau volcanique ponctué de petits cratères orange et fumants.

Nous sommes parvenus au monde orange.

ŒUVRE À L'ORANGE

44. EN TERRE ORANGE

Orange.

Tout est orange. Le sol se craquelle par endroits, laissant échapper des coulées de lave rougeâtre. Une odeur de soufre agresse les narines, et nous oblige à nous masquer le nez avec nos toges. Heureusement, Freddy et Marilyn nous ont nantis de bonnes semelles car nous devinons un sol bouillant sous nos pieds.

Nous progressons dans un brouillard de vapeurs et de fumerolles avec, en tête, Mata Hari, toujours la plus intrépide des théonautes.

— Tu vois quelque chose ?

— Rien pour l'instant, dit-elle.

Nous longeons un précipice, éclairés par la lumière de plus en plus vive du deuxième soleil sans laquelle nous aurions trébuché et glissé dans le vide.

— Attendez ! lance soudain l'ancienne danseuse. Il y a des gens devant.

Nous nous figeons, ankhs en position de tir. Jean de La Fontaine tient le sien comme un sabre japonais, appuyé sur son coude. Camille Claudel le cache dans un repli de sa toge, comme si elle voulait surprendre.

— Que vois-tu exactement ? demande Raoul.

— Je ne sais pas. Je discerne des formes, des silhouettes humaines, mais rien qui bouge.

– Hé ! Vous devant ! Vous êtes qui ?

Pas de réponse.

Nous avançons lentement et, au travers des vapeurs et des fumerolles opaques, je distingue vaguement à mon tour des dizaines, peut-être des centaines, de figures immobiles qui semblent nous observer.

Un bruit.

Nous nous arrêtons, de nouveau prêts à tirer. Pourquoi ces gens ne bougent-ils pas ? Nous n'allons pas passer des heures à attendre ainsi. Agacé, je vise une silhouette et je tire. La forme se désagrège aussitôt dans un bruit de rocaille. Après une hésitation je m'approche et bute sur une pierre ronde. Une tête ! Je tressaille d'horreur. Je ne peux m'empêcher de la ramasser et m'aperçois que ce n'est pas n'importe quelle tête. Je reconnais ce visage altier pour l'avoir vu sur des gravures. Galilée.

– Ce ne sont pas des êtres vivants, ce sont des statues ! lancé-je aux autres.

Nous parcourons le champ, remarquant d'autres statues de célébrités parmi une foule d'inconnus. Elles sont toutes vêtues d'une toge, disposées au hasard, personnages célèbres et anonymes mélangés.

– Extraordinaire ! s'exclame Camille Claudel. Aucune erreur de proportion. Ceux qui les ont créées ont respecté à la perfection la place du plus petit muscle.

– On discerne même des veinules aux poignets et des poils aux oreilles, ajoute Gustave Eiffel qui lui aussi a édifié des statues, notamment la structure interne de la statue de la Liberté.

– Celui-là a même des ongles striés, s'émerveille, puis s'inquiète Méliès.

– Et celui-ci a la bouche grande ouverte et on voit

la glotte à l'intérieur ainsi que toutes ses dents, remarque Raoul.

Pour ma part, je m'intéresse à une femme, l'air terrorisé, qui, de la main, semble vouloir se protéger d'une menace. Elle aussi, saisie sur le point de crier, laisse apercevoir ses dents et sa langue. Sur ses mains, les empreintes digitales n'ont pas été oubliées. Je tente d'imaginer quel habile burin a ciselé ces fines torsades parallèles.

– On dirait qu'ils ont été sculptés dans des positions de peur ou de fuite, s'inquiète Jean de La Fontaine.

Troublés, nous examinons ensemble ces figures si parfaites, et soudain, Georges Méliès se fige.

– Ce ne sont pas des sculptures, lâche-t-il.

Tous, nous sommes parcourus du même frisson. Nous avions compris en même temps que lui.

– Ce sont des élèves de promotions précédentes qui ont été... pétrifiés.

Un silence horrifié s'installe. De la sueur froide coule dans mon dos. J'observe ces visages figés et il me semble voir un œil bouger pour me regarder !

Je recule. Ce n'est pas une illusion. Les autres théonautes ont eu la même sensation.

– Ils... Ils ne sont pas morts, articule Georges Méliès.

– Ces gens ont été transformés en rocs, mais ils sont encore conscients à l'intérieur de la pierre, ajoute Raoul.

Bon sang ! Se muer en chimère, même muette, c'est encore une perspective supportable, mais se retrouver pétrifié pour l'éternité, créature pensante emprisonnée dans la pierre...

L'épouvante nous gagne.

Je me souviens que sur Terre 1, mortel Michael Pinson, j'ai été frappé de spondylite ankylosante, une maladie qui progressivement me soudait les os. J'en avais ressenti la première crise dès l'âge de 8 ans. Ensuite, les symptômes étaient revenus régulièrement, gagnant l'articulation d'un orteil ou d'une phalange, et surtout, rigidifiant mon dos. Avec le temps, j'ai éprouvé de plus en plus de mal à me baisser. La mort est cependant venue me chercher avant que la maladie se soit généralisée. Mais toute ma vie, j'ai éprouvé cette hantise : finir immobile. Un rhumatologue m'avait déclaré que cette maladie n'était pas assez répandue pour donner lieu à des recherches rentables. En conséquence, je n'avais pas à espérer de remède. Un jour, m'avait-il averti, on me poserait sans doute cette question étrange : « Assis, debout ou couché ? », qui signifierait que ma maladie en était arrivée au point où il ne me restait plus qu'à choisir, sans pouvoir ensuite en changer jamais, sans appel, dans quelle position mes vertèbres se souderaient pour de bon. Et tout le reste de ma vie, j'aurais dû rester debout, assis ou couché. J'avais consulté un centre spécialisé dans ce genre d'affections. Ceux qui avaient opté pour rester debout dormaient en position verticale dans des hamacs suspendus au plafond, d'où dépassaient leurs jambes. Comme des chauves-souris. Je n'avais trouvé qu'un avantage à ma maladie : elle m'avait permis d'échapper au service militaire. Et voilà qu'à nouveau, je suis menacé de pétrification.

Je considère ces malheureux, dans le champ fumant.

Comment, pourquoi, sous quelle forme ce sort s'est-il abattu sur eux ?

45. MYTHOLOGIE : MÉDUSE

Médousa était une jeune fille d'une beauté remarquable. Sa magnifique chevelure était devenue légendaire. Si bien que Poséidon rêva de la posséder. Il se transforma alors en oiseau, l'enleva et la viola dans le temple d'Athéna. Exaspérée par cette profanation, la déesse, au lieu d'en vouloir au puissant dieu, retourna son courroux contre sa rivale. Elle transforma Médousa en gorgone. Ses superbes cheveux devinrent autant de fins serpents. Elle incrusta dans sa bouche des dents de sanglier et des ongles en bronze sur ses mains. Athéna frappa encore Médousa d'une malédiction : désormais elle pétrifierait tous ceux qui auraient le malheur de la regarder en face. Médousa fut la seule des trois Gorgones à être mortelle. Si bien qu'Athéna finit par lui envoyer un héros, Persée, pour la tuer. Celui-ci, averti du pouvoir de Médousa, la combattit en se concentrant sur le reflet poli de son bouclier. Il put ainsi éviter de fixer directement son regard. Il l'approcha puis la décapita.

Du corps sans tête jaillirent le géant Chrysaor, aussi nommé « lame de feu », et le cheval ailé Pégase, qui d'un coup de sabot dans le ciel pouvait faire jaillir la pluie, ces deux êtres magiques ayant été conçus par Poséidon. Persée offrit la tête de Médousa à la déesse Athéna qui l'accrocha ensuite en guise de décoration sur son bouclier.

Athéna pour sa part recueillit le sang de Médousa et le donna au guérisseur Asclépios. Le sang qui provenait de la veine droite de la Gorgone était capable de rendre la vie. Celui qui venait de la veine gauche était un poison foudroyant.

D'après l'historien Pausanias, Médousa était une reine qui aurait réellement vécu près du lac Tritonide, qui se trouve actuellement en Libye. Gênant l'expansion maritime grecque, elle aurait été assassinée par un jeune prince péloponnésien.

Edmond Wells,
Encyclopédie du Savoir Relatif et Absolu,
Tome V (d'après Francis Razorback)

46. FERMER LES YEUX

Bruissements d'ailes, sifflements de serpents, froissements d'étoffe, dans toute cette fumée volcanique, il nous est difficile de discerner d'où vient la menace que tous nous pressentons proche.

– Fermez les yeux, c'est Méduse ! clamé-je, en serrant moi-même les paupières.

– Tenons-nous par la main et ne bougeons plus, renchérit Raoul.

Nous nous cherchons. Nos mains s'effleurent, s'agrippent. Yeux clos, nous formons une ronde, Mata Hari à ma gauche, Raoul à ma droite. Les bruits d'ailes s'amplifient. Je sens la main de Mata Hari se crisper dans la mienne.

Soudain une présence approche. Cela vole, atterrit, puis avance en raclant le sol.

Attente.

Elle est là, j'en suis sûr, toute proche de nous. Son odeur est pestilentielle. Si c'est bien la Méduse qu'Edmond Wells a évoquée dans son *Encyclopédie*, Athéna en a rajouté dans sa vengeance.

– Vous !..., articule la Gorgone d'une voix lugubre et caverneuse, comme si des graviers encombraient sa gorge. Vous !..., répète-t-elle avec dégoût. Vous vous agitez sans cesse. Vous grouillez partout. Vous gesticulez. Vous faites du bruit avec vos bouches qui n'arrêtent pas de s'ouvrir et de se fermer. Vous remuez tout le temps les doigts, les bras et les jambes.

Sa voix siffle par instants et ses sifflements sont aussitôt repris en écho par les serpents de ses cheveux. Edmond Wells m'avait dit un jour : « Finalement, tous les méchants des légendes grecques, Minotaure, Méduse, Cyclope, ne sont en fait que la symbolisation de braves gens qui ont eu pour seuls torts d'être envahis par les Grecs et de ne plus être vivants pour contester les calomnies inventées par les historiens officiels. » La légende prétend que Persée a coupé la tête de Méduse, donc, ou celle-ci a repoussé, ou la légende est fausse.

— Pourquoi ne pas essayer de reculer pour rentrer ? suggère Gustave Eiffel.

— Pourquoi ? Parce que les yeux fermés, nous risquons de tomber dans un gouffre de lave bouillante, rétorque Raoul.

— Alors, on fait quoi ? demande encore Eiffel.

— Pour l'instant, on ne bouge pas et on ferme les yeux, dis-je.

Méduse a fait le tour de notre groupe, et se dirige vers moi. Je sens son visage tout proche du mien.

— Ah ! ah !... Serais-je tombée sur des humains raisonnables ? ricane-t-elle. Des humains qui réfléchissent avant d'agir ou encore des humains qui entre deux supplices optent pour celui qui leur paraît le moins douloureux ? Car tel est le choix que je vous propose : brûler dans la lave ou finir pétrifiés. Quoique... à bien y réfléchir, tomber dans la lave revient à terminer de toute manière pétrifiés.

Elle éclate d'un rire étrange, mélange de croassement d'oiseau et de grognement de sanglier. Les mains de mes deux amis broient les miennes. Nous sommes tendus à en trembler.

— Au début, pétrifier les gens qui risquaient un regard vers moi m'a surprise. Et puis... je m'y suis habituée. Pour tout dire, j'avais déjà quelques prédispositions. J'ai toujours eu du goût pour la sculpture.

Elle doit être proche de Camille Claudel, car j'entends celle-ci respirer plus fort. Je devine qu'elle lui caresse les cheveux.

— Je me suis d'abord attaquée à la sculpture d'un arbuste. J'avais pris pour modèle un véritable arbuste. Mais le vent en agitait perpétuellement les feuilles. C'était très agaçant. Très.

Elle abandonne Camille Claudel et s'approche de Jean de La Fontaine, auteur du « Chêne et [du] Roseau ».

— Alors je l'ai coupé pour le placer dans une pièce fermée, loin des courants d'air. Enfin il ne bougeait plus.

La voici maintenant contre Georges Méliès.

— J'ai ensuite voulu sculpter des poissons. J'ai installé un aquarium. Mais ses occupants circulaient sans arrêt dans l'eau, en avant en arrière, dessus dessous. Alors j'ai gelé l'eau et ils se sont enfin immobilisés.

Elle frôle Mata Hari.

— J'ai voulu sculpter un chien. Lui aussi ne faisait que remuer. Il me léchait la main. Il mangeait. Il s'agitait même en dormant. Alors je l'ai empaillé.

Elle revient à Camille Claudel.

— Grâce à Athéna tous ces problèmes sont résolus. Je pétrifie sans geler ni naturaliser. Je peux désormais réussir mes œuvres d'art et sculpter sans difficulté le modèle le plus passionnant. L'humain.

Nous osons à peine respirer. Elle poursuit son discours :

— Sur votre Terre 1, je suis intervenue à plusieurs reprises. Après l'humain, j'ai sculpté les foules. Personne n'avait jamais osé le faire. J'étais là à Sodome et Gomorrhe, et j'ai transformé Édith, la femme de Loth, en statue de sel. Elle avait été prévenue : si, en quittant la ville, elle se retournait pour un dernier regard, il lui arriverait malheur. Elle s'est retournée et elle m'a vue...

À présent, nous la sentons planer à hauteur de nos têtes.

– À Pompéi, j'ai réussi un coup de maître, toute une ville, ses maisons, ses habitants, ses animaux, pétrifiés pour l'éternité ! Maintenant, mon rêve serait de figer un pays, une civilisation, une planète entière. Quel noble idéal pour une sculptrice ambitieuse, n'est-ce pas mademoiselle Claudel ? Aucun détail ne serait omis. Il y aurait des voitures de pierre, des arbres de pierre, des chiens de pierre, des pigeons de pierre, des fleuves de pierre, des vélos de pierre, des hommes et des femmes de pierre... Durs, solides, et enfin apaisés.

Méduse atterrit et tourne autour de notre ronde. Quand elle passe près de moi, je sens sur mon cou sa main couverte d'écailles. Elle m'attrape la tête et tire sur mes paupières pour les soulever.

– Toi ! Regarde-moi, regarde-moi ! ordonne-t-elle.

Des doigts crochus effleurent mes cheveux. Une multitude de serpents me frôlent.

Penser à autre chose. Se poser des questions autres :

Qui a tué Jules Verne ?

Qui est Dieu ?

Qui est le déicide ?

Quelle est la solution de l'énigme « Mieux que Dieu, pire que le diable... » ?

Est-ce qu'Aphrodite m'aime ?

Et même celle qui a hanté toute ma vie :

Au fait, qu'est-ce que je fais là ?

Je demande à Georges Méliès s'il ne dispose pas

d'un miroir, car c'est ainsi, paraît-il, que Persée aurait vaincu la Gorgone.

– Non, murmure-t-il, désolé.

– Tiens bon, Michael, tiens bon ! martèle Raoul.

Les ongles de bronze griffent la fragile membrane qui protège mes yeux.

– Regarde-moi ! Maintenant !

Elle tire d'un coup sec mes deux paupières de ses doigts griffus et je la vois.

Cauchemar.

Une vieille femme au visage torturé de rides. Ses cheveux forment une longue tignasse de fins serpents. Elle est vêtue d'une toge orange. Ses canines, comme des défenses de sanglier, sortent de sa bouche pour se recourber sur ses joues.

Dire que cet être affreux a jadis été une ravissante jeune fille dont le seul tort fut d'exciter la convoitise de Poséidon. Elle écarquille des yeux immenses, ravie de ma défaite, et sa bouche se tord en un sourire satisfait.

C'est fini. Tout est fini pour moi. Je suis promis au destin de statue.

Je commence à sentir des fourmis dans les pieds. Un engourdissement part de mes chevilles, remonte mes mollets, gagne mes jambes. Je me pétrifie. Je garde les yeux fermés pour ne pas accélérer le processus.

J'ai été Michael Pinson, j'ai été ange, j'ai été élève dieu, et pour finir, je serai à jamais statue, entièrement conscient, cerveau intact, mais incapable de parler ou de me mouvoir. Disposant seulement de la mobilité de mes yeux pour suivre l'arrivée des touristes en terre orange. Comme j'envie Marilyn Monroe et Freddy Meyer, devenir muse me paraît un sort bien préférable au mien. Être la muse de n'importe quoi, mais au moins pouvoir bouger, marcher, courir.

Je ne ressens plus rien dans la partie inférieure. En cet instant ultime de ma vie, je n'éprouve pas de remords, que des regrets. J'aurais dû étreindre Aphrodite lorsqu'elle est venue pleurer sur mon épaule. J'aurais dû bâtir une invincible armée dauphin en usant de toutes nos avancées techniques et placer à sa tête des généraux fins stratèges, impitoyables envers l'ennemi. Mes gens auraient eu alors une patrie puissante. Ils auraient été craints, respectés, et non plus seulement tolérés. Être fort d'abord, bon après. Sans moi, que vont devenir les hommes-dauphins ?

C'est la fin.

Méduse s'acharne maintenant sur Camille Claudel et la sculptrice hurle que non, non, elle ne veut pas devenir statue.

La torpeur gagne mon ventre. Il est trop tard pour lutter encore. J'ose ouvrir les yeux et je vois mes pieds en pierre, mes genoux en pierre, mes jambes en pierre. Déjà, mes poumons s'engourdissent.

— Nous y passerons tous les uns après les autres, dit Jean de La Fontaine.

— Il existe sûrement une solution, répond Méliès sans trop de conviction.

Mon sort est pire que celui que connaîtra le déicide. Les tueurs sont moins punis que les explorateurs. J'aurais même préféré porter le monde comme Atlas ou rouler sans cesse mon rocher comme Sisyphe...

Mes mains sont paralysées. Avec difficulté, je tourne encore le cou.

— Allons, laissez-vous faire. Pourquoi me résister ? Vous serez enfin tranquille, vous connaîtrez enfin la paix, ouvrez les yeux, ouvrez les yeux, susurre-t-elle, enjôleuse.

Un cri et un rire de la méduse laissent penser que la sculptrice a craqué. Elle l'a vue.

Mes compagnons se tiennent encore par les mains, de plus en plus crispés.

Une sensation de fraîcheur sinistre monte dans mon cou. Mes muscles faciaux se durcissent. Mes paupières sont lourdes comme des rochers. Elles tombent et ne se relèvent plus. Mes oreilles fonctionnent encore car j'entends toujours crier Camille Claudel.

Et puis le son est coupé lui aussi. Je n'aurai donc même pas l'avantage de certaines statues qui me semblaient bouger les yeux et entendre.

Tout s'arrête. J'attends, il ne se passe plus rien et le temps commence à s'écouler sans que je sache ce qu'il se passe autour de moi. Je suis immobile pour l'éternité, yeux fermés. Vivant, conscient, incapable de percevoir l'extérieur. Je ne pourrai probablement même pas dormir. Combien de temps vais-je rester comme ça ? Une heure, une journée, une année, un siècle, l'éternité ?

Je vais devenir fou. Mes seules échappatoires seront mes souvenirs et mon imaginaire. Moi qui ai toujours voulu réfléchir en paix, je ne vais plus faire que ça. Réfléchir en paix. Immobile. Sourd. Muet. Conscient.

Fin de mon activité d'être animé. J'ai perdu. Tout perdu.

47. ENCYCLOPÉDIE : LE DUR ET LE MOU

Chez les Inuits et chez la plupart des peuples chasseurs-cueilleurs, il est interdit de casser les os de la viande qu'on consomme.

Ce rituel correspond à l'idée que, si l'on enterre les

os, la terre nourricière en fera repousser la chair et reformera l'animal dans son ensemble.

Cette croyance est probablement issue de l'observation des arbres. Les arbres perdent en hiver leur « chair » de feuillage. Restent durant la période froide les zones dures, les « os » de l'arbre, puisqu'on voit les branches nues.

Dans la même logique on retrouve dans plusieurs rituels chamaniques l'idée que si l'on enterre le cadavre avec tous ses os intacts, la chair pourra repousser sur lui et il pourra renaître.

Edmond Wells,
Encyclopédie du Savoir Relatif et Absolu, Tome V.

48. JUSTE UN BAISER

Je suis toujours immobile. Dans ma tête passe une première fois le film de ma vie. Mais mon affolement est tel que je suis incapable de réfléchir clairement.

Je n'ai plus de perception du monde extérieur. Quel dommage que je n'aie pas gardé les yeux ouverts.

Il s'est peut-être déjà écoulé une semaine. Je n'ai plus conscience du temps. Les autres doivent être déjà repartis. Ou ils sont eux aussi transformés en statues.

Se calmer. Utiliser la technique de Samadhi décrite dans l'*Encyclopédie*. Chasser une à une toutes les pensées.

J'essaye, et n'y parviens pas. Si seulement je pouvais savoir ce qu'il se passe à l'extérieur. Si seulement je pouvais savoir si les autres sont là, s'il fait jour ou s'il fait nuit.

Il faut que j'arrive à méditer. Chasser les pensées comme des nuages soufflés par le vent. Ne pas songer à ma situation.

JE VAIS DEVENIR FOU.

Mon (Grand) Dieu, si vous m'entendez, je vous en prie.

Sortez-moi de là.

SORTEZ-MOI DE LÀ ! ! !

C'est alors qu'il se produit un événement étonnant. Je sens un contact au niveau de la bouche. Un baiser. Un long baiser au goût de fruit sur mes lèvres. Et ce baiser irradie dans mon corps et me réchauffe tout entier. Aphrodite serait-elle accourue pour me sauver au tout dernier moment ?

Son baiser possède l'incroyable vertu de me libérer. Ma bouche retrouve sa sensibilité comme après une anesthésie chez le dentiste. Je sens de la chaleur humide sur mes lèvres. Mon cou se déplace. Mes paupières s'allègent et je découvre qui est accouru à mon aide.

Ce n'est pas la déesse de l'Amour.

Mata Hari.

Les yeux clos, elle s'est collée contre moi. Elle m'étreint et m'embrasse, me transmettant une onde bienfaisante qui m'envahit et me tire de ma gangue de pierre. Je suis Belle au Bois Dormant réveillée par un baiser. À nouveau mes doigts s'agitent, mon torse se meut. Je retrouve mon corps. Je retrouve mon sang. L'air emplit à nouveau mes poumons et je tousse de la poussière.

Une fraîche main féminine m'entraîne. Il y a des moments où il ne faut surtout pas réfléchir. Ensemble, les yeux fermés, nous courons parmi les cratères de lave. J'entends d'autres pas. Les théonautes sont donc encore là, autour de nous.

Méduse nous poursuit à pas lourds. Elle vole et j'entends ses longues ailes brasser l'air derrière moi.

J'ose entrouvrir les yeux et vois enfin devant moi.

La main fraîche qui me tire est celle de Freddy Meyer transformé en muse. Il me tire, je tiens Mata Hari. Elle tire à son tour tous les autres se tenant par la main. Juste retour des choses : jadis, Freddy l'aveugle, c'était nous qui le guidions...

Quand nous rejoignons la pente abrupte qui mène au territoire rouge, Méduse renonce à nous poursuivre. Son royaume est là-haut et elle ne le quitte pas.

Nous dévalons le versant à pic. Nous rejoignons le champ de coquelicots. Nous courons, et jamais je n'ai été aussi content de posséder des jambes qui emportent, des paupières qui battent, des mains qui peuvent s'ouvrir et se fermer.

Nous courons longtemps, puis nous nous arrêtons. Ce n'est plus la peine de se tenir les uns les autres, et je pars m'ébattre parmi les coquelicots rouges, m'extasiant de sentir chacun de mes muscles fonctionner. J'ai échappé au pire, je suis vivant et mobile.

Nous nous regardons tous, étonnés d'être vivants. Ainsi il ne s'était pas écoulé une heure ni une semaine ni une année. Juste quelques minutes.

Je l'ai échappé belle.

— Bon, ça, c'est fait, déclare sobrement Mata Hari.

Cette phrase en cet instant prend une saveur particulière.

— Merci, lui dis-je.

Mon corps a envie de l'étreindre mais mon cerveau l'en empêche. Je regarde les autres. Les théonautes, les muses, la chérubine qui volette au-dessus de nous.

Je crois comprendre ce qui s'est passé : la moucheronne est allée chercher la muse Freddy Meyer qui a gravi la montagne pour nous sortir de ce guet-apens. Plutôt que de m'abandonner, Mata Hari a tenté le baiser salvateur.

La chérubine s'élève pour vérifier s'il n'y a plus de danger. Puis elle vient se poser sur mon doigt tendu.

— Merci aussi à toi, moucheronne.

Elle tire sa petite langue de papillon à l'évocation de ce nom qu'elle n'aime pas et s'envole.

— Hé, moucheronne, attends...

Elle est déjà loin. Je regarde mes amis.

— Il manque Camille Claudel m'exclamé-je. Il faut y retourner.

— Trop dangereux, tranche Jean de La Fontaine.

— Nous ne pouvons pas l'abandonner. Il faut aller la sauver ! répété-je.

— Il est déjà trop tard pour elle. Il fallait l'embrasser quand c'était encore possible, dit Raoul.

— Il a raison, poursuit Méliès. Mata Hari t'a sauvé parce qu'elle a agi vite, maintenant Camille Claudel est complètement durcie.

— Une sculptrice transformée en sculpture, c'est un aboutissement logique, suggère Raoul.

Nous levons les yeux vers la zone orange, là-haut.

— C'est fini, nous ne pouvons pas aller plus loin. De toute façon, moi je n'y retournerai plus jamais.

La muse Marilyn Monroe et la muse Freddy Meyer nous font signe qu'elles ne peuvent s'attarder plus longtemps, la compromission avec des élèves dieux a ses limites.

Nous nous remettons en marche, harassés, pour rentrer à Olympie.

Sous le torrent, je savoure le déluge d'eau fraîche. Je veux sentir vivre chaque millimètre de mon corps. Je comprends maintenant l'avantage d'être dans la matière, de ressentir le monde, bouger. Je déploie mes doigts, je souris, je ris, je lève les bras. Merci mon Dieu. Tout mon corps est une antenne qui ressent le monde. Je respire profondément. Je ferme les yeux, si heureux d'être incarné dans la chair mobile.

Je plains les arbres. Je plains les pierres. Je comprends tout d'un coup que les mille tracas de santé que j'avais eus dans ma peau de mortel étaient des bénédictions. Même mes rhumatismes, mes caries, mes ulcères, et même mes névralgies faciales étaient au moins des sensations fortes. Mes douleurs me prouvaient que j'existais.

Tout mon corps perçoit l'extérieur et j'ai l'impression que pour la première fois je perçois cette planète et le cosmos. Cela valait le coup de connaître l'expérience de peur de l'immobilité définitive pour goûter le bonheur de palpiter dans la chair libre.

Plus une âme s'élève, plus la pression est forte...

Une âme s'élève ? Tiens je n'avais jamais remarqué que dans le mot « élève » il y avait la notion d'élever.

Mata Hari m'a rejoint. L'eau rend sa toge transparente et ses formes tendent l'étoffe.

Je me lave, je me frotte pour enlever sueur, poussière et peur.

D'où vient cette culpabilité qui me colle à la peau ? Je me sens coupable de ne pas avoir sauvé Edmond Wells, de ne pas avoir sauvé Jules Verne, mes clients mortels Igor et Venus, quand j'étais ange, et encore avant, Felix Kerboz et tous mes amis thanatonautes morts dans cette folle aventure... Je me sens coupable de tous les malheurs du monde, et cela depuis toujours. Quelque part, toutes les guerres sont un peu ma faute, toutes les injustices, et ce jusqu'au péché originel. Caïn tuant Abel. Ou Ève mangeant la pomme. Était-ce déjà ma faute ?

Même Aphrodite est une faute. La défaite de mon peuple dauphin est une faute.

Je me renfonce la tête sous l'eau et reste en apnée jusqu'à ce que mes poumons me brûlent.

Je pense à ma mère qui me le disait déjà : « Tout ça est ta faute... » Comme elle avait raison. Mais elle n'a pas dit : « Et tu ne pourras jamais rien y faire. » Elle a dit : « Mais tu es tout-puissant pour changer cela. » À l'époque, elle parlait de ma chambre qui n'était pas rangée. J'avais par inadvertance tiré sur un pull qui avait déséquilibré un aquarium à poisson rouge et l'infortuné animal était mort.

« Tout ça est ta faute... Mais tu es tout-puissant pour changer... »

J'avais rangé ma chambre puis acheté un autre poisson rouge.

Peut-on acheter une humanité neuve ?

Je ferme les yeux, puis les rouvre. Mata Hari me regarde tranquillement. Elle est consciente de sa semi-nudité.

Elle est belle, courageuse, c'est peut-être la femme la plus formidable que j'aie jamais vue... en dehors d'Aphrodite.

Voilà peut-être mon problème. Je ne sais pas avoir les bons désirs.

Confusion.

Est-ce ainsi que le diable agit ?

Jean de La Fontaine me pousse.

– Il est tard, maintenant rentrons vite.

Je ne bouge pas. Mata Hari reste face à moi, comme si elle attendait quelque chose.

– Mata, je voulais te dire...

– Quoi ?

– Non... rien. Merci encore pour tout à l'heure.

Camille Claudel demeure en zone orange. Nous ne sommes plus que 77.

Nous rentrons et je me mords la langue jusqu'au

sang. « Peut-être que par moments il vaut mieux être un arbre », pensé-je.

49. ENCYCLOPÉDIE : GINKGO BILOBA

Des arbres, l'un des plus intrigants est un arbre chinois : le Ginkgo biloba. C'est à ce jour l'arbre le plus ancien recensé. On pense qu'il existe depuis 150 millions d'années. C'est aussi le plus résistant. Après l'explosion nucléaire d'Hiroshima il fut le premier à repousser, à peine un an après, sur les zones contaminées.

Il existe chez les Ginkgos des arbres mâles et des arbres femelles et on remarque même, lorsque le mâle et la femelle sont à une distance allant jusqu'à plusieurs centaines de mètres, qu'ils ont tendance à se... pencher l'un vers l'autre. Pour se reproduire il faut que le pollen de l'arbre mâle vole en direction des fleurs de l'arbre femelle. Leur union donne un fruit qui en pourrissant (avec une odeur assez désagréable) libère des graines qui feront pousser un arbrisseau.

En Chine, le Ginkgo biloba, nommé Yinshing (abricot d'argent), est utilisé pour ses vertus thérapeutiques. C'est un antioxydant, il améliore l'efficacité du système immunitaire et ralentit le vieillissement des cellules. Il agit aussi sur la métabolisation du glucose dans le cerveau.

Au Tibet, les moines absorbent des décoctions de feuilles de Ginkgo pour rester éveillés durant les séances nocturnes de méditation.

Dans les pays occidentaux il est de plus en plus implanté pour sa résistance non seulement à tous les parasites naturels, à toutes les conditions climatiques, mais aussi à la pollution. On a retrouvé des Ginkgos âgés de 1 200 ans.

Edmond Wells,
Encyclopédie du Savoir Relatif et Absolu, Tome V.

50. TROIS ÂMES (18 ANS)

Quelqu'un a pénétré chez moi en mon absence.

La porte est grande ouverte, il y a des marques de pas.

J'essaie de suivre les traces, et j'en déduis que mon visiteur est allé vers la bibliothèque. Comme tous les livres ont les pages blanches, j'en conclus qu'il a cherché l'*Encyclopédie du Savoir Relatif et Absolu*. Donc il s'agit de quelqu'un qui sait que je poursuis l'œuvre d'Edmond Wells.

J'examine avec soin les empreintes de semelles dans la terre du jardin : il s'agit sans aucun doute d'un homme ayant marché dans la forêt.

Puis la fatigue a raison de moi.

Je rentre dans ma villa et me couche.

J'essaie vainement de dormir, me relève et allume la télévision. Décidément, la vie de dieu est une vie d'insomniaque.

Première chaîne : Kouassi Kouassi. Il a 18 ans. Des Ghanéens qui s'infiltrent viennent détruire les plantations des siens pour faire monter les cours de l'ananas. Branle-bas de combat, les gens de sa tribu poursuivent les fauteurs de troubles. Kouassi Kouassi se bat avec un Ghanéen. Il lit la rage dans son regard.

– Pourquoi faites-vous ça ? demande-t-il. Vous voulez avoir la même chose que nous, c'est ça ?

– Non. Notre plaisir n'est pas d'avoir la même

chose que vous. Notre plaisir est de vous prendre ce que vous avez pour que vous, vous ne l'ayez plus, lui répond-il avec aplomb.

Kouassi Kouassi est assommé par la phrase. « Ils ne veulent pas être riches... ils veulent juste que je sois pauvre comme eux. »

Il relâche le Ghanéen. Et tombe, comme épuisé. Son père accourt, pensant qu'il a été blessé.

Changement de chaîne. Eun Bi, 18 ans elle aussi, devient de plus en plus solitaire, elle ne parle à personne, reste des heures devant les jeux vidéo ou la télévision, et ensuite elle rédige son grand roman « Les Dauphins ». Mais elle est en proie à un mal de vivre permanent. Depuis que sa mère a divorcé de son père, Eun Bi a décidé de vivre seule dans une petite chambre de la banlieue de Tokyo.

Elle décide de se brancher sur Internet pour participer à un énième « chat » avec des gens du monde entier. Son pseudo est K.D. pour Korean Delphinus, le Dauphin coréen. Enfin elle est anonyme face au monde entier, enfin elle peut revendiquer son origine coréenne et son admiration pour les dauphins.

Alors qu'elle est en train de discuter sur plusieurs forums, un nom attire son attention : K.F., Korean Fox, pour le Renard coréen. Comme elle quelqu'un a choisi de se définir par sa nationalité, coréenne, et son animal favori.

Elle commence à dialoguer avec ce pseudo. Le garçon se présente, il se trouve à Pushan, une ville sur la côte est. Il lui demande où elle vit et elle dit qu'elle est d'origine coréenne mais n'a jamais vu son pays. Elle lui demande d'en parler. Il lui raconte la vie en Corée. Les temples, les montagnes, l'amabilité des gens, la beauté des femmes. L'histoire des civilisations fondatrices.

Eun Bi comprend qu'être coréen au Japon est difficile, mais qu'être coréen en Corée du Sud n'est pas simple non plus, avec la menace permanente de l'arme atomique détenue par un chef irresponsable de la Corée du Nord.

Eun Bi raconte sa vie de tous les jours. Les humiliations parce qu'elle est différente des petites Japonaises. Le sentiment de devoir s'excuser d'être victime. Elle ne connaît pas le visage de Korean Fox, mais elle l'imagine. Elle lui confie sa passion du dessin. Elle veut plus tard créer des dessins animés.

Il lui parle aussi de sa passion, l'informatique. Il a passé toute sa prime jeunesse dans les NetCafés à jouer en réseau à toutes sortes de jeux de stratégie et de combat. Maintenant il est devenu ingénieur informaticien et travaille à un projet personnel qui a envahi sa vie. Il l'a intitulé pour l'instant le « 5e monde ».

Son slogan est :

1er monde : le monde réel qu'on peut toucher.

2e monde : le monde des rêves qui apparaît durant le sommeil.

3e monde : le monde des romans.

4e monde : le monde des films.

5e monde : le monde virtuel des ordinateurs.

Eun Bi demande des précisions sur ce projet « 5e monde », et K.F. explique.

L'idée lui est venue des jeux en ligne, ces jeux où tout le monde se retrouve dans un espace virtuel pour vivre ensemble des aventures. Chacun est représenté par son avatar. Le mot avatar a été récupéré par les internautes pour évoquer leur représentation virtuelle dans les jeux. Mais l'idée de K.F. est de proposer des avatars qui soient le plus proches possible des vrais joueurs. Eun Bi est passionnée par l'idée. Elle comprend la portée du projet... « Cela voudrait dire

264

qu'ils présenteraient les visages des vrais humains ? »
K.F. depuis Pushan va plus loin. Selon lui, il faudrait distribuer les caractéristiques physiques mais aussi psychologiques, de façon à ce que, même lorsque le joueur n'est pas en ligne, son avatar continue de vivre à sa manière. Pour cela, en tant qu'ingénieur en informatique, il fabrique avec quelques amis des logiciels complexes dans lesquels le joueur peut déposer le maximum d'indications sur son corps et sur son « âme ».

Eun Bi comprend que l'avatar va pouvoir réussir là où l'humain a échoué. L'avatar d'Eun Bi pourra sauver les dauphins et casser la figure à toutes celles qui l'insultent.

– Mais, dit-elle, si cela marche, l'avatar pourra continuer à vivre... alors que le joueur sera mort.

Le mystérieux K.F. répond que c'est aussi pour cela qu'il a créé ce projet. Il veut offrir, avec le 5e monde, l'immortalité aux joueurs.

Eun Bi signale qu'elle désire elle aussi œuvrer à ce projet, et K.F. lui propose de réfléchir aux premiers décors dans lesquels les avatars évolueront.

Très vite elle envoie des dessins des îles, des lacs, des montagnes, des cités futuristes. K.F. adore et pour la remercier il lui envoie par Internet des prototypes d'avatars ayant des comportements autonomes.

Elle reçoit les programmes et les enclenche. Des personnages se mettent alors à bouger, parler, simuler des gestes humains. Avec certains il est même possible de simuler une conversation car ils ont enregistré des procédures de dialogue. Et K.F. et K.D. entreprennent de communiquer, le premier en lui envoyant des petits êtres qui singent l'homme, et la seconde en envoyant des décors où les faire vivre. Pour la première fois, Eun Bi se couche le sourire aux lèvres, elle a l'impression d'être toute-puissante et d'avoir enfin quelque part, même si elle ne connaît pas son visage, un vrai partenaire de vie. Un jour elle lui demande son vrai nom et sa photo. Mais il répond que pour l'instant, il préfère qu'elle ne connaisse de lui que ses avatars et son pseudo. Dès lors, la jeune fille commence à être intriguée.

Troisième chaîne. Théotime a 18 ans et, au moment où je prends le film de sa vie en marche, il est moniteur dans une colonie de vacances.

Au début tout se passe bien. C'est une colonie de fils de militaires. Théotime est le seul moniteur civil. Tous les autres sont des appelés qui font ça pour quitter la caserne.

Le directeur, les autres moniteurs, les enfants eux-mêmes apprécient sa douceur et sa gentillesse. Le fait que Théotime joue de la guitare contribue à son accueil chaleureux. Mais bientôt apparaît un problème. La dizaine d'enfants de 11 ans qu'il doit surveiller ont recréé entre eux une hiérarchie correspondant aux grades de leurs parents. Le fils du colonel est le chef, au-dessous de lui, le fils du sergent, puis le fils du caporal, etc., jusqu'au fils du gendarme qui est le souffre-douleur. Le fait que ce dernier soit roux n'arrange rien. Quand Théotime assiste à une scène de cruauté gratuite, il n'hésite pas à punir le bourreau, en l'occurrence le fils du colonel, en l'isolant dans une pièce. Puis il console la victime, le fils du gendarme. Cependant le résultat n'est pas celui qu'il escomptait. Le fils du colonel passe pour un héros capable de défier le moniteur, un adulte qui plus est. Quant au fils du gendarme, il passe pour un fayot. Le reste du groupe, du coup, soutient le rejeton du colonel et ne cesse de brimer l'enfant du gendarme.

Finalement, tous les enfants de son groupe obligent

le malheureux à aller couper les cordes de la guitare de Théotime pour prouver qu'il n'est pas fayot. Ce qu'il fait. Dès lors Théotime punit tout le groupe, y compris le fils du gendarme. Mine de rien, l'unanimité s'est faite contre lui.

Le fils du gendarme devient dès lors un serviteur zélé de celui du colonel qui organise une grande nuit d'attaque contre le moniteur. Un collègue est obligé d'intervenir pour protéger Théotime. En bon militaire il n'hésite pas à frapper très fort les enfants pour obtenir l'ordre. Tout en cognant avec ses chaussures à lourdes semelles il lance à Théotime :

— Si tu avais frappé ces gosses dès le début on n'en serait pas là, un peu de violence évite d'avoir recours à beaucoup de violence.

Le lendemain est le dernier jour de la colonie. Avant de partir, Théotime déclare au directeur :

— Je sais que j'ai échoué. Mais je ne vois pas bien ce qu'il fallait faire ? Les frapper comme me l'a conseillé mon collègue ?

Le directeur fixe le jeune homme et répond :

— Oui, bien sûr. Les enfants respectent l'autorité, surtout quand elle est assortie de force, voire de brutalité. Mais il y avait une autre stratégie, moins violente et gagnante. Il fallait vous lier d'amitié avec le fils du colonel et punir le fils du gendarme.

Théotime montre de l'incompréhension.

— À travers le fils du colonel, explique le directeur, vous auriez pu faire passer tous vos commandements et vous faire obéir. Il aurait été fier de bénéficier de la confiance de l'adulte. Il aurait été le relais parfait de vos directives. Cela rentrait dans *sa* logique. Quant à l'autre rouquin, il est tellement habitué à être maltraité qu'il aurait accepté avec résignation vos brimades.

Tous les enfants vous auraient alors considéré comme un bon moniteur et l'ordre aurait régné.

– Vous voulez dire que la stratégie gagnante consiste à récompenser les bourreaux et châtier les victimes ?

– Certes, dit le directeur, cela peut paraître immoral au début, mais c'est finalement comme cela que nos dirigeants ont toujours procédé, et cela ne leur a pas mal réussi. Les « méchants » sont souvent les plus forts, il faut rester avec le plus fort. Donc il faut être ami avec eux. Les victimes sont faibles... aucun intérêt. Elles ne peuvent ni vous faire du mal ni vous faire du bien. Elles se plaignent. Elles ne sont pas sympathiques. Donc le soutien aux méchants est la seule voie efficace, même si elle n'est pas morale. Après il faut présenter cela de manière acceptable. C'est un problème de communication.

J'éteins la télé, avec l'impression d'entendre mon ami Raoul m'expliquer son cynisme historique.

Je reviens au lit et m'endors en pensant à cette triste expérience de Théotime. Que pouvait-il faire ? Dans les films on prétend toujours défendre le faible et l'opprimé, mais dans la vie c'est pratiquement impossible.

51. ENCYCLOPÉDIE : DELPHES

Zeus voulait savoir où se trouvait le centre du monde, alors il lâcha deux aigles aux extrémités de la Terre, et annonça que leur point de rencontre serait l'Omphalos, le « nombril du monde ».

Les deux rapaces se rejoignirent à l'ouest de la Grèce, dans une grotte du mont Parnasse à 570 mètres au-dessus du niveau de la mer. La caverne était gardée par un serpent géant placé là par Gaïa. Apollon tua le monstre et après s'être expatrié pendant huit ans pour expier ce crime, il installa son temple en ce lieu. Le sanctuaire prit alors le nom de « Delphos » qui signifie le « Centre ». Plus tard, ce mot servira à nommer l'un des attributs du dieu Apollon : un mammifère marin qu'on baptisa Delphos, qui donnera Delphinus, puis dauphin.

Le temple proprement dit fut construit en 513 av. J.-C.

À l'entrée était placée la fameuse phrase : « Connais-toi toi-même et tu connaîtras les cieux et les dieux. »

À l'intérieur, la grande prêtresse, la Pythie, prédisait l'avenir à ceux qui venaient la consulter. Bientôt le succès de ce temple fut tel qu'on venait de toute la Grèce et même d'Égypte et d'Asie mineure pour l'interroger. Tous les habitants de la ville avoisinante travaillaient au temple, tout d'abord à sa construction, puis à l'entretien du feu sacré, à l'accueil des pèlerins, au sacerdoce, aux festins publics, aux bains purificateurs, aux chants et aux danses de louange d'Apollon.

Pour le nouvel arrivant, le parcours était le suivant : après s'être purifié, il sacrifiait selon sa richesse un mouton, une chèvre ou un poulet. Une première série de prêtres lisaient les entrailles des animaux sacrifiés, et si celles-ci étaient favorables, le pèlerin attendait son tour pour poser sa question à la Pythie.

Le nombre de visiteurs était si considérable que les prêtres étaient obligés de pratiquer des tirages au sort (à moins que le pèlerin ne soit une personnalité ou ne les soudoie). Si l'accès à la Pythie était validé, le consultant descendait alors dans l'*adyton*, la salle souterraine du temple, et était placé devant le nombril du monde, figuré par une fourmilière géante pétrifiée. Là il posait sa question personnelle.

La grande prêtresse Pythie, censée être en transe après avoir mâché des feuilles de laurier, répondait aux questions qu'on lui apportait, écrites et posées dans une coupe. Personne ne pouvait la voir. Elle s'exprimait par des petits cris suraigus inintelligibles, « traduits » par des « prophètes » qui l'accompagnaient.

Parmi les « clients » célèbres : Alexandre le Grand, à qui la Pythie prédit : « Nul ne pourra te résister », et aussi Crésus, le riche roi de Lydie. Il demanda s'il devait livrer bataille contre les Perses. La Pythie répondit : « Si tu t'attaques aux Perses, tu détruiras un grand empire. » Crésus, confiant, partit en guerre et se fit battre. Condamné à mort, il demanda l'autorisation de punir l'oracle, qui lui répondit : « Crésus, tu as agi imprudemment, il fallait d'abord te demander : Quel empire sera détruit ? Car cet empire était le tien. »

Durant près de dix siècles, le temple de Delphes, malgré une succession de pillages (son « trésor caché » faisait rêver plus d'un brigand), fut une référence en matière de prédictions.

Le temple fermera au IVe siècle lorsque l'empereur Théodose Ier interdira le culte d'Apollon. La Pythie l'avait prévu dans son dernier augure. Elle avait dit : « Le bel édifice n'aura plus de cabane ni de laurier prophétique, la source va devenir muette et l'onde qui parlait va se taire. »

Edmond Wells,
Encyclopédie du Savoir Relatif et Absolu, Tome V.

52. LE RÊVE DES DAUPHINS

Cette nuit j'ai rêvé de dauphins. Dans mon songe ils volaient dans l'espace. Ils étaient habillés de joyaux. Ces bijoux étaient en fait des harnais. Ils glissaient dans le cosmos avec, en guise de chars, des morceaux d'îles recouverts de colonnes et de pierres d'un temple grec en ruine. Ils volaient, utilisant de temps en temps leurs nageoires comme des ailes. Ils arboraient ce sourire qui n'est pas sans me rappeler celui de la *Joconde* de Léonard de Vinci. Une phrase lue dans l'*Encyclopédie* de Wells résonnait dans ma tête : « Connais-toi toi-même et tu connaîtras les cieux et les dieux. » Il devait bien y avoir une cinquantaine de dauphins, certains tachetés de blanc et de noir. D'autres gris ou argent.

Les dauphins arrivaient dans une zone piégée où des hommes les attendaient avec des barres de fer. Comme dans les actualités que regardait Eun Bi. Un dauphin essayait de se défendre. Il bondissait au milieu des cadavres des siens, nageant-volant dans le sang, formant des taches sphériques en suspension, à un moment il sautait, le soleil en ovale derrière lui, et tous les petits hommes lançaient leurs barres de fer dans sa direction comme des javelots.

Dans mon rêve j'avais envie que les cétacés tuent les hommes. Mais ils se laissaient abattre. Je hurlais : « Défendez-vous ! mais défendez-vous ! » Un dauphin blessé me regardait et disait : « C'est le sens de l'Histoire. » L'île avec le temple de Delphes en ruine s'émiettait, et les hommes aux barres de fer poussaient des cris de victoire.

Je me réveille en colère. Même le monde des rêves n'est plus un refuge apaisant. Je décide de lui laisser une chance de se rattraper et je me rendors.

Dans mon deuxième rêve je vois flotter dans le ciel une triple hélice d'ADN. Trois rubans colorés qui dansent ensemble.

Dans ma tête résonne une musique douce qui va en s'amplifiant.

Les trois rubans se transforment en trois serpents portant inscrits sur leur dos dans un cercle rouge pour le premier, un A ; bleu pour le second, un D ; blanc pour le troisième, un N.

Les trois serpents s'élèvent en une spirale infinie.

1. Rouge comme le sang de la Domination.

2. Bleu comme la vision du ciel immense qui Apaise.

3. Blanc comme l'absence de couleur de la Neutralité.

Je me rappelle l'enseignement des maîtres : il n'y a que trois attitudes possibles envers l'« Autre ».

Avec toi.

Contre toi.

Sans toi.

Tout est lié, je sens que tout est lié, une clef existe, qui est à trouver, une explication, un secret derrière ce qui se passe ici. Et je sens qu'il est dans ces trois lettres.

A, D, N.

L'Amour, le Dédain, la Nonchalance.

L'Atlantide, le Déicide, la Nature.

Les trois serpents montent suivant la musique, et soudain se jettent les uns contre les autres, se battent et s'emmêlent. Des petits nœuds au début, puis un énorme nœud d'où sortent leurs trois têtes colorées et furieuses qui cherchent à se mordre.

La pelote de serpents grossit, enfle, et finit par former une planète entière dans le cosmos. Lorsqu'on s'approche, on constate que toute la surface est constituée d'un maillage de millions de têtes de serpents rouge bleu blanc.

La musique résonne encore dans ma tête quand les cloches de 8 heures se mettent à sonner.

Deuxième réveil.

Je n'ai pas envie d'aller à l'école... Je dois me reprendre.

Je me douche longtemps, j'enfile une toge neuve, je me lave les dents, je me rase, j'enfile mes sandalettes.

Dehors, il fait brumeux, les rues d'Olympie sont désertes. Comme lorsque j'étais enfant et que c'était la rentrée des classes, en septembre, alors que je rêvais de rester dans mon lit douillet, enfoncé sous les couvertures. L'air est humide et ma démarche pesante.

D'abord, déjeuner au Mégaron.

Je m'assois seul dans un coin et dévore des tartines de pain beurré recouvertes de marmelade d'oranges, en gardant les yeux dûment baissés sur mon bol. Raoul s'installe près de moi. J'éternue.

— Tu es enrhumé ? Ça doit être le chaud et froid d'hier au soir, après la zone orange. Ces toges nous protègent mal de la fraîcheur de la forêt. Elles conservent l'humidité, dit-il.

Je mange. Muet. Mon ami s'approche et chuchote à mon oreille :

— J'ai une idée pour repartir ce soir et passer Méduse.

Je fais mine de n'avoir rien entendu. Il poursuit :

— Nous allons nous confectionner des casques pour être sûrs de ne pas la regarder et qu'elle ne puisse pas nous forcer à ouvrir les paupières. Ensuite Freddy nous guidera, lui est une muse, il ne peut rien lui arriver, il est déjà « métamorphosé ».

— Je ne viendrai pas ce soir, dis-je.

— Qu'est-ce que tu as ?

– Je suis fatigué.

– C'est parce que tu as été statufié hier ?

– Pas seulement. Je crois que j'ai besoin d'un peu de repos.

Je me lève, prends mon bol et mes tartines et m'éloigne de Raoul. Je n'ai plus envie de lui parler maintenant.

Je m'assois près de Georges Méliès. C'est étrange mais dans ces moments de doute, il n'y a que ce maître des illusions qui me semble appartenir à une réalité tangible.

– Georges, c'est quoi le truc des cartes avec les rois, les dames, les valets et les as qui se regroupent alors que j'ai coupé dix ou douze fois le jeu n'importe comment ?

Il comprend : j'ai surtout besoin d'une diversion.

– En fait, il n'y a pas de truc. Là encore tu crois choisir mais tu ne choisis pas.

Il sort le paquet de cartes.

– Quand je rassemble les quatre tas pour en faire un seul, à l'intérieur elles restent dans l'ordre, c'est-à-dire roi, dame, valet, as, et ensuite à nouveau roi, dame, valet, as d'une autre couleur, tu es d'accord ?

– Oui.

– L'écart entre deux rois est donc de quatre cartes, de même pour les dames, les valets et les as. D'accord ? Or quand tu coupes, tu ne modifies pas cet écart. Il y a toujours quatre cartes entre deux figures similaires. Donc, en les disposant ensuite en quatre tas, tu es sûr que chaque figure se retrouvera avec ses semblables. Ça marche à tous les coups. Le truc c'est qu'il n'y a aucun truc. Tu peux le reproduire sans cesse. Quel que soit le nombre de coupes au final, tout sera parfaitement rangé.

Comme je ne suis pas sûr de comprendre, il ressort

les cartes et refait le tour face visible. Je constate qu'en effet, même en coupant vingt fois, l'écart entre deux rois ou deux as reste toujours le même, et quand je les repose en tas ils se réunissent automatiquement.

– Eh oui, dit Georges Méliès. Parfois il vaut mieux ne pas connaître le truc, c'est toujours un peu décevant...

Je regarde la montagne.

– Tu crois que nos choix sont comme nos coupes, sans la moindre conséquence sur l'issue finale ?

– Il faudrait encore savoir quel est le système qui nous englobe. J'ai fait un rêve, dit Georges Méliès. Où nous étions les personnages d'un roman. Nous nous déplacions dans un monde à plat, le monde des pages. Et nous n'étions même pas capables d'imaginer la troisième dimension : le relief. Si nous avions pu percevoir le relief, nous aurions vu le lecteur tenant le livre dans lequel nous étions « aplatis ».

Curieuse similitude : Edmond Wells m'avait proposé un scénario similaire. Il pensait que nous étions « écrits » par un scénariste qui nous avait inventés et qu'il nous arrivait des aventures pour distraire les lecteurs.

– Trop simple. Je crois que le système qui nous englobe est au-delà de nos imaginations. Si nous pouvons penser qu'il s'agit d'un roman, c'est déjà que ce n'est pas ça.

Georges Méliès n'a pour l'instant aucune autre explication à me proposer.

– Même pour nous, les magiciens, certains tours restent incompréhensibles...

– Edmond Wells disait que Dieu est la dimension au-dessus de l'homme comme la molécule est la dimension au-dessus de l'atome. Est-ce que l'atome peut imaginer la molécule qui le contient ?

Georges Méliès étale les cartes et les regarde comme s'il y cherchait une réponse. Il sort le valet de cœur et me le tend.

— Voilà, je t'offre cette carte, fais-en ce que tu veux, au moins tu contrôleras ça. Aucun tour avec des valets de cœur ne pourra se dérouler sans que tu aies envie de remettre celui-ci dans le jeu.

J'examine la carte, puis la refuse.

— Pour l'instant je respecterai les règles. Je ne suis pas encore assez désabusé pour vouloir troubler le tour de magie.

À ce moment, un nouveau cri retentit. Je ne sursaute même plus. Il y a un instant de flottement dans le Mégaron, puis tout le monde se précipite en direction du cri.

C'est étonnant comme je m'habitue à la violence. Je me surprends à ne pas courir. Alors que la foule s'accumule, je suis bon dernier.

— C'est qui cette fois ? demandai-je.

— Le dieu des hommes-chauves-souris... Nadar.

Bon sang, ils ont dû travailler toute la nuit à préparer la machine et maintenant il s'est fait descendre.

Je cherche Saint-Exupéry dans la foule. Il est tout près de la victime, visiblement très affecté par cet assassinat.

Déjà les centaures apparaissent et recouvrent le corps du photographe.

Décompte : 77 − 1 = 76. Le club des dieux se réduit encore.

— Son peuple va se sentir bien orphelin sans son dieu, dit Édith Piaf en guise d'épitaphe.

— Qui sait ? dit Proudhon.

Je réfléchis. Y a-t-il seulement, depuis le début de ce jeu, un peuple qui ait survécu à la disparition de son Dieu personnel ? Non, il me semble que non. En revanche, comme pour apporter de l'eau au moulin de Proudhon, je me souviens que certains peuples sans Dieu survivaient, et pas si mal, ma foi.

– Pas de Dieu, ça vaut mieux qu'un Dieu maladroit, ajoute l'anarchiste.

Je ferme les yeux et tente de visualiser mon peuple dauphin me rencontrant : « Ah ! c'était vous ? » Ils me regarderaient tous d'en bas, comme les Lilliputiens regardaient Gulliver. « Ainsi c'est à vous qu'on doit tout ça ! » Probablement que je serais tenté de m'excuser : « Désolé les gars, j'ai fait au mieux, mais je n'ai pas eu de chance. » Ne pas avoir de chance, pour un dieu, quelle dérision ! « Ne m'en veuillez pas, j'ai fait du mieux que j'ai pu, mais les autres élèves étaient trop forts. » Non, ça ne marcherait pas. Peut-être que je pourrais tenter un : « C'est vous qui n'avez pas eu de chance, vous êtes tombés sur moi. » Non, il faut arrêter d'être négatif : « Écoutez : je suis peut-être un dieu débutant mais au moins vous êtes toujours vivants, alors que sur 144 il n'en reste plus que 76 d'actifs. »

On s'agite autour de moi mais je ne peux arrêter ma machine à penser. Je vois des petites femmes-dauphins qui me lancent : « Ah ! c'était vous notre dieu, eh bien, on aurait su, on en aurait choisi un autre ! »

C'est vrai, ils ne m'auraient pas choisi. J'en suis certain. Ils auraient choisi quelqu'un comme Raoul. Un dieu triomphant qui attend tranquillement son heure, surveille les concurrents, repère les difficultés, puis, au moment où l'on s'y attend le moins, fait rayonner sa civilisation et écrase toutes les autres. Ou bien ils auraient choisi Méliès. Un dieu qui construit lentement et solidement, puis qui travaille sans fioriture à raffiner ses arts et ses techniques. Oui, Georges Méliès aurait été un dieu parfait pour les miens.

Le corps du photographe est évacué.

Athéna surgit alors du ciel, dans son équipage ailé.

– On dirait que tout ce que j'ai dit précédemment n'a pas refroidi les ardeurs destructrices du fameux déicide, tonne-t-elle.

Sa petite chouette volette au-dessus de nous.

– Peut-être me nargue-t-il personnellement ? Peut-être que la démonstration n'a pas été convaincante. Vous avez vu Sisyphe et vous vous êtes dit qu'après tout il n'avait pas l'air si malheureux que cela... Dans ce cas le coupable connaîtra la punition de votre prochain Maître dieu auxiliaire. Vous verrez, c'est un supplice raffiné.

53. MYTHOLOGIE : PROMÉTHÉE

Son nom signifie « Celui qui réfléchit avant ». Il est l'un des sept fils du Titan Japet. Prométhée, avec ses frères Titans, combattit Zeus au moment où ce dernier installait son pouvoir sur l'Olympe. Après la victoire de Zeus, les Titans vaincus furent durement châtiés. Mais Prométhée et son frère Épiméthée (dont le nom signifie « Celui qui réfléchit après), plus avisés, se rangèrent du côté du vainqueur, furent épargnés et acceptés dans le Cénacle des dieux.

Prométhée se lia alors d'amitié avec Athéna qui lui enseigna l'architecture, l'astronomie, le calcul, la médecine, la navigation, la métallurgie.

Prométhée, cependant, préparait en cachette sa vengeance contre Zeus.

Il façonna avec de l'argile et de l'eau (issue des larmes qu'il avait versées lors de la mort de ses frères) le premier homme. Athéna l'anima de son souffle de déesse.

Ainsi naquit la nouvelle humanité de l'âge de fer (après celles de l'âge d'or, l'âge d'argent, l'âge de bronze).

Mais un jour, à propos du partage, entre les dieux et les hommes, d'un taureau sacrifié, Prométhée tricha pour favoriser les hommes.

Quand Zeus découvrit la supercherie, il décida de priver les hommes de la découverte du feu. « Puisqu'ils se croient si malins qu'ils mangent leur viande crue ! » trancha-t-il.

Mais Prométhée ne voulait pas abandonner les hommes à ce triste sort. Toujours avec la complicité d'Athéna, il alluma une torche au char de feu d'Hélios, le dieu du Soleil. Il récupéra ensuite une braise qu'il dissimula dans une tige de fenouil sauvage et rapporta aux hommes ce morceau de feu divin.

Zeus entra dans une violente colère. Hors de question que les hommes bénéficient du feu sans son autorisation. Zeus décida donc de châtier Prométhée. Il le fit enchaîner nu sur la plus haute cime du mont Caucase où chaque jour, un vautour dévorait son foie qui se régénérait pendant la nuit. Pourtant Prométhée refusa jusqu'au bout de se soumettre à Zeus qu'il considérait comme le tyran de l'Olympe.

Edmond Wells,
Encyclopédie du Savoir Relatif et Absolu, Tome V.

54. PROMÉTHÉE OU L'ART DE SE RÉVOLTER

Le palais de Prométhée est dédié à toutes les révoltes de l'histoire. Aux murs, voisinent des portraits de leaders de révolutions, des armes ayant servi à des coups d'État, des photographies de manifestations, de grèves, de guerres civiles, des tableaux représentant des barricades érigées par des étudiants, des sculptures représentant des rebelles d'autres planètes. Tous ont le regard romantique, des attitudes décidées, des mentons en position de défi.

Le lieu lui-même est hors norme. Non seulement l'architecture se démarque des palais à l'antique par des formes résolument modernes, mais on peut aussi y voir placardées toutes sortes d'affiches retraçant des révoltes exotiques. Le rouge domine : rouge de la colère, rouge du sang des martyrs.

La pièce centrale où se déroule notre cours est éclairée par des torches, le fond de la salle est peint en rouge et tagué de slogans : « LA LIBERTÉ OU LA MORT », « MORT AUX TYRANS », « LE TOTALITARISME NE PASSERA PAS ».

Prométhée entre dans la salle de cours. Celui qui a offert le feu aux hommes est un Titan mesurant près de trois mètres, aussi grand qu'Atlas. Une énorme cicatrice marque son flanc droit et indique l'endroit où le vautour s'acharne sur son foie. Il se place silencieusement devant le bureau. Son visage est parcouru de tics nerveux. Il ressemble dans son tourment à Sisyphe, mais avec un rien de souffrance et d'ironie supplémentaires.

Atlas entre sans même qu'on l'appelle. Il supporte avec difficulté notre chère planète d'exercice, Terre 18. Les deux hommes échangent un regard et Atlas dépose Terre 18.

— Tu vois, dit Atlas, tu vois...

— Je vois quoi ? demande Prométhée.

— Tu n'aurais pas dû trahir tes frères.

— Je ne les ai pas trahis.

Atlas pointe du doigt le Maître auxiliaire.

— Durant la guerre des Olympiens tu as basculé.

– Je n'ai pas basculé.

– Alors quoi ?

Prométhée nous regarde, il hésite à reprendre cette conversation, puis, jugeant qu'après tout nous ne les gênons pas, il fait front.

– Atlas, souviens-toi... c'était perdu. À quoi aurait servi que je sois puni avec vous ?

– Tu as basculé dans le camp adverse !

– Nous en avons déjà parlé, Atlas, j'ai infiltré nos ennemis. J'ai fait semblant d'être avec eux pour mieux les surprendre et agir de l'intérieur.

– Pour ce que cela a changé...

– Très bien, puisque tu veux une fois de plus qu'on en parle. Je crois qu'il vaut mieux se soumettre pour pouvoir agir plus tard, que prendre l'adversaire de front, perdre et se résigner. Je ne me suis jamais résigné. J'étais un espion de notre cause. Un agent double...

– Tu as trahi. Aucun d'entre nous ne pourra jamais l'oublier.

– Crois ce que tu veux après tout.

Tous deux se défient du regard. Puis Prométhée revient à la charge :

– En tout cas, moi j'ai continué à me battre après que la guerre a été perdue. Je n'ai jamais baissé les bras, contrairement à d'autres.

Atlas hausse les épaules et se tourne vers nous.

– Il faut que tu saches que cette classe est particulièrement dissipée. Il y a un déicide dans ses rangs... et puis des petits malins font l'école buissonnière le soir après 22 heures : il y en a même qui sont descendus visiter ma cave.

– Je sais tout cela, Atlas, je le sais.

– À ce sujet... je vous préviens... non, je ne vous

préviens pas... allez-y, revenez voir ma cave... vous verrez.

Atlas installe le Paradis et l'Empire des anges de Terre 18 à l'emplacement prévu à cet effet.

— Tiens, dit-il, il commence à y avoir quelques âmes élevées sur leur planète.

Il secoue la fiole et cela doit tanguer dans leur Paradis. Pour nous les élèves, cette remarque prend un sens important. Nous avons été anges et nous avons pu constater que plus on est nombreux au Paradis, plus l'humanité a de chances de s'élever. Ces anges dans le flacon sont un peu nos ambassadeurs ou nos suppléants.

Atlas crache par terre puis claque la porte.

Prométhée fait semblant de ne pas avoir remarqué ce geste de dédain, saisit son ankh et examine notre travail. Quelques villes attirent tout particulièrement son attention. Puis il se tourne vers nous.

— Cela me rappelle un morceau de pain que j'avais laissé moisir sous une cloche. Il y avait au bout de quelques jours des moisissures vertes et grises qui formaient comme une fourrure. Eh bien votre humanité c'est ça... de la moisissure sur une planète. Rien à en tirer. Pas la peine de perdre notre temps, on va détruire ce truc et en faire un monde neuf.

Un frisson parcourt l'assistance.

Son regard se fait plus dur.

— Vous n'avez pas compris ? *Game over*. Vous êtes tous virés, vous allez tous vous transformer en chimères et on passera à la promotion suivante.

Il sort un calepin de la poche de sa toge.

— Donc vous, vous êtes les Français, les prochains ce sont... les Italiens. Tiens, il devrait y avoir Léonard de Vinci, Dante, Michel-Ange, Primo Levi. J'aime bien ces gens, ils devraient faire mieux que vous. De toute façon, les Français, vous avez toujours été nuls, n'est-ce pas ?

Un murmure d'indignation parcourt l'assistance.

– Bien sûr que vous avez toujours été nuls. L'histoire de France c'est une histoire de pourris. Des lâches, toujours prêts à se compromettre avec la force totalitaire la plus violente. Les quelques mouvements indépendants apparus chez vous ont été noyés dans le sang.

Le murmure devient grondement.

– Les Templiers massacrés par Philippe le Bel, les Cathares par Simon de Montfort, les protestants calvinistes par Catherine de Médicis, les Vendéens par les Colonnes de la mort. Vos seuls dirigeants un peu charismatiques, Louis XIV ou Napoléon, n'ont fait que tuer tous les opposants et exporter la guerre. Et là je reconnais bien le style typiquement français, des tyrans d'opérette, des lâches, des décadents, voilà votre peuple. Vous, les Français, vous êtes les rois de la pourriture. Même votre nourriture est pourrie.

Nous nous regardons, assommés de tant de mauvaise foi.

Prométhée n'en a pas fini avec nous.

– Parlons-en de votre nourriture ! Votre pain c'est de la farine fermentée, votre fromage du lait fermenté, votre vin du jus de raisin fermenté, et vous faites fermenter même votre vin pour le transformer en vinaigre. Sans parler de vos champignons de Paris que vous faites pousser sur du crottin de cheval. « Toujours plus pourri » est votre devise, hein ? Répondez ! Et vous en êtes fiers en plus. Même votre diplomatie est pourrie. Si je ne m'abuse, votre président des années 1970 avait emprunté de l'argent au shah d'Iran, et vous avez accueilli son opposant et l'avez aidé à fomenter sa révolution. Tout ça pour ne pas payer cette dette. Nous on voit tout d'ici. Vos petits accords pourris avec les terroristes, on les voit. Vos concessions aux dictateurs tyranniques pour vendre des avions et des trains, on les voit. Vous, les Français, vous êtes ainsi. Et l'humanité que cette promotion s'apprête à bâtir promet un monde plus pourri encore !

Nous sommes abasourdis. Personne ne réagit plus.

– Bon. Tirons la nappe. Vous nettoyez cette planète et vous laissez la place à la promotion 19 des Italiens. Eux au moins ils ont connu quelques moments de panache dans leur histoire. Même leurs tyrans avaient quelque chose de théâtral. César, Borgia, le Duce c'était quand même plus grandiose... Approchez tous, on va nettoyer les écuries d'Augias. Je crois que Chronos vous a déjà montré comment opérer : on fait fondre les calottes glaciaires, ça produit un déluge, et après on tire sur les survivants qui flottent.

Résignés, nous nous avançons pour détruire Terre 18. Ainsi c'est aussi simple que cela. Mon peuple en pleine déconfiture ne sera au final ni mieux ni moins bien traité que les autres.

– Attention, à mon commandement ! Cinq, quatre... prêts à tirer ?

Tous nos ankhs sont dardés vers les calottes glaciaires. Nous savons que dès que les pôles fondront, les océans monteront et submergeront toutes les terres. Et alors ce sera le déluge. Les continents disparaîtront et l'océan couvrira toute la surface de Terre 18. Avant que l'eau ne soit gelée, puis la planète à nouveau fertilisée. Ainsi périssent les humanités brouillonnes.

– Prêts ? répète Prométhée.

Nos index sont sur le bouton des ankhs.

– Attention. Trois. Deux... Un...

Nous attendons le mot « feu ».

Un long temps d'attente. Enfin le Maître dieu auxiliaire ordonne :

– Feu !

Personne ne tire.

– J'ai dit : Feu ! Tout de suite. Allez, tirez ! répète-t-il.

Personne ne bouge. Il fronce les sourcils, nous surplombe de toute sa taille. Nous pensons qu'il va s'emporter, mais son visage se modifie progressivement et il éclate d'un grand rire.

– Je vois, j'ai affaire à des Français... j'oubliais. Laisser pourrir est votre devise. Donner le coup de grâce est un acte de courage dont vous n'êtes même pas capables, n'est-ce pas ?

Nous ne savons comment réagir face à tant d'agressivité gratuite.

– Bande de lavettes ! Espèce de dieux de pacotille !

Franchement il commence à m'agacer. Il ne ferait pas deux mètres de haut, je lui dirais ce que je pense de son analyse sur la France. Je ne connaissais pas cette histoire sur l'Iran, mais il y a eu des instants où la France a fait du bien dans le monde. Du moins il me semble. J'y réfléchirai une autre fois.

Il sort son ankh et manie le bouton réglant l'intensité du tir.

– Eh bien, puisqu'il faut tout faire soi-même... J'ai jadis offert le feu aux hommes, je vais... leur en donner de manière plus concentrée cette fois. Du bon feu pour enlever la moisissure.

Il met en joue la calotte polaire de Terre 18, le doigt sur le bouton.

– Non !

Nous nous retournons tous.

– Quelqu'un a une objection... ? dit Prométhée, l'index toujours crispé sur le bouton.

– Oui, moi !

– Mademoiselle Mata Hari ? Tiens donc... Quel est votre souci ?

– Ce monde ne doit pas mourir.

– Tiens, il faudra que je propose de constituer après les Italiens une promotion de Néerlandais. J'adore la peinture flamande. Et puis les Néerlandais, ils sont cool, ils fument des pétards, ils sont sexuellement bien plus détendus que les peuples latins...

Raide, Mata Hari fait front.

Prométhée nous toise, puis son visage change de physionomie.

– Si un seul être s'oppose à la volonté de l'autorité, cela suffit à tout changer, concède-t-il. Vous pouvez regagner vos places.

Nous mettons du temps à réagir.

– Je me nomme Prométhée, dit le Maître dieu auxiliaire, et je suis là pour vous parler de Révolte. C'est pour cela que je me suis livré à cette petite provocation pour vous forcer à vous révolter et à sentir dans votre chair la colère monter.

Nous nous asseyons, perturbés.

– Car c'est bien de colère que nous parlons. Mais comme vous l'avez vu, le respect de l'autorité est si ancré que vous mettez bien du temps avant d'arriver à faire sauter le bouchon. En fait, vous avez été cassés par vos parents, par vos professeurs, par vos patrons. Vous êtes naturellement obéissants.

La honte nous gagne peu à peu, de ne pas avoir réagi comme Mata Hari. Il sourit.

– Sinon je n'ai rien contre la France... même si je n'aime pas les fromages forts. J'apprécie son vin et sa gastronomie. Et vos dirigeants, bah, après tout, ils ne sont pas pires que les autres.

Prométhée nous semble maintenant un peu triste. Il

a quelque chose d'un prince déchu, un air que j'avais déjà entrevu chez Sisyphe.

– Pourquoi y a-t-il des révoltes ? Je vous pose la question.

– Parce que les gens ont faim, dit Sarah Bernhardt.

Prométhée approuve. Il inscrit au tableau : « La faim ».

– En effet, c'est une motivation des révolutions. Quoi d'autre ?

Nous cherchons.

– Parce que les dirigeants font mal leur travail, énonce Jean-Jacques Rousseau.

– En effet, mauvaise gestion. Soyez plus précis.

– Parce que les dirigeants sont corrompus, dit Jean de La Fontaine.

– Oui. Quoi d'autre ?

– Tyranniques, cruels, complète aussitôt Voltaire.

– Oui. Quoi d'autre ?

– À cause de l'injustice, propose Simone Signoret. Des réponses fusent de partout.

– Parce que les impôts sont trop lourds.

– Parce que l'écart entre le niveau de vie des classes dirigeantes et celui des classes laborieuses est trop important.

Prométhée note tout cela. C'est étrange comme il nous a fait peur au début, et comme maintenant il nous semble presque amical.

– Par lassitude d'un système ancien et sclérosé.

– Qui a dit ça ?

Proudhon lève la main.

– Pas mal. Par moments la répétition d'un système rassure, et puis tout à coup les gens ne le supportent plus. Pourtant, si l'on étudie l'histoire, on constate que peu de révoltes populaires spontanées ont eu un effet décisif. Même les émeutes de la faim ont été pour la plupart facilement maîtrisées. Alors, qu'est-ce qui fait que tout d'un coup le système s'effondre pour de bon ?

Prométhée prend sa craie et note : « Complots étrangers ».

— La plupart des coups d'État ont été organisés par des pays étrangers pour affaiblir leur voisin. Par exemple, pour reprendre celui de Terre 1 : les services secrets allemands, en 1917, aident à déclencher la révolution russe pour affaiblir le front de l'est. Ce n'est pas par hasard si un train allemand a permis le retour clandestin de Lénine. Les Russes à leur tour vont financer et protéger la petite bande des communistes chinois pour permettre à Mao d'accéder au pouvoir en 1949. Et ainsi soulager leur front sud. Les Chinois ensuite ont aidé en matériel, en soutien logistique et probablement même ont fourni des soldats pour la guerre de Corée, celles du Vietnam, du Laos, du Cambodge. Bien entendu, rien d'officiel dans tout cela, ajoute-t-il.

Le Maître auxiliaire accroche une carte de notre Terre 1 et désigne les différents pays.

— Et cela peut être plus mesquin encore, un pays peut fomenter une révolution pour placer un gouvernement fantoche à sa solde. Car la révolution peut être une manière, pour le pays voisin, d'économiser une guerre. Et vous verrez avec les autres professeurs que, pour acquérir matières premières et zones d'influence, il n'existe pas cent façons : l'invasion pure et simple ou les accords commerciaux bien négociés à votre avantage. Pour réussir la seconde option, rien de tel que l'installation d'un gouvernement fantoche qui vous est redevable. Il suffit pour cela d'un petit groupe d'hommes déterminés. Par moments d'un général, voire d'un officier de bas rang nanti d'un stock d'armes et d'un peu d'argent.

– Mais il y a quand même eu de vraies révoltes, s'offusque Proudhon.

– Ah bon... ? Allez-y.

– La Commune de Paris.

– C'est vrai. Mais elle n'a pas duré longtemps et elle a fini en boucherie. Ce que je veux vous apprendre, c'est que le peuple ne sait pas se révolter seul. Même s'il a faim, même s'il a un gouvernement injuste, même s'il existe un trop grand écart entre les riches et les pauvres, il lui faut des leaders charismatiques et un trésor de guerre pour réussir une vraie bascule.

– Parfois la révolte peut venir du dirigeant lui-même, signale Raoul Razorback.

– En effet. Je voulais justement y venir. Toujours pour reprendre des exemples de Terre 1, je crois que vous connaissez l'histoire d'Akhenaton, le pharaon rebelle qui a voulu émanciper son peuple contre la classe des prêtres visant à le maintenir à son niveau le plus bas. On pourrait donc dire qu'il s'agissait d'un « roi révolutionnaire ».

La classe approuve.

– Il a échoué, tranche-t-il. Donc, le roi révolté ça ne marche pas. Et d'ailleurs il a été renversé par un complot.

Prométhée nous parle ensuite d'Hannibal, une tentative d'un militaire pour promouvoir l'émancipation des siens.

– Soutenu par le peuple de son pays, soutenu par les peuplades étrangères, il sera trahi par les sénateurs, et finira par se suicider après une ultime trahison.

Prométhée évoque Spartacus, un révolutionnaire issu des rangs les plus défavorisés : les gladiateurs.

– Il arrive à rassembler une armée qui inquiète l'empire mais trébuche au dernier moment.

Il enchaîne sur une multitude d'autres leaders libérateurs – dont Wallace, en Écosse – qui pour la plupart ont fini dans d'atroces supplices, pour bien marquer les esprits.

Puis le Maître dieu auxiliaire revient à notre planète. Il remarque plusieurs peuples dotés de régimes « doux ».

– Bien souvent le pouvoir fonctionne comme un système de balancier. Après le doux, le dur. Et après le dur, le doux.

Il accroche son ankh et lui imprime un mouvement de pendule.

– Mais il est toujours nécessaire d'obtenir un soutien populaire. Même les plus cyniques dictateurs sont obligés de créer un climat de mécontentement pour renverser les pouvoirs en place. C'est délicat. On ne peut créer l'orage qu'après avoir préparé le nuage noir. Un peuple, on le programme, on le manipule. Mais on l'écoute. Le peuple est un enfant capricieux qui veut toujours le contraire de ce qu'il a déjà. Il suffit de le pousser un peu et de l'accompagner ensuite. Après un gouvernement de droite sécuritaire, il veut un gouvernement de gauche. La question est : le mécontentement populaire est-il issu des comploteurs, ou les comploteurs sont-ils issus du mécontentement populaire ?

J'examine les éléments de révolution visibles dans la salle, comme pour y trouver un début de réponse.

– Malgré tout ce que je viens de vous dire, la plupart des révolutions marquent une transition entre deux politiques. Cela peut aboutir à une évolution, mais aussi à un retour en arrière. On a vu des pays, démocratisés trop tôt, se soulever en révolutions populaires pour remettre au pouvoir des tyrans, qui bien sûr les ont aussitôt ramenés dans un système féodal coercitif, contre lequel ils ne se sont plus révoltés.

Prométhée balance son ankh d'avant en arrière.

– Regardons où vous en êtes. Pour les plus évolués, au passage de la monarchie despotique à la monarchie équilibrée par une assemblée législative. Mais allez-y doucement. Les régimes parlementaires fonctionnent d'autant mieux qu'on y trouve :

a) de grandes villes, b) une population alphabétisée, donc des écoles, et enfin, c) une classe moyenne.

Il écrit en gros : « classe moyenne ».

– Qu'est-ce qu'une classe moyenne ? C'est une classe tampon, qui n'est ni obnubilée par sa survie quotidienne ni crispée sur ses privilèges. Elle peut donc réfléchir et agir en profondeur. C'est d'elle que proviennent en général spontanément les éléments « libéralisateurs ». Dans les révolutions, pensez toujours à vous appuyer sur les classes moyennes et les étudiants. Bien souvent les pauvres et les illettrés sont tellement revanchards qu'ils ne font que reproduire des dictatures parfois pires que celles qu'ils ont renversées...

Beaucoup d'élèves sont choqués de voir ainsi traitée toute une classe sociale.

– Comment pouvez-vous dire ça ? s'exclame Sarah Bernhardt.

– Il faut beaucoup de sérénité pour diriger sagement un peuple. Lorsqu'on a faim et qu'on a été en colère, on n'est pas très serein. Regardez ces révolutions qui ont tourné en installation de systèmes mafieux... Il faut sortir des schémas simplistes. Ce n'est pas parce qu'on est pauvre qu'on est vertueux, et ce n'est pas parce qu'on est riche qu'on est égoïste.

Une rumeur de réprobation circule parmi nous.

— Ce n'est quand même pas la faute aux... pauvres s'ils sont pauvres ! s'indigne l'actrice.

Prométhée masse sa blessure au foie.

— Le nœud du problème tient tout entier dans l'éducation. Les pauvres, la plupart du temps, ne rêvent qu'à une chose : ... être riches à la place des riches. Ils ne veulent pas l'égalité, ils veulent remplacer une caste par une autre. Parfois même ils veulent juste voir les riches souffrir et cela suffirait à leur bonheur. Ne soyez pas naïfs !

Cela me rappelle ce que j'ai observé avec Kouassi Kouassi. Le saboteur ghanéen disait bien : « Notre plaisir n'est pas d'avoir la même chose que vous, notre plaisir est de vous prendre ce que vous avez pour que vous, vous ne l'ayez plus. »

— Ce n'est pas très « politiquement correct », poursuit Prométhée. Mais en tout cas c'est ce que je pense, et je suis désolé de vous confirmer que ce sont le plus souvent les classes moyennes qui possèdent suffisamment de clairvoyance ou d'idéal pour ne pas reproduire le schéma d'écrasement d'un groupe d'humains par un autre.

Cette fois, quelques sifflets fusent. Je n'ai jamais vu un Maître dieu se faire contester de la sorte. Pour ma part, ayant lu les extraits du livre de Francis Razorback, je me souviens que Prométhée est quand même le dieu qui a pris parti pour le peuple des humains contre les dieux olympiens. Je perçois un certain paradoxe dans le personnage. À moins que ce ne soit son côté provocateur.

Prométhée circule parmi nous et annonce :

— Je vois que certains parmi vous sont choqués par mes propos. Je voudrais donc leur parler d'un personnage mal connu de l'histoire, et qui pourtant a été au centre de la plus grande révolution de Terre 1 : le roi de France Louis XVI.

Il écrit son nom au tableau.

– Vous voulez que je vous raconte ma vision, depuis Olympie, de ce qu'il s'est passé durant votre Révolution française de 1789 ?

Un murmure de méfiance court dans la salle. Louis XVI a toujours été connu comme un médiocre.

– Rappelons tout d'abord votre histoire. À commencer par Louis XIV, un roi-dictateur, qui se fait appeler Roi-Soleil mais qui est surtout le roi-tyran. Il se lance dans la construction d'un projet pharaonique : Versailles. Des jardins, des palais, du luxe et des paillettes pour entretenir et contrôler une cour de nobliaux dépravés. Il lève des impôts supplémentaires pour payer ce caprice surdimensionné. Et pour compléter le tout il se lance dans des guerres sur toutes ses frontières. Guerres qui sont toutes autant de défaites. Cela aussi coûte cher. Résultat : la France est ruinée, la famine règne dans les campagnes. Là-dessus, éclatent quelques révoltes paysannes rapidement matées dans le sang. Louis XIV meurt, et c'est Louis XV qui hérite de la patate chaude. Louis XV ne fait rien, gère au mieux pour gagner du temps et passe la patate encore plus brûlante à Louis XVI. Ce dernier n'est pas un génie, mais il est plein de bonnes intentions. Il examine l'état de son pays et s'aperçoit que si le système frôle la rupture c'est parce qu'une caste de privilégiés de naissance, les aristocrates, non seulement jouissent de pouvoirs exorbitants mais en plus ne paient pas d'impôts.

Étrange analyse de l'histoire. Assurément jamais on ne nous avait présenté nos rois de cette manière.

– Louis XVI constate ces inégalités, et qu'est-ce qu'il fait ? Il décide de s'appuyer sur le peuple pour renverser les barons, comtes et autres ducs qui font parfois régner la terreur sur leurs terres.

Prométhée constate notre étonnement et se régale à poursuivre.

– Louis XVI va donc directement demander son avis au peuple.

Il se lève pour être bien entendu.

– Rappelez-vous. Ce seront les Cahiers de doléances, formidable projet consistant à demander aux gens du peuple quels sont vraiment leurs problèmes quotidiens.

Prométhée se dirige vers une armoire et en tire un gigantesque dossier.

– En voilà quelques-uns. C'était suffisamment extraordinaire pour qu'en Olympe nous en ayons reproduit une partie. Vous imaginez ce que sont ces Cahiers de doléances. Ni plus ni moins que le véritable témoignage de la France profonde ! Là-dedans on apprend les soucis des paysans, la misère des campagnes, la vie des artisans, la vie des curés. C'est le premier sondage objectif d'une population. Enfin un texte où l'on ne parle plus de guerres ou de mariages princiers mais de la vraie vie de 99 % de la population du siècle.

Nous commençons à comprendre où notre professeur veut nous entraîner.

– Le problème, c'est que le peuple en exprimant sa douleur en prenait d'autant plus conscience. Et que du coup sa colère contre les dirigeants, loin d'être apaisée, se trouva décuplée. Un peu comme si tout d'un coup un clochard se mettait nu et se découvrait des pustules, des blessures, des plaques de psoriasis. Certes, avant ça le grattait partout, mais tant qu'il ne savait pas ce que c'était, il ne s'affolait pas. Et brusquement, en sachant, en voyant, il s'horrifie et panique. Classique.

En soulevant le voile qui recouvre les immondices on s'aperçoit que ça pue.

Il déambule du côté droit de la salle et nous découvrons, parmi les portraits des grands rebelles, Louis XVI. Mais pas de Robespierre, pas de Lénine, Mao Tsé-toung ou Fidel Castro. Aucun de nos grands « révoltés officiels terriens » n'est présent dans cette galerie. Probablement que, chez les dieux où l'on voit vraiment ce qu'il se passe, au-delà des propagandes et des lavages de cerveau, on les a jugés indignes de figurer parmi les véritables défenseurs du peuple.

— Louis XVI a pris conscience de l'ampleur du problème et de l'impossibilité de tout résoudre d'un coup. Il décide donc d'accomplir quelques réformes pour commencer. Pour l'y aider, il prend comme Premier ministre un technicien de l'économie : Turgot. Il abolit les privilèges de la féodalité, prône un impôt payable par tous, y compris les nobles.

Prométhée, fatigué, se rassoit derrière son bureau.

— Que n'avait-il pas fait là. Louis XVI se retrouve avec une aristocratie montée contre lui, plus un peuple qui commence enfin à comprendre qu'on le trompe depuis longtemps.

Prométhée ménage ses effets.

— On connaît la suite, le peuple descend dans la rue, le roi fuit, il est trahi, il est arrêté et finalement jugé, puis condamné et guillotiné, ainsi que toute sa famille. Voilà comment le peuple remercie ceux qui veulent l'émanciper. Mais ce n'est pas tout. Quelques années plus tard, la Révolution digérée dans le sang, le peuple plébiscite un nouveau leader charismatique qui s'autoproclame carrément empereur et recrée avec sa famille une nouvelle noblesse, profitant de privilèges encore plus énormes. Ce nouvel empereur s'empresse de monter une armée pour faire la guerre à tous ses voisins. Guerre qui une fois de plus va ruiner le pays et amener au massacre toute une jeunesse dans les glaces de la Russie enneigée. Et le plus singulier, c'est que le peuple adore vraiment son empereur et va en garder longtemps la nostalgie.

Un long silence s'installe dans la salle de cours.

– Le peuple est sacré, proteste Proudhon.

– Sacrément stupide, oui.

Prométhée ouvre un tiroir, en sort un tas de feuillets, les lit, s'en imprègne, puis nous livre son cours.

– « Les Français sont des veaux », affirmait un autre de vos leaders charismatiques, le général Charles de Gaulle. Moi je dirais un troupeau de moutons. Vous avez déjà étudié avec mon prédécesseur l'épisode des moutons de Panurge, ils suivent celui qui est devant. Moi j'ajouterais qu'ils craignent l'autorité, donc le berger. Ils le craignent et par pure commodité finissent par lui obéir sans réfléchir. Puis par l'aimer. Comme un prisonnier aime son gardien, un esclave son maître. Et tous, comme les moutons, trouvent normal d'être mordus par les chiens lorsqu'ils dévient du comportement général. Cela les rassure même. Et plus ils sont mordus, plus ils aiment leurs maîtres. En fait, le peuple est naturellement... (il note au tableau)... « masochiste ».

À nouveau, une rumeur de désapprobation circule dans la salle de cours, mais moins appuyée que les précédentes. Nous nous sentons confusément issus ou faisant partie de ce peuple que Prométhée qualifie de troupeau.

– Le peuple aime souffrir. Il aime craindre l'autorité. Il aime être puni. Étrange, n'est-ce pas ? Et il se méfie des rois et des empereurs qui seraient laxistes ou libéraux. Ils lui paraissent toujours suspects. Il les destitue en général assez vite pour les remplacer par des petits chefs durs et réactionnaires.

Il souligne le mot *masochiste*. Et note : « Qui aime bien châtie bien », et plus loin : « Plus on châtie plus on est aimé. »

Prométhée quitte son bureau et passe en revue les statues des rebelles de toutes les planètes de l'univers.

– Les moutons humains n'aiment pas la liberté, même s'ils bêlent à longueur de journée pour l'avoir, même s'ils la chantent, la prient, la placent au centre de leurs vœux et de leurs désirs... Ils savent tous au fond d'eux-mêmes qu'ils seraient bien ennuyés si on la leur offrait vraiment. Vos peuples, tous autant qu'ils sont, n'aiment pas la démocratie, ils n'aiment pas qu'on leur demande leur avis, si tant est qu'ils en aient un. Ils n'ont pas été éduqués pour ça. Ils aiment se plaindre, râler, insulter en cachette leur dirigeant et pourtant en cachette ils le vénèrent. Chacun à son niveau ne souhaite finalement qu'une chose : avoir un petit peu plus que le voisin.

Quelques rires retenus approuvent.

– Ils aiment l'ordre. Ils respectent la police. Ils craignent l'armée. Ils trouvent normal qu'on fasse taire les utopistes. Ils ont peur du chaos, de l'insécurité. Ils se méfient de l'opinion de leurs pairs, ils considèrent que leurs juges sont toujours justes.

Le Titan met sa main sur l'épaule d'une statue.

– La plupart des révolutions profitent toujours aux mêmes. Moi je les appelle les « petits débrouillards ». Vous les avez vus à l'œuvre. C'est l'expérience de la hiérarchie chez les rats : quoi que vous constituiez comme groupe, il apparaît toujours sur six individus, deux exploiteurs, deux exploités, un souffre-douleur et un autonome.

Cette expérience a décidément largement influencé

notre travail. Je me souviens qu'en la découvrant je m'étais dit : « Il n'y a donc aucun espoir, ce sont juste les uniformes qui changent. »

– Pour légitimer cette fatalité, ils appellent cela des révolutions. Nous seuls, ici en Olympe, faisons la distinction entre les vrais révolutionnaires sincères et les petits débrouillards qui ne font que changer de maffia dirigeante. Nous seuls voyons les propagandistes et les historiens corrompus à l'œuvre pour maquiller le réel et légitimer les privilèges des petits débrouillards.

Une sorte de colère passe dans sa voix.

– Ici nous voyons. Ici nous savons. Reste la sempiternelle question : Pourquoi le peuple se fait-il aussi facilement gruger ? Je vous la pose à vous, élèves dieux.

Un temps de réflexion.

– Le peuple est facile à manipuler parce qu'il n'est pas assez instruit, dit placidement Simone Signoret.

Prométhée caresse la barbiche d'un révolutionnaire en marbre. Une idée bizarre me traverse l'esprit : et si c'était une sculpture fournie par Méduse ? Si le vrai bonhomme était encore à l'intérieur, conscient et suivant le cours ?

– Le peuple est sentimental, lance Jean de La Fontaine.

– Bien vu, dit Prométhée. Le peuple est sen-ti-mental. Il suffit dès lors que le révolté ait un discours romantique, que la propagande soit astucieuse, et ça marche. On exhibe les martyrs, on lance des calomnies. Plus c'est faux, mieux ça marche. On lui fait des promesses impossibles à tenir. On lui fait miroiter des solutions simples aux problèmes compliqués. Le peuple ne veut pas connaître la réalité qui souvent, il le sait, est sordide, et ne peut s'améliorer que par petites touches effectuées par des spécialistes et sur le long terme. Il veut qu'on lui présente les choses de manière à pouvoir adhérer à un rêve immédiat sans se poser trop de questions. Il est même prêt à croire sciemment aux mensonges.

Là, pour le coup, des plaintes retentissent.

Prométhée laisse enfler la révolte, il continue de parler, imperturbable, même s'il est obligé de hurler pour couvrir le tumulte.

– Pas un seul grand dirigeant historique de Terre 1 n'aimait vraiment son peuple.

Certains élèves, outrés, sifflent. Ils ont dû, dans leur jeunesse, militer pour des causes politiques.

– Vous faites le lit de l'anarchie ! clame Voltaire.

– Vous faites le jeu des tyrans en affirmant qu'ils sont une fatalité incontournable ! surenchérit Jean-Jacques Rousseau, pour une fois en accord avec son rival.

Prométhée s'approche d'un gong et le frappe.

– Je détruis certes vos illusions sur les systèmes politiques, mais je vous prouve qu'ils ne tiennent que par les intentions profondes des individus qui les composent.

La classe se calme progressivement.

– Quel autre moyen avons-nous de permettre au peuple de s'émanciper en dehors de la création d'une classe moyenne ? demande Jean de La Fontaine qui, avec Rabelais, paraît l'un des rares à apprécier notre étrange instructeur.

– Comme je vous le disais tout à l'heure : l'éducation.

Il note au tableau : « Méritocratie ».

– La méritocratie, c'est-à-dire le pouvoir donné non plus à ceux qui sont physiquement les plus forts, ni à ceux qui sont bien nés, mais à ceux qui sont les plus méritants, c'est-à-dire les meilleurs élèves. L'école obligatoire pour tous va mélanger les classes sociales, harmoniser les valeurs, permettre la rencontre entre individus issus de cultures différentes.

Il se tourne vers nous.

– Donc, développez lentement et solidement une classe moyenne qui soutiendra un système de scolarité permettant aux plus pauvres de s'élever dans la société par leur travail et leur talent. Voilà le moyen d'installer un régime politique moins « injuste ». La vraie révolution s'élabore lentement à partir des écoles.

Proudhon ne semble pas convaincu.

– Vous êtes en train de nous proposer de créer un système fondé sur la bourgeoisie, une sorte de consensus mou, grâce à la scolarité ?

– Vous avez mieux ?

– Oui, un système de gouvernement direct par le peuple.

– Vous savez, mon cher Proudhon, que c'est impossible.

– La révolution cambodgienne.

– Pol Pot ? Vous plaisantez, j'espère. Il a certes poussé les paysans incultes à massacrer les intellectuels et les bourgeois, mais on a vu le résultat. Le pays a plongé dans la misère, il s'est installé une classe de dirigeants maffieux vivant du trafic de drogue, et le pays a renoué avec des valeurs de despotisme ruinant son avenir économique et moral.

Proudhon se ferme, et marmonne quelque chose qui vaguement sous-entend que l'Olympe est déjà un royaume de petits-bourgeois.

Prométhée nous invite à poursuivre la partie.

Nous nous approchons de Terre 18. Je m'empare en hâte d'un petit escabeau pour mieux voir la terre des baleines. Ce qui devait arriver est arrivé. Le peuple des aigles a définitivement annihilé la capitale des baleino-dauphins. Désolé, Freddy, je n'aurai pas su gérer ton troupeau humain.

— Je vous laisse un temps de réflexion, puis tout le monde prend son matériel et on lance la partie.

Discrètement, je fouille dans ma besace pour trouver une idée qui m'aidera à saborder Raoul de l'intérieur.

Il me faudrait un héros, quelqu'un issu du peuple qui révèle les failles du système des aigles.

55. ENCYCLOPÉDIE : SPARTACUS

En 73 av. J.-C. éclate une révolte dans une école de gladiateurs de Capoue. Le leader de la révolte est un Thrace du nom de Spartacus. Au cours de cette révolte, Spartacus et 70 autres gladiateurs parviennent à s'enfuir. Ils attaquent un chariot transportant des armes et forment ainsi une troupe. Ils descendent vers Naples et rallient à eux plusieurs milliers d'esclaves. Le gouvernement romain oppose une milice, mais les gladiateurs manifestent une résistance inaccoutumée et parviennent même à la mettre en fuite.

Cependant les généraux refusent d'envoyer directement l'armée car ils estiment que ces esclaves sont des adversaires indignes de vrais soldats.

En décembre 73 av. J.-C. la troupe de Spartacus comprend 70 000 hommes armés qui avancent en ligne derrière sa bannière. Ils remontent l'Italie et atteignent la plaine du Pô en mars 72 av. J.-C. Cette fois, Rome se décide enfin à dépêcher l'armée. Mais il est trop tard. Sous la direction de Spartacus, qui se révèle un fin stratège, les gladiateurs et les esclaves battent successivement les légions du consul Gélius, puis celles du consul Lentulus, puis celles du proconsul Cassius. Après ces victoires, Spartacus décide de redescendre vers Rome. Les habitants de la capitale tremblent, le richissime sénateur Crassus décide alors de monter une armée pour contrer cette menace. Il parvient à repousser les troupes de Spartacus jusqu'à l'extrémité de la presqu'île de Rhegium qu'il ferme par un fossé fortifié de 55 km. En janvier 71 av. J.-C. l'armée de Spartacus parvient à forcer le blocus. La bataille va être très longue et tourne à l'avantage de Crassus. Pour empêcher de nouvelles révoltes d'esclaves ou de gladiateurs, les 6 000 prisonniers ayant survécu seront crucifiés sur les 195 km menant de Rome à Capoue.

Edmond Wells,
Encyclopédie du Savoir Relatif et Absolu, Tome V.

56. LE TEMPS DES HÉGÉMONIES. LES AIGLES

Le peuple des aigles avait vaincu et détruit le port des baleino-dauphins, et ainsi lavé l'affront infligé par le jeune général dauphin, le Libérateur, rebaptisé du coup dans les livres d'histoire aigles : « Le Menteur ».

Sur le flanc est, les aigles avaient entièrement récupéré le territoire occupé par les hommes-lions à l'époque de leur splendeur. Côté sud-est, les aigles avaient envahi le territoire ancestral des hommes-dauphins. En mer ils avaient récupéré l'île des hommes-taureaux, le port des hommes-harengs, sur terre ils avaient repoussé les hommes-rats dans les montagnes, et occupaient le territoire des hommes-faucons. Leur nouvelle zone d'influence s'étendait jusqu'au pays des hommes-termites où ils avaient établi une frontière fortifiée après l'une de leurs rares défaites militaires.

Sur le flanc nord, les hommes-aigles combattaient avec succès les hommes-chevaux, les hommes-ours et ils avaient déjà une frontière commune avec les hommes-loups.

La victoire entraînait la victoire. Le plus souvent, les hommes-aigles n'avaient même pas besoin de combattre, leur renommée incitait les peuples à se rendre avant le premier sang versé.

Chaque fois, les aigles récupéraient des esclaves et les intégraient dans leur immense armée, dans leur flotte de galériens, dans la masse de leurs ouvriers. Certains peuples prenaient les devants et avant même d'être découverts par les éclaireurs de la République (on ne précisait même plus « des aigles », tant pour tous il était évident qu'il n'y avait qu'une seule vraie République, les autres n'étant que des royaumes gonflés) se signalaient et demandaient à signer un traité de paix. Ils étaient alors soumis à un impôt et devaient fournir des soldats et leurs meilleures matières premières.

La capitale des hommes-aigles était devenue une mégapole gérée par une administration complexe. Une classe d'intellectuels, puis de bourgeois apparut. Ils ne travaillaient plus mais faisaient trimer les esclaves étrangers. Pour amuser ces nouveaux riches, les hommes-aigles, lassés des banals paris sur les combats de coqs ou de chiens, en organisaient entre esclaves.

C'est alors qu'un jeune général aigle décida de se lancer dans la conquête du Nord-Ouest. C'était la zone des hommes-coqs, qui avaient jadis pactisé avec le Libérateur. Jeune homme taciturne au visage allongé, pourvu d'une mèche blanche éclaircissant sa chevelure noire, il était sorti premier de l'école des officiers. Il était passionné par l'art de la guerre mais aussi par la découverte des cultures étrangères. Ses collègues l'avaient naturellement baptisé « Mèche Blanche ». Il avait étudié, au point de les retenir par cœur, les mouvements des batailles du général des hommes-lions, mais aussi celles du Libérateur. Il avait aussi appris à parler le langage des hommes-coqs.

Mèche Blanche prit la tête de cinq légions, franchit les montagnes de leur frontière ouest.

La guerre des hommes-aigles contre les hommes-coqs fut l'une des campagnes militaires les mieux organisées de l'époque. Les hommes-coqs étaient regroupés en une fédération de tribus, et n'avaient pas opté pour un pouvoir centralisé. Mèche Blanche procédait dans sa guerre toujours de la même manière. Tout d'abord il installait ses troupes en périphérie du camp adverse. Il dépêchait des éclaireurs pour étudier les usages de la tribu qu'il allait combattre. Il se faisait remettre des rapports à partir desquels il rédigeait un grand ouvrage sur les mœurs des tribus coqs.

À sa manière il les admirait. D'ailleurs, dans son livre, *La Guerre des Coqs*, il se répandait en termes élogieux pour décrire la beauté de leurs femmes, le courage de leurs guerriers, le doux chant de leur accent, leur gastronomie, leur peinture, leur art vestimentaire. Ce fut le premier général « ethnologue ». Il proposait ensuite à ces peuples de se soumettre pour éviter le carnage. Ces derniers refusaient le plus souvent et Mèche Blanche les massacrait à regret.

Sa devise était : « 1) S'informer, 2) réfléchir, 3) agir. » Et de fait, bien informé, ayant bien réfléchi, son action était d'une efficacité totale.

La victoire obtenue, il demandait à ses soldats de limiter les pillages, et il ne faisait décapiter que les rois et les chefs de village, épargnant les autres dignitaires.

Les soldats coqs étaient dix fois plus nombreux que les soldats aigles et cela ne changeait rien. Faute d'union globale, ils perdaient. Le général Mèche Blanche poursuivait la rédaction quasi scientifique de sa *Guerre des Coqs*. Il agissait comme un collectionneur de papillons tuant ce qu'il admire pour lui offrir l'immortalité. Car, il en était persuadé, grâce à son livre, la postérité saurait que ces peuplades avaient un jour existé. Il était conscient de ce paradoxe, et il avait essayé de l'expliquer aux hommes-coqs vaincus. « Grâce à moi, disait-il, dans deux mille ans les gens sauront qui vous étiez. »

Mèche Blanche demanda même à son dessinateur personnel de les représenter avec le plus de réalisme possible.

Quand enfin un général charismatique des hommes-coqs réussit à réunir les dernières tribus libres pour résister aux légions, finalement pas si nombreuses, de Mèche Blanche, il était trop tard. L'armée du général coq connut deux petites victoires et trois grosses défaites. Poursuivi par les hommes-aigles, le général se terra dans une forteresse avec les restes de son armée. Mèche Blanche vint les encercler. Le siège dura plusieurs mois. Les hommes-coqs, bien qu'affamés, se battaient avec vaillance. Ils attendaient des renforts. Mais ceux-ci arrivèrent un jour trop tard. Le général coq se rendit, en échange de la vie sauve pour ses compagnons de siège.

Mèche Blanche reçut les armes des résistants, puis il fit enchaîner le général coq, l'accrocha à son char et l'exhiba dans les rues, avant de l'enfermer plusieurs semaines dans une cage et, pour finir, le faire décapiter devant la foule.

Mèche Blanche cependant tint sa promesse, il ne fit pas tuer les soldats qui lui avaient tenu tête durant le siège... Il les envoya ramer aux galères dans la flotte des aigles.

Son livre connut un grand retentissement. Mèche Blanche, après cette victoire et grâce à son sens inné de la propagande, acquit une notoriété unique. Cela ne lui suffit pas. Il lança une campagne de conquête vers le sud pour attaquer la terre des hommes-scarabées qui était dirigée par une reine rebelle d'origine lionne.

Cependant, loin de lui résister, celle-ci lui proposa spontanément une alliance. Si bien qu'après avoir guerroyé sans relâche, il s'accorda un peu de répit. Abandonnant pour un temps son armure de général, Mèche Blanche paressa dans les palais de la reine scarabo-lionne.

Mais Mèche Blanche était déjà marié à une femme aigle, et le peuple, admiratif du stratège et de l'observateur ethnologique, fut scandalisé que son héros trompe ouvertement son épouse avec une reine étrangère.

Pris d'une colère froide, le vainqueur des hommes-coqs rentra dans sa capitale et, toujours fort de sa réputation de guerrier invincible, décida de renverser la République, et de s'imposer comme seul dirigeant avec le titre d'empereur des hommes-aigles.

Les sénateurs prirent peur et, craignant pour leur vie, improvisèrent un complot. Au moment où Mèche Blanche annonçait qu'il renversait le gouvernement, les sénateurs sortirent un couteau de leur toge et tous l'assaillirent en criant : « Mort au tyran ! » Il reçut près de deux cents coups de couteau. Son dernier mot fut : « Je meurs mais ma légende me survivra. »

Les sénateurs furent tous arrêtés et livrés aux fauves dans l'arène de la capitale. Ce fut alors l'un des cousins de Mèche Blanche qui hérita, sans avoir rien fait pour, du titre d'empereur. La machine de renforcement du pouvoir était en marche. Dès lors le gouvernement fut encore plus centralisé. Les ministres, zélés, décrétèrent que l'empereur était un dieu incarné sur Terre.

Mais le pouvoir se payait. Et à un tel niveau, il attirait la convoitise. Le premier empereur fut empoisonné par sa femme qui plaça leur fils aîné sur le trône. Celui-ci, après quelques années de règne, fut tué par son frère cadet. Un oncle le destitua et à son tour fut poignardé par son amant qui s'autoproclama empereur. Dans une immense fête et en grande pompe il se fit remettre les attributs de sa fonction par les politiques et les prêtres.

La sœur d'un serviteur, aidée d'un général, le fit bientôt emprisonner et supplicier. Le trône changea encore de propriétaire. Quatre coups de poignard, une vingtaine d'empoisonnements, et plusieurs complots avant que le titre d'empereur revienne comme par hasard à un descendant direct de Mèche Blanche. Mais la mort violente semblait s'acharner sur tous ceux qui montaient sur le trône maudit.

Si bien, alors que l'empire n'avait jamais été aussi puissant militairement et économiquement, que ses dirigeants se succédaient à grande vitesse. De l'extérieur, le peuple des aigles ne percevait ces luttes intestines que par le changement des visages en effigie sur les pièces de monnaie.

57. ENCYCLOPÉDIE : LES INDO-EUROPÉENS

Depuis le XVIIe siècle, plusieurs spécialistes des langues, et notamment des Néerlandais, ont noté des rapprochements entre le latin, le grec, le persan et les langues européennes modernes. Ils pensaient

alors que le point commun était le peuple des Scythes. À la fin du XVIIIᵉ siècle, William Jones, un fonctionnaire anglais travaillant en Inde, passionné de philologie, découvre à son tour un lien entre ces langues et le sanskrit, la langue sacrée des Indiens. L'étude est reprise par un autre Anglais, Thomas Young, qui invente en 1813 le terme d'« Indo-Européen » et émet l'hypothèse d'un peuple unique venant d'un foyer unique et qui aurait par vagues successives envahi ses voisins et disséminé son langage.

Le terme sera ensuite repris par deux Allemands, Friedrich von Schlegel et Franz Bopp qui trouvent des similitudes entre l'iranien, l'afghan et le bengali, le latin, mais aussi le grec, le hittite, le vieil irlandais, le gothique, le vieux bulgare et le vieux prussien.

Dès lors, les historiens tentèrent de reconstituer l'histoire de ces fameux envahisseurs indo-européens. Il semble que la tribu « indo-européenne » d'origine vivait au nord de la Turquie. C'était un peuple organisé en castes rigides. Ils avaient domestiqué le cheval, la technique des chars de combat et le travail du fer. Ce qui leur donnait un avantage sur des adversaires utilisant les chevaux uniquement pour transporter les vivres et ne connaissant que le cuivre ou le bronze.

Les Indo-Européens avaient le culte de la guerre. C'est ainsi qu'ils combattent, convertissent et « récupèrent » leurs voisins les plus proches : les Hittites, les Tokhariens, les Lykiens, les Lydiens, les Phrygiens, les Thraces (ces peuples disparaissant complètement vers la fin de l'Antiquité). Puis ils conquièrent le territoire des Iraniens, des Grecs, des Romains, des Albanais, des Arméniens, des Slaves, des Baltes, des Germains, des Celtes, des Saxons.

N'auraient échappé à cette invasion indo-européenne que certains peuples qui du coup ont conservé leurs langues ancestrales : notamment les Finnois, les Estoniens et les Basques.

On estime aujourd'hui que deux milliards et demi de personnes, soit presque la moitié de l'humanité, parlent une langue d'origine « indo-européenne ».

Edmond Wells,
Encyclopédie du Savoir Relatif et Absolu, Tome V.

58. LA TROISIÈME DISPERSION DES DAUPHINS

Dès que les hommes-aigles eurent commencé à assiéger la capitale des hommes baleino-dauphins, un groupe d'entre eux décida de s'emparer des meilleurs bateaux pour fuir de nuit. Ils étaient guidés par de vieux hommes-dauphins qui gardaient en mémoire le scénario de plusieurs fuites collectives.

Douze gros bateaux furent ainsi mis à l'eau.

Les sept premiers furent interceptés et coulés au cours d'une bataille nocturne avec la flotte de surveillance des hommes-aigles. Les catapultes à étoupe enflammée incendiaient sans difficulté les bateaux des fugitifs. Les éperons terminaient le travail en fendant les coques.

Les cinq navires qui s'en tirèrent le durent à l'adresse de leurs capitaines et aux vents favorables.

Lorsqu'ils furent enfin hors de portée de la flotte des aigles, les survivants baleino-dauphins se concertèrent et prirent des directions différentes pour multiplier leurs chances de survie.

L'équipage du huitième bateau décida de se diriger

vers l'est et de revenir à la terre ancestrale des dauphins. Ce fut lui qui arriva le premier. Ses marins découvrirent alors que leur terre elle aussi était sous occupation des aigles. Ceux-ci avaient installé un roi fantoche entièrement dévoué à l'empire et imposaient une loi martiale, levant des impôts exorbitants. Les rébellions permanentes étaient prétexte à des massacres collectifs.

À peine débarqués, les baleino-dauphins furent capturés et jetés en prison. Là, isolés du monde, ils réussirent à consigner leur histoire pour ne jamais oublier leur culture, même dans les instants les plus difficiles. Ils commencèrent donc à rédiger un livre d'aventures dans lequel, à travers l'histoire des personnages, se cachait celle, codée, de leur peuple. Dans un autre livre aux allures de contes, ils dissimulèrent des informations scientifiques, en chimie, en astronomie, en mathématiques. Seuls ceux qui possédaient le code de décryptage pouvaient le déchiffrer, si bien que pour toutes les tyrannies futures, ce livre ne semblerait jamais subversif. Le trésor était caché derrière les mots.

Mais au-delà de l'aspect intellectuel, les prisonniers baleino-dauphins décidèrent qu'il fallait inventer des fêtes anniversaires pour que les hommes-dauphins éparpillés dans le monde (leur fuite de la capitale dauphin fut baptisée : la Troisième Dispersion) puissent se remémorer l'histoire de leur peuple.

Pour se souvenir de l'attaque des hommes-rats et de la fuite en mer, ils devaient manger un rongeur (à savoir un lapin, le rat n'étant pas très appétissant).

Pour se souvenir d'avoir bâti une grande capitale bien à eux, ils devaient construire une hutte dans leur jardin.

Pour se souvenir du déluge recouvrant l'île de la

Tranquillité, ils devaient boire d'un trait un verre d'eau salée.

Pour se souvenir de la fuite du territoire des hommes-scarabées dans le désert, ils devaient avaler un peu de sable.

Et ils ajoutèrent un rituel pour se remémorer la guerre contre les hommes-aigles : manger un œuf (de poule en l'occurrence, car les œufs d'aigles étaient rares) pour garder le souvenir de l'épopée du Libérateur qui avait conquis puis épargné les aigles.

Le neuvième bateau dauphin fut coulé par un bateau pirate qui passait par là.

Le dixième partit vers le sud et aborda sur une côte dont la population massacra son équipage sans autre forme de dialogue.

Les onzième et douzième bateaux partirent vers l'ouest où ils affrontèrent l'océan à la recherche de l'île de la Tranquillité.

Leur voyage dura très longtemps et fut très pénible.

Après avoir essuyé maintes mutineries, tempêtes et disettes, afin de multiplier leurs chances de retrouver l'île, eux aussi se séparèrent. Le onzième bateau vogua vers le nord-ouest, le douzième vers le sud-ouest.

Le onzième bateau finit par aborder un continent. Là vivait le peuple des hommes-dindons. Ils les accueillirent d'abord avec méfiance, puis furent émerveillés par leurs sciences, leurs objets, leurs connaissances. Une relation de confiance s'installa, et les échanges purent avoir lieu. Les hommes baleino-dauphins apprirent à leurs hôtes l'écriture, les mathématiques et l'agriculture, ainsi que l'art de bâtir des villes. Les hommes-dindons écoutaient, enregistraient les idées, mais ne les suivaient pas toutes. Construire une grande ville, ils n'en avaient cure. Ils préféraient vivre en plein air, nomades et libres, plutôt qu'enfermés entre des murs. Ils récupérèrent quand même l'idée de l'assemblée des sages, et du vote à main levée pour les grandes décisions. De même ils intégrèrent l'idée extravagante de monter sur des chevaux pour aller plus vite.

Quant au douzième bateau, naviguant vers le sud-ouest, il accosta sur la terre des hommes-iguanes. Là, les voyageurs épuisés reçurent un accueil chaleureux. Ils furent rapidement présentés au roi qui s'agenouilla devant eux. Ce comportement les rendit méfiants. Mais ils n'étaient pas au bout de leurs surprises.

Le roi parlait une langue assez proche de la leur, si bien qu'ils purent se comprendre. Il leur expliqua ce mystère. Jadis, sur la même plage, des hommes-dauphins avaient débarqué. Ils leur avaient apporté beaucoup de bienfaits. Ils leur avaient appris à compter, à écrire, et à pratiquer l'agriculture. Ils leur avaient montré comment construire des pyramides et appris à repérer les étoiles dans le ciel. Puis ils étaient repartis, non sans leur avoir annoncé : « Un jour d'autres hommes-dauphins débarqueront comme nous sur cette plage. Ils vous apporteront la suite de notre enseignement. » Si bien que lorsque les navigateurs dauphins étaient arrivés, ils étaient attendus. Ils furent portés en triomphe tout au long de la grande rue centrale de la capitale, on leur jeta des fleurs depuis les fenêtres, leurs noms furent acclamés par la population en liesse.

Les hommes-dauphins s'installèrent donc chez les hommes-iguanes dans un confort nouveau pour eux. Ils communiquèrent rapidement sur les techniques et les arts. Les hommes-iguanes étaient à l'écoute, curieux, avides de tout ce qui sortait de la bouche de ces hommes-mystère. Ils leur montrèrent qu'ils avaient bien profité des connaissances de leurs prédécesseurs. Ils avaient bâti des observatoires du ciel, et développé des cartes des étoiles d'une grande précision. À côté de l'astronomie, ils avaient élaboré un art de l'astrologie. Des scientifiques enseignaient ainsi aux enfants tout ce qui leur arriverait dans l'avenir à partir des observations célestes. Les enfants apprenaient ces chansons par cœur. Elles racontaient comment ils rencontreraient la femme de leur vie, combien ils auraient d'enfants, et même comment ils mourraient.

Les hommes-dauphins découvrirent avec étonnement que les hommes-iguanes s'étaient rendus, grâce à ces horoscopes, « maîtres du futur ».

Le roi des iguanes leur fit découvrir leurs coutumes. Très jeunes, alors que leurs fontanelles étaient encore molles, les prêtres coiffaient les nouveau-nés des rois de couronnes carrées qui leur enserraient le crâne. Et ce afin que leur tête adopte cette forme géométrique. Ainsi, même lorsqu'ils étaient nus, ou voyageaient au loin, chacun pouvait les reconnaître.

Le roi leur fit visiter les plus grands monuments de son empire, et leur montra comment ils avaient développé en agriculture l'art de la bouture. Ils produisaient ainsi des végétaux hybrides dotés de qualités nutritionnelles et de conservation inégalées. « Nous prenons les meilleurs grains de maïs de chaque espèce et nous les croisons entre eux, pour créer des grains nantis des deux qualités de leurs parents. »

Puis le roi décida, pour fêter le retour des bienfaiteurs venus de la mer, une semaine de réjouissances et de libations.

Au cours d'une cérémonie, il leur apparut nu, recouvert de poudre d'or, flottant sur un radeau au milieu du lac central de la ville, entouré de porteurs de flambeaux. Depuis son embarcation, le roi nomma un par un tous les hommes-dauphins, déclara qu'ils étaient des demi-dieux, et ils furent applaudis dans une ovation reprise par un chœur de 1 200 enfants chanteurs. Puis les hommes-dauphins furent à leur tour mis nus, recouverts de poudre d'or, et portés en triomphe sur des grands chariots.

Ému aux larmes, un des dauphins eut cette pensée terrible : « Nous avons tellement pris de coups à travers l'histoire, que nous ne savons plus ce que c'est que d'être aimés. »

59. ENCYCLOPÉDIE : LES HÉBRAÏCO-PHÉNICIENS

Le deuxième grand courant linguistique est le courant hébraïco-phénicien.

La maîtrise des voiliers, des coques, des cartes et des boussoles de ces peuples leur permit de faire le tour de l'Afrique, et de remonter jusqu'en Écosse pour créer des comptoirs. Ils arrivaient, rencontraient les autochtones et proposaient d'échanger connaissances et matières premières.

Comme le cuivre était leur première monnaie d'échange et que ce métal avait la couleur rouge, ils se nommèrent les Édomites, de l'hébreu *édom*, « rouge », ce que les Grecs traduisirent par *Phoenicos* « les rouges ». D'où le nom de mer Rouge donné à la mer, au sud d'Israël, d'où partaient les navires hébraïco-phéniciens explorant les territoires voisins.

Ils parlaient une langue simple, formée de soixante mots-racines de trois lettres qui se complexifiaient pour préciser le sens en une multitude d'autres mots. Mais avec ces soixante mots le dialogue pouvait se créer avec tous les peuples rencontrés.

Les Hébraïco-Phéniciens ouvrirent la route du cuivre, la route du thé, mais aussi un circuit en

Méditerranée utilisant la connaissance d'un courant tournant autour des côtes grecques, romaines et africaines. Ils créèrent la route de l'étain, et l'on retrouve des traces de langue hébraïque en Bretagne, en Écosse, mais aussi au Mali, au Zimbabwe. Britain provient ainsi de l'hébreu *brit* « alliance ». Cadix, de « Kadesh », la sacrée. Les Phéniciens fondèrent la civilisation berbère, *ber-aber* signifiant en hébreu « fils de la nation mère ». Kabylie vient de kabalah « tradition ». Thèbes, Milet, Knossos (de l'hébreu *knesseth*, « lieu de rassemblement »), mais aussi Utique, Marseille, Syracuse, Astrakan sur le bord de la mer Noire ou Londres sont à l'origine des comptoirs phéniciens.

Les Hébraïco-Phéniciens accordaient une place prépondérante aux femmes, la transmission du nom se faisant par la femme et non par l'homme.

Edmond Wells,
Encyclopédie du Savoir Relatif et Absolu, Tome V.

60. L'HÉGÉMONIE DES TIGRES

Le peuple des tigres, après avoir bâti un immense empire efficace, se referma sur lui-même en centralisant toujours plus son système politique. Si bien que, au lieu de conquérir de nouveaux territoires comme l'empire des aigles en perpétuelle expansion, le peuple des tigres se fortifiait sans s'agrandir. C'était une force centripète, alors que le peuple des aigles était dans une spirale centrifuge.

La capitale de l'empire tigre était gigantesque. Il fut installé dans son centre un palais protégé par d'épaisses murailles et un fossé très large afin de parer à toute révolte. Au-delà du palais s'étendait un complexe administratif, lui aussi protégé par un mur et un fossé à peine moins large. Plus loin encore, avait été construit un centre universitaire qui formait les futurs administrateurs de l'empire.

Dès lors se créa une caste dite des « légistes », des fonctionnaires-juristes qui multipliaient les lois, les décrets, les amendements, les rapports, établissaient les tribunaux et les assemblées de spécialistes. Ils étaient eux-mêmes renseignés et servis par une classe de policiers qui surveillaient tout.

Pour garantir leur tranquillité, les légistes décidèrent de nommer leur empereur dieu vivant. Ainsi celui-ci devenait inapprochable et de fait n'intervenait plus directement dans la vie politique.

Les légistes voulaient savoir jusqu'à quel point on pouvait instrumentaliser les individus. Ils commencèrent par édicter un décret interdisant d'écrire quoi que ce soit sans autorisation de l'empereur. Puis un autre interdisant de lire.

Selon eux, ce qui mettait en péril la stabilité du royaume, c'étaient les initiatives individuelles, celles-ci étant forcément des remises en question du système. Donc, après avoir interdit de lire et d'écrire, les légistes interdirent purement et simplement de penser. « Penser, c'est penser contre le gouvernement », édictèrent-ils.

Pour arriver à interrompre la pensée individuelle, les légistes proposèrent le travail intensif. Selon eux, si on travaillait jusqu'à épuisement on ne pouvait plus trouver l'énergie pour comploter contre l'État.

La dénonciation, après avoir été encouragée, fut déclarée obligatoire. Nouvelle règle : « Ne pas dénoncer quelqu'un qui commet un délit est un délit pire encore. »

Des milices d'enfants étaient chargées de vérifier

que personne ne pensait. Ils étaient payés au nombre de personnes dénoncées. Dénoncer ses propres parents était récompensé par une prime supplémentaire.

Après les enfants espions-délateurs, les légistes améliorèrent encore leur contrôle en inventant le concept de « dizaines ». Tout le royaume était ainsi réparti en groupes de dix humains. « Comme les dix doigts de la main », énoncèrent les légistes. Sur les dix, il y avait un responsable, « le pouce », qui devait régulièrement tenir au courant l'administration des activités des neuf autres. Si l'un d'eux commettait un délit et que le responsable ne le dénonçait pas, il subissait la même peine que le contrevenant. Encore plus pernicieux, les légistes établirent que sur les neuf, l'un d'eux, « le petit doigt », surveillait secrètement « le pouce ».

Les dizaines étaient elles-mêmes regroupées en centaines, avec là encore un responsable global et un surveillant secret du responsable global, et les centaines étaient regroupées en milliers.

Tout le monde surveillait ainsi tout le monde, pour le plus grand bénéfice de la sécurité et de la stabilité de l'Empire tigre.

Mais cela ne suffisait pas aux légistes. Ils rêvaient de créer une nouvelle humanité biologiquement adaptée à l'ordre. Ils créèrent alors le concept de « loi organique ». L'idée était que le respect des règles de l'État devait être non pas moral mais instinctif. Ils voulaient que si quelqu'un avait la volonté d'enfreindre la loi, son propre corps le lui interdise. À cette fin, ils organisèrent de grands spectacles d'exécution publique. Pour frapper les esprits, le supplice devait durer le plus longtemps possible sans que le condamné s'évanouisse ou meure. Ainsi, l'effroi généré parmi les populations qui assistaient à cette macabre mise en scène suffisait à leur faire intégrer la « loi organique ».

Afin de perfectionner l'art de traumatiser les populations, une université de torture fut créée, où l'art d'infliger la souffrance était étudié scientifiquement avec l'aide de médecins.

En parallèle, ne pouvant exécuter toutes les personnes dénoncées, les légistes créèrent des camps de travail pour les déviants qui furent bientôt affectés à la construction de monuments à la gloire de l'empereur.

En même temps que l'administration montait en puissance, l'amélioration de la métallurgie permettait de disposer d'outils agraires plus efficaces, utilisables sur des zones plus larges. Du coup les petits lopins de terre furent remembrés et l'on assista à une révolution agricole. Parallèlement, des usines furent construites pour fabriquer ces mêmes outils agricoles, et les paysans obligés de se regrouper.

Les hameaux étaient abandonnés et l'on assista aux premiers exodes ruraux à grande échelle. La masse des paysans qui débarquaient contraignit les villes à s'agrandir jusqu'à devenir des mégapoles.

Après la caste des légistes qui contrôlaient l'administration, apparut une caste d'universitaires qui furent nommés « les lettrés ». Ceux-là avaient le droit de lire, d'écrire, et même d'entretenir des idées originales personnelles. Ils parlaient une langue qui leur était propre pour se reconnaître entre eux et éviter que le peuple ne les comprenne. Ils avaient leurs propres universités et restaient coupés de la société non lettrée. Les lettrés avaient la maîtrise des arts, des sciences et des plaisirs. Ils se cooptaient, portaient des vêtements particuliers et se coiffaient d'une manière spéciale qui leur permettait de se reconnaître de loin. Les légistes obligeaient les gens du peuple à les respecter. Ensemble, légistes et lettrés décidèrent de codifier la vie, y compris l'art de manger, de marcher, de respirer, l'art de tuer ou l'art de faire l'amour. C'est ainsi qu'apparut, après l'université de la torture, l'université des plaisirs. Dans cette école d'un nouveau genre, des jeunes filles étaient éduquées dès leur plus tendre enfance à faire atteindre aux hommes un paroxysme de plaisir. L'enseignement consistait à dispenser des cours de gymnastique ou de danse spécialement adaptés à l'acte amoureux, mais aussi des cours de cuisine aphrodisiaque, de peinture de nus ou de poésie érotique. Les femmes issues de ces universités étaient très prisées, certaines étaient même recrutées pour le harem de l'empereur, ceux des légistes ou des lettrés. On les appelait les femmes-fleurs.

Le Système tigre fonctionnait ainsi sur trois piliers : l'empereur, symbole sacré et centralisateur, les légistes, bras armé et garant de l'ordre social, les lettrés, arbitres des élégances et expérimentateurs en arts et en sciences.

Mais il advint que le système connut un déséquilibre. Des ministres légistes se disputèrent avec des ministres lettrés. Plus précisément, le ministre de la Sécurité entra en conflit personnel avec le ministre de la Musique qui lui avait dérobé sa femme-fleur.

Les deux hommes demandèrent l'arbitrage de l'empereur qui, après avoir entendu les deux parties, décida afin de les mettre d'accord de prendre lui-même cette femme-fleur dans son harem. Mais le ministre de la Musique était amoureux. Il tenta d'empoisonner l'empereur pour récupérer sa bien-aimée. Son complot échoua, il fut arrêté et supplicié par l'un des meilleurs professeurs de torture de l'université.

Dès lors, l'empereur entra dans une phase paranoïaque. Il mit à mort la femme-fleur, au cas où elle aurait été encore amoureuse de son opiniâtre lettré, ainsi que ses principales amies de harem qui auraient pu tenter de la protéger ou même la regretter. Après quoi, dans la foulée, il condamna le ministre de la Sécurité qui pouvait éventuellement lui aussi l'empoisonner par dépit amoureux.

Tout alla ensuite très vite. Comme plusieurs légistes tentaient de plaider en faveur de leur collègue, dans son élan l'empereur fit condamner tout le groupe qui avait demandé audience. Puis les familles. Puis les amis des conjurés.

L'empereur considéra ensuite que son entourage était indigne de confiance. Il décida de mettre à mort tous ses ministres, soupçonnés de vouloir prendre sa place, puis une grande partie des professeurs lettrés des universités, censés être des intellectuels rebelles.

Persuadé que des complots naissaient un peu partout contre lui, l'empereur pressa le nouveau gouvernement qui instaura une phase de terreur dans la population. Advint ce qu'on appela la Grande Purge.

La phase de terreur terminée, tous les membres du gouvernement furent à leur tour exécutés en place publique. L'empereur décida dès lors que, tous les humains étant faillibles, il lui fallait un ministre non humain. Il demanda à ses horlogers de lui fabriquer un robot.

Ils parvinrent à mettre au point une statue articulée, mue par un système hydraulique actionnant des centaines de rouages qui pouvaient mimer un comportement humain. Ce robot fut nommé chef du nouveau gouvernement et l'empereur obligea tous les autres ministres à le saluer et à lui parler respectueusement.

Mais l'empereur des hommes-tigres n'avait pas encore apaisé sa peur de mourir. Il demanda à ses chimistes d'inventer une manière de le rendre immortel.

Ceux-ci lui conseillèrent de faire très souvent l'amour mais de conserver son « jus vital ». L'empereur devait donc se nouer une cordelette coulissante autour du sexe, qu'il serrait au moment où il sentait l'éjaculation venir. Ainsi son énergie mâle restait en lui et le fortifiait. Par ailleurs, il devait ingurgiter sous forme liquide des métaux comme le mercure ou le zinc.

Quelques complots furent déjoués et noyés dans le sang. Pour renforcer le système, on engagea encore plus de fonctionnaires : policiers, soldats, légistes, lettrés, surveillants. Si bien qu'il y eut plus de gens qui contrôlaient ou imaginaient des systèmes de contrôle que d'actifs productifs.

Le grand empire des hommes-tigres était désormais une nation lourde, obèse, incapable de bouger. En fait, les légistes avaient réalisé leur idéal d'un État immuable, non parce qu'il était parfait, mais parce qu'il était devenu monumental.

Même les lettrés ne produisaient plus qu'un art neutre, non créatif. Ils reproduisaient les codes de leurs aînés et restaient des journées à chicaner sur des détails.

L'empereur mourut à 103 ans. Comme il n'avait aucun descendant, un de ses lointains cousins lui succéda. Cela n'avait plus aucune importance, car la machine administrative, entre-temps, s'était tellement complexifiée et sclérosée qu'elle vivait sur elle-même. Toute énergie y était diluée. Toute initiative dévorée, perdue dans la masse. Il n'y avait plus personne aux commandes de l'État. Aucun empereur ne pouvait plus influer sur son fonctionnement.

61. ENCYCLOPÉDIE : QUATRE FAÇONS D'AIMER

Pour les pédopsychologues il existe quatre degrés dans la notion d'amour.

Premier degré : « J'ai besoin d'amour. »

C'est le niveau infantile. Le bébé a besoin de caresses et de baisers, l'enfant a besoin de cadeaux. Il demande à l'entourage : « Est-ce que je suis aimable ? » et veut des preuves de cet amour. Au premier degré, on demande aux autres, puis à « un autre particulier » qui nous sert de référence.

Deuxième degré : « Je suis capable d'aimer. » C'est le niveau adulte. On découvre sa propre capacité à vibrer pour les autres et donc à projeter son affection sur l'extérieur. A fortiori à la concentrer sur un être particulier. Cette sensation peut être bien plus grisante que d'être aimé. Plus on aime, plus on s'aperçoit du pouvoir que cela donne. Cette sensation peut devenir indispensable comme une drogue.

Troisième degré : « Je m'aime. »

Après avoir projeté son affection sur les autres, on découvre que l'on peut la projeter sur soi-même.

L'avantage par rapport aux deux degrés précédents : on ne dépend plus des autres, ni pour recevoir leur amour, ni pour qu'ils reçoivent le nôtre. Donc il n'y a plus de risque d'être déçu ou trahi par l'être aimant ou aimé, et on peut doser cet amour exactement selon nos besoins sans demander l'aide de quiconque.

Quatrième degré : « L'Amour universel ».

C'est l'amour illimité. Après avoir reçu l'affection, projeté son affection, s'être aimé soi-même, on diffuse tous azimuts autour de soi. Et on réceptionne de la même manière cette affection.

Selon les individus, cet Amour universel pourra être

nommé : la Vie, la Nature, la Terre, l'Univers, le Ki, Dieu, etc.

Il s'agit d'une notion qui, lorsqu'on en prend conscience, nous élargit l'esprit.

Edmond Wells,
Encyclopédie du Savoir Relatif et Absolu, Tome V.

62. BILAN DE PROMÉTHÉE

La salle se rallume.

– Eh bien ça bouge, n'est-ce pas ? dit Prométhée. C'est ce qu'il y a de formidable dans le grand Souffle de l'Histoire, plus on avance plus ça accélère.

Il ne veut pas perdre de temps et décide de nous dévoiler le classement.

– Premier : Raoul avec son peuple des aigles. C'est lui qui gère l'empire le plus fort et le plus dynamique. Bravo. Deuxième : Georges Méliès avec son peuple des tigres. Un empire solide, raffiné, bien maîtrisé. Du travail d'orfèvre assurément. Enfin, troisième...

Il laisse un instant planer le suspense.

Marie Curie. Son peuple des hommes-iguanes a trouvé un équilibre et un style vraiment originaux. Ils ont une médecine efficace, un début de connaissance des croisements génétiques végétaux, ils ont un art particulier, une science basée sur l'observation des étoiles. C'est très joli tout cela. Il n'y a pas de métallurgie, mais ce n'est qu'un petit manque qui devrait être rapidement comblé. Les hommes-dauphins devraient les instruire rapidement, n'est-ce pas ?

Un peu sonné, j'approuve de la tête. Après tout je n'ai pour l'instant que très peu de contacts avec cette élève.

Prométhée poursuit :

– Quatrième : Mata Hari. Elle ne souffre d'aucune menace sérieuse sur ses frontières et elle a développé une flotte légère utilisant la voile et les rames. Son contact avec les explorateurs dauphins lui a permis d'améliorer sa connaissance des cartes et de la métallurgie. Pas mal du tout.

Zut, je n'ai pas regardé ce que manigançaient mes hommes-dauphins au nord de la planète. Ainsi il y a eu une alliance de mes mortels avec ceux de Mata Hari sans même que j'en prenne conscience.

C'est cela le problème des peuples dispersés, on ne sait plus où les suivre. Je ne peux, d'un autre côté, me focaliser sur un pays tout entier où ne se trouvent qu'une vingtaine de mes hommes-dauphins. Ce n'est plus de la dispersion, c'est du... tourisme.

Prométhée s'apprête à poursuivre et je m'attends à figurer parmi les derniers, voire le dernier, mais à ma grande surprise je me retrouve en douzième position.

– Michael Pinson, je crois que vous pouvez remercier Marie Curie et Mata Hari, dit le Maître auxiliaire. Sauvé par les femmes hein ?

Je baisse les yeux, un peu intimidé par ce genre d'assertion.

– Je vous ai bien noté car vous êtes allié, donc à moitié impliqué, dans leur réussite. Vous entrez même un peu dans celle des hommes-aigles.

Raoul approuve du menton.

– Mais ce n'est pas tout, j'admire quelque chose chez vous..., poursuit le Maître dieu auxiliaire.

Il me fixe étrangement.

– Vous ne vous résignez pas.

Ce compliment troublant, venant de la part de ce Titan à la terrible histoire, me touche.

Prométhée s'approche de moi, alors que toute la

classe braque les yeux dans ma direction. Je crois que cette douzième place n'est peut-être pas un cadeau.

— Vous leur avez donné le goût de ne pas abandonner leurs valeurs de liberté et c'est cela qui importe. Ça me rappelle un camarade d'école, dit Prométhée.

Il s'approche et vient s'asseoir carrément sur mon bureau.

— Nous devions avoir 13 ans. Une bande de racketteurs faisait régner sa loi dans mon école.

J'essaie d'imaginer des racketteurs grecs de l'Antiquité.

— Ils obligeaient tous les enfants à leur donner de l'argent sous la menace de leurs couteaux. Et les professeurs laissaient faire car ils avaient peur eux aussi de ces voyous. Et puis un jour un nouvel élève est arrivé. Dès qu'il a franchi le seuil de notre établissement, les racketteurs lui ont demandé de l'argent, il a refusé et il s'est battu. Il s'est fait casser la figure et même balafrer. Et ils lui ont bien sûr volé tout son argent. Jusque-là rien que de très normal. Cependant la deuxième fois que ces petits voyous ont voulu le racketter, ils s'attendaient à ce qu'il cède tout de suite en souvenir de la fois précédente. Or le petit nouveau s'est défendu avec la même hargne. Et... il s'est fait casser la figure et voler exactement de la même manière. La troisième, puis la quatrième fois aussi. À chaque rencontre avec les racketteurs le petit nouveau se faisait démolir. Cela en devenait insupportable pour tous. Je suis allé le voir. Je lui ai demandé : « Pourquoi te bats-tu alors que tu sais comment ça va finir ? Ils sont plus nombreux et plus forts que toi, tu n'as aucune chance. » Et vous savez ce qu'il m'a répondu ? « Pour qu'ils sachent que ce ne sera jamais facile. » À cet instant je l'ai admiré. Et j'ai compris que ce type malingre avec son œil au beurre noir et sa grande balafre au visage montrait une voie. Même si c'est fichu d'avance, on se bat quand même pour que les oppresseurs n'obtiennent rien facilement. D'ailleurs ils ont fini par s'acharner sur des proies plus « confortables ». Par fainéantise. Le petit nouveau l'a payé cher, mais à la longue il a gagné sa « liberté » et surtout notre respect. Alors j'ai opté pour le même choix. Ne pas céder facilement. Les racketteurs m'ont volé mon argent mais je me suis mis à me défendre. J'ai perdu, mais je souriais car j'avais compris sa leçon. « Pour qu'ils sachent, même s'ils gagnent, que ce ne sera pas facile. » Chaque fois, je parvenais à décocher un coup de pied ou de poing avant de me faire submerger par leur nombre. Et comme les autres enfants ont constaté que du coup ils s'occupaient moins de moi, ils m'ont imité. Cela a été long, nous ne savions pas nous battre, nous n'avions pas de couteaux, il y a même eu des blessés dans nos rangs, mais à la longue les racketteurs se sont fatigués, et ils nous ont laissés tranquilles...

Un long silence suit son anecdote.

Je sens un goût étrange au fond de ma gorge. C'était donc ça. Prométhée a exprimé ce que je ressentais sans pouvoir l'exprimer. Il faut serrer les dents, tenir malgré tout, ne pas se résigner. Je perdrai très long-temps, mais à la longue tous les dictateurs et les despotes opprimant mon peuple se fatigueront. Puis ils disparaîtront.

Par contre, il y aura toujours quelque part sur Terre 18 un de mes hommes-dauphins qui essaiera de garder la tête haute, même dans les pires circonstances.

– C'est le sens de mon cours : la révolte. On imagine toujours la révolte comme la masse du peuple qui se révolte contre le château où se calfeutrent le tyran et sa milice, mais par moments les révoltés sont mino-ritaires et la masse du peuple est liée au tyran pour les écraser. On l'oublie. Et puis, vous le savez, vous êtes le seul à prôner pour Terre 18 la suppression de l'esclavage, alors forcément je ne peux que vous encourager à serrer les dents. Cela ne sera pas facile. Dès qu'il y aura un pouvoir ambitionnant le totalitarisme, il s'en prendra à vous...

Mata Hari se lève alors et applaudit.

Suit Marie Curie. Raoul se lève aussi. Puis Jean de La Fontaine, Méliès, Édith Piaf, Gustave Eiffel, Erik Satie. Ma bande mais pas seulement ma bande. De plus en plus d'élèves applaudissent, puis pratiquement toute la classe. Cette fois, c'est trop fort, je pense à tout ce que mes hommes ont enduré, tout ce qu'ils ont payé pour prix de leur lutte contre l'esclavage, l'ingratitude des hommes-scarabées, celle des hommes-lions.

Le goût bizarre au fond de ma gorge se transforme en larmes amères. Il ne faut pas que je pleure, même si l'émotion est forte. Ils ne sont pas contre moi, ce sont les circonstances du jeu qui font que j'ai, par moments, cette impression. Ce n'est qu'un jeu. Mon peuple n'en est qu'un parmi des dizaines d'autres. Je ne suis qu'un joueur qui essaie de ne pas perdre trop vite.

Les applaudissements se maintiennent.

Ils savent que j'en ai besoin. Ils me nourrissent. Une larme coule, que je récupère rapidement, et je fais un geste signalant que je ne mérite pas ça. Puis le mouvement se calme, et tout continue, comme si de rien n'était.

Prométhée reprend la liste et cite les derniers :

– Dernier : Clemenceau avec son peuple des cerfs, qui de toute façon a été envahi par les aigles.

Clemenceau, avec sa grande moustache, se lève, très digne.

– Messieurs, dit-il, quand le moment est venu il faut savoir se soumettre ou se démettre. J'ai pris énormément de plaisir à jouer avec vous, et je vous souhaite à tous, autant que vous êtes, la plus belle partie de divinité possible. Quant à toi, Raoul, bravo, tu m'as eu parce que tu as vraiment été le meilleur sur cette partie. J'aime beaucoup ta civilisation des aigles, elle a beaucoup de classe.

Enfin un élève qui sort du jeu avec panache.

Un centaure vient le chercher. Prométhée fait signe qu'il n'est pas nécessaire de le ceinturer.

Puis il cite encore deux autres noms de dieux anonymes dont je n'avais même pas suivi les aventures. Les hommes-hannetons dirigés par un certain Jean-Paul Lowendal. Ce peuple avait des rituels d'accouplement qui encourageaient les gens de même classe à se retrouver. Résultat, beaucoup de maladies consanguines avaient fini par miner sa population qui s'était éteinte dès la première invasion des aigles. Et puis les hommes-marmottes, un peuple montagnard isolé qui vivait sous la houlette d'une certaine Sandrine Maréchal. Ce dernier peuple présentait une particularité étonnante, celle de vivre dans le culte du sommeil. En hiver ils étaient pratiquement en état d'hibernation. Plus on pouvait dormir longtemps, plus on était estimé dans son pays. Le problème était qu'ils avaient pris un retard considérable au niveau économique et militaire. D'où leur chute dès l'arrivée, là encore, des aigles. Ces derniers fonctionnant finalement comme des nettoyeurs de peuples en difficulté.

Décompte : 76 – 3 = 73

Prométhée revient vers moi et me chuchote à l'oreille :

– Certains disent ici que vous êtes « celui qu'on attend », est-ce vrai ?

– Je n'en sais rien, bafouillé-je. Je suis moi. Je ne sais pas qui vous attendez.

Puis il parle plus fort pour donner le change :

– Michael, je vous ai bien noté mais j'espère que vous êtes conscient de votre situation. Vous vivotez, vous vous débattez, vous fuyez... vous ne régnez pas.

– Je fais ce que je peux, monsieur.

– Je vous ai appris la révolte il me semble. Pensez à Spartacus.

– Justement, j'y pense tellement que je me doute que si je refaisais le même coup cela donnerait exactement le même résultat.

Prométhée sourit.

– Touché. C'est vrai qu'il faut pas mal de savoir-faire pour réussir une révolte d'esclaves dans un empire militaire tel celui des hommes-aigles.

Il prend un air mystérieux puis énonce :

– Ce que vous ne savez peut-être pas... c'est que cela s'est déjà produit.

Prométhée m'invite à venir voir Terre 18, et je découvre en effet qu'un de mes gladiateurs dauphins a spontanément, sans même que j'aie pu l'aider, lancé une révolte d'esclaves !

J'oubliais que mes mortels font aussi des choses sans moi. Si, au lieu de me focaliser sur l'accueil des miens par Marie Curie, j'avais observé un peu mieux les alentours, j'aurais pu repérer « mon » Spartacus en action et l'aider par la foudre et par les rêves. Trop tard.

– C'est dommage, monsieur Pinson, vous avez de bonnes cartes et on dirait que vous ne les jouez pas. Qu'est-ce qui vous retient ?

– Tout va bien, monsieur, c'est mon style personnel de jeu.

– Je serais étonné que ce style soit réellement

volontaire. De toute façon, vous ne tiendrez pas long-temps ainsi.

– Je ferai de mon mieux.

– Eh bien, si j'ai un conseil à vous donner : arrêtez de subir, foncez. Car je ne suis pas sûr que les autres Maîtres dieux soient aussi sensibles que moi à la « non-résignation ».

Il a raison. J'ai échoué avec mon roi innovateur, j'ai échoué avec mon général fougueux, j'ai échoué avec mon gladiateur révolté ; il faut que j'invente quelque chose d'autre... Prendre comme leader de ma prochaine révolution un homme issu du peuple, par exemple. Un simple artisan. Un potier, ou un tisserand, ou un menuisier.

– Bon, dit Prométhée, vous allez bénéficier de deux jours de détente pour vous reposer et réfléchir à votre stratégie des prochaines parties de jeu d'Y. Deux jours de détente. Profitez-en, amusez-vous. Je pense que pour beaucoup cette première session a été éprouvante.

Éprouvante ?... Quel doux euphémisme.

– Maître, dit Voltaire, pendant deux jours nos peuples vont évoluer sans nous, cela signifie que nous risquons quand même de les retrouver dans un état de décomposition avancée...

Rumeur d'approbation dans la classe.

– Ne vous inquiétez pas, Chronos, le dieu du Temps, va en modifier le rythme. Si bien que durant ce week-end ce ne seront pas des siècles mais tout au plus des décennies qui s'écouleront...

Nous sommes moyennement rassurés.

– Cependant, pour clôturer les cours des Maîtres auxiliaires, je vous demanderai encore un petit exercice. Vous avez tous en tête un monde idéal vers lequel tend votre peuple. Vous ne pouvez plus à ce stade du jeu avancer en ne faisant que régler les problèmes au fur et à mesure qu'ils apparaissent. Sinon vous en resterez au stade de la survie et de l'improvisation. Ce que je vous demande, c'est d'imaginer un monde idéal pour vos humains. Vous allez inscrire sur un papier votre nouvelle utopie. Ainsi, au final de la partie, nous verrons si vous vous êtes donné les moyens d'aller dans cette direction.

– Nous l'avons déjà fait avec Aphrodite, rappelle Simone Signoret.

– Je sais. Mais le jeu a évolué et vous aussi. C'est comme dans un phare, en gravissant la spirale de l'escalier vous apercevez par la fenêtre le même paysage mais de plus haut. Du coup votre analyse doit changer.

Il distribue papiers et stylos. Je réfléchis.

J'avais noté la dernière fois comme utopie « un monde de paix désarmé ». J'ai pu voir que le désarmement donnait un avantage à ceux qui trichaient. Et il y aura toujours des tricheurs. Donc ce n'est pas la solution...

Je note : « Mon utopie : créer une humanité libérée de la peur. »

63. ENCYCLOPÉDIE : TIGRE AUX DENTS DE SABRE

Pourquoi certaines espèces animales disparaissent-elles ? On a souvent évoqué des causes extraordinaires exogènes, comme une chute d'astéroïde, ou le changement climatique. Il peut arriver aussi qu'il y ait des raisons quasi culturelles. Citons le cas du Smilodon ou tigre aux dents de sabre. On a retrouvé en Amérique des fossiles de ce félin datant de – 2,5 millions d'années avant J.-C. Il mesurait jusqu'à 3 mètres de long et on estime sa masse à plus

de 300 kilos. C'est donc le plus gros félin connu. Sa particularité venait de ses deux canines recourbées qui étaient si longues qu'elles sortaient de sa bouche. On a retrouvé des dents de Smilodon mesurant plus de 20 cm de long. L'une des explications données sur la disparition de ce félin est la suivante : les femelles auraient enregistré la règle « plus les dents du mâle sont longues, plus celui-ci ramène de gros gibier ». Ce qui, par voie de fait, permet de bien nourrir les enfants. Elles auraient donc, par leur choix de partenaires masculins, confirmé le caractère génétique : dents longues. Tous ceux qui avaient des dents plus courtes n'arrivant pas à trouver de femelles. Mais à force de surenchérir, les femelles auraient fini par encourager l'apparition de dents trop longues, empêchant la nourriture d'entrer dans la bouche. Tout retour en arrière était impossible. L'espèce s'est éteinte aux environs de l'an 10 000 avant J.-C.

Edmond Wells,
Encyclopédie du Savoir Relatif et Absolu, Tome V.

64. DÎNER

Silence.

Je vois les bouches qui s'ouvrent pour parler, pourtant je n'entends rien.

Ce n'est pas que je subisse un brusque accès de surdité, c'est mon esprit qui s'est fermé au son pour des raisons que j'ignore. Peut-être pour penser enfin tranquillement.

Quand arrêterai-je de faire fonctionner ma machine à réfléchir ?

Dans l'amphithéâtre, les Heures nous servent un

repas digne d'une fin de session. Langoustes aux herbes, poissons fins, chevreuil, sanglier, et comme boissons : de l'hydromel, de l'ambroisie, du nectar.

Je vois Dionysos grimper sur une table et se lancer dans un discours. Je ne l'écoute pas. Il doit dresser le bilan du cours des Maîtres auxiliaires. Tout le monde l'applaudit.

Puis Athéna apparaît. Elle n'a pas l'air contente. Son hibou non plus.

Je me souviens d'une légende indienne qui disait : « Imagine un oiseau qui viendrait sur ton épaule et qui te poserait la question : Si tu mourais ce soir, que ferais-tu maintenant ? » Je crois que j'aurais envie de faire l'amour. Avec n'importe qui, mais faire l'amour une dernière fois.

Après le discours d'Athéna, des centaures arrivent avec leurs instruments. Comme d'habitude, les porteurs de tambours ouvrent la marche, suivis par les trompettistes, puis les harpistes. Des chœurs de jeunes Charites entonnent des chants que je n'écoute pas.

Poséidon arrive en grande pompe, accompagné d'un chœur de sirènes transportées dans des cuves géantes remplies d'eau.

Le dieu de la Mer prononce aussi son discours. Il doit parler de notre courage, de la réussite ou de l'échec de notre Terre-brouillon 18e du nom.

Poséidon convoque d'un geste de la main les trois derniers gagnants. Ils sont invités à monter sur un podium où ils reçoivent leurs lauriers sous les applaudissements.

Alors les centaures accélèrent le rythme de leurs tambours et les trois champions, Raoul, Georges Méliès et Marie Curie, sont entourés par leurs supporters selon qu'ils se sentent dans la mouvance de la force Associative, de la force Dominatrice ou de la force Neutre.

A, D, N.

Des Saisons font voler au-dessus de la procession une pluie de pétales de fleurs.

Partout c'est la fête. La pression des cours se relâche. Certains poussent les tables et se lancent dans une grande ronde.

Puis ils se livrent à une sorte de gigue où les élèves dieux prennent les déesses par la main pour passer sous des tunnels de bras. Ils ont l'air si désinvoltes... Comme s'il n'y avait pas de déicide, pas de menace d'Athéna, pas de dieux éliminés, pas de stress de guerres des peuples.

Une main me secoue. Raoul me prend le bras. Il parle.

– ... y aller. Elle n'attend que toi.

Lorsque le son revient dans mes oreilles, il est presque douloureux.

– Quoi ?

Mon ami se rapproche.

– Mata Hari, elle est seule dans son coin et personne ne l'invite à danser... Tu devrais y aller.

Je me ressers prestement un verre d'hydromel.

– Non, c'est Aphrodite qui m'intéresse, dis-je.

– Oui, mais Aphrodite ne s'intéresse pas à toi, me rappelle Raoul.

– ... Pas encore, complété-je.

– Arrête de jouer le mystérieux. C'est la déesse de l'Amour, elle vit avec les Maîtres dieux, elle ne s'abaissera jamais jusqu'aux élèves. À la limite elle fréquentera peut-être les Maîtres dieux auxiliaires. Des êtres comme Hercule ou Prométhée. Et encore.

– Qu'en sais-tu ? La seule règle en amour c'est

qu'il n'y a pas de règles, insisté-je, presque pour m'en convaincre.

– Tu as raison, il n'y a pas de règle absolue mais il y a des stratégies plus ou moins gagnantes. Tu sais comment je m'y prenais pour séduire les filles inaccessibles ?

– Dis toujours.

– Je m'intéressais à une autre devant elle. Sa meilleure amie par exemple. Du coup je commençais à l'intriguer. C'est le principe du « désir triangulaire ». Tiens, mange.

Il me sert un autre gâteau. Je le dévore sans y penser. C'est alors qu'Elle arrive. Elle est plus merveilleuse que jamais. Pour cette fête de fin de session elle arbore un diadème turquoise dans les cheveux et porte une toge en fil d'or, fendue sur les côtés, qui dévoile ses jambes au galbe parfait.

Le temps s'arrête. La magie rouge opère. Qu'elle est belle.

À peine apparaît-elle que tous les autres professeurs accourent pour la saluer. Elle est joyeuse, il ne reste plus la moindre trace de la déesse qui s'est précipitée dans mes bras l'autre soir.

Aphrodite.

Tous ces Maîtres dieux ont-ils été ses amants ?

Ils l'admirent tous, la convoitent, et elle rit, légère, séductrice, caressant les visages, embrassant, se frottant comme un petit chat contre les poitrines des dieux, puis se dégageant imperceptiblement.

Héphaïstos, son mari officiel, tente de l'embrasser sur la bouche, elle l'évite pour rejoindre Arès. Il tente lui aussi de l'embrasser sur la bouche, pensant être préféré, mais déjà elle est dans les bras d'Hermès. Elle virevolte puis s'arrête près de Dionysos et prend un air grave comme si elle le comprenait en profondeur.

Ce même air grave qui m'avait donné la sensation d'être enfin compris par une femme.

La musique change. Cette fois, à l'orchestre sont venues s'ajouter des chérubines qui manient de minuscules trompettes à deux tubes. Je reconnais dans le groupe en suspension ma « moucheronne », toujours aussi gracile avec ses longues ailes bleu métallique.

Maintenant un autre secteur de l'amphithéâtre attire l'attention générale. Mata Hari danse en mimant un serpent. Elle semble comme libérée de la rigidité de son squelette. Tous les instruments se taisent, ne laissant plus résonner que le bruit des tambours qui battent comme nos cœurs.

Mata Hari se livre à présent à des déhanchements orientaux et des effets de regard et de mains semblables à ceux des danseuses balinaises. Elle s'arrête et son corps vibre comme s'il était parcouru par des impulsions électriques. Puis elle se tord dans des mouvements lents et gracieux.

Des couples se forment. Mata Hari se rassoit. Je me tourne vers mon ami Raoul.

– C'est quoi ton principe de « désir triangulaire » ?

– C'est la loi du monde. La jalousie s'avère le meilleur moteur pour susciter l'intérêt. Que dis-je la jalousie : la convoitise. On veut ce qui appartient aux autres. Si tu es avec Mata Hari, Aphrodite s'intéressera à toi. Là, tel quel, singleton dragueur, tu ne l'intéresses pas, mais si tu t'exhibais, heureux, avec la plus belle danseuse...

– Elle n'est pas stupide à ce point.

Les propos d'Hermaphrodite me reviennent soudain en mémoire. Assurément elle connaît tout de la manipulation des hommes, serait-il possible de manipuler une manipulatrice ?

– Pose-toi la question à toi-même. N'as-tu jamais

jugé quelqu'un sur son compagnon ou sa compagne ? N'as-tu jamais discuté avec un type qui a priori ne t'intéressait pas, seulement parce que tu trouvais sa femme superbe et que tu t'étais dit que pour qu'une telle créature sorte avec ce bonhomme, il fallait qu'il soit formidable ?

— Certes, mais...

— On ne prête qu'aux riches. Les très jolies femmes ne s'intéressent qu'à ceux qui ont déjà de belles compagnes.

Décidément, certains éléments de la psychologie humaine m'échappent.

— Pourquoi se fixer sur celle ou celui qui est déjà pris ?

— Parce que les gens sont incapables de se faire une opinion par eux-mêmes, le désir des autres les informe de ce qu'il « faut » désirer.

L'idée de Raoul commence à faire son effet. Courtiser Mata Hari pour attirer l'attention d'Aphrodite...

— Bien, dit Raoul, si tu ne veux pas de Mata Hari, c'est moi qui m'y intéresserai.

Ma bouche lâche spontanément un « non ! » sonore.

Raoul m'adresse un sourire victorieux.

Je fonce avant qu'il ne se dirige vers elle. Mais il est déjà trop tard. Proudhon m'a devancé et elle a accepté son invitation. Ils dansent. Et plus ils dansent, plus mon désir s'accroît.

Je les observe, songeur. Je ne suis pas le seul. Georges Méliès aussi attend la fin de la danse. Quand elle se termine, je m'avance prestement.

— Puis-je t'inviter à danser, Mata ?

Derrière, Raoul m'adresse un signe d'encouragement.

— Pourquoi pas, dit-elle d'un ton nonchalant.

Durant l'infime seconde où elle me prend la main

je prie le Grand Dieu, s'il est là-haut et qu'il me voit avec ses jumelles ou son télescope, pour qu'il m'envoie un slow.

Mais non, ces crétins de centaures se sentent obligés d'alterner avec un rock'n'roll. Tant pis. Je danse le rock le mieux possible, essayant de ne pas trop lui tordre les doigts ni lui marcher sur les pieds. Le contact de sa peau est tellement différent de celui de la peau d'Aphrodite.

Quand la musique s'interrompt, nous nous saluons puis restons à attendre on ne sait quoi. Georges Méliès surgit alors et l'invite pour la prochaine danse.

Instant de flottement.

L'orchestre entame une ballade douce.

Je ne veux pas laisser passer ma chance.

– Désolé, Georges, mais j'aimerais danser encore avec Mata.

La musique me semble familière. C'est *Hotel California* du groupe Eagles, un slow fameux de ma jeunesse humaine sur Terre 1.

– Je voulais vous, enfin te dire que j'ai beaucoup apprécié ton intervention là-haut... tu m'as sauvé la vie... avec Méduse... enfin... ton baiser.

Elle fait semblant de ne pas avoir compris.

– Tout le monde en aurait fait autant, répond-elle.

– C'est-à-dire que ce n'est pas la première fois que tu me sauves et je ne t'ai jamais vraiment dit merci.

– Mais si, plusieurs fois.

– Disons que je l'ai formulé comme ça... mais en fait, je voulais dire que je suis conscient que sans toi je serais déjà hors jeu depuis longtemps.

La musique est de plus en plus belle. L'orchestre en arrive au riff des deux guitares, cette fois remplacées par deux luths.

– Et puis je voulais aussi te remercier pour mon

peuple. Heureusement que tu l'as accueilli, sinon je crois que je n'aurais plus un seul homme libre.

— Marie Curie t'a très bien accueilli aussi.

— ... Enfin je voulais dire dans cette région du continent.

— Faire alliance avec toi est aussi mon intérêt, dit-elle gentiment.

Nous virevoltons dans l'arène.

Sa sueur exhale une délicate odeur opiacée qui m'enivre. Aphrodite sentait le caramel et la fleur, Mata sent le bois de santal et le musc.

— Je voulais te dire aussi merci d'être venue m'aider quand j'étais ivre.

— Ce n'est rien.

Au fur et à mesure que je la remercie, je me sens étonnamment mieux. Comme libéré d'une dette. Quelque chose est en train de s'équilibrer dans le cosmos. J'avais commis une faute et je la répare. Plus je me montre reconnaissant envers Mata Hari et mieux je me sens.

— J'ai été... stupide.

— Tout va bien. « Le stupide est celui qui s'émerveille de tout », disait Edmond. Je crois que cela vient de la racine latine « stupidus » : être frappé de stupeur.

— Il disait aussi : « Durant la mue le serpent est aveugle », ajouté-je.

Je danse et de sentir Mata Hari toute proche me transporte. Je me sens comme pris en main. Au sens propre comme au sens figuré. J'ai accompli le premier pas, maintenant à elle la suite. Cela tombe bien, j'ai envie de me laisser entraîner...

Je me rappelle le stade du miroir dans l'*Encyclopédie* de Wells. Nous croyons aimer l'autre, mais en fait ce qu'on aime c'est le regard qu'il nous porte. On se reconnaît en lui, comme on se reconnaît dans un miroir. On s'aime soi-même à travers l'image qu'il nous renvoie de nous-mêmes.

Nous dansons encore plusieurs slows. Puis je lui propose de quitter l'endroit.

Je remarque qu'Aphrodite nous observe de loin, en biais.

Quelques minutes plus tard, Mata Hari et moi nous nous trouvons ensemble dans mon lit, et mon corps redécouvre des sensations très anciennes.

65. ENCYCLOPÉDIE : LILITH

Alors qu'elle n'est pas évoquée dans la Genèse de la Bible, son existence est relatée dans le *Zohar*, « le livre des splendeurs », référence de la kabbale.

Lilith est la première femme de l'humanité née en même temps qu'Adam, à partir de la glaise et du souffle de Dieu. Elle est donc son égale. Elle est décrite comme celle qui « enfante l'esprit d'Adam » encore inanimé. Lilith a mangé le fruit de la connaissance et sa consommation ne l'a pas tuée, du coup elle sait que « le désir est bon ». Avec cette connaissance elle s'avère capable d'exigence. Elle se dispute avec Adam car durant l'acte sexuel elle ne veut pas rester en dessous et propose d'alterner avec lui. Adam refuse. Suite à cet esclandre, elle commettra le péché de prononcer le nom de Dieu. Puis elle s'enfuira du Paradis. Dieu envoie trois anges à sa poursuite qui la menacent de tuer ses enfants si elle ne revient pas. Lilith ne se soumet pas et préfère vivre seule dans une grotte. Cette première féministe engendrera alors des sirènes et des mélusines dont la beauté rendra les hommes fous d'amour.

Les chrétiens reprendront sa légende et représenteront Lilith – « Celle qui a dit non » – en sorcière, reine de la lune noire (en hébreu, Leila signifie « la nuit »), compagne du démon Samaël.

Certaines gravures catholiques du Moyen Âge la représentent avec un vagin sur le front (en contre-point de la licorne qui porte une corne, symbole phallique, sur son front). Lilith est considérée comme l'ennemie d'Ève (femme d'autant plus soumise qu'elle est issue du corps d'Adam), c'est la femme non maternelle qui aime le plaisir pour le plaisir et assume le prix de sa liberté par la perte de ses enfants et la solitude.

Edmond Wells,
Encyclopédie du Savoir Relatif et Absolu, Tome V.

66. INSTANT PRÉCIEUX

Mata Hari circule sur mon corps suivant les routes des nerfs, caressant les veines, embrassant des zones où la peau est particulièrement fine.

– Où as-tu appris cela ? demandé-je.

– En Inde, répond-elle.

Dans les secondes qui suivent j'ai l'impression que l'ancienne espionne prend possession de mon corps, qu'elle l'apprivoise, qu'il accomplit des gestes malgré moi.

Dans ma tête résonne une phrase : « Ne pas penser à Aphrodite. »

– Tu sembles ailleurs, dit Mata Hari.

– Non, non, tout va bien. C'est une rencontre d'âme à âme.

Elle danse sur mon ventre, comme elle dansait seule tout à l'heure. Chaque déhanchement est une surprise.

Elle se sert de mon sexe comme d'un axe sur lequel elle pivote, tourne, se déhanche.

« Ne pas penser à Aphrodite. »

Pendant quelques secondes j'entrevois pourquoi je suis tellement fasciné par la déesse de l'Amour. Parce que j'ai envie de l'aider. Elle a réveillé chez moi la prétention, l'orgueil suprême inscrit au fond de mes gènes. J'ai eu l'impression que moi, je pouvais être celui qu'elle attendait, le seul au monde à pouvoir sauver la déesse de l'Amour en danger. Vanité.

Mais tout est en train de changer. Le serpent mue. Il renonce à sa drogue, à son héroïne. Je me dessoûle, me désintoxique, me désillusionne. Mon corps exulte, et encore plusieurs fois dans la nuit, mes muscles remercient mon cerveau de s'être débrouillé pour me fournir cet instant de pure joie physique. Mata Hari était la solution à tous mes problèmes. C'était tellement évident que je ne voulais pas le voir.

Ses cheveux bruns torsadés, ses petits seins dressés, son regard profond et intense me ravissent. Épuisés, nous marquons une pause.

Elle sort une cigarette. Et la fume. Elle m'en propose une... Alors que je n'ai jamais fumé de ma vie, j'accepte. J'aspire et je tousse. Puis je me reprends.

– Où as-tu trouvé ces cigarettes ?

– Il y a de tout ici, il suffit de chercher.

Je souris béatement, sans raison. Par la fenêtre je vois la montagne Olympe.

– Tu crois qu'il y a quoi, là-haut ?

– Zeus, dit-elle en expirant un grand nuage bien maîtrisé, en forme d'anneau qui se tord pour former un huit.

– Tu as l'air bien sûre de toi.

Elle ramène ses jolis pieds sous ses fesses, encore ruisselante de sueur.

– C'est, d'après ma petite enquête, ce que croient la plupart des Maîtres dieux et je pense qu'ils sont les mieux informés.

– Et ce serait quoi, « Zeus » ?

Elle fait une moue dubitative.

– Et l'œil géant qui a surgi dans le ciel ? demandé-je.

– Probablement son œil. Le roi de l'Olympe évoqué par la mythologie grecque est polymorphe, souviens-toi. Il peut prendre l'apparence qu'il veut. Avec son œil géant, il a dû vouloir nous faire peur.

J'aspire à nouveau la cigarette et sens la vapeur noirâtre salir mes poumons.

– Là-haut nous trouverons un palais, Zeus sur son trône en train de gouverner l'univers, voilà ce que je crois.

Mata Hari a prononcé cela comme si elle parlait d'un musée à visiter.

– Finalement, peut-être que tout ici est exactement comme on l'imagine. Une représentation de l'Olympe mythique telle qu'elle figure dans les livres de Terre 1...

– Edmond Wells citait : « La réalité, c'est ce qui continue d'exister lorsqu'on cesse d'y croire », alors que pour toi « Aeden est ce qui commence à exister quand on commence à y croire. »

Elle relève ses mèches moites.

– Oui, j'aime bien cette idée que c'est notre imagination qui fabrique les dieux. Après tout, soit Zeus et sa clique ont existé et c'est leur légende qui a servi à écrire la mythologie, soit ils ont été inventés par des hommes.

– J'aime bien la religion grecque antique, dis-je. Parce que ses dieux sont « humains ». Ils ont des défauts, des ambitions. Ils se chamaillent, ils se trompent, ils n'ont pas la prétention d'être seuls, d'être parfaits, d'être inatteignables.

Je souffle la fumée.

– Dans ce cas une question persiste : pourquoi précisément la mythologie grecque ?

– Chaque promotion a peut-être son panthéon : Incas, Javanais, Hindous, Chinois. De toute façon, dans la plupart des religions on retrouve le père créateur, la déesse de l'amour, le dieu de la guerre, le dieu de la mer, la déesse de la fertilité, le dieu de la mort.

– Et si quelqu'un s'était inspiré d'un livre de mythologie pour créer un décor et des acteurs principaux ? dis-je, reprenant une idée d'Edmond Wells.

– Développe.

– Nous serions dans un roman. Et le regard d'un lecteur potentiel nous donnerait la vie, comme le diamant d'un bras de phonographe produit du son en parcourant le sillon d'un disque.

Elle me caresse les épaules et me masse doucement. Puis elle plaque ses seins contre mon dos et je sens comme de l'électricité envahir mon corps. Elle est plus petite et plus maigre qu'Aphrodite.

Alors qu'elle passe ses bras autour de mon cou, je remarque des cicatrices sur ses poignets. Elle a dû tenter de se suicider quand elle était jeune. Encore une résiliente. Ce qui est étonnant, c'est qu'en lui redonnant sa peau humaine, on lui ait aussi rendu les stigmates de sa vie précédente.

– Et qui serait l'écrivain ? demande-t-elle.

– Un type qui a une vie banale et qui s'amuse en écrivant ça.

– Les écrivains ont toujours des vies banales et rêvent de mondes extraordinaires, déclare-t-elle. En général ce sont des solitaires introvertis qui compensent la monotonie de leur vie par leur imaginaire.

J'ai en effet le souvenir d'un de mes clients, lors de

344

ma période d'ange : Jacques Nemrod. Sa vie n'était pas vraiment jubilatoire.

– Si c'est un roman, j'aime bien le décor dans lequel il nous a placés. Quant aux effets spéciaux, que ce soit les monstres ou les chimères, ils sont parfaitement crédibles...

– Non, dit-elle, il y a quand même des tas de trucs qui ne tiennent pas debout. Les sirènes agressives ça fait toc. Méduse. La Grande Chimère. C'est un peu trop. Sans parler du Léviathan ou d'Aphrodite. Même toi je ne te trouve pas très « crédible ».

Elle éclate de rire et me saupoudre le torse de petits baisers.

– Et s'il n'y avait pas d'écrivain ? Si nous étions dans mon rêve ? propose-t-elle.

– Je ne comprends pas.

– Eh bien, je me demande parfois si je ne suis pas la seule qui existe vraiment.

– Et moi ?

– Toi ? Tout ce qui est autour de moi, n'est là que pour me divertir.

L'idée me trouble.

– Dans ce cas, puisque tu m'as avoué tout à l'heure que tu as souhaité faire l'amour avec moi dès que tu m'as vu, pourquoi cela ne s'est-il pas passé ? questionné-je.

Parce que je ne te voulais pas tout de suite. Je voulais que mon désir soit décuplé afin qu'au moment où il s'exprimerait il soit encore plus fort.

Je me renfrogne, je n'aime pas me sentir homme-objet.

– Je pourrais te dire pareil. Je suis le seul qui existe et tu n'es qu'une figurante de mon monde.

Mata Hari me renverse sur le dos et s'assoit sur moi,

puis lentement se penche pour enfoncer sa langue dans ma bouche.

— J'embrasse mon fantasme, dit-elle. Mmm... comme tu as l'air crédible ! Merci l'écrivain-à-la-vie-banale. Tu veux que je te dise ? J'ai presque l'impression que tu existes vraiment.

Cette fois je me dégage. Elle allume une autre cigarette.

— Quoi, ça te vexe qu'on te traite de personnage de roman ?

— Je ne suis pas un personnage, je suis un être vivant... un dieu. Ou du moins un élève dieu.

— Moi ça ne me gênerait pas d'être un personnage de roman. Ils sont immortels.

— Les personnages de roman ne choisissent pas ce qu'ils disent, c'est l'écrivain-à-la-vie-banale qui les fait parler.

— Et alors, c'est reposant... comme ça on n'a pas à se casser la tête pour trouver des phrases intelligentes.

— Moi j'aime bien prononcer des mots à moi. Par exemple, si j'ai envie de dire un mot grossier, je suis sûr que cela sera censuré.

— Essaye, tu verras bien.

— Merde.

— Tu vois. Si on garde l'hypothèse du roman, tu conserves une part de libre arbitre. Imagine que l'écrivain nous a créés, maintenant nous sommes un peu « vivants » et il nous autorise à dire ce qu'on veut, quand on le veut, comme on le veut.

Je ne suis pas convaincu.

— Heu... voyons. Fait chier.

— Tu as peur de quoi ? D'être censuré ou d'être éliminé de l'histoire ?

— Il faudrait que je sache si je suis un personnage

important du roman. Si je suis important, je devrais normalement tenir jusqu'au bout du livre.

Ce dialogue me donne tout à coup la même sensation de vertige que lorsque j'étais saoul.

– Chaque personnage croit être le héros du livre. C'est normal. Et même s'il meurt, il ne peut pas s'apercevoir de ce qui se passe dans l'histoire après sa mort... donc nous sommes forcément tous des héros.

– Et si je me suicide, alors que je suis le héros ? questionné-je.

– Cela signifiera que tu n'étais pas le héros principal, répond-elle du tac au tac. De toute façon je te l'ai dit, c'est moi l'héroïne. Toi, tu n'es que mon partenaire sexuel pour cette scène.

Je me lève, songeur, et vais vers la fenêtre. La montagne me nargue.

– Non, rassure-toi, ce n'est pas un romancier, c'est Zeus qui est derrière tout ça, énonce-t-elle.

– Qu'est-ce qui te fait dire ça ?

– Le romancier n'aurait pas pu s'inscrire lui-même dans le roman.

L'argument me semble valable.

– Et ton Zeus, qu'est-ce qu'il veut, selon toi ?

– « Mon » Zeus, à mon avis, est curieux de nous voir évoluer. Il regarde ce que nous accomplissons. Moi, si j'étais Dieu, j'admirerais ce que font les mortels. J'adore par exemple la *Toccata* de Bach. C'est un morceau inventé par un humain, pure création d'un cerveau. Notre dieu, étant créateur, doit être admirateur des autres créateurs, fussent-ils issus de lui, fussent-ils ses sujets fragiles.

– Cela me rappelle une blague de Freddy Meyer, dis-je.

– Raconte.

J'allume à mon tour une deuxième cigarette, aspire,

tousse, aspire à nouveau, renonce puis viens derrière elle pour masser ses épaules. Elle dodeline de la tête, de plaisir.

– C'est Enzo Ferrari, l'inventeur des voitures Ferrari, qui arrive au Paradis. Il est accueilli directement par Dieu qui lui dit qu'il admire beaucoup ses voitures mais que, de toutes, sa préférée est la Testa Rossa. C'est à son avis une voiture parfaite, que ce soit en ligne, en souplesse, en performances, en confort. Pourtant il y a quand même un petit détail, juste un, qui aurait pu être amélioré. « De créateur à créateur on peut tout se dire, répond Ferrari, je vous écoute. – Eh bien, dit Dieu, c'est un problème de distance. Quand on passe la cinquième sur la Testa Rossa, le levier de vitesse tape contre le tiroir du cendrier s'il est ouvert. L'accessoire est trop proche. Il aurait mérité d'être éloigné. » Enzo Ferrari acquiesce, puis déclare que lui aussi admire toute l'œuvre de Dieu. Son chef-d'œuvre, selon lui, c'est la femme. « Elle est parfaite, que ce soit en ligne, en souplesse, en performances, en confort. Mais s'il peut se permettre, de créateur à créateur, un petit détail aurait pu être amélioré. » Dieu est étonné et demande ce qui n'est pas parfait chez la femme. Et Enzo Ferrari répond : « C'est un problème de distance, le sexe est à mon avis trop près du pot d'échappement. »

Mata Hari ne comprend pas immédiatement, puis, outrée par la vulgarité de la blague, me lance le coussin en plein visage. Nous nous livrons à une bataille de pelochons.

– Cette blague ne pourra jamais être dans le livre !

Je me rends, alors qu'elle s'acharne sur moi avec un coussin crevé.

– Un dieu administrateur de ses propres créatures, dis-tu ?

348

Elle opine de la tête. Comme elle est mignonne. J'ai envie de rester en contact permanent avec son corps, alors je prends ses pieds et les place contre mes cuisses.

– Nos peuples sont des œuvres d'art. Le Grand Dieu doit être là-haut avec un système de vision qui lui permet de voir notre Terre 18, et il attend d'être émerveillé. Il nous scrute, nous surveille, nous admire peut-être déjà...

– Alors il attend quoi ?

– Sans doute que nous imaginions des solutions originales. L'un des problèmes de notre Terre 18 est que son histoire ressemble beaucoup à celle de Terre 1 d'où nous sommes issus. Et s'il voulait voir d'autres âmes, à sa place, parvenir à découvrir des solutions auxquelles il n'aurait pas pensé ?

– Pour l'instant, tu l'as dit, nous effectuons beaucoup de « copier-coller ».

– Même en matière de divinité, il doit exister des créateurs originaux.

– Tout ce que nous avons fait, nos héros, nos guerres, nos empires, nos cités, n'est, ne nous leurrons pas, que la pâle copie de ce que nous avions lu dans nos livres d'histoire de Terre 1.

– Tentons d'imaginer une divinité plus inventive, elle ferait quoi ?

Je réfléchis.

– Une planète cubique ?

Elle me repousse.

– Non, je suis sérieuse.

– Des humains avec trois bras ?

– Arrête, tu m'énerves.

– Bon, alors je ne sais pas. Une humanité uniquement orientée vers la création musicale. Tous les peuples rivaliseraient dans les arts audio.

Mata Hari sourit, puis soudain une barre d'inquiétude s'inscrit sur son visage.

– Moi ce qui m'intrigue, dit-elle, c'est le diable.

– Le diable ?

– Oui. Hadès. Le maître des ténèbres, souviens-toi, Athéna nous a dit qu'il était le plus grand danger de l'île.

Elle a mis la main sur des livres illustrés qui parlent de mythologie. Une autre source d'information que celle de Francis Razorback. Je me penche par-dessus son épaule.

– Là-dedans ils disent que Hadès, le diable, porte un casque d'invisibilité. Il pourrait donc très bien circuler parmi nous. Il pourrait même être ici à nous écouter...

Soudain j'ai un frisson. N'y a-t-il pas un courant d'air dans la chambre ?

– Athéna prétend que tant que nous restons dans la cité, nous sommes protégés.

– Crois-tu ? S'il est invisible, nous vivons en permanence sous sa menace.

– Le diable... Cela t'effraie au point de ne plus vouloir partir en expédition ? demandé-je.

– Non, bien sûr que non. Mais je suis surprise que tu n'y penses pas davantage. Moi j'y pense sans cesse... C'est la grande inconnue ici. Le diable... À mon avis, il ne nous tuera pas, ce serait trop simple. Lui, il nous mettra dans une situation où nous ne comprendrons pas ce qui nous arrive.

– Un supplice ? Quelque chose dans le genre de ce que nous promettait Méduse ?

– Simpliste, je pense que le diable doit être un tentateur. Il doit agir sur notre point faible et le titiller pour nous faire basculer dans son camp. Il doit connaître la faille de chacun. Son désir caché.

Et si c'était la réponse à la devinette ? Le désir : mieux que Dieu et pire que le diable ?

Mata Hari se lève, superbe dans sa nudité, ses cheveux en cascade torsadée sur ses seins. Elle saisit une amphore d'hydromel et nous sert une grande rasade.

– Je ne te l'ai jamais demandé mais... quand tu étais mortelle tu as été condamnée à mort pour trahison, n'est-ce pas ? Alors, as-tu vraiment trahi ?

Mata Hari se retourne, moqueuse.

– Qu'est-ce que tu crois que je vais te dire ? « Oui bien sûr j'ai trahi ct c'est bien fait pour moi » ?

Je la fixe, intrigué.

– Non. Je n'ai pas trahi. C'est un piège que m'a tendu un officier français parce que je nc voulais plus coucher avec lui. De dépit il a manigancé des fausses preuves et de faux témoignages pour me faire passer pour un agent double au service des Allemands. Un peu comme dans le passé l'armée avait tenté de détruire le capitaine Dreyfus. Les Allemands étaient contents, les Français aussi, une femme usant de ses charmes pour aider à conduire la guerre ça inquiète tout le monde, de toute façon.

– Pourquoi étais-tu espionne alors ?

– C'était quoi la vie qu'on proposait aux femmes à l'époque ? Mère au foyer ou prostituée. Moi j'ai choisi de n'être ni l'une ni l'autre... et un peu des deux. Tu veux savoir mon histoire ? De mon vrai nom, dans cette existence-là, je m'appelais Margaretha Geertruida Zelle. J'étais une petite fille modèle adorée et gâtée par son papa, qui était marchand de chapeaux à Leeuwarden en Hollande. Rien de très original. À 16 ans je fus renvoyée de l'école de Leiden au moment où l'on découvrit que j'entretenais une liaison avec le directeur. J'ai épousé alors un vieux capitaine de vaisseau, un certain Mac Leod, avec lequel j'ai eu deux enfants. C'est lui qui m'a emmenée aux Indes. Mais il buvait et me battait. J'ai divorcé et je suis venue à Paris. Là j'ai entamé une carrière de danseuse de charme déguisée avec un costume javanais, et j'ai adopté le nom de Mata Hari qui signifie « l'œil de l'aurore ».

– Comme l'œil dans le ciel...

Elle ne se laisse pas distraire.

– Le spectacle connut un grand succès et j'ai voyagé dans toute l'Europe et même au Caire. Quand la guerre de 14 démarra, je fus évidemment contactée par tous les bords car je passais toutes les frontières et je parlais plusieurs langues.

Elle avale une gorgée d'hydromel.

– J'ai toujours éprouvé un attrait pour l'uniforme, qu'il soit marin ou militaire. J'ai accumulé les aventures. Tout spécialement avec des aviateurs...

À ce moment, je ne peux m'empêcher de penser à Amandine, notre infirmière de l'époque pionnière, qui ne faisait l'amour qu'avec des thanatonautes. Comme si leur uniforme les définissait comme partenaires potentiels.

Mata Hari poursuit :

– En 1916, après avoir brisé bien des cœurs, je succombai à mon tour au charme d'un aviateur russe au service de la France, Vadim Maslov. Étrange, je me souviens de tout comme si c'était hier. Les noms, les lieux, les visages. Vadim fut blessé, et alors que je voulais lui rendre visite, l'armée française me proposa de travailler pour elle. J'ai donc séduit l'attaché militaire allemand à Madrid, le major Kalle. Il m'a confié plusieurs informations cruciales : des sous-marins en route vers le Maroc, un roi que les Allemands comptaient placer sur le trône de Grèce. Il y avait dans l'équipe des services secrets un sale bonhomme, il s'appelait Bouchardon, le capitaine Bouchardon. Il était tombé amoureux de moi mais il ne m'intéressait pas. Je le lui ai dit en face. Il a alors monté un complot au moyen de faux documents afin de me faire passer pour un agent double. Au même moment il commençait à y avoir des mutineries sur le front. Il fallait trouver des boucs émissaires. J'étais parfaite. Ils m'ont jugée sans preuves et ils m'ont fusillée à la forteresse de Vincennes.

Elle vide sa tasse, et grimace comme si cette histoire lui faisait sentir à nouveau les balles pénétrant dans sa poitrine. Puis elle se lève, me tourne le dos, et va observer la montagne d'Aeden.

– Voilà. J'ai voyagé, j'ai eu des centaines d'amants, je n'ai jamais appartenu à personne. Mais une femme libre, surtout à l'époque, cela agaçait. Les gens « comme il faut » craignaient que mon comportement devienne contagieux, tu comprends. Cela fait une centaine de vies que j'enchaîne des karmas de femmes libres. J'ai été reine d'un petit peuple autonome d'Afrique, courtisane à Venise, poétesse... le plus souvent je ne me suis pas mariée, prévoyant le piège...

– Quel piège ?

Mata Hari baisse les yeux.

– Les hommes veulent toujours maintenir les femmes en cage parce qu'ils en ont peur. Et nous, nous acceptons parce que nous sommes romantiques. Et puis on a tellement envie de faire plaisir. Les hommes nous enchaînent par les sentiments. Ensuite mes consœurs supportent le mari alcoolique qui les bat, l'amant qui multiplie des promesses qu'il ne tient pas, elles supportent même de rester enfermées à la maison et éduquent leurs filles en leur affirmant que leurs signes de servitude sont des bénédictions. Au final, elles en viennent même à exciser ou infibuler leurs propres enfants.

– « Infibuler » c'est quoi déjà ?

– Infibuler c'est quand on coud le sexe des filles pour s'assurer qu'elles restent vierges. Parfois avec des aiguilles même pas stérilisées.

Elle a proféré ces mots avec une rage contenue.

Je vais la rejoindre à la fenêtre.

– Mais je ne vis pas dans l'illusion. Je sais que les femmes sont aussi responsables de leur condition. Quand, en Inde, les belles-mères mettent le feu au sari de leur bru pour toucher la dot, il faut bien qu'elles se rendent compte que les hommes n'y sont pour rien. Et quand les mères préparent leur fils à soumettre leur future femme, il ne faut pas ensuite qu'elles se plaignent. Il y a un moment où il faut être clair : si on veut cesser le cycle de la violence, il faut que les mères éduquent leurs fils pour qu'ils ne soient pas comme leurs pères...

– Les hommes savent que le futur sera féminin, alors ils se crispent sur leurs privilèges anciens, dis-je pour l'apaiser.

– Un jour, dit-elle, tous les hommes de Terre 1 supplieront les femmes pour qu'elles consentent à les épouser.

Je hoche la tête.

– Ce sera notre revanche. Cela se produira au départ dans les démocraties, puis peu à peu partout dans le monde, les femmes diront : « Non, nous ne voulons pas de vos bagues de fiançailles, de vos mariages, de vos enfants. Nous voulons être libres. »

Elle donne un grand coup de poing dans le mur.

– C'est ça ton utopie ?

– Oui, parce que nous avons, nous, les femmes, des valeurs à transmettre. Des valeurs liées à notre capa-

354

cité à donner la vie... Il ne faut pas que les valeurs de mort et de soumission prennent le dessus.

– Je vais apporter de l'eau à ton moulin. Tu sais, autrefois sur Terre 1, j'étais un scientifique et j'ai appris quelque chose qu'on ignore souvent. En fait l'avenir appartient forcément aux femmes pour une raison simple, il y a de moins en moins de spermatozoïdes porteurs de gamètes masculins. Ils sont trop faibles, pas assez adaptables, la moindre modification du milieu les affaiblit. Du coup, biologiquement, les mâles disparaissent.

Je me souviens en effet, lors de ma visite au palais d'Atlas, avoir vu une planète beaucoup plus évoluée que la nôtre et d'où les mâles avaient disparu.

Mata Hari semble très intéressée.

– Biologiquement peut-être. Mais culturellement c'est le contraire. J'ai lu qu'en Asie, les familles profitaient des échographies qui leur permettaient de connaître le sexe de l'enfant avant sa naissance pour avorter lorsque c'était une fille. Du coup, les nouvelles générations sont majoritairement masculines.

– La biologie est plus forte que tous les systèmes artificiels inventés par les hommes.

Et pour couper court au débat je déclare :

– Un jour, il n'y aura plus que des femmes sur terre, et les hommes seront une légende.

Cette phrase la laisse songeuse.

– C'est possible ?

– Chez les fourmis il n'existe pratiquement que des femelles et des asexuées. Et c'est une espèce bien plus ancienne que la nôtre. Elles sont sur Terre 1 depuis 100 millions d'années alors que les premiers primates ne sont apparus que depuis 3 millions d'années. C'est cette solution qu'elles ont trouvée. L'avenir féminin. Uniquement féminin.

Mata Hari se retourne et m'embrasse goulûment.

– Que Dieu t'entende. Demain, c'est jour de relâche, énonce-t-elle après un moment de silence. Mais après, le jeu deviendra plus difficile. Il y a maintenant de grands empires. Raoul et ses aigles, Georges Méliès et ses termites, mais aussi Gustave Eiffel et ses tigres. On dirait que nous sommes entrés dans une spirale où les gagnants vont être de plus en plus gagnants et les perdants de plus en plus perdants.

Là-dessus elle se plaque en cuillère contre moi et nous nous endormons.

Je rêve que je fais encore l'amour avec Mata Hari lorsqu'un bruit me réveille.

Aphrodite est là. Elle me fixe d'un regard dur qui modifie son visage. Puis elle s'en va.

J'hésite à la poursuivre. Je renonce. J'essaie de me rendormir, n'y arrive pas, alors je me lève et vais dans le jardin. Aphrodite est encore là, au loin, à me scruter.

Depuis combien de temps me surveille-t-elle ainsi ? A-t-elle assisté à nos ébats ? A-t-elle écouté notre conversation ? Je veux aller vers elle, mais elle déguerpit. Je la poursuis. Elle disparaît.

Je rentre, me glisse contre Mata Hari et me rendors enfin.

67. ENCYCLOPÉDIE : HISTOIRE DE LÉZARD

Le *Lepidodactylus lugubris* est un petit lézard de la famille des geckos qu'on trouve aux Philippines, en Australie et dans les îles du Pacifique. Or il arrive que cet animal soit aspiré par des typhons et retombe sur des îles désertes. Lorsqu'il s'agit d'un mâle, cela n'entraîne aucune répercussion. Mais lorsqu'il s'agit d'une femelle, il se passe une adaptation bizarre qu'aucun scientifique n'a pu expliquer. Alors que le *Lepidodactylus lugubris* est un animal bisexuel, c'est-à-dire fonctionnant sur l'union mâle-femelle, la femelle perdue seule sur l'île va connaître une modification de son mode de reproduction. Tout son organisme se métamorphose pour pouvoir pondre des œufs non fécondés et pourtant viables. Les petits lézards issus de cette parthénogenèse (enfantement sans aide de partenaire) sont tous des filles. Et ces lézards vont avoir la capacité de pondre de la même manière sans l'aide de la fertilisation d'un mâle. Encore plus étonnant : les filles issues de la première maman ne sont pas des clones, il se passe un phénomène de méiose qui permet un brassage génétique assurant des caractères différents pour chaque petite lézarde. Si bien qu'au bout de quelques années, l'île déserte du Pacifique se retrouve colonisée par une population de geckos uniquement féminine, parfaitement saine et diversifiée et capable de se reproduire toute seule sans la présence du moindre mâle.

Edmond Wells,
Encyclopédie du Savoir Relatif et Absolu, Tome V.

68. SUR LA PLAGE

Quand je me réveille, elle est là, tiède, blottie contre mon flanc. Ça sent bon. Ça bouge un peu, ce n'est pas animal, ce n'est pas végétal, ce n'est même pas humain. C'est Mata Hari et c'est divin.

Je me lève. Le soleil est déjà haut dans le ciel. Il doit bien être 10 heures. Les matines n'ont pas sonné. Je m'étire. Bon sang, je suis en vacances, deux jours de vacances, au Paradis, sur une île, avec une « fiancée » formidable, je ne sais pourquoi, ce monde qui me paraissait gris il y a quelque temps encore me semble tout à coup coloré.

Je me lève et vais vers le Soleil devant ma maison.

Salut à l'astre de lumière.

Je suis vivant. Merci mon Dieu.

Mon peuple doit être encore vivant. Merci encore.

Je suis aimé. Merci Mata Hari.

J'aime. Merci encore à Mata Hari.

Je ne suis plus seul, je suis « deux ».

Quant à Aphrodite... Plus j'y réfléchis et moins elle m'intéresse. Étonnant comme on peut être obnubilé par une femme et soudain s'apercevoir que ce n'était qu'une erreur. Je crois qu'à sa manière Aphrodite est plus à plaindre qu'à envier.

Les mots d'Hermaphrodite poursuivent leur chemin dans mon esprit : « Son plaisir est dans la séduction et non dans l'amour. » « Sa substance de vie, elle la gagne en éteignant celle des autres. » Même si je me doute qu'Hermaphrodite règle des comptes avec sa mère, il ne peut pas avoir tout inventé. Elle se nourrit du désir qu'elle inspire. La pire chose qu'on puisse lui imposer serait de la mettre dans un endroit isolé, loin de tout admirateur.

Pauvre Aphrodite. Pourtant, même les révélations de son propre fils n'avaient pas suffi à me détacher d'elle. Il aura fallu la rencontre avec un amour sincère pour que je comprenne son piège.

Pourquoi ai-je été à ce point fasciné par elle ? Peut-être parce que j'étais fasciné par ma propre déchéance à son contact. À moins que j'aie été curieux de savoir si j'arriverais à surmonter l'obstacle. On veut toujours connaître ses limites.

Je regarde Mata Hari dormir. Elle murmure des mots dans son sommeil. Elle doit rêver. Je ne comprends rien. Je l'embrasse dans le cou. Une femme m'enchaîne, une autre me libère. Le médicament et le poison sont de même nature, seul le dosage modifie l'effet.

Je réveille l'espionne néerlandaise en la couvrant de petits baisers.

– Mmmhhh..., grogne-t-elle.

Je découvre la peau fine de son cou.

– Laisse-moi. Je veux encore dormir, dit-elle en s'enfonçant sous les draps.

Soudain me prend l'envie de lui amener le petit-déjeuner au lit. Je m'enhardis hors de la villa. Tout est désert. Je me rends dans le Mégaron et recupère un plateau. Les Saisons me servent gentiment.

Je reviens en sifflotant un petit air de mon enfance. Le lit est vide. J'entends le bruit de l'eau dans la salle de bains et je vais la rejoindre sous la douche.

Finalement, je m'aperçois que je suis en train de recommencer ici une petite vie de couple de type « mortels ».

Une phrase de Terre 1 me revient : « Vivre à deux, c'est résoudre ensemble des problèmes qu'on n'aurait pas si on vivait tout seul. »

Après quelques moments érotiques sous la douche, Mata récupère des maillots dans les armoires : un petit bikini noir pour elle et un maillot bleu pour moi. Nous récupérons aussi des serviettes, des lunettes de soleil et même un parasol. Puis nous sortons pour profiter de ce week-end de loisir en Olympe. Nous nous acheminons vers la plage.

Des élèves dieux y sont déjà en sandalettes et en maillot de bain, serviette-éponge autour du cou. Édith Piaf passe en chantant *Mon légionnaire* : « Il était beau, il était grand, il sentait bon le sable chaud, mon légionnaaaaaaire. »

– Salut Michael, salut Mata, dit la chanteuse.

En suivant les autres élèves dieux nous aboutissons à une étendue de sable que je ne connaissais pas, ayant atterri bien plus au nord. Il y a là un espace de détente, équivalent des clubs de sport d'hôtels terriens.

Face à la mer est installée une buvette où les Heures et les Saisons distribuent des boissons rafraîchissantes, sans oublier glaçons, rondelles de fruits et pailles.

Des élèves discutent. Je capte des bribes de conversations. Deux d'entre eux analysent l'histoire de Terre 1 pour comprendre ce qu'il se passe sur Terre 18.

– Les Athéniens avaient pris une avance grâce à un tout petit détail inventé par un simple citoyen. Ils glissaient sous le siège des galériens rameurs de leurs bateaux un morceau de cuir mouillé qui permettait à leurs fesses de glisser d'avant en arrière. Du coup, l'angle des bras restant constant, ils gagnaient dix pour cent de puissance. Cela suffisait à remporter les batailles.

– Les Grecs envahissaient par la mer et les Romains par la terre.

– Oui, mais là où les Grecs se contentaient de placer un roi fantoche allié, les Romains instauraient une vraie politique d'occupation du territoire avec installation d'une garnison militaire permanente. Ils voulaient être sûrs de récolter leurs impôts.

– Les Romains ont quand même construit des routes et des monuments.

– Oui, pour mieux organiser le pillage des matières premières. Vers la fin de l'empire romain, la capitale était si riche qu'ils ne savaient plus quoi faire de leur argent.

– Un peu comme l'Espagne après l'invasion de l'Amérique. Trop d'or détruit une civilisation.

Je me rends compte qu'Olympie est non seulement

en train de fabriquer de bons gestionnaires de peuples mais peut-être même quelques théoriciens de la technique de divinité.

Plus loin, deux autres élèves parlent des émeutes.

– J'ai compris comment on s'y prend, il faut repérer les meneurs et les isoler. Ensuite, les autres sont comme livrés à eux-mêmes. La rébellion les place dans une communauté. La police, pour pouvoir les démotiver, doit les ramener à leur individualité. Seuls, ils sont inoffensifs et ne veulent pas créer de problèmes.

Je n'ai plus envie d'entendre parler « travail ».

Dans un coin, des élèves dieux jouent aux échecs sur une table de camping posée sur le sable, d'autres au go, d'autres au jeu de rôles, d'autres enfin au Yalta, ce jeu d'échecs triangulaire où l'on joue à trois : les blancs, les noirs et les rouges.

Gustave Eiffel se mesure à Proudhon et Bruno.

– Salut Michael, salut Mata. Vous avez passé une bonne nuit ? demande Eiffel, complice.

– On ne vous a pas vus disparaître hier soir. Vous êtes partis comme des voleurs, ajoute Bruno.

Ne trouvant rien de bien original à répondre, je me contente de continuer à saluer les autres élèves dieux.

– Salut, Georges.

– Salut.

Le fait que ce matin, il n'y ait pas de cours, pas d'enjeu, pas de « suspense », me permet une détente inaccoutumée.

– Nous n'avons qu'à nous installer ici, propose ma compagne en désignant un coin où poser nos serviettes, entre La Fontaine et Voltaire.

– Parfait, dis-je, enfilant les lunettes de soleil.

Sur le côté, des élèves dieux jouent au volley-ball de part et d'autre d'un filet aux larges mailles.

Je m'approche d'un groupe plongé dans une partie de cartes que je n'identifie pas tout de suite, avant de reconnaître un jeu évoqué dans l'*Encyclopédie* : le jeu d'Éleusis. Il se prête parfaitement au lieu puisque sa règle est : le gagnant est celui qui arrive à trouver... la règle du jeu.

D'autres élèves dieux se baignent. L'eau a l'air un peu fraîche. Ils entrent très progressivement, s'aspergeant le cou, les épaules et le ventre. Édith Piaf chantonne pour se donner du courage. À présent elle entonne : « Non, rien de rien, non, je ne regrette rien. »

— Elle est bonne ? demandé-je à la cantonade.

Un satyre vient vers moi et me tire par le bras.

— Elle est bonne, répète-t-il.

— Fiche-moi la paix, dis-je.

— Fiche-moi la paix, fiche-moi la paix, fiche-moi la paix.

Quelle plaie, ces satyres et leur écholalie.

— Au début elle est un peu froide mais après on n'a plus envie d'en sortir, dit Simone Signoret, un peu crispée alors que l'eau la recouvre jusqu'aux épaules.

Je m'allonge sur ma serviette.

— Qu'est-ce qu'on fait ?

— On se repose, répond ma compagne.

Il me semble un peu immoral de sortir du lit pour dormir sur la plage, mais j'obtempère. Soudain, quelqu'un obscurcit le soleil.

— Je peux m'asseoir à côté de vous ? demande Raoul Razorback.

— Bien sûr, répond Mata Hari.

Mon ami s'installe.

— Je voulais te dire, Michael, que pour ton peuple dauphin et pour ton port des baleines, là... eh bien, je regrette ce qui s'est passé.

Il parle comme si ses mortels avaient agi à son insu.

Comme s'il était le père d'enfants ayant malencontreusement cassé une vitre avec leur ballon.

— Tu regrettes d'avoir laissé mes survivants fuir en bateau ? ironisé-je.

— Non, je suis sérieux. Je crois qu'il y a eu des maladresses, voire des réactions simplistes de ma part. Mais c'est probablement un contrecoup à l'offensive de ton Libérateur. Je ne m'attendais pas à ce que tout s'effondre aussi vite par la volonté d'un seul homme déterminé.

J'essaie de rester détaché.

— Ce sont les surprises du jeu.

— Avec les théonautes nous avons prévu une expédition après le dîner pour monter dans la zone orange. Nous avons les casques, comme je te l'avais dit, et...

— Attendez, moi aussi j'ai prévu pour ce soir un continent à explorer, proteste Mata Hari qui nous écoute.

— Ah bon, lequel ?

— Celui des cinq sens.

Je souris et lui baise la main.

— Désolé, Raoul, je dois gérer les priorités, réponds-je. Ce soir, ce sera encore sans moi.

Les Heures arrivent près de nous pour installer un gril de barbecue. Raoul décide d'aller se baigner.

Mata Hari et moi restons à bronzer comme des lézards.

— Ce soir je ne serai ni avec Raoul ni avec toi, dis-je.

Mata Hari baisse ses lunettes de soleil dévoilant un regard perçant.

— Qu'est-ce que tu vas faire ?

— Rien de spécial.

— Dis-le-moi sinon je t'empêcherai d'y aller.

Je lui chuchote à l'oreille :

— Je vais aller continuer la partie.

– Mais c'est interdit. C'est relâche. Nos peuples continuent d'avancer sans nous, sur notre dernière trajectoire.

– Justement, j'aimerais bien modifier un peu la mienne.

Mata Hari me considère, inquiète.

– Il n'y a rien à faire, nous n'avons plus accès au jeu.

Je l'embrasse.

– Je l'ai déjà fait.

– Ainsi c'était donc toi, le visiteur indélicat qu'évoquait Atlas...

– Moi et Edmond Wells. Nous n'avions pas le choix... nos peuples étaient réduits à un groupe de naufragés sur une coquille de noix ballottée par les tempêtes. De toute façon c'était tricher ou disparaître.

– Je comprends mieux maintenant comment vous avez créé une civilisation si avancée sur l'île de la Tranquillité[1].

– À nouveau l'époque me semble charnière. Laisser mon peuple à l'abandon une journée c'est... prendre un risque trop important.

– Mon peuple protégera le tien.

– Mais mon peuple n'est pas seulement sur la Terre des loups. Les hommes-dauphins sont éparpillés, et tous esclaves ou au mieux minorités opprimées. Je ne peux pas les abandonner.

Elle approche son visage du mien.

– Tu as le démon du jeu...

L'expression me semble étrange.

– C'est par là que Satan finira par nous avoir, la passion d'être dieu.

– Qu'y a-t-il de mal à ne pas vouloir perdre ?

---

1. *Nous, les dieux.*

– Vous êtes bien tous les mêmes, vous les hommes. Dès qu'il y a des enjeux de pouvoir, on ne vous tient plus.

– Tu peux venir avec moi, Mata, si tu veux.

– Je voulais passer une soirée de douceur avec toi et tu es déjà en train de me parler travail !

Elle se détourne.

– Qu'est-ce que tu espères ? Faire revenir ton peuple sur le territoire ancestral des dauphins ?

– Pourquoi pas ?

Elle hausse les épaules.

– Tu les aimes donc à ce point, tes petits mortels ?

– Il y a des moments où ils m'énervent, d'autres où ils m'attendrissent, et d'autres encore où ils m'inquiètent. Je ne peux pas être indifférent à leur détresse.

Je viens contre son dos et la serre dans mes bras, ma tête posée sur son épaule.

– Depuis que je t'aime je les aime davantage. Ça doit être contagieux sur plusieurs dimensions.

Je lui donne un petit baiser sur le coude. Une région que pour l'instant mes lèvres connaissent peu.

Elle se tourne et me sourit. La formule a fait mouche. Elle plonge ses yeux dans les miens. Son front se plisse.

– Et si tu te fais attraper ?

Les Heures ont achevé de monter le barbecue et, aidées des Saisons, introduisent un mouton sur la broche.

– De toute façon, rien ne peut être pire que ce qui a failli m'arriver avec la Gorgone. Alors, crever pour crever, autant essayer de sauver mon peuple. À quoi servirait de survivre à son peuple ? ajouté-je.

Elle me repousse.

– Et moi, tu m'oublies ? Cela fait à peine vingt-quatre heures que nous sommes ensemble et déjà tu es prêt à me transformer en veuve !

Je lui propose d'aller nous baigner. L'eau est transparente, fraîche mais pas trop. Il fait beau. Je nage. Mata Hari crawle à côté de moi. Je lui propose de nous aventurer au large. J'ai toujours aimé nager loin. Mais elle ne souhaite pas s'éloigner de la côte. Je pars seul.

C'est alors que je vois un dauphin sauter hors des flots.

Je nage vers lui.

Un pressentiment m'étreint. Je le connais.

– Edmond Wells ? C'est toi, Edmond ?

Quelle belle fin pour une âme : se muer en dauphin dans l'océan du royaume des dieux.

Je m'approche, il ne fuit pas. J'attrape sa nageoire latérale pour le saluer, il se laisse faire. Alors je m'enhardis jusqu'à accrocher sa nageoire dorsale. Tous ces gestes me sont familiers car j'ai toujours vu mes hommes-dauphins les faire. Il me tire. Quelle sensation extraordinaire.

Par moments il oublie de me faire remonter et je m'asphyxie un peu sous l'eau, mais je m'habitue à prolonger mes apnées. Comme mes hommes-dauphins.

Enfin il me ramène à la rive.

– Merci Edmond pour la balade. Ainsi maintenant je connais ton sort.

Il repart en marche arrière, quasi vertical, en poussant un petit cri aigu et en hochant la tête comme s'il se moquait de moi.

69. ENCYCLOPÉDIE : LE RÊVE DU DAUPHIN

Le dauphin est un mammifère marin. Respirant l'air, il ne peut pas vivre longtemps sous l'eau comme les poissons. Ayant la peau très fragile, il ne peut pas rester longtemps à l'air sous peine de la voir rapidement détériorée. Donc il doit être à la fois dans l'eau et dans l'air. Mais ni complètement dans l'air ni complètement dans l'eau. Comment dormir dans ces conditions ? Le dauphin ne peut pas rester immobile, au risque soit de voir sa peau s'assécher soit de s'asphyxier. Mais le sommeil est nécessaire à la régénération de son organisme, comme d'ailleurs de tous les organismes (même les végétaux à leur manière ont leur forme de sommeil). Pour résoudre ce problème de survie le dauphin dort éveillé. Il dort avec l'hémisphère gauche de son cerveau et fait alors fonctionner son corps sous le contrôle de l'hémisphère droit. Puis il alterne. Il repose l'hémisphère droit et c'est le gauche qui dirige l'organisme. Ainsi le dauphin, quand il bondit dans les airs, est aussi en train de rêver...
Pour parvenir à un fonctionnement correct de ce système de bascule d'un cerveau à l'autre, il s'est créé une adaptation, une sorte de troisième cerveau, petit appendice nerveux supplémentaire qui gère l'ensemble.

Edmond Wells,
Encyclopédie du Savoir Relatif et Absolu, Tome V.

70. SIESTE

Après le déjeuner sur la plage, Mata Hari me propose une sieste. Dormir l'après-midi ? Il y avait longtemps que cette idée ne m'avait pas traversé l'esprit. Faut-il que nous soyons riches de temps et de désœuvrement. La sieste me semble la première preuve réelle que nous sommes bel et bien en vacances. Ayant rangé nos affaires de plage et pris une douche, nous nous enfouissons sous un drap fin et là nous essayons de trouver de nouvelles manières de fusionner nos deux corps de moins en moins étrangers.

Alors que je suis recouvert de sueur, je m'endors.

Je rêve.

Pour la première fois, peut-être, depuis très longtemps, je ne rêve pas d'une histoire. Je rêve de couleurs. Je vois des lumières bleu clair qui dansent sur un fond bleu marine. Les lumières se transforment en étoiles, puis en rosaces, puis en spirales. Elles virent et deviennent dorées, puis jaunes, puis rouges, forment des cercles concentriques puis des lignes qui se prolongent en perspective vers l'infini. À nouveau les lignes se diluent, composent des losanges qui s'écartent comme si je volais vers eux. En même temps une musique planante à base de chœurs de femmes résonne à l'intérieur de ma tête. Les losanges se transforment en ovales mous qui s'étirent, se rejoignent en mosaïques de toutes les couleurs. Ce sont des tableaux abstraits mobiles qui s'enchaînent les uns aux autres.

— Psst...

Je sens une main fraîche sur mon dos.

— Pssst...

La main serre mon bras et le secoue.

— Réveille-toi.

Je quitte un océan blanc d'où émergent des arbres pourpres pour ouvrir les yeux sur le visage de Mata Hari.

— Qu'est-ce qu'il y a ?

— Il m'a semblé entendre un bruit dans le salon.

Quelqu'un fouille chez nous.

Aphrodite ?

Je bondis nu hors du lit.

J'arrive et surprends une silhouette. En contre-jour, je ne la distingue pas bien. Tout ce que je vois c'est une toge et un grand masque qui lui couvre entièrement le visage. Un rayon de soleil dardant à travers les rideaux me laisse entrevoir qu'il s'agit d'un masque de théâtre grec représentant un visage triste.

Le déicide ?

L'intrus ne bouge pas. Il tient mon *Encyclopédie du Savoir Relatif* dans ses mains. Il veut voler mon Encyclopédie. *IL VOLE MON ENCYCLOPÉDIE !*

Où est mon ankh ?

Toujours nu, je bondis sur le fauteuil, fouille dans les replis de ma toge et tire dans sa direction. Je le rate.

Le voleur préfère déguerpir. Je le poursuis. Nous courons entre les maisons. Il slalome entre les arbres. Je slalome aussi.

Je m'arrête, le mets bien en joue et tire. Mon éclair de foudre fend l'espace et le touche. Il lâche l'*Encyclopédie* et tombe. Je l'ai eu ! Je me précipite. Il se relève, porte sa main à son épaule. Je l'ai blessé. Il se retourne, me fixant derrière son masque, et se remet à courir. Je ramasse l'ouvrage précieux de la main gauche et, brandissant toujours l'ankh dans la droite, je galope derrière lui.

— Hé ! dis donc ! Nous ne sommes pas dans un club de naturistes, je te l'ai déjà dit, Michael ! lance Dionysos de loin.

Je n'ai pas le temps de lui expliquer la raison de ma tenue. Je poursuis le déicide. Il est blessé à l'épaule, je devrais l'avoir.

L'intrus zigzague entre les jardins, saute les haies,

serrant son épaule meurtrie. Il reste cependant bien alerte.

Je cours toujours derrière lui, nu, mes pieds s'écorchant sur les graviers, mes cuisses sur les haies. Je m'accroupis, le vise à nouveau en m'appuyant sur ma cuisse, tire plusieurs fois et le rate. Mes impacts d'ankh trouent des arbres ou brisent des fenêtres.

Les rues sont désertes, tous les élèves sont encore sur la plage. Je cours seul, décidé à l'avoir.

Il monte sur un muret, marche en équilibre. Je n'ai jamais été très doué pour ce genre d'exercice mais je ne veux pas renoncer alors qu'il est à ma portée. À un moment je suis sur le point de tomber, mais l'importance de la situation m'apporte un surcroît d'adrénaline qui compense mes faiblesses.

La course reprend. Je galope. Il pénètre dans une grande bâtisse. La porte béante bouge encore. J'entre à mon tour.

À l'intérieur la salle ressemble à un laboratoire. Mais à bien y regarder ce n'est pas qu'un laboratoire, c'est aussi un zoo. De grandes cages voisinent avec des aquariums. Je sens que le déicide est caché ici. J'avance doucement, ankh en main, toujours prêt à tirer. C'est alors que j'aperçois des êtres vivants à l'intérieur des cages.

Je vois des petits centaures. Cependant ils n'ont pas des pattes de cheval mais de guépard. Probablement pour courir plus vite, leurs torses sont aussi plus étroits. Ils viennent vers moi et tendent la main à travers les barreaux, comme pour me supplier de les sortir de là. À côté je vois des chérubins avec des ailes non pas de papillon mais de libellule. Des griffons avec des ailes de chauve-souris et un corps de chat. Alors que j'avance à la poursuite du déicide, j'en déduis que c'est là un laboratoire dans lequel quelqu'un conçoit de nouvelles chimères ! Est-ce le laboratoire d'Héphaïstos ? Non, il me semble qu'il ne travaille que sur des machines, robots ou automates. Ici c'est un laboratoire du vivant. Il y a des bocaux avec des lézards à tête humaine, des araignées pourvues de petites jambes, et même des hybrides de végétaux : bonsaïs terminés par des bras et des mains, champignons équipés d'yeux globuleux, fougères dont les branches roses font penser à de la chair, fleurs dont les pétales sont des oreilles. On se croirait dans un tableau délirant de Jérôme Bosch, si ce n'est que même le peintre flamand n'avait imaginé de tels mélanges organico-végéto-humains.

Si c'est un laboratoire, ça doit être celui du diable, ou en tout cas d'un être sans empathie pour les créatures qu'il crée.

J'ai la nausée. La plupart de ces chimères perçoivent ma présence et s'agitent ou tentent d'exprimer leur volonté que je les libère.

À nouveau me revient la comparaison avec l'île du docteur Moreau. Ici on se livre à des expériences pour mélanger l'humain et l'animal, ou plutôt le divin et le monstrueux. Quel peut être l'intérêt de fabriquer ces chimères ? Tous ces petits êtres maintenant sont excités et tendent leurs mains dans ma direction à travers leurs barreaux. Ceux qui sont enfermés dans des aquariums se cognent contre la paroi. J'ai un sentiment de dégoût et j'ai envie de les libérer tous. Je ralentis mon pas. J'oublie un instant pourquoi je suis là.

Un bruit de fiole cassée me le rappelle. Le déicide s'est caché. Il est devant. Je cours. Et j'arrive dans une autre zone du laboratoire contenant des centaines de bocaux sur des étagères. Tous remplis de petits cœurs sur pattes similaires à celui que m'a offert Aphrodite. Ainsi elle a initié dans cet endroit un élevage de...

« cœurs à offrir » à ses prétendants. Celui qu'elle m'a proposé n'est donc pas unique.

Intrigué, je ne peux m'empêcher d'approcher. Ils émettent des petits couinements tristes qui ressemblent à ceux des chattes en chaleur.

J'ai envie de quitter vite cet endroit. Je repère une vitre cassée ; le déicide a dû filer par là. En effet je discerne sa silhouette qui s'éloigne.

Je passe la fenêtre. Je le poursuis.

Nous voici sur la grande avenue. Je gagne du terrain et lorsque je m'estime à distance suffisante je le remets en joue. Mais mon ankh est déchargé, je tire à vide.

Je replace l'ankh inutile autour de mon cou et ramasse une branche de bois pour m'en faire une arme.

Devant moi la silhouette au masque triste court en direction du quartier des ruelles sinueuses. Nous voici dans le labyrinthe. Mon coureur prend un peu d'avance mais j'arrive à le suivre.

Il est entré dans la rue de l'Espoir. Ce doit être un élève car il n'a pas l'air de savoir que c'est une impasse. Cette fois il ne peut plus fuir, je le tiens.

Lorsque j'arrive au bout, l'impasse est vide. Au fond, de grosses caisses sont entassées. Il n'a quand même pas pu se volatiliser.

Je pousse les caisses : en vain. Alors je repère au sol des gouttes de sang. Du sang d'un dieu. Elles s'arrêtent sous une grosse caisse qui me semble impossible à soulever, mais lorsque j'essaie de la pousser dans tous les sens je constate qu'elle pivote sur le côté. Un passage secret.

Je m'enfonce. C'est un tunnel qui passe sous la muraille. Je marche longtemps, suivant ces gouttes de sang.

Je débouche sur la forêt qui mène au fleuve bleu. Je ne le vois plus. Je m'arrête, essoufflé.

Un bruit de sabots. Les centaures sont là et m'encerclent.

– Dites donc, la cavalerie, vous êtes un peu longs à réagir, dis-je, courbé pour reprendre mon souffle.

Athéna descend et atterrit tout près de moi.

Pégase bat majestueusement des ailes.

– C'était qui ? demande la déesse de la Sagesse qui semble déjà connaître mon aventure.

– Je n'ai pas pu le voir, il portait un masque.

– Un masque ?

– Un masque de théâtre grec, un masque avec une mimique triste, un peu comme ceux qui ont servi durant la représentation de *Perséphone*.

– Il a dû s'en emparer dans la remise aux accessoires.

– Je l'ai blessé à l'épaule.

Elle est très intéressée par cette remarque.

– À l'épaule, dites-vous ? Dans ce cas nous le tenons. Il ne pourra pas traverser le fleuve bleu.

Elle ordonne aux centaures d'aller se placer sur les berges. Les sirènes, comprenant qu'il se passe quelque chose de nouveau, sortent leurs visages et leurs longs cheveux de l'eau. Nous attendons mais il ne se passe rien. Le déicide a bel et bien disparu.

Athéna frappe le sol de sa lance.

– Faites sonner le tocsin. Nous allons procéder à l'appel des élèves.

Dans la minute qui suit, alors que les cloches du palais de Chronos battent à tout rompre, les élèves sont déjà réunis sur la grande place sous l'arbre central. Je me rhabille et chausse des sandalettes.

Nous voici en longue file comme au premier jour

de notre arrivée en Aeden, mais moitié moins nombreux. Les élèves se présentent un par un pour décliner leur nom et montrer leurs épaules dénudées.

– Il en manque un, annonce enfin la déesse de la Sagesse vérifiant avec satisfaction sa liste de noms.

Je me doute de qui il s'agit.

– Joseph Proudhon.

Des murmures parcourent l'assistance.

– Proudhon ? Elle a dit Proudhon ?

– De toute façon moi je l'ai toujours su. Ça ne pouvait être que lui.

– Sa civilisation des rats est complètement dépassée.

– Il a mal supporté le jeu. Il s'attaquait aux gagnants, dit Sarah Bernhardt. Rappelez-vous. D'abord Béatrice, du peuple des tortues, Marilyn Monroe, puis tous les autres.

– Il est venu chez moi, dis-je. Pourquoi se serait-il attaqué à moi ? Je ne suis pas un gagnant. Je suis douzième.

– Mais il était derrière toi. Tous ceux qui sont devant lui sont ses futures victimes, poursuit Sarah Bernhardt.

– C'était un anarchiste, il n'aimait pas les dieux, dit Édith Piaf.

– Il a toujours dit qu'il voulait détruire le système, renchérit Simone Signoret.

Athéna annonce qu'une grande battue sera organisée dans la forêt bleue pour le retrouver.

Nous sommes donc mis à contribution pour traquer l'anarchiste.

Les centaures avancent avec leurs tam-tams en ligne à partir des berges du fleuve bleu pour le rabattre sur nous. Tous les élèves, aidés des satyres, tendent un long filet. On se croirait à la chasse au tigre dans une forêt du Bengale.

Au-dessus de nous, les griffons volent en lâchant des piaillements rauques. Un peu plus bas, les chérubins volettent entre les branches pour vérifier que le fugitif n'est pas caché dans les frondaisons des arbres.

Mata Hari n'est pas loin de moi. Nous avançons, mais au bout de quelques dizaines de minutes, la ligne des centaures et la ligne des élèves se rejoignent sans avoir débusqué Proudhon.

Athéna est préoccupée.

– Il ne peut avoir quitté l'île ni être monté au-delà du fleuve. Il faut le trouver. Cherchez partout, l'île n'est pas si grande, il ne peut pas se cacher indéfiniment.

La traque prend de l'ampleur. Nous fouillons la plage, les alentours de la cité. Des escadrilles de griffons fendent le ciel à la recherche d'une trace du tueur de dieux, alors que le tocsin sonne toujours.

Proudhon reste introuvable.

Hermès déclare qu'il faudrait peut-être fouiller l'intérieur de la cité.

– Même si on le croit à l'extérieur, il peut avoir rusé. C'est parfois dans l'œil du cyclone qu'on est le mieux protégé du vent, rappelle le dieu des Voyages.

La troupe se regroupe alors à la porte ouest de la cité. Les centaures entreprennent d'ouvrir une à une toutes les maisons et de les fouiller. Pour finalement dénicher Proudhon... dans sa propre villa, tapi sous son lit.

Les centaures le maîtrisent facilement et l'amènent, enchaîné, sur la place centrale. Sa toge est brûlée, son épaule saigne, il semble ahuri.

– Ce n'est pas moi, bredouille-t-il. Je suis innocent.

– Pourquoi t'es-tu caché, alors ? lance Sarah Bernhardt en prenant sa revanche sur ce dieu prédateur.

– Je dormais, lance-t-il, peu convaincant.

– Et c'est le tocsin qui t'a réveillé ? ajoute Voltaire avec ironie.

L'anarchiste est effrayé.

– Quand j'ai compris que vous me cherchiez, j'ai préféré me cacher, avoue-t-il.

Il a un petit sourire triste.

– C'est peut-être un vieux réflexe de ma dernière vie de mortel. J'ai peur de la police...

Athéna annonce qu'il va recevoir le châtiment de ses crimes.

– Je vous jure que je suis innocent ! s'insurge Proudhon.

Il a perdu sa morgue coutumière. Il dissimule sa blessure avec sa main. J'interviens.

– Il a droit à un procès ! dis-je.

Athéna a entendu, elle cherche qui, dans l'assemblée, s'est permis une telle remarque.

– Quelqu'un a dit quelque chose ?

Je me dégage de la foule.

– Il a droit à un procès, énoncé-je clairement.

Tous me regardent, incrédules.

Athéna me fait face, plus étonnée que contrariée.

– Mmmh... C'est vous qui avez inventé les tribunaux pour vos peuples, n'est-ce pas, Michael ?

Il y a un temps de flottement, quelques rumeurs.

– La justice indépendante du pouvoir est un progrès, il me semble. Tout être suspecté a le droit de se défendre. Proudhon a le droit d'être jugé non pas par un mais plusieurs individus.

Athéna éclate de rire, mais je continue de la fixer sans ciller.

– Très bien, puisque M. Pinson l'exige... Joseph Proudhon aura droit à son procès, annonce-t-elle avec un geste désinvolte. Ce soir avant le dîner, dans l'amphithéâtre à 18 heures. Cela nous fera un petit spectacle supplémentaire pour le week-end.

71. ENCYCLOPÉDIE : LES DIX COMMANDEMENTS

Le processus de justice indépendante a été difficile à mettre en place. Longtemps les jugements étaient tout simplement rendus par les chefs de guerre ou les rois. Ils ne faisaient alors que prendre les décisions qui les arrangeaient sans avoir de comptes à rendre à qui que ce soit. À partir des Dix Commandements (livrés à Moïse aux alentours de 1300 avant J.-C.), on voit apparaître un système de référence indépendant qui établit une loi ne servant aucun intérêt politique personnel mais s'appliquant à tous les êtres humains sans exception.

Cependant il est à noter que les Dix Commandements ne sont pas une suite d'interdictions, sinon ils seraient rédigés ainsi : « Tu ne dois pas tuer », « Tu ne dois pas voler », etc.

L'énoncé est un futur : « Tu ne tueras point », « Tu ne voleras point ». C'est pourquoi certains exégètes ont émis l'idée que ce n'est pas seulement un code de loi mais une prophétie. Un jour tu ne tueras point parce que tu auras compris qu'il est inutile de tuer. Un jour tu ne voleras point parce que tu n'auras plus besoin de voler pour vivre. Si nous lisons les Dix Commandements sous l'aspect d'une prophétie, nous avons affaire à une dynamique de prise de conscience qui ne rend plus nécessaire la punition des délits car plus personne n'a envie de les commettre...

Edmond Wells,
Encyclopédie du Savoir Relatif et Absolu, Tome V.

72. SUR LA PLAGE

Revenus sur la plage, tous nous évoquons le prochain procès.

Raoul me rejoint.

– Bravo, Michael, c'est quand même toi qui l'as eu.

– Il voulait voler l'*Encyclopédie du Savoir Relatif et Absolu*, dis-je, essayant de trouver un sens à l'incident. Je ne sais pas pourquoi il s'y intéresse. Il doit y avoir quelque chose là-dedans qui le concerne directement.

– Tu étais le prochain sur la liste, mais il ne t'a pas descendu, reconnaît-il.

– Tout cela me semble trop simple, murmuré-je.

Raoul me donne une tape amicale.

– Pourquoi veux-tu que toutes les enquêtes policières durent ? Parfois l'assassin est découvert dès le début. Imagine un polar où l'on connaît l'assassin dès les premières pages et où, durant tout le reste du roman, les enquêteurs partent en vacances et se détendent avec la super-prime qu'ils ont obtenue pour leur célérité...

– J'imagine aussi un polar où à la fin, l'assassin reste introuvable et le dossier est clos. C'est quand même ce qui se passe dans la réalité la plupart du temps.

Je regarde au loin la montagne au sommet embrumé.

– Tu crois toujours à ton idée, que nous sommes dans un roman, n'est-ce pas ? demande mon ami.

– C'était une idée d'Edmond Wells.

Raoul hausse les épaules.

– En tout cas, si nous sommes dans un roman, nous devons être arrivés au chapitre final car 1 : on a résolu l'énigme criminelle, et 2 : tu as réglé ta grande histoire d'amour.

– Tu oublies une chose, nous ne sommes qu'à la moitié de la session. Nous n'avons rencontré que six Maîtres dieux sur douze. Nous sommes donc au milieu de l'histoire, pas à la fin. Et puis nous ignorons toujours ce qu'il y a en haut de la montagne.

– Je suis convaincu que, dès que nous aurons franchi le monde orange, nous serons fixés. Quant à ton idée... Peut-être que l'écrivain entamera, dès la deuxième moitié de l'histoire, une nouvelle intrigue avec d'autres personnages principaux, d'autres suspenses criminels et d'autres aventures sentimentales..., ajoute Raoul Razorback.

– D'autres personnages, d'autres histoires sentimentales... tu penses à qui ?

Mon ami sourit.

– À moi. Après tout, depuis le début, il n'y a que Freddy et toi à avoir construit des couples. Moi aussi j'ai le droit d'être amoureux... d'ailleurs je le suis.

– Attends, laisse-moi deviner. Sarah Bernhardt ?

– Je ne te le dirai pas...

Je lui donne une bourrade.

– Je le sais, c'est Sarah Bernhardt... Qu'est-ce que tu attends pour te déclarer ?

Raoul reste imperturbable.

– C'est vraiment une fille formidable. Son peuple est libre et fier, galopant à cheval dans les plaines, pas enfermé comme beaucoup d'entre nous dans des villes de plus en plus insalubres.

– Fais attention. Si son peuple est la préfiguration des premiers Mongols qui vivaient eux aussi tout le temps à cheval, je te rappelle qu'ils ont envahi tout l'empire romain d'Orient.

– Je ne crois pas que nous reproduisons à l'identique l'histoire de Terre 1. C'est nous qui déformons nos perceptions. Nous interprétons tout pour que les deux canevas historiques aient l'air de se ressembler. Mais nous gardons notre libre-arbitre. Il y a le chemin connu et le chemin que nous réinventons tous les jours.

– J'aimerais être sûr que tu as raison.

– C'est comme nos vies. Il y a un chemin tracé, et il y a notre libre arbitre qui fait qu'on suit le chemin tracé ou qu'on s'en écarte. C'est nous qui décidons. Et à bien y regarder, les Romains et les Mongols auraient très bien pu s'entendre pour bâtir un immense empire allant de la Chine à l'Angleterre. Ta remarque m'ouvre des perspectives.

Georges Méliès, Jean de La Fontaine et Gustave Eiffel posent leur serviette près de nous.

– Nous allons nous baigner avant le procès, vous venez avec nous ?

– Non merci, on a un peu froid.

– Moi, j'ai plutôt envie d'une partie d'échecs, ça te dit Michael ? propose Raoul.

– Je n'ai pas la tête à ça...

Raoul insiste et je finis par accepter. Il part chercher les pièces et nous nous asseyons sur le sable fin.

J'ouvre par le pion du roi. Après les ouvertures, très vite la partie s'accélère. Il sort son cavalier. Je dégage mon fou et ma dame et attaque sa ligne de pions.

– Tu te prends pour ton Libérateur ?

Il dégage son roi en le poussant derrière sa tour.

— C'est quoi, ton utopie à toi ?

Je fais glisser mon fou et lui prends sa dame.

Il hoche la tête en connaisseur, appréciant ce coup.

— Je me demande si le monde tel qu'il est n'est pas déjà parfait.

— Tu parles du monde de Terre 1 ou de Terre 18 ?

— Peut-être des deux. Je ne sais si c'est cela ma sagesse, mais je crois que je suis capable d'accepter le monde avec sa violence, ses saints, sa folie, sa sagesse, ses pervers, ses tueurs.

— Alors toi, si tu étais Dieu, tu ferais quoi ?

— Comme notre ancien Dieu de Terre 1.

— C'est-à-dire ?

— Rien. Je laisserais le monde livré à lui-même, se débrouiller tout seul. Et je le regarderais comme si j'étais au spectacle.

— « Le lâcher-prise divin » ?

— Au moins comme ça s'ils réussissent, ils n'auront à féliciter qu'eux-mêmes, et s'ils échouent, ils n'auront qu'à s'en tenir eux-mêmes pour responsables.

— Tu as bien de la chance d'avoir ce détachement vis-à-vis de tes mortels. Mais dans ce cas pourquoi joues-tu ?

— Parce que le jeu est un plaisir. Comme jouer aux échecs est un plaisir. Et si je joue, je me bats pour gagner, quels que soient les moyens.

Comme il dit cela, il dégage son fou ct me prend la tour.

Avec mon cavalier je provoque une fourchette qui entraîne la perte de son fou. Après avoir perdu nos reines, nos tours, nos fous, nos cavaliers, nous nous livrons une bataille de pions. Finalement nous nous retrouvons tous les deux avec le roi et un pion, et de la manière dont nous jouons, nous nous bloquons mutuellement au point d'en arriver à un « pat », situation sans gagnant, assez rare aux échecs.

– Avec Mata Hari, c'était bien, hier soir ? me demande subrepticement mon ami.

Il me regarde avec gentillesse.

– Tu sais, elle t'aime vraiment, elle.

À ces mots le visage d'Aphrodite ressurgit dans mon esprit.

– Cesse de penser à « l'autre », dit-il. Elle n'en vaut pas la peine. Elle n'a que la valeur que ton imaginaire lui accorde.

– Le problème c'est que j'ai beaucoup d'imagination, dis-je.

– Concentre ton imaginaire sur ton travail de dieu. Tout est à inventer.

Le clocher sonne 18 heures, c'est l'heure du procès.

73. ENCYCLOPÉDIE : THOMAS HOBBES

Thomas Hobbes (1588-1679) est un scientifique et un écrivain anglais considéré comme le fondateur de la philosophie politique.

Il puise dans la science du corps humain de quoi fonder une science politique, notamment dans sa trilogie *De cive* (Du citoyen), *De corpore* (Du corps), *De homine* (De l'homme) puis son œuvre majeure, *Léviathan*.

Il considère qu'alors que l'animal vit dans le présent, l'homme veut se rendre maître du futur pour rester en vie le plus longtemps possible. Pour cela, chaque homme tend à s'accorder à lui-même la plus haute importance possible et à diminuer de gré ou de force celle des autres. Dès lors il accumule du pouvoir (richesse, réputation, amis, subordonnés) et

essaye de voler du temps et des moyens aux autres hommes de son entourage.

Thomas Hobbes lance notamment la fameuse formule : « L'homme est un loup pour l'homme. »

En toute logique, l'animal humain fuit l'égalité avec les autres, entraînant ainsi la violence et la guerre. Selon Hobbes, la seule possibilité d'empêcher l'homme de désirer prendre le dessus sur les autres est de le forcer à la coopération par... la coercition. Il est donc nécessaire, selon lui, qu'il y ait une puissance hégémonique (née d'un contrat entre les hommes) qui impose à l'animal humain de ne pas se laisser aller à ses penchants naturels de destruction de ses congénères. L'Hégémon devra avoir des droits très étendus pour empêcher tous les conflits de se développer.

Pour Hobbes, le paradoxe est le suivant : l'anarchie entraîne la réduction de la liberté, avantageant le plus fort. Seul un pouvoir coercitif centralisé fort peut permettre à l'homme d'être libre. Encore faut-il que ce pouvoir soit détenu par un Hégémon souhaitant le bien-être de ses sujets et ayant dépassé son égoïsme personnel.

Edmond Wells,
Encyclopédie du Savoir Relatif et Absolu, Tome V.

74. RÉQUISITOIRE

Le procès a lieu dans l'amphithéâtre, coupé en deux. Tous les élèves s'installent sur les gradins de l'hémicycle ainsi formé. Une grande table d'acajou a été installée sur la scène faisant face au public assis en hauteur. Athéna, en tant que juge, trône dans un fauteuil surélevé.

Comme procureur : Déméter.

Comme défenseur : Arès, qui, en tant que dieu de la Guerre, se sent solidaire du style de jeu viril de Proudhon et s'est donc spontanément désigné.

Sur le côté, neuf élèves dieux tirés au sort servent de jurés. Parmi eux Édith Piaf et Marie Curie.

– Faites entrer l'accusé, clame Athéna.

Des centaures battent tambour. D'autres font résonner des conques comme autant de trompettes.

Proudhon est amené dans une cage posée sur un chariot tiré par des centaures. Le dieu des hommes-rats protège de la main sa blessure à l'épaule qui semble encore le faire souffrir.

Un verre de ses lunettes est fendillé et sa barbe et ses longs cheveux sont ébouriffés.

Quelques élèves le huent.

Je me souviens moi-même comment ses hordes de barbares ont déferlé sur la plage où j'avais bâti mon village sur pilotis. J'ai en souvenir la destruction de ma première génération d'hommes-dauphins et la fuite in extremis sur le bateau de la dernière chance. Je conserve en mémoire les images de ses mortels s'acharnant pour rendre les miens encore plus mortels. Combat de nuit, combat désespéré. Cependant, je n'oublie pas que, grâce à ce malheur, j'ai pu créer ma cité idéale sur l'île de la Tranquillité.

Proudhon passe la tête entre les barreaux de sa cage.

– Je suis innocent, vous m'entendez ! Je suis innocent, ce n'est pas moi le déicide.

Proudhon est tiré de la cage et placé face au trône d'Athéna. Il ressemble ainsi aux images qu'on voit dans les livres d'histoire. Vercingétorix amené face à César.

Les centaures l'obligent à s'agenouiller.

Athéna sort son maillet d'ivoire et frappe pour réclamer le silence dans l'assistance.

– Accusé : Proudhon Joseph. Dans votre dernière défroque de mortel, vous étiez...

Athéna ouvre un dossier et inspecte différentes pages.

– Ah, voilà. Né sur Terre 1, en France, à Besançon en 1809 selon le calendrier local, d'un père garçon brasseur et d'une mère cuisinière.

Il approuve. Pour ma part, je ne vois pas ce que son passé a à voir avec son procès actuel. Fait-on le procès du déicide en Aeden ou celui de l'anarchiste en France ?

– Vous avez effectué de brillantes études que vous avez interrompues, pour quelles raisons ?

– Financières. J'avais une bourse qui est arrivée à échéance.

– Je vois. Vous avez ensuite multiplié les petits emplois, typographe, artisan imprimeur, et déjà vous faites grève.

– Les conditions de travail étaient déplorables.

– Vous prenez des positions politiques fermes. La prison, l'exil, la misère, voilà ce qu'aura été votre départ dans la vie, n'est-ce pas... Pourtant vous écrivez. Notamment un essai très érudit, une grammaire comparée de l'hébreu, du grec et du latin. Pourquoi n'avez-vous pas poursuivi ?

– Mon éditeur est devenu fou, son imprimerie a fait faillite.

Athéna poursuit, imperturbable :

– Vous concevez ce que vous appelez un socialisme scientifique dans *Qu'est-ce que la propriété ?* et puis vous entrez en anarchie, vous vous définissez comme anticapitaliste, antiétatiste, et antithéiste. Vous développez votre vision dans plusieurs livres, dont *La*

Philosophie de la misère, vous montez des journaux pour finalement mourir de congestion pulmonaire à 56 ans.

Elle range ses papiers puis ouvre un autre dossier. C'est vrai, une vie ce n'est que ça. Rien que ça, même pour un grand politicien comme Joseph Proudhon.

– Vous êtes accusé d'homicide volontaire sur les personnes de :

« Claude Debussy.

« Vincent Van Gogh.

« Béatrice Chaffanoux.

« Marilyn Monroe.

« Plus une tentative d'homicide sur la personne de Michael Pinson.

Tout le monde se tourne vers moi. Certains chuchotent. Mata Hari me prend la main pour bien montrer à tous qu'elle est solidaire.

– Joseph Proudhon, vous avez enfreint ainsi l'une des quatre lois sacrées de l'Olympe. Celle qui interdit toute violence et a fortiori tout crime dans ce sanctuaire. Vous êtes donc accusé de déicide. Qu'avez-vous à dire pour votre défense ?

– Je ne suis pas le déicide. Je suis innocent.

Il est en sueur et, ses lunettes cassées glissant sur l'arête de son nez, il est obligé de les relever plusieurs fois.

– Comment expliquez-vous dans ce cas votre blessure au bras ?

– Je faisais la sieste tranquillement chez moi lorsqu'une douleur à l'épaule m'a soudain réveillé. Quelqu'un est venu dans ma villa et m'a tiré à bout portant dans l'épaule durant mon sommeil.

L'assistance réagit. Difficile à avaler comme alibi, mais que peut-il dire d'autre ?

— Il n'y a pas de témoin de votre repos, n'est-ce pas ?

— Je n'ai pas l'habitude de convier des gens dans ces moments-là, tente-t-il de plaisanter.

— Et comment expliquez-vous que vous faisiez la sieste alors que le tocsin était en train de sonner pour demander aux élèves de venir précisément montrer leurs épaules ?

— Je... je m'étais mis de la cire d'abeille dans les oreilles pour dormir car cela fait plusieurs nuits que je ne trouve pas le sommeil.

— Et qui vous aurait tiré dessus ?

— Quelqu'un qui voulait me faire accuser à sa place. Le vrai coupable. Le déicide. Et vous avez évidemment cru à cette mystification.

Rumeur dans la salle. Athéna tape du maillet pour rétablir le calme.

— Donc, selon vous, le vrai déicide, blessé, surgit chez vous, vous trouve endormi à cause de vos bouchons de cire, vous tire dans l'épaule à bout portant et s'enfuit.

— Exactement.

— Et vous l'avez vu ?

— Vous savez, dans ces moments-là vous ne pensez pas à poursuivre votre agresseur. J'ai vu sa silhouette qui s'éloignait. Il me semble qu'il arborait une toge blanche plutôt sale. Ça a été très rapide.

— Pourquoi n'avez-vous pas crié quand il vous a tiré dessus ? On vous aurait entendu.

— Je ne sais pas. Peut-être que j'ai l'habitude de serrer les dents quand j'ai mal.

Athéna adopte une mine sceptique.

— Pourquoi vous êtes-vous caché sous votre lit lorsque les centaures sont venus vous chercher ?

— Je croyais que mon agresseur revenait.

Face au peu de crédibilité de ses arguments, quelques élèves sifflent.

– Mais vous avez dû entendre les sabots des centaures, vous auriez dû être rassuré que ce soit les forces de l'ordre protégeant votre logis.

Un maigre sourire étire ses lèvres.

– Vous savez, avant, j'étais anarchiste. Pour nous, anarchistes, l'arrivée de la police n'a jamais été un facteur rassurant.

Athéna affiche un regard dur.

– Vous avez parlé de toge blanche. Donc selon vous, votre agresseur serait un élève. Tous les élèves sont ici. Comment expliquez-vous que le « vrai » assassin touché par Michael, lui, ait pu faire disparaître sa blessure alors que la vôtre apparaissait ?

– Je n'ai pas d'explication autre que celle que je viens de donner. Je suis conscient que les apparences jouent en ma défaveur, admet le théoricien de l'anarchie en relevant une fois de plus ses lunettes d'écaille.

– Bon, j'appelle à la barre le principal témoin.

Athéna consulte ses papiers comme si elle avait oublié mon nom.

– Michael Pinson.

Je descends des gradins. À nouveau me revient la phrase qui a bercé ma vie : « Mais au fait qu'est-ce que je fais là ? » De manière étrange, je n'arrive pas à en vouloir à Proudhon. Peut-être parce que je suis heureux avec Mata Hari. C'est étrange, cette absence de colère en moi.

Proudhon baisse la tête. L'énoncé de sa dernière vie de mortel me l'a rendu plus « humain ». Ce fils de pauvre s'est élevé tout seul, a voulu lutter pour plus de liberté pour les hommes. Même si son combat a un peu dérapé, il a au moins essayé une voie. L'anarchie.

Je me place face à Athéna, alors que Proudhon est invité à s'asseoir sur un siège latéral.

— Témoin Pinson, veuillez jurer de dire la vérité et rien que la vérité.

— Je dirai la vérité. Tout du moins celle que je connais, précisé-je.

— Racontez-nous les faits.

— J'étais au lit. J'ai entendu du bruit dans le salon. Je suis tombé nez à nez avec quelqu'un qui fouillait dans mes affaires. Il était sur le point de me voler l'*Encyclopédie*. Il portait un masque de théâtre tragique. Il a déguerpi.

Rumeur dans l'assistance.

— J'ai saisi mon ankh, je l'ai poursuivi. J'ai pu ajuster un tir qui l'a touché à l'épaule, ensuite je l'ai perdu de vue dans une impasse. J'ai cherché et j'ai trouvé un passage qui menait sous la muraille en forêt.

— Reconnaissez-vous l'accusé ?

— Je vous l'ai dit, il avait un masque. Je n'ai pas vu son visage.

— Était-ce tout du moins un individu de la taille et de la corpulence de notre accusé ?

— Avec les toges il est difficile de juger.

Athéna me remercie et demande au procureur Déméter d'entamer son réquisitoire.

La déesse des récoltes se lève et prend l'assistance à témoin.

— Je crois que le crime de Proudhon est l'œuvre d'un pur génie du mal. Sous des allures de dandy cynique, cet élève n'avait qu'une envie : éliminer ses concurrents pour être sûr d'être le seul à terminer le match de divinité. Déjà au sein de la partie d'Y nous avons pu constater son instinct meurtrier.

Déméter retrousse un pan de sa toge jusqu'à l'épaule. Elle pointe son doigt vers l'accusé.

– Son peuple est comme lui. Des rats qui servent un dieu rat. Et comme les rats, il ne respecte que la force et ne connaît que le langage de la violence. Il a tué froidement, et si nous ne l'avions pas arrêté il aurait continué à assassiner l'un après l'autre tous les élèves jusqu'à ce qu'il ne reste qu'un seul survivant.

La phrase secoue l'assistance.

– Cet homme est cohérent. Un dieu criminel qui a créé un peuple criminel.

– Je suis innocent, murmure Proudhon.

– Et c'est aussi un transgresseur des lois de l'Olympe et un tricheur au jeu d'Y que je voudrais qu'on condamne aujourd'hui. C'est pourquoi je réclame aux jurés une punition exemplaire. Il a été question du supplice de Prométhée...

– Je ne suis pas le déicide, répète l'accusé.

Athéna tape du maillet pour calmer l'assistance.

– Je ne pense pas que cela soit la bonne punition, poursuit Déméter. Car... elle est trop douce.

Athéna opine de la tête.

– Le crime de Proudhon est bien pire que celui de Prométhée. Il a troublé l'ordre d'une classe, il a tué à l'intérieur d'une zone sanctuaire, il a défié les Maîtres dieux alors même qu'il savait ce qu'il risquait. Il nous a défiés, que dis-je, il nous a nargués. Aussi j'aimerais, madame la juge, que nous trouvions une punition bien plus édifiante. Je veux que ce procès soit un exemple afin que tout le monde sache, pour cette promotion mais aussi pour toutes celles à venir, ce qui est arrivé ici et comment ce crime a été châtié. Faisons preuve d'inventivité pour infliger à Proudhon un supplice qui refroidisse à jamais tous les déicides potentiels.

– Vous pensez à quoi, Déméter ?

La déesse des moissons hésite.

– Pour l'instant à rien de spécial. Je pense qu'il

faudrait presque lancer un concours de la pire punition possible.

– Merci, madame le procureur. La parole est maintenant à la défense.

Arès vient à la barre.

– Je voudrais tout d'abord exprimer qu'il m'apparaît normal, vu l'ennui qui règne dans cette école, que des élèves veuillent faire un peu d'« animation ».

Quelques huées dans la salle.

– Moi, je comprends très bien M. Proudhon. Quand il était mortel, en tant que politicien, il a combattu le système sclérosé de son siècle. Il est donc logique qu'ici aussi il ait eu envie de remuer les choses. Après tout, l'Olympe a de plus en plus tendance à ressembler à un club de vieilles dames qui prennent leur thé en levant le petit doigt et en discourant de la guerre et de la recette du pudding.

Quelques professeurs s'insurgent.

– Moi je n'ai pas peur de le dire, j'ai parfois l'impression d'être dans un poulailler rempli de volailles déplumées. Même si le temps n'a pas eu de prise sur leur physique, il en a eu sur leur mentalité.

Nouvelles protestations. Juste à ce moment, quelques Maîtres dieux qui n'étaient pas encore arrivés entrent dans l'hémicycle. Aphrodite n'est pas parmi eux.

Athéna leur fait signe de s'asseoir pour ne pas perturber la plaidoirie de l'avocat.

– Je disais donc que je comprends Proudhon. Il arrive de sa terre natale, il voit une île perdue, dans le cosmos, il voit un monde magique et merveilleux, il s'attend à ce que cela soit un monde un peu... pardonnez-moi l'expression, présidente, mais un monde « marrant ». Et il voit qu'il est régi par une administration molle, lourde, lente. Alors il se dit qu'il faut remuer tout ça, changer les mentalités. Il se comporte comme un loup dans le poulailler ou, pour reprendre l'expression de Déméter, un rat, oui, un rat dans un nid d'oisillons.

Proudhon grimace. Il est encore plus inquiet de la défense d'Arès que de l'attaque de Déméter.

– Il tue, bon, il tue, mais ses crimes ont rythmé notre vie ces derniers jours. Par la corne de la grande licorne ! Je l'affirme, Proudhon nous a rendu service. Il a offert du spectacle, du suspense, des coups de théâtre. Chacun de ses forfaits nous a obligés à enquêter, réfléchir. Même sa traque a été un grand moment de l'histoire d'Aeden, et tout ça pour le retrouver chez lui sous son lit ! Quelle dérision. Quel sens du coup de théâtre ! Moi je dis : « Chapeau bas monsieur Proudhon, vous êtes un bon. » Et puis son peuple, le peuple des rats ! Vous avez vu son peuple des rats ? Tout un style. Du panache. De l'audace. Là encore je vois un grand metteur en scène du pillage derrière le simple dieu d'un peuple conquérant. Oui, nous avons tous admiré ses hordes de fanatiques fondant sur les villages de civils apeurés et poussant leurs gémissements d'agonie.

Tout en parlant il sourit à l'évocation de ces instants.

– Et vas-y que je te pourfends à la hache, et vas-y que je charge à la lance. Ah, les fillettes amazones, elles en ont pris plein leurs fesses, et en plus le chef qui épouse leur reine ! Joli film. Soyons francs : les invasions de Proudhon ont obligé les autres peuples à s'armer et à trouver des moyens de le contrer. Peut-être que sans Proudhon... on n'aurait même pas eu l'idée d'inventer la guerre sur Terre 18 !

Silence sidéré de la salle.

– Mesdames et messieurs les jurés, vous imaginez un monde sans guerre ? Vous imaginez Terre 18

« peace and love » ? Tout le monde respectant les frontières, tout le monde vivant sans armes, des foules pléthoriques d'enfants même pas équilibrées par des massacres ? Excusez-moi, j'en ai la nausée.

Nouvelles rumeurs. La juge tape du maillet.

— Laissez finir la défense s'il vous plaît. Allez-y, continuez maître Arès.

— Très bien, mon client a tué. Il a même massacré. Il y a même pris du plaisir. Et alors ? qu'y a-t-il de mal à cela ?

Cette fois la salle a du mal à se contenir. Athéna redouble ses coups de maillet.

— Si vous continuez ce chahut, je fais évacuer la salle. Je vous avertis. Laissez la plaidoirie aller à son terme. Et vous, maître, essayez de ne pas tomber dans la provocation gratuite.

— Merci, madame la présidente, de remettre en place ce public de « conventionnels ».

Il a prononcé ce mot avec un rictus dégoûté.

— Oui, Proudhon a été un dieu dont le peuple a éliminé d'autres peuples. Oui, ses mortels avaient une tendance à sacrifier les prisonniers et à violer les prisonnières. Mais que le dieu dont le peuple n'a jamais commis la moindre razzia lui jette le premier coup de foudre.

La phrase produit son effet parmi les Maîtres dieux et les élèves. C'est vrai qu'en dehors de moi la plupart des dieux ont eu recours à la violence gratuite pour imposer leur point de vue à leurs voisins.

— N'as-tu jamais tué, Hermès ? et toi, Déméter ? Et même vous, madame la juge, je crois me rappeler que vous avez connu des conflits d'intérêts qui vous ont amenée à occire plus d'un mortel.

— Ce n'est point là le thème du procès, n'abusez

pas de vos prérogatives, maître Arès, poursuivez et qu'on en finisse.

– Vous avez raison. Par moments, on ne peut plus discuter, il faut agir. Joseph Proudhon a agi. Comme nous avons jadis tous agi. Si l'on veut condamner mon client, je crois qu'il faudra aussi condamner tous les dieux qui ont, comme lui, un jour, tué pour dénouer une situation ou pour se distraire dans un monde d'ennui.

Déméter réagit la première.

– Mais Proudhon a triché ! Il n'a pas respecté les règles d'élimination naturelle du jeu. Il a voulu forcer le destin.

Le dieu de la Guerre a un geste d'apaisement.

– D'accord, il a triché. Eh bien moi je dis qu'il a bien fait. Parfaitement : on peut tricher. Seulement il ne faut pas se faire prendre. Donc le seul reproche objectif qu'on puisse adresser à Proudhon c'est de s'être fait prendre.

– C'est cela votre plaidoirie ? demande Athéna, impatiente.

– Non, ce n'est pas tout. Je voudrais attirer l'attention sur un élément de l'enquête. Tout à l'heure Michael Pinson a dit que son voleur d'Encyclopédie était face à lui et qu'il s'est enfui. Alors je pose la question : pourquoi Proudhon, qui serait soi-disant venu pour le tuer, n'a-t-il pas abattu Michael Pinson ?

– Peut-être a-t-il eu un dernier scrupule, propose Athéna. Où voulez-vous en venir, maître ?

– Eh bien, dit le dieu de la Guerre, je voulais dire que mon client, enfin l'accusé, est surtout coupable de maladresse. Et que s'il avait réussi, s'il avait tué tous les autres élèves, on ne se poserait même pas la question de le juger. En tant que vainqueur de la partie, il serait bien au contraire estimé et honoré.

– Vous avez fini, maître ? demande Athéna.

– Oh ! écoutez, tranche Arès, ce n'est pas mon métier, avocat, mais moi je trouve dommage que, par maladresse, pour un dernier scrupule il se soit fait prendre.

– Quelqu'un a-t-il autre chose à signaler ? demande Athéna. Non ? Eh bien nous allons délibérer avec les jurés et...

– Moi, interrompt Proudhon, je veux dire quelque chose.

Athéna le laisse revenir face à elle.

– Je suis ici parce que j'avais l'ambition de créer le premier peuple athée.

– Certes. Mais ils vénéraient quand même la foudre qui les aidait dans les instants délicats, vos athées, rappelle Déméter.

– J'allais les émanciper de ces gadgets.

Le dieu des hommes-rats relève une fois de plus ses lunettes sur son nez luisant. Il regarde à travers la fente qui zèbre l'un de ses verres.

– Je n'aime pas avoir quoi que ce soit au-dessus de moi qui me manipule. Papa, Professeur, Patron, Panthéon. Tous ces « P » ne m'inspirent que Profond Pathétisme.

Son visage prend une expression plus fière. Étrangement, avec son nez long, il me rappelle soudain le faciès d'un rat. Serait-il possible que les totems de nos peuples finissent par déteindre sur nos visages ?

– Je sais déjà que je vais être condamné. Parce que c'est le plus simple, le plus facile, ce qui rassurera tout le monde. L'anarchiste qui dit « ni dieu ni maître » se retrouve comme par hasard l'assassin de dieux, c'est cousu de fil blanc... À vous entendre je suis un démon.

Il déglutit sous l'effet de l'émotion.

– Je tiens à vous rappeler que j'ai été libéré moi

aussi du cycle des réincarnations. J'ai moi aussi sauvé les âmes de mes clients. J'ai moi aussi été ange. Je suis un dieu. Si vous me tuez, ce sera vous les déicides.

Son regard devient dur, il inspire bruyamment.

— J'ai encore quelque chose à dire : même si je n'ai pas commis ces crimes, finalement je le regrette. Si c'était à refaire, je les accomplirais. Je renie cet enseignement censé nous apprendre à devenir des dieux serviles, je renie mes congénères, je renie l'utilité même de cette île. J'ai lutté durant toute ma vie de mortel pour détruire tous les systèmes d'asservissement de l'homme. Je ne m'arrêterai jamais.

— Vous étiez, me semble-t-il pourtant, un dieu dur et directif. Comme « libérateur de l'asservissement » on a vu mieux, ironise Athéna.

— Parce que, en début de partie, je savais que je n'avais pas le choix. Je voulais utiliser les armes du système contre le système, me soumettre aux règles iniques de votre jeu pour le détruire de l'intérieur. J'ai échoué, voilà ma seule faute. J'aurais, il est vrai, aimé monter une grande armée qui ravage les autres peuples pour leur imposer la loi d'un seul chef. Ensuite j'aurais révélé que la loi de ce chef était l'absence de lois.

— Comment arrivez-vous à concilier le concept d'anarchie avec celui de « chef » anarchiste ? interroge Athéna.

— Le système avance par paliers. J'aurais créé une telle dictature que par réaction l'anarchie serait spontanément apparue. Telle est mon utopie. Pousser une erreur jusqu'à son terme pour créer le réflexe salvateur.

— Pas sot, dit Arès, ce garçon est un pionnier.

— Beaucoup de tyrans ont utilisé cet argument fallacieux, dit Déméter. Mais une fois créée la dictature, ils s'y sont ancrés et il n'y a pas eu de « réflexe salvateur » comme vous dites. Je n'en voudrais pour preuve que le communisme qui, au nom de l'égalité de tous, a établi un Soviet suprême, un président du Soviet suprême semblable à un roi, et des cadres du parti pareils à des barons et des ducs médiévaux. Ils ont appelé cela la « dictature du prolétariat », ce n'était qu'une dictature tout simplement.

L'accusé rentre la tête dans les épaules.

– Je hais le communisme, dit Proudhon. J'ai vu depuis l'Empire des anges ce que cette idéologie a donné après ma mort. Ce sont eux qui ont tué en Russie le plus d'anarchistes. Ils en ont tué plus que le tsar.

On proteste brusquement dans le public.

Athéna réclame le calme. Proudhon s'énerve.

– Attendez, c'est mon procès en tant que déicide ou celui de l'anarchisme comme idée subversive ?

– L'anarchisme n'est pas encore consommable par l'homme car l'homme n'est pas prêt à vivre sans lois ni police, sans militaires et sans justice, tranche Déméter. L'anarchisme est une récompense pour des êtres autonomes, civiques. Mais il suffit qu'il y ait un seul tricheur dans une communauté pour que l'anarchie ne soit plus praticable. D'ailleurs, regardez, à cause de vous la police et la justice ont été renforcées ici en Aeden. Vous êtes le plus mauvais garant des libertés. Si vous n'étiez pas là, la surveillance des centaures se relâcherait et chacun deviendrait responsable de ses actes. Mais non, à cause de vous il faut continuer à traiter tous les élèves dieux comme une école d'enfants irresponsables et turbulents.

Il veut répondre mais la déesse-procureur l'interrompt d'un geste.

– L'histoire de la Terre a montré que l'anarchisme

a toujours été dénaturé par des gens comme vous. Vous croyez défendre une belle idée, vous ne faites que la discréditer. On n'obtient rien d'intéressant par la violence, a fortiori sur des civils ou des innocents.

Mais Proudhon ne s'avoue pas aussi facilement vaincu.

– Si, j'ai déjà gagné. Ne serait-ce que par ce procès où je peux enfin exprimer clairement mes idées. Je me souviens du procès des Communards et déjà à l'époque...

Athéna s'irrite.

– Nous ne sommes pas là pour refaire l'histoire de Terre 1. Vous avez avoué vous-même que vous vouliez détruire notre communauté d'Olympie, Maîtres dieux et élèves dieux ! Cela suffit amplement.

– Je n'ai plus rien à perdre, je sais que je vais être condamné, alors vous voulez que je vous dise, madame la juge ?... (Son regard est de plus en plus dur.) Je ne suis pas le déicide, mais... je regrette de ne pas l'être. Et si je l'avais été, je n'aurais pas essayé de tuer seulement les élèves, les professeurs auraient eu leur tour.

Brouhaha scandalisé dans l'assistance et parmi les jurés.

– J'aurais incendié toute cette île, pour qu'il n'en reste rien, ni dieux ni maîtres. Que des cendres. Oh, comme je regrette de ne pas avoir consacré toute mon énergie à cette noble entreprise ! Tuez-moi. Si vous ne me tuez pas, sachez que maintenant je n'aurai de cesse que de détruire ce lieu maudit.

Athéna se racle la gorge, puis :

– Vous avez terminé ?

– Non, un dernier mot. Crevez tous. Et si le vrai

déicide m'entend, je l'implore de passer à la vitesse supérieure et de transformer cette île en souvenir. Aeden doit être détruite. Et que personne n'en réchappe.

Là-dessus les centaures s'emparent à nouveau de lui sans ménagement et le poussent dans sa cage.

Les jurés délibèrent rapidement. Puis Athéna énonce le verdict :

– L'accusé est reconnu coupable de tous les crimes évoqués durant ce procès. À la demande du procureur nous avons cherché pour lui une peine plus sévère que celle infligée à Prométhée. Nous l'avons trouvée.

Elle semble néanmoins gênée de prononcer la sentence.

Lorsque la déesse de la Justice annonce la punition, tout le monde est stupéfait.

Proudhon s'égosille :

– Non, pas ça. Tout mais pas ça ! Je regrette, j'avouerai tout ce que vous voudrez, je suis prêt à faire pénitence. Je ne pensais pas ce que j'ai dit. Non, pas ça ! Je vous en supplie, vous n'avez pas le droit. Je suis innocent.

Il se débat derrière les barreaux.

Les centaures eux-mêmes sont hébétés par l'ampleur du châtiment.

Les cris de Proudhon résonnent dans toute la cité d'Olympie :

– NON, PAS ÇA ! VOUS N'AVEZ PAS LE DROIT !

Athéna se lève, et sa voix de bronze couvre la rumeur de stupéfaction :

– Et je veux que tout le monde sache que quiconque aura un comportement similaire sera passible de la même peine.

Proudhon hurle à s'en déchirer les cordes vocales :

– NOOOOOOOON !

Nous restons assis sur nos bancs. Terrassés.

75. ENCYCLOPÉDIE : MOUVEMENT ANARCHISTE

Le mot « anarchisme » vient du grec *anarkhia*, qui pourrait se traduire par « absence de commandement ». Le premier inspirateur du mouvement politique anarchiste fut le Français Pierre Joseph Proudhon. Dès 1840, dans son ouvrage *Qu'est-ce que la propriété ?*, il propose un contrat entre les hommes pour ne plus avoir besoin de chef. Il refuse les solutions autoritaires des communistes, ce qui lui vaut l'hostilité de Karl Marx. Il est suivi par le Russe Bakounine qui pense que le passage à cette forme plus évoluée de société se fera par la violence.

Après une phase guerrière (attentat contre l'empereur Guillaume Ier en Allemagne, contre l'impératrice Elisabeth (Sissi) en Autriche, contre Alphonse XIII en Espagne, contre le Président McKinley aux États-Unis, contre le roi Umberto Ier en Italie et contre le Tsar Alexandre II en Russie), les anarchistes s'organiseront en véritable force politique. Le drapeau noir devient leur emblème. Les anarchistes joueront un rôle déterminant lors de la Commune de Paris en 1871, lors de la révolution russe de 1917 (les communistes en massacreront beaucoup) mais aussi lors de la guerre civile espagnole de 1936. On compte quelques tentatives de cités anarchistes en Amérique latine, notamment au Brésil : colonie Cecilia en 1891, au Paraguay : coopérative Cosme en 1896, au Mexique : république socialiste de Basse-Californie en 1911.

En Italie les résistants créeront une république anarchiste près de Carrare durant la guerre de 39-45. La plupart de ces mouvements ont été réprimés et dissous.

Edmond Wells,
Encyclopédie du Savoir Relatif et Absolu, Tome V.

76. LA PLUS HORRIBLE SENTENCE

Le dîner se déroule sur la grande place. Les tables sont disposées de manière à laisser un vaste espace au centre.

Après la nourriture grecque, nous avons droit cette fois à des plats italiens. Un chariot de hors-d'œuvre apparaît, avec des tomates séchées à la mozzarella, des aubergines macérées dans l'huile, du jambon fumé, du melon.

Nous entendons au loin les appels désespérés du condamné. Nous n'avons plus le cœur à manger.

– Quel supplice ignoble.

– Le pauvre.

– Quand même, murmure Georges Méliès, quoi qu'on en pense et quel que soit son crime, Proudhon ne méritait pas cela.

Je n'aimerais pas être à sa place, reconnaît Sarah Bernhardt qui a pourtant été parmi les premières à l'accabler.

– Même pour tous ses méfaits, cela ne méritait pas ça..., reprend Jean de La Fontaine. La sanction est disproportionnée.

– Ils ont voulu le faire payer pour l'exemple, dit Saint-Exupéry. Ils ne se rendent pas compte.

Les Maîtres dieux sont venus dîner avec nous. Ils mangent et devisent bruyamment.

Tous sont là, à l'exception d'Aphrodite.

– Je me sens responsable de ce qui lui est arrivé, dis-je.

Je grignote nerveusement un croûton. Je repense à la scène et soudain j'ai un doute.

Je me remets bien les images en tête. Je revois la scène au ralenti.

Quand j'ai tiré, j'ai frappé le déicide à l'épaule droite. Durant le procès, Proudhon était blessé à l'épaule gauche. Bon sang ! La blessure à l'épaule ! Proudhon est innocent. Cela veut dire que le vrai déicide court toujours. Et cela veut dire aussi que ce n'est pas l'un des élèves survivants. Puisque aucun n'a de blessure à l'épaule droite.

– Qu'est-ce qu'il y a, Michael ? demande Raoul.

– Rien, dis-je. Je trouve la punition trop dure, moi aussi.

– Les Maîtres dieux ont eu peur. Un élève dieu tueur, ils n'ont jamais dû connaître cela, remarque Sarah Bernhardt.

Georges Méliès fabrique avec sa mie de pain une forme qui ressemble à un homme. Mata Hari se sert du melon.

– Quelle punition horrible. Si je m'attendais à ce qu'ils le condamnent à ça.

Nous avons tous entendu l'étrange sentence inventée par Athéna : *Redevenir un... simple mortel.* Et sur Terre 18 qui plus est.

– Il a dominé le jeu, maintenant il va le subir en direct, profère Georges Méliès en jouant avec son bonhomme de mie.

Je prends conscience que la vie, la condition de mortel, le destin... C'est supportable si on ne sait pas, mais Athéna a bien dit qu'il conserverait le souvenir de son expérience en Olympe... Il se souviendra d'avoir été dieu.

Certains parmi nous grimacent en se remémorant leur dernière existence sur Terre 1. Chacun garde en mémoire quelques souvenirs douloureux de ce mode d'existence larvaire.

Me reviennent des fragments d'instants délicats de mon quotidien terrien. Toujours écartelé entre le désir et la peur. Les désirs récurrents. La peur permanente. L'incapacité de comprendre le monde où l'on vit. La vieillesse. Les maladies. La mesquinerie des autres. La violence. L'insécurité. Les hiérarchies à tous les stades de la vie sociale. Les petits chefs. Les petites ambitions. Changer de voiture. Repeindre le salon. Arrêter de fumer. Tromper sa femme. Gagner au loto. Cela me semble désormais, avec mon savoir de dieu, d'une telle étroitesse d'esprit.

Raoul résume l'avis général :

– C'est trop dur.

– Nous étions sur Terre 1, lui il sera sur Terre 18.

– Quand atterrira-t-il « là-bas » ?

À ce moment les cris de Proudhon s'interrompent brusquement. Nous arrêtons tous de manger. Nous tendons l'oreille. Le silence dure trois ou quatre minutes.

– Ça y est. Ils l'ont envoyé « là-bas »..., murmure Jean de La Fontaine.

Une idée stupide me traverse l'esprit. J'aurais dû lui confier un message pour mes hommes-dauphins. Au cas où il en rencontrerait. Après tout, ce n'était pas un mauvais bougre, il aurait sûrement accepté.

– Le pauvre, ne peut s'empêcher de murmurer à son tour Sarah Bernhardt.

Nous imaginons Proudhon débarquant avec ses petites lunettes et sa grande barbe au milieu du monde de Terre 18 qui en est encore à un niveau similaire à celui de l'Antiquité de Terre 1.

– S'il veut dire la vérité, ils le prendront pour un fou.

– Ou un sorcier.

– Ils vont le tuer...

– Mais non, il est immortel. Cela fait aussi partie de son châtiment. Athéna l'a dit. Il sera l'incompris permanent.

Nous nous remettons progressivement à manger.

– Tout dépend quand même à quel endroit précis il atterrira. Si les dieux le déposent parmi son peuple, il sera sans doute mieux admis. Il connaît bien son histoire.

– Les hommes-rats ?

La physionomie de Sarah Bernhardt change.

– Il a voulu les rendre durs, envahisseurs, machistes, esclavagistes, destructeurs, eh bien qu'il vive au milieu d'eux pour voir. M'étonnerait qu'ils aiment les étrangers bizarres.

– Tel est pris qui croyait prendre, ajoute Simone Signoret.

Finalement, le premier dégoût passé, mes amis commencent à s'habituer à l'idée que Proudhon a bien cherché son malheur.

Les Saisons déposent des *involtini*, paupiettes de veau roulées et farcies de pignons, de raisins, de sauge et de fromage. C'est vraiment délicieux.

– Qu'est-ce que vous feriez, vous, si en tant que dieu on vous obligeait à vivre au milieu du peuple que vous avez forgé ?

La question intéresse mes compagnons.

– Moi, dit Raoul, ma civilisation me convient, j'essaierais juste de devenir son nouvel empereur.

– Et toi, Michael ?

– Chez moi il n'y a pas d'empereur, dis-je. Mais je crois que si je devenais un homme-dauphin parmi mes hommes-dauphins en sachant tout ce que je sais... eh bien je ferais tout pour l'oublier.

– Il a raison, il faut oublier, se convaincre, être un anonyme, pas quelqu'un d'important.

– On peut supporter de se retrouver au milieu d'un tas d'imbéciles si on est soi-même un imbécile, renchérit Jean de La Fontaine, philosophe.

Il sort d'ailleurs son calepin pour tirer de cette sentence une fable qu'il commence à rédiger sur-le-champ. J'en vois le titre : « Un fou au royaume des fous ».

Je poursuis :

– J'imaginerais que j'ai rêvé avoir été dieu en Olympe, voilà tout. Et je me convaincrais qu'il ne s'agissait que d'un rêve. Et je me croirais mortel. Ainsi j'attendrais la mort avec curiosité.

Mata Hari saisit ma main.

– Moi, j'oublierais tout, mais j'essaierais de ne pas t'oublier, dit-elle.

Elle serre très fort ma paume.

– Tu t'apercevras forcément que tu n'es pas comme les autres quand tous mourront, sauf toi, dit Saint-Exupéry.

– J'ai entendu parler d'une histoire comme cela. Le comte de Saint-Germain vivait au XVIIIᵉ siècle et se prétendait immortel.

J'ai moi-même lu quelque chose sur ce personnage dans l'*Encyclopédie*. Guérisseur de la marquise de Pompadour, le comte de Saint-Germain se prétendait la réincarnation de Christophe Colomb et de Francis Bacon, et se faisait appeler le Maître Alchimiste.

– C'est une légende. De toute façon, ne pas vieillir

ce n'est pas vraiment ce que l'on peut souhaiter de mieux à un mortel.

Les Heures nous apportent des amphores de vin au goût délicieux et fruité. Comment se procurent-ils ce type de boisson typiquement terrienne 1 ?

– Moi, dit Sarah Bernhardt, si je revenais parmi les mortels, j'essaierais d'en profiter au maximum. Je ferais l'amour avec tous les types qui me plaisent, je mangerais sans retenue, je ferais tout le temps la fête. Je rechercherais le maximum de sensations différentes. Je me livrerais à toutes les expériences que ma pudeur ou ma prudence m'ont empêchée d'accomplir sur Terre.

– Moi, si je me retrouvais parmi les mortels de Terre 18, et me souvenant même vaguement que je suis dans le jeu des élèves dieux... j'aurais surtout peur que vous jouiez mal, remarque Georges Méliès pour détendre l'atmosphère.

– Tu n'aurais pas confiance ?

– Non. Maintenant que je sais que le monde dépend de gens aussi désinvoltes que nous, je pense que j'aurais des raisons d'être inquiet.

– Ça pourrait être pire, dit Jean de La Fontaine, nous au moins nous sommes des dieux adultes intelligents, imagine que les mondes soient confiés à des dieux enfants irresponsables.

– Quand on voit comment ils traitent les fourmilières ou les pots à confiture remplis de têtards, on frémit, reconnaît Simone Signoret.

Nous partageons un plat de lasagnes aux fruits de mer copieusement recouvert de fromage et de béchamel.

– Je vous propose quelque chose, dis-je. Si l'un d'entre nous détecte où se trouve Proudhon, il le protège.

– Comment veux-tu retrouver un humain dans une humanité ? C'est comme dénicher une aiguille dans une botte de foin.

Je me souviens de la phrase d'Edmond Wells : « Pour trouver une aiguille dans une botte de foin, on met le feu au foin et on passe un aimant dans les cendres... »

Sarah Bernhardt fait circuler le parmesan et le poivre.

– Pourquoi veux-tu le ménager ? Il a tué notre amie Marilyn Monroe, rappelle Raoul.

– Il a affirmé jusqu'au bout être innocent. Pour ma part j'ai encore un doute, reconnais-je. Ce procès m'a semblé trop rapidement expédié. J'ai l'impression qu'on l'a jugé bien plus pour son passé d'anarchiste sur Terre 1 que pour des crimes en Aeden pour lesquels il n'y avait pas tellement de preuves.

– Tu lui as tiré dessus.

– J'ai tiré sur un homme masqué qui fuyait.

– Il est le seul blessé.

– Je sais, mais j'ai l'impression que ce n'est pas aussi simple.

Georges Méliès n'abonde pas dans mon sens :

– Il y a des moments où l'on ne peut pas nier l'évidence. Un seul déicide blessé, un seul élève blessé...

L'orchestre habituel de centaures entonne un morceau de musique classique dans le style Vivaldi. Les Maîtres dieux se lèvent pour laisser Apollon rejoindre l'orchestre.

L'éphèbe aux allures de play-boy en toge prend son temps pour arranger sa coiffure et sa tenue vestimentaire. Il se place ensuite devant les autres musiciens et sort de sa toge une lyre dorée. Il la caresse de ses doigts et en tire des sons mélodieux. Il ne semble pourtant pas satisfait et fait signe à un centaure de lui apporter un amplificateur électrique. Il branche la prise et sa mini-harpe résonne de notes métalliques. Il enchaîne alors plusieurs accords, puis se lance dans un solo en virtuose.

« Ce monde n'est supportable que parce qu'il y a une dimension artistique », pensé-je.

Les heures passent. Je contemple Mata Hari alors que le soleil se couche au loin, donnant au ciel une irisation mauve.

Son profil gracieux se découpe sur la rondeur de l'astre. À écouter Apollon, sentir la main de Mata Hari contre la mienne, humer ce parfum d'oliviers, de thym, de basilic associé à celui des plats italiens je me sens bien.

C'est alors qu'apparaît Aphrodite.

Elle a revêtu une toge quasi transparente en soie mauve. Sur ses cheveux, un diadème la représente sur son char tiré par des tourterelles.

L'orchestre s'arrête.

Aphrodite se met à chanter seule, a capella.

– Tu es encore amoureux d'Aphrodite ?

– Non, articulé-je.

Mata me fixe plus attentivement.

Plus la peine de mentir. Jouons serré.

– C'est quand même la déesse de l'Amour, dis-je.

– C'est une tueuse.

– « Pire que le diable », murmuré-je pour moi-même.

Mata Hari est blessée.

– Et moi je suis quoi pour toi ? Une amante, une amie, une amie-amante ?

Bon sang, je suis coincé. La situation me rappelle une blague de mon ami Freddy Meyer qui aimait bien plaisanter sur la Bible. C'est Adam qui s'ennuie seul et qui demande à Dieu de lui fabriquer une femme.

Dieu obtempère. Mais après avoir fait l'amour, Adam semble chiffonné.

« Pourquoi elle a de longs cheveux ? demande-t-il. – Parce que c'est plus joli, c'est décoratif, répond Dieu. – Pourquoi elle a des proéminences au niveau de la poitrine ? – Pour que tu puisses t'y accrocher durant l'étreinte et que tu puisses y blottir ta tête. » Adam n'est cependant pas complètement convaincu. « Et pourquoi elle est stupide ?

– Eh bien, pour pouvoir te supporter », conclut le Créateur.

Retour face à mon Ève à moi. Il faut vite trouver quelque chose à répondre.

– Toi, tu es là avec moi ici et maintenant, éludé-je. Et tu es la femme la plus importante à mes yeux.

J'essaie de l'embrasser, mais elle se dégage.

– Je ne suis qu'un objet sexuel pour toi. Tu penses encore à l'autre. Peut-être même que lorsque nous faisons l'amour, tu penses à elle.

Puis soudain, comme sur un coup de tête, elle part. Je la poursuis. Elle entre dans ma villa et commence à ranger ses affaires qui traînent déjà un peu partout.

– Qu'est-ce que je dois te dire pour te prouver que je ne ressens plus rien pour Aphrodite ?

– Tue-la déjà dans ta mémoire, répond-elle. Par moments j'ai l'impression que tu es avec moi seulement pour te venger d'elle.

Il va falloir jouer serré. Je me souviens de toutes les disputes avec mes compagnes dans ma vie de Michael Pinson. Je n'avais pas eu beaucoup d'amantes, peut-être une dizaine, mais survenait toujours cet instant où, pour une raison irrationnelle, tout tournait au vinaigre, et je me retrouvais à devoir me justifier pour des tubes de dentifrice mal refermés... ou des maîtresses supposées. En général je laissais parler l'autre et j'attendais que le débit s'arrête de lui-même. Inutile d'argumenter. Tout comme pour Proudhon, le procès était déjà terminé et l'accusé condamné avant même le début des débats.

– J'ai bien vu, lorsqu'elle apparaît tout ton être change.

Laisser passer l'orage.

– Moi elle ne m'impressionne pas. Si ce sont ses seins ou ses fesses qui vous font de l'effet, à vous les hommes, je peux enfiler des petites tenues sexy moi aussi...

Ne pas répondre.

– Et tu verras, je suis plus belle qu'elle. Avec ses cheveux blonds, ses yeux bleus, elle est fade. Ses pommettes hautes, son menton carré, et puis elle a de tout petits seins et de toutes petites fesses, finalement.

– Je m'en fiche du physique.

– Oh, je vous connais, vous les hommes, vous avez votre cervelle dans le sexe. Mais qu'est-ce qu'elle a de plus que moi ?

– Rien. Elle n'a rien.

– Alors ce sont ses attitudes hautaines qui t'impressionnent, c'est ça ?

Elle s'arrête et se met à pleurer. Ça aussi je l'ai vécu je ne sais combien de fois, la scène des pleurs. Je viens vers elle pour la réconforter mais elle me repousse violemment.

Elle se précipite dans ma chambre et trouve un loquet pour s'enfermer. À travers la porte je l'entends sangloter.

J'avais oublié que les histoires de couple traversaient ce genre de péripéties. Je crois que je l'oublie chaque fois.

– Tu es un monstre ! lance-t-elle à travers la porte.

Ne pouvant rentrer dans ma propre chambre,

résigné, je décide d'allumer la télévision du salon en attendant qu'elle se calme.

77. ENCYCLOPÉDIE : VISUALISATION

En psychothérapie et en hypnose on utilise une technique pour résoudre les problèmes : la visualisation. On demande au patient de fermer les yeux et de visualiser l'instant le plus pénible de sa vie. Il doit le raconter, et en décrire tous les détails pour bien le revivre, y compris dans sa pénibilité.

À ce stade il est important que le patient dise la vérité et ne se reconditionne pas à l'aide des mensonges qu'il a inventés pour enjoliver ou supporter son passé.

Une fois que le patient a raconté son drame d'enfance, le thérapeute l'invite à envoyer l'adulte qu'il est aider l'enfant qu'il a été.

On obtient donc, par exemple, dans un cas d'inceste, une jeune femme adulte qui va se projeter, par l'imagination, dans le passé pour aider la petite fille blessée qu'elle a été.

La patiente va décrire la scène et ce qu'elle dit à l'enfant. Ce qu'elle fait pour consoler ou venger l'enfant. L'adulte magique, tout comme le bon génie d'un conte, a tous les pouvoirs, elle peut forcer le père à s'excuser, elle peut le tuer, elle peut donner des pouvoirs magiques à la petite fille afin qu'elle se venge elle-même. L'adulte doit surtout transmettre à l'enfant une énergie d'espoir là où il n'y a que de la détresse.

C'est le pouvoir de l'imagination : il peut vaincre l'espace, le temps, les individualités pour réécrire un passé moins traumatisant. L'effet peut être rapide et spectaculaire en fonction de la capacité du patient à revivre les événements et à s'aider lui-même.

Edmond Wells,
Encyclopédie du Savoir Relatif et Absolu, Tome V.

78. MORTELS : 22 ANS

Je m'affale sur mon divan et saisis la télécommande. Mes mortels ont désormais 22 ans.

Sur la première chaîne : Eun Bi, après avoir terminé ses études de graphiste, travaille dans une firme de dessins animés où elle s'épuise à dessiner des décors, sans le moindre personnage. Le matin, elle fait deux heures de train de banlieue pour arriver à son atelier. Le réalisateur est un génie caractériel. Il ne parle pas à ses employés, il crie.

Eun Bi a poursuivi la rédaction de son livre sur les dauphins extraterrestres. Elle réécrit sans cesse l'intrigue mais ne parvient pas à trouver une structure de suspense solide. Alors elle recommence. Cela fait maintenant quatre ans qu'elle réécrit le même livre. Elle dessine pour gagner sa vie, elle écrit pour se détendre.

Sa relation avec ses parents devient de plus en plus tumultueuse et elle prend ses distances par rapport à son père. En revanche, sa relation avec Korean Fox a bien avancé. Il refuse toujours de montrer son visage mais il appelle tous les jours Eun Bi. À leur manière ils s'aiment. Deux esprits liés par les écrans de leur ordinateur. En parallèle, K.F. a créé leurs avatars dans le cinquième monde et les deux jeunes gens s'amusent à observer comment vivent leurs projections dans l'univers virtuel. À leur grand étonnement, si Eun Bi et le jeune homme ne se sont toujours pas rencontrés, leurs avatars sont déjà mariés et auront bientôt un enfant. Eun Bi s'est évidemment dit que leurs avatars avaient osé ce qu'eux n'avaient pas encore osé. En même temps elle respecte le secret de K.F. Elle a déjà proposé au jeune homme qu'ils se voient par vidéophonie mais il a décliné la proposition, ce qui l'incite à imaginer la raison de son refus. Peut-être est-il infirme, peut-être est-il difforme, ou juste très laid. À un moment elle se pose même la question : Et si c'était une fille ? Après tout avec un pseudo, sur Internet on peut tout se permettre. On a vu de gros barbus se faire passer pour des mannequins suédois, alors pourquoi pas le contraire. Eun Bi a fini par passer le cap, ils s'entendent si bien que le physique n'a plus d'importance. K.F., après avoir créé une association pour défendre le cinquième monde, a fini par trouver une entreprise d'électronique qui a sponsorisé son projet. Maintenant le cinquième monde est une PME dont il est l'un des cofondateurs. Leurs premiers clients ont été les enfants qui veulent garder une trace virtuelle de leurs parents mourants. Puis sont venus quelques joueurs, quelques expérimentateurs et même des sociétés de sondages qui voulaient tester leurs produits dans un jeu virtuel avant de les mettre sur le marché. K.F. annonce à Eun Bi qu'il a de grandes ambitions pour le cinquième monde : « Désormais, avant de faire une bêtise, on pourra la tester dans un monde presque semblable au nôtre. » À ses clients il tient un discours différent : « Ce que le cinquième monde vous offre c'est l'immortalité. Vous mourrez mais votre avatar vous survivra. Il pensera, agira et parlera presque comme vous le feriez. » Eun Bi rêve avec K.F. de refaire un monde artificiel où ce seraient eux qui établiraient les règles. Ils aiment à réfléchir sur le jeu informatique en ligne. « Un jour, j'arriverai à faire que nos avatars croient que ce sont eux qui décident de leur vie, et qu'ils sont libres. Un jour, j'arriverai peut-être même à leur faire ignorer qu'ils ont leur double dans le monde réel. » Si bien que Eun Bi devient amoureuse de Korean Fox sans le connaître. Elle ne connaît de lui que sa pensée créatrice et son pouvoir d'inventer un monde immense. « Pourquoi fais-tu ça ? demande-t-elle un jour, par mégalomanie ? – Essentiellement pour me distraire, répond K.F. Après tout, que peut-il y avoir de plus distrayant que créer un nouveau monde ? »

Autant sa vie virtuelle se simplifie, autant sa vie réelle dans l'entreprise de dessins animés se complique. Un jour, sans raison, le réalisateur s'acharne sur elle : « Vous avez bâclé ces décors. » Elle reste comme tétanisée sous l'insulte. Autour d'elle, les autres ricanent. Elle s'effondre en pleurs et sort alors que l'hilarité générale envahit la salle.

Rentrée chez elle, en larmes, elle se branche sur K.F. et, n'osant lui révéler son humiliation, la fait raconter par son avatar. K.F. décide alors de créer dans le cinquième monde un laboratoire où des scientifiques virtuels mettront au point un logiciel qui infecterait les machines de son entreprise. « Ils ruineront ton patron indélicat, et jamais on ne pourra remonter jusqu'à eux, ce sera une création d'Internet », dit-il. Eun Bi est troublée. Ainsi le cinquième monde pourrait intervenir sur le premier... Cela lui ouvre de grandes perspectives. Elle décide d'utiliser sa colère, son amour et son émerveillement pour rédiger une énième version de son roman « Les Dauphins ».

Deuxième chaîne. L'Afrique. Kouassi Kouassi, en tant que futur chef de la nation baoulé, est envoyé par son père en France pour y apprendre la loi des Blancs.

La première partie de son voyage même le surprend, la voiture qui le sort de son village est une Peugeot 504 break, taxi de brousse qui contient déjà une dizaine de personnes. Le plancher étant percé, il y a un nuage de poussière à l'intérieur de la voiture alors qu'à l'extérieur tout est clair. Sur le tableau de bord une inscription : FAITES CONFIANCE AU CHAUFFEUR, MALGRÉ LES APPARENCES IL SAIT OÙ IL VA. Justement le conducteur s'arrête devant une cabane et, alors que tous les passagers transpirent abondamment sous la tôle, lui prend une bière avec ses amis. L'attente dure. Des poulets qui étaient dans une valise percée en forcent la serrure, se répandent dans la voiture et caquettent en battant des ailes. Puis la route reprend. Kouassi Kouassi aperçoit aux alentours de la capitale plusieurs buildings dont ne sont construits que les premiers étages. Alors qu'il s'en étonne, un passager lui explique que les promoteurs ont commencé les travaux puis sont partis avec l'argent des futurs propriétaires. L'escroquerie est si fréquente que les gens habitent les chantiers en tendant des bâches en guise de plafonds.

Kouassi Kouassi éprouve une certaine appréhension en montant dans l'avion, il se demande comment ce tas de tôle fumant peut narguer les oiseaux. Il finit par conclure que c'est un phénomène magique, et que c'est la croyance de tous les passagers qui maintient l'engin en suspension dans les airs. Le sorcier lui a donné un grigri pour le protéger du monde des Blancs. Il l'a glissé dans un petit étui en cuir et, durant tout le trajet, il le serre dans sa paume moite. La vision de la Terre vue du ciel est pour lui une frayeur puis un émerveillement. Ainsi c'est cela sa planète, des moutonnements de forêts, des côtes, la mer, qui lui semble infinie. Jamais il ne l'avait imaginée ainsi. L'atterrissage est un soulagement. Les formalités douanières lui paraissent un rituel étrange, mais un passager l'aide à trouver les bons papiers à présenter. Le taxi qu'il prend à Paris est bien différent de celui qui l'a conduit à Abidjan. Non seulement il est seul dans la voiture, mais pendant tout le trajet, le conducteur se tait, se contentant de parler de temps en temps au téléphone portable qu'il garde en permanence à l'oreille.

Kouassi Kouassi arrive enfin à Paris, mais même s'il a déjà vu la capitale française à la télévision dans sa case, il va de surprise en surprise. La première c'est l'odeur. Tout ici sent l'essence cuite, partout il y a des relents de fumée industrielle. Il met du temps à détecter des repères olfactifs agréables. Des odeurs d'arbres, des odeurs de viande grillée. La deuxième sensation étonnante est qu'on ne voit nulle part la terre. Tout le sol est recouvert soit de béton, soit de goudron. Kouassi Kouassi ne peut s'empêcher de penser que c'est comme si les Blancs avaient recouvert la nature d'un emballage pour ne pas la voir ni la toucher.

Il rejoint un groupe d'Ivoiriens déjà installés à Paris et qui commencent à lui expliquer les coutumes locales. Il faut toujours avoir de l'argent sur soi. On ne peut pas se nourrir avec les fruits qui traînent. Tout appartient à quelqu'un et ce qu'on veut il faut l'acheter. Il découvre en discutant avec un épicier parisien que les ananas de Côte d'Ivoire arrivent à Paris encore verts, sont mûris à Rungis, puis envoyés sur le marché parisien, puis sur le marché... ivoirien.

Les Ivoiriens de Paris ont leurs restaurants, leurs boîtes de nuit, leurs lieux où ils se retrouvent dans le quartier de la gare de l'Est. Plusieurs amis se proposent de lui trouver une femme, voire plusieurs, mais Kouassi Kouassi ne veut pas rester au milieu de son village en miniature. Il dit qu'il veut connaître le reste de la ville. On lui propose une visite guidée.

C'est ainsi qu'il monte sur la tour Eiffel, une sorte de gros pylône électrique qui a l'air d'impressionner tout le monde. Il découvre le musée du Louvre où personne ne parle et où les tableaux ne sont peints qu'avec des couleurs ternes.

Alors qu'il marche tard le soir à travers les rues de Paris, il voit un jeune qui court et arrache le sac d'une fille. Il le poursuit, le rattrape facilement, puis récupère le sac. « Pourquoi fais-tu ça ? » demande le jeune homme. « De toute façon elle est bourrée de tunes la fille, elle a pas besoin de son sac. » L'argument surprend Kouassi, il rend le sac et discute avec la victime. « Pourquoi avez-vous fait ça ? » demande-t-elle aussi. « Décidément, se dit Kouassi Kouassi, c'est étrange, tout le monde ici semble trouver normal qu'un type vole un sac. »

Il discute avec la jeune femme. Il lui propose de dîner au restaurant mais elle décline l'invitation. Étrange endroit où l'on trouve normal de se faire voler et anormal de se faire inviter au restaurant. Cependant, avant de partir, la jeune fille lui demande son numéro de téléphone portable, et comme il signale qu'il n'en a pas, elle hésite, puis lui propose de le retrouver la semaine suivante au même endroit.

Troisième chaîne. Théotime, une fois de plus, est moniteur de colonie de vacances pour gagner sa vie. Dans le groupe des adolescents, un certain Jacques Padova l'impressionne par son calme imperturbable.

— D'où te vient ce calme ? demande Théotime.

— C'est le yoga.

— Le yoga, je connais.

— Le mien est un peu spécial, c'est un yoga des origines, on appelle cela le Yoga royal ou Raja Yoga.

On dit que c'est jadis un homme-poisson qui l'a enseigné aux hommes.

— Apprends-le-moi, demande alors Théotime.

Et Jacques Padova lui enseigne quelque chose qui ne ressemble en rien à ce que le jeune homme croyait être jusque-là le yoga. Il dessine sur un papier un petit rond noir de trois centimètres de diamètre. Il le colle au mur et lui dit de le fixer le plus longtemps possible sans ciller.

— Il faudra que tu pratiques cet exercice tous les jours.

Au début c'est difficile, puis Théotime y arrive. Au bout du troisième jour tout ce qui est autour du rond disparaît, il n'y a plus que le rond qui est comme une flamme qui irradie.

Puis Jacques Padova apprend à Théotime à respirer.

— Il faut le faire en trois phases, une première pour inspirer en gonflant le ventre, puis les poumons. Une deuxième pour bloquer la respiration. Puis une troisième pour souffler d'abord par les poumons, ensuite par le ventre. Les trois phases doivent être de même durée.

Jacques Padova lui apprend alors à sentir ses battements cardiaques (ce petit frémissement intérieur de plus en plus net), et à les maîtriser par la volonté. Théotime visualise son cœur et le voit aller plus vite ou plus lentement.

Parallèlement il a des problèmes avec les autres moniteurs. On se moque de lui, on l'appelle le « disciple du jeune gourou », on dit qu'il est tombé dans une secte. Le moniteur de judo, un homme corpulent qui le dépasse d'une tête, l'interpelle un soir. Il dit qu'il veut voir si son yoga est meilleur que son judo. Théotime ne sait comment réagir. Il essaie de rester calme et de ne pas prêter attention à cette provocation.

Mais l'autre le soulève et le projette à terre d'un mouvement d'épaule. Théotime se relève, prêt à lui montrer ce qu'il a appris en boxe, mais le professeur de judo lui saisit le bras et le tord.

Le dos douloureux, Théotime grimace.

— Tu vois, ton yoga te sert à rien. Tu ferais mieux d'apprendre le judo pour te défendre.

Un peu amoché, surtout dans son amour-propre, Théotime raconte l'histoire à Jacques.

— Et là, ton Yoga dit de faire quoi ? demande-t-il.

— Rien. Ne réponds pas à la violence, ne cède pas à la provocation.

— Pourquoi m'attaquent-ils ? demande Théotime.

— Parce que tu n'as pas encore fait la paix en toi.

— Eh bien il va me casser la figure encore souvent... cette grosse brute.

— Cette violence n'existera que si tu entres dans le rôle de la victime. C'est ce qu'il souhaite. N'y pense plus.

— Et s'il ne s'arrête pas ?

Le lendemain matin ils montent dans la forêt, et là, Jacques Padova lui apprend à faire le vide dans sa tête.

— Il faut choisir une posture, l'idéal étant le lotus, les jambes croisées.

Mais Théotime n'est pas assez souple. Jacques lui propose de s'asseoir confortablement en tailleur et de fermer les yeux. Puis il conseille d'une voix douce :

— Chaque fois qu'une pensée arrive, tu la regardes, tu l'identifies, et tu la laisses passer comme un nuage poussé par le vent. Quand toutes tes pensées seront loin, il n'y aura plus rien, que le vide, et là tu te ressourceras vraiment. Parce que tu auras arrêté cette épuisante machine à penser à n'importe quoi, n'importe comment. Parce qu'une fraction de seconde tu auras eu accès à ta vraie nature. Celle qui n'a peur de rien et qui sait tout.

Théotime, impressionné, essaye plusieurs fois de faire le vide, mais n'y parvient pas.

– Montre-moi, dit-il.

Jacques Padova se place en position du lotus et reste immobile. Un moustique se pose sur sa paupière, plante son dard dans la fine membrane, mais le yogi ne le chasse même pas.

Au bout d'une demi-heure, Jacques Padova rouvre les yeux.

– Il faut faire ça tous les jours, dégager son esprit et faire le vide. Plus on pratique et plus c'est facile. La respiration nettoie les poumons, la concentration nettoie les yeux, la méditation nettoie le cerveau. Quand tout est calme, ton âme peut enfin briller. Un jour, je t'apprendrai comment sortir de ton corps pour voyager dans l'espace et dans le temps, sans limite.

Un instant, Théotime se demande si ce type n'est pas un extraterrestre, un messie ou un fou.

– Ce sont tes désirs qui te font souffrir, dit Jacques. Tu es tout le temps là à vouloir plein de choses. Et quand tu les as, tu ne sais même pas les apprécier. Tu as ce que tu veux, tu veux ce que tu n'as pas. Essaie juste d'apprécier d'être là, vivant.

– Ce n'est pas facile, répond Théotime.

– Si on devait résumer mon enseignement à une phrase, ce serait : « Pas de désirs, pas de souffrance. »

– Mais tu ne désires rien, toi ?

– Je désirais te transmettre cela... et c'est fait, conclut-il.

Quand ils se quittent, Théotime sait que Jacques le marquera pour longtemps.

De retour en Crète, Théotime cherche un club de yoga pour poursuivre l'enseignement de son ami. Il trouve des cours de Raja Yoga. Mais dans ce club le yoga ressemble à de la gymnastique pour dames désœuvrées qui ne parlent à la fin des séances que de recettes de cuisine bio au tofu et au blé germé. Déception.

Il continue à fixer le petit rond sur le mur. Il continue d'essayer de maîtriser sa respiration et les battements de son cœur. Il continue à essayer de prendre une demi-heure le matin pour faire le vide dans son cerveau.

Puis, comme personne ne l'encourage, il finit par pratiquer de moins en moins et s'arrêter.

J'éteins le téléviseur.

Bon sang ! C'est ça l'idée ! Ce mortel vient de me fournir la solution. Le calme, le lâcher-prise, le yoga, « pas de désirs, pas de souffrance ». Ce jeune garçon de 16 ans n'a pas seulement instruit un mortel de 22 ans, il a instruit un dieu de 2000 ans.

J'enfile une tunique et des sandalettes.

La porte de la chambre s'ouvre. Mata Hari me fait face.

— Fais-moi l'amour, là, tout de suite ! dit-elle.

— Mais je croyais que tu étais fâchée, m'étonné-je.

Elle me saute dessus, plaque ses lèvres sur ma bouche et avec des gestes brutaux m'arrache ma toge pour me mettre nu. Puis elle se déshabille et frotte son torse contre le mien.

Je crois que je ne comprendrai jamais rien aux femmes.

Une heure plus tard, elle prend la télécommande, allume la télévision et tombe pile sur la troisième chaîne où elle voit Théotime en position de demi-lotus essayant de se livrer à une méditation.

Soudain l'idée me revient. Je me lève et fais mine de sortir.

– Où veux-tu aller ? Aujourd'hui c'est relâche. Tu ne vas pas encore vouloir LA retrouver.

– Non. Ce n'est pas ça.

Comme mue par une intuition, elle s'interpose entre moi et la porte.

– Tu veux tricher ? Tu veux jouer durant le temps de relâche ? Tu veux te rendre chez Atlas ? C'est interdit. Souviens-toi, Edmond Wells a déjà été éliminé pour ça.

– J'ai échoué avec mon Atlantide parce que Aphrodite m'avait repéré, mais il n'est pas dit que j'aie toujours cette malchance.

– Arrête.

– Il n'y a que lorsqu'on triche qu'on est vraiment maître des situations.

– D'accord. Dans ce cas, je viens avec toi, déclare-t-elle.

– Trop risqué. À deux on va se faire avoir. Comme tu l'as dit, j'ai déjà perdu Edmond... jamais je ne prendrais le risque de te perdre, toi.

Elle me fixe comme pour me sonder.

– Je ne veux plus subir le scénario du livre. La meilleure manière de prévoir à coup sûr le futur est... de le créer soi-même.

La phrase résonne.

– Je viens avec toi, enchaîne-t-elle, encore plus déterminée. Nous sommes ensemble maintenant, nous faisons les choses ensemble. Je partage ta vie, je partage tes risques. Je partagerai donc aussi ce futur que tu veux créer.

79. ENCYCLOPÉDIE : MANTE RELIGIEUSE

Parmi les expériences qui prouvent que l'observateur modifie ce qu'il observe, au point de truquer complètement l'information, signalons le cas de la mante religieuse. On a toujours cru que la mante religieuse dévorait son compagnon après l'acte sexuel. Ce cannibalisme sexuel a alimenté les fantasmes des savants et du coup toute une mythologie scientifique puis psychanalytique.

Pourtant, il y a là une erreur d'interprétation. Car si la mante religieuse mange son compagnon, c'est qu'elle n'est pas dans des conditions naturelles. Après l'acte, elle a très faim et elle dévore tout ce qui est comestible autour d'elle. Dans la petite cage de verre d'observation, le mâle est coincé. La femelle, ayant besoin de récupérer des protéines après la fatigue de l'acte sexuel, prend ce qu'elle trouve. Le mâle, plus petit et incapable de fuir au-delà de la prison des murs de verre de l'aquarium, s'avère le seul gibier accessible. Elle le déguste donc sans même y penser. Dans la nature, l'acte accompli, le mâle se dégage, et la femelle mante se nourrit de n'importe quel autre insecte qui traîne à sa portée.

Quant au mâle, sauvé par sa fuite, il va se reposer, le plus loin possible de son ex-conquête pour être tranquille. Le fait d'avoir faim après l'acte sexuel pour la femelle et d'avoir envie de dormir pour le mâle sont des points communs à beaucoup d'espèces animales.

Edmond Wells,
Encyclopédie du Savoir Relatif et Absolu, Tome V.

80. L'« ÉDUQUÉ »

Mata Hari et moi nous faufilons dans les quartiers sud.

Pas de centaure en vue.

Nous arrivons devant le palais d'Atlas. Nous y pénétrons subrepticement par la porte d'entrée laissée entrebâillée.

Atlas et sa monumentale compagne dorment à poings fermés dans leur chambre. Ils ronflent bruyamment à la manière de deux ogres.

Mata Hari et moi nous faufilons vers la cave. La porte est fermée mais il suffit d'actionner la poignée pour l'ouvrir. Nous descendons les petites marches. J'éclaire avec des flashes intermittents de mon ankh l'escalier jusqu'au sous-sol.

Tous ces mondes alignés me donnent le sentiment de voir une galaxie au grand complet. Mata Hari, qui découvre l'endroit pour la première fois, est très impressionnée. Elle comprend mieux pourquoi je tenais tant à y revenir.

Nous avançons en illuminant les bâches pour déchiffrer les numéros des planètes. Mata s'aperçoit que même si elles ne sont pas rangées dans l'ordre exact, les bâches sont numérotées bien au-delà du chiffre 18. Elle repère des planètes avec des numéros à trois chiffres. Je ne peux m'empêcher de penser qu'ils en ont rajouté.

Comme la dernière fois, la curiosité est si forte que je soulève quelques bâches. Je découvre des mondes que j'avais déjà visités. Les mondes aquatiques. Les mondes désertiques. Les mondes gazeux. Mais aussi des mondes avec des humanités de type préhistorique, d'autres plus évoluées que celles de Terre 1. Je retrouve le monde avec les dômes de verre qui forment comme des verrues transparentes protégeant les populations des radiations et de la pollution. Des mondes avec des robots. Des mondes avec des clones. Des mondes uniquement féminins. Des mondes uniquement masculins.

– C'est extraordinaire, murmure Mata Hari qui vient de découvrir un monde où une espèce de dinosaures intelligents a bâti des villes, roule en voiture et vole en avion, tout étant adapté à leur taille.

Je lui montre un monde dont les habitants ne sont pas vertébrés. Ne pouvant se tenir debout, ils se traînent en laissant de la bave. Cela ne les empêche pas de porter sur le dos des tourelles de mitraillettes avec lesquelles ils se livrent des guerres.

– Un monde de limaces intelligentes.

Nous soulevons les bâches des mondes dont les numéros dépassent la centaine.

À nouveau la fascination pour ces mondes bonsaïs nous reprend. Nous qui avons géré des humanités ne pouvons nous empêcher de réfléchir chaque fois sur l'intention des dieux jardiniers qui se sont occupés de ces mondes exotiques.

– Regarde celui-ci, il est mignon, non ? fait Mata Hari.

Je découvre un monde de végétaux conscients, où les fleurs ont là encore créé leurs maisons, leurs villes, leurs armées, leurs engins volants. Comme si la vie sociale entraînait forcément la création de territoires, et la création de territoires : la guerre.

Nous découvrons aussi des mondes pacifiques. Des mondes immobiles. Mata Hari me désigne un monde bleu uniquement peuplé d'esprits et qui n'est pourtant ni un Paradis ni un Empire des anges.

Soudain quelque chose claque et une douleur fulgurante traverse mon mollet. Je retiens avec difficulté un cri de douleur. Mata Hari éclaire le sol avec son ankh. Mon pied est pris entre deux grosses mâchoires d'acier mécaniques dentées.

Un piège à loups.

La morsure est douloureuse. Être incarné ne présente pas que des avantages. Je comprends maintenant pourquoi l'accès à la cave d'Atlas était aussi aisé. Comme les chasseurs, il sait que le gibier finit par revenir aux mêmes endroits.

Nous tirons sur les mâchoires du piège, mais le ressort est très puissant.

– Il faut trouver quelque chose qui fasse levier, chuchote-t-elle.

Elle cherche sans rien trouver d'autre que les sphères des mondes lisses.

Nous nous mettons au travail et, après plusieurs minutes d'étincelles au niveau de la zone la plus mince du ressort, nous arrivons à relâcher l'étau. J'ai l'idée d'utiliser nos ankhs en guise de chalumeaux. Je masse ma cheville ensanglantée et avance en boitant...

– Ça va aller ?

– C'est supportable, dis-je en avalant ma salive.

Je déchire un pan de ma toge pour m'en faire une sorte de garrot que je serre pour ne plus sentir ma cheville endolorie.

Il faut faire vite.

Je cherche Terre 18 mais ne la trouve pas. En revanche je repère un autre piège à élèves. Plus on avance vers le fond de la cave, plus ils sont nombreux.

Nous soulevons toutes les bâches et perdons beaucoup de temps. Finalement, Mata Hari découvre la sphère de Terre 18, là où il y a le plus de pièges.

426

Après les avoir contournés, nous soulevons le tissu protecteur et nous penchons sur notre planète. Comme on nous l'avait indiqué, durant notre journée de relâche peu de choses ont changé. Le temps s'est ralenti sur Terre 18.

Je constate que l'Empire des hommes-aigles s'est raffermi, alors qu'à sa tête les empereurs s'entre-tuent en famille pour s'asseoir sur le trône tant convoité. Le peuple des hommes-loups de Mata Hari continue d'envoyer des drakkars piller les peuples placés plus au sud, y compris les avant-postes des hommes-aigles. Ils ont mis au point un système de raids-commandos qui surprend les aigles habitués aux grandes batailles rangées dans les plaines. Les hommes-iguanes de Marie Curie vivent en symbiose tranquille avec les miens, mais ce n'est pas là que peut naître une grande évolution de l'histoire. Les hommes-iguanes me semblent trop statiques dans leur religion astrologique. Comme ils croient connaître le futur par l'observation des étoiles, ils ne font aucun effort pour le modifier ou créer des surprises. Ils sont résignés, comme s'ils étaient sur les rails d'un destin immuable.

Sur le territoire ancestral des hommes-dauphins, la situation n'a fait qu'empirer. Ils se révoltent sans cesse, et la répression des hommes-aigles se fait de plus en plus sanglante. Les soldats de mon ami Raoul ne font pas dans la demi-mesure. À l'entrée des villes, on voit des dizaines de corps suppliciés livrés aux corbeaux et aux mouches pour l'exemple.

À la tête du royaume des dauphins, les hommes-aigles ont installé un roi fantoche, qui n'est même pas homme-dauphin mais issu d'un peuple de pillards voisin. Ce dernier se comporte en despote, détournant les impôts pour se construire des palais, vivant dans le luxe et la débauche. Mes hommes-dauphins organisent des révoltes qui finissent parfois par des victoires temporaires, souvent par des massacres. Les voilà esclaves sur leur propre terre. Pourtant ils ne se résignent pas et, après chaque révolte, une répression plus dure les décime. Si cela continue, mon peuple entier disparaîtra de sa terre ancestrale. Il était temps que j'arrive pour installer mon « gadget ».

Je repère un nouveau-né dauphin dans une famille banale pour ne pas attirer l'attention. Au début je comptais prendre un prince de sang royal, ou un fils de général, mais après réflexion un simple fils d'épicier fera l'affaire.

Je décide de l'appeler « L'Éduqué ». Car j'ai l'intention de lui apprendre ce que tout humain devrait à mon avis savoir. Je vais lui donner une éducation complète.

Je règle mon ankh et passe à l'action. Tout d'abord je cherche à l'arrière du socle le réglage du temps, car j'ai bien vu que Chronos, malgré ses grands airs de sorcier, tournait une molette. Je trouve le bouton et en effet je vois le temps s'accélérer. Je peux donc agir sur une personne et constater tout de suite les effets à travers les décennies. Je pousse les parents de mon Éduqué à le faire voyager très jeune. Il se rend au pays des hommes-termites et là il étudie la philosophie telle que l'ont développée mes petites communautés minoritaires dans ce territoire. C'est la première couche d'éducation. Je m'aperçois d'ailleurs avec étonnement que les petites communautés d'hommes-dauphins n'étant pas persécutées par les hommes-termites se sont parfaitement intégrées à cette société au point de s'être complètement assimilées, voire converties. Je ne peux m'empêcher de penser : « Faut-il que mes hommes-dauphins aient des problèmes pour se souvenir de leur différence ? »

Je chasse cette pensée perverse, puis continue de forger ma petite âme en lui apprenant les valeurs des prêtres termites : le renoncement, le lâcher-prise, la compassion, l'empathie, la conscience cosmique. Toute ces notions étaient déjà dans l'enseignement fourmi puis dauphin, mais celui-ci, sous la pression des envahisseurs et des mouvements de résistance, a été un peu oublié. C'est la deuxième couche d'éducation.

Grâce à une rencontre avec un vieux sage, mon Éduqué apprend à maîtriser son souffle.

Grâce à la rencontre avec une magicienne, mon Éduqué apprend à maîtriser son sommeil.

Grâce à la rencontre avec un soldat, mon Éduqué apprend à maîtriser sa colère.

Et il voyage.

Grâce à la rencontre avec une caravane d'explorateurs, mon Éduqué est initié aux mathématiques.

Par chance, mon Éduqué présente des prédispositions naturelles. Il est assoiffé de connaissances. Plus il sait, plus il a envie de savoir et plus il devient ouvert.

À ce qui correspond à l'âge de 27 ans, je lui fais rencontrer une femme douce qui tombe follement amoureuse de lui.

À ce qui correspond à l'âge de 29 ans, elle le quitte parce que son amour est trop fort. Il est seul et veut comprendre ce qui s'est passé. Alors il rencontre une femme dure, une Aphrodite qui le rend fou amoureux. Il est prêt à mourir pour elle. Mais, grâce à mon intervention, elle le quitte avant qu'il ne succombe complètement. Dire qu'on peut tout perdre sur une épreuve comme celle-ci...

C'est la troisième couche d'éducation, peut-être la plus délicate, l'éducation par les femmes.

Maintenant, mon Éduqué sait ce qu'est l'amour reçu et l'amour donné, il apprend donc à s'aimer lui-même puis à aimer l'humanité dans son ensemble, selon le principe des quatre amours de l'*Encyclopédie du Savoir Relatif et Absolu*.

Quand je le fais revenir parmi les hommes-dauphins, je le mets en contact avec un groupe religieux secret, les Delphiniens, pour qu'il reçoive la quatrième couche d'éducation.

Les Delphiniens, au nombre d'à peine quelques centaines, vivent dans un village haut perché, en plein milieu du désert, sur un pic rocheux. Loin du monde, loin des soldats aigles, ils ont préservé le savoir ésotérique des origines, la connaissance de la culture archaïque dauphin, mais aussi de toutes celles, sous-jacentes, qui l'ont enrichie : la culture des hommes-baleines, la culture des hommes-fourmis. L'Éduqué apprend à décrypter les rêves, une connaissance qui a permis bien souvent aux hommes-dauphins d'être tolérés dans les cours des tyrans. Pendant trois ans, il se perfectionne dans l'art du rêve éveillé, du rêve collectif, du rêve commenté et analysé.

Puis il apprend à soigner grâce à l'enseignement d'un médecin homme-baleine. Son professeur lui montre comment soigner par les plantes et comment guérir en rééquilibrant les méridiens d'énergies qui affleurent sous la peau des humains. Il lui fait prendre conscience de l'énergie humaine, de l'aura et de la capacité d'émettre de la chaleur par les paumes.

Enfin, mon Éduqué reçoit là-bas, à 35 ans, l'initiation antique des hommes-dauphins. L'initiation par l'eau. Elle consiste à plonger dans une piscine très profonde jusqu'à en toucher le fond.

– Qu'est-ce que tu en penses, Mata Hari ?

Elle me souffle à l'oreille une amélioration et je la mets en place.

Mon Éduqué doit toujours nager en apnée jusqu'au fond du bassin, les yeux ouverts dans l'eau. Là, à huit mètres de profondeur, il doit déceler un tunnel aquatique, puis nager dans ce goulet étroit, sur une distance de vingt mètres. Il voit une clarté au fond du tunnel (l'idée est de rappeler l'expérience de la mort) puis il remonte dans une seconde piscine parallèle. Un dauphin l'y attend pour l'aider à remonter plus vite.

Mon « héros » arrive en surface, reprend de l'air et peut entrer ainsi en dialogue avec l'animal.

L'initiation delphinesque imaginée par Mata Hari consiste à développer sa télépathie pour pouvoir comprendre le cétacé.

Il peine un peu au début.

J'utilise, pour ma part, le dauphin comme médium pour converser avec mon petit protégé.

– Bienvenu, Éduqué, j'ai une mission pour toi.

– À qui est-ce que je parle ?

– À un dauphin habité par l'esprit du Grand Dauphin.

– Mon Dieu ?

– Ton Dieu.

Dans ce cas, je crains de ne pas être à la hauteur de ma mission, dit l'Éduqué.

– Si je t'ai choisi, si je t'ai fait voyager, si je t'ai éduqué, c'est précisément parce que tu es le plus apte à réaliser cette mission.

À ce moment-là une idée me traverse l'esprit...

– Tu es « Celui qu'on attend ».

Depuis le temps qu'on me sert cette phrase, autant que je m'en serve à mon tour.

– Que dois-je faire ? demande le mortel.

– Restaurer la force A, la force d'Association, la force d'Amour, dans un monde où ne règne que la loi de la force D, la force de Domination, la force de Destruction. Pour cela il va te falloir restaurer les valeurs delphinesques qui ont toujours protégé le A, et tu vas devoir convaincre les N, les Neutres, qui sont des suiveurs et n'ont aucune autre caractéristique que d'écouter le dernier qui a parlé.

Mata Hari m'encourage de l'épaule à poursuivre ce discours.

– Comment puis-je restaurer la force A ?

Bonne question. Je consulte Mata Hari.

– Il n'a qu'à organiser une révolte, me dit-elle.

– Mais il se fera massacrer comme tous ceux qui l'ont fait avant lui en terre des dauphins.

– Il n'a qu'à écrire un livre de prophéties, suggère-t-elle.

– Trop tôt. Nostradamus n'est apparu que vers l'an 1600.

– Oui, mais saint Jean est intervenu bien avant, et son Apocalypse a marqué les esprits.

– Je ne le sens pas.

Mon Éduqué attend, face au dauphin, ne comprenant pas pourquoi il ne lui parle plus.

– Il n'a qu'à inventer l'électricité, dis-je, à bout d'arguments, une sorte de super-Archimède.

– Rappelle-toi notre slogan.

– « L'amour pour épée, l'humour pour bouclier » ?

Je ne vois pas où elle veut en venir. L'amour ? C'est une notion un peu abstraite à diffuser. L'humour ? Depuis le temps qu'ils se font persécuter, mes hommes-dauphins en ont déjà pas mal développé pour relativiser. Non, en tant que divinité, je suis à court d'idées en ce qui concerne la mission de mon Éduqué.

Et là-bas, sur Terre 18, je sens bien qu'il s'impatiente, même si le dauphin a de lui-même compris que pour donner le change il pourrait se livrer à quelques pirouettes dans le grand bassin.

– Écoute, dis-je, le mieux me semble encore qu'il organise une révolte militaire, mais cette fois, avec mon soutien, il gagnera les batailles. Je foudroierai les légions des hommes-aigles.

– Ça marchera un temps, mais ton Éduqué ne pourra pas vaincre tout seul l'Empire des aigles.

Ma jambe me fait mal, et je sais que je n'ai plus beaucoup de temps. Atlas peut arriver d'une seconde à l'autre. Ce serait vraiment dommage d'abandonner mon prototype de sauveur dans un monde aussi périlleux.

C'est alors que je me rappelle avoir déjà organisé sa mission. Par son éducation, et par le soutien des Delphiniens. Il faut lui faire confiance, il trouvera seul son mode d'action. Mata Hari approuve.

Le dauphin revient vers l'Éduqué et émet :

– Cherche et tu trouveras.

Bon, ce n'est pas du grand travail divin, mais je compte sur lui pour improviser.

Le dauphin replonge et l'Éduqué s'accroche à sa nageoire pour retourner dans le premier bassin où tous les autres Delphiniens l'attendent. L'Éduqué demande comment ils ont fait pour amener ce gros poisson aussi loin de la mer, et les prêtres delphiniens lui racontent leur vie clandestine. Ils détiennent encore des livres racontant la vie sur l'île de la Tranquillité, et ils possèdent aussi des machines issues de la science de leurs ancêtres. Enfin il reçoit sa cinquième couche d'éducation. Après l'enseignement de la culture baleine, l'enseignement du savoir dauphin, arrive la dernière leçon. Celle de la civilisation antique des fourmis.

Pour cela, accompagné d'un homme qui se déclare issu en ligne directe des hommes-fourmis, l'Éduqué descend un escalier qui rejoint une salle où se trouve une pyramide de deux mètres de haut : une fourmilière. Il reste deux mois à les observer, n'interrompant sa contemplation que par des instants de sommeil et de prise de nourriture.

De l'observation de ces insectes il déduit une nouvelle forme de vie en groupe basée sur l'échange et la solidarité. Car les fourmis sont nanties de deux estomacs, un normal pour digérer et un jabot social pour stocker de la nourriture mâchée en vue de nourrir les autres. Cet organe de générosité et de lien est le secret de leur union. Chacun est préoccupé de la réussite de tous. Chacun est concerné par les autres.

L'Éduqué en déduit comment créer une société où tous auraient de quoi subvenir aux besoins vitaux, et où chacun aurait sa chance et pourrait se livrer à sa passion personnelle dans l'intérêt de tous. Car il voit bien que chez les fourmis, il n'y a pas de pauvres, pas d'exclus, pas même de hiérarchie. La reine ne fait que pondre. Il constate que la société fourmi n'est même pas obsédée par le travail. Elle est répartie en trois groupes.

Premier groupe : les Inutiles. Ce sont les bouches à nourrir tolérées sans reproche par les autres. Ils dorment, se reposent, se promènent, regardent les autres travailler.

Deuxième groupe : les Maladroits. Ceux-là agissent mais de manière inefficace. Ils creusent des tunnels qui font s'effondrer des couloirs, ils entassent des branchettes qui bloquent des issues.

Troisième groupe : les Actifs. Un tiers de la population qui répare les erreurs du deuxième groupe et bâtit réellement la société.

L'Éduqué voit, comprend, digère, réfléchit. Il veut répandre ses connaissances et ses découvertes.

Puis, au terme de ses initiations successives, mon Éduqué, aidé de quelques prêtres delphiniens, commence à communiquer à l'extérieur.

Il quitte le piton rocheux, se rend dans la capitale des hommes-dauphins et prononce son premier discours public sur la place du Marché.

– Je ne suis pas venu pour inventer quoi que ce soit de nouveau. Je ne suis surtout pas venu pour inventer une nouvelle religion, je suis un homme-dauphin et je resterai un homme-dauphin attaché aux valeurs ancestrales. Je suis venu pour rappeler nos lois et nos règles à ceux qui les ont oubliées à cause des différentes invasions militaires et des concessions à nos persécuteurs. Jadis, avant que notre pays soit envahi par les hommes-rats, scarabées, lions ou aigles, nous étions riches d'une connaissance qui a été oubliée. C'est la connaissance de nos mères. Et des mères de nos mères. C'est la connaissance de nos pères, et des pères de nos pères. C'est la connaissance du Berger. Je suis venu la rappeler.

L'Éduqué invente une initiation rapide qui consiste à se tremper la tête dans l'eau, pour symboliser le moment de fusion avec l'animal dauphin. Puis les Delphiniens et les nouveaux adeptes qui se reconnaissent dans leur cause gravent partout sur les murs des dessins, de dauphins pour les plus doués, et de poissons pour les malhabiles à représenter le rostre des cétacés.

Les officiers de l'armée des aigles commencent à s'inquiéter. Alors que jusque-là ils savaient parfaitement gérer les révoltes armées, celle-ci, non violente, et d'un nouveau genre, les surprend. Que peut-on reprocher à l'Éduqué ? Il n'a même pas d'épée.

Comme un feu de forêt, la philosophie delphinesque de l'Éduqué se répand. Ses discours sont appris, repris, commentés. Les gens montrent soudain une curiosité accrue pour les vraies valeurs dauphins ancestrales non modifiées par l'occupation des aigles. Même les prêtres désignés par les aigles s'inquiètent de cette concurrence.

L'Éduqué dit :

– Si on gratte la surface de tout homme, on découvre une couche de peur. Cette peur fait qu'il peut frapper de peur d'être frappé, il peut agresser de peur d'être agressé. Et cette peur est la cause de toute la violence du monde. Mais si l'homme arrive à calmer cette peur, il peut creuser et trouver dessous une couche plus profonde, une couche de pur amour.

Mata Hari a raison, il suffit de lui faire confiance, il déduit de lui-même sa mission et ses moyens.

Aidé d'un groupe d'adeptes qui sert de relais à ses messages, sa parole connaît une diffusion par vagues successives. Voilà ma petite « bombe d'amour à retardement » lancée.

Je propose à Mata Hari de rentrer.

– Ça ira ta blessure ?

– Je n'y pensais même plus, menté-je.

Nous nous embrassons.

Nous replaçons la bâche. Puis, silencieusement, nous ressortons et nous nous éclipsons, non sans avoir pris la peine de fermer silencieusement la porte derrière nous.

– Cela te dirait de diffuser ta « force A » sur moi ? dit ma compagne, mutine.

Et elle me serre fort dans ses petits bras musclés. Je me sens rasséréné. Même ma cheville s'est calmée. Je crois que les mâchoires d'acier ont plus entaillé la peau que le muscle.

436

Demain sera le deuxième jour de repos.

Nous rentrons, et je me blottis contre Mata Hari, en ayant le sentiment d'avoir accompli mon devoir de dieu.

81. ENCYCLOPÉDIE : JEU D'ÉLEUSIS

Le jeu d'Éleusis est un jeu très ancien et très étrange dont le but consiste juste à en trouver... la règle. Avant la partie, un des joueurs invente une règle, il la note sur un papier. On le nomme Dieu. On distribue deux jeux de 52 cartes. Un joueur entame la partie en posant une carte et il dit : « Le monde commence à exister. » Chacun, à son tour, pose alors une carte. Le joueur baptisé « Dieu » signale chaque fois : « Cette carte est bonne » ou : « Cette carte n'est pas bonne. » Les mauvaises cartes sont mises de côté. Les bonnes continuent de s'empiler sous les yeux des joueurs qui essaient de trouver la logique de cette sélection.

Lorsque quelqu'un pense avoir trouvé la règle du jeu, il se déclare « Prophète », il arrête de prendre des cartes et c'est lui qui, à la place de Dieu, dit aux autres : « Cette carte est bonne » ou : « Cette carte est mauvaise. » Dieu surveille le Prophète, et si le Prophète se trompe, il est destitué et n'a plus le droit de continuer la partie. Quand le Prophète a répondu dix fois juste, il énonce la règle et on la compare avec celle inscrite sur le papier. Si c'est exact, on considère que le Prophète a trouvé la règle de Dieu, il a gagné et il devient Dieu pour la partie suivante. Si personne ne trouve la règle, et que tous les Prophètes se trompent, Dieu a gagné.

L'ensemble des joueurs définit alors si la règle était

« trouvable ». Ce qui est intéressant, c'est que les règles les plus simples sont souvent les plus difficiles à trouver. Par exemple la règle : « On alterne une carte de valeur supérieure au chiffre 7 et une carte inférieure à 7 » est très difficile à repérer car les joueurs feront surtout attention aux figures et aux alternances de cartes rouges et noires. La règle : « Que des cartes rouges sauf la 10e, 20e, 30e... » est impossible à trouver. Une règle facile peut être : toutes les cartes sont valables.

Quelle est la meilleure stratégie des joueurs pour gagner ? En fait, chaque joueur a intérêt à se déclarer au plus vite Prophète, même s'il n'est pas sûr d'avoir découvert la règle de Dieu.

Edmond Wells,
Encyclopédie du Savoir Relatif et Absolu.
(Emprunt au Tome III).

82. MERCREDI : DEUXIÈME JOUR DE VACANCES

Je me réveille en sursaut.

– Quelle heure est-il ? demandé-je.

Mata Hari jette un regard à la fenêtre.

– À considérer l'emplacement de ce soleil, il doit bien être dix heures. Qu'est-ce qu'on fait ?

Nous décidons de rester au lit et de faire l'amour. J'essaie de trouver de nouvelles manières d'emboîter nos corps, de ne pas tomber trop vite dans la routine, mais nos chairs retrouvent des rendez-vous qu'elles seules se sont fixés.

Vers onze heures, nous décidons d'aller déjeuner. Le repas est servi, non pas au Mégaron, mais sur la place centrale où les grandes tables aux nappes blanches sont dressées, offrant fruits, lait, miel, céréales, des amphores de thé ou de café. Et même des petites viennoiseries.

Justement les autres théonautes arrivent, fourbus.

– Alors comment ça s'est passé, hier soir ? demandé-je, plus par politesse que par réelle curiosité.

– Nous n'avons pas pu passer. La Gorgone s'était équipée d'un long bâton et nous frappait. Nous ne pouvions pas nous défendre efficacement en aveugles, regrette Gustave Eiffel.

– Freddy vous a aidés ?

– Bien sûr. Il nous guidait, mais il ne pouvait pas combattre la Gorgone. Notre ami n'est quand même qu'une frêle jeune fille.

– Il faudrait peut-être penser à un système de miroirs, poursuit Georges Méliès... C'est ainsi que dans la légende Persée a pu affronter la Gorgone. Je vais essayer de fabriquer pour ce soir un bouclier-miroir semblable à celui que j'ai utilisé pour neutraliser la Grande Chimère.

– Où est Raoul ? demandé-je.

– Il s'est beaucoup battu hier soir, il doit être épuisé. Il dort sans doute, répond Jean de La Fontaine, le dernier arrivé des théonautes.

Édith Piaf lance à la cantonade :

– Allez, tous à la plage. Demain, c'est fini les vacances !

Un satyre s'approche subrepticement et regarde dans mon bol comme s'il y cherchait quelque chose. Surtout ne rien dire si je ne veux pas subir une nouvelle séance d'écholalie.

– Attention, il y a un satyre, il va tout répéter, dit Jean-Jacques Rousseau.

– Attention, il y a un satyre, il va tout répéter,

reprend évidemment l'homme à demi-corps de bouquetin. Attention, il y a un satyre, il va tout répéter.

Deux autres de ses congénères s'empressent de le rejoindre. À quoi peut bien servir cette dinguerie dans le royaume des dieux ?

– Attention, il y a un satyre, il va tout répéter, chantent-ils.

– Ah, zut, j'aurais dû me taire, poursuit l'imprudent.

– Ah, zut, j'aurais dû me taire, répètent en chœur une dizaine de satyres, entonnant presque une chorale.

– Ils ne vont quand même pas répéter tout ce que je dis !

– Ils ne vont quand même pas répéter tout ce que je dis ! reprennent en chant tyrolien une vingtaine de satyres trop contents d'avoir trouvé une victime.

Je fais signe à Mata Hari que le moment est venu de rejoindre nos amis à la plage. Je prends garde de mimer les mots sans prononcer aucun son susceptible d'être repris par les satyres.

Main dans la main, nous rejoignons la plage ouest.

Saint-Exupéry vient me voir et se penche contre mon oreille :

– Tu es prêt pour ce soir ?...

De quoi me parle-t-il ? Ah, oui, le dirigeable avec son vélo.

Je fais un signe d'approbation.

Saint-Exupéry disparaît et je m'étends sur ma serviette. Je me souviens que, lorsque j'étais mortel, je ne supportais pas de perdre mon temps à bronzer sur les plages. Cela me semblait si futile. J'avais même songé : « Travailler me fatigue. Ne rien faire me fatigue encore plus. »

Mata Hari enlève le haut de son maillot et se met sur le ventre pour bronzer sans marque de bretelles.

Je regarde l'horizon. Un insecte vient voleter devant moi. Je tends un doigt en guise de perchoir et je reconnais la moucheronne.

— Bonjour, moucheronne.

La chérubine est agitée de soubresauts jusque dans les extrémités de ses longues ailes bleues aux reflets argentés.

— Je t'aime bien, moucheronne, je n'ai pas oublié tout ce que tu as fait pour moi.

Elle redouble de nervosité. Je l'examine de plus près, et soudain une pensée me traverse l'esprit.

— Nos âmes se connaissent, n'est-ce pas ?

Elle acquiesce de la tête.

— On se connaît d'où ?

Elle essaie des gestes. Je tente d'interpréter.

— De Terre 1. Tu es l'âme de quelqu'un que j'ai connu quand j'étais mortel ?

Elle hoche la tête, soulagée.

— Une femme ?

Elle hoche derechef la tête.

Ainsi cette femme-papillon n'est pas n'importe qui.

— Tu n'étais quand même pas... Rose ? Ma femme.

Je la regarde mieux, elle n'a pas ses traits. Je sais qu'il y a une part de modification lors des changements d'état, cependant un petit quelque chose reste toujours. Ne serait-ce que dans la bouche ou le regard. Rose a été la personne la plus proche de moi et ensemble nous avions multiplié les projets. J'étais allé la chercher jusque sur le continent des morts. Je l'avais vraiment aimée, non pas d'un amour passionnel, mais d'un amour raisonné qui m'avait permis d'avoir avec elle de charmants enfants que j'avais éduqués de mon mieux.

La moucheronne agite la tête en signe de dénégation.

– Étais-tu Amandine ?

Amandine était l'infirmière qui avait accompagné nos premières expériences en thanatonautique. Je me souviens d'une jolie blonde au regard coquin qui avait émoustillé mes nuits de pionnier de la conquête du continent des morts. Si ce n'est qu'elle avait longtemps consenti à ne faire l'amour qu'avec les thanatonautes, et lorsque enfin j'étais devenu moi-même thanatonaute et qu'elle m'avait récompensé à sa manière, je m'étais aperçu qu'elle ne m'intéressait plus.

À nouveau la moucheronne émet un signe négatif. De la manière dont elle vibre des ailes je comprends qu'il est important pour elle que je me souvienne.

– Nous nous sommes aimés ? demandé-je.

Son mouvement de tête semble vouloir dire oui, mais il est bizarre, comme si nous ne nous étions aimés qu'à moitié.

– Steffania Chichelli ?

Cette fois, elle prend un air vexé et s'envole.

– Hé ! moucheronne, attends ! Attends, je vais me rappeler.

La femme-papillon est déjà loin. Serait-il possible que ce soit une maîtresse oubliée ? Oh, j'en ai assez de gérer les susceptibilités, je vais me baigner. Mes plaies au mollet piquent un peu mais l'eau salée aide à la cicatrisation.

Je nage au loin pour retrouver le dauphin mais ne le retrouve pas. Mata Hari me propose de faire l'amour dans l'eau. J'ai l'impression qu'elle est insatiable. Dans l'*Encyclopédie*, Edmond Wells avait noté que c'était l'homme qui jadis avait inventé le concept de « pudeur », pour éviter que les femmes osent exprimer leurs envies d'orgasme. Peut-être que toutes les

442

femmes adorent faire l'amour en permanence et qu'elles ont été éduquées pour ne pas le demander.

Faire l'amour dans l'eau sans pouvoir poser les pieds sur un rocher n'est pas manœuvre aisée. Mais cette difficulté amuse ma partenaire et finit par m'amuser aussi. Finalement j'y prends beaucoup de plaisir ; peut-être reste-t-il en moi quelque chose de dauphin qui ne demande qu'à être réveillé.

Nous rentrons nous sécher.

– Où est Raoul ?

J'ai un mauvais pressentiment.

Mata Hari me rassure.

– Sans doute avec Sarah Bernhardt, dit-elle. Il m'a semblé les voir ensemble hier soir. Il doit dormir, s'ils ont combattu Méduse cette nuit ; connaissant Raoul, il a dû être en première ligne, dit ma compagne.

À treize heures, nous déjeunons de petites saucisses sur des pains grillés et de salades fraîches sur la plage.

Raoul n'est toujours pas là.

Dionysos vient nous annoncer le programme du jour : un grand spectacle à 18 heures puis un dîner-fête à 20 heures.

L'après-midi nous nageons encore. Mais je ne peux m'empêcher de guetter la plage et l'arrivée de Raoul.

Un groupe d'élèves dieux joue au jeu d'Éleusis et je les entends contester la validité de la règle du monde inventée par leur dieu du moment : Voltaire.

– Trop difficile, on ne pouvait pas la trouver, affirme un joueur.

Le Prophète approuve, c'était un mauvais dieu. Voltaire se rebiffe, il traite tout le monde de mauvais joueur. Rousseau, qui jusque-là s'était tu, ne peut s'empêcher d'enfoncer son rival :

– Quand on ne sait pas inventer des règles de divinité trouvables, on se contente d'écrire des romans, là au moins les personnages ne se plaignent pas.

– Ma règle du monde fonctionnait parfaitement, dit Voltaire, c'est vous qui n'avez pas su la trouver.

– Tu as perdu, Voltaire.

Écœuré, le philosophe préfère laisser les autres joueurs continuer sans lui.

– Bon, qui a une idée de règle du monde ?

– Je veux bien essayer, dit Rousseau.

À 18 heures, Raoul n'a toujours pas fait son apparition.

Nous nous retrouvons dans l'amphithéâtre et, malgré mes pensées parasites, je décide d'assister au spectacle tranquillement. Les dieux vont nous interpréter une pièce sur le thème de la légende de Bellérophon.

Pour l'occasion, Bellérophon, un Maître dieu auxiliaire que je ne connaissais pas et dont je n'avais même jamais entendu la légende, joue son propre rôle.

Pégase, exceptionnellement prêté par Athéna, participe au spectacle pour interpréter lui aussi son propre personnage mythologique.

La pièce commence.

Bellérophon (dont le nom signifie « le porteur de dards ») est le petit-fils de Sisyphe. Encore enfant (c'est un satyre qui joue Bellérophon adolescent, il se donne beaucoup de mal pour ne prononcer les quelques tirades de son rôle qu'une seule fois), il tue par accident son compagnon (joué par un autre satyre) puis son frère. Il est exilé chez le roi Proétos (joué par Dionysos) afin d'être purifié de ce double meurtre. Mais l'épouse du roi, Antéia (jouée par Déméter) tombe amoureuse de lui dès qu'elle le voit. Elle tente de l'embrasser mais il repousse ses avances et, offensée, elle l'accuse de l'avoir violée. Colère du mari. Proétos ne veut cependant pas le tuer chez lui, aussi il envoie Bellérophon chez le père d'Antéia, le roi Iobatès, nanti d'une lettre lui ordonnant de tuer le porteur du message. Ça c'est le premier acte. Deuxième acte : plutôt que de tuer lui-même Bellérophon, Iobatès décide de le charger de tuer la Grande Chimère. Ce qui à son avis est synonyme d'une mort certaine.

Mais Bellérophon demande l'aide d'un devin qui lui conseille de capturer et de dompter le cheval ailé des Muses, Pégase, né du sang de la Gorgone.

– Tout se recoupe, murmuré-je à Mata Hari.

– Chut ! soufflent quelques élèves alentour, captivés par cette légende.

Bellérophon passe une bride d'or que lui avait offerte Athéna autour du cou de Pégase. Il enfourche le coursier magique et s'envole dans les airs. C'est alors qu'apparaissent sur scène trois centaures réunis sous une bâche de cuir pour donner l'illusion de ne former qu'un être unique. Ils arborent des masques, respectivement de lion, de bélier et de dragon pour jouer un seul animal à trois têtes : la Grande Chimère.

Bellérophon monte le vrai Pégase et tournoie dans l'amphithéâtre autour du monstre, au grand ravissement des spectateurs. Bellérophon tire ensuite des flèches sans pointe qui rebondissent sur la bâche de cuir, puis il descend, et fait mine d'enfoncer une lance dans la gueule de dragon. Les trois centaures se couchent sur le flanc et l'assistance applaudit.

Mais le personnage de Iobatès revient sur scène et mime l'accablement. Troisième acte. Iobatès imagine d'autres épreuves pour se débarrasser de l'importun. Il le charge de combattre seul ses ennemis, les Solymes, puis les Amazones (interprétées par les Saisons), puis les pirates.

– Ça ressemble un peu à l'histoire d'Hercule,

soufflé-je. Finalement les mythologies grecques se copient les unes les autres.

– Chhuuutt, répètent nos voisins, plus agressivement.

Sur scène, Bellérophon vainc les Amazones en tirant des flèches depuis son fougueux destrier volant. Les applaudissements sont moins enthousiastes que pour la mort de la Grande Chimère.

Alors le père d'Antéia appelle Poséidon (joué par Poséidon en personne) et lui demande de provoquer une inondation dans la plaine où se trouve Bellérophon.

Les trombes d'eau sont symbolisées par des planches de bois peintes en forme de vagues tenus par des centaures. Les vagues artificielles avancent en même temps que Bellérophon recule.

Pour l'arrêter, les femmes, jouées par des Heures, relèvent leurs jupes, s'offrant au héros. Mais celui-ci, intimidé, enfourche Pégase et s'enfuit avant que les vagues ne le touchent et ne le noient.

Iobatès est alors pris de doute et clame qu'il se demande « si ce Bellérophon ne serait pas un demi-dieu ». Troublé, le roi décide de demander à Bellérophon sa version du viol de Antéia et, comprenant qu'elle lui a menti, il lui montre le message de Proétos ordonnant qu'on se débarrasse de lui.

En dédommagement de cette injustice, le roi Iobatès lui offre en mariage sa propre fille, Philoné – jouée par une Heure rapidement remaquillée pour la circonstance – ainsi que le trône de Lycie. Mais grisé par son succès, Bellérophon proclame haut et fort son athéisme : « Moi simple mortel, je suis plus fort que les dieux », affirme le héros.

Lorsque les prêtres, incarnés par Sisyphe et Prométhée, lui demandent de retirer son blasphème, il saisit

446

une massue et détruit les colonnes du temple de Poséidon. « Les dieux n'existent pas, dit-il, et je les mets au défi de m'arrêter. »

Alors le téméraire Bellérophon monte sur Pégase et vole jusqu'au sommet de l'Olympe. Il s'invite ainsi à l'assemblée des dieux.

Zeus – joué par Hermès avec un masque à grande barbe en laine –, irrité, envoie alors un taon (interprété par une chérubine) piquer la queue de Pégase. Le cheval ailé se met à ruer et désarçonne son cavalier. Bellérophon chute, atterrit sur un buisson épineux et devient aveugle et boiteux. L'acteur surjoue un peu, pour être bien compris.

Zeus explique alors à l'assistance qu'il veut que cet impudent reste vivant pour que tous, en le voyant, sachent ce qui arrive à ceux qui se croient les égaux des dieux.

Applaudissements mesurés des élèves, car tous nous comprenons qu'à travers ce spectacle c'est un avertissement qu'on nous donne. Un avertissement qu'on pourrait résumer en une phrase : « Restez à votre place, n'essayez pas de vous élever plus vite que ce que les Maîtres dieux ont prévu pour vous. »

Alors que la pièce touche à sa fin, les chœurs de Charites entonnent des chants d'allégresse.

À nouveau le son se coupe progressivement et je n'entends plus rien.

Je retourne à mon silence. Entouré de mon aimée et du public, je me sens encore plus seul. La question qui a bercé ma vie revient, lancinante : « Mais au fait, qu'est-ce que je fais là ? »

Mata Hari, qui sent tout, saisit ma main et la serre fort comme pour me rappeler sa présence. « Quelque chose ne va pas. Il faut s'inquiéter », murmure ma petite voix intérieure. Ma machine à penser se remet en marche.

Soudain ma main broie celle de ma compagne.

– Quoi encore ? s'inquiète Mata Hari.

Les gradins se vident et tout le monde sort pour participer au grand festin sur la grande place.

– Qu'est-ce qui ne va pas, Michael ?

– Assieds-toi et attends-moi. Je vais aux toilettes, dis-je pour qu'elle ne me suive pas.

Sans donner plus d'explications, je déguerpis.

Pourvu que je me trompe.

83. ENCYCLOPÉDIE : PIÈGE À SINGE

En Birmanie, pour attraper les singes, les autochtones ont mis au point un piège très simple. C'est un bocal transparent lié par une chaîne à un tronc d'arbre. Dans le bocal ils placent une friandise ayant la taille d'une orange et une consistance dure. Le singe voyant la friandise met la main dans le bocal pour l'attraper mais une main entourant la friandise ne passe plus le goulot. Donc le singe ne peut retirer sa main du bocal qu'en lâchant la friandise. Comme il ne veut pas renoncer à ce qu'il considère comme à lui, il se fait prendre et tuer.

Edmond Wells,
Encyclopédie du Savoir Relatif et Absolu, Tome V.

84. VOL DE MESSIE

Je fonce chez Atlas.

La porte d'entrée est toujours entrouverte, je pénètre dans le palais. Je me dirige vers la cave, elle aussi entrebâillée, puis je dévale quatre à quatre les marches et... évite de justesse quelques pièges à élèves.

Je me précipite vers Terre 18.

La bâche n'est pas disposée pareillement. Quelqu'un est venu.

J'enlève la bâche et dégage mon ankh en guise de loupe.

Il est déjà trop tard. Je le sais. Je le sens. Je n'ai plus qu'à constater les dégâts et ils sont considérables...

Mon « Éduqué » a été arrêté par la police des aigles en tant que rebelle indépendantiste dauphin. Il a été supplicié en place publique, empalé sur un pieu, et son corps est encore exhibé pour l'exemple avec une inscription : Voilà ce qui arrive à celui qui s'oppose à la loi des aigles.

Le supplicié a les yeux révulsés. Il a dû beaucoup souffrir, les soldats aigles aiment torturer pour le plaisir. Cela fait aussi partie de leur culture.

Il a dû m'appeler au dernier moment et je n'étais pas là.

Mais là n'est pas le pire, Raoul a récupéré mon idéologie. Un de ses hommes-aigles se prétend l'unique héritier de la pensée de mon Éduqué.

Celui qui se fait d'ailleurs nommer « l'Héritier » est en fait l'ancien dirigeant des services secrets des forces d'occupation des hommes-aigles, un individu brillant et manipulateur, qui sait organiser les réseaux, qui dégage beaucoup de charisme.

Il n'a jamais rencontré ou même croisé de loin l'Éduqué, mais il parle en son nom comme s'il était le seul à l'avoir compris.

Il a fait disparaître discrètement les autres prétendants légitimes à la succession de l'Éduqué. Il a détruit systématiquement tous les textes écrits par les disciples relatant la vraie vie et les vraies paroles de l'Éduqué.

L'Héritier parle bien. Il a retenu quelques phrases de mon Éduqué et, en les sortant de leur contexte et en les disposant à sa guise, il leur fait dire ce qu'il veut. Ainsi il décide que mon envoyé est venu pour créer une nouvelle religion.

Il me semblait pourtant avoir été bien clair. Mon Éduqué l'avait dit et répété : « Je ne suis pas venu pour créer une nouvelle religion, mais pour rappeler les valeurs dauphins originelles à ceux qui les ont oubliées. »

Pourvu que des témoins se rappellent ses mots exacts...

Mais l'Héritier est subtil, il a écarté tous les anciens amis et tous les gens de la famille de mon Éduqué, il en a convaincu d'autres, de purs étrangers à son entourage, jusqu'à réunir une bande qui elle-même a généré un réseau. Tous les Delphiniens de la première heure ont été écartés, discrédités et même dénoncés comme traîtres à la vraie pensée de l'Éduqué. « Si vous étiez vraiment ses amis, vous l'auriez sauvé », lance l'Héritier à l'un d'entre eux. La réponse du Delphinien n'a pas été entendue tant les applaudissements étaient bruyants. Si les amis de l'Éduqué se défendaient trop ouvertement, ils étaient attrapés par des hommes masqués qui les rouaient de coups pour leur faire passer l'envie de s'exprimer.

Progressivement, le vrai groupe des amis a été baptisé le « groupe des traîtres à la vraie pensée de l'Éduqué ». On les soupçonne d'avoir provoqué sa mort. Plus personne ne se souvient que l'Héritier dirigeait la même police secrète qui a persécuté les Delphiniens et supplicié l'Éduqué. Comme de bien entendu la police des aigles pour une fois est assez laxiste envers ce qu'on appelle déjà la nouvelle religion, et à aucun moment l'Héritier n'est même gêné par les autorités en place.

Ainsi je me rends compte que la vérité ne sert à rien, c'est le dernier qui maîtrise la propagande qui réécrit l'Histoire à sa guise, au mieux de ses intérêts personnels.

L'Héritier donne à sa religion le nom de Religion universelle, car il affirme que cette nouvelle foi bientôt gouvernera tous les hommes. Raoul a bien compris la force de mon idée mais il l'utilise à l'opposé de mes intentions. Il a transformé une pensée de tolérance en pensée de prosélytisme.

Dès lors les prêtres de la Religion universelle renoncent au symbole du poisson (trop lié à la culture dauphin), et préfèrent utiliser le symbole du supplice de l'Envoyé : le pal.

Les membres dessinent des pointes et un homme embroché dessus comme un poulet. Ce symbole est porté en bijoux par les adeptes de la nouvelle religion. Un peu partout les dessins de poissons sont effacés et remplacés par celui de l'homme empalé.

Et alors que l'Héritier répand sa nouvelle religion à grand renfort de propagande et de publicité, une énorme armée d'hommes-aigles s'est mise en marche pour assiéger les Delphiniens dans leur cité du désert.

Raoul...

J'envoie la foudre pour arrêter cette armée, mais en vain. Ils sont trop nombreux, trop décidés, trop imperméables aux cauchemars dont je peuple leurs nuits. Je me sens un dieu impuissant face à un drame inéluctable.

Dans ma citadelle delphinienne, là-haut, en plein désert, dernier bastion solide de la science et de la connaissance cachée des hommes-dauphins, tout le monde s'organise pour tenir le siège.

Heureusement les Delphiniens disposent d'une source d'eau intérieure qui leur a permis d'établir à plusieurs centaines de mètres d'altitude des cultures et de l'élevage.

Les miens tiennent longtemps, combattent avec courage et pugnacité, opérant même des sorties pour incendier les tentes de leurs assiégeurs. Mais les hommes-aigles tirent de loin à la catapulte sur la cité haut perchée. Pour les démoraliser ils lancent même à la catapulte des membres de la famille des assiégés qui s'écrasent contre les murs.

Comment Raoul a-t-il pu en venir là ?

Mon Éduqué l'a vraiment inquiété.

Ou subjugué.

Je détruis à la foudre quelques catapultes mais je ne peux les anéantir toutes. Voyant leur fin venir, les Delphiniens préfèrent se suicider plutôt qu'être transformés en esclaves ou en galériens des aigles.

Ceux-ci, furieux devant le sacrifice de leurs ennemis, vandalisent la citadelle comme ils ont jadis détruit le port des hommes-baleines.

Ils incendient les bibliothèques, piétinent les machines, saccagent les laboratoires. Ils éventrent le dauphin qu'ils trouvent dans le bassin d'eau et le mangent.

Le récit de la fin de mon Éduqué, réinterprété par l'Héritier, touche évidemment tous ceux qui l'écoutent. La nouvelle Religion universelle se répand tout d'abord dans les communautés d'hommes-dauphins où elle suscite des schismes, puis très vite partout ailleurs. De l'initiation par l'eau ils n'ont conservé que le minimum : trois gouttes sur le front.

Comble de cynisme, ils instituent une fête soi-disant inventée par l'Éduqué qui consiste à manger du poisson le mercredi, jour où la citadelle delphinienne fut saccagée et son dauphin dévoré.

Les premiers convertis, justement des hommes-dauphins, sont persécutés par les hommes-aigles puis peu à peu tolérés jusqu'au bouquet final : la religion de l'Héritier s'installe dans la capitale des hommes-aigles en tant que nouvelle religion officielle de l'Empire des hommes-aigles.

Quand je pense que mon Éduqué est apparu pour libérer le pays des hommes-dauphins de l'occupation des aigles !

À présent c'est en son nom et au nom de ses valeurs qu'est lancée une campagne de dénigrement des hommes-dauphins et des valeurs dépassées de l'ancienne religion qui a assassiné (maintenant c'est clairement présenté ainsi) l'Éduqué !

« Si on aime la pensée de l'Éduqué, il faut renier les valeurs dauphins », annonce l'Héritier dans un discours public recopié par une multitude de scribes.

Mes dauphins non convertis connaissent une nouvelle ère de persécutions de la part des hommes-aigles mais aussi des hommes-dauphins de la Religion universelle qui font du zèle pour bien montrer qu'ils renient leurs frères. Cette énième persécution est d'autant plus efficace.

C'est maintenant au nom de mon message d'amour qu'on tue les miens ! Ainsi il est facile de faire passer le mensonge pour la vérité, les victimes pour des bourreaux et les bourreaux pour des victimes... Peut-être que Prométhée a raison. Les mortels ne sont que des moutons de Panurge, on leur raconte n'importe quoi et ils écoutent, du moment que tous les autres suivent... Ils se moquent de la vérité. Plus le mensonge est gros, mieux il passe.

Une voix tonitruante résonne soudain au-dessus de moi :

– Je ne vous dérange pas trop au moins ?

85. ENCYCLOPÉDIE : MASSADA

La forteresse de Massada a été bâtie à l'origine par Jonathan l'Asmonéen. Ce château haut perché, culminant à 120 mètres de hauteur sur un pic rocheux en plein désert, a ensuite été renforcé par Antipater, le père de Hérode Ier.

Antipater était un roi non hébreu d'origine iduméenne, placé par les Romains à la tête de la Judée pour assurer la bonne collecte des impôts.

Une révolte éclata à Jérusalem, et Hébreux, zélotes et sicaires réussirent à fuir par des souterrains passant sous les murailles avec femmes et enfants.

Ils arrivèrent à Massada où ils vainquirent de nuit la garnison romaine. Ce groupe de rebelles fut ensuite rejoint par les esséniens, refusant le judaïsme officiel imposé par les Romains. C'est de la communauté essénienne qu'a émergé Jean Baptiste, l'homme qui a baptisé Jésus et qui fut ensuite décapité à la demande de la danseuse Salomé.

Dans la forteresse de Massada, esséniens, zélotes, sicaires s'organisèrent en communauté autogérée où tout le monde était libre et égal.

Quand Jérusalem tomba, en 70, après l'une des plus importantes révoltes des Hébreux, les Romains décidèrent d'en finir avec Massada, considérée comme un repaire de sédition. La 15e légion dirigée par le général romain Silva fut envoyée pour soumettre ces derniers hommes libres. Le siège de Massada durera trois ans, durant lesquels les esséniens opposeront une résistance acharnée aux légions romaines. Finalement les habitants de la citadelle préféreront se suicider plutôt que de se rendre aux Romains.

Avant la fin funeste de cette communauté, quelques esséniens purent cependant fuir par un passage secret et ils emportèrent les rouleaux de textes manuscrits répertoriant leur mémoire et leurs connaissances. Ils les cachèrent dans une grotte sur le site de Qumrân près de la mer Morte. Deux mille ans plus tard, ces textes, les fameux manuscrits de la mer Morte, ont été retrouvés par un jeune berger à la recherche d'un mouton égaré.

Ces textes évoquent « La guerre depuis la nuit des temps des fils des lumières contre les fils des ténèbres », ils évoquent aussi la vie de l'un d'entre eux, un Hébreu nommé Yeshoua (Jésus) Cohen qui aurait péri crucifié par les Romains après avoir prêché l'essénisme jusqu'à l'âge de 33 ans.

Edmond Wells,
Encyclopédie du Savoir Relatif et Absolu, Tome V.

86. CAUCHEMAR EN BOCAL

L'immense silhouette d'Atlas se découpe dans la lumière venant de la porte de la cave.

– Je peux tout expliquer, bafouillé-je.

Atlas enflamme une grande torche qui dégage une odeur de résine grillée.

– Il n'y a rien à expliquer, dit-il placidement.

– Qu'est-ce qu'il y a, chéri ? lance une voix féminine au loin.

– Rien, Pléplé, tout va bien, j'ai trouvé notre visiteur du soir.

– C'est qui ?

– Michael Pinson.

– Le dieu des hommes-dauphins ?

– En personne.

– Tu vas l'envoyer au laboratoire ?

– J'ai même ma petite idée sur le genre de chimère qui m'intéresserait. Dans votre vie de mortel vous n'auriez pas travaillé dans une société de déménagement ? Vous ne seriez pas le genre de type qui aime aider les copains à déplacer les pianos ?

Il ne faut pas paniquer.

– Non, désolé, déjà sur Terre, je préférais ne rien porter, à cause de mes lombaires qui sont fragiles.

– Eh bien nous verrons cela. Car à partir de maintenant, mon cher petit élève humain, vous serez mon « aide-porteur ». Je ne sais pas si vous êtes « celui qu'on attend » comme cela se murmure ici, mais vous êtes probablement « celui que moi, j'attends ». Pléplé, emmène monsieur au laboratoire et demande à Hermaphrodite de bricoler ce jeune homme pour le rendre plus apte à porter de lourds fardeaux. Il faudrait lui fabriquer des gros biceps, et peut-être lui élargir la taille et la carrure. Il serait bien avec une hauteur de deux mètres cinquante.

Madame Atlas apparaît en haut de l'escalier. Elle descend et me fait face. À la lumière de la torche de son mari, je l'aperçois. Elle a des bras comme des cuisses, des cuisses comme des thorax et un thorax en forme de poire.

– Monsieur Pinson, vous n'avez jamais rêvé d'être un géant ? À deux mètres cinquante on voit plus haut et plus loin, cela vous plaira, j'en suis sûre.

Je recule.

Là, n'écoutant que mes réflexes de survie, perdu pour perdu, je me lance dans une manœuvre désespérée. Je donne un coup de pied dans un support d'étagères qui cède. Aussitôt tout l'ensemble des planches de bois commence à pencher.

Atlas comprend que s'il ne réagit pas tout de suite, les étagères laisseront glisser toutes les sphères et les mondes se briseront les uns après les autres...

Il se précipite. J'en profite pour filer dans l'autre sens, je tombe nez à nez avec « Pléplé » qui ouvre grands ses bras. Derrière moi un cri retentit :

– Aide-moi, vite, ou tous les mondes vont s'effondrer !

Elle hésite puis renonce à ma capture et va aider son compagnon. La voie est libre. Pas de temps à perdre, je remonte les escaliers de la cave.

Mais, arrivé au rez-de-chaussée, je constate que toutes les issues sont closes. Je cherche prestement une chaise pour atteindre la poignée de la fenêtre et l'ouvrir, mais déjà une large main m'attrape et avant que j'aie pu comprendre ce qui m'arrive je suis déposé dans un bocal de verre, comme jadis mon maître Edmond Wells.

Je tente de respirer dans le lieu hermétique et comprends tout de suite le problème. Il n'y a pas d'air. Je tape contre la vitre. Le bruit résonne si fort qu'il m'assourdit.

« N'oublie pas de percer un trou dans le couvercle sinon il va s'asphyxier ! »... Cette phrase, prononcée à l'extérieur, me parvient assourdie.

Madame Atlas s'empare alors d'un tournevis et perfore le couvercle de métal. Je me précipite vers l'arrivée d'air.

Les mains géantes transportent ensuite mon bocal à travers la cité d'Olympie. Je frappe contre la paroi de verre et d'un coup je comprends tout ce que j'ai fait subir jadis à des grenouilles, des papillons, des limaces, des escargots, des têtards ou des lézards que j'ai moi aussi emprisonnés dans des bocaux pour créer mon petit bestiaire personnel. Atlas m'entraîne jusqu'au bâtiment où jadis j'ai poursuivi le déicide. Il frappe et Hermaphrodite ouvre la porte.

— On m'avait dit que j'aurais droit à un aide si j'en trouvais un, rappelle Atlas. Le voilà.

Hermaphrodite me regarde, amusé, à travers l'épaisse vitre. Il fait claquer une pichenette contre le verre et cela résonne de manière assourdissante. Puis Atlas ouvre le couvercle et le fils de la déesse de l'Amour y jette un coton mouillé. De l'éther.

Quand je me réveille, je suis ligoté à une table d'opération. Tout autour de moi il y a des cages pleines d'hybrides monstrueux, un tiers animaux, un tiers humains, un tiers divins. Les captifs tendent leurs bras vers moi à travers les barreaux.

Hermaphrodite, souriant, me regarde en faisant tourner un verre rempli d'une boisson qui sent l'hydromel. De l'autre main il torsade ses longs cheveux qui lui tombent sur les seins.

— Toi, mon petit Michael, on peut dire que tu n'as pas de chance..., dit le dieu bisexué.

— Comme sur Terre 1, tenté-je de plaisanter. Jamais gagné au loto. Jamais gagné aux courses. Jamais gagné au casino.

Hermaphrodite va chercher un petit chariot chargé d'instruments chirurgicaux. Je me débats dans les sangles de cuir.

— Tiens, puisque tu aimes l'humour, je vais te raconter une histoire. Une fois, j'étais en train d'opérer un élève dieu « résiduel », et alors que j'approchais le bistouri le type me dit avec détachement : « Vous n'oubliez pas quelque chose ? » Je réfléchis, en proie au doute, compte mes seringues, mes scalpels, tout me semble impeccable, alors je dis : « Non, je ne vois

pas. » Et alors, vous savez ce que me dit le type ?
« L'anesthésie. »

Hermaphrodite éclate de rire.

— Elle est bonne, non ? J'allais oublier de l'anesthésier. C'est ça le problème quand on travaille seul, on est tellement concentré sur les petites choses qu'on oublie le principal.

Je me dis que ce type est complètement fou.

Il saisit plusieurs fioles colorées qui doivent contenir des anesthésiques. Puis il aligne devant lui des bistouris, des scalpels, du fil, des aiguilles.

— J'ai une bonne et une mauvaise nouvelle. La mauvaise : cette opération, je ne la réussis pas à tous les coups. En fait, je n'y arrive qu'une fois sur dix.

— Et c'est quoi la « bonne » ?

— J'ai déjà échoué lors des neuf précédentes opérations.

Il a l'air très content de sa boutade.

— Voilà qui me rassure, tenté-je d'articuler.

— J'aime votre décontraction, dit Hermaphrodite. Il y a tellement de gens qui arrivent ici paniqués.

— J'ai juste un souhait : pouvez-vous dire à Mata Hari que ma dernière pensée a été une pensée d'amour et qu'elle était pour elle ?

— Mignon. Donc vous avez oublié ma mère.

— Et vous direz à Raoul que ma dernière pensée de haine a été pour lui.

— Parfait. Quoi d'autre ?

— Dites à Mata Hari que je lui confie mon peuple dauphin et qu'elle s'efforce de le faire survivre le plus longtemps possible.

— ... Du moins ce qu'il en reste, ironise-t-il.

— Et vous direz à Aphrodite que je la remercie de m'avoir fait rêver.

— Ah, quand même. Je savais bien que maman

reviendrait sur la sellette. Vous lui avez fait beaucoup de mal, vous savez ?

Il continue de mélanger ses poisons.

— Vous avez commis le pire dont peut être capable un homme face à une hystérique, vous vous êtes intéressé à une autre femme et vous lui avez donné l'impression de ne plus être obsédé par elle. C'est comme si vous l'aviez gommée.

— Désolé.

— Non. Bravo. C'est ce qu'elle attendait. C'est son fantasme : un homme qui ne l'aime pas. Vous n'êtes peut-être pas « celui qu'on attend » mais vous êtes probablement « celui qu'elle attendait ». Trois mille ans sans rencontrer un homme indifférent à son charme, et voilà monsieur Pinson qui sort avec une autre élève devant elle. Elle a piqué une rage et a tout cassé chez elle.

Il éclate de rire. Décidément, je ne pensais pas que la théorie du désir triangulaire était aussi efficace.

— Le problème, ajoute-t-il, c'est que... comme je vous l'ai dit, j'aime maman. Aussi... durant cette métamorphose, j'ai décidé de ne pas utiliser d'anesthésique... Maman sera contente que je la venge.

Ai-je bien entendu ?

— Attendez, on peut encore discuter ?

— Bien sûr.

— Heu... qu'allez-vous pratiquer exactement comme opération ?

— Sortir votre squelette qui est un peu trop petit pour porter des mondes et le remplacer par un squelette plus costaud. Je vais aussi vous greffer des muscles et puis là, au niveau des lombaires, je vais installer des tendons durs comme du fer. Ainsi vous pourrez transporter des mondes. Normalement une sphère-monde pèse à peu près six cents kilos. Il faut que je prévoie large.

Ne pas se laisser submerger par l'épouvante, continuer de réfléchir.

– Vous fixez ma poitrine, demande Hermaphrodite intrigué. Je vous... plais ?

Le cauchemar empire.

– On oppose les hommes aux femmes mais il existe des gens qui sont le lien entre les deux. Comme la grande loi de l'univers, vous vous rappelez : ADN, Association, Domination et Neutre. Il y a une troisième voie, y compris pour les sexes. Quand j'étais petit, on ne m'a pas demandé si je devais être élevé comme garçon ou fille. Jusqu'à 16 ans j'étais féminine puis à dix-sept ans : masculine. Trop de testostérone. Je ne suis pas handicapé, je suis avantagé. J'ai un plus. Alors... pourquoi personne ne m'aime ?

Il brandit un scalpel, l'approche de sa langue, et en lèche la lame à la manière d'une friandise.

– Je... je vous aime, parviens-je à articuler.

Il repose le scalpel.

– Vous le pensez vraiment ou vous dites juste ça pour m'amadouer ?

Je me débats dans mes sangles de cuir.

Il approche son visage du mien.

– Regardez-moi bien, vous ne trouvez pas que je ressemble un peu à maman ? Vous aimiez Aphrodite, pourquoi ne pas tester Hermaphrodite ?

– Je crois que je n'aime pas les hommes..., bafouillé-je.

– Tous les hommes aiment les hommes ! s'énerve le demi-dieu. Il y a ceux qui assument leur homosexualité latente et les autres, ceux qui la nient, voilà tout !

Son visage est maintenant à quelques centimètres

du mien et je sens son haleine. Il passe sa longue langue sur ses lèvres comme s'il se pourléchait les babines.

– Petit dieu des hommes-dauphins, j'ai un marché à te proposer...

Mais il n'a pas le temps de finir sa phrase : un énorme bocal rempli de petits lézards à tête humaine s'abat sur son crâne et l'assomme.

Mata Hari défait les sangles et me libère.

– On ne peut pas te laisser cinq minutes sans que tu fasses des bêtises, soupire-t-elle.

– Mata... oh merci, Mata, tu me sauves encore une fois !

Hermaphrodite, à quatre pattes, semble reprendre ses esprits. Pour faire diversion j'ouvre toutes les cages, libérant des femmes-kangourous, des hommes-chauves-souris, des araignées à jambes, des insectes qui parlent et des lapins équipés de mains.

Ils créent d'abord un énorme chahut, puis se ruent sur le dieu mi-homme mi-femme toujours à terre. Ils le mordent, le griffent, le frappent.

– Rentrons vite à la maison, souffle Mata Hari, impressionnée par ce déferlement de souffrance devenu violence.

Je me dégage en hâte et je galope.

Pas une seconde à perdre.

87. ENCYCLOPÉDIE : CIVILISATION D'HARAPPA

Aux sources de la civilisation indienne, existait une civilisation moins connue, celle du royaume d'Harappa, de l'an – 2900 à l'an – 1500 av. J.-C., essentiellement représentée par deux grandes cités :

Harappa, la capitale, et Mohenjo-Daro, une ville de taille similaire.

L'ensemble des populations des deux villes comptait environ 80 000 individus, ce qui pour l'époque était assez important. L'urbanisme y était très moderne, avec des rues qui se coupaient à angle droit. C'est là qu'on retrouve les premiers réseaux d'aqueducs et d'égouts de toute l'histoire de l'humanité. Il semble que les Harappiens aient aussi été les premiers à cultiver le coton.

On suppose que l'origine de ces deux cités est due à l'arrivée des Sumériens fuyant les invasions indo-européennes par la frontière ouest.

La disparition de cette civilisation est longtemps restée mystérieuse.

En 2000, on a retrouvé une fosse recelant des milliers de cadavres ainsi que des objets datant de l'époque harappienne. Les archéologues sont progressivement parvenus à reconstituer l'histoire de ce peuple. Les Harappiens ont bâti des murailles qui leur ont permis de résister aux vagues d'invasions militaires indo-européennes. Quand leur sécurité leur a paru enfin assurée, ils ont développé une culture spécifique, un art, une musique, une langue très raffinés. Leur écriture est riche de 270 pictogrammes non décryptés à ce jour. C'était un peuple pacifique. Ils tiraient l'essentiel de leur richesse du commerce du coton, mais aussi du façonnage de la vaisselle de cuivre, des vases d'albâtre, des pierres précieuses et surtout du lapis-lazuli, utilisé par de nombreux peuples dans des rituels religieux. La route du commerce du lapis-lazuli, pierre qu'on ne trouve que dans cette région, s'étendait jusqu'à l'Égypte, où on la retrouve dans les cercueils des pharaons.

Cependant, les Indo-Européens, qui n'avaient pas réussi à envahir Harappa militairement, traînaient aux alentours, et les Harappiens ont fini par les engager comme main-d'œuvre pour construire leurs maisons, leurs routes, leurs aqueducs. Si bien qu'il s'est créé une classe d'ouvriers indo-européens vivant au sein même des villes et plutôt bien traités par rapport aux mœurs esclavagistes de l'époque. Mais les Indo-Européens faisaient beaucoup plus d'enfants que les Harappiens, si bien que rapidement des bandes de jeunes se sont créées et ont commencé à semer la terreur aux alentours de la cité. Ils attaquaient systématiquement les caravanes de commerce, au point de ruiner progressivement la ville.

Quand le fruit leur a semblé mûr, les Indo-Européens vivant à l'intérieur de la ville ont déclenché une guerre civile, ont fini par arrêter tous les Harappiens, les ont réunis devant une fosse commune où ils ont tous été égorgés. Harappa et Mohenjo-Daro pillées, les Indo-Européens qui ne savaient pas les gérer les ont laissées péricliter, jusqu'au moment où ils ont fini par les abandonner, ne laissant derrière eux que deux cités fantômes et des fosses communes pleines des cadavres de ceux qui avaient jadis été leurs employeurs.

Edmond Wells,
Encyclopédie du Savoir Relatif et Absolu, Tome V.

88. LE SANG DES AIGLES

Je cours dans Olympie. Je bouscule tous les gens que je croise. L'adrénaline décuple la puissance de mes muscles.

Mata Hari court derrière moi, j'entends son souffle haletant.

La rage augmente au fur et à mesure que j'approche des lueurs et des bruits. L'arbre central, le pommier, apparaît bientôt au-dessus des toits.

Celui que je cherche est attablé à côté de Sarah Bernhardt. Quand il me voit, il me lance un petit bonsoir poli. Alors, mû par le sentiment de défendre la force d'amour... j'écrase de toutes mes forces mon poing dans la figure de mon ami Raoul.

Cela me fait très mal dans les phalanges. En même temps je sens quelque chose qui gicle puis qui craque avec un bruit de bois sec. Ça doit être son nez.

Raoul Razorback n'a pas le temps de réagir, il tombe en arrière, mais déjà je suis sur lui. Il a le réflexe de mettre ses mains en avant pour se protéger. Je l'empoigne. C'est un sentiment agréable que celui de faire peur.

Dans les yeux de Raoul, je lis dans un premier temps de l'incompréhension, mais cela ne dure pas. Il sait pourquoi je suis là.

Mon poing est sanglant. Le sang des aigles. Je frappe à nouveau dans la bouillie rouge qui lui sert de visage.

Nous renversons des chaises. Personne n'ose intervenir tellement mon agression est inattendue.

Raoul tombe, se relève, s'arrête et me fait face en position de combat. Je fonce sur lui, nous roulons sous les tables.

Raoul est plus costaud, il arrive à me bloquer et nous nous retrouvons face à face.

— Salaud !

Il grimace un sourire mauvais, crache du sang. Il me pousse en arrière et, sur le point de tomber, je me retiens de justesse à une table.

— Tu as assassiné mon « Éduqué » !

— Je n'ai fait que rétablir l'équilibre.

465

Je bondis sur lui. Il m'évite et me fait un croc-en-jambe qui m'envoie rouler par terre. Il va me sauter dessus mais déjà je suis debout, poings fermés.

– Arrêtez de vous battre ! Qu'est-ce qu'il te prend, Michael ! clame Édith Piaf.

Me souvenant des cours de boxe de Théotime, je feinte du gauche et envoie un uppercut du droit dans le menton. Il encaisse avec une grimace. J'enchaîne très vite crochet du droit, crochet du gauche, double direct sur son nez qui ressemble maintenant à une pastèque éclatée.

Lorsqu'on touche à un ami, je me sens électrisé. Et l'Éduqué était pour moi un mortel ami. Je pense à sa souffrance sur son pal. Je revois les adeptes de l'Héritier portant son effigie embrochée comme un poulet et je frappe, je frappe.

Mais Raoul se reprend, il esquive mes poings. J'envoie un grand coup de pied dans son tibia droit. Il ne s'y attendait pas. J'équilibre en shootant dans son tibia gauche. Il sautille, serre les dents, essuie son nez ensanglanté et me regarde d'un œil mauvais.

L'adrénaline décuple ma rage. J'ai arrêté de subir, je rends les coups. Ce n'est pas seulement mon Éduqué que je venge, c'est Théotime, c'est ma vie tout entière, et tous ceux qui ont oublié de rendre les coups.

Des élèves interviennent pour nous séparer. On me ceinture, quelqu'un attrape Raoul. Mais si on me tient fortement, Raoul, lui, se dégage et me frappe de toute ses forces au menton.

Mes dents s'effritent contre mon palais puis dans ma gorge avec un goût de sang. J'ai un étourdissement.

Nouvelle giclée d'adrénaline. L'effet d'un café serré au réveil. Je fonce tête en avant dans le ventre de Raoul.

466

Des élèves surgissent de partout pour s'interposer.

Je sors alors mon ankh et menace tout le monde en balayant de gauche à droite.

– Dégagez, dégagez, ou je tire.

– Attention, il est armé ! crie Édith Piaf.

La foule s'écarte.

Les Maîtres dieux, imperturbables, nous regardent sans intervenir.

Profitant que j'ai dévié mon arme, Raoul lui aussi dégaine son ankh. Nous nous tenons en joue mutuellement tout en reculant. Un large cercle s'agglutine autour de nous. Je saigne de la bouche et le goût salé de mon propre sang me dope.

Arrivés à bonne distance, nous nous immobilisons. Nos bras sont toujours tendus, nos doigts crispés sur le bouton de tir.

– On se croirait dans un mauvais western, tu ne trouves pas, Michael ?

Il parle avec un drôle de bruit à cause de son nez cassé.

– Je n'ai plus rien à perdre, Raoul, plus rien. Je savais qu'un jour cet instant viendrait. Je l'ai toujours su.

– À un moment le disciple affronte le maître, pour savoir s'il l'a rejoint.

– Je ne suis pas ton disciple, Raoul. Je n'ai eu qu'un maître, c'était Edmond Wells.

– Tu me dois tout. Rappelle-toi notre première rencontre au cimetière du Père-Lachaise. Tu m'avais dit qu'on te reprochait de ne pas pleurer à l'enterrement de ta grand-mère. Et moi je t'ai dit que la mort était une nouvelle frontière.

– Tu as bousillé ma vie plusieurs fois. Et j'ai eu le tort d'oublier.

– Normal. Tu avais tellement envie d'avoir un « meilleur ami ».

– Tu m'as toujours trahi. Même dans cette vie tu m'as massacré, tes galères ont incendié mes voiliers.

– C'est le jeu, Michael. C'est ça ton problème, tu confonds le jeu et la vie. Tu prends tout beaucoup trop à cœur. Je suis un réveilleur. Avoue que c'est la première fois que tu te mets vraiment en colère. Grâce à moi. C'est bon, n'est-ce pas ? Voilà la prochaine leçon qui te manquait : la colère. Dis-moi merci.

Je serre les dents.

– Mon Éduqué. Tu l'as empalé !

– Oui. Et alors ? Je t'ai pris une pièce dans ton jeu d'échecs. Ce ne sont que des pions, je te l'ai déjà dit.

Il se mouche et crache du sang.

– Je ne te pardonnerai jamais ce que tu as fait à mon Éduqué. Jamais.

Il me fixe longuement pour mesurer mes intentions.

– Comme tu voudras.

– Je te propose qu'à trois on dégaine, et que le plus rapide gagne.

Il fait mine de ranger son ankh sur le côté, comme s'il s'agissait d'un revolver. J'hésite, puis je l'imite.

– Nous n'avons droit qu'à un coup, alors réglons nos tirs à la puissance maximum. Comme ça, ce sera réglé une fois pour toutes, propose Raoul.

Il crâne. Il faut toujours qu'il crâne. Comme son père. Toujours à prendre le petit risque en trop qui lui donne le sentiment d'être maître de la situation.

– Un...

Autour de nous c'est le silence complet. Je règle soigneusement mon ankh sur son potentiel de destruction maximum. Il fait de même.

– Deux...

La sueur dégouline dans mon cou et le sang stagne

dans ma bouche. Toutes mes dents me font mal. Ma main tremble.

Nous nous fixons longuement et je vois défiler les instants où nous avons été amis, vraiment amis. Les instants où il m'a secouru, où nous avons ri, combattu ensemble. Et pour finir l'instant où il m'a conseillé de courtiser Mata Hari pour attirer l'attention d'Aphrodite.

– Trois !

Je tire au jugé. Et le rate tout en sentant instantanément un rayon de feu frôler mon oreille.

Nous avons mis tellement de puissance que nos ankhs sont déchargés. Nous cliquons sur nos gâchettes et il ne se passe plus rien, qu'un bruit de vide.

Rumeur dans la foule.

C'est alors qu'Arès, déçu de ce flottement, lance un ankh chargé entre nous. Je fonce, et saisis la main armée de mon adversaire. Le canon qui était dirigé vers mon visage est dévié. Raoul essaie de le redresser, je le repousse. Il me renverse en arrière et dirige à nouveau l'arme vers moi. Il tire. La foudre me frôle.

Un cri jaillit derrière moi. Quelqu'un était sur la trajectoire.

Je me retourne. C'est Saint-Exupéry. Il a reçu l'éclair en pleine poitrine. À l'endroit de l'impact, sa chair et ses os ont été désintégrés. Il s'affale et je vois le sol à travers son corps.

Sans réfléchir je me précipite auprès de l'aviateur-poète.

Il tire ma toge vers lui et me murmure à l'oreille :

– Le dirigeable est prêt... Il est pour toi.

– On va te soigner, dis-je sans conviction.

Il ne prête même pas attention à mes paroles.

– Fais-le pour Montgolfier, et Ader... Et quand tu seras là-haut, pense à eux, et pense à moi.

Déjà, des centaures arrivent pour évacuer le corps.

Décompte : 73 − 1 = 72.

Raoul marche vers moi, l'ankh dardé vers mon visage. Mais cette fois des élèves s'interposent. Certains pour me protéger, d'autres pour protéger Raoul. Deux groupes distincts, correspondant aux partisans de la force D et de la force A.

Les invectives se transforment en menaces.

Ceux de la force N se tiennent en retrait. Soudain ceux du groupe D foncent sur nous. C'est le choc frontal, un peu comme lorsque nos armées de mortels chargeaient les unes contre les autres. Si ce n'est que cette fois-ci, ce sont des dieux contre des dieux.

Je reçois des coups de Bruno, dieu des faucons. Et Raoul reçoit des coups de Rabelais, dieu des cochons.

Mata Hari se lance à son tour dans la bataille pour venir me dégager mais Sarah Bernhardt lui saute dessus et lui tire les cheveux. Mata Hari se dégage et se met en garde. Ma fiancée pratique un art martial inconnu mais qui ressemble à la savate française. Après avoir facilement maîtrisé l'actrice, elle met en difficulté plusieurs élèves dieux du camp adverse.

Les toges sont déchirées, on se bat en tunique. Là encore, ni les Maîtres dieux ni les auxiliaires n'interviennent. Même les chimères se tiennent en retrait.

Entre deux coups je distingue Athéna, immobile. Elle qui avait pourtant proscrit toute violence ne semble pas gênée par notre pugilat. Elle s'assoit tranquillement à côté de Dionysos et ensemble ils commentent l'action. Peut-être que les Maîtres dieux analysent le combat comme un gigantesque défoulement, une prolongation des fêtes de la journée.

Et de les voir s'en tenir à cette attitude donne à chaque élève l'impression qu'il peut donner libre cours à son agressivité naturelle. La lutte devient de plus en plus féroce.

Je finis par retrouver Raoul au milieu de la foule. À nouveau nous nous lançons dans un corps-à-corps enragé. À un moment il me coince les bras en appuyant ses genoux sur mes coudes et il lève ses deux poings réunis bien haut pour les écraser sur mon visage, lorsque quelque chose lui fait ouvrir la bouche de surprise. Il s'effondre en arrière.

Je regarde qui m'a secouru. Jean de La Fontaine.

– Merci, dis-je.

– La raison de celui qui frappe par surprise est encore meilleure que celle du plus fort, énonce-t-il, paraphrasant sa fable du Loup ct dc l'Agneau.

Par acquit de conscience je vérifie l'état de mon adversaire. Raoul respire. Il est juste assommé.

Partout les élèves se roulent par terre, se mordent, se frappent avec des cris de rage.

Mata Hari achève un adversaire du tranchant de la main bien ajusté sur le cou, quand cllc cst attaquée par Bruno. Le dieu des faucons s'avère solidaire de celui des aigles.

– Michael Pinson ! Arrêtez-le, il a triché ! Il est venu dans ma cave !

Atlas. Je l'avais oublié celui-là.

Jc mc cache dans la mêlée mais il me repère. Il fonce dans ma direction.

Attrapcz-lc ! bcugle le Titan.

Les centaures qui n'intervenaient pas jusque-là se tournent vers moi. Et me voilà à nouveau en train de fuir.

Ils ne peuvent circuler facilement au milieu de la mêlée. Quelques élèves dieux font exprès d'obstruer leur chemin.

J'échappe plusieurs fois aux centaures proches. Je

me faufile, zigzague, rampe, me dissimule. Une rage nouvelle gonfle en moi, décuplant mes forces et mes réflexes. Comme si je passais une troisième vitesse.

Je me fonds dans la foule, puis saute au-dessus des tables, échappant à des bras multiples comme à des fleurs pleines de doigts.

Atlas et les centaures galopent derrière moi.

Mata Hari, comprenant ce qu'il se passe, dresse avec un groupe d'élèves dieux un mur vivant qui ralentit les centaures. Cette diversion suffit à me faire gagner du champ.

Je reviens dans les ruelles du quartier sud que je commence à bien connaître. Le labyrinthe ralentit encore mes poursuivants. Je rejoins la rue de l'Espoir. Par chance, ils n'ont ni trouvé ni bouché l'issue, je bouge la caisse et me retrouve hors des murailles.

Je cours me perdre dans la forêt, puis décide de me cacher dans un bosquet de fougères bleues.

Je vois passer la troupe des centaures lancés à ma poursuite, Atlas à leur tête. Ils me dépassent et disparaissent à l'horizon.

Je décide alors de profiter du dernier conseil de Saint-Exupéry. M'envoler.

89. ENCYCLOPÉDIE : LEMMINGS

Longtemps les scientifiques se sont demandé pourquoi les lemmings se suicidaient collectivement. Voir tout un groupe de ces petits animaux, en file, s'élancer volontairement du haut d'une falaise dans le vide est un mystère de la nature.

Dans un premier temps, les biologistes ont pensé qu'il pouvait s'agir d'un comportement d'autorégulation démographique. Les lemmings se suicideraient en groupe lorsqu'ils se considèrent comme trop nombreux.

Une nouvelle théorie est venue enrichir l'éventail des hypothèses.

Elle évoque le fait que les lemmings, lorsqu'ils sont en excédent de population, auraient pris l'habitude de migrer. Or, la séparation des continents a entraîné l'apparition d'une falaise entre deux zones jadis soudées. Après des siècles, les lemmings n'auraient toujours pas modifié leur carte de migration et voudraient poursuivre leur route au-delà de la falaise, quoi qu'il leur en coûte.

Edmond Wells,
Encyclopédie du Savoir Relatif et Absolu, Tome V.

90. DIRIGEABLE

Je parviens devant la tanière de Montgolfier.

L'engin volant est prêt, il faut seulement que j'allume la chaudière et que je le dégage.

C'est à ce moment que je m'aperçois que quelqu'un m'a devancé.

Le déicide.

La présence menaçante porte toujours son masque de tragédie grecque. Elle est gênée au niveau du bras.

Le déicide n'était donc pas Proudhon.

Je m'en veux d'avoir fait taire mes doutes, de ne pas être intervenu pour lui. C'était bien au bras gauche et non au bras droit que je l'avais touché.

Le déicide sort son ankh. Je me sens étonnamment détaché.

– Vous allez me tuer, n'est-ce pas ?

Il me fait signe de lever les mains, s'approche, et tout en me tenant en joue me palpe.

– Si vous cherchez l'*Encyclopédie*, je ne la transporte pas en permanence sur moi. Elle est en lieu sûr.

J'entends une respiration derrière le masque, une respiration d'homme, à mon avis.

Il pèse sur mon épaule pour me forcer à m'agenouiller. Puis je sens le canon de son ankh sur ma nuque. Il va m'exécuter.

C'est alors que surgit un autre individu en toge sale. Il ressemble assez au déicide, si ce n'est qu'il porte non pas un masque triste mais un masque joyeux.

Le nouveau venu met le déicide en joue. Celui-ci se tourne vers lui.

Tous deux se font face, l'ankh au poing, comme Raoul et moi tout à l'heure.

Se pourrait-il qu'il y en ait deux ? Non, où serait la logique ? Le déicide est l'homme au masque triste ; l'autre, je ne sais pas.

Ils se défient quelques secondes, puis le tragique range son ankh et s'en va, comme résigné...

Le comique m'adresse un petit signe amical, puis s'éloigne à son tour, dans une tout autre direction.

Je ne saurai jamais ce qu'il s'est passé. Ainsi il y a un déicide, mais aussi un anti-déicide...

Plus rien ne m'étonne.

Je dois agir prestement. Les centaures et Atlas sont peut-être en train d'organiser une battue comme ils l'ont fait jadis pour Proudhon. Et pour moi il n'y aura pas de procès.

Vivre le calvaire de mes hommes-dauphins directement avec eux ! Vivre éternellement sans pouvoir révéler mon savoir et tout en sachant que je ne peux plus les aider d'en haut... !

Il n'y a pas d'alternative, il faut que j'arrive à faire décoller cette satanée montgolfière à pédales.

J'opère comme Saint-Exupéry me l'a montré. J'allume le feu. Je dirige la fumée vers le sac qui va servir de ballon. La membrane commence à se gonfler. Je vérifie le mécanisme du vélo qui va servir de propulseur.

Mais voilà qu'apparaît une silhouette nouvelle.

Je la reconnais d'abord à son parfum.

— Bonsoir, Michael.

La dernière fois que je l'ai vue, elle me lançait un regard plein de reproche parce que j'étais avec Mata Hari. Me dénoncera-t-elle ?

La membrane se gonfle lentement.

— Tu ne veux quand même pas voler avec ça ?

Aphrodite sourit.

— Je n'ai plus le choix. Je dois partir.

— De toute façon tu ne pourras rien faire tant que tu n'auras pas résolu l'énigme : « Qu'est-ce qui est mieux que Dieu et pire que le diable ? »

— Je ne trouverai jamais.

— En es-tu sûr ?

J'essaie de penser à Mata Hari.

— Si tu trouves la solution de l'énigme, nous ferons l'amour. Tu ne peux même pas imaginer à quel point c'est extraordinaire.

Elle ajoute d'un air désinvolte :

— Aucune femme, mortelle ou déesse, ne pourra jamais te faire connaître pareille sensation.

Là-dessus elle me prend par la taille, me serre contre ses seins, et m'embrasse avidement. Cela dure ce qui me semble un temps très long. Cela a un goût de cerise. Je ferme les yeux pour tout ressentir à fond.

— Tu es important pour moi, dit Aphrodite en relâchant son étreinte. Il y a quelque chose entre nous, un lien d'âme à âme particulier et qui ne ressemble à aucun autre. Même si on voulait le renier, on ne le pourrait pas.

Elle caresse maintenant mon ventre.

– Je crois que tu ne te rends même pas compte de ce que cela peut être de faire l'amour avec moi.

– Je...

– Sais-tu combien d'hommes, de dizaines, de centaines de milliers d'hommes se damneraient pour vivre la moitié de cette seconde ?

Elle me serre à nouveau contre elle, me palpe la zone du cœur.

– J'ai un allié là-dedans.

Je ferme les yeux, je serre les dents. Ne pas se laisser duper.

– Moi seule peux te comprendre, dit-elle. Je sens l'enfant blessé que tu as été. Nous avons tous les deux été des enfants blessés.

Une énorme émotion monte jusqu'à ma nuque.

Elle sort un miroir d'une poche de sa toge.

– Regarde-toi, Michael. Tu es un être « beau ». Nous nous comprenons d'âme à âme. C'est le seul amour réel, dit-elle. Aucune femme ne pourra te comprendre comme je te comprends. Aucune femme ne peut te voir comme je te vois. Même toi tu ne t'es jamais vu. Tu es si puissant dans ton âme et si étriqué dans ta pensée. Tu es comme tous ces mortels que nous dirigeons et qui ne se doutent même pas qu'ils sont potentiellement des dieux.

Au fur et à mesure qu'elle parle, Aphrodite change de vibration. J'ai l'impression de voir son aura. C'est une entité rose et tiède avec des irisations dorées.

La membrane de la montgolfière continue de gonfler, mais je m'en désintéresse. Je crois qu'Aphrodite va encore m'entraîner à ma perte, je le sens, et pourtant je n'arrive pas à réagir. Comme le papillon attiré par la flamme. Comme le lapin aveuglé par les phares de la voiture qui va l'écraser. Comme la souris fascinée par le serpent. Comme le drogué face à sa seringue.

– Nous deux. Toi et moi nous pouvons changer l'univers. Il suffit que tu me fasses vraiment confiance une fois. Tu as peur de moi car tu crois tout ce qu'on t'a raconté sur moi. Même Hermaphrodite, mon propre fils, t'a raconté des horreurs. Elles ne sont pas toutes fausses, elles sont même presque toutes vraies. Mais écoute ton âme, et ce qu'elle te dit sur moi. Je sais que je t'ai fait du mal, mais est-ce que tu peux comprendre que c'était pour ton bien ?

Je ne cille pas.

– Comme des obstacles disposés face à un cheval. Plus la haie est élevée, plus il découvre qu'il peut sauter haut. Est-ce que celui qui installe les haies le fait méchamment ? Pourtant, le cheval risque de se fracturer une patte s'il rate la haie.

Ma bouche reste close.

– Maintenant, grâce à moi, grâce aux épreuves auxquelles tu as été confronté, tu te connais mieux. Tu es plus fort. Si tu as tenu tête à Raoul, c'est grâce à moi. Si tu as su fabriquer ton « Éduqué », c'est aussi grâce à moi. Est-ce que tu le sais ?

La membrane de la montgolfière occupe maintenant tout le plafond de l'atelier clandestin.

– Je dois partir, dis-je.

Elle a un sourire triste.

– Avec ça ? dit-elle moqueuse.

Alors elle brandit son ankh, comme si elle voulait examiner les rouages de l'engin, et... tire une première salve dans la membrane qui s'effondre. Puis une deuxième dans le vélo. En une seconde toute la machinerie patiemment élaborée par Montgolfier, Ader et Saint-Exupéry est réduite en un tas fumant.

Elle a détruit mon unique moyen de fuite ! Je suis

tellement atterré que je n'arrive pas à avoir la moindre réaction.

– C'est pour ton bien, dit-elle. Tu as assez fui, maintenant il te faut affronter ton destin.

Et ce disant, elle range son ankh, m'enlace et m'embrasse longuement.

– Remercie-moi.

J'hésite à la tuer.

Un élève peut-il tuer un professeur ? Peut-on tuer la déesse de l'Amour ?

Après une hésitation, je l'embrasse en retour.

Je suis un imbécile.

Puis, comme pris de pitié devant ma propre bêtise, j'essaie de comprendre ce qu'il se passe en moi. Suis-je en train de vivre la même décrépitude que l'humanité fascinée par sa propre chute ? Incapable de l'enrayer, elle finit par l'accepter et l'aimer.

Aphrodite me considère avec tendresse. Probablement a-t-elle déjà vu beaucoup d'hommes dans l'état de déconfiture où je suis. En même temps je ne peux m'empêcher d'éprouver un sentiment de reconnaissance pour ce « monstre ».

Je me dis que le destin est prodigue en poison. Si on a une histoire d'amour foireuse et qu'on s'en sort, alors arrive une autre histoire d'amour encore plus foireuse et encore une autre et une autre. La personnalité a besoin d'expériences douloureuses pour évoluer.

Je contemple, désemparé, le dirigeable réduit à l'état d'une épave.

Aphrodite me caresse le menton et j'ai envie de la mordre jusqu'au sang.

– N'oublie pas que si tu résous l'énigme nous ferons l'amour une nuit entière comme tu ne l'as jamais fait. Pour toi je me donnerai complètement, comme je ne me suis jamais donnée à aucun homme ni à aucun dieu.

Au loin la voix d'Atlas retentit :

– Nous n'avons pas cherché par là.

Aphrodite recule et s'éloigne sur un :

– À bientôt, mon chéri.

Elle mime un baiser qu'elle souffle dans ma direction, puis file. Je reste figé, comme endormi. Les cris de mes poursuivants me réveillent.

Je ferme les yeux et sens la lumière, ma petite étincelle, là, au niveau du cœur qui est le vrai moi, cachée tout au fond de mes entrailles et qui se fraye un chemin dans ma chair pour lutter contre les ténèbres qui me gagnent. L'étincelle éclaire mon cœur, et mon cœur se met à brasser du sang lumineux, rouge, puis orange, puis jaune, puis blanc, puis argenté.

J'ai l'impression de me réveiller d'un doux rêve mais le retour au réel est difficile. Je sors et je vois des dizaines de torches brandies par des centaures qui foncent dans ma direction.

Le sang argenté a atteint mes extrémités, doigts et orteils. En haut de mon crâne, il a creusé un trou au niveau de mon septième chakra coronal, et il y a comme un laser qui part du haut de ma tête et me connecte au ciel.

Je ne suis pas n'importe qui. Je suis peut-être celui que tout le monde attend. Je ne dois pas m'apitoyer sur mon sort, je dois surmonter le sortilège d'Aphrodite, me rappeler les paroles de Mata Hari : « Tu es probablement beaucoup plus que tu ne le crois. »

Beaucoup plus. Je suis Michael Pinson, pionnier de la thanatonautique, ange ayant réussi à sauver une âme humaine, élève dieu en charge du peuple des dauphins. Je suis un dieu ! Un petit dieu, mais un dieu quand même. Je ne vais pas baisser les bras maintenant, comme le premier mortel amoureux. Pas maintenant.

– Ça y est, je le vois ! crie Atlas. Il est là. On le tient.

Les torches accélèrent dans ma direction.

Je m'élance dans la direction inverse. Toujours fuir. Toujours détaler. Je me répète en courant : « N'oublie pas que tu es un dieu. »

Ce qui me trouble c'est ma part humaine, le sang argenté doit évacuer toutes les scories de mes peurs et de mes désirs. Je ne pourrai jamais sauver aucun peuple si je ne peux me sauver moi-même. Je ne pourrai jamais introduire la moindre once d'amour sur Terre 18 si je ne suis pas capable de m'aimer. Pour en finir avec la fascination qu'exerce sur moi Aphrodite, il faut que je la remplace par la fascination pour moi-même. Il faut que je m'aime. Il faut que j'aie confiance en moi.

Je cours de plus en plus vite, de plus en plus fort. Mais je comprends que pour m'aimer, il faut que je déteste celle qui me fait du mal. Il serait peut-être temps après la colère d'apprendre la haine. Paradoxe extrême : je ne pourrai m'aimer que si j'arrive à LA détester.

– Aphrodite, je te déteste. Aphrodite, tu ne m'auras plus, répété-je pour me doper. Aphrodite, je te vois telle que tu es, tu es une machine à détruire les hommes, tu n'es qu'une femme fatale de pacotille. Je suis plus fort que toi. Je suis un être libre. Je suis MICHAEL PINSON. Je suis le dieu inattendu qui va changer les règles du jeu. Bon sang ! je ne suis pas n'importe qui. Mon Éduqué était extraordinaire et j'en créerai peut-être d'autres, des dizaines d'autres car tel est mon talent. Un talent dont tu n'as pas la moindre idée, Aphrodite.

Mon cœur cogne. Je cours si vite que bientôt je n'entends plus mes poursuivants.

Où aller ?

« C'est au centre du cyclone qu'on est le plus en sécurité. » Revenir en Olympie.

La nuit me protège. Je me faufile entre les arbres.

Je passe l'entrée de la ville encore béante. Mû par une intuition, je me presse vers l'amphithéâtre.

Devant moi, Pégase encore en tenue de scène est en train de brouter.

Je pense à l'histoire de Bellérophon.

Pégase, voilà la solution.

Je n'ai plus rien à perdre.

Quelques centaures me détectent et galopent dans ma direction... Je me décide à enfourcher le cheval ailé. J'avais pratiqué jadis un peu d'équitation mais les chevaux que je montais n'étaient pas nantis d'ailes de trois mètres d'envergure.

Quand Pégase me reçoit sur son dos, il ne bouge pas et continue de brouter. Je donne des petits coups de talon contre ses flancs sans que l'animal bronche.

– Il est là ! il est là ! lance alors un centaure. Attrapez-le !

Des satyres qui passaient par là reprennent en écho :

– Il est là ! Il est là ! Il est là !

Toute une troupe approche.

Je tire les rênes tout en lançant des « hue » et des « ha » dérisoires.

Rien ne se passe. Je crois que je vis dans un monde contrariant. Je me débats, je sais que même si j'arrive à passer une épreuve, il en apparaîtra aussitôt une autre, encore plus insurmontable.

Les centaures me cernent. J'ai envie de tout abandonner. C'est alors qu'apparaît la moucheronne. Elle se pose sur l'oreille de mon destrier, et elle qui pourtant m'a toujours semblé muette paraît lui murmurer quelque chose. Sa petite langue torsadée de papillon se déroule et s'enroule.

Pégase hennit, et, ô miracle, se met à trotter, puis à galoper. Tout le monde court derrière nous. Le cheval volant étend ses ailes. Puis soudain il décolle !

Je n'ai que le temps de m'accrocher à sa crinière. Je sens contre mes mollets les flancs de l'animal. Quand il respire, ses côtes s'élargissent. Je trouve des étriers par chance à peu près à ma taille et y glisse rapidement mes pieds.

Nous nous élevons.

Pégase réagit avec un temps de retard à mes sollicitations. Au début je ne sais pas bien le diriger et je pars vers la place où se trouvent réunis tous mes poursuivants.

J'effectue un vol en rase-mottes au-dessus des têtes et des poings levés dans ma direction. Ils se baissent. Les sabots de mon destrier frôlent les tables au point de renverser des amphores. Les centaures courent sur les côtés, bousculant les élèves et essayant d'attraper la queue de mon cheval. L'un d'eux est sur le point de l'agripper quand Pégase le dégage d'un coup de sabot.

Atlas a dégainé son ankh mais il n'ose tirer. D'autres dieux ont eux aussi leur ankh dardé dans ma direction. Je comprends qu'ils ont peur de toucher Pégase.

Je file une deuxième fois au ras des tables, contournant de justesse l'arbre central, et enfin je découvre comment faire prendre un peu d'altitude à ma monture. À présent je suis hors de portée des tirs.

Je mets un temps à réaliser ce qu'il se passe. Je suis grillé en Aeden. Plus jamais je ne pourrai revenir.

Les ailes de Pégase brassent l'air à la façon d'un grand oiseau. Quelle sensation.

Je vois Hermès qui vole pour me rejoindre en agitant les petites ailes de ses pieds, mais il n'est pas aussi rapide que Pégase.

– Reviens, Pinson, reviens, tu ne te rends pas compte de ce que tu fais ! clame le dieu des Voyages.

Il a raison, je ne sais pas ce que je fais, mais je crois que pour la première fois j'accomplis quelque chose de vraiment héroïque, tout seul. Je suis en dehors du scénario de l'écrivain qui écrit mon histoire. Je dirige ma vie. Je suis dans la zone non prévue où il n'y a que moi qui décide librement de ce qu'il va se passer dans la seconde suivante.

Je monte encore, grisé.

Après Hermès, un autre engin volant vient à ma rencontre. Aphrodite ! Non ! Pas encore elle.

Elle est sur son char rose tiré par des centaines de tourterelles dont les rênes sont réunies dans ses mains. À l'avant, à la place spécialement prévue pour lui, Cupidon est assis, son arc dans une main et une flèche dans l'autre. Les tourterelles bruissent, des centaines d'ailes brassant l'air simultanément. Ce char est plus rapide que les ailes d'Hermès, mais moins que Pégase.

La déesse de l'Amour s'approche.

Je veux l'éviter en virant à droite, mais elle tourne en même temps que moi. Finalement elle effectue une manœuvre et se place à côté de ma monture.

– Reviens, Michael, tu ne peux pas faire ça. Athéna va te le faire payer cher.

La peur. Elle utilise le levier de la peur. Elle me parle comme à un mortel.

Je continue de m'élever.

Elle maintient son char à tourterelles près de mon cheval ailé. Nous nous élevons ensemble.

– Ils ne te laisseront jamais monter !

– On verra bien.

– Reviens, j'ai besoin de toi ! clame-t-elle.

– Moi je n'ai plus besoin de toi.

Elle fronce les sourcils.

– Très bien. Si tu y vas, alors vas-y à fond, sinon ils ne te rateront pas.

Je laisse filer les rênes et mon cheval ailé accélère, je me retourne vers Aphrodite pour lui crier :

– Adieu Aphrodite. Je t'ai aimée.

Et je mime un baiser que je souffle dans sa direction.

Elle paraît étonnée, son Cupidon prend l'initiative de me décocher une flèche, mais je me baisse et la flèche me manque. De loin la déesse me dit encore :

– Fais attention !

– À quoi ?

– Là-haut. Aux Cyclopes, ils protègent le...

Je n'entends pas la suite, je suis déjà loin. Me voilà seul dans les airs au-dessus d'Olympie.

Pégase brasse l'air sur un rythme régulier, de ses longues ailes d'albatros géant.

Je vole.

Enfin je ne suis plus sous aucune influence extérieure, plus de Raoul, ni d'Edmond, ni d'Aphrodite.

Je tire sur les rênes de mon destrier pour l'orienter vers la montagne. Justement, là-haut, dans l'ombre du soir, vient d'apparaître la lueur. Comme un appel. Il me semble, à y regarder de plus haut, qu'elle n'est ni ronde ni en étoile, mais en forme de huit.

91. ENCYCLOPÉDIE : 8 HERTZ

Notre cerveau a quatre rythmes d'activité qui peuvent être mesurés par un électroencéphalogramme. Chaque rythme correspond à un type d'ondes.

Les ondes bêta : elles vont de 14 à 26 hertz. Elles correspondent à l'état d'éveil. En ondes bêta notre cerveau fonctionne à plein régime. Plus nous sommes excités, énervés, préoccupés, en réflexion intense, plus nous montons dans le nombre de cycles-seconde.

Les ondes alpha : de 8 à 14 hertz. Elles correspondent à un état plus reposé, mais conscient. Dès qu'on ferme les yeux, dès qu'on est assis dans une position confortable, dès qu'on est allongé sur un lit, notre cerveau ralentit pour se mettre en ondes alpha.

Les ondes thêta : de 4 à 8 hertz. Elles correspondent à un état de sommeil léger. C'est la petite sieste, mais c'est aussi l'état du sommeil hypnotique.

Les ondes delta : moins de 4 hertz. Cela correspond à un état de sommeil profond. Dans cette phase, seules les fonctions vitales sont assurées par le cerveau. Nous nous approchons de la mort physique, et paradoxalement c'est dans cet état que nous accédons aux couches les plus profondes de notre inconscient. C'est la longueur d'onde du sommeil paradoxal, là où surgissent les rêves les plus incompréhensibles alors que notre organisme se ressource vraiment.

Il est intéressant de noter que lorsque notre cerveau se stabilise à 8 hertz, donc en ondes alpha, ses deux hémisphères arrivent à fonctionner ensemble en harmonie, alors qu'en rythme bêta un hémisphère prend le dessus sur l'autre. Soit le cerveau gauche, analytique, pour résoudre un problème de logique, soit le cerveau droit, intuitif, pour créer ou trouver une idée.

Quand notre cerveau est en suractivité lors de sa phase bêta, tout comme un radiateur, il se met automatiquement de temps en temps au repos en phase alpha. On considère que toutes les dix secondes environ notre cycle cérébral chute pendant quelques microsecondes pour se placer en ondes alpha. Si nous parvenons consciemment à nous mettre en phase d'ondes alpha, notre mental est en veilleuse et interfère moins avec nos ressentis. Nous devenons donc plus à l'écoute de nos intuitions. À 8 hertz nous sommes en équilibre parfait, éveillés et pourtant calmes.

Edmond Wells,
Encyclopédie du Savoir Relatif et Absolu, Tome V.

92. ENVOL

Je vole.

Sous moi la cité d'Olympie s'éloigne et disparaît.

Je me sens fort. Ma force émane de ma colère et de mon sentiment d'avoir repris mon destin en main. J'ai enfin l'impression de contrôler quelque chose. Que c'est bon la colère. J'aurais dû me fâcher depuis longtemps. C'est comme si j'avais sauté du train en marche. J'ai l'impression d'avoir cassé la vitre du wagon pour me précipiter sur le ballast.

Je n'ai plus rien à perdre. Je me suis mis tout le monde à dos : les Maîtres dieux, les élèves dieux, les chimères, sans parler de mon peuple dauphin qui, s'il savait, m'en voudrait de l'avoir abandonné. Comme disait un ami mortel de Terre 1 : « Tout homme qui entreprend quoi que ce soit a systématiquement trois sortes d'ennemis : ceux qui voudraient bâtir le même projet à sa place, ceux qui voudraient réaliser le projet contraire, et surtout la grande masse de ceux qui ne font rien. Et ceux-là sont souvent les critiques les plus virulents. »

Je vole.

Je crois que rien n'est inscrit, qu'il n'y a pas de scénario consigné dans un grand livre. Je ne suis pas un personnage. Je suis le rédacteur de ma propre vie. Je l'écris ici et maintenant. Déjà sur Terre 1, je ne croyais pas aux horoscopes.

Je ne croyais pas aux lignes de la main.

Je ne croyais pas aux médiums.

Je ne croyais pas au Yi king.

Je ne croyais pas au tarot. Ni au marc de café.

Et même si cela marchait, ne seraient-ce pas uniquement des moyens pour m'inciter à rester dans le scénario ?

Maintenant je suis hors scénario. Je suis sûr que mon vol avec Pégase vers les sommets n'a été ÉCRIT NULLE PART. Personne ne peut lire où que ce soit ma prochaine aventure. J'écris ma vie à chaque seconde sans que quiconque puisse connaître la page suivante. S'il le faut, je vais mourir d'un coup et l'histoire s'arrêtera. Être libre, c'est dangereux, mais c'est grisant. Je suis mieux qu'un dieu, je suis un être libre.

Il fallait que je touche le fond pour trouver l'énergie de me retrouver. Je suis maintenant seul et tout-puissant. Plus fort que Dieu, pire que le diable. Et si on me mange, on meurt.

En bas, je vois l'île qui présente une forme un peu triangulaire, avec des zones que je ne connais pas. Elle ressemble à une tête. Les deux petites montagnes autour d'Olympie forment ses yeux. La cité carrée son nez. La plage son menton. La grande montagne forme son front. Je distingue vaguement, derrière ce front élevé, deux protubérances de terre semblables à deux grandes mèches.

La mer est irisée de reflets mordorés. « Edmond Wells, tu es dans l'eau, je suis dans les airs. »

Le soir tombe. Le soleil prend une teinte rosée. Je monte.

Je comprends peu à peu à quel point mon cheval ailé est d'une puissance incroyable. À chaque battement de ses longues ailes blanches je suis propulsé en avant de plusieurs mètres.

Je m'élève au-dessus de la paroi raide et orange. Je fonce vers le sommet toujours enveloppé dans son manteau de brouillard.

Je suis au-dessus des frondaisons.

Je survole le fleuve bleu, je survole la forêt noire, je dépasse la plaine rouge, je m'élève encore et je rejoins la paroi qui mène à la rocaille orange.

Le ciel s'obscurcit progressivement. Est-ce la nuit ? Non, ce sont des nuages sombres. Soudain un éclair fend ces nuages. Je sens que mon destrier a peur de l'orage. Je me crispe sur sa crinière. La foudre produit des marbrures éphémères, accompagnée d'un chant grave qui résonne dans ma cage thoracique. Une goutte tombe sur ma main.

Il pleut dru.

Je suis trempé et j'ai froid. Je resserre mes jambes contre les flancs de Pégase.

– Allez, Pégase, approche-moi du sommet, c'est tout ce que je te demande.

Nous sommes au-dessus de la zone orange.

Je tire sur la crinière et crispe mes doigts dans les longs poils. Ses ailes mouillées sont de plus en plus lourdes. Elles brassent l'air avec difficulté.

De son propre chef, Pégase décide d'atterrir,

comme le ferait n'importe quel oiseau. J'ai beau lui frapper les flancs des talons, l'animal ne veut plus bouger tant que je ne suis pas descendu. Je mets pied à terre. Alors Pégase redécolle et vole en direction d'Olympie.

Je suis encore sur le territoire orange et le sol est lumineux. Des cratères, des petits volcans et des veinules jaunes comme des craquelures laissent apercevoir la lave qui circule. Je comprends que ce sont ces volcans qui alimentent le manteau de nuages permanent.

Je marche dans la zone des statues, un peu plus loin que le palais de Méduse. Toutes semblent me regarder avec réprobation. Je reconnais celle de Camille Claudel et me parcourt un frisson d'horreur. Pas le moment de me transformer en pierre.

Je traverse la forêt de statues en courant sous la pluie. Enfin la foule immobile est derrière moi.

La Gorgone ne m'a pas repéré, elle aussi a préféré rester à l'abri, au sec dans son palais. Cette averse me protège.

Je parviens au pied d'une paroi rocheuse quasi verticale que je grimpe en m'aidant des mains et des pieds. Je n'ai pas l'intention de renoncer maintenant. De toute façon je n'ai plus le choix. La roche mouillée glisse sous mes mains, ma toge trempée semble peser des tonnes, mais je trouve des appuis et me propulse en avant. Après avoir dégringolé plusieurs fois, je me hisse sur un dénivelé. Un vaste plateau recouvert d'une forêt de sapins. Je suis épuisé et la pluie redouble. Puis elle se transforme en grêle. Je ne peux plus continuer.

Je trouve un sapin creux dont l'orifice est tourné vers la montagne. Je me blottis entre ses racines. Protégé par ce bel arbre, je coupe quelques fougères pour dresser un mur protecteur qui bouche l'entrée.

À travers les fougères je scrute la montagne toujours couronnée de brumes.

Je tremble de froid. Je ne vois pas comment tout cela pourrait s'arranger. Mais je sais une chose : je ne veux plus faire marche arrière.

93. ENCYCLOPÉDIE : CHUCHOTEUR

Il existe un métier peu connu : celui de chuchoteur. Les chuchoteurs sont engagés par les haras pour essayer de rassurer les chevaux, et notamment les chevaux de course, psychologiquement perturbés. Ce qui a souvent entravé le bon développement du cheval, c'est qu'on l'a empêché d'avoir une curiosité personnelle sur le monde.

Le plus dérangeant pour lui ce sont les œillères, ces petits carrés de cuir qu'on met sur ses yeux pour l'empêcher de regarder sur les côtés. Plus l'animal est intelligent, moins il supporte de ne pouvoir découvrir le monde à sa manière.

En lui parlant à l'oreille, le chuchoteur crée un rapport autre que la simple exploitation de l'animal. C'est comme si le cheval percevait ce nouveau mode de communication avec l'homme et dès lors pouvait lui pardonner de ne pas lui laisser découvrir complètement le monde par ses propres yeux.

Edmond Wells,
Encyclopédie du Savoir Relatif et Absolu, Tome V.

94. UNE CHAUMIÈRE

Progressivement, le vacarme de la grêle s'arrête. Le deuxième soleil fait son apparition.

Je me rappelle cette phrase d'Edmond Wells : « Même le malheur finit par se fatiguer de s'acharner sur une même personne. » Je décide de me remettre en marche.

En dépit de l'humidité, le sol reste ferme.

J'avance dans la forêt qui s'éclaircit. Les fougères, aux feuilles recouvertes de gouttes d'eau, sentent l'humus, et les grêlons craquent sous ma semelle.

Le sol monte en pente douce. Le soleil prend des couleurs rougeâtres au point d'inonder de pourpre les nuages opaques du sommet de la montagne.

Je continue de marcher et la faim commence à se faire sentir.

Je pense à Mata Hari. C'est elle qui m'a sauvé de la Gorgone. C'est elle qui m'a donné envie de reprendre mon destin en main. Elle aura été plus qu'une sauveuse, une aide, elle aura été le catalyseur de mon émancipation.

Aphrodite, elle, m'aura vraiment fait tout le mal possible, avec au final la destruction de mon engin volant. Pourtant c'est parce qu'elle a détruit la montgolfière que j'ai trouvé le courage de voler Pégase. Quelque part, d'un mal est sorti un bien.

Il ne faut plus penser à ce monstre féminin.

Le : « Ce qui ne tue pas rend plus fort » est une sacrée ânerie. Je me souviens quand j'étais médecin, j'avais travaillé sur Terre 1 au service des grands accidentés de la route. Leur accident ne les avait pas tués, mais ne les avait pas non plus rendus plus forts. Pour quelques-uns qui s'en tiraient, combien d'estropiés à vie ? Il y a des épreuves dont on ne se remet pas. Il faudra que je l'écrive dans l'*Encyclopédie*.

Je marche, résolu.

La pente s'élève, et tout autour de grandes masses rocailleuses émergent.

Mais je sais que mon « Éduqué » n'est pas Jésus. Je n'ai fait qu'en reprendre des éléments. D'ailleurs le mien a péri par le pal et non sur la croix. L'Héritier de Raoul n'est pas saint Paul. Raoul n'a fait que copier d'autres éléments.

Le port des baleines n'est pas Carthage.

Mon jeune général hardi n'est pas Hannibal.

Le roi réformateur n'est pas Akhenaton.

Et l'île de la Tranquillité n'est pas l'Atlantide.

Ce ne sont que des reproductions, me répété-je. Ou alors... « Nous croyons choisir et nous ne faisons que suivre un rail préétabli », expliquait Georges Méliès.

Quel intérêt y aurait-il à nous faire refaire l'histoire de Terre 1 ? Assurément ce ne sont que des coïncidences et un manque d'imagination de notre part. Les civilisations, toutes les civilisations de toutes les planètes de l'univers, ont une vitesse de progression logique... nous sommes dans cette vitesse. Trois pas en avant, deux pas en arrière.

On ne peut pas aller plus vite.

Si je rejoue un jour et si je retrouve mon peuple, je tenterai de lui faire sauter des étapes par rapport à l'histoire de référence... ne serait-ce qu'au niveau technique. Il faudrait qu'il découvre l'électricité, la poudre et le moteur à explosion à un degré d'évolution correspondant à l'an 1000 de Terre 1. J'imagine des voitures médiévales avec des boucliers tout autour et une lance en avant pour les joutes.

Là-haut, la lueur lâche un flash.

Je marche avec entrain sur la pente de plus en plus raide. Soudain je distingue au loin une fumée qui n'est pas celle d'un volcan. Une cheminée dépasse des arbres. Une maison ? Je hâte le pas.

C'est une chaumière posée tout contre une paroi rocheuse verticale. Elle ressemble à ces maisons de contes de fées. Le toit est en chaume épais. Les murs sont blancs avec des poutres apparentes. Aux fenêtres sont accrochées des rangées de pots de fleurs garnis de soucis. Sur la façade courent des lierres et des lilas.

Devant la maison on distingue un jardin potager d'où émergent des légumes orange qui me semblent être des potirons. La cheminée répand une odeur d'oignon cuit très agréable.

J'ai faim.

Je pousse la porte de bois qui n'est pas fermée. Une grande pièce m'accueille qui sent bon la soupe et le bois ciré, avec une table et des chaises au centre. Le sol est de terre battue. À gauche, dans une grande cheminée, s'élèvent des flammes sur lesquelles ronronne une marmite.

Une voix de femme résonne sur ma droite :

— Entre, Michael, je t'attendais.

95. ENCYCLOPÉDIE : HÉRA

Le nom Héra signifie « La protectrice ».
Elle est la fille de Chronos et de Rhéa, et considérée comme la déesse protectrice de la femme dans les différentes étapes de sa vie. Elle est déesse du mariage, déesse de la maternité.
Elle fut à l'origine vénérée sous forme de tronc d'arbre.

Elle se trouvait en Crète, au mont Thornax (qu'on appelle maintenant le mont des Coucous), lorsque son frère, Zeus, la séduisit en se métamorphosant en coucou mouillé. Touchée, Héra recueillit l'oiseau sur son sein et le réchauffa tendrement. En retour celui-ci la viola. Elle en conçut une telle honte qu'elle l'épousa. Pour leurs noces, Gaïa offrit un arbre couvert de pommes d'or. Leur nuit de noces dura trois cents ans et Héra renouvelait régulièrement sa virginité en se baignant dans la source Canathos.

Zeus et Héra donnèrent le jour à Hébé (déesse de la Jeunesse), Arès (dieu de la Guerre), Ilithye (déesse des Accouchements) et Héphaïstos (dieu des Forges). Ce dernier fut conçu par parthénogenèse (autofécondation) par Héra pour défier son mari et montrer qu'elle n'avait pas besoin de lui pour enfanter.

Héra se vengea des humiliantes infidélités de son mari en persécutant ses rivales et leur progéniture. Parmi ses victimes, Héraklès, auquel elle dépêcha deux serpents, la nymphe Io, qui fut transformée en vache par Zeus pour la protéger mais qui fut malgré tout rendue folle par les piqûres d'un taon envoyé par Héra.

Un jour, exaspérée des incartades de Zeus, Héra décida de demander l'aide de ses fils pour punir le dieu volage. Ils ligotèrent Zeus pendant son sommeil avec des lanières de cuir pour l'empêcher de séduire les mortelles sur Terre. Mais la Néréide Thétis envoya un cent-bras le délivrer. Zeus punit Héra en la suspendant dans le ciel par une chaîne d'or, une enclume à chaque cheville. Il ne la libéra que contre promesse de sa soumission.

Héra, voyant qu'elle ne pouvait raisonner son époux, décida de se comporter comme lui. Elle prit pour amants le géant Porphyrion (qui fut foudroyé en représailles par Zeus), Ixion, qui s'unit à un nuage croyant qu'il s'agissait d'Héra (de cette union illusoire naquirent les premiers centaures), et Hermès.

Le personnage d'Héra fut ensuite récupéré par les Romains sous le nom de Junon.

Edmond Wells,
Encyclopédie du Savoir Relatif et Absolu, Tome V.

96. LE COURS D'HÉRA

La voix provient d'une femme géante que je n'avais pas remarquée. Elle est de dos, occupée à tronçonner des poireaux.

Elle se retourne.

Sa longue chevelure rousse ondulée est tenue par un fil d'argent. Elle a une poitrine opulente et des fossettes sur les joues. Sa peau est blanche comme de l'ivoire.

– Mon nom est Héra, annonce-t-elle. Je suis la déesse mère.

Elle m'invite à m'asseoir et me sourit de ce sourire qu'on prodigue aux enfants qui rentrent de l'école.

– Aimes-tu, Michael ?

Je ne sais pas de quoi elle parle. Dans mon esprit les deux visages de Mata Hari et d'Aphrodite se superposent pour former une seule personne, femme fatale comme Aphrodite et généreuse comme Mata Hari.

– Oui, je crois, dis-je.

Héra me regarde, peu convaincue par ma réponse.

– Croire aimer c'est déjà bien. Mais aimes-tu vraiment de toute ton âme, de tout ton cœur et de toute ton intelligence ?

La question est déroutante...

– Il me semble.

– L'aimes-tu à cette seconde ?

– Oui...

– C'est bien. Il faut lui faire confiance, il faut t'investir en elle. Construire un foyer.

Héra change de physionomie. Elle s'empare d'un potiron et d'un grand couteau et entreprend de le découper en tranches égales.

– Je vous ai vus, toi et Mata Hari. Il faut maintenant que vous réclamiez une villa plus grande, pour deux. Les couples officiels y ont droit.

Elle se dirige vers une étagère, attrape une pile d'assiettes creuses et en dépose une devant moi. Elle y ajoute une cuillère, une fourchette, un verre et un couteau.

J'ai faim.

– Une utopie intéressante peut être tout simplement de commencer à s'entendre à deux... dans un couple. Ce n'est déjà pas si facile.

Elle s'approche de moi et me touche le visage.

– Sais-tu ce qui est « mieux que Dieu ? Et pire que le diable » ?

Cela faisait longtemps. Venant de sa bouche, la question m'inspire une autre réponse.

– Le couple ?

– Non, répond-elle. Trop facile.

Elle retourne à sa préparation et entreprend d'éplucher des carottes, sans plus s'occuper de moi.

– Vous êtes la femme de Zeus..., n'est-ce pas ? Sa femme et sa sœur..., dis-je, me souvenant vaguement de ce que j'ai lu dans l'*Encyclopédie*.

Elle se concentre sur ses carottes.

– Quand j'étais petite, je n'aimais pas la soupe de légumes, et maintenant je trouve que c'est un plat « rassurant », familial...

– Pourquoi vivez-vous seule ici ?

– Cette chaumière est mon lieu de repos. Vous savez, un couple c'est un peu un système d'aimants qui s'attirent et se repoussent.

Elle a un petit rire désabusé.

– Je crois que tu aimes bien les formules. Un adage typique de Terre 1 énonce : « Le couple c'est : trois mois on s'aime, trois ans on se dispute, trente ans on se supporte. » Moi je pourrais ajouter : trois cents ans on se dispute encore plus fort et trois mille ans on finit par se résigner vraiment.

– Vous êtes en couple avec Zeus depuis trois mille ans ?

– À ce stade le couple est supportable si on fait « lit séparé », « chambre séparée » et pour nous « maison séparée » et même « territoire séparé ».

Elle paraît résignée.

– De toute façon, qui pourrait supporter de vivre avec un bonhomme qui se prend pour le maître de l'univers ?

Elle change de sujet.

– Maintenant, il m'a promis de ne plus partir coucher avec des mortelles... Si ce n'est pas incroyable d'être à ce niveau de conscience et de s'abaisser à courir les jeunes filles comme... un mortel adolescent boutonneux ! Vous avez une expression sur Terre 1, le « démon de midi », quand un homme de cinquante ans, le milieu de sa vie, se sent tout d'un coup l'envie de frayer avec des jeunesses qui pourraient être ses filles. Eh bien lui, il a le « démon de minuit ». À 3 000 ans il en est encore à vouloir plaire aux gamines de 17 ans...

Héra frotte avec rudesse ses carottes, comme si elle voulait les écorcher.

– La cuisine. La soupe... La chaleur du foyer, c'est ce qui réunit les éléments séparés. Quand il sentira l'odeur de la soupe, il pensera à moi. Il adorait ça. Le potiron et la carotte, ça sent tellement bon. Je communique avec mon mâle par les odeurs... Comme les insectes avec leurs phéromones...

Elle prend un petit sac rempli de feuilles de laurier et de clous de girofle, les sort et les pose de côté.

– La réussite du couple... Je crois que ton ami Edmond Wells l'a résumée en une formule : 1 + 1 = 3. La somme des talents dépasse leur simple addition.

Elle me regarde gentiment.

– Tous les deux, toi et moi, ici et maintenant, nous sommes déjà un couple. Et ce que nous nous dirons ou ne nous dirons pas, ce que nous ferons ou pas produira un élément qui ne sera ni l'un ni l'autre. Une interférence.

Elle lave ses carottes dans une bassine d'eau froide.

– Pourquoi es-tu monté ?

– Je veux savoir. Après les mortels, les anges, les élèves dieux, les Maîtres dieux, qu'y a-t-il au-dessus ?

– Tout d'abord, il te faut comprendre la force du chiffre 3. Il y a trois lunes chez nous. Ça aide, de le savoir.

Elle choisit des oignons dans un panier, et commence à les découper en petits morceaux.

– Les hommes, vous pensez toujours en système binaire. Le bien contre le mal. Le noir contre le blanc. Mais le monde n'est pas 2, il est 3.

Elle s'essuie les mains à son tablier, éponge une larme arrachée par l'oignon.

– C'est toujours la même histoire, dit-elle en reniflant. La grande histoire. La seule histoire. Celle du « Avec toi », « Contre toi », et « Sans toi ».

Elle ouvre grands les yeux.

– Déjà, dans la création de l'univers, on retrouve cette idée. Au début, il y avait une soupe de particules mélangées et désorganisées. Tout le monde vivait dans le « Sans toi ». Et puis certains se sont touchés et détruits, ce qui a donné le « Contre toi ». Et d'autres par réaction se sont regroupés pour former les atomes. C'était la force du « Avec toi ». Et tout ça a chauffé avec le big-bang.

Elle se penche sur le feu, prend un soufflet et attise les braises qui de rouges virent au jaune.

– De la matière peut surgir la Vie. Tout d'abord le végétal. ADN.

Elle prend des herbes et je reconnais, aux effluves, de la sauge, de la sarriette, du romarin, du thym. Puis elle jette d'un coup dans son chaudron tous les légumes, potiron, oignons hachés, poireaux, carottes.

– L'animal, ADN.

Elle casse un œuf et dispose le jaune sur la surface de la soupe. Le jaune flotte un moment puis sombre comme un iceberg fondu.

– Et puis l'homme, ADN.

Elle ajoute du poivre.

– Et puis les dieux, ici en Aeden. ADN.

Elle jette des petits croûtons dans la soupe. Puis elle va chercher et apporte un livre qui doit bien faire un mètre de haut sur soixante centimètres de large. Sur la couverture est inscrit TERRE 18.

– Qu'est-ce que c'est ?

– Un album de « photos de famille ». Pour ne pas oublier les visages aimés du passé.

J'ai faim, mais je la laisse poursuivre sa leçon.

Elle ouvre le livre et apparaissent des photographies des premiers hommes des cavernes. Il me semble reconnaître les hommes-tortues de Béatrice. Celle qui avait jadis été la première à pousser ses mortels à s'abriter dans une grotte.

— L'homme, le couple, la famille, puis le village, la cité, le royaume, la nation, l'empire. Chaque fois, ce ne sont que des agrégats des trois énergies.

Elle tourne les pages et je revois les hommes-rats livrant leurs premières guerres et découvrant le principe de terreur comme lien social. Sur les images ils se battent. Les hommes-fourmis d'Edmond Wells sont figés dans leurs gestes quotidiens. Les femmes-guêpes, fières amazones, les hommes-scarabées, les hommes-lions : tous défilent dans les pages de ce livre.

Héra abandonne un instant le grand ouvrage et, avec une longue cuillère de bois, commence à touiller dans la marmite le mélange qui prend une couleur orange clair. Une odeur douceâtre se répand dans la maison.

Je poursuis ma lecture. Je retrouve mon peuple sur le bateau de la dernière chance, fuyant de justesse l'attaque des hommes-rats. Je retrouve mon île de la Tranquillité, je retrouve mes universités chez les hommes-scarabées, des images de mon alliance avec les hommes-baleines. Je retrouve mon général, le Libérateur, franchissant les montagnes avec ses éléphants et épargnant les hommes-aigles. Et mon Éduqué, prêchant devant des foules de plus en plus nombreuses et terminant empalé.

— Je suis tes aventures et celles de ton peuple. Nous les dieux, nous palpitons tous à l'observation des civilisations des élèves. Je ne te cache pas que tu ne fais pas l'unanimité parmi nous. Quelques Maîtres dieux sont avec toi, beaucoup contre toi, mais... (Elle sourit.) En tout cas tu n'indiffères personne. En fait nous te trouvons tous très... (Elle cherche un mot puis ne trouvant rien de mieux :) Amusant.

Voilà bien ma chance. Je me retrouve être un dieu amusant.

– Notre principal problème ici c'est précisément cela : nous distraire. Comme disait un de vos philosophes du XXIe siècle, un certain Woody Allen : « L'immortalité c'est long, surtout vers la fin. »

Elle relève une mèche rousse qui lui tombait sur les lèvres.

– Les premiers siècles, on est encore dans l'élan de notre ancienne vie humaine. On profite du temps pour lire, écouter de la musique, jouer, s'aimer. Et puis tout est tellement convenu, répétitif. Au bout d'un moment, à peine une page de livre tournée, on se doute de la fin. À peine un accord posé, on peut chanter le morceau tout entier. À peine un baiser donné, on connaît déjà la scène de la séparation. Il n'y a plus de surprise. Tout n'est que répétition.

Je l'écoute, mais mes yeux n'arrivent pas à quitter l'image de mon Éduqué empalé. Et juste à côté, la photo d'un homme qui efface le symbole du poisson, probablement pour le remplacer par celui d'un homme empalé.

Héra ferme d'un coup le livre de TERRE 18.

– N'as-tu jamais éprouvé une sensation de « déjà-vu » ? Par rapport à l'histoire de ta terre, Terre 1, par exemple.

Elle se lève et va chercher un autre livre, immense, en tout point similaire au précédent, si ce n'est qu'il semble beaucoup plus patiné, intitulé, en belles lettres enluminées : TERRE 1. Elle feuillette les premières pages puis ouvre sur une série de photos montrant des maisons aux couleurs bariolées. Des femmes aux coiffures compliquées et aux seins exhibés. Il me semble reconnaître les Crétois avant qu'ils soient envahis par les Grecs.

Elle revient à sa soupe, trempe la grande cuillère puis goûte. Voyant qu'elle me fait envie, elle me tend une louche pleine.

— Pas trop salé ? demande-t-elle.

Le goût est extraordinaire. Peut-être parce que je suis affamé, je trouve à cette soupe la succulence d'une liqueur de légumes et d'aromates. Une première saveur de base, le potiron, laisse ensuite la place à un arrière-goût de poireau et d'oignon. Un vrai festival pour les papilles qui s'achève sur des effluves de thym, de laurier, de sauge et de poivre. Mes narines se gorgent.

— Sublime.

Je tends mon assiette.

— Plus tard, elle a encore besoin de mijoter un peu.

Elle revient vers le livre de Terre 1.

— Chez vous, sur Terre 1, il y avait déjà la force D. Ses serviteurs avancent, tuent, pillent, violent, convertissent de force. Ils dominent. La force A avait aussi ses défenseurs. Ils explorent, construisent des ports, des comptoirs, des routes de caravanes, de commerce. Ils associent.

— Et la force N ?

— Ce sont les « sans-opinion ». Ils veulent juste être tranquilles. Ils redoutent la violence, ils aimeraient la connaissance, mais la peur de la violence est plus forte. Alors le plus souvent ils préfèrent se soumettre à ceux de la force D. Logique.

Elle me montre la photo d'un temple grec.

– Pourtant tous ont eu leur chance. Tu as bien choisi ton animal-totem. Savais-tu que la Pythie du temple de Delphes s'exprimait en lançant des petits cris perçants pour imiter les dauphins ? Eh bien à l'origine c'était un vrai dauphin en bassin.

Comme chez mes Delphiniens.

Héra tourne les pages en arrière.

– Même l'œil d'Horus est la représentation d'un profil de dauphin, l'œil humain ayant déjà cette forme. Le dauphin a aussi été le symbole des premiers chrétiens, ensuite ramené au symbole du poisson. Mais bien avant, le dauphin a été le symbole des premiers Hébreux. La pulsion dauphin a été la lutte contre l'esclavage, et elle s'est poursuivie jusqu'à l'époque moderne par un mouvement incarnant l'émancipation de l'homme par rapport aux dictatures.

Dauphin, Delphinus, Delphes... Bon sang, l'apogée du mouvement anti-dauphin a été A-Dolph. Adolf Hitler, l'Anti-Dauphin.

Elle me montre une image dans l'album où l'on voit un camp de concentration et des êtres décharnés qui fixent l'objectif à travers des barbelés.

Héra déclame par cœur :

– C'était durant la Seconde Guerre mondiale. Un pasteur protestant a dit :

« Quand ils sont venus arrêter les Juifs, je n'étais pas juif, alors je n'ai rien dit.

Quand ils sont venus arrêter les francs-maçons, je n'étais pas franc-maçon, alors je n'ai rien dit.

Quand ils sont venus arrêter les démocrates, je ne faisais pas de politique, alors je n'ai rien dit.

Maintenant ils sont en bas, venus pour m'arrêter moi, et je m'aperçois qu'il est trop tard. »

Elle a un geste de fatigue tout en relevant encore une de ses mèches mouillées de sueur ou de vapeur de soupe.

– Pourquoi ne voient-ils pas venir les problèmes ?

– Parce qu'ils croient ce qu'on leur dit sans réfléchir par eux-mêmes.

– Pas seulement, dit Héra. Cela les arrange aussi de croire ce qu'on leur dit parce qu'ils ont peur. Il ne faut pas négliger la peur. Entre dire merci à quelqu'un qui les a aidés, et obéir à quelqu'un qui les menace physiquement, les gens n'hésitent que rarement. Rappelle-toi, à l'école, ton goûter tu le donnais plus facilement à qui ? À ceux qui t'avaient laissé copier sur eux à un examen ou à ceux qui te menaçaient avec un canif ? Tout le monde veut la tranquillité immédiate.

– Ce n'est donc que ça ?

– Non. Il y a d'autres choses plus étranges, que moi-même je ne peux expliquer. Goebbels, le ministre de la Propagande de Hitler, disait quelque chose comme : « Quand on envahit un pays il y a automatiquement un groupe de résistants, un groupe de collaborateurs et la grande masse des hésitants. Pour que le pays supporte qu'on le pille de toutes ses richesses, il faut convaincre la masse des hésitants de basculer du côté des collaborateurs et de ne pas rejoindre les résistants. Pour cela il y a une technique simple. Il suffit de désigner un bouc émissaire et de dire que tout est sa faute. Ça marche à tous les coups. »

Elle retire la marmite du feu et me sert enfin une belle assiettée de soupe. Je savoure plusieurs cuillerées. Elle me tend du pain et je mords dedans à pleines dents. C'est tiède, c'est salé et sucré en même temps, c'est mou et ça fond sous le palais. Je dévore le pain et elle m'en offre d'autre. Je mange et bois la soupe en même temps.

– Régale-toi. Je veux que tu sois fort pour défendre les valeurs de la force A. Elles sont fragiles, attaquées en permanence chaque fois sous des angles différents. Il faut les défendre. Ton action ici est beaucoup plus importante que tu ne le crois.

À nouveau ce poids du devoir que je déteste. Je crois que je préférerais jeter l'éponge. Après tout, qu'ils se débrouillent sans moi.

– De toute façon je ne peux plus descendre jouer...

Elle poursuit comme si elle n'avait pas entendu ma remarque :

– Tu peux montrer qu'il existe une lignée d'histoire qui ne profite pas qu'aux défenseurs de la Domination.

Avec son ankh utilisé comme télécommande elle allume le téléviseur. Je reconnais les actualités de Terre 1.

Elle a coupé le son mais apparaissent en silence des gens qui ramassent des corps de femmes, d'enfants, d'hommes désarticulés après un attentat-suicide dans un bus. Partout du sang et des lambeaux de chair.

Ailleurs une foule scande des slogans en levant le poing et des haches rougies à la peinture. Les manifestants exhibent le portrait du kamikaze.

– Je me suis longtemps demandé pourquoi les humains se comportaient ainsi. Pourquoi ils créaient la beauté, les peintures, les films, les musiques, et puis infligeaient à leurs enfants des lavages de cerveau pour être sûrs de leur donner envie de se tuer en générant un maximum de morts. Pourquoi ensuite les nations trouvaient tant d'excuses à ce phénomène. Quand elles ne reprochaient pas aux victimes d'être responsables des actes de leurs bourreaux.

Je continue de regarder la télévision où l'on diffuse à présent des extraits d'un débat à l'ONU.

– Je n'ai pas de réponse, dis-je. Si ce n'est la peur dont vous parliez tout à l'heure.

– La peur de la mort ? Non, les âmes savent qu'elles seront réincarnées. Elles ne craignent donc pas la mort. C'est plus compliqué. Cherche.

– Je ne vois pas.

– J'ai longtemps réfléchi et il me semble avoir un début d'explication. Elles ont peur de ne pas accomplir leur mission. Alors elles empêchent les autres de réaliser la leur. Ainsi elles ont l'impression d'être moins seules à échouer.

Je n'avais jamais pensé à cela.

– Ils sont en train de tout gâcher. Les humains de Terre 1 vivent actuellement une époque charnière. Au lieu des « trois pas en avant », ils risquent de faire trois pas en arrière. Ils ont déjà commencé à s'arrêter, ils vont bientôt reculer. Nos détecteurs de conscience sont formels, le niveau général de l'humanité a cessé de monter, il s'est stabilisé et, en de nombreux points de la planète, il redescend. Les humains retournent à la barbarie, au règne des petits chefs, au renoncement aux valeurs de respect de la vie, de solidarité, d'ouverture. Dans l'ombre, commencent à apparaître des petits tyrans. Ils ont de nouvelles apparences. Ils jouent sur les paradoxes. Ils sont racistes au nom de l'antiracisme, violents au nom de l'idée de paix universelle, ils tuent au nom de l'amour de Dieu. Ils sont simples, unis et solidaires, et en face les forces de la liberté sont complexes, divisées et fragiles. Ils peuvent gagner. Alors la barbarie sera le futur de l'humanité. Comme tu l'as vu sur Terre 17. Tout peut si facilement pourrir.

Je revois les images de Terre 17 en 2222. Un monde à la Mad Max où chacun se bat pour sa survie dans

506

des territoires tenus par des chefs de hordes. Plus de justice, plus de police, plus de science, plus d'agriculture, juste la violence entre hordes d'humains se comportant comme des animaux en survie précaire.

— Pourquoi n'intervenez-vous pas ? Si vous pouvez voir tous les humains avec votre ankh, c'est que vous pouvez les influencer comme moi-même j'influence mes clients.

— Tu te rappelles la blague de ton ami Freddy ? Tu sais, le type qui est dans les sables mouvants qui refuse l'aide des pompiers et qui dit « Je n'ai pas peur, Dieu me sauvera » ?

Héra amorce un rire. Puis s'esclaffe. Elle répète :

— « Dieu me sauvera »...

Elle sourit.

— Pourquoi n'intervenons-nous pas ? Mais, mon cher Michael Pinson, nous n'avons pas cessé d'intervenir. Et Moïse, et Jésus, et le débarquement en Normandie réussi de justesse malgré la tempête, et...

— Et ces attentats aveugles ?

— Nous en avons arrêté des centaines ! On ne voit évidemment que ceux qui aboutissent, mais les autres, tous ceux dont la bombe a explosé à la tête de ceux qui l'avaient préparé, ou encore quand le kamikaze n'a pu rentrer dans le supermarché, le dancing ou la maternelle. Crois-moi, si nous étions restés les bras ballants ce serait bien pire. N'as-tu jamais entendu parler de la centrale nucléaire que les Français ont offerte à l'Irak dans les années 80 ? Osirak. L'Irak est un producteur de pétrole, il n'avait pas besoin de l'énergie nucléaire. Si Osirak n'avait pas été détruite, je peux te dire que la Troisième Guerre mondiale de Terre 1 aurait été bien avancée.

Je me rends compte tout à coup de mon ingratitude.

Bien sûr qu'ils ont mille fois arrêté le pire. Bien sûr que ce monde aurait pu basculer dans l'ignominie. Hitler aurait pu réussir.

Elle remplit à nouveau mon assiette.

– Nous ne pouvons cependant pas transgresser la première règle : celle du libre arbitre. L'homme n'aura du mérite à réussir que s'il décide lui-même des bons choix.

– Vous ne pouvez pas l'aider davantage ?

– Qu'est-ce qu'on pourrait faire ? Amener un prophète qui dise : « À partir de maintenant on ne plaisante plus avec l'Amour. Aimez-vous les uns les autres ou... on vous casse la figure » ?

Je mange mécaniquement. Ma cuillère plonge dans la soupe orange et crémeuse.

– En outre, nous les dieux, nous nous sommes fixé une règle tacite. Le moins de miracles et de prophètes possible. Il faut que les mortels trouvent et comprennent par eux-mêmes. C'est la clé de l'évolution de l'humanité.

Je prends la télécommande des mains de la déesse.

– Puis-je regarder quelque chose de plus... « personnel » ?

97. ENCYCLOPÉDIE : HÉNOTHÉISME

On considère souvent qu'il n'existe de choix qu'entre le polythéisme (la croyance en plusieurs dieux) et le monothéisme (la croyance en un dieu unique).

Une troisième démarche théologique est pourtant possible, bien que moins connue : l'hénothéisme. L'hénothéisme ne nie pas l'existence de plusieurs dieux, mais propose aux humains de ne s'attacher qu'à un seul d'entre eux. Dans la démarche héno-théiste, il n'y a pas l'idée que ce « seul dieu » soit supérieur ou meilleur que les autres, mais l'idée que ce dieu a été choisi par ces croyants parmi tous les dieux existants. L'hénothéisme admet implicite-ment que chaque peuple choisisse son dieu parmi le panthéon des dieux, que chaque peuple peut donc avoir un dieu différent, sans qu'aucun d'eux ait une suprématie sur les autres.

Edmond Wells,
Encyclopédie du Savoir Relatif et Absolu, Tome V.

98. MORTELS : 24 ANS

Eun Bi a quitté son entreprise de dessins animés et travaille maintenant dans une filiale japonaise de la boîte coréenne de son ami Korean Fox, « le Cinquième Monde ». Étrangement, elle ne l'a toujours pas ren-contré et ils communiquent par ordinateurs interposés.

Eun Bi a 24 ans et est toujours vierge.

Elle écrit et réécrit pour la centième fois son roman sur les dauphins. Elle finit par abandonner complète-ment l'écriture pour revenir à son art premier : le des-sin. Quand elle ne construit pas les décors du Cinquième Monde, elle peint de grandes toiles chez elle.

– C'est quoi le Cinquième Monde ? demande Héra.

– Une trouvaille de mortels, dis-je avec amu-sement.

« 1er monde : le réel.

« 2e monde : le rêve.

« 3e monde : les romans.

« 4e monde : les films.

« 5e monde : les mondes virtuels informatiques.

Héra est intéressée.

— Et son roman sur les dauphins ?

— Elle ne le finira jamais, dis-je. C'est un tonneau des Danaïdes, plus elle le remplit plus il se vide. Les romans, c'était son outil d'expression principal dans sa vie précédente, quand elle était Jacques Nemrod, son âme a d'ailleurs écrit une grande saga sur les rats, mais maintenant, ce n'est plus son mode d'expression privilégié. La peinture l'a remplacé.

Je zappe.

Théotime a ouvert un club de sport pour touristes. Il a installé une salle de relaxation où il essaie de développer un peu d'autohypnose entre deux séances de musculation. L'exercice plaît beaucoup aux visiteurs. Théotime connaît en même temps sa période de dragueur invétéré. Il change de compagne pratiquement toutes les semaines. Mais l'une d'elles lui révèle un penchant qu'il ignorait pour la danse moderne. Il recherchait cela dans la boxe, puis dans le yoga, finalement il le trouve dans ce nouveau mode d'expression corporelle.

Kouassi Kouassi, pour sa part, s'est mis en ménage avec la jeune Parisienne qu'il a sauvée. Le choc des cultures n'est pas facile. La famille de la jeune fille a du mal à intégrer le jeune homme, mais pour l'instant le couple tient et l'adversité le renforce.

Le vendredi soir, Kouassi Kouassi a pris l'habitude de jouer des percussions avec un groupe de jazz que lui a présenté son amie. Le jazz est pour lui une complète découverte. Quand sa journée à la faculté est terminée, il traîne chez les disquaires pour écouter cette musique complexe.

Héra affiche un air vaguement intéressé.

— J'aimerais leur parler, dis-je.

Héra me regarde puis éclate de rire.

– À des mortels de Terre 1 ! Et tu leur dirais quoi ?

Qu'un dieu les surveille et les aide et que ce dieu c'est moi. Non. Bon sang : même en étant dieu, je ne crois pas vraiment en moi. Cette idée est affreuse. « Même en étant dieu, je ne crois pas en moi. » Aussitôt une autre idée : j'aurais envie de leur dire : « Et vous, si vous étiez dieu, vous feriez quoi ? » C'est vrai, depuis le temps que tout le monde s'adresse à la dimension du dessus pour exprimer des requêtes, des prières, des regrets, que feraient-ils s'ils basculaient de l'autre côté du miroir ?

« Et vous, si vous étiez dieu, vous feriez quoi, puisque vous vous croyez si malin ? » Voilà la question que j'aurais envie de poser à un mortel, poser une question plutôt que donner une réponse. Et en même temps j'aurais envie de dire : « Vous croyez que c'est facile ? » Ayant surveillé un peuple âgé, selon son échelle de temps, de plus de 5 000 ans, je peux dire que c'est épuisant.

La vraie question que se pose un dieu est : « Comment créer un peuple qui ne disparaisse pas trop vite dans les oubliettes de l'histoire ? » Voilà une vraie question divine.

Héra me fixe toujours de son air amusé.

– Pour commencer je leur dirais d'arrêter d'avoir peur. Ils vivent en permanence dans la crainte. C'est cela qui les rend si facilement manipulables.

La phrase d'Edmond me revient : « Ils essaient de réduire leur malheur au lieu de construire leur bonheur. »

– Et si tu leur parlais, tu crois qu'ils t'écouteraient ?

– Oui.

– Tu croiserais Eun Bi dans la rue, tu lui dirais

quoi ? « Bonjour je m'appelle Michael Pinson et je suis un dieu » ? Ta mortelle Eun Bi n'est même pas croyante.

– Elle me prendra juste pour un fou mégalomane.

– Peut-être pas... elle a l'air d'aimer les jolies histoires. Elle t'écoutera, et elle pensera « Tiens, une histoire originale. »

C'est vrai qu'elle a cet avantage de ne pas être dans le jugement... elle écoutera mon histoire, n'y croira pas, mais peut-être que cela lui donnera envie de l'écrire.

Jacques Nemrod, en tout cas, son ancienne incarnation, le ferait, je n'en doute pas.

L'idée m'amuse. Si on la mettait en contact avec la vérité, elle se dirait simplement que ce n'est qu'une histoire, une idée pour écrire un roman peut-être...

– Tu peux les inspirer mais tu ne peux pas leur révéler la vérité... D'ailleurs croient-ils eux-mêmes à ce qu'ils créent ? Kouassi Kouassi joue des percussions, croit-il en sa musique ? Eun Bi écrit et peint sur toile, croit-elle en ses peintures ? Théotime fait de la danse moderne, croit-il dans son art ? Non, ils produisent de l'art parce que cela les « amuse »... dans le sens « use l'âme ». Ils ne se rendent pas compte de leur pouvoir créatif. Et c'est probablement mieux ainsi. Tu imagines ce qui se passerait s'ils prenaient vraiment conscience de ce qu'est réellement Terre 1 ?

– Justement, c'est quoi ?

– Un prototype... Une première expérience pour étalonner les prochaines humanités. Comme on dit en télévision : un épisode pilote. Précisément, un lieu vierge où l'on peut se livrer à toutes les expériences, puisque rien n'est encore décidé.

Je regarde la télévision. Si Héra peut voir Terre 1

et ses cobayes, elle doit pouvoir observer aussi l'Olympe et tous ses habitants. Je zappe et aperçois en effet des plans de la cité des bienheureux comme si des centaines de caméras de surveillance étaient disséminées dans la ville. Je peux même voir à l'intérieur des habitations. Je peux voir dans la forêt. Je peux voir le fleuve. Je peux voir la Gorgone chez elle, en train de peigner les serpents de sa chevelure.

– Vous saviez que j'allais venir, n'est-ce pas ?

Elle ne répond pas.

Vous allez me dénoncer à Athéna ?

Je termine la soupe et soulève l'assiette pour en recueillir les dernières gouttes. Elle prend alors un œuf dur dans un panier, le coupe en deux et me le sert dans une petite assiette avec un peu de mayonnaise.

– Il faut cacher et oublier le crime originel, dit-elle.

– Abel et Caïn ?

– Non, ça c'est pour la foule. D'ailleurs, il faudra mieux l'examiner, le crime de Caïn... Non, je parle du premier crime. Un crime beaucoup moins connu. Le crime originel caché. La Mère qui a mangé ses premiers enfants. Edmond Wells te l'a peut-être dit... Chez les fourmis, au commencement, une reine seule et affamée pond des œufs chétifs...

Héra ferme le livre de Terre 1 et le range sur une grande étagère. Elle me sert encore des œufs.

– La reine créatrice est coincée. Elle ne peut bouger... pour survivre, elle mange ce qu'il y a près d'elle, c'est-à-dire ses premiers enfants tarés.

Je n'ose comprendre.

– Et avec l'énergie de cet acte cannibale elle peut pondre des œufs engendrés avec davantage de protéines. Des enfants de moins en moins tarés.

Héra parle avec un voile de tristesse dans la voix, comme si ce drame était nécessaire.

– Voilà l'autre côté du mythe des déesses mères, elles ont dû dévorer leurs premiers enfants pour ne pas engendrer de mondes ratés. C'est l'une des mythologies premières. Même sur Terre 18, n'oublie pas qu'avant les dauphins il y avait le culte des fourmis. Ton ami Edmond Wells le savait. Comme les chamanes de son peuple le savaient. La pyramide, le sens de la métamorphose, la reine télépathe, la momification, le culte du Soleil, tout cela ce ne sont pas des informations issues des dauphins mais des fourmis... Et les fourmis portent ce secret terrible inscrit dans leurs gènes. Tout a commencé par un crime. Le pire des crimes. Une mère qui a mangé ses propres enfants.

Je me souviens qu'Edmond Wells faisait référence à une cosmogonie étrange qui évoquait cela. Il disait : « J'ai rêvé que le Créateur avait créé un brouillon d'univers, une bêta-version de l'univers qu'il voulait construire. Il a testé cette première œuvre. Il a pu ainsi voir toutes les imperfections de son prototype. Le Créateur a ensuite bâti l'univers frère, parfaitement abouti cette fois. Alors le Créateur a dit : "Maintenant on peut effacer le brouillon." Mais la conscience de l'univers cadet réussi a demandé que l'on conserve le frère aîné brouillon. Le Créateur décida alors qu'il ne s'en occuperait plus. Et l'univers aîné raté passa sous la responsabilité de l'univers cadet réussi. Depuis lors, l'univers réussi essaie de rafistoler le raté. Pour le sauver, il envoie de temps en temps des âmes éclairées qui ralentissent le pourrissement de l'univers aîné. Le Créateur ne s'occupe plus directement du brouillon, c'est l'univers frère qui le maintient à bout de bras. »

Edmond Wells m'a dit ça un jour, lorsqu'il était mon maître instructeur dans l'Empire des anges. Je ne savais pas s'il l'avait lu quelque part ou s'il l'avait inventé. Je trouvais l'idée dérangeante. Surtout qu'il avait conclu : « Nous sommes dans l'univers raté. »

Maintenant cette histoire prend une tout autre dimension avec la révélation d'Héra. Un enfant réussi a essayé de sauver ses aînés tarés et les aurait soustraits à la volonté de la mère qui doit nettoyer ses brouillons.

Lorsque j'étais mortel, une amie m'avait raconté qu'elle avait un frère handicapé. On lui avait abîmé le cerveau à la naissance. Les forceps avaient serré trop fort son crâne. On pensait qu'il allait mourir au bout de quelques semaines, mais il avait survécu. Il était resté attardé. La famille n'avait pu se résoudre à se séparer de lui, alors tous avaient vécu à son rythme. Et mon amie s'était transformée en infirmière, passant son temps à le nourrir, le changer, le sortir, toutes ces activités de base qu'il ne pouvait plus effectuer seul.

La voix d'Héra me ramène au présent :

– Le culte originel de Terre 1 est un culte insecte. Ils vénéraient les abeilles car ces insectes sociaux étaient là cent millions d'années avant les humains.

– Et le point de bascule de cette culture est le crime de la mère.

Elle s'assoit face à moi.

– C'est un secret ancien. Mais il y a des secrets derrière les secrets. Examine déjà ton monde. Derrière le pal : le poisson. Derrière le poisson : le dauphin. Derrière le dauphin : la fourmi.

– Derrière la fourmi : Aeden. Et derrière Aeden...

– L'univers. Personne ne connaît la vraie cosmogonie de l'univers, annonce-t-elle enfin. Nulle part dans le cosmos on ne sait pourquoi nous sommes là et pourquoi le monde est ainsi. Nous ne savons même pas pourquoi il y a de la vie plutôt que rien.

Je regarde par la fenêtre ouest. Et à nouveau la montagne avec son sommet nuageux me fait face, majestueuse. Le soleil, placé juste derrière, irise la rocaille. Le vent fait glisser les nuages vers moi, comme si là-haut quelqu'un soufflait dans ma direction.

Le Souffle des dieux.

— Je veux continuer à gravir la montagne...

Elle prend un air contrarié.

— Quelle est ta motivation profonde ?

— Je ne sais pas. La curiosité peut-être.

— Mmmm, tu me plais, Michael Pinson. Mais si tu veux monter, il te faudra tout simplement gagner au jeu d'Y. Ton ascension sera automatique. Redescends en Olympie. J'arrangerai les choses pour que tu puisses revenir dans le jeu.

— Je veux continuer à grimper. Je n'ai pas fait tout ce chemin pour rien.

— Souviens-toi du mythe d'Icare. Tu risques de te brûler les ailes en t'élevant vers le soleil.

Et comme elle dit cela, elle prend une bougie allumée, saisit ma main et la porte contre la flamme. Je serre les dents le plus longtemps que je peux, mais la douleur est trop forte, je pousse un cri et retire ma main.

— Voilà une expérience de la chair. Alors veux-tu encore monter ?

Je grimace et souffle sur mes doigts.

— C'est peut-être mon destin d'âme. Les saumons remontent les rivières vers leur lieu de naissance pour comprendre pourquoi ils sont nés...

— Et les papillons volent vers la lumière qui va les détruire.

— Mais au moins ils savent.

Elle remonte ses manches sur ses coudes.

516

– Ne confonds pas courage et masochisme.

– Qui ne risque rien n'a rien.

Héra prend mon assiette vide et la dépose dans l'évier. Puis, comme si elle voulait arracher quelque chose à la porcelaine, elle se met à la frotter avec une brosse. Avec la même énergie que lorsqu'elle épluchait les carottes. Elle évacue sa rage dans les tâches ménagères.

– Hmm... Tu veux du café ?

– Volontiers.

– Avec du sucre ?

– Oui, merci.

– Combien ?

– Trois.

Elle me regarde tendrement.

– Qu'est-ce qu'il y a ? dis-je, mal à l'aise.

– Tu aimes les sucreries hein ? Il reste encore tellement d'humanité en toi.

Je me renfrogne, elle a dit « humanité » comme elle aurait dit « infantilisme ». Veut-elle dire que je suis encore un enfant qui prend son plaisir en mangeant des friandises ? Pourtant son regard me semble bienveillant.

Elle me sert du café odorant. Puis s'avance vers un four et en sort un gâteau brun dans un moule en forme de cœur. On dirait un gâteau au chocolat. Un mi-cuit au chocolat assez semblable à celui dont la recette se trouve dans l'*Encyclopédie*. Elle découpe une grosse part de gâteau et la fait glisser dans une assiette en faïence qu'elle place devant moi.

– Tu as le droit de te tromper. Tu as même le droit d'aimer...

Elle prend un air bizarre.

– ... Aphrodite.

Elle sait que son fantôme est encore dans mon cœur. Je dévore le gâteau.

– C'est vraiment délicieux.

– Ah, ça te plaît ? Je suis contente. Ça au moins c'est un plaisir sûr, n'est-ce pas ?

Elle me regarde avec ce même air maternel qui m'avait surpris dès le début de notre rencontre.

– Le repas était bon ? Je veux vraiment que tu gardes un bon souvenir de notre rencontre, pour que tu aies envie toi aussi d'une chaumière, d'une femme, d'une soupe, de pain, de gâteau au chocolat, de café. Et maintenant fiche-moi le camp.

– Je veux monter. Aidez-moi.

Elle s'arrête, réfléchit.

– Très bien monsieur le borné, je vais t'aider. Mais mon aide est conditionnée par une épreuve. C'est une sorte de tradition ici. Tu ne pourras poursuivre ton ascension que si tu me bats aux échecs. Un jeu de petit garçon ; tu devrais être bon. Il te faudra gagner, pas de partie nulle ou de pat, hein ?

Elle dispose alors un jeu d'échecs étrange où, à la place des pièces noires et des pièces blanches, des figurines représentent d'un côté des hommes et de l'autre des femmes. Les femmes sont en rose, elles portent des toges comme Aphrodite. D'ailleurs, celle qui me semble la reine arbore un vague air de ressemblance. Je comprends à sa couronne qu'elle a la fonction de roi. À sa droite, une autre femme porte une couronne à peine plus petite et a la fonction de reine. À la place du fou, une folle. À la place du cavalier, une cavalière. À la place de la tour, un biberon. Côté hommes, les pièces sont en toge noire. Il y a un roi normal avec à sa droite un ministre, puis les autres pièces ressemblent assez aux figurines courantes. Si ce n'est que les fous ont des allures un peu efféminées.

Comme à mon habitude j'avance mon pion du roi. Elle fait glisser en face une pionne qui se... déhanche un peu devant ma pièce, avant de me décocher un clin d'œil.

Je recule de surprise.

– Mais c'est vivant !

– Ça te plaît ? demande Héra. C'est Hermaphrodite qui a construit ce jeu. Il est très doué dans le biologique, comme Héphaïstos est doué en technologie. Je crois qu'il y aura toujours ces deux choix. La voie de la vie et la voie des machines.

Bon sang, je comprends que ces pièces sont des hybrides ! Mi-humains-bonsaïs, mi-pièces d'échecs. Je me penche vers mes propres figurines et vois que mon roi impatient de jouer se gratte la barbe. Son Premier ministre recompte quelque chose sur un calepin. En face, le roi-reine qui ressemble à Aphrodite se lime les ongles. Alors que sa folle vient de sortir un paquet de cigarettes et fume.

Ils ont des bras et des mains d'une matière de couleur homogène, qui semble du plastique. Seuls les yeux sont blancs avec des pupilles marron ou bleues. Leurs petites paupières battent parfois. Je touche une pièce et m'aperçois qu'elle est molle et tiède comme de la chair.

– Ils sont animés mais eux, ils n'ont pas de libre-arbitre, rectifie Héra, ils feront ce qu'on leur dira de faire.

Nous jouons. La déesse s'avère une redoutable adversaire, mais le combat reste équilibré. À chacune de mes offensives elle oppose une défense astucieuse, mais j'arrive à passer.

En fin de partie, il ne reste que son roi-reine et mon roi-roi. Normalement c'est pat, mais j'ai l'impression que la partie n'est pas achevée. Pris d'une inspiration soudaine, je ferme les yeux, avance mon roi-roi devant sa reine-reine et me concentre. Je pense à l'énorme enjeu de cette partie. Me rappelant que tout ce qui est vivant peut communiquer, je murmure en direction de mon roi :

– Vas-y, maintenant.

Alors mon roi se penche, enlace sa vis-à-vis, la serre contre lui et l'embrasse goulûment. La pièce adverse hésite puis accepte son baiser.

Héra a l'air ravie.

Mon roi commence à déshabiller la reine et celle-ci dévoile une petite poitrine frémissante toute rose.

Héra applaudit.

– Tu es peut-être bien plus fort que je ne le croyais, dit-elle.

Les deux pièces miment des gestes de plus en plus osés.

– L'amour triomphe de la guerre ! Tu crois qu'ils vont nous faire des « bébés pièces d'échecs » ?

Elle caresse les petits personnages d'un doigt bien plus grand qu'eux.

– En tout cas je vois qu'avec l'aide des dieux, dis-je, l'amour peut gagner. Vous devez tenir votre parole.

– C'est la chose la plus stupide qui soit, mais je tiendrai parole. Après cela... rappelle-toi que tu n'auras pas le droit de te plaindre.

Elle me fixe intensément.

– Sache que sur ton chemin tu trouveras une épreuve de taille : le Sphinx. C'est Sa serrure vivante. Même moi je ne peux monter. On ne peut passer qu'en résolvant l'énigme. La connais-tu ?

– Oui. Qu'est-ce qui est mieux que Dieu, pire que le diable...

Elle me prend par le bras pour me faire lever et m'entraîne vers une porte au fond de la pièce. Elle tourne la poignée.

La porte donne sur une cavité rocheuse directement creusée dans la montagne. La matière est semi-transparente et fait penser à du plastique ou du verre. De l'ambre.

Je m'avance et découvre des marches. Un escalier en colimaçon a été creusé dans la roche orangée.

– Puisque tel est le choix de ton libre-arbitre..., dit la déesse.

– Si je meurs, est-ce que vous pourriez transmettre aux autres mon souhait : que mon peuple des dauphins soit pris en charge par Mata Hari ?

Elle approuve.

– Adieu, Michael Pinson.

99. ENCYCLOPÉDIE : SPHINX

Son nom signifie en grec « l'étrangleuse ». On retrouve des sphinx gardiens des seuils interdits chez les Égyptiens. Pour ces derniers ils possèdent un corps de lion et une tête de femme. En général leurs visages sont peints en rouge et contemplent le point où le soleil apparaît à l'horizon. Ils sont considérés comme écoutant les planètes, et détenant le secret des énigmes de l'univers. En Égypte, dès qu'on a franchi un seuil gardé par le Sphinx, tous les tabous et les interdits tombent.

En Grèce, le Sphinx est considéré comme un monstre féminin pervers. Il est doté d'ailes d'aigle, mais celles-ci sont trop petites pour lui permettre de voler. Il présente une poitrine opulente. La légende veut qu'un Sphinx ait ravagé Thèbes en posant des énigmes aux passants et dévoré ceux qui étaient incapables de lui répondre.

L'énigme était : « Qu'est-ce qui marche à quatre pattes le matin, à deux pattes à midi, et à trois pattes le soir ? » La réponse trouvée par Œdipe était : l'homme. En effet, l'homme-enfant avance à quatre pattes, adulte sur deux et, devenu vieux, il s'aide d'une troisième jambe, sa canne.

Le Sphinx symbolise l'énigme que l'humanité, selon son niveau d'évolution, doit résoudre.

En posant la question, ce monstre fait comprendre les limites de l'intellect à son destinataire. Et si cette prise de conscience ne se fait pas, la sanction est la mort.

Edmond Wells,
Encyclopédie du Savoir Relatif et Absolu, Tome V.

100. AMBRE

Je gravis l'escalier en colimaçon.

Les marches tournent. Mes pieds reproduisent indéfiniment le même mouvement. L'odeur de la soupe me suit, rassurante. Au début tout est obscur mais au fur et à mesure que je m'élève une lueur apparaît là-haut. L'ambre prend des reflets mordorés.

Je me concentre sur l'énigme.

« Mieux que Dieu.

Pire que le diable... »

J'ai pensé à l'amour, à Aphrodite.

Aphrodite était une motivation forte mais pas suffisante pour en venir à bout.

À l'espoir. À l'humanité. Au bonheur. Chaque fois une proposition ne correspondait pas.

« Les pauvres en ont.

Les riches en manquent. »

Il pourrait y avoir la simplicité. L'air pur. Le temps. La maladie.

« Et si on en mange on meurt. »

Du poison. Du feu ?

La lumière se fait de plus en plus vive à travers la roche ambrée. L'odeur de soupe a laissé place à un parfum de sable.

Et si c'était moi ? Mieux que Dieu pire que le diable ?

Ou mon orgueil ?

Ou mon ambition ?

Je monte l'escalier vers la lumière. Enfin je débouche sur un plateau désertique. Aucune végétation, seuls des pics jaunes menaçants surgissent du sol comme de grandes canines. Le soleil en s'élevant révèle deux massifs rocheux jaune ambré qui bouchent ce qui semble l'unique passage pour poursuivre l'ascension vers la montagne d'Olympie.

Au centre un petit défilé étroit, de quelques mètres à peine. Je me dirige par là.

Quelqu'un est assis devant l'entrée. C'est une chimère avec un corps de lion imposant et un torse de femme. Son visage rond est maquillé de manière outrancière : du rouge brillant sur ses lèvres pulpeuses, du noir sur ses cils et ses sourcils. Sa poitrine lourde est soutenue par un soutien-gorge à balconnet en soie noire.

C'est l'antinomie d'Héra. D'un côté la mère, de l'autre la prostituée. Me voilà au pied du mur.

Sa bouche pulpeuse s'ouvre et une voix aiguë et nasillarde de petite fille en sort.

— Je te salue, toi qui vas mourir, dit-elle.

Je m'incline pour la saluer aussi, comme si tout cela se passait entre gens de bonne compagnie, prêts à s'affronter loyalement.

— Si tu ne sais pas répondre à mon énigme, je t'éliminerai. Désolé, mon « chéri ».

Voilà qui a le mérite d'être clair.

— Je suis un dieu, je ne peux mourir, tenté-je.

Le Sphinx sourit.

— Les dieux ne meurent pas mais ils peuvent être recyclés, dit la femme à corps de lion. Ici je les recycle en « ça ».

Le Sphinx lève la patte et dégaine une griffe longue et acérée. Alors un chérubin, un mâle à corps de papillon, vient se poser sur ce promontoire. Le Sphinx transforme donc ceux qui ne savent pas répondre en chérubins.

Assurément, je ne suis pas le premier à être parvenu jusqu'ici. Sur la masse des élèves qui ont vécu sur cette île au long des millénaires, des dizaines, des centaines sont arrivés comme moi jusqu'à Héra et ont gravi l'escalier d'ambre pour se retrouver face au Sphinx.

Je pense aussitôt que la chérubine qui m'a sauvé tant de fois la mise, la fameuse moucheronne, a été elle aussi une élève déesse. Elle aussi a exploré la montagne avant de se retrouver femme-papillon. Ce devait donc être quelqu'un d'intrépide et courageux. Je l'ai sous-estimée simplement parce qu'elle est de petite taille et semblable à un insecte. Une fois de plus, je constate que je ne prête pas assez d'attention aux gens que je rencontre, et que je fonctionne sur des préjugés physiques.

Le Sphinx souffle sur sa griffe et le chérubin est projeté au loin.

– Chérubin, articule-t-il, ce n'est pas à proprement parler désagréable, on volette. Le problème c'est qu'on ne peut plus parler... Et c'est quand même bien agréable de s'exprimer, n'est-ce pas ?

Comme pour lui répondre, le chérubin tire sa langue pointue.

– Alors parle, ou bien... ne parle plus jamais. Je te rappelle l'énoncé de l'énigme :

> « C'est mieux que Dieu.
> C'est pire que le diable.
> Les pauvres en ont.
> Les riches en manquent.
> Et si on en mange on meurt. »

Après quoi, le Sphinx pousse un long soupir d'amante lassée.

– Alors ? Quelle est la réponse, mon chéri ?

Je ferme les yeux. J'ai espéré jusqu'au dernier moment la fulgurance. La révélation. Que d'être face au Sphinx ferait soudain jaillir la réponse. Mais il ne se passe rien. Strictement rien.

Je réfléchis. Je cherche. Je refuse d'échouer si près du but.

En fait j'ai réagi comme un mortel, en considérant que quelque part « on » m'aiderait au moment critique.

Pure superstition.

Et la superstition... ça porte malheur.

Un mortel peut être aidé par un ange, un ange peut être aidé par un dieu, mais qui peut aider un dieu ?

Je fixe le faîte de la montagne qui n'émet plus aucune lueur. L'idée qu'il n'y a rien là-haut me semble de plus en plus crédible.

J'ai envie de rentrer. Je vais retourner chez Héra lui

dire qu'elle avait raison. Puis je redescendrai tranquillement la pente et essaierai de me faire pardonner mon incartade. Et tout rentrera dans l'ordre. À Aphrodite je dirai que j'ai vu le Sphinx et que je n'ai pas trouvé la réponse, à Mata Hari je dirai que je l'aime, et à mon peuple des dauphins je dirai : « Votre dieu est revenu. »

Je ne peux plus faire marche arrière.

– Je vais t'aider un peu, dit le monstre.

– Un indice ?

– Non, mieux : un « vécu ».

Le Sphinx change de position et croise ses bras devant sa poitrine.

– Calme-toi, dit-il. Installe-toi de ton mieux. Assieds-toi en tailleur. Nous allons partir à la recherche de la réponse « de l'intérieur ». Fais le vide en toi.

J'hésite à l'écouter, mais mon instinct me souffle qu'il vaut mieux jouer le jeu. J'obtempère et trouve une position confortable. Puis je ferme les yeux.

– Oublie qui tu es. Sors de ton corps et regarde-toi de l'extérieur.

J'obéis. Je me vois.

Michael Pinson est devant le Sphinx. Assurément cet élève dieu imprudent va mourir.

– Maintenant repasse le film à l'envers, dit la voix nasillarde du Sphinx. Remonte le temps, mon chéri. Que faisais-tu, il y a vingt secondes ?

Je marchais pour arriver ici. Je marche donc à reculons.

– Continue à dérouler le film à l'envers.

Je me visualise en train de redescendre en marche arrière l'escalier d'ambre dans la montagne.

– Remonte, remonte le temps.

Je me rassasiais dans la chaumière d'Héra. Au moment ou j'arrive en marche arrière elle me dit « Adieu ». Au moment où je la quitte elle me dit « Entre ».

Avant j'étais sur Pégase. Je vole en arrière, redescends la montagne sur le cheval ailé. J'atterris.

Auparavant je me battais avec Raoul.

Le film accélère en marche arrière.

Mata Hari. Saint-Exupéry. Georges Méliès. Sisyphe.

Prométhée. Aphrodite. Athéna. Freddy Meyer.

Le centaure. La moucheronne. Jules Verne.

Avant j'étais face à l'île.

Je me vois reculer en nageant.

Je me vois m'enfoncer sous l'eau.

Je me vois tout au fond de l'eau.

Puis je me vois remonter à toute vitesse, et jaillir de l'eau.

Je suis projeté dans les airs, je sors de l'atmosphère.

Je me vois redevenir transparent, pur esprit.

Cet esprit glisse en marche arrière vers la lumière rose.

Je me vois revenir dans l'Empire des anges.

Les images du passé accélèrent encore.

Compte à rebours.

Je me vois dans l'Empire des anges, entouré de tous les autres anges, en train de travailler sur mes trois sphères-clients.

Je recule vers l'entrée de l'Empire des anges.

Je me revois lors de mon procès avec Émile Zola comme défenseur lors de la pesée de mon âme face aux trois archanges.

Je me revois glissant en marche arrière, traversant les territoires du continent des morts.

Le monde blanc où les morts avancent en longue file pour être jugés.

La file recule et moi avec.

Le monde vert de la beauté.

Le monde jaune du savoir.

Le monde orange de la patience.

Le monde rouge du désir.

Le monde noir de la peur.

Le monde bleu de l'arrivée sur le continent des morts.

Je me vois ectoplasme volant vers la lumière qui m'attire.

Je vois mon âme revenir dans mon cadavre de Michael Pinson.

Je me vois terrorisé alors que le Boeing 747 fracasse mon appartement. Les débris de verre se réunissent pour reconstituer ma baie vitrée tandis que le Boeing recule pour se perdre au loin dans le ciel.

Nouvelle accélération.

Je me revois humain mortel thanatonaute au thanatodrome en train de me livrer aux expériences de sortie du corps avec mes amis, Raoul Razorback, Steffania Chichelli, Freddy Meyer.

Une idée me traverse l'esprit : « J'aurais pu devenir une légende. » Ou du moins un jour y aura-t-il peut-être une légende sur moi comme il s'en est créé une sur Prométhée ou Sisyphe. Je chasse rapidement cette idée de pur orgueil, et poursuis mon voyage à rebrousse-temps. Je me vois rajeunir et devenir un jeune Michael Pinson.

Je me vois nouveau-né. Puis mon cordon ombilical se ressoude et me tire vers ma mère comme un câble.

Je me vois rentrer par la tête dans le ventre de ma mère et le gonfler de l'intérieur.

Puis je vois le ventre de ma mère maigrir jusqu'à ce que mon âme en sorte pour remonter vers le continent des morts, et là je me revois jugé, remontant la file des morts. Mondes blanc, vert, jaune, orange, rouge, noir, bleu, et retour sur Terre dans un autre cadavre.

Médecin à Saint-Pétersbourg, mort de la tuberculose, entouré de sa nombreuse famille.

Le voyage en marche arrière de mon âme se poursuit alors sous l'impulsion du Sphinx.

Je redeviens nouveau-né, retour dans un ventre maternel, sortie en âme, je remonte au continent des morts, retour sur Terre dans le cadavre d'une danseuse de french-cancan. Tiens, j'étais belle quand j'étais femme. Me voilà petite fille, nouveau-née.

Mes vies s'accélèrent. Je me revois samouraï japonais, druide celte, soldat anglais, druide breton, odalisque égyptienne et encore auparavant médecin atlante. Chaque fois il y a ce petit flou où, bébé pleurant, je me tais, mon cordon ombilical se reforme et comme un élastique m'attire à l'intérieur d'un ventre féminin. Le mouvement accélère encore de manière exponentielle. Toujours plus vite en arrière.

Je me revois paysan, chasseur, homme des cavernes frileux.

Je me revois australopithèque redoutant de ne pas trouver ma pitance.

Je me revois musaraigne effrayée par les lézards.

Je me revois lézard effrayé par les plus gros lézards.

Je me revois gros poisson.

Je me revois petit poisson.

Je me revois paramécie.

Je me revois algue.

Je me revois minéral.

Je me revois poussière de planète.

Je me revois rayon de lumière.

Et, lumière, je suis attiré en arrière vers le big-bang.

Je revois la particule de l'Œuf cosmique d'où je suis issu.

Je vois l'Œuf qui se réduit et soudain floup, tout disparaît. Et il n'y a plus rien.

Rien ?

Au bout de la spire de la spiritualité on aboutit à un « rien ».

L'univers est parti de rien et n'aboutit à rien.

... Rien ?

« Rien. Au commencement il n'y avait rien. »

Bon sang, c'était le premier mot de l'*Encyclopédie du Savoir Relatif et Absolu*, volume 5. Je l'avais depuis le début devant les yeux et je ne la voyais pas.

Alors je rouvre les yeux. Et j'articule face au Sphinx le mot :

– Rien.

La femme au corps de lionne ouvre grands les yeux. Tout son corps vibre de contentement.

– Mon chéri, je ne sais pas si tu es celui qu'on attend, mais en tout cas tu es celui que j'attendais, susurre-t-elle. Vas-y, explique.

Ma découverte m'illumine.

– Mieux que Dieu ? Rien. Car rien n'est mieux que Dieu, énoncé-je.

Elle hoche la tête. Je poursuis :

– Pire que le diable ? Rien. Car rien n'est pire que le diable. Les pauvres en ont ? Rien ! Ils n'ont rien. Les riches en manquent ? Rien ! Les riches ne manquent de rien. Et si on en mange on meurt ? Rien. Car si on ne mange rien, on meurt.

Un instant de flottement.

– Bravo, chéri. Tu as réussi là où tous ont échoué.

Soudain le Sphinx ne m'apparaît plus comme un monstre mais comme un être bénéfique, l'un des multiples accélérateurs de ma vie et de mon évolution.

Il aura donc fallu tant de menaces, tant de douleurs, tant de peurs pour que je comprenne enfin. Après ma première colère, mon premier acte antisocial, j'ai l'impression d'avoir accompli mon premier acte de courage et d'intelligence. J'ai affronté le Sphinx et je l'ai dominé par ma capacité d'abstraction.

La lionne à visage humain se déplace et libère le passage entre les deux massifs de roche jaune.

Puis elle ajoute :

– Tu peux poursuivre ton chemin. Et prends garde. Le palais de Zeus est protégé par des Cyclopes.

Je m'éloigne, puis reviens vers le Sphinx.

– Dans la légende, si un homme trouve la solution, le Sphinx doit se suicider de dépit, non ?

Elle secoue sa crinière.

– Il ne faut pas croire tout ce qu'on raconte, même si c'est écrit. Et il ne faut surtout pas croire les légendes. Elles ne sont là que pour mieux manipuler les mortels. Allez, chéri, décampe avant que je ne change d'avis.

Je regarde le Sphinx, et juge soudain sympathique cette serrure vivante. Elle a quand même tout fait pour me permettre de trouver.

Ainsi c'était cela.

Rien.

101. ENCYCLOPÉDIE : LA FORCE DU RIEN

L'homme a toujours eu peur du vide. Nommé « Horror Vacui » par les Latins, le vide était même considéré comme une notion de pure terreur par les savants de l'Antiquité. L'un des premiers à parler de l'existence du vide est Démocrite qui, au Ve siècle av. J.-C., écrit que ce qui nous semble être de la matière est composé de particules en suspension dans le vide. Cette idée est balayée par Aristote qui note : « La nature a horreur du vide » et qui rajoute même : « Le vide n'existe pas. » Il faudra attendre 1643 pour que l'Italien Evangelista Torricelli, reprenant une idée de Galilée, mette en évidence l'existence du vide avec une expérience complexe.

Il remplit un tube de 1,30 m de mercure, puis le retourne, extrémité bouchée, dans une cuve de ce même métal liquide. Il observe alors qu'en haut subsiste un espace créé par la descente du mercure, mais que cet espace est vide puisque l'air n'a pu y pénétrer. Le premier, Torricelli réalise ainsi un vide permanent. Il reproduit l'expérience et, voyant que la hauteur change, en conclut que les variations de volume de la zone dépendent de la pression atmosphérique.

De cette manipulation fut déduit le « baromètre », tube de mercure mesurant les variations de pression de l'air.

En 1647, un physicien allemand, Otto von Guericke, fabrique la première pompe à vide. Il chasse l'air de deux hémisphères de métal accolés et démontre que deux attelages de huit chevaux ne peuvent dès lors les séparer. Il prouve ainsi que le vide est une force qui peut assembler deux blocs de matière.

Pour les hindouistes, le vide est une notion essentielle de la philosophie. Accéder à la suprême vacuité est l'objectif de la pensée du sage. Et l'on considère que même si ce sont les moyeux qui maintiennent la roue à son axe, c'est le vide entre ces moyeux qui permet à la roue de tourner.

Les physiciens modernes ont désormais pu déduire que 70 % de l'énergie totale de l'univers se trouveraient dans le vide et seulement 30 % dans la matière.

Einstein sera à son tour attiré par la connaissance du vide. Il évoque la présence dans le cosmos d'une masse sombre sans énergie et sans lumière, une entité incompréhensible pour les physiciens qui sera le prochain défi pour la pensée.

Plus tard, les physiciens Planck et Heisenberg étudieront le vide. Un Néerlandais, Hendrik Casimir, en 1948, a l'intuition d'une force émanant du vide : la force de Casimir.

Cette force est si puissante qu'en 1996 la Nasa lancera un projet de fabrication d'un « vaisseau spatial à force de Casimir » considéré comme le premier aéronef capable de sortir du système solaire...

En 2000, Hubble détectera dans le cosmos une masse invisible, « la masse sombre », qui pourrait être la matière contenant le plus d'énergie de l'univers.

Aujourd'hui, l'énergie du vide est considérée comme l'un des domaines de pointe de la recherche en astrophysique.

Une théorie définit même que le vide fabrique de la matière et que ce serait donc de ce « rien » que serait issu le big-bang.

Edmond Wells,
Encyclopédie du Savoir Relatif et Absolu, Tome V.

102. RETROUVAILLES

Je me sens « vidé ».

L'énigme du Sphinx m'a laissé l'impression d'avoir touché le plancher de l'univers et d'y avoir découvert un trou donnant sur le néant.

J'avance dans le défilé creusé dans la montagne jaunâtre. Le sentier est étroit et les parois qui le bordent sont si hautes qu'elles empêchent de voir le soleil. J'ai l'impression que ces deux murs de roche risquent à tout instant de s'animer et de me broyer. Tout à coup je m'arrête, et je vomis toute la nourriture que m'a offerte si généreusement Héra. Mon esprit se vide et mon corps aussi.

Pourquoi ne pas renoncer ? Après tout, j'ai prouvé que je pouvais accomplir 99 % du chemin, aller là où personne n'est allé. Dès lors mon renoncement serait un grand pied-de-nez au destin. Je l'ai fait. J'ai résolu l'énigme ! Maintenant je n'ai plus besoin de continuer. C'est ça le panache. Partir quand on a montré qu'on pouvait gagner.

Je suis en pleine crise d'aquoibonisme.

L'aquoibonisme, une maladie qui m'a déjà touché dans le passé et qui consiste à se poser la question « à quoi bon ? » pour tout.

J'ai connu une première crise d'aquoibonisme à 25 ans, en Inde, à Bénarès. Alors que j'étais avec ma fiancée du moment en barque sur le Gange, notre guide m'avait demandé ce que je pratiquais comme métier. Je lui avais répondu que j'étais médecin. Il m'avait dit : Et pourquoi tu es médecin ? Pour soigner les gens. Et pourquoi tu soignes les gens ? Pour gagner ma vie. Et pourquoi tu gagnes ta vie ? Pour manger ! Et pourquoi tu manges ? Pour vivre ! Et pourquoi tu vis ? Il avait posé ces questions d'un air rusé, sachant bien où il allait en arriver. Pourquoi je veux vivre ? Comme ça. Par habitude. Il avait allumé une cigarette de marijuana, me l'avait tendue puis m'avait juste murmuré : « Comme tu m'es sympathique, je vais te donner un conseil, profite que tu es à Bénarès, ville sacrée, pour te suicider. Au moins comme cela tu rentreras dans le cycle des réincarnations. En France, tu n'es rien. En te suicidant en Inde, tu seras au début un paria, mais ensuite, vie après vie, tu pourras monter et devenir comme moi : brahmane. »

Ce discours avait laissé sa trace.

Je me lève le matin : à quoi bon ? Je travaille : à quoi bon, et si je renonçais ? Renoncer est un grand pouvoir. Mes crises d'aquoibonisme étaient d'autant plus fortes que j'avais beaucoup à perdre. Une famille... À quoi bon ? Un métier... À quoi bon ? La santé... À quoi bon ? Et puis la vie même...

Par la suite, j'eus des crises d'aquoibonisme régulièrement. Pratiquement tous les ans, en général en septembre, à l'époque de mon anniversaire, quand l'été s'achève et que les premiers jours de grisaille d'automne apparaissent.

Je me remets en marche dans le goulet qui n'en finit pas de serpenter dans la roche dure.

À quoi bon avancer ? À quoi bon vouloir rencontrer le Grand Dieu ? À quoi bon réfléchir puisque tout vient de rien et que rien vient de tout, autant cesser cette agitation. Peut-être que la Gorgone avait raison. Peut-être que devenir une statue est comme se retrouver dans une posture de yoga permanente.

Mes pieds continuent d'avancer seuls, je sors de la passe et aboutis dans une zone montagneuse.

Sous moi s'ouvre un ravin.

Je me penche au-dessus du vide.

Je distingue en contrebas le Sphinx. Au-dessous la maison d'Héra. Et encore au-dessous les statues de la Gorgone, les petits volcans orange, et tout en bas, comme un petit point blanc, Olympie.

Si je sautais, ma chute durerait longtemps.

Je grimpe avec détermination.

La montagne devient de plus en plus escarpée. Je m'aide de mes mains. J'ai froid. Je cherche des prises dans la roche pour continuer mon ascension. Chaque avancée est plus difficile. Mes doigts se meurtrissent sur les pierres.

Alors que je pose mon pied sur la roche, elle cède. Je perds l'équilibre et pars en arrière. Je me rattrape in extremis à un piton. Sous moi, c'est l'abîme. Si je chute, je décrocherai d'au moins une centaine de mètres.

Je ne vais quand même pas échouer maintenant...

Je reste là, accroché. Mon bras fatigue, les muscles spasment. Je me démène, tente de faire balancier mais ma prise est très réduite.

Je vais lâcher.

Si un écrivain rédige actuellement mes aventures, je lui demande d'arrêter de me torturer. S'il y a un lecteur qui me lit dans un roman, je lui demande de s'arrêter de lire. Je ne veux plus avancer. J'ai l'impression que plus j'avance, plus on m'expose à l'adversité. Allez, je refuse de continuer cette mascarade. Le roman continuera sans moi.

Je lâche prise.

C'est alors qu'un bras vigoureux m'agrippe.

– Je t'avais dit de ne « surtout pas aller là-haut » !

Je lève la tête pour voir qui m'a sauvé. Je n'ose en croire mes yeux. C'est...

Il me serre d'une poigne ferme et me hisse sur un promontoire rocheux.

... Jules Verne !

Il porte une toge déchirée, avec la marque de brûlure que je lui avais vue lors de notre première rencontre. Il a un regard clair assez doux et des petites rides rieuses au bord des yeux.

— Je... je... vous croyais mort, bafouillé-je.

— Cela ne t'autorisait pas à me désobéir, dit-il sobrement.

— J'ai vu votre corps troué étendu sur la falaise, vous avez effectué une chute de plusieurs mètres.

— Oui, pour un mortel, c'est mortel. Mais nous ne sommes quand même pas de « vrais » mortels. Après notre mort, tu le sais, nous sommes récupérés par les centaures, amenés à Hermaphrodite qui nous transforme en effet en chimères... mais si on n'est pas conduit à lui...

Je me souviens soudain que certaines de mes blessures se sont résorbées assez vite. Ma cheville est complètement guérie.

Il approuve.

— Nous sommes quand même des dieux. Passé un certain temps, notre chair se reconstitue.

— Mais les traces de sabots ? Vous avez été emporté par un centaure.

Il sourit.

— Certes. Mais il y a centaure et centaure.

Il prend un air malicieux.

— Derrière chaque chimère, il y a une âme. Ce sont des êtres vivants. Regarde-les bien au fond des yeux, les centaures, les chérubins, les griffons. Même les Maîtres dieux... tous ont jadis été comme nous, des êtres avec des convictions.

Certes la moucheronne m'a souvent aidé. Il y a donc des chimères désobéissantes.

– Le centaure qui est venu me chercher sur la plage était en fait celui d'Edgar Allan Poe, un élève d'une ancienne promotion américaine. En tant qu'écrivain, il s'est senti solidaire. Et plutôt que de m'amener au recycleur d'Hermaphrodite dans le Sud il m'a caché, jusqu'à ce que ma blessure cicatrise. Il m'a même soigné.

– On peut soigner ici ?

– Bien sûr. Avec des lucioles de la forêt bleue. Elles introduisent dans la plaie de la lumière, laquelle accélère la reconstruction de la chair.

Il soulève sa toge et me montre son ventre intact.

– La lumière est la solution à tout.

– La lumière ?

Oui, bien sûr.

– Les humains croient toujours qu'il faut aller vers l'amour, mais non, il faut aller vers la lumière. L'amour c'est subjectif, cela peut se renverser et entraîner la haine, l'incompréhension, la jalousie, le chauvinisme. Mais la lumière c'est le bon repère...

– Comment êtes-vous arrivé ici ?

– Après ma guérison, Edgar Allan Poe m'a caché, puis nous avons décidé de grimper par le versant nord avec tout ce matériel d'alpinisme. Mais en tant que centaure, il n'est pas allé loin, il a été repéré et attrapé par des griffons. Dans cette zone, ce sont eux qui surveillent tout. Moi, j'ai pu me cacher dans la montagne, et depuis, lorsque vient l'obscurité, je grimpe. Je me nourris de baies et de fleurs. Mes études sur la survie dans l'Île mystérieuse m'ont été utiles pour reconnaître les produits comestibles. Mais mon secret c'est la lenteur. Tout le monde veut monter vite. Moi je monte lentement, mais sûrement.

– Mais il n'y a qu'un seul passage pour accéder à cet endroit. Comment avez-vous passé le Sphinx ?

Il éclate de rire.

– Tu n'as quand même pas la prétention d'être le seul à avoir su résoudre l'énigme ! Même s'il t'a assuré que tu étais le premier, il ne faut pas croire tout ce qu'on te dit. Surtout ici, en Aeden, royaume des sortilèges et des illusions.

– Vous avez aussi trouvé « Rien » ?

– En fait dès que j'ai entendu l'énigme, je l'ai résolue. Il y avait longtemps qu'on se la posait à l'école.

Mon amour-propre en prend un coup.

– Bon, nous n'allons pas prendre le thé et discuter, il y a plus important à faire. Maintenant que tu as commis la bêtise de monter jusqu'ici, autant en profiter, non ?

Il me donne une grande tape dans le dos.

Si je m'attendais un jour à m'approcher du Grand Dieu en compagnie de Jules Verne en personne !

Nous escaladons à deux la montagne escarpée, et grâce à des pitons et des cordes nous pouvons avancer en rappel.

– Je voulais vous dire que j'ai lu tous vos livres, dis-je.

– Merci, cela me touche de trouver dans ces circonstances un peu exceptionnelles un « fidèle lecteur ».

Je me sens comme la groupie d'une star de rock à côté de son idole. J'avais admiré Raoul, j'avais admiré Edmond Wells, maintenant j'admire Jules Verne.

Autour de nous, des pointes de roche jaune surgissent de gouffres, et n'était le sommet embrumé qui nous nargue, nous pourrions perdre tout repère.

– Vers la fin de ma vie, j'ai compris que la science

ne nous sauverait pas, alors je me suis tourné vers la spiritualité mais il était déjà trop tard. Maintenant, si je redevenais écrivain, je n'écrirais que sur ce nouveau défi à la curiosité humaine.

– L'ésotérisme ?

– Dieu. Le Grand Dieu. Celui qui est là-haut et qui se moque de nous depuis le premier jour de l'apparition de la vie.

Nous progressons en silence.

Finalement nous arrivons dans une zone de brouillard complètement opaque. Mon compagnon au-dessus de moi disparaît dans les brumes. Heureusement que nous sommes encordés.

– Ça va en dessous ? demande-t-il.

– Tant que nous restons attachés, ça va.

Nous avançons dans le brouillard jusqu'à une zone que nous sentons moins abrupte. Puis complètement plate. Un plateau en haute altitude.

– Vous y voyez quelque chose ? demandé-je.

– Non, rien. Même pas mes pieds.

– Et si nous nous tenions par la main ?

– Non, dit-il, en cas de danger nous serions tous les deux emportés en même temps, mieux vaut au contraire prendre le maximum d'écart. Je vais passer devant.

Nous nous attachons avec une corde et nous reprenons la marche.

Je ne distingue plus mes jambes, mais je sens que le sol devient boueux et collant. Une odeur d'herbes sature l'air. Puis la terre devient de plus en plus meuble, je m'enfonce dans de l'eau froide. Une sorte de marécage.

Soudain je sens une secousse sur la corde.

– Hé ? Ça va ?

Pas de réponse.

Un coup mou puis un coup sec. Ça tire par à-coups, de plus en plus fort, puis plus du tout. J'attrape la corde et constate que le bout a été tranché.

– Hé ! Jules Verne ! Jules ! Jules !

Pas de réponse.

Je l'appelle encore, puis me résigne à admettre qu'il a disparu. Comme pour conforter mes craintes un cri résonne :

– VA-T'EN VITE !

C'est la voix de l'écrivain du *Voyage au centre de la Terre*.

Un hurlement déchirant retentit puis s'éloigne, comme s'il était emporté par un ptérodactyle.

– ARRGHHHH ! ! !

Je me fige. Je commence à m'enliser doucement dans le marécage. J'avance en pataugeant. Je ne sais plus où sont le nord, le sud, l'est ou l'ouest. Pour éviter de percuter un arbre, je marche les bras en avant. Pour éviter de tomber dans un trou, je progresse en balayant le sol avec un pied, puis en avançant progressivement l'autre. Comme je suis sur un plateau, je ne distingue même plus la pente. Je comprends bientôt que je tourne en rond en découvrant un bout de la toge de Jules Verne.

Je suis perdu dans les brumes d'un plateau de montagne.

Je m'immobilise.

Soudain, je sens des plumes contre mes genoux.

Je me penche : un cygne blanc aux yeux rouges me regarde. Il n'a pas l'air du tout effrayé, il reste là comme s'il attendait quelque chose. Je le caresse, il avance. Je le suis. Il glisse sur l'eau du marécage, jusqu'à une rive sèche.

Il sort. Je le suis toujours. Il me guide vers une zone où le brouillard est moins dense. Une côte à gravir. À mesure que je m'élève doucement, les écharpes de brouillard s'étirent et dévoilent le sommet de la montagne.

103. ENCYCLOPÉDIE : CYCLOPES

Leur nom signifie « Ceux dont l'œil est entouré d'un cercle ». Selon la mythologie grecque, ils étaient trois dont les noms sont liés au pouvoir de Zeus. Téropès (l'éclair), Argos (la lueur), Brontès (le tonnerre). Ils ont œuvré aux côtés d'Héphaïstos pour confectionner les armes magiques et ont ensuite combattu avec Zeus durant la guerre contre les Titans. Il semble que les cyclopes soient à l'origine une corporation de forgerons du bronze de l'Hellade primitive. On leur tatouait un cercle sur le front en l'honneur du soleil, source indirecte de l'énergie de leurs fourneaux. Les Thraces par la suite continuèrent de se tatouer pareillement un cercle sur le front en espérant que cela leur donnerait la maîtrise des métaux.

Edmond Wells,
Encyclopédie du Savoir Relatif et Absolu, Tome V.

104. FACE AUX CYCLOPES

Je découvre un vaste plateau au centre duquel brille un lac. Et au milieu du lac : une île.

Le plateau est encore entouré de brumes mais il me semble qu'il n'y a plus rien au-dessus. Je suis arrivé au sommet de la montagne d'Olympie !

J'AI RÉUSSI.

J'ai du mal à le croire. L'exploit me semble presque trop facile. Je me pince et cela me fait mal. Je ne rêve pas.

J'y suis. Je suis au sommet. Le cygne blanc aux yeux rouges qui m'a servi de guide s'envole.

Le palais sur l'île est une bâtisse ronde monumentale, tout en marbre. Il ressemble à un gros gâteau à la crème blanc posé sur une petite assiette verte. Plusieurs étages forment des plateaux ronds superposés comme dans une pièce montée. L'étage supérieur est flanqué d'une petite tour carrée.

Ce doit être de ce palais que partait le signal lumineux.

Le temps change brusquement. Un plafond nuageux masque le ciel et les étoiles.

Sur le lac nagent des cygnes paisibles.

Mon cygne aux yeux rouges doit s'ébattre parmi eux, mais je ne saurais le reconnaître.

L'ensemble de ce décor est empreint d'un romantisme inquiétant.

Je n'ai plus de destrier volant à ma disposition. Mes mollets ne sont pas garnis d'ailes. Pas le choix. Il faut que je rejoigne cette île à la nage.

Je confie ma toge sale et déchirée à des roseaux puis, en tunique, je descends dans l'eau du lac.

C'est glacé.

Je m'avance dans l'eau, m'arrosant la nuque et le ventre. Puis, d'une brasse lente, je nage en direction du palais blanc. Je repousse des nénuphars, des plantes aquatiques, des lentilles d'eau, des grenouilles, des têtards. Une odeur de jasmin et de nénuphar recouvre l'odeur de marécage.

Quelques cygnes s'approchent de moi pour inspecter cet animal étrange qui vient faire trempette dans leur lac.

Plus je progresse, plus je me rends compte que l'édifice est beaucoup plus élevé que je ne le croyais. Les cygnes les plus curieux me frôlent de si près que je pourrais les toucher, ils m'examinent puis me suivent.

J'approche de l'île. Une silhouette immense apparaît sur une terrasse.

Le Cyclope est reconnaissable à sa tenue de forgeron et à son œil unique placé au milieu du front. Il est plus grand que les Maîtres dieux.

Il me voit. Il dégage sa croix ansée, me met en joue et tire. Pas le temps de réfléchir, je plonge alors que sa foudre éclaire sous l'eau. Je suis touché à la cuisse. Douleur aiguë. Mais l'eau a atténué l'intensité du tir.

Je me souviens avoir lu dans l'*Encyclopédie* que les Cyclopes étaient cannibales. Que feront-ils de moi s'ils m'attrapent ? Me rôtir à la broche ? Ainsi je ne terminerai même pas chérubin ou centaure... Énième étape du chemin d'humilité : je me transformerai en excrément de Cyclope.

Je nage sous l'eau.

Heureusement que je me suis toujours montré bon nageur en apnée dans ma dernière vie de mortel.

Je sors la tête. Le Cyclope se tient au rez-de-chaussée où une terrasse borde le lac. Je me lance dans un tour de l'île pour l'éviter.

Parvenu dans une zone de bambous et de roseaux, je le vois de dos. Il me cherche. Il se dirige vers une immense cloche et la fait tinter.

Deux autres Cyclopes apparaissent.

Je saisis un roseau, le casse, et m'en fais un tube pour respirer sous l'eau. Ils doivent croire que je me suis noyé.

J'attends bien une demi-heure. Ma cuisse m'élance. Puis, trempé, j'émerge enfin, j'avance sur la grève parmi les buissons, j'escalade un petit muret, et me hisse sur une terrasse en marbre blanc.

Je me faufile dans le palais en boitant.

Ne pas abandonner. Pas maintenant.

Je pénètre dans l'immense palais de marbre blanc.

Un bruit de pas lourd m'oblige à me cacher derrière une colonne.

Cette fois, ce n'est pas un Cyclope mais deux Hécatonchires, ces géants munis de cinquante têtes et cent bras. N'en aurai-je donc jamais fini avec les monstres ? Je crois me rappeler que Cyclopes et Hécatonchires furent les gardes rapprochés de Zeus, dans la lutte contre les Titans, et à ce titre furent associés à la victoire du roi des dieux.

Je les laisse passer. Quand le bruit de leurs pas est éloigné, je me faufile.

Le palais de Zeus est démesuré. Son plafond, au jugé, s'élève à plus de vingt mètres de hauteur. J'ai l'impression d'être une petite souris qui se faufile dans la tanière du chat.

Dans le hall d'entrée, des statues représentent les douze dieux de l'Olympe. Tous sont figés avec un air réprobateur. Même la statue de Dionysos. Même celle d'Aphrodite. Sur les murs, des fresques aux couleurs pastel montrent différents épisodes de la guerre des Olympiens contre les Titans. Les visages expriment la colère, la rage, la détermination.

Mes pas résonnent sur le marbre. Je laisse des flaques d'eau derrière moi.

Je passe une grande porte, qui débouche sur un couloir. Puis une autre qui donne sur un autre couloir, puis une autre encore et un autre couloir. Les portes sont immenses, en bois massif orné de bronze doré.

Je parviens au pied d'un escalier monumental. Tirant la jambe, je le monte avec précaution. Pour aboutir à des couloirs déserts, de somptueuses salles vides, d'innombrables couloirs encore jusqu'à une orangeraie remplie d'arbres en vastes pots de marbre argenté. Je contemple les arbres et m'aperçois que leurs fruits sont des sphères de verre d'un mètre de diamètre. À bien y regarder, sous le verre, se trouvent des planètes. Comme Terre 18.

Au niveau de la racine de l'arbre, face à moi, une inscription : NE PAS TOUCHER.

L'injonction me rappelle une phrase d'Edmond Wells à propos de la Bible : « Quand Dieu dit à Adam et Ève : "Vous pourrez toucher à tous les arbres sauf à celui qui est au milieu, car c'est l'arbre de la connaissance du Bien et du Mal", Il ne pouvait pas mieux les inciter à y toucher. C'est comme si on disait à un enfant : "Tu peux t'amuser avec tous les jouets, sauf celui qui est là bien en face de tes yeux." »

Curieux, je sors mon ankh et examine la surface d'un de ces fruits. À ma grande surprise, ce monde a l'air vraiment très joli, très harmonieux.

Sans m'en apercevoir, à force de me pencher pour examiner de près ce petit bijou, mon menton frôle la surface. À peine ai-je eu un infime contact avec la paroi que la sphère se détache. Il me semble qu'elle tombe au ralenti avant d'éclater, toujours au ralenti, en milliers de morceaux.

Tout d'abord je n'entends rien, puis, dès que le son revient, une détonation de verre brisé résonne sans fin dans l'immense orangeraie.

Contrairement aux sphères de chez Atlas qui ne contenaient que de l'air, à ma grande horreur, il sort de la gangue transparente une boule dure !

Se pourrait-il que ce soit une vraie planète ?

Elle roule dans la salle avec un bruit de boule de bowling. En roulant, elle écrase ses montagnes et a fortiori ses villes et ses humains. Je n'ose imaginer ce qui se passe pour eux. Les océans, qui ne sont plus retenus par la gravité, laissent une flaque derrière la sphère-monde, comme une bave d'escargot. Son atmosphère en fuyant se transforme en une fumée bleue qui doucement se répand autour de la boule.

Quand la planète s'arrête enfin, contre le mur du fond, je m'approche pour en inspecter la surface. Je vois des ruines. Les humains sont écrasés comme des fourmis, aplatis dans leurs voitures, contre les murs, dans les maisons.

Tel un enfant qui a commis une bêtise, je m'assure que personne ne m'a vu. Je repousse la planète et ses débris derrière un arbre en pot.

En face, une porte m'incite à déguerpir à toute vitesse. Je franchis encore des portes, jusqu'à ce que mon regard s'arrête sur une grande pièce carrée et bleue au centre de laquelle s'enroule un escalier étroit, en colimaçon.

Je grimpe longtemps.

Je dois être au sommet du palais. Je pousse un large battant blanc et découvre une salle carrée d'au moins trente mètres de hauteur. Au centre se dresse un trône de quinze mètres dont je ne vois que l'arrière du dossier. Il fait face à une fenêtre fermée par deux contrevents et à demi masquée par de lourdes tentures pourpres.

Tout à coup, le trône fixé sur un axe rotatif commence à tourner. Au fur et à mesure qu'il vire, il dévoile une présence.

Je n'ose relever la tête. Mon cœur cogne à m'en défoncer la poitrine.

Je découvre SES orteils géants.

SES pieds pris dans des sandales d'or.

SES genoux. SON torse enveloppé dans plusieurs épaisseurs de tissu de fils d'or.

Et au-dessus, enfin, SON immense visage.

IL me regarde.

105. ENCYCLOPÉDIE : ZEUS

Son nom signifie « Le ciel lumineux ».

Troisième fils de Rhéa et de Chronos, il est né sur le mont Lycée en Arcadie. Comme son père mangeait ses enfants, de peur d'être détrôné par eux, sa mère utilisa un stratagème pour le sauver. Elle le remplaça par une pierre emmaillotée dans un linge. Rhéa cacha ensuite son fils en Crète, où le jeune Zeus fut élevé par les nymphes, nourri du lait de la chèvre Amalthée qu'il partageait avec le dieu bouc Pan.

Arrivé à l'âge adulte, il détrôna son père Chronos et le força à vomir ses frères et sœurs, ainsi que la pierre qui l'avait sauvé. Celle-ci fut déposée en souvenir au temple de Delphes.

Puis Zeus, aidé de ses frères et sœurs, monta l'armée des Olympiens et combattit les Titans conduits par le géant Atlas pendant dix ans. Notons que cette période correspond à dix années de tremblements de terre qui frappèrent alors la Grèce.

Zeus remporta la guerre et dès lors devint roi du monde.

Sa mère lui ayant interdit de se marier, il entra dans une violente colère et menaça de la violer.

Rhéa ne dut son salut qu'à sa capacité à se changer en serpent. Mais... il se transforma lui aussi en serpent et ainsi viola sa mère.

Puis Zeus démarra une carrière de grand séducteur et de grand violeur. Notons que chacune des « conquêtes mythologiques » de Zeus correspond à une invasion grecque des territoires voisins.

Sa première conquête fut Métis, la fameuse jeune fille qui avait préparé le breuvage grâce auquel Chronos vomit ses enfants. Son forfait accompli, Zeus, craignant qu'elle lui donne un enfant parricide, l'avala, ce qui lui provoqua une violente migraine. Pour le soulager, Prométhée creusa une brèche dans son crâne et il en jaillit sa fille Athéna, tout armée et casquée.

Profitant de son aptitude à prendre toutes les formes, il séduisit Europe en se transformant en taureau, Danaé en se transformant en pluie d'or, Léda en se transformant en cygne, sa propre sœur Héra en se transformant en oiseau.

Zeus prit l'apparence d'Apollon pour séduire Callisto, emprunta les traits d'Amphitryon pour coucher avec sa femme, réputée très fidèle. La liste de ses maîtresses est vertigineuse. Cependant il n'eut pas que des femmes. Il eut aussi un « coup de foudre » pour un jeune garçon, Ganymède, fils du roi Tros, censé être le plus beau jeune homme de la Terre. Pour l'attraper, Zeus se transforma en aigle.

On ne lui connaît que deux échecs amoureux : la mère d'Achille, et Astéria, l'une des Pléiades.

Comme cette dernière se refusait à lui, Zeus la transforma en caille. Elle se jeta alors à la mer et devint l'île de Délos.

Edmond Wells,
Encyclopédie du Savoir Relatif et Absolu, Tome V.

106. LE PATRON

Ainsi j'ai enfin en face de moi le roi de l'Olympe.

Ce qui me surprend le plus, c'est qu'il est... exactement comme je l'avais imaginé.

C'est étrange comme obtenir ce que l'on désire le plus peut avoir quelque chose de dérisoire. Je crois que c'est Oscar Wilde qui disait : « Dans la vie il y a deux tragédies. La première c'est de ne pas avoir ce que l'on souhaite. La seconde est d'obtenir ce que l'on souhaite. Mais la pire des deux est la seconde, car une fois qu'on a ce que l'on veut, on est souvent déçu. »

Il me scrute.

Assis sur son trône d'or, ce géant qui mesure dix mètres arbore une barbe blanche bouclée où il me semble distinguer des fleurs de lys. Sa chevelure, blanche elle aussi, forme une crinière de lion retombant lourdement sur ses épaules. Son front haut et légèrement bombé est rehaussé d'une bandelette dorée sertie de minuscules diamants bleus. Ses sourcils sont épais. Ses orbites profondes révèlent deux yeux rouges, lumineux. Sa peau est très blanche. Ses mains sont énormes, musclées, parcourues de veines apparentes.

Dans sa main droite, un sceptre lance de temps à autre des étincelles, comme si un courant électrique le parcourait. Dans sa main gauche, une sphère surmontée d'un aigle. Sa toge de fils d'or forme une draperie compliquée tombant de ses épaules, entourant ses genoux. Autour de ses chevilles et de ses mollets, les lanières de ses sandales d'or sont incrustées, elles aussi, de petits diamants bleus.

Je lui arrive à peine au mollet.

Il continue de me fixer avec le sourcil réprobateur

d'un homme découvrant un minuscule hamster qui viendrait lui réclamer des graines. Il articule :

– DEHORS.

Sa voix est grave. Elle m'inspire le respect et la crainte.

Je ne bronche pas.

– FICHE LE CAMP !

IL m'a regardé et IL m'a parlé.

Il bouge la main et sa toge fait un bruit de vent.

Ce n'est ni la stupeur ni l'émerveillement qui me chavirent, mais la prise de conscience : j'ai devant moi l'apogée de toute la hiérarchie des âmes.

Et ce monarque absolu m'a adressé personnellement la parole. Sa voix s'adoucit.

– Tu n'as pas compris, petit ? Je t'ai dit de t'en aller. Tu n'as rien à faire ici, allez, retourne jouer avec tes camarades.

Je décrypte ses mots. Je suis désormais partagé entre la joie qu'IL m'adresse la parole et la difficulté de percevoir le sens de ce qu'il dit.

Je le dérange. Il a inévitablement des affaires plus importantes à régler. Me revient à l'esprit la phrase qui a bercé toute ma vie : « Mais au fait qu'est-ce que je fais là ? » En même temps résonnent dans ma tête d'autres phrases prononcées au cours de mes aventures : « Tu es peut-être celui qu'on attend » et puis : « L'amour pour épée, l'humour pour bouclier. » Est-ce que cela marche aussi avec Zeus ?

Je ne me suis pas donné tant de mal pour arriver ici et abandonner. N'étant « rien », je n'ai « rien » à perdre.

Mes jambes flageolent, mais mes talons ne tournent pas.

Son regard devient franchement agacé.

– DEHORS ! Tu n'as pas compris ? Je veux être seul.

Je ne bouge pas. De toute façon, j'en suis toujours physiquement incapable.

Aphrodite m'a dit qu'elle souhaitait résoudre l'énigme pour revoir Zeus. Héra, sa propre femme, m'a signalé ne pas avoir eu de ses nouvelles depuis longtemps. En toute logique, il ne veut plus que quiconque le dérange.

Qu'aurait fait mon maître Edmond Wells à ma place ? Je l'ignore, mais je sais ce qu'il n'aurait pas fait. Assurément il n'aurait pas fait un petit geste de salut en disant : « Excusez-moi du dérangement, je referme la porte en partant. »

Zeus me regarde, immense, écrasant. Il se penche vers moi comme jadis je me suis penché sur la fourmi qui voulait grimper sur mon doigt. Et comme elle, je suis effrayé par la taille de ce doigt, de ce dieu. Il pourrait m'écraser d'une pichenette. Je tente de parler mais je n'y arrive pas.

Il fronce le sourcil. Sa voix devient énorme, tonitruante :

– JE NE VEUX PLUS VOIR PERSONNE.

Puis il poursuit à peine plus doucement :

– Pfff... Maîtres dieux, élèves dieux, ils sont tous tellement imbus d'eux-mêmes. Ils se comportent comme des mortels, pire, comme des gamins. Et dès qu'on leur donne le nom de dieux, ils ne se sentent plus. L'ego, l'ego. L'ego enfle avec la capacité de m'approcher. Allez dégage, petit. Tu voulais me voir, tu m'as vu. Déguerpis.

Là il faut vraiment que je trouve quelque chose à répondre ou que je m'empresse de ficher le camp.

Il me toise.

– Après tout, moi aussi j'ai voulu autrefois revoir mon père Chronos. Le maître du temps... À l'époque il me semblait un géant, maintenant tu l'as vu, c'est un petit bonhomme. C'est fou l'idée qu'on se fait des gens.

Il s'arrête, se penche vers moi.

– C'est Héra qui t'a envoyé ici, n'est-ce pas ? Elle est là tout le temps à me soupçonner de je ne sais quoi. Et depuis que j'ai couché avec Ganymède elle est devenue impossible. Sa fierté de femme, probablement. Elle supportait mal que je la trompe avec des filles plus jeunes, mais quand elle m'a vu avec un garçon, je crois que sa féminité en a pris un coup.

Il se caresse la barbe.

– Elle s'imaginait quoi ? Que je me limiterais aux femmes mortelles ? Voilà. J'assume. Je suis le roi des dieux et je suis « bi ». Entre nous je trouve normal d'avoir, comme tous les artistes, besoin de sensations nouvelles.

Il éclate d'un rire tonitruant, comme s'il était content de sa trouvaille.

– Allez, voilà, nous avons un peu parlé. Tu as conversé avec le roi des dieux. Tu pourras frimer devant tes copains de classe. Tu as vu le grand Zeus dans son palais. Maintenant fiche-moi le camp.

J'ai trop attendu et trop souffert pour me résigner à partir.

– Tu ne veux pas décamper, alors je vais te transformer en cendres.

Il lève sa foudre et s'apprête à l'abattre sur moi.

Je ferme les yeux et attends. Il ne se passe rien.

– À moins que ce soit Aphrodite qui t'envoie. Ah, celle-là ! Avec qui n'a-t-elle pas couché ? Héphaïstos,

Hermès, Poséidon, Arès, Dionysos... Ah... il n'y a que... que moi... qui ne l'aie pas eue... Alors elle s'en est fait un défi personnel. Elle veut faire l'amour avec moi, son père adoptif. Quelle chipie ! Je la soupçonne même d'avoir eu Hermaphrodite avec Hermès rien que pour flatter ma bisexualité. Et maintenant elle m'envoie des « élèves ». Et pas n'importe quel élève, un petit malin qui a su passer l'énigme de mon Sphinx.

Il se carre confortablement dans son trône.

Je me répète : « N'étant rien, je n'ai rien à perdre. » Et j'entends de la voix de tonnerre :

– N'étant rien, tu n'as rien à perdre, crois-tu ?

Il lit dans mes pensées !

– Oui, bien sûr « petit rien », je lis dans tes pensées. Je suis Zeus.

Ne pas se laisser impressionner.

– Tu trouves que je parle d'une manière trop « normale » pour un Grand Dieu ? Mais pense aux hamsters, par exemple, ceux de ton Théotime. Ces hamsters, ils voient quoi ? Des géants qui les nourrissent, qui les déplacent, qui les tuent. Ils croient que l'enfant qui s'occupe d'eux est leur Grand Dieu. Pourtant si un de ces hamsters pouvait lui parler, il n'y a aucune raison pour que ce gamin leur réponde avec grandiloquence. Il lui parlerait de manière enfantine, naïve, « normale ». Moi je suis normal, mais toi...

Qu'est-ce que j'ai fait encore ?

– Qu'est-ce que tu n'as pas fait, devrions-nous dire. C'est bien d'être arrivé jusqu'ici, mais... qu'as-tu fait de tes talents ?

Je me souviens qu'Edmond Wells m'avait cité cette phrase de Jésus : « Au moment du Jugement dernier il ne te sera posé qu'une question "Qu'as-tu fait de tes talents ?" »

Je déglutis.

– À celui qui a beaucoup de talents, il sera demandé beaucoup. Tu as beaucoup de talents, le sais-tu, Michael Pinson ?

J'ai l'impression que son regard fouille dans mon esprit. Il faut ne penser à rien.

Comment ne penser à rien ? Être dans le présent total. Chaque mot sorti de son immense bouche doit être la seule information à circuler dans mon esprit. Je suis un vase vide et je me remplis de ses paroles.

– Tu as su venir ici. C'est bien. Tu sais trouver des solutions. Mais tu n'as utilisé que dix pour cent de ton potentiel.

J'essaie de respirer normalement.

– Un grand talent impose une grande responsabilité. Si tu n'avais pas de talent, tu aurais pu être comme tout le monde. Et personne ne t'en aurait fait grief. Mais toi... Tu as entr'aperçu certaines vérités qui ne sont écrites nulle part. Juste par ton intuition, hein ? C'est ce qui t'a permis d'arriver ici... C'est bien, mais c'est insuffisant.

Je sens battre mon cœur.

– Tu n'es pas n'importe qui, Michael Pinson. Tu détiens un secret que tu ignores. Sais-tu seulement ce que signifie ton nom ?

Non.

Il vient de l'hébreu. Mi-Cha-El. Mi : quoi. Cha : comme. El : Dieu. « Qu'est-ce qui est comme dieu ? » Voilà la question que tu portes. Et voilà pourquoi tu es ici. Pour savoir ce qui est comme dieu.

Je n'ose comprendre.

– Tu as reçu beaucoup de talents, parce que... enfin il y a des raisons à cela... peut-être que « certains » depuis longtemps ont pensé que « tu serais celui qu'on attend ». Certains. Pas moi. Moi tu m'as déçu. Je trouve que tu t'es très peu utilisé toi-même.

Qu'ai-je fait de mal ?

– De mal ? Rien. Mais tu as été fainéant. Tu n'as pas assez accompli de choses par rapport à ton potentiel. Pourquoi n'as-tu pas sauvé ton peuple, pourquoi n'as-tu pas davantage aimé Mata Hari, pourquoi n'as-tu pas su te dégager de l'emprise d'Aphrodite, pourquoi n'as-tu pas informé tes amis de tes doutes sur le déicide ?

Il sait tout de moi.

– Pourquoi n'es-tu pas venu ici... plus tôt ?

Ça c'est la meilleure. Pourquoi ne suis-je pas venu au sommet de l'Olympe plus tôt ?

– Tu es issu de moi. Tu es aussi « mon fils », Michael. Le sais-tu ?

Je n'avais jamais imaginé un père aussi grand.

Il recule dans son siège.

– Tu as résolu l'énigme. C'est une énigme d'humilité. Pour penser à rien, il faut déjà envisager rien. La plupart des gens ne percent pas l'énigme parce que dès qu'on dit « mieux que Dieu » ils sont dans un vertige. « Pire que le diable » ne fait que les troubler encore plus.

Il regarde ses mains.

– As-tu déjà pensé à rien ? Le problème avec rien c'est la question : « Comment peut-on définir l'absence de quelque chose ? » Si l'on dit : Ce n'est pas du verre, tu es obligé de penser au verre pour définir cette absence...

Il sourit.

– C'est pour cela que même les athées se définissent par rapport à Dieu et donc le font exister. C'est pour cela que les anarchistes se définissent par rapport au monarchisme ou au capitalisme et sont donc déjà piégés. Ah ! la force du rien... Toi, tu as trouvé parce que tu es agnostique, tu reconnais ton ignorance et donc tu n'es pas empêtré par tout ce fatras de convictions, de croyances, de foi, de certitudes. La certitude, c'est la mort de l'esprit. C'est la petite phrase de ton ami : « Le sage cherche la vérité, l'imbécile l'a déjà trouvée. »

Il se penche légèrement.

– Le rien, le vide, le silence. C'est tellement fort. Je me rappelle un auteur mortel de Terre 1, un inconnu dont j'ai oublié le nom. Il avait envoyé son manuscrit aux éditeurs avec un mot : « J'ai rédigé ce livre, mais le plus important dans mon livre est ce qui n'est pas écrit. »

Je me répète la phrase pour bien la comprendre.

– Il voulait probablement signaler que le plus important était ce qu'il faut lire entre les lignes. C'est dans le vide entre les caractères d'imprimerie que résidait le vrai trésor.

Il change de physionomie.

– Cet écrivain n'a pas été édité. Pourtant il avait tout compris. Trop fort pour ses contemporains... Alors dis-moi, Michael, as-tu déjà réussi à ne penser à « Rien » ?

Non.

– Voyons. À quoi penses-tu quand tu ne penses à rien ?

Je pense : « Au fait que j'essaie de ne penser à rien. »

– C'est difficile, n'est-ce pas ? Mais quand on réussit, on éprouve une sensation de fraîcheur. Comme si on ouvrait la fenêtre d'une chambre à l'air vicié. Toutes ces pensées qui encombrent comme des vêtements qui traînent dans une chambre et empêchent d'y circuler librement. Même rangés, ils gênent. Regarde ici, pas de meubles, pas de sculptures. Rien que mon trône et moi. Rien d'autre. Moi aussi je suis comme toi, esclave du tourbillon permanent des images, des désirs et des émotions.

Il se lève et se dirige vers la fenêtre cachée par le rideau pourpre et fermée par les contrevents. Il examine l'étoffe, repère une poussière, la dégage d'un revers de la main.

– Tu veux savoir ? Tu veux avancer ? Alors j'ai une épreuve pour toi avant de continuer à te révéler des secrets.

Zeus se met alors à rétrécir doucement. Il passe de dix mètres à cinq mètres, puis à trois, puis à deux mètres cinquante. Là il ne me dépasse plus que de deux têtes. À cette taille, il m'impressionne moins. Il ressemble à un Maître dieu comme les autres. Il me demande de le suivre dans l'escalier qui menait à son trône.

Nous arrivons dans la salle carrée et bleue. Deux portes se font face. Il pose la main sur la poignée de celle de droite.

– As-tu bien écouté ce que je t'ai dit ? Souviens-toi de chacun de mes mots.

Zeus a dit que je lui rappelais lui-même voulant rencontrer son père. Il a dit que mon nom était une clef. Mi-Cha-El. « Qu'est-ce qui est comme dieu ? » Il a dit que je n'avais pas utilisé tous mes talents.

Il ouvre la porte et déclare :

– On ne peut s'élever qu'en affrontant l'adversité.

Il tourne la poignée.

– Es-tu prêt à combattre pour savoir ?

Sa main appuie encore sur la poignée.

– Au fur et à mesure qu'on s'élève, la difficulté augmente. Es-tu prêt à connaître ton pire adversaire ?

Il ouvre la porte et m'invite à entrer.

Je vois alors au centre de la pièce une cage. Et à l'intérieur un adversaire qui me laisse pantois.

Je recule.

L'immense Zeus derrière moi, susurre :

– Tu ne t'attendais pas à ça, hein ?

107. ENCYCLOPÉDIE : MUSIQUE

Si les hommes de l'Antiquité entendaient du Wolf-gang Amadeus Mozart, ils trouveraient sa musique discordante, leur oreille n'étant pas accoutumée à apprécier ces accords. Au début, en effet, les hommes ne connaissaient que les sons émanant du corps de l'arc musical, le premier instrument mélo-dique. La note de base allait avec la note de l'octave au-dessous ou au-dessus. Le *do* grave avec le *do* aigu par exemple, était le seul accord qu'ils trouvaient agréable. Ensuite seulement, ils ont jugé harmo-nieux l'accord entre la note de base et sa quarte, c'est-à-dire la note quatre tons au-dessus. Le *do* s'associant par exemple avec le *fa*.

Puis l'humain a trouvé agréable l'accord entre la note de base et sa quinte, la note cinq tons au-des-sus, donc pour le *do* le *sol*. Puis la tierce, *do mi*.

Ce genre d'accords règne jusqu'au Moyen Âge. À l'époque, le triton, écart de trois tons, est interdit et *do fa* dièse l'association considérée comme « *diabo-lus in musica* » : littéralement le « diable dans la musique ».

À partir de Mozart, on commence à utiliser la sep-tième note. Le *do* s'accorde avec le *si* bémol et l'ac-cord « *do mi sol* » paraît d'abord supportable puis harmonieux.

De nos jours, nous en sommes à la onzième ou trei-zième note à partir de la note de base, notamment dans le jazz où sont permis les accords les plus « discordants ».

La musique peut se ressentir aussi avec les os. Dès lors le corps, non influencé par la culture de l'oreille et l'interprétation du cerveau, peut exprimer ce qu'il perçoit d'agréable.

Ludwig van Beethoven, sourd à la fin de sa vie, composait avec, dans sa bouche, une règle posée sur le rebord en bois du piano. Il sentait ainsi les notes dans son corps.

Edmond Wells,
Encyclopédie du Savoir Relatif et Absolu, Tome V.

108. MON PIRE ADVERSAIRE

La personne dans la cage est un homme en tunique sale. Quand j'entre, il me tourne le dos car il est en train de lire. Le livre qu'il tient dans les mains n'est pas n'importe quel livre.

C'est l'*Encyclopédie du Savoir Relatif et Absolu.*

Il se retourne et je reconnais d'autant plus facilement son visage que... c'est le mien.

La main, plutôt le simple pouce, de Zeus me propulse à l'intérieur de la cage et j'entends derrière moi un déclic de cadenas.

– Qui êtes-vous ? demandé-je.

– Et vous qui êtes-vous ? répond l'autre d'une voix qui ressemble à la mienne mais qui n'est pas exactement la mienne.

Peut-être parce que j'entends habituellement ma voix de l'intérieur et que là je la perçois de l'extérieur.

– Michael Pinson, répondis-je.

Il se lève.

– Non, ce n'est pas possible. Car Michael Pinson c'est moi.

Je ne vais quand même pas devoir prouver à cet individu que je suis le seul vrai Michael Pinson.

— Bien, maintenant que les présentations sont faites, annonce la voix amusée de Zeus, je vous laisse la clef pour sortir.

Le roi de l'Olympe pose alors en équilibre entre deux barreaux en hauteur une clef qui a l'air de correspondre au cadenas de la cage.

— Le vainqueur n'aura qu'à me rejoindre pour poursuivre la visite.

Il sort en claquant la porte.

— Je ne sais pas comment vous êtes arrivé ici, proféré-je, mais moi je n'ai suivi qu'un seul chemin et j'étais seul.

— Moi aussi.

— Zeus m'a dit d'entrer, ajouté-je. Et vous étiez dans la cage avant moi.

— Zeus m'a dit d'attendre et qu'il allait me présenter quelqu'un.

— Je n'ai qu'une âme, elle ne peut pas s'être divisée en deux.

Pourtant je sens bien que cet individu n'est pas un simple caméléon qui m'imite ni un élève-dieu déguisé.

C'est bien moi. D'ailleurs, à le voir, je comprends qu'il se dit exactement la même chose, au même moment.

Et dans ce cas, Zeus souhaite nous voir...

— ... nous battre l'un contre l'autre, complété-je.

— C'est l'avantage d'être pareil, dit mon vis-à-vis, on sait immédiatement...

— ... ce que l'autre pense, au moment où il le pense, n'est-ce pas ? Cela risque d'être...

— ... difficile de nous départager.

Il réfléchit et c'est comme si je l'entendais réfléchir en même temps que moi :

– Si Zeus nous impose cette épreuve c'est qu'au final il...

– ... ne doit rester que l'un de nous deux.

C'est étonnant mais, après un instant de méfiance, maintenant que je sais que c'est vraiment moi, en face, je suis très troublé.

Comme pour répondre à cette pensée il déclare :

– Normalement. Pas de gagnant, puisque nous sommes exactement de la même force, de la même intelligence, de la même rapidité.

– En plus nous sommes incapables de nous surprendre mutuellement.

– La seule manière de surprendre l'autre serait alors de...

– ... se surprendre soi-même.

Et comme je dis cela je lui saute au cou et entreprends de l'étrangler. Il se dégage avec un style qui est typiquement le mien en écartant mes mains et en me donnant un coup de pied au ventre.

Je sens sa peur exactement de même intensité que la mienne. Tout comme moi, il ne sait pas vraiment se battre mais se jette en avant et essaie d'improviser.

– Bravo, dit-il, vous avez failli m'avoir par surprise.

Tout à fait le genre de phrase que j'avais envie de prononcer.

Au même instant nous dégainons nos ankhs et nous mettons en joue.

– Le problème, dit-il, c'est que nous savons tous les deux que nous allons tirer au même moment. Donc si l'un de nous tire, nous nous tuerons probablement tous les deux.

Il a raison.

– À moins que nous visions volontairement des parties non vitales, proposé-je.

– Se blesser aux bras et aux jambes ? Ça va être la boucherie.

Nous continuons à nous braquer.

– Nous devons admettre qu'il n'y a pas un faux Michael Pinson et un vrai, mais deux vrais.

– Ça change quoi ?

– Ça signifie que si l'un de nous meurt, le vrai Michael Pinson poursuivra de toute façon sa découverte de l'univers.

– Exact.

– Dans ce cas, il suffirait que l'un de nous se sacrifie.

– Le problème, dis-je, c'est que malgré tout, chacun de nous considère qu'il est unique et seul à mériter de survivre.

– Car nous avons deux consciences, même si elles sont exactement similaires.

Je souris puis je fonce tête baissée dans sa poitrine, mais il a senti venir l'attaque et se dégage. Je le dépasse et, de là où je me tiens, je suis prêt à le frapper dans le dos. En fait je suis idéalement placé pour cette attaque. Je me baisse, lui attrape la jambe et le renverse. Puis à nouveau j'essaie de l'étrangler. Il tend les mains et m'étrangle à son tour. Nous tirons tous les deux la langue en même temps. Nos deux visages sont congestionnés.

– Stop, articulons-nous en même temps.

Nous relâchons tous les deux notre étreinte.

– Réfléchissons ensemble, proposé-je.

– J'allais vous le suggérer.

– On pourrait peut-être commencer par se tutoyer.

Il a un sourire amusé.

– Évidemment, nous n'arriverons à rien par l'affrontement direct.

– Donc nous sommes forcés de nous unir, constatéje. Mais ça nous savons très bien le faire, n'est-ce pas ? Nous l'avons déjà prouvé.

— Le problème c'est que Zeus n'acceptera qu'un seul vainqueur. Nous n'allons pas éternellement rester dédoublés.

— Ce n'est pas vraiment satisfaisant pour l'esprit, nous croirons toujours que l'autre profite de nous, sans être vraiment nous.

— Asseyons-nous, suggère mon autre moi-même.

Je m'assois en tailleur face à lui. Il adopte instantanément ma position préférée.

— Tu es « mon reflet dans le miroir ». Si ce n'est que tu es mon reflet incarné.

— Cela dépend de quel côté du miroir on se place, dit-il. C'est aussi toi le reflet.

Cela ne va pas être simple.

— Donc, il faut s'allier pour réussir. Mais comme tu l'as lu dans l'*Encyclopédie*, il y a le dilemme du prisonnier.

— Bien sûr. Ce fameux dilemme qui veut que jamais personne ne puisse faire confiance à l'autre. Et que chacun pense que l'autre va le tromper au dernier moment.

— À la différence que cet autre c'est nous-mêmes. Alors la question devient : « Puis-je me faire confiance à moi-même ? »

Il sourit et, pour la première fois, je lui trouve quelque chose de sympathique. En fait je m'aperçois à cet instant que je ne me suis jamais trouvé ni beau ni sympathique. Les quelques rendez-vous que je donnais à mon image, c'était le matin quand je me rasais devant la glace. Or, parfois ce visage à la peau parcheminée et au regard nerveux me semblait plus repoussant qu'attirant. Au point que je me demandais comment une femme pouvait me trouver beau. Et je me souviens en même temps que c'était précisément les femmes qui m'avaient permis de découvrir que, malgré ma répulsion naturelle pour ma propre image, je devais être séduisant. Oui, le regard des femmes a été un miroir bien plus généreux que mon propre regard.

D'abord celui de ma mère, puis celui de ma sœur, puis ceux de mes maîtresses et enfin de Rose, ma femme sur Terre 1. Puis d'Aphrodite et de Mata Hari en Aeden.

– Comment me trouves-tu ? demandé-je.

– Pas terrible, me répond-il. Et toi ?

– Pas beaucoup mieux.

Nous avons un petit rire simultané.

– Donc nous ne sommes pas près de nous apprécier.

Je me rappelle ce que j'ai vu sur le continent des morts lorsque j'étais thanatonaute. En guise de procès d'un mortel, les archanges amènent surtout l'âme à se juger elle-même sur sa vie précédente. Et les âmes ont moins d'indulgence pour leur propre passé que les juges officiels. Beaucoup souhaitaient souffrir dans leur vie suivante pour expier les péchés de la précédente. Nous sommes très durs avec nous-mêmes à la fin de notre vie, lorsque, connaissant l'enjeu, nous savons ce que nous avons accompli de bénéfique et de maléfique. Pourtant je ne crois pas avoir eu d'estime pour moi-même de mon vivant. Et même dans ma vie d'ange. Et même dans ma vie de dieu. J'ai toujours fonctionné avec l'idée que « le moi est haïssable ».

Justement l'autre me toise avec une sorte de dédain qui n'est pas sans rappeler celui que j'ai ressenti pour Raoul avant de lui mettre mon poing dans la figure.

– C'est peut-être cela la clef du problème. Nous aimer, dis-je.

– Bon, alors il faut d'abord que je t'avoue quelque chose, je ne me suis jamais aimé.

– Je sais. Pareil pour moi.

– Je ne me suis jamais trouvé beau, je ne me suis jamais trouvé intelligent. J'ai l'impression que j'ai eu de la chance quand j'ai réussi mes examens à l'école et à l'université.

– Je vais même plus loin, je me suis toujours pris pour un escroc, quelqu'un qui dupait son entourage.

– À qui le dis-tu !

– Et puis j'ai des reproches à te faire.

– Vas-y, c'est le moment.

– Il y a des incidents dans ton passé qui ne m'ont pas plu du tout. Tu te rappelles la fois où un type t'avait insulté et que tu n'as rien dit.

– Et alors ?

– Tu aurais dû te défendre. Personne n'a le droit de te manquer de respect.

– Je vois parfaitement à quelle situation tu fais allusion. Mais je te rappelle que j'avais 7 ans.

– N'empêche, cette lâcheté, par la suite, tu l'as reproduite souvent. C'est ça qui m'a toujours dégoûté chez toi, ce côté profil bas au lieu de t'affirmer.

– Tu peux parler ! Tu te souviens quand tu as frappé à l'âge de 8 ans ce garçon obèse que tout le monde appelait « Gros plein de soupe » ? Ça oui, pour frapper les boucs émissaires, tu as su trouver le courage.

– « Gros plein de soupe » ? Mais tout le monde le tapait à toutes les récréations. Tu voulais que je sois le seul à l'épargner ? Il était ridicule ! D'une bêtise... En plus il aimait qu'on le frappe. Il riait quand on le tapait.

– « Gros plein de soupe »... Tu crois qu'il est devenu quoi ?

– Je ne sais pas... pâtissier ?

– Il a dû être malheureux et persécuté toute sa vie.

– Mais il n'y avait pas que moi, nous étions tous responsables. Toute la classe. Les 30. Même les filles le frappaient pour rigoler.

– Alors tu es au 30e responsable de sa douleur. Tu as participé à la curée.

– Ce n'est pas comparable.

– J'ai encore d'autres griefs à ton égard. Pourquoi ne pas avoir fait l'amour plus tôt ? Tu as commencé à 20 ans. C'est quand même un peu tard.

– Je voulais une fille très jolie pour commencer.

– Tu as dénigré toutes sortes de filles très gentilles qui étaient pleines de bonnes intentions à ton égard.

– Je me faisais une image romantique du premier flirt.

– Tu parles ! Tu méprisais toutes les filles qui manifestaient une attirance pour toi, et tu ne tombais amoureux que des garces. Déjà les petites aphrodites te fascinaient.

– J'aime les jeunes filles qui ont du caractère.

– Tu as un fond masochiste. Tu embrasses la main qui te frappe, mords la main qui te caresse.

– Ce n'est pas vrai. Chaque fois que j'ai connu des problèmes de couple, j'ai arrêté.

– Mais tu as laissé ces problèmes se développer. Au lieu d'être ferme dès le départ.

– Tu ne me pardonnes rien, hein ?

– Au boulot, tu n'as jamais eu le courage de t'imposer dans le service où tu travaillais.

– Tu te souviens des collègues ? Des tueurs. À se manger le nez pour plaire aux chefs. Je ne voulais pas rentrer dans ce jeu.

– Alors c'est toi qui t'es fait bouffer par tout le

monde. Tu voyais ton territoire se rétrécir tous les jours.

— D'accord, je n'ai jamais été un guerrier, ni pour me défendre, ni pour séduire, ni pour envahir les territoires des voisins. C'est pour cela que tu ne m'aimes pas ?

— Entre autres. Mais le pire c'est que tu revendiquais ta faiblesse comme une forme de gentillesse. Pas à moi, s'il te plaît. Je te connais trop. Tu étais lâche, c'est tout.

— Tu vas me condamner et tu vas faire quoi ? Me tuer ? Tu sais très bien qu'aucun de nous deux n'a intérêt au combat.

Soudain il me colle une gifle. Aussitôt je réponds par un coup de poing. Il s'arrête.

— Pourquoi as-tu fait ça ? demandé-je.

— La punition pour ta lâcheté. Vas-y, frappe-moi encore que je m'abîme et que tu t'abîmes. Là ce n'est pas pour gagner, c'est juste pour payer la dette de nos vies.

Il fonce à nouveau sur moi et tente de me cogner mais j'évite le coup de justesse.

— Salaud, dit-il.

— Salaud toi-même.

Il me donne un coup sous les côtes qui me coupe le souffle. Je lui rends. Il me balance un coup de poing qui m'ouvre la lèvre. Je vise l'arcade qui éclate à son tour. Nous roulons par terre. Nous frappons de plus en plus fort.

Je m'aperçois que je suis plus dur avec moi-même que je ne l'ai été avec Raoul. Je frappe pour casser. Finalement j'ai le dessus, je réunis mes deux poings et m'apprête à lui fracasser le crâne, mais j'ai un instant de doute. Le même que Théotime durant son combat de boxe. Le même que mon Libérateur lors du siège de la capitale des aigles. Je ne le hais pas, je ne me hais pas au point de me détruire.

Nous nous dégageons et nous maintenons face à face.

— Tu vois, maintenant je me défends et je ne me laisse plus insulter.

— Tu m'en veux autant que ça ? dis-je en frôlant ma lèvre blessée.

— Tu ne peux pas savoir à quel point.

— Au moins ç'a le mérite d'être clair. Vide ton sac une fois pour toutes. Je ne veux plus me battre.

Et puis j'ajoute :

— Tu n'as aucun devoir d'être parfait. Tu as juste le devoir d'être honnête envers toi-même.

Je lui tends la main. Il la contemple, hésite à la serrer. Il me fixe longuement dans les yeux. J'ai l'impression qu'il n'est pas prêt encore à devenir mon ami. Je continue pourtant à garder ma main tendue en signe de bonne volonté. Après un laps de temps qui semble très long, il avance lentement son bras et je sens sa paume contre la mienne.

— Bon, on fait quoi ? dit-il en lâchant ma main.

J'examine notre prison.

— Il faut nous en sortir ensemble, nous sommes condamnés à nous unir.

— Le plus drôle c'est que ce sera peut-être la première fois que je me ferai confiance, dit-il.

— « On » — finalement je préfère nous appeler « on » — on a quand même fait un sacré périple pour arriver jusqu'ici. Personne n'y est parvenu avant nous. Quand on est montés sur Pégase, on était seuls. Quand on a affronté les Cyclopes, on était seuls.

— Juste.

— On n'est donc pas si nuls que ça. Et Raoul, qu'on a tant admiré, il n'a pas réussi.

— Même Edmond Wells, même Jules Verne, ils ont échoué là où on a abouti.

— Même Aphrodite. Même Héra. Tous ils ont baissé les bras. Et nous, ... on y est arrivés ! ON Y EST ARRIVÉS !

Il me regarde bizarrement.

— Tu sais ce que j'aime le plus chez toi ?

Le fait qu'il renonce soudain au « on » me prend un peu de court. C'est ce que j'aurais dû faire le premier. Il a été plus rapide.

— Non, vas-y, parle.

— Ta modestie. Zeus l'a reconnue : pour trouver l'énigme, nous avons été capables d'être humbles.

— Et moi, tu sais ce que j'admire le plus chez toi ?

— Ne te sens pas obligé de me rendre la pareille.

— Ta capacité de remise en question. Tu as vu à quelle vitesse nous sommes sortis du choc frontal et avons commencé à chercher des solutions ?

— Bon, nous sommes dans une prison et nous allons nous en sortir ensemble, même si Zeus n'en veut qu'un. D'accord ? demande-t-il.

— « Toi et moi ensemble contre les imbéciles », cela te dit quelque chose ?

La phrase de ralliement des thanatonautes claque dans mon esprit comme un drapeau qui m'a jadis porté chance.

— « L'amour pour épée, l'humour pour bouclier », complété-je.

Je lève la tête pour voir la clef, là-haut. Je n'ai même pas besoin de parler, il me semble que maintenant je peux communiquer avec l'autre moi par télépathie.

Je lui fais la courte échelle, il grimpe avec autant de maladresse que je le ferais. Heureusement il n'est

570

pas trop lourd et, malgré mes courbatures, j'arrive à le propulser vers le plafond.

Il tâtonne, s'agrippe aux barreaux supérieurs comme un singe, puis réussit à faire tomber la clef.

Alors, nous aidant à quatre mains, nous l'enfonçons dans le cadenas et la tournons jusqu'à ce que le pêne se libère.

Le cadenas tombe et nous sommes libres.

– Sortons ensemble, nous verrons bien après, proposé-je.

Nous apparaissons tous les deux devant Zeus.

Le roi des dieux nous examine, étonné.

– J'ai demandé qu'il n'en reste qu'un, rappelle-t-il.

– Maintenant c'est nous deux ou personne, énoncé-je.

Zeus se penche, amusé par ma remarque.

– Tiens donc, et de quel droit remettez-vous en question les lois de l'Olympe, petit élève ?

– Du droit que je l'aime, lui, plus que je ne vous aime vous, répond mon comparse.

– Dommage. Dans ce cas vous m'obligez à...

Le roi des dieux saisit sa foudre et avant que j'aie pu réagir transforme en poussière fumante mon autre moi-même. À moins que ce ne soit le contraire.

– Bravo, tu as passé l'épreuve, alors je vais te faire visiter le reste de mon palais.

À nouveau nous descendons l'escalier et il ouvre la porte, de gauche cette fois.

– Pour tout comprendre, énonce-t-il, garde bien en mémoire que la première fonction de l'univers est d'être un lieu de spectacle destiné à distraire les dieux.

109. ENCYCLOPÉDIE : GLADIATEUR

« Que veut le peuple ? Du pain et des jeux. » Cette phrase célèbre révèle qu'à l'époque de la Rome antique les jeux du cirque avaient une énorme importance. Les gens venaient du monde entier pour voir les gladiateurs. Le jour de l'inauguration du Colisée, on sacrifia non seulement une grande masse d'êtres humains mais aussi un nombre incalculable de lions spécialement importés des montagnes de l'Atlas. Le Colisée était équipé de systèmes d'ascenseurs destinés à faire monter et descendre les fauves, mais aussi les gladiateurs et les éléments de décor.

Les spectacles étaient souvent « sponsorisés » par des politiciens qui voulaient ainsi accroître leur popularité.

Tôt le matin, les gladiateurs déjeunaient dans une vaste salle où le public pouvait venir les voir et même tâter leurs biceps. Ainsi les spectateurs étaient mieux à même de prendre des paris. Les gladiateurs étaient plus obèses que musclés, la graisse leur permettant d'encaisser plus de blessures sans mourir. Des metteurs en scène spécialisés dans cet art réglaient les duels, opposant les petits rapides aux gros poussifs, ou regroupant plusieurs adversaires contre un surdoué. Les historiens estiment à 5 % le nombre des gladiateurs ayant survécu. Ils étaient dès lors considérés comme des vedettes, enrichis et affranchis. Entre midi et deux heures, pour détendre la foule, il y avait les « *Meridioni* », c'est-à-dire des exécutions publiques. Là encore des metteurs en scène essayaient de tuer de la manière la plus horrible et la plus spectaculaire les condamnés de droit commun. Des marchands ambulants vendaient de la nourriture dans les gradins durant cet « intermède ».

Après quoi les spectacles de gladiateurs reprenaient.

Le soir, lorsque les derniers morts étaient achevés, les gens du public pouvaient venir, avec leur pain, tremper des mouillettes dans le sang des vaincus, regorgeant d'énergie virile et donc considéré comme aphrodisiaque.

Le succès du Cirque romain était tel que les autres cités d'Italie se sont empressées de bâtir le leur. Les villes moins riches qui n'avaient pas les moyens d'importer des lions de l'Atlas se contentaient d'ours des Alpes ou, pour les moins fortunées, de taureaux.

Le problème avec les mises à mort par les ours et les taureaux, était que celles-ci duraient beaucoup plus longtemps ; ces animaux, n'étant pas des prédateurs des humains, se contentaient de blesser ou les éventrer, sans savoir les tuer.

Curieusement, les premiers chrétiens n'ont jamais condamné les jeux du cirque, n'ont jamais manifesté de compassion pour le destin des gladiateurs. Les quelques textes qui critiquent cette activité la dénoncent simplement comme une « distraction inutile ».

Par contre, le théâtre a clairement été fustigé comme activité impie. Et les acteurs, considérés comme des prostitués, qu'ils soient hommes ou femmes, ne pouvaient ni recevoir l'extrême-onction ni être enterrés dans des cimetières chrétiens.

Edmond Wells,
Encyclopédie du Savoir Relatif et Absolu, Tome V.

110. PALAIS ROYAL

Zeus m'invite à le suivre dans une pièce dont le centre est occupé par un coquetier en or soutenant une sphère de 1 mètre de diamètre.

Il me conseille de l'observer.

Je sors mon ankh et m'approche de la paroi de verre.

– Voilà un spectacle que vous aurez rarement l'occasion de voir où que ce soit, dit-il.

On dirait une sphère-monde, si ce n'est qu'à l'intérieur il n'y a aucune planète, seulement ce qui me semble être de l'« air noir ». Je touche, c'est glacé.

– C'est beau, n'est-ce pas ?

– C'est quoi ?

– Du vrai « Rien », annonce-t-il. Pas de lumière, pas de son, pas de chaleur, pas de matière, pas d'énergie. C'est rarissime et précieux. Partout il subsiste quelque chose. Un peu de gaz. Un peu de lumière. Un peu de bruit. Un rêve. Une idée. Une pensée. Mais là, non c'est du silence absolu. De l'obscurité totale. Un endroit épargné par la bêtise des hommes et la prétention des dieux, un endroit où même l'imagination ne rôde pas. Un endroit où même moi je ne peux agir. Une scène propre où tous les spectacles peuvent commencer. Vous imaginez le potentiel de ce Rien ? De la pureté à son point culminant.

Zeus caresse la sphère comme un rubis géant.

– Et voilà le suprême paradoxe. Quand on a tout, on veut... rien.

Je ne bouge pas.

– Tu me diras : À quoi sert de posséder cette sphère de « Rien » ? Et je te répondrai : À faire naître un nouvel univers.

Je commence à comprendre.

– Car un univers ne peut naître qu'à partir de rien.

Je contemple la sphère noire.

Je me souviens de cette autre phrase de l'*Encyclopédie* :

« Si Dieu est omnipotent et omniprésent... peut-il créer un endroit où il ne peut rien et où il n'est pas ? »

Voilà la problématique. On ne se définit pas seulement par ce qu'on est, mais par ce qu'on n'est pas. Comme Dieu est tout, il se définit par tous les endroits où il n'est rien...

J'ai un frisson.

– Je te fais peur ? C'est bien. Michael, la peur de Dieu est essentielle.

Je veux parler, mais je n'y parviens toujours pas.

Sa prunelle rouge me fixe avec encore plus d'intensité.

– Tout d'abord, je veux savoir ce que tu sais, ou ce que tu pressens de l'ordre de l'univers, Michael Pinson. Connais-tu la symbolique indienne des chiffres ?

Je déglutis plusieurs fois, puis j'arrive à articuler cette leçon que j'ai apprise par cœur depuis longtemps :

– 0 : l'œuf cosmique, 1 : la matière minérale, 2 : le végétal vivant, 3 : l'animal bougeant, 4 : l'homme réfléchissant, 5 : l'homme spirituel s'élevant, 6 : l'ange qui aime.

– Et ensuite...

– Eh bien je dirais :

Élève dieu 7,1
Chimère 7,3
Maître dieu auxiliaire 7,5
Maître dieu 7,7
Et puis vous... un 8 ?

Il approuve du menton.

– 8. Comme l'infini.

Zeus tapote la sphère.

– Au commencement, il n'y avait rien. Puis il y a eu une pensée.

Il ouvre la porte latérale de gauche et m'entraîne dans un long couloir de marbre à damier noir et blanc.

– Cette pensée s'est transformée en désir. Ce désir s'est transformé en idée. Cette idée s'est transformée en parole. Cette parole en acte. Cet acte en matière.

Il pousse une poignée et dévoile un musée. Il me montre une sculpture d'amibe en résine, agrandie et transparente.

– Je me souviens quand j'ai inventé la vie. Un subtil mélange d'acides aminés aux dosages très complexes. Je me souviens quand...

Zeus a un sourire en coin. Il me présente ensuite d'autres sculptures. Des poissons, des lézards, des lémuriens, des primates.

– Je me souviens quand j'ai eu l'idée de la sexualité au moyen de deux êtres de la même espèce, mais légèrement différenciés et complémentaires. Ça semble évident maintenant mais, sur le coup, c'était une trouvaille. Le mâle ET la femelle. Tout ça pour mélanger de manière aléatoire les chromosomes. Je voulais être surpris par mes créatures, alors j'ai imaginé de les laisser mêler elles-mêmes leurs gènes. Pour voir...

Les murs sont couverts de grandes affiches sur lesquelles courent des arborescences schématisant l'évolution des espèces.

– Les premiers mâles n'étaient guère attirés par les femelles, j'ai dû inventer la motivation par le plaisir. Et ajouter un centre nerveux, et aussi des capteurs un peu partout. Pour qu'ils ressentent des choses au moment du mélange des gamètes.

Il rêvasse.

– Ah, la sexualité ! Ce n'était pas évident. J'ai tâtonné... J'ai même testé des systèmes comme certains mille-pattes. Des trucs avec des crochets qui s'encastrent. Et un jour j'ai imaginé le système du pénis qui grandit par gonflage des corps caverneux. La peau devait être très élastique, et en même temps solide pour résister aux pressions. Et puis il a fallu penser à l'arrimage. Ah, un vrai défi d'ingénieur, de chimiste et d'architecte. Il fallait analyser au millimètre près les zones de lubrification et de frottement. Les testicules devaient être situés à l'extérieur pour maintenir au frais les spermatozoïdes... Maintenant, si c'était à refaire, je procéderais différemment. C'est quand même un peu compliqué.

Il se tourne vers moi.

À un moment j'ai voulu renoncer à l'emboîtement et bâtir le système de certains insectes : le mâle plante dans le sol une aiguille avec son sperme dans un sac placé au sommet. Puis la femelle s'assoit dessus, et fait entrer dans son réceptacle le sac qui explose dans son ventre. Ça marche très bien chez les batraciens et les poissons. Mais ça ne tenait pas la route, l'aiguille pouvait être mangée par n'importe quel animal.

Il ouvre une autre porte au fond du musée. La salle ressemble à un laboratoire de biologiste. Sur les étagères qui font le tour de la pièce, sont alignés des bocaux emplis de formol dans lesquels baignent cadavres d'animaux et organes humains.

Il me désigne la statuette d'un écorché exhibant tous ses muscles.

– Tu penses au laboratoire d'Hermaphrodite ? Je sais. Ce demi-dieu d'opérette se prend pour moi, il me copie dès qu'une information filtre du palais royal. C'est ici, dans cette pièce, que j'ai eu l'idée des zones érogènes secondaires. Je l'ai surtout développée à l'usage des femmes. Pour l'homme j'ai préféré tout concentrer autour du point névralgique, le pénis. Sinon ils auraient été « chatouilleux » de partout. Pas bon pour la guerre. Après il a fallu fignoler. J'ai décidé d'un orgasme intense pour la femme afin qu'elle ne soit pas tentée de se relever tout de suite après l'acte, ce qui aurait obligé les spermatozoïdes à faire de l'alpinisme.

Il caresse un buste, visage assez semblable au sien.

– Sur l'humain il fallait tout fignoler. Rien que la zone de l'œil, regarde bien. Les cils pour éviter la poussière. Les sourcils pour éviter que l'eau coule dans les yeux quand il pleut. L'enfoncement des orbites pour que l'ombre de l'arcade sourcilière protège du soleil. L'iris qui se rétracte en fonction de l'intensité de la lumière. Et puis la lubrification et le nettoyage permanents de la cornée par les larmes.

Il saisit une main sculptée.

– Ah ! la main humaine. Lè chef-d'œuvre qui couronne l'ensemble. J'ai hésité sur le nombre de doigts. Au début je pensais en mettre sept, mais ça fermait mal quand le poing se serrait. Les ongles, c'est la petite touche de finition « made in Olympia », une zone dure pour gratter et qui se renouvelle sans cesse. Et les pieds ? Une toute petite surface de contact mais une recherche permanente du meilleur équilibre possible pour maintenir la structure d'aplomb, même quand elle court. On l'ignore souvent, mais la plante des pieds est bourrée de capteurs qui, sans qu'on en prenne conscience, rectifient la position du corps pour que le centre de gravité soit toujours bien placé.

Une question me taraude : S'il a tout inventé comment se fait-il qu'il soit lui-même de forme humaine ?

– Tu n'as donc pas compris ? Une fois que j'ai eu

terminé l'homme, je l'ai trouvé si réussi que j'ai décidé de lui ressembler.

– Mais au départ, vous ressembliez à quoi ?

– À rien.

Il sourit, content de sa trouvaille. Décidément son énigme n'en finit pas de revenir dans la conversation.

– Eh oui, Dieu a copié sa création. Comme un styliste qui crée un modèle et a envie de le porter lui-même. Il est dit dans la Bible : « Dieu a créé l'homme à son image. » Eh bien non, c'est le contraire, c'est « Dieu qui s'est recréé lui-même à l'image de l'homme ». J'ai pris sa physionomie. Je me suis équipé des mains, du visage et du sexe que j'avais eu tellement de mal à mettre au point.

J'intègre cette idée qui me semble comporter de nombreuses implications.

– Ensuite je l'ai regardé créer tout seul et j'ai copié « les créations de ma créature ». J'ai copié son costume : la toge. Ce n'est pas moi qui l'ai inventée, et, tu vois, je la porte avec plaisir. Ses maisons : ce palais est inspiré des architectures des palais grecs et romains. Quant à ses sentiments : la curiosité, la mélancolie, la jalousie, l'ambition insatiable, la perversion, l'innocence, l'aigreur, l'orgueil et bien d'autres, c'est encore l'homme qui les a générés à partir des outils que je lui ai fournis.

Il continue d'avancer et apparaissent des tableaux, des sculptures évoquant les thèmes religieux de différentes époques.

– Ce sont mes créatures qui ont inventé les mythologies. Et sans le savoir elles m'inspiraient pour mes nouveaux déguisements. Les humains ont inventé Osiris et j'ai été Osiris. Ils ont inventé Gilgamesh et j'ai été Gilgamesh. Ils ont inventé Baal et j'ai été Baal. Ils ont inventé Zeus et je suis devenu Zeus. Et voilà la bonne blague. L'homme, après avoir transmis son apparence aux dieux, les a inventés grâce à son imagination. L'homme, pour finir... a créé Dieu à son image.

Il est satisfait de sa phrase. À nouveau il a un rire étouffé comme si ce qu'il racontait le surprenait et l'amusait en même temps.

– Alors... tout ce qui est dit sur vous dans la mythologie ?

– J'ai essayé de le vivre comme si c'était vrai. Par chance je suis polymorphe. Je peux prendre toutes les apparences, incarner tous les personnages, vivre tous les mythes. Ils me croyaient maître de la foudre ? Alors je suis devenu maître de la foudre. Ils me croyaient volage ? Je suis devenu volage. Ils me croyaient entouré d'un aréopage de dieux ? J'ai créé les autres dieux. Ils me croyaient fils de Chronos ? J'ai donné vie à Chronos.

– Mais l'Olympe ?

– Je l'ai fabriqué sur votre Terre 1 jadis. Puis, en ce qui correspondait dans leur calendrier à l'an 666, j'ai quitté Terre 1 pour venir m'installer ici, dans ce charmant coin du cosmos.

– Pourquoi cet exil ?

– Un dégoût de l'humanité. Ils sont quand même très bêtes... 666, le chiffre de la bête, mais la bête c'est eux... quelle dérision.

Je l'observe, intrigué.

– En partant j'ai emporté des cartes postales de mon premier village divin. Et j'ai recréé ici en Aeden un lieu à l'image de l'Olympe sur Terre 1. En fait j'ai amélioré. Beaucoup amélioré. La montagne, plus haute. Les palais plus grands. Les animaux plus rigolos. Les dieux plus caricaturaux. Bref, le spectacle est plus réjouissant. Car tout ça, comme je te l'ai dit, n'existe que pour... distraire.

Je pense à Aphrodite. Ainsi elle ne serait qu'un élément du décor inventé par Zeus.

– Et... les autres dieux savent qu'ils ont été conçus d'après les mythologies humaines ?

– Non. Ils sentent bien sûr qu'il y a un mystère dans leur existence. Ils savent que je suis le seul à détenir le dernier secret. La vraie vérité. Alors ils essaient de venir ici me poser des questions... comme toi. Ça les obsède. Ils veulent savoir qui ils sont vraiment et pourquoi ils existent depuis si longtemps.

– D'où le Sphinx pour barrer le passage ?

Il hoche la tête.

– Normalement, personne ne perce l'énigme. Ils sont tous bloqués par leur ego. Il les gonfle comme des baudruches et les empêche de franchir la porte étroite. Je ne pensais pas que quelqu'un réussirait à passer le Sphinx. En général rien que le mot « dieu », qui qualifie les élèves, suffit à les rendre prétentieux.

Il m'invite à poursuivre la visite.

– Mais toi tu as réussi parce que tu as une maladie psychologique. Tu es atteint d'une névrose particulière.

J'attends de savoir.

– Tu te sous-estimes. À un point au-delà du raisonnable. Normalement sur Terre 1 tu aurais dû consulter un psy. Tu entretiens une image tellement négative de toi-même. En fait tu t'es toujours pris pour un « moins que rien ».

L'expression typiquement française prend ici un sens important.

– Et quand on est moins que rien et qu'on s'élève un peu, alors... on devient rien.

Sa formule le réjouit.

– Voilà comment tu as eu le Sphinx et voilà comment tu m'as eu. Excès d'humilité. Bravo. Du coup, à toi je réponds et aux douze dieux de l'Olympe je n'adresse même pas la parole. Par contre je souhaitais que tu règles ton problème d'image.

– D'où l'épreuve dans la cage ?

Il me fait un clin d'œil.

– Es-tu sûr que c'est le « bon Michael » qui a survécu ?

– Le « bon » est celui dans lequel réside mon âme.

– Le bon est celui que tu es capable d'aimer. T'aimes-tu un peu plus maintenant que tu es arrivé au sommet et que tu as parlé à Zeus en personne ?

– En fait, je n'ai pas encore réalisé ce qui m'arrive.

– C'est cela le problème avec les « moins que rien », quand on leur donne une récompense, ils s'en trouvent tellement indignes qu'ils ne l'apprécient pas.

Il se place face à moi. Son visage s'adoucit un peu.

– Est-ce ainsi que tu m'avais imaginé ? Est-ce ainsi que tu avais imaginé le Zeus de la mythologie ? Avoue que lorsque tu es arrivé tu m'as trouvé très impressionnant. Tu t'attendais à quoi ?

À mon grand étonnement il rapetisse et se transforme en Pygmée albinos aux cheveux blancs crépus et aux yeux rouges.

– Tu me voyais plutôt comme ça ?

Il se transforme cette fois en taureau blanc aux yeux rouges.

– Ou comme ceci ? C'est ainsi que je suis apparu à certaines mortelles de Terre 1.

Il devient un oiseau blanc, un Cygne.

C'était lui le Cygne qui m'a indiqué le chemin quand j'étais perdu dans le brouillard.

Il volette dans la pièce autour de moi.

Je me frotte les yeux.

– Ou encore comme cela.

Le voilà lapin blanc.

C'est lui qui m'a sorti du trou et m'a montré le chemin sous la cascade.

– Je te fais moins peur ainsi ? Dès qu'on fait un peu de spectacle, on perd de la crédibilité. Faut-il donc que vous soyez conventionnels... Tous, ils exigent l'image du père géant, barbu, autoritaire et mystérieux. Il n'y a que celle-là qui marche. Pfff...

Le lapin me regarde fixement, rabat l'une de ses longues oreilles, cligne les yeux puis annonce :

– Ça n'a pas l'air de te bouleverser tout ce que je te raconte.

Ses yeux changent de couleur et deviennent bleus. Puis ils se mettent à grandir jusqu'à dépasser sa tête, un œil rétrécit mais l'autre continue de s'étendre. Bientôt j'ai en face de moi un seul œil, de trois mètres de long, qui flotte dans le ciel. La surface en est lisse et luisante. La pupille se dilate et devient une sorte de gouffre que je distingue derrière la transparence de la cornée. Je recule. L'œil grandit encore. Je recule, trébuche, me retrouve à quatre pattes. Je relève la tête alors que l'œil est maintenant au-dessus de moi.

L'œil géant dans le ciel c'était lui.

La paupière tombe comme un rideau. L'œil redescend et rétrécit. Zeus reprend peu à peu sa forme de dieu olympien de 2 mètres de haut. Ses yeux redeviennent rouges.

– Vous me surveillez personnellement depuis le début ? balbutié-je, encore sous le choc.

Plutôt que de répondre, il m'entraîne vers un couloir qui conduit à une porte, qui mène à un escalier, qui s'ouvre sur une place flanquée de 24 portes. Il en ouvre une. À l'intérieur : un décor de théâtre ressemble au palais de la muse Thalie. Les murs sont tendus de velours rouge, une coiffeuse est éclairée pour le maquillage des acteurs, et la petite scène ressemble à celle d'un guignol de jardin public.

Zeus saisit une marionnette en bois de forme humaine qu'il manipule avec des fils.

– Quand un humain naît, il se passe ça.

Il soulève la marionnette avec ses fils et la place sur la scène. Puis il agite les fils qui la dirigent. La marionnette se tient debout, dans une posture étonnamment vivante. Elle agite la tête comme pour marquer sa surprise.

– Quand un humain meurt, il se passe ça.

Zeus relâche les fils et la marionnette s'effondre. Puis il la relève.

– Entre-temps, ça s'agite. Ça ignore qu'il y a autre chose dessus qui tient les fils. Ou qui ne les tient pas. Pour nous les dieux, il importe qu'on ne voie pas les fils. Les marionnettes se croient toutes sans fil. Il importe qu'elles se croient libres. Sinon ça trouble l'expérience.

– Et nous, les élèves dieux, avons-nous des fils ?

Zeus sourit, énigmatique, range sa marionnette sur son support.

– Tu as rédigé ton utopie ?

– J'y pense.

– C'est important. Commencer à imaginer un futur meilleur, c'est lui donner la possibilité d'exister un jour. J'ai une question à te poser. Tu aimes tes humains, ou pour toi les observer constitue seulement un loisir, comme s'occuper de poissons rouges, de hamsters, d'un chat ou d'un chien d'appartement ?

– Je dois reconnaître que je me suis pris d'une certaine affection pour eux...

– As-tu la maladie du transfert ?

Comprenant qu'il doit s'agir d'une névrose typiquement divine consistant à se prendre pour son peuple, je réponds le plus honnêtement possible.

– Je ne crois pas avoir la « maladie du transfert ».

Le roi des dieux ne semble pas convaincu. Il doit savoir que tous les dieux, à un moment ou un autre, finissent par s'identifier aux peuples dont ils ont la charge.

– On va bien voir.

Zeus m'attrape par le bras, nous sortons de la salle de théâtre et revenons sur la place ronde cernée de portes identiques.

Il hésite puis ouvre celle qui se trouve derrière nous.

– Tu t'es affronté toi-même, pour l'épreuve suivante je te demanderai d'affronter... ton peuple.

111. ENCYCLOPÉDIE : HISTOIRE DES CHATS

Les plus anciens ossements de chat domestique ont été retrouvés dans une tombe de Jéricho, datant de la période néolithique, environ 9 000 ans av. J.-C. La domestication proprement dite du chat sauvage africain (*felix lybica*) par les Égyptiens est située vers l'an 2000 av. J.-C. Pour les Égyptiens, les chats étaient considérés comme les incarnations de Bastett, la déesse de la fertilité, de la guérison, des plaisirs de l'amour, de la danse et de la solidarité.

À la mort d'un chat, son corps était momifié puis enterré dans des cimetières spéciaux dédiés aux chats. Pour les Égyptiens de l'Antiquité tuer un chat était un crime puni de la peine capitale.

Les chats ont ensuite été disséminés dans le monde par les navires des commerçants phéniciens et hébreux qui utilisaient leurs qualités de chasseurs de rats. Ils sont arrivés en Chine en l'an 1000 av. J.-C. où ils furent considérés comme des porte-

bonheur. Ils arrivèrent en Europe en 900 av. J.-C., en Inde en 200 av. J.-C. L'empereur Ichijo de Corée en offrira à son homologue japonais, ouvrant ainsi ce dernier pays aux félidés.

Tous ces chats étaient pourtant issus de la même souche égyptienne. Le nombre de chats domestiques en chaque contrée étant réduit, la consanguinité inévitable entraînait des mutations génétiques. Les hommes sélectionnèrent les particularités qui les intéressaient, forme ou couleur du poil ou des yeux, créant ainsi des espèces locales : le persan, en Perse, l'angora en Turquie, le siamois en Thaïlande. Au Moyen Âge, l'Église catholique a associé le chat à la sorcellerie et ceux-ci ont été systématiquement massacrés, au point d'être en voie de disparition. Le chien fut considéré dès lors comme l'animal fidèle et obéissant, et le chat a contrario comme un animal indépendant et pervers.

Lors de l'épidémie de peste noire qui ravagea l'Europe en 1384, les communautés juives furent proportionnellement beaucoup plus épargnées par la maladie que le reste de la population. Du coup, après les épidémies, s'ensuivirent des massacres dans les ghettos et des pogroms à grande échelle.

On sait maintenant que si les quartiers juifs ont été moins touchés par la peste c'est parce qu'il était courant que leurs habitants aient des chats qui faisaient fuir les rats.

En 1665, la grande épidémie de peste de Londres est survenue après une grande campagne de destruction des chats.

La diabolisation officielle des chats s'acheva vers 1790, et du même coup les grandes épidémies de peste disparurent en Europe.

Edmond Wells,
Encyclopédie du Savoir Relatif et Absolu, Tome V.

586

112. CONTRE MON PEUPLE

La porte ouvre sur l'orangeraie aux arbres porteurs de planètes. Je comprends qu'il s'agit d'une réplique de la cave d'Atlas, comme tout à l'heure la salle de théâtre était une réplique de l'habitation de la muse du Théâtre, et le musée une reproduction du laboratoire d'Hermaphrodite. Ou plutôt le contraire. Tous les êtres du dessous ont copié ce que je vois maintenant.

Zeus se dirige vers l'endroit où j'ai caché la sphère brisée.

– Tu as détruit un monde, n'est-ce pas ?

– C'est un accident, m'excusé-je.

Il fronce le sourcil.

– Ce n'est pas grave, il y en a tellement. Le seul problème c'est que celui que tu as cassé était un peu spécial, j'étais en train d'y tenter une bouture... Enfin, il ne faut pas s'attacher aux mondes, n'est-ce pas ?

Il claque dans ses doigts, aussitôt un Cyclope apparaît. Il est étonné de me voir. Mais, Zeus ne me chassant pas, il se retient de m'attraper.

D'un mouvement de menton, Zeus désigne les débris de verre. Le Cyclope s'agenouille et se met alors à sangloter. Il ramasse la planète et la serre contre son cœur.

– C'était un monde que je lui avais offert et dont il prenait soin tout particulièrement, tu vois, la maladie du transfert c'est un peu déroutant.

Le Cyclope contemple, hébété, la sphère brisée et en caresse les tessons.

– Pourtant lui n'est pas un dieu, même pas un élève dieu, mais il avait pris l'habitude de veiller celui-là. Comme on regarde une fleur pousser. Il faut dire que ce monde était vraiment spécial.

– Qu'est-ce qu'il avait de spécial ?

Zeus se gratte la barbe.

– J'y ai tenté l'expérience de la « non-symétrie ». Regarde ton corps. Il est partagé par une ligne verticale, du crâne aux pieds, et de part et d'autre se trouvent deux moitiés de corps quasi identiques. Tu as un œil à droite et un œil à gauche, pareil pour les bras, les narines, les oreilles, les pieds, les jambes. Sur la planète que tu as détruite, il y avait des éléments organiques centrés ou uniquement d'un seul côté. Évidemment un Cyclope se sent automatiquement intéressé par une telle expérience. Assez de sentimentalisme.

– Je ne comprends pas pourquoi les vrais mondes sont ici, dis-je pour tenter une diversion.

– ... alors que chez Atlas et dans vos cours vous ne travaillez que sur le reflet de ces mondes tu veux dire ? Eh bien, c'est un peu spécial. C'est une « vision matérialisée ». Tout ce qu'il se passe ici physiquement arrive à la sphère-planète. C'est le même procédé qui t'a permis de t'affronter toi-même tout à l'heure. Pour l'instant, mieux vaut que tu ne comprennes pas en détail tous mes secrets. Tout ce que tu dois savoir, c'est que...

Il décroche un fruit-sphère et me le tend.

– Ça c'est la vraie Terre 18. Et si tu la laisses tomber, il ne restera plus rien de cette planète.

Je n'ose la toucher.

– Prends-la, m'intime-t-il d'une voix autoritaire.

Je prends la sphère de un mètre dans mes mains.

– Nous allons jouer un peu tous les deux.

Il m'invite à le suivre dans un bureau noir où tous les murs supportent des dizaines d'écrans de cinéma. Au centre une petite table basse est surmontée d'un coquetier-support. Il m'ordonne de poser la sphère dessus. J'obéis avec infiniment de délicatesse.

– Tu ne t'es jamais amusé à commencer une partie

d'échecs avec les blancs et, au milieu de la partie, à inverser les camps ?

Je n'ose comprendre où il veut en venir.

— Disons que là tu avais les blancs, les soi-disant gentils de ton point de vue. Maintenant tu vas prendre les noirs, les méchants, et affronter tes anciennes pièces, les gentils.

— Et si je refuse ?

— Tu n'as pas le choix. Tu n'es pas un mortel. Ce sont les mortels qui ont le libre arbitre et sont influencés par les dieux. Pour toi c'est le contraire maintenant. Tu n'as pas de libre arbitre et tu seras influencé par tes mortels.

Il éclate de son grand rire tonitruant puis s'arrête et me fixe.

— C'est une épreuve d'élévation pour ton âme, tu ne peux te soustraire à cette phase de ton initiation. Tu n'as pas le choix, répète-t-il.

Il tend sa main vers moi et je sens une migraine crisper la peau de mon crâne. Tellement douloureuse que je serais prêt à tout pour que cela s'arrête.

— Cette épreuve est anodine par rapport à celles que tu as déjà traversées. Tu ne souffriras que si tu es en proie à la « maladie du transfert ». Après le lâcher-prise envers toi-même, il te faut réussir le lâcher-prise envers ton peuple.

Je fais un signe d'acceptation et la migraine s'arrête.

— Quelles sont les règles ?

— Tu prends les noirs, pour Terre 18, ce sont les hommes-aigles de ton ami Raoul, et moi je prends les blancs, c'est-à-dire les hommes-dauphins. Tes dauphins.

Je tente de biaiser :

— Vous jouez forcément mieux que moi, mon peuple n'a rien à craindre.

– Crois-tu ? Dans ce cas, jouons.

Il lève un doigt et tous les écrans s'illuminent simultanément.

– Voyons où s'était arrêtée la partie... Ah oui, ta forteresse est prise après un long siège. Bien, alors à moi de jouer, au nom du peuple dauphin. Tu peux regarder ces écrans. Ici on n'a pas besoin d'ankh, c'est une sorte de multitude d'ankhs pour voir.

Sur huit écrans apparaît en effet le territoire des hommes-dauphins sous différents angles. La capitale. Les rues. Les marchés. Le palais royal où trône le roi fantoche imposé par les hommes-aigles. Quelques casernes militaires.

– Tu es prêt ? Comme je suis Zeus, je te laisse commencer ; il te suffit de placer ta main au-dessus de la planète et de penser au coup et il est joué. Attention, on ne triche pas. Pas de miracle. Pas de messie. On est bien d'accord ?

J'obtempère. Mes hommes-aigles occupant le territoire des dauphins, je pense que le mieux serait qu'ils construisent des ouvrages publics pour se faire accepter par la population. Justement les aigles sont assez performants dans ce domaine. Donc je fais construire des aqueducs, des théâtres, des routes, des systèmes d'irrigation. Je me doute qu'une meilleure agriculture profitera à tout le monde.

Sur tous les écrans apparaissent en accéléré les routes, les ponts, les régions agricoles irriguées et globalement un peu plus de modernité. Du coup le pays s'enrichit, les hommes-dauphins gagnent en confort et les hommes-aigles en impôts. Beaucoup d'hommes-dauphins pactisent avec les hommes-aigles pour apprendre leurs techniques de ponts et chaussées. Les mouvements de rébellions sont moins populaires.

– Ah ! ah ! dit Zeus, toujours ce style « gentil ». À moi de jouer.

Le roi des dieux met sa main au-dessus de la sphère, et partout sur les huit écrans qui m'entourent le décor change. Des gens discutent, se regroupent, se parlent. Au bout d'un moment ils se retrouvent avec des armes et attaquent les convois militaires des hommes-aigles. Non sans succès. Ils assassinent les hommes jugés collaborateurs du pouvoir en place. Puis ils montent une armée du peuple dauphin et commencent à marcher vers la capitale.

Je mets ma main sur le jeu et envoie des escouades de policiers tenter de les arrêter mais ils ont face à eux une foule déchaînée scandant des slogans hostiles. Avec des mots comme « Liberté », « Justice », « Non », « Oppression » « Tyrannie », c'est comme si toutes les humiliations passées, tous les massacres trouvaient en cet instant leur point d'orgue. Je connais mes hommes-dauphins, ils ont serré les dents longtemps, ils ont sous mon influence supporté beaucoup sans se plaindre, ils ont pardonné, mais la pression est trop forte. Maintenant que leur « dieu » l'attise et la libère, évidemment l'effet est immédiat.

Je dépêche encore des policiers, puis renonce et fais sortir l'armée. Mais il y a du sang de mon général Libérateur en eux. Ils sont bons stratèges militaires. Un chef apparaît et commence à servir à mes légions des mouvements d'attaque, de fuite et d'embuscade que n'aurait pas reniés mon Libérateur.

Mes troupes aigles sont malmenées. Je commence à compter pas mal de morts dans mes rangs.

– Alors, dit Zeus, on dort ?

Il faut les arrêter. Tant pis, je fais interpeller des meneurs, rapide procès et je les fais enfermer. Mais la foule de « mes » hommes-dauphins manifeste pour leur libération.

Je m'arrête et fixe Zeus.

– Pourquoi m'imposez-vous ces épreuves ?

– Parce que ça m'amuse, pas toi ?

– Non. Je ne veux plus jouer.

– Tu ne peux pas.

Je croise mes mains en signe de détermination. Le roi des dieux me considère avec intérêt.

– Toujours pareil, il faut motiver la partie, hein ?

Il réfléchit.

– Bon. Une carotte... Si tu joues bien, si tu défends réellement le camp des aigles... eh bien je te promets qu'ensuite tu pourras redescendre et reprendre le jeu comme s'il ne s'était rien passé avec Atlas, Pégase et Athéna. J'effacerai ce petit incident de leur esprit.

Je tente le tout pour le tout :

– Héra me l'a déjà proposé. Ça ne me suffit pas.

Mon audace le surprend.

– Alors je rajouterai un autre cadeau. Si tu joues vraiment bien avec tes aigles contre mes dauphins... je te promets que même si tu perds, ou même si tu te fais tuer pour une raison ou pour une autre en Aeden, je m'immiscerai dans le jeu de Terre 18 afin qu'il reste toujours au moins 10 000 des tiens vivants et actifs, portant en eux ta culture et tes valeurs dauphins.

– 10 000, ce n'est pas assez. Je veux un million des miens toujours vivants et porteurs de mes valeurs.

– 50 000.

– 500 000.

– On négocie avec le roi de l'Olympe ? Très bien, j'aime ça. Alors je te propose quelque chose qui me semble honnête. 144 000. Mille fois plus que ton chiffre de départ dans le jeu d'Y. Cela suffit à recréer une ville. Peut-être même un État sur un tout petit territoire. Une île par exemple.

Le mot « île » me ramène soudain à l'île de la Tranquillité. Mon sanctuaire loin de la fureur et de la brutalité des civilisations concurrentes.

– J'accepte, dis-je.

Alors je mets ma main sur le jeu, ferme les yeux et organise une répression spectaculaire des hommes-dauphins tout en pensant « Désolé c'est pour votre bien plus tard ». Je fais embrocher les meneurs en place publique sur des grands pals puisque c'est la tradition des hommes-aigles.

Zeus jubile.

– Ah ! enfin un peu de réaction. Il va y avoir du sport.

Zeus met sa main sur le jeu, tous les rebelles dauphins se cachent dans les montagnes et s'organisent en petits commandos indépendants. Les scientifiques dauphins utilisant toutes leurs connaissances chimiques mettent au point des armes nouvelles, un support spécial qui permet de tendre plus fort les cordes et de transformer les arcs en arbalètes. Ainsi ils peuvent tirer de loin, à l'abri des flèches aigles.

Du coup je fais venir de nouvelles troupes d'élite depuis « ma » capitale. Ce sont les meilleurs des gladiateurs, entraînés à la guérilla. Je les lâche dans les montagnes où ils ne se contentent pas de poursuivre les rebelles, ils incendient les cultures et pendent les villageois censés avoir soutenu les rebelles. Puisque la rébellion prend de l'ampleur, il me semble que le mieux est de l'écraser par la violence. Une répression rapide évitera des représailles sans fin.

Zeus répond à chacun de mes coups avec finesse et intelligence, utilisant au mieux les spécificités de mon peuple dauphin. Et il s'avère que celui-ci, lorsqu'il est motivé, est plein de ressources. Des chimistes dauphins mettent au point clandestinement une technique qui leur a été enseignée lors de leur voyage dans les pays de l'Est lointain. Des sacs remplis de poudre de salpêtre, de charbon et de soufre qu'ils font exploser avec une mèche.

Je rends coup pour coup.

Zeus semble beaucoup s'amuser de chaque mouvement de nos troupes. À un moment il arrive à monter une armée de rebelles qui prend carrément ma capitale. L'affaire est retentissante, alors toutes les communautés d'hommes-dauphins situées dans l'Empire des aigles se révoltent elles aussi, considérant que le jour de leur libération est enfin arrivé. L'esprit révolutionnaire dauphin fait tache d'huile. Les hommes-dauphins commencent à libérer les esclaves dans mes grandes cités aigles.

Les dauphins (tiens, je dis « les » dauphins et « mes » aigles) prônent des valeurs d'émancipation des peuples et le retour à leur civilisation ancestrale. L'antiesclavagisme gagne, les serviteurs quittent leurs maîtres. Certains se vengent. Je sens que tout mon Empire aigle s'effrite.

Je joue sans même réfléchir. Après un temps d'analyse j'organise partout la répression. Les quartiers des minorités dauphins sont mis à sac, des milices y sèment la terreur. Mais les bougres sont coriaces. Par moments, j'en ai tellement marre de leur non-soumission que j'envoie des soldats massacrer tous les dauphins sans distinction : femmes, enfants, vieillards, dans leurs quartiers en général isolés.

Après une période de pure boucherie, je fais des prisonniers. Les hommes-dauphins valides sont envoyés aux galères, dans les mines de métaux, ou les mines de sel où ils meurent rapidement d'épuisement.

Les plus costauds sont utilisés dans les combats de gladiateurs. Ah ! ils veulent se battre, eh bien ils vont se battre. Les femmes sont vendues comme esclaves, les enfants séparés de leurs parents et éduqués à la mode des aigles, puis engagés dans mes armées pour combattre leurs propres familles. Ils sont souvent les plus zélés et les plus malins de mes soldats antidauphins.

Zeus joue à ma manière, répondant à la brutalité par la stratégie, la science, la communication. La rébellion gagne encore du terrain dans tout l'Empire aigle. Je me surprends à éprouver du plaisir à mater les rebelles. Les exécutions se font de plus en plus nombreuses. Je fais construire des prisons et des arènes supplémentaires. Je déporte des populations entières dans des zones désertiques où elles meurent de soif et d'épuisement sur les chantiers des grands travaux de l'Empire. Car je n'ai toujours pas abandonné, au nom du progrès, la construction de mes aqueducs et de mes routes. Même en territoire dauphin. Je place un général aigle très ferme à la direction de leur État et j'augmente encore les impôts. J'installe même, suprême outrage, une statue de mon empereur au cœur de leur plus grand temple.

Sur les écrans qui nous entourent, les scènes de violence succèdent aux scènes de violence. Je m'aperçois soudain que je tremble et que je bave.

— Stop ! clame Zeus.

Il touche le projecteur et tous les écrans s'éteignent.

— Stop, ou je ne pourrai pas tenir ma promesse des 144 000, plaisante-t-il.

Je suis crispé. Je prends mon ankh et zoome sur mon pays dauphin. Est-ce possible que ce soit moi qui aie causé toutes ces destructions ? Et en même temps je pense : « Ils l'ont quand même bien cherché. Pourquoi ne se sont-ils pas soumis tout de suite ? ils voyaient bien qu'ils n'avaient aucune chance et que j'étais le plus fort. Pourquoi ont-ils résisté si long-temps ? » Et aussitôt je me réponds à moi-même : « Parce que je leur ai appris à se battre jusqu'à la mort pour leur liberté et pour les valeurs dauphins. » C'est contre cela que j'ai combattu.

Je respire amplement. L'Empire des aigles est paci-fié. Tous les rebelles dauphins ont été matés. Il ne reste plus rien de leurs caches dans les montagnes. Leur dernier chef est empalé au centre de la capitale.

— Combien... Combien ai-je tué des « miens » ? demandé-je.

— Suffisamment pour que je constate que tu n'es pas atteint de la « maladie du transfert », énonce Zeus.

— Combien ?

— Qu'est-ce que cela va changer si je te dis des milliers ou des millions ? De toute façon je t'avais promis d'en épargner suffisamment. Et puis tu as tou-jours tes petites communautés chez les hommes-iguanes et chez les hommes-loups. Ne t'inquiète pas, tu ne risquais pas de tout perdre dans ce petit « exer-cice ».

Il sort de sous la table une bouteille d'hydromel et m'en sert dans un gobelet d'or.

— Tu as bien mérité un petit remontant.

Je dévisage le roi de l'Olympe. Je me souviens de ce que j'avais lu sur lui dans l'*Encyclopédie*. Un vio-leur, un tueur, un menteur. Voilà comment est décrit le Zeus de la mythologie. Pourquoi lui ai-je accordé autant de considération ? Probablement à cause de son titre, « roi des dieux ». J'ai toujours été impressionné par les galons, les titres, les trônes.

— Pourquoi m'avez-vous forcé à commettre ces horreurs ?

– Pour que tu te connaisses vraiment. Tu te prends pour le chic type, le dieu gentil, et tu as vu, il n'est pas nécessaire de gratter très fort la couche de bons principes pour trouver le dieu barbare.

– C'est la situation qui m'y a contraint.

Il rallume les écrans.

– Tu y as quand même mis tout ton cœur ; tu ne vas pas prétendre maintenant que c'était pour les sauver...

– Vous êtes pervers, articulé-je.

– Probablement, oui. Mais au moins je l'assume. Je te l'ai dit, je fais ça pour ne pas m'ennuyer. Et sans un peu de folie, on s'enfonce dans des routines.

– Forcer un dieu à tuer son peuple ce n'est pas une distraction, c'est du sadisme.

– C'est de l'édification. Maintenant que tu connais cette facette de toi-même tu joueras mieux. Un jour, tu me diras merci. Et ton peuple, s'il savait, me remercierait aussi. Je l'ai un peu vacciné contre la sauvagerie de ses congénères avec cet « intermède ». Que pourrait-il lui arriver de pire ?

– En plus vous me tenez, si un jour mon peuple savait ce que son dieu lui a fait, il ne me le pardonnerait jamais, n'est-ce pas ?

– Tu te trompes. Tu leur as appris la force du pardon. Ils ont même une fête pour ça, il me semble. Tu l'as copiée sur Terre 1. Eh bien elle va te servir directement. Ton peuple dauphin a la capacité de pardonner à son dieu non seulement de l'avoir abandonné mais d'avoir pris le parti de ses pires ennemis. Alors toi, saurais-tu « me » pardonner ?

J'avale ma salive. J'ai l'impression que quelque chose en moi a été détruit. Et pourtant je sens confusément que c'était nécessaire. J'ai perdu mon innocence. Je ne suis plus un enfant, je me suis sali comme les autres, j'ai révélé mes plus bas instincts comme les autres, jusqu'où Zeus me détruira-t-il pour prolonger mon initiation ?

Je hoche la tête lentement.

– Parfait. Dans ce cas, si cela t'amuse toujours, continuons la visite du palais du roi de l'Olympe. J'ai encore tellement de merveilles à te faire découvrir.

113. ENCYCLOPÉDIE : ANALYSE TRANSACTIONNELLE

En 1960, le psychanalyste Éric Bern invente le concept d'Analyse transactionnelle. Il définit dans son livre *Que dites-vous après avoir dit bonjour ?* une prise de rôle instinctive entre les individus qui se divisent automatiquement en trois catégories : Les Parents. Les Adultes. Les Enfants.

Donc en : supérieur, égal, inférieur. Dès qu'un individu parle à un autre individu il « fait » l'enfant, il « fait » l'adulte, ou il « fait » le parent.

En entrant dans un rapport parent/enfant on tombe dans un système qui se scinde en sous-rôles : parent nourricier (maternel) ou parent formateur (paternel). Enfant rebelle, enfant soumis, ou enfant libre dans la catégorie enfants. Cela va donner par exemple des artistes qui se complaisent dans leur incapacité à gérer le quotidien.

À partir de là, ceux qui font les parents et ceux qui font les enfants vont se livrer à un jeu psychologique en vue de renforcer la dominance ou d'en sortir. Ce jeu se résume lui-même en trois rôles : le persécuteur, la victime et le sauveur. La plupart des conflits humains se ramènent à ces problèmes de prise de rôles et de jeux de pouvoir dans la relation. Des phrases comme « Il faudrait que tu » ou « Sache que » ou « Tu aurais dû » vont situer celui qui les prononce en dominant, donc en parent. De même que des phrases comme « Je m'excuse » ou « Je regrette » vont positionner celui qui les prononce en enfant. La simple utilisation de diminutifs du genre « mon petit » ou « mon chéri » va précisément diminuer ou infantiliser l'autre.

La seule manière saine d'établir un rapport aux autres qui n'entraîne pas de lutte psychologique reste de parler à l'autre d'adulte à adulte, en l'appelant par son nom, sans le culpabiliser ni l'encenser, sans jouer l'enfant irresponsable ni l'adulte donneur de leçons. Mais cela n'est pas naturel du tout, car souvent nos parents ne nous ont pas montré l'exemple.

Edmond Wells,
Encyclopédie du Savoir Relatif et Absolu, Tome V
(d'après Freddy Meyer).

114. VISITE DE MUSÉES

Zeus m'entraîne dans un escalier en colimaçon. Nous descendons. Nouvelle porte. Nouveau couloir. Nous devons être sous terre, car il n'y a plus de fenêtres, plus de lumière du jour. Grande porte, long couloir, escalier sans fin, pont au-dessus d'une cour, tout en bas.

J'ai perdu tout sens de l'orientation. Je serais incapable de retrouver le chemin de la première salle. J'ai l'impression d'être entré dans un tableau d'Eischer avec des escaliers à l'envers et à l'endroit défiant toutes les lois de la perspective et de la réalité.

Le roi des dieux semble de plus en plus réjoui par ma présence. Il me tarde de partir d'ici et de réparer mes crimes sur Terre 18, mais Zeus me prend par l'épaule comme si nous étions de vieux amis.

– Je suis plutôt admiratif de ce que font les mortels. Comme je te l'ai narré, j'ai créé les humains mais je ne sais pas bien comment ils utiliseront les talents dont je les ai pourvus. Ils peuvent me surprendre. Ils peuvent inventer des tours auxquels je n'ai même pas songé. Ils sont si adorablement « imprévisibles ».

Il m'entraîne vers une pièce surmontée de l'inscription MUSÉE DES MUSIQUES.

– C'est mon musée personnel. Ici je rassemble les plus belles œuvres humaines. Les « créations » produites par mes « créatures » avec la part de libre arbitre que je leur ai offerte.

Il bascule l'interrupteur et des lustres en cristal s'illuminent.

– Cette première salle est consacrée à la musique. Ce sont les muses qui entretiennent mon « musée ».

Les compositeurs s'alignent, en photos sous cadre. Zeus les effleure du doigt et leur musique se déploie, occupe l'espace.

Le premier visage palpé est celui d'un homme des cavernes. Une vibration à base de cordes résonne, simple et rythmée.

– Il est le premier homme à avoir eu l'idée d'utiliser son arc de chasse et de guerre pour composer de la musique... tout un symbole.

Se présentent ensuite des visages d'hommes et de femmes aux coiffures antiques. Des inconnus.

– Eh oui, on ne connaît que ceux qui ont été peints, ou photographiés ou biographiés mais il y en a tant d'autres. Des inconnus qui seuls dans leur coin ont composé des symphonies extraordinaires. Elles n'ont profité qu'à nous, les dieux.

Il désigne le portrait de Vivaldi, et aussitôt « le Printemps » des *Quatre Saisons* se fait entendre.

– Pauvre Vivaldi. Lui c'est un cas. Une de ses œuvres « médiatisée » a occulté toutes les autres. Je sais que dans les magasins de Terre 1 on ne trouve de lui que *Les Quatre Saisons*. Pourtant son *Requiem* : extraordinaire. Et son *Concerto pour flûte piccolo en do* : une merveille. Ils ont une expression pour ça sur Terre 1. C'est « l'arbre qui cache la forêt ». Le morceau qui cache l'œuvre tout entière.

Il s'avance vers une autre image.

– Mozart. Mozart est la réincarnation de l'âme de Vivaldi. Il est revenu et il a pu faire mieux connaître les autres facettes de son talent.

Zeus me fait écouter des œuvres de Vivaldi, puis de Mozart et me fait prendre conscience de leurs points communs.

Il va vers Beethoven.

– Mozart, Bach, Beethoven, les mieux médiatisés. Ils étaient bons, mais dans leurs réincarnations précédentes et suivantes ils ont été tout aussi talentueux sous d'autres noms moins connus.

Il s'avance vers un visage anonyme. Une musique douce vient à nous.

– L'*Adagio pour cordes* de Samuel Barber. Autre cas étonnant. Il compose une seule œuvre prodigieuse et le reste est banal. Il a été touché par la grâce une seule fois.

À bien écouter je reconnais la bande originale des films *Elephant man* et *Platoon*. Finalement le cinéma lui a apporté la gloire que sa carrière de simple musicien ne lui a pas accordée.

Des milliers de visages s'alignent dans ce couloir.

Zeus m'entraîne déjà ailleurs.

– J'aime l'art de Terre 1. À l'époque où nous

avions installé Olympe 1 sur Terre 1, j'ai commencé cette collection.

MUSÉE DES SCULPTURES, annonce l'inscription au fronton de la salle.

Œuvres crétoises, étrusques, babyloniennes, grecques, byzantines, carthaginoises. Je m'arrête devant une fresque crétoise représentant des dauphins et des femmes aux seins pigeonnants.

– Ah ! les dauphins... Tu as choisi un totem puissant. Sais-tu que les dauphins ont... un accès permanent à leur inconscient ?

– Je l'ignorais.

– Le dauphin est le prototype d'un projet encore plus ambitieux d'intelligence aquatique.

Je reste à observer l'image des dauphins et constate que certains sont montés par des hommes, comme moi sur mon île.

– Les dauphins possèdent, proportionnellement à leur corps, une masse cérébrale plus volumineuse que celle de l'homme. J'ai hésité à les faire régner sur leur planète, leur incapacité à vivre sur la terre ferme posait trop de problèmes.

Son regard dérive, et je me dis qu'il a quand même dû aménager quelque part, dans son jardin des sphères, une planète entièrement aquatique où des dauphins ont bâti leurs cités et développé leurs technologies.

Des statues sont plus modernes. Je reconnais la Victoire de Samothrace, la Vénus de Milo, le *Moïse* de Michel-Ange.

– Ah ! les humains... Leur talent, leur créativité est exponentielle... Tout comme leur pulsion d'autodestruction. Je me suis demandé si les deux n'étaient pas inséparables. L'humour est consécutif au désespoir. Cette beauté serait peut-être liée à leur pulsion de mort. Comme les fleurs qui poussent sur le fumier...

– Comment avez-vous fait pour réunir tous ces chefs-d'œuvre ?

– J'utilise une technique qui reproduit exactement l'œuvre terrienne. Les originaux sont au Louvre, au British Museum, au Modern Museum de New York... et en Aeden.

Je déambule parmi les sculptures. Celles de Camille Claudel sont redevenues intactes malgré leur destruction lors de la crise de rage de l'artiste. Zeus me dit que c'est aussi l'avantage de ce musée, il conserve les œuvres détruites.

Nouvelle porte, nouveau musée, intitulé cette fois sobrement BIBLIOTHÈQUE. Sur des étagères en perspectives infinies se serrent des ouvrages de toutes les époques. Des livres en parchemin, en cuir, en papyrus, d'autres en feuilles de soie.

Il me montre des manuscrits originaux de Shakespeare, de Dostoïevski, complètement inconnus.

– Je suis toujours peiné de voir comment, sur Terre 1, il s'est avéré difficile de reconnaître les vrais talents de leur vivant. Les vrais innovateurs ont rarement été identifiés. Je parlais de votre ami Georges Méliès, mort inconnu et dans la misère, forcé de vendre sa salle et brûlant ses films de désespoir alors qu'il avait inventé le cinéma fantastique. Mais je pourrais aussi vous parler de Modigliani, inconnu de son vivant, ruiné par son galeriste afin que celui-ci puisse racheter pour une bouchée de pain l'ensemble de son œuvre.

Zeus a un petit geste désabusé.

– Les Mozart ont toujours été supplantés par les Salieri, vous savez, ce musicien de la cour de Guillaume II qui était à la mode. Ceux qui innovent vraiment ne sont pas détectés par leur époque. Ce ne seront que leurs imitateurs qui connaîtront la gloire.

Le plus souvent en amoindrissant l'intensité de l'idée d'origine.

– Il y a quand même eu des génies reconnus de leur vivant : Léonard de Vinci par exemple.

– Il s'en est tiré de justesse, il a failli être condamné à mort, brûlé vif à 19 ans pour homosexualité.

– Socrate ?

– On ne connaît de lui que ce qu'en a raconté Platon. Or Platon n'a jamais vraiment compris son maître. Il défendait même parfois les idées contraires.

Je suis surpris de cette information.

– Comme disait Jonathan Swift : « On s'aperçoit qu'un nouveau talent est né au fait qu'il apparaît spontanément autour de lui une conjuration d'imbéciles. »

Zeus arrive face à une zone où s'alignent les livres de Jules Verne.

– Vous le connaissez bien je crois, remarque-t-il.

Aussitôt les images de notre rencontre sur l'île se bousculent dans mon esprit.

– Jules Verne publiait ses histoires dans un journal sous forme de feuilletons à suivre. Elles étaient éditées ensuite en livres, mais personne ne considérait à l'époque qu'il s'agissait de « vrais » livres. On pensait que c'était de la science vulgarisée à l'intention des jeunes. Il a fallu attendre soixante-dix ans après sa mort pour qu'une journaliste redécouvre ses ouvrages et le présente enfin comme un grand romancier.

– Jules Verne n'a pas vécu dans la misère.

– Non, mais sa femme l'accablait de reproches parce qu'il ne rapportait pas assez d'argent ! À un moment, sur ses conseils, il a même arrêté d'écrire pour se consacrer à la gestion de portefeuilles boursiers. Il a fallu que son éditeur Hetzel lui consente un pourcentage sur les ventes pour que Jules Verne persuade sa femme de le laisser poursuivre son œuvre. Vous savez comment il est mort ?

« En chutant d'une falaise d'Aeden ou emporté par un monstre dans les marécages », pensé-je.

– Son neveu, qui était joueur de cartes et alcoolique, lui réclamait souvent de l'argent. Un jour, Jules Verne a refusé de payer. En retour son neveu a sorti un revolver et lui a tiré une balle dans la jambe. La blessure s'est infectée. Il a beaucoup souffert avant de mourir.

Zeus s'approche de l'œuvre de Rabelais.

– Quant à Rabelais, à sa mort il ne restait que trois exemplaires de ses œuvres au tirage fort limité. Heureusement que le propriétaire de ces livres les a conservés et transmis jusqu'à ce que quelqu'un, bien plus tard, en redécouvre l'intérêt.

« Il en est de très bons qui n'ont même jamais été publiés. (Il me tend un épais manuscrit.) Celui-là était tellement novateur qu'il a été brûlé comme manuel de sorcellerie.

Il m'en tend un autre, puis un autre. Toutes ces histoires me mettent mal à l'aise.

Zeus pousse la porte MUSÉE DU CINÉMA.

Il y a là des écrans plats rectangulaires de format 16/9e.

– C'est une partie toute récente de mon musée personnel, c'est votre amie Marilyn Monroe qui me le garnit. Elle a déjà fait « monter » vingt-cinq mille films.

Sur chaque écran apparaît une image fixe tirée d'un film célèbre. Il suffit de toucher l'écran et le film se met en route.

– Pour l'instant je n'en ai vu que trois mille. Et encore j'ai utilisé ma fonction de vision accélérée. Mes films préférés sont dans l'ordre : *2001, l'Odyssée de l'espace* de Kubrick, *Blade Runner* de Ridley Scott et *Brazil* de Terry Gilliam.

— Que de la science-fiction ? m'étonné-je.

— C'est là où s'exprime le plus de créativité. Je ne vais pas regarder un film pour voir la même chose que ce qu'il se passe en permanence sur Terre 1 ou sur Terre 18.

L'argument est logique.

— Les réalisateurs et les scénaristes sont peut-être ceux dont le travail se rapproche le plus du mien. Ils dirigent une équipe pour faire raconter une histoire à des acteurs... Vous savez que je me fais souvent avoir : je ne parviens pas à deviner la fin de la plupart des films. L'imaginaire humain est si complexe.

Sur un écran, des gens en toge se déplacent dans un décor qui me semble familier.

— *Le Choc des titans* avec Laurence Olivier et Deborah Kerr. On y voit les dieux de l'Olympe réunis sur un nuage. Comique, non ? Par moments je modifie des éléments du décor d'Olympie en fonction des films humains que je découvre.

L'idée me fait penser à ces vrais gangsters de la mafia de Chicago qui essaient de ressembler aux personnages du film *Le Parrain* de Francis Ford Coppola. Qui imite qui ?

Zeus m'entraîne dans une autre salle : MUSÉE DE L'HUMOUR. Là, des feuilles encadrées sous verre portent des petits textes dactylographiés.

— Encore une innovation. Ça, c'est Freddy Meyer qui me les fait monter. Contrairement aux films, les blagues je les déguste lentement. Une par jour. Jamais plus.

Il en déclame une à haute voix :

— « C'est un petit Cyclope qui dit à son père : "Dis papa, pourquoi les Cyclopes n'ont qu'un œil ?" Le père fait semblant de ne pas avoir entendu la question et continue de lire son journal. Mais le petit Cyclope n'arrête pas de répéter la même question. "Dis papa, pourquoi les Cyclopes n'ont qu'un œil ? À l'école tout le monde a deux yeux et moi je n'en ai qu'un." Alors le père exaspéré dit : "Ah, là, là, ne commence pas à me casser la couille." »

Zeus me propose de le suivre dans une salle adjacente qui annonce MUSÉE DES FEMMES. Là il y a des photos de femmes en tenues affriolantes ou même carrément dénudées.

— J'ai toujours considéré que les femmes étaient des œuvres d'art à part entière. Certaines connues, d'autres moins.

Zeus me désigne Cléopâtre, Sémiramis, la reine Cahina, la reine Didon, la reine de Saba, la reine Aliénor d'Aquitaine, Catherine de Russie. Il me désigne des beautés en toge, en tunique, en robe de bure.

— Je vois que tu es sensible aux charmes des gardiennes du feu, remarque le roi des dieux. Celles-ci sont des prêtresses d'Isis, des vierges du culte d'Athéna, des vestales. Et là les femmes du gynécée de l'empereur chinois Tsin Chi Houang Ti. Il avait créé un véritable système de détection des beautés. Mais il faut dire qu'à l'époque les critères d'esthétique étaient différents. Il fallait avoir des petits pieds, de longs cheveux, de grands yeux, des pommettes hautes, la peau blanche.

Nous continuons d'avancer.

— Même en Occident les critères ont changé. La fascination pour les gros seins par exemple est quelque chose de relativement ancien, celle pour les petits seins droits est plus récente.

Il montre des photos de femmes de toutes les époques. De même la peau bronzée était jadis un signe d'appartenance à la paysannerie. Ce n'est que très récemment sur Terre 1 que le hâle est devenu un signe d'appartenance aux classes supérieures. Mais les plus belles mortelles sont restées inconnues. Parfois restées vierges et cachées dans des couvents.

Quand il touche un cadre, la photo s'anime comme si ces jeunes filles avaient été filmées à leur insu dans un instant intime.

– Nous avons un point commun, Michael. Tous les deux nous nous sommes fait snober par des coiffeuses.

– Moi ce n'était pas une coiffeuse...

– Oui je sais, Aphrodite. Ah ! celle-là... je sais que son fils t'a raconté sa véritable histoire.

Il frôle le portrait de la déesse de l'Amour qui s'anime pour mimer un baiser soufflé dans l'air.

– Je la trouve belle, dis-je sobrement comme pour la défendre.

– C'est cela la magie rouge. Les femmes fatales. J'en ai connu quelques-unes. Une vraie drogue. Même moi, Grand Zeus, j'ai été transformé en marionnette par des gamines.

Il éclate de rire.

– Et j'ai trouvé cela... divin.

– Héra ?

– Oui, Héra a été une femme fatale. Normal : elle a été ma sœur avant d'être ma femme. Elle a mon caractère. Elle ne va pas se laisser mener par le bout du nez par n'importe quel homme. C'était une tueuse. Et puis elle est devenue une femme au foyer. Le quotidien abîme tout. Alors elle fait la cuisine, parle de moi. Elle vous a raconté sa théorie sur la tradition dauphin et le summum des antidauphins dirigé par l'Adolphe ? Elle réfléchit à beaucoup de choses dans sa chaumière. Je crois qu'elle veut ma place.

Il hausse le sourcil.

— Si elle croit qu'elle va me récupérer avec des odeurs de soupe au potiron... Et toi ? Tu en es où avec Aphrodite ?

— J'aime Mata Hari, dis-je.

— Oui, je sais. Je ne te parle pas d'elle mais d'Aphrodite. Elle en est où de ta destruction progressive ?

— Je n'y pense plus.

— Menteur.

— De toute façon il n'y a rien à en tirer, elle ne m'aimera jamais.

— On voit que tu ne t'y connais pas en femmes. Plus elle te pose d'obstacles, plus ça signifie que tu l'intéresses. Le seul problème avec Aphrodite, et c'est d'ailleurs le même avec toutes les femmes fatales...

— C'est qu'elle est incapable d'aimer qui que ce soit ?

J'attends.

Il me regarde avec intérêt.

— Non seulement elle ne peut aimer personne, mais elle est incapable d'éprouver du plaisir physique avec un homme. Elle les manipule d'autant plus facilement qu'elle ne ressent rien.

— Si je fais l'amour avec Aphrodite, elle connaîtra l'orgasme, dis-je comme un défi. C'est un problème de désir. J'installerai un désir.

Il sourit, malicieux.

— Je te rappelle que c'est... Mata Hari que tu aimes.

Nous passons une dizaine de couloirs et d'escaliers jusqu'à une zone plus claire.

Sous la pancarte MUSÉE DE L'INFORMATIQUE Zeus dévoile une pièce bondée d'ordinateurs, des plus anciens, de grosses armoires, aux plus petits, des portables. Toutes ces machines alignées sur des tables ne sont pas sans me rappeler l'évolution biologique. Des dinosaures aux singes.

– Ces machines, c'est de la mémoire. Quel paradoxe ! L'homme perd la sienne, et la livre aux ordinateurs. Ce sont eux les nouveaux gardiens du savoir.

– L'homme perd la mémoire ?

– Chaque jour les politiciens réinventent le passé pour qu'il s'adapte à leur présent. Au début ils se contentaient de mettre certains événements en lumière et d'en laisser d'autres dans l'ombre. Et puis progressivement ils changent les noms des villes, ils confondent l'histoire et la légende, ils nient les faits, jusqu'au moment où ils dynamitent les sites archéologiques pour être bien sûrs que le passé s'adapte à leur propagande. Le révisionnisme gagne du terrain.

– Comme les Romains ont fait croire que les Carthaginois se livraient à des sacrifices humains, comme les Grecs ont fait croire que les Crétois avaient pour roi un monstre qui mangeait des femmes.

Zeus m'invite à m'asseoir face à un ordinateur moderne et l'allume.

– Les mortels de Terre 1 ne se rendent pas compte qu'en vivant dans un monde de mensonges sur le passé il y a un prix à payer.

Il lisse sa barbe puis me regarde avec un rien de connivence.

– C'est pourquoi j'aime bien la devise des Québécois : « JE ME SOUVIENS. » Tous les humains devraient avoir cette inscription affichée quelque part. Je me souviens d'où je viens. Je me souviens qui je suis. Je me souviens de l'histoire de mes ancêtres qui m'ont amené jusqu'à cette existence. Je me souviens de tous les déchirements qui ont créé cette humanité.

L'ordinateur affiche une demande de code d'entrée. Zeus hésite un petit instant comme s'il avait du mal à se rappeler son code puis tape plusieurs lettres.

Je lis par-dessus son épaule : g-a-n-y-m-è-d-e.

– Alors si le réel est remis en question, qu'est-ce qu'il reste ? Le virtuel.

Zeus m'explique qu'il « fait monter » des modèles de tous les ordinateurs et de tous les programmes au fur et à mesure qu'ils paraissent. Ce sera la charge de la prochaine muse. L'Informatique.

Il clique sur un programme et un jeu d'échecs apparaît sur l'écran.

– Au début je jouais contre l'ordinateur. Je gagnais toujours, et puis un jour j'ai perdu. Parce que les nouveaux programmes ont en mémoire toutes les parties jouées.

Il soupire.

– Dieu a créé l'homme. L'homme a créé l'ordinateur. Et déjà les machines me dépassent en certains domaines.

Il lance plusieurs programmes.

– J'ai trouvé des humains travaillant sur un projet informatique particulier. Cela s'appelle : LE CINQUIÈME MONDE.

Le Cinquième Monde... Le programme sur lequel travaille Eun Bi...

– Ils veulent donner l'immortalité aux hommes grâce à l'informatique.

Je me souviens de l'idée de Korean Fox, l'ami de ma protégée.

– C'est encore de la science-fiction mais cela me donne à réfléchir. Ils reproduisent toutes les caractéristiques d'un individu en une personne virtuelle.

Zeus semble passionné par cette idée.

– Quand quelqu'un meurt, ils le font continuer à vivre en tant que personnage sur Internet. Tu perçois l'implication d'un tel projet, mon Michael ? Si on l'avait découvert plus tôt, on aurait pu générer un double immortel d'Einstein qui continuerait de calculer des équations, un double de Léonard de Vinci qui continuerait de peindre des tableaux, un double de Bach qui continuerait de créer de la musique, un double de Beethoven qui aurait écrit la 10e, la 11e symphonie. De la mémoire vivante et créative. Pas du clonage, ça ne marche pas. De la reproduction virtuelle. LE CINQUIÈME MONDE est en train de fabriquer une humanité parallèle qui permette qu'on ne perde plus les talents particuliers.

— Mais les âmes des morts montent au Paradis.

— Cela ne change rien, leurs « avatars informatiques » resteront sur Terre grâce à ce projet. Et comme personne ne pourra éteindre d'un coup tous les ordinateurs... En fait les humains ont trouvé un moyen de devenir immortels... grâce à l'informatique, donc grâce au silicium, donc grâce au sable des plages.

— Mais alors ils seront comme nous.

Zeus me dévisage.

— Eh oui, les humains de Terre 1 sont déjà devenus immortels et ils sont déjà devenus des dieux... Le seul élément qui nous sauve c'est qu'ils n'en ont pas encore pris conscience.

Il accélère le mouvement de ses doigts pour torsader sa barbe.

— Le seul problème est que LE CINQUIÈME MONDE est un monde créé par des mortels et régi par des règles inventées par des mortels. Ils ont donc constitué un nouvel espace qui échappe à notre influence directe...

— Si je comprends bien, l'homme est toujours sous l'influence des dieux, mais il a créé une zone artificielle qui échappe aux dieux.

— Comme si les singes des zoos avaient à l'intérieur même du zoo créé des petites cages où ils lanceraient des cacahuètes à des lémuriens, par exemple. Ou comme si les fourmis d'un terrarium avaient construit un nid rempli d'acariens qu'elles observeraient pour comprendre leur condition de fourmi.

Je comprends surtout que la vie de ma petite Coréenne Eun Bi est en train de modifier toutes les lois de l'univers.

Nous remontons dans la salle où j'ai rencontré Zeus pour la première fois.

– Maintenant, dit-il, tu sais tout. Et comme tu vois, cela ne change rien...

Soudain, quelque chose attire mon attention. Le fauteuil géant est tourné vers la fenêtre cachée par le rideau.

Le roi de l'Olympe s'arrête net de sourire.

– Je veux voir ce qu'il y a derrière cette fenêtre, dis-je avec une assurance qui m'étonne moi-même.

Zeus ne bronche pas.

– Je veux voir ce qu'il y a derrière ce rideau, répété-je.

Je prends conscience que les quelques fenêtres que j'ai vues durant notre visite, les balcons, les terrasses donnaient toutes vers l'ouest. Aucune n'était percée en direction de l'est. Tout dans ce palais est fait pour observer Olympie en bas, mais si nous sommes sur une montagne il doit forcément y avoir un autre versant.

La réaction de Zeus me confirme que j'ai touché un point important. Je me souviens soudain : « Le mot Apocalypse ne signifie pas "fin du monde", il signifie "la levée du voile", le dégagement du rideau d'illusion qui nous empêche de voir la vérité, parce que celle-ci est si étonnante que nous ne pourrions pas la supporter. »

– Je veux savoir ce qu'il y a derrière ce rideau !

Zeus ne bronche toujours pas.

Alors je me précipite vers la fenêtre, tire le rideau pourpre, ouvre la fenêtre et pousse les contrevents.

115. ENCYCLOPÉDIE : PANDORE

Son nom signifie « Celle qui a tous les dons ». Prométhée ayant offert le secret du feu aux hommes malgré l'avis de Zeus, ce dernier avait décidé de le châtier.

Il demanda donc à Héphaïstos de fabriquer une femme parfaite dotée de tous les dons. Héphaïstos fabriqua l'être, et tous les dieux vinrent les uns après les autres lui conférer leur meilleur talent. Elle jouait extraordinairement bien de la musique. Hermès paracheva le tout en lui offrant un don de parole exceptionnel. Pandore dès lors apparut à Prométhée et à son frère Épiméthée. Prométhée se méfia tout de suite de cette femme trop bien pour être honnête. Mais Épiméthée tomba fou amoureux d'elle et l'épousa.

Zeus offrit au couple en cadeau de mariage une boîte. « Prenez cette boîte et rangez-la dans un endroit sûr. Mais je vous préviens, il ne faudra jamais l'ouvrir », dit-il.

Épiméthée, tout à son amour pour Pandore, oublia la mise en garde de son frère Prométhée : ne jamais accepter de cadeau direct des dieux. Il rangea la boîte offerte par Zeus dans un recoin de sa maison. Pandore était heureuse avec son mari. Le monde était un endroit merveilleux. Personne n'était jamais malade ni ne vieillissait. Personne n'était méchant.

Mais Pandore se demandait ce qui pouvait bien se trouver à l'intérieur de la mystérieuse boîte.

– Jetons-y juste un coup d'œil, suggéra-t-elle à Épiméthée, usant de tout son charme.

– Non, car Zeus nous a interdit de l'ouvrir, répondit son mari.

Tous les jours, Pandore suppliait Épiméthée d'ouvrir la boîte, mais toujours il refusait. Un matin, Pandore profita de l'absence d'Épiméthée pour se glisser dans la pièce où était dissimulée la boîte. Elle brisa la serrure à l'aide d'un outil, puis elle souleva lentement le couvercle.

Mais avant même qu'elle puisse regarder à l'intérieur, il s'en échappa un hurlement terrible, un long sanglot de douleur.

Elle recula d'un bond, épouvantée. De la boîte surgirent alors toutes les calamités : la haine et la jalousie, la cruauté et la colère, la faim et la pauvreté, la douleur et la maladie, la vieillesse et la mort.

Pandore essaya bien de rabattre le couvercle, mais il était trop tard, tous ces maux s'abattirent sur l'humanité. Cependant, une fois que la boîte fut vidée, il subsista quelque chose au fond du coffre. Une petite entité qui se tenait tapie là. C'était l'Espérance. Si bien que même si les hommes s'apprêtaient à connaître tous les malheurs, l'espérance resterait toujours vivante.

Edmond Wells,
Encyclopédie du Savoir Relatif et Absolu, Tome V.

116. APOCALYPSE

Ce que je vois me fait reculer de consternation. Je murmure un « Mon Dieu ! »

Zeus semble désolé pour moi.

– Tu voulais savoir, eh bien maintenant tu sais.

Je suis abasourdi.

Zeus s'approche et me prend l'épaule. Il semble légèrement plus petit que tout à l'heure.

– Je suis désolé.

La brume s'est un peu levée, et il y a là... une montagne dont la cime se perd dans les nuages. Je croyais être au sommet et je n'étais arrivé qu'à une étape intermédiaire.

– C'est pour cela que je refusais que l'on vienne jusqu'ici, profère le roi des dieux.

Ainsi je ne suis pas au point le plus élevé de l'île d'Aeden. Zeus n'est donc pas le « Dieu Ultime ».

Il suit mon regard.

– Moi aussi je fixe tous les soirs ce pic, en face. Et je me pose la question : « Qu'y a-t-il là-haut ? »

Je reste immobile, les yeux écarquillés. Soudain, dans la masse nuageuse, apparaît comme pour nous narguer une lueur qui clignote trois fois.

– Je t'ai menti. Je n'ai pas construit l'univers, ni les animaux ni l'homme. J'ai imaginé tout ça. Même mon laboratoire n'est qu'un décor censé me faire croire à moi-même que je suis le Grand Dieu. Mais... non. Je ne suis pas le Créateur. Je ne suis que Zeus, le roi des dieux de l'Olympe. Je ne suis qu'un « 8 ». Huit, le dieu infini. Mais il y a quelque chose au-dessus de l'infini. Le « 9 ».

Il a prononcé ce chiffre avec tellement de respect que sa voix s'est légèrement cassée d'émotion.

Il se retourne vers l'autre fenêtre, ouvrant sur l'ouest.

– Je domine tout ce qui est au-dessous de « ma » montagne. Je domine les autres dieux, qui eux dominent les anges et les hommes. Je domine les élèves, qui eux gèrent des mondes. Mais au-dessus de moi il

616

y a autre chose qui me dépasse. Je n'en connais pas la nature exacte. J'essaie de l'imaginer.

Il rétrécit encore.

Poursuivant la technique de compréhension des chiffres que m'a enseignée Edmond Wells je tente :

– 9... Une courbe d'amour en spirale comme l'ange. Mais alors que l'ange « 6 » part du ciel pour créer une boucle vers le bas, le Créateur « 9 » part de la terre pour créer une boucle d'amour vers le ciel.

Il hoche la tête, montrant ainsi qu'il a suivi le même cheminement.

– 9, c'est le chiffre de la gestation.

– Je crois que le Créateur, le 9, a conçu l'homme et les dieux à son image. Alors, pour comprendre ce que peut être le 9... j'ai multiplié les expériences, les amantes, les amants, les aventures, afin que le réel m'apprenne... qui je suis vraiment et d'où je viens. Nous en sommes tous là.

Il rapetisse encore. Maintenant il est de ma taille.

– Un jour je me suis dit : « Et s'il n'y avait rien là-haut ? » Je l'ai espéré. Tant espéré. C'est peut-être ça le pire : moi, Zeus je suis un dieu « croyant ».

– En tant que cygne, vous ne pourriez pas voler et monter là-haut ?

– Il y a un champ de force. Aucun oiseau, aucun être ne peut le passer.

À cet instant je me rends compte que j'ai pitié de Zeus. Lui, plus que tout autre, peut mesurer l'étendue de son manque. Les autres croient en Zeus. Mais lui sait qu'il n'est pas la culminance. « Plus on sait, plus on peut mesurer son ignorance. »

Il me pousse vers l'autre fenêtre, celle qui surplombe Olympie, comme pour essayer de me détacher de la vision de la montagne supérieure.

– J'ai instauré une distance entre les autres dieux et

moi pour recréer mon propre mystère, égal au Sien. Moins j'apparaissais, plus je disposais d'épreuves pour préserver ma solitude, plus ils me respectaient, me vénéraient, me prêtaient des intentions. Peut-être que Lui aussi, là-haut, le 9, a agi ainsi. Installer son mystère. Ah, ça il a réussi. Depuis que je suis ici, je reste des heures et des heures à contempler cette cime.

Il attire à lui mon visage pour que je le regarde bien en face.

— Je crois en « Lui ». Je crois en un dieu au-dessus de moi.

— Mais alors le jeu d'Y ?

— C'est ça le plus paradoxal. Le gagnant risque d'être le premier et le seul à franchir le champ de force.

— Un élève pourrait accomplir quelque chose d'interdit à Zeus lui-même ?

Le roi de l'Olympe baisse les yeux.

— Un jour quelque chose est tombé de là-haut. Une bouteille avec à l'intérieur un message. C'est un de mes Cyclopes qui me l'a transmis. Il contenait des instructions. Je me souviens de chaque mot : « Organisez un jeu pour sélectionner le meilleur dieu par rapport à une problématique similaire à celle de Terre 1. Les 17 premières promotions seront des brouillons, et le gagnant de la 18e pourra passer le champ de force. »

Alors toutes les autres promotions n'ont servi à rien. Celle-ci est la seule qui importe.

— Par moments j'envie les élèves dieux. Je t'envie. Tant que tu n'es pas hors du jeu tu peux être « celui qu'on attend », tu peux être « celui qui montera là-haut » pour la première fois depuis que le monde est monde.

Il rétrécit encore, maintenant il doit mesurer quelques centimètres de moins que moi.

Il retourne à la fenêtre orientale.

— Là-haut ira l'élève gagnant... Pas les Maîtres dieux, pas même moi, Zeus. Lui seul, le Gagnant...

Il fait un geste vague.

— Si tu veux, tu peux rester ici avec moi.

Le roi des dieux essuie son front où perle une goutte de sueur.

— Pourquoi me faites-vous cette proposition ?

— Parce que je m'ennuie. Tout m'ennuie. Je suis un vieux dieu fatigué qui n'en saura jamais plus que ce qu'il sait déjà. Je me suis coulé dans toutes les formes, j'ai agi dans toutes les humanités, œil géant, lapin blanc, cygne, mais j'ai aussi pris les formes des élèves, des Maîtres dieux. J'ai tout fait. J'ai connu les déesses, les mortelles, les femmes, les hommes, les élèves dieux, les héros, les héroïnes. Ils ne m'amusent plus. Alors j'ai demandé au Sphinx de fermer la porte aux esprits étriqués. Pour que ne viennent à moi que les esprits... purs.

Il marche de long en large dans la pièce.

— Et personne n'est venu. Alors j'ai regretté que l'énigme soit si difficile. J'avais peur que plus jamais personne ne vienne ici. De rester seul à jamais. Je ne voulais pourtant pas renier mon énigme.

Il s'assoit par terre.

— Même mon musée, ses arts, ses femmes, ses ordinateurs à la longue me lassent... j'essaie encore de m'émerveiller mais je suis blasé. L'immortalité c'est long.

Il se relève, s'avance vers moi.

— L'univers n'est pas si grand. Il n'y a pas tant de gens avec lesquels on puisse discuter. Ils sont tous tellement prévisibles. Mais toi... je ne sais pas pourquoi... tu es si amusant.

— Je veux redescendre, proféré-je.

Il se place face à moi.

– Cela me ferait très plaisir que tu restes. Nous observerons les dieux et les hommes d'ici, ensemble. Tu seras comme moi un 8.

– Je veux redescendre.

Il me fixe au fond de mon âme.

– C'est ton libre arbitre. Je respecterai ton choix.

Je reste immobile, avec des millions de pensées dans ma tête qui s'entrechoquent et se contredisent.

– Si tu veux rentrer, je ferai ce que je t'ai promis. Je te fournirai une monture volante. Tu redescendras et en bas tout le monde te traitera comme s'il ne s'était rien passé.

Il parle comme à regret.

Zeus grandit et, à nouveau géant de dix mètres, se rassied sur son trône.

– Ainsi ta décision est prise, n'est-ce pas ?

– Je n'ai accompli que les quatre cinquièmes du chemin.

Première étape du chemin : le continent des morts, que j'ai atteint quand j'étais thanatonaute.

Deuxième étape : l'Empire des anges, atteint lorsque je suis sorti du cycle des réincarnations.

Troisième étape : Aeden, atteint en devenant un élève dieu.

Quatrième étape : le palais de Zeus que je viens d'atteindre.

La cinquième étape est en face de moi : faire mieux que Zeus et découvrir le point culminant d'Aeden, là d'où part cette lumière qui semble m'appeler depuis que j'ai mis les pieds sur l'île.

– Je te comprends, dit-il. À ta place je ferais pareil. Parfois, tu vois, les élèves dieux ont plus de possibilités que leurs Maîtres. Je ne connaîtrai pas le Dernier Mystère. Je vais te fournir une monture pour redescendre et tu reprendras le jeu en Olympie. Un dernier conseil : souviens-toi de qui tu es vraiment.

Alors Zeus, à peine voûté, referme les contrevents, tire le rideau pourpre et dissimule le sommet où se trouve l'Être qui le surpasse et que j'appellerai désormais le 9.

Le Créateur.

En guise d'adieu, le roi des dieux se retransforme en œil géant, celui qui m'a jadis tant impressionné et qui maintenant ne m'impressionne plus.

— Je t'envie, tu sais..., Michael Pinson.

Je ne l'écoute déjà plus.

J'ai un nouveau rêve à atteindre.

Remerciements à :

Professeur Gérard Amzallag, Boris Cyrulnik, Reine Silbert, Françoise Chaffanel, Jérôme Marchand, Patrice Lanoy, Sylvain Timsit, Dominique et Alain Charabouska, Stéphane Krausz, Jonathan Werber, Pascal Leguern.

Événements survenus durant l'écriture du *Souffle des dieux* :

Écriture du scénario et préparation de la réalisation du film « Nos amis terriens » produit par Claude Lelouch.
Écriture du scénario pour film Imax en relief « Le Secret de la fourmilière ».
Écriture du scénario pour la série TV : « Les Enfants d'Ève ».
Écriture du scénario pour la BD « Les Enfants d'Ève ».
Paroles pour la chanson de Louis Bertignac, « La Saga des gnous », album *Longtemps*.

Musiques écoutées durant l'écriture du *Souffle des dieux* :
Bande originale du film *Last Samourai*, Hans Zimmer.
Bande originale du film *Le Seigneur des Anneaux*, Howard Shore.
Bande originale du film *Dune*, Toto.
Bande originale du film *Waterworld*, James Horner.
Mike Oldfield – Album *Incantations*.
Moondog – *Bird's Lament*.
Peter Gabriel – Album *Up*.

Sites internet :
www.bernardwerber.com
www.albin-michel.fr

Bernard Werber
dans Le Livre de Poche

L'Arbre des possibles   n° 30199

Vingt petites histoires sous forme de contes, de légendes, de minipolars. Bernard Werber nous offre avec *L'Arbre des possibles* des récits fantastiques où les dieux vont à l'école pour apprendre à bien gouverner leurs troupeaux d'humains, où les objets sont soudainement remplacés par leurs noms, où les gens ont l'esprit limité pour ne compter que jusqu'à vingt, où l'on part en vacances au XVIIe siècle après s'être fait vacciner contre la peste. Les hypothèses scientifiques les plus extraordinaires sur la conscience des végétaux, les probabilités de futurs de l'humanité ou les voyages spatiaux côtoient les théories philosophiques les plus amusantes. Foisonnant d'idées poétiques, de décors grandioses, de personnages drôles et truculents, ce livre révèle un nouvel aspect de l'œuvre de l'auteur des *Fourmis* et de *L'Empire des anges*.

L'Empire des anges   n° 15207

Que pensent les anges de nous ? Que peuvent-ils faire pour nous aider ? Qu'attendent-ils de l'humanité en général ? Lorsque Michael Pinson (stupidement tué dans un accident d'avion) a passé avec succès l'épreuve de la « pesée des âmes », il a accédé au royaume des anges. Mais passé le premier émerveillement, il découvre l'ampleur de la tâche. Le voilà chargé de trois mortels, qu'il devra désormais guider et aider tout au long de leur vie. Ses moyens d'action : les rêves, les signes, les médiums, les intuitions, les chats. Cependant, il est obligé de respecter le libre arbitre des hommes. Il s'aperçoit que ceux-ci essaient de réduire leur malheur au lieu de construire leur bonheur. Que faire pour leur montrer la voie ? Et puis comment s'occuper intelligemment au paradis, un endroit bien sympathique mais sans cinéma, sans musique, sans restaurant ? Après *Les Thanatonautes*, Bernard Werber nous donne une fois de plus à réfléchir sur notre statut d'être humain, en mélangeant sagesse ancienne, philosophie moderne et humour. En suivant l'initiation d'un ange, on découvre une perspective étonnante à notre état de simple mortel.

L'Encyclopédie du savoir relatif et absolu   n° 15530

Le Livre que vous tenez entre vos mains est une expérience. Il contient des informations que vous ne trouverez pas ailleurs. Des informations dans des domaines aussi étranges ou complémentaires que : les grandes énigmes du passé, les casse-tête mathématiques, les recettes de cuisine étranges, les paradoxes de la physique quantique, des anecdotes inconnues de l'histoire de l'humanité, ou des blagues philosophiques. Ici l'hypnose, l'alchimie, le shamanisme ou la kabbale côtoient la sociologie, la biologie ou l'archéologie. Ici on découvre comment rêvent les dauphins et comment est né l'univers. Comment les Chinois ont rencontré les Occidentaux et comment se prépare l'hydromel, boisson des fourmis et des dieux. Le seul point commun de tous ces petits textes est de faire « pétiller l'esprit » et d'éveiller la curiosité sur des territoires inconnus. Poursuivant la tradition des grands encyclopédistes du passé, Bernard Werber (romancier et journaliste scientifique) nous livre ici un cocktail détonnant où chaque information est étonnante mais vraie, où chaque ligne est source de méditation et d'humour.

Les Fourmis

Les Fourmis   nº 9615

Le temps que vous lisiez ces lignes, sept cents millions de fourmis seront nées sur la planète. Sept cents millions d'individus dans une communauté estimée à un milliard de milliards, et qui a ses villes, sa hiérarchie, ses colonies, son langage, sa production industrielle, ses esclaves, ses mercenaires... Ses armes aussi. Terriblement destructrices. Lorsqu'il entre dans la cave de la maison léguée par un vieil oncle entomologiste, Jonathan Wells est loin de se douter qu'il va à leur rencontre. À sa suite, nous allons découvrir le monde fabuleusement riche, monstrueux et fascinant de ces « infra-terrestres », au fil d'un thriller unique en son genre, où le suspense et l'horreur reposent à chaque page sur les données scientifiques les plus rigoureuses. Voici pour la première fois un roman dont les héros sont des... fourmis.

Le Jour des fourmis   nº 13724

Sommes-nous des dieux ? Sommes-nous des monstres ? Pour le savoir, une fourmi va partir à la découverte de notre monde et connaître mille aventures dans notre civilisation de géants. Parallèlement, un groupe de scientifiques humains va, au fil d'un thriller hallucinant, comprendre la richesse et la magie de la civilisation des fourmis, si proche et pourtant si peu connue. On est comme aspiré par ce roman qui se lit d'une traite. Sans s'en apercevoir, pris par le suspense et la poésie, on reçoit toutes sortes d'informations étonnantes et pourtant vraies. *Le Jour des fourmis*, traduit en 22 langues, couronné du Grand Prix des lectrices de *Elle*, a été mis au programme de certaines classes de français, de philosophie et même de... mathématiques. Bien au-delà du thème des fourmis, il s'agit là d'un vrai livre initiatique qui nous oblige à réfléchir sur notre place dans l'univers.

La Révolution des fourmis   nº 14445

Que peuvent nous envier les fourmis ? L'humour, l'amour, l'art. Que peuvent leur envier les hommes ? L'harmonie avec la nature, l'absence de peur, la communication absolue. Après des millénaires d'ignorance, les deux civilisations les plus évoluées de la planète vont-elles enfin pouvoir se rencontrer et se comprendre ? Sans se connaître, Julie Pinson, une étudiante rebelle, et 103e, une fourmi exploratrice, vont essayer de faire la révolution dans leur monde respectif pour le faire évoluer. *Les Fourmis* était le livre du contact. *Le Jour des fourmis* le livre de la confrontation. *La Révolution des fourmis* est le livre de la compréhension. Mais au-delà du thème des fourmis, c'est une révolution d'humains, une révolution non violente, une révolution faite de petites touches discrètes et d'idées nouvelles que nous propose Bernard Werber. À la fois roman d'aventures et livre initiatique, ce couronnement de l'épopée myrmécéenne nous convie à entrer dans un avenir qui n'est peut-être pas seulement de la science-fiction.

Le Livre du voyage   nº 15018

Ah, enfin tu me prends dans tes mains ! Ah enfin tu lis ma quatrième de couverture ! Tu ne peux pas savoir comme j'attendais cet instant. J'avais si peur que tu passes sans me

628

voir. J'avais si peur que tu rates cette expérience que nous ne pouvons vivre qu'ensemble. Toi lecteur, humain, vivant. Et moi le livre, objet, inerte, mais qui peux te faire décoller pour le grand, le plus simple, le plus extraordinaire des voyages.

Le Livre secret des fourmis   n° 15576

Nous vivons dans un monde merveilleux et nous ne le savons pas. Nous côtoyons tous les jours des univers parallèles fabuleux – parfois inquiétants – et nous refusons de les voir. Le plus parfait, le plus fascinant, le plus souterrain de tous, c'est le royaume des fourmis. Dans sa trilogie des *Fourmis*, Bernard Werber a dévoilé une partie de cette incroyable civilisation de l'infiniment petit, inspiratrice de l'*Encyclopédie du savoir relatif et absolu*, une œuvre unique où se mêlent physique et métaphysique, technologie et magie, mathématiques et mystique, épopées modernes et rites anciens. Découvrez, enfin reconstituée dans son intégralité originelle, l'encyclopédie qui révèle le secret de la pierre philosophale et celui du pain, les projets des tyrans les plus vils et les plus belles utopies, les rencontres des civilisations humaines et animales, le sens caché des fugues de Bach et la naissance de l'esclavage chez les rats. Illustré par Guillaume Aretos, peintre et graphiste aux techniques héritées de la Renaissance, *Le Livre secret des fourmis* est un véritable grimoire moderne, la clé de toutes les techniques du XIXe siècle.

Nos amis les humains   n° 30351

Les humains sont-ils intelligents ? Sont-ils dangereux ? Sont-ils comestibles ? Sont-ils digestes ? Peut-on en faire l'élevage ? Peut-on les apprivoiser ? Peut-on discuter avec eux comme avec des égaux ? Telles sont les questions que peuvent se poser les extraterrestres à notre égard. Pour en avoir le cœur net, ils kidnappent deux Terriens, un mâle et une femelle, Raoul et Samantha. Ils les installent, pour les étudier tranquillement, dans une cage à humains. Une « humainière ». Ils espèrent ainsi assister à une reproduction en captivité. Le problème, c'est que Raoul est un scientifique misanthrope et Samantha une dompteuse de tigres romantique. Pas simple dans ce cas pour nos deux cobayes de se comprendre et, *a fortiori*, de s'aimer. Avec cet ouvrage, rédigé comme un huis clos philosophique, Bernard Werber nous présente une nouvelle facette de son art. Une fois de plus, il nous propose de prendre du recul, d'avoir une perspective différente pour comprendre l'humanité « autrement ».

Nous, les dieux   n° 30582

Quelque part, loin, très loin se trouve une île que ses habitants appellent Aeden. Là, perchée sur un haut plateau, une ville : Olympie. Dans son cœur, une étrange institution, l'école des Dieux, et ses professeurs : les douze dieux de la mythologie grecque, chargés d'enseigner l'art de gérer les foules d'humains pour leur donner l'envie de survivre, de bâtir des cités, de faire la guerre, d'inventer des religions ou d'élever le niveau de leur conscience. La nouvelle promotion ? Cent quarante-quatre élèves dieux qui vont devoir s'affronter à travers leurs peuples, leurs prophètes, chacun avec son style de divinité. Mais la vie sur Aeden n'est pas le paradis. Un élève essaie de tuer ses congénères, un autre est tombé fou amoureux du plus séduisant des professeurs, Aphrodite, déesse de l'amour, et tous se demandent quelle est cette lumière là-haut sur la montagne qui semble les surveiller...

D'où venons-nous ? Après l'infiniment petit (trilogie des *Fourmis*), après le mystère de la mort (*Les Thanatonautes*), Bernard Werber s'intéresse à une nouvelle frontière de notre savoir : les origines de l'humanité. Pourquoi y a-t-il des hommes sur Terre ? Pourquoi sont-ils intelligents ? Pourquoi sont-ils conscients ? Nous nous retrouvons ainsi plongés il y a 3 millions d'années dans la savane africaine à suivre au jour le jour les aventures du premier humain, le fameux chaînon manquant, Adam, le Père de nos pères. En parallèle, de nos jours, tous ceux qui ont découvert la véritable nature de cet être primordial ont de sérieux problèmes. Quel est ce secret que personne ne veut voir en face ? Lucrèce Nemrod, reporter aussi tenace qu'espiègle, accompagnée de son complice Isidore Katzenberg, ancien journaliste scientifique désabusé, se lance intrépidement dans l'enquête. De Paris à la Tanzanie commence une course poursuite haletante où l'on rencontre un club de savants passionnés, une charcuterie industrielle, une star du X et quelques primates qui se posent de drôles de questions. Suspense, humour, science, aventure... la révélation qui nous attend au terme de ce thriller paléontologique pourrait bien changer notre vision du monde.

Les Thanatonautes   n° 13922

L'homme a tout exploré : le monde de l'espace, le monde sous-marin, le monde souterrain ; pourtant il lui manque la connaissance d'un monde : le continent des morts. Voilà la prochaine frontière. Michael Pinson et son ami Raoul Razorback, deux jeunes chercheurs sans complexes, veulent relever ce défi et, utilisant les techniques de médecine mais aussi d'astronautique les plus modernes, partent à la découverte du paradis. Leur dénomination ? Les thanatonautes. Du grec *Thanatos* (divinité de la mort) et *nautès* (navigateur). Leur guide ? Le Livre des morts tibétain, le Livre des morts égyptien mais aussi les grandes mythologies et les textes sacrés de pratiquement toutes les religions qui semblent depuis toujours avoir su ce qu'étaient le dernier voyage et le « véritable » paradis. Peu à peu les thanatonautes dressent la carte géographique de ce monde inconnu et en découvrent les décors immenses et mirifiques. Le mot terra incognita recule en même temps que, jour après jour, on apprend ce qui nous arrive après avoir lâché notre dernier soupir.

L'Ultime Secret   nº 15398

Qu'est-ce qui nous motive ? « C'est au cœur de notre cerveau qu'il faut chercher la source de tous nos comportements », estime Samuel Fincher, un brillant neurologue cannois. Le problème, c'est que Samuel Fincher meurt d'extase amoureuse dans les bras d'une top model danoise, le soir même de sa victoire au championnat du monde d'échecs. Samuel Fincher avait-il trouvé au fin fond de nos crânes un secret qui devait rester caché ? Peut-on mourir de plaisir ? Deux journalistes scientifiques parisiens, Lucrèce Nemrod et Isidore Katzenberg, veulent en savoir plus sur cet étrange décès. C'est donc sur la Côte d'Azur qu'ils vont mener l'enquête, de la morgue de Cannes à un étrange asile psychiatrique où les fous sont utilisés pour leurs talents particuliers. Ils vont aller de surprise en surprise jusqu'à l'extraordinaire dénouement basé sur une découverte scientifique peu connue mais réelle. C'est cette fois sur les mécanismes de l'esprit et la compréhension du fonctionnement de notre cerveau que nous invite à réfléchir ce nouveau roman de Bernard Werber, mêlant suspense, humour, science et aventures.

Composition réalisée par NORD COMPO

Achevé d'imprimer en mai 2007 en France sur Presse Offset par

CPI
Brodard & Taupin

La Flèche (Sarthe).
N° d'imprimeur : 41366 – N° d'éditeur : 86204
Dépôt légal 1re publication : mai 2007
LIBRAIRIE GÉNÉRALE FRANÇAISE – 31, rue de Fleurus – 75278 Paris cedex 06.